LA VERDAD ARCANA

LUIS CERVANTES

ola
PUBLISHING
INTERNACIONAL

ISBN: 978-1-63765-212-1

Hola Publishing Internacional
www.holapublishing.com

Impreso y encuadernado en los Estados Unidos de América

Esta obra literaria pudo ver la luz gracias al
apoyo incondicional de mi familia

Amira Berenice, Luis Ángel y Armando Jesús
fueron mi inspiración y motivación.

Una mención especial para mi padre que me enseñó
a ser perseverante y hoy desde el cielo me cuida.

Sin olvidar al resto de la familia y amigos que
con sus comentarios y apoyo me alentaron a no
renunciar a mi sueño.

Índice

Prólogo

LA VERDAD ARCANA, un viaje misterioso, una experiencia única que nos llevará por lugares enigmáticos en un difícil camino lleno de retos en donde acompañaremos a los personajes a enfrentar grandes dilemas.

Quienes buscan la verdad encuentran formas muy diferentes de llegar a ella. Hay signos en el mundo que no sabemos leer. La familia Brown y sus amigos nos ayudarán a reflexionar sobre ellos.

LA VERDAD ARCANA, es una verdad escondida en un recóndito lugar al que para llegar, tendrías que estar muy preparado porque el esfuerzo es descomunal. Unos cuantos privilegiados pueden ser los elegidos para conocerla. Quizá tú te encuentres entre ellos.

Luis Cervantes, nuestro autor, comenzó desde muy joven a escribir poesía, obras de teatro y su género favorito, la ciencia ficción. Con su singular estilo ha cautivado a quienes lo hemos leído. Ha sido un apasionado investigador de la historia desde sus diferentes ángulos. Es un convencido de que en los vestigios de la humanidad hay mucha más información de la que conocemos.

Cervantes se cuestiona el por qué los avances del género humano que se lograron a partir del conocimiento ancestral casi siempre son explicados solamente con la orientación científica y el escepticismo ha aplastado la interpretación de nuestros ancestros.

Para él, surge constantemente una incógnita: "¿Qué tal si el escritor y científico británico, multipremiado, Arthur C. Clarke (autor de importantes obras como las novelas *2001: Una odisea del espacio*, *El centinela o Cita con Rama*, entre muchas más), tuviera razón y la magia fuera una ciencia que no entendemos todavía?" Es un hecho que aunque se crea o no en ella, la magia antigua se practica.

La ciencia ficción es un género narrativo que también ocupa bases racionales para describir la forma en que los avances científicos, sociales y culturas impactan la vida de los seres humanos.

Resulta sorprendente cómo hay tantos inventos, consejos y advertencias de la ciencia ficción que han logrado inspirar investigaciones actuales, por mencionar algunas, la comunicación instantánea.

Este género nace oficialmente en la década de 1920, pero hay gran cantidad de obras que datan de mucho tiempo atrás. Su mayor auge se genera desde la segunda mitad del Siglo XX, en parte, debido al creciente interés por saber qué le depara en el futuro a la raza humana. Cuestión que está presente en las charlas de mesa en cada rincón del planeta.

En ese sentido Luis Cervantes hace hincapié en que seamos críticos y que tratemos de definir más claramente nuestros alcances. ¿Hacia dónde vamos, sería la pregunta? Y para saberlo, también debemos rescatar, ¿De dónde venimos? ¿Acaso se aproxima un final apocalíptico? O podemos tomar acciones para continuar nuestra evolución como verdaderos seres de paz y progreso.

En esta novela se entremezclan explicaciones de la Historia Universal contadas a través de una visión más cosmogónica. La interacción de los pueblos del mundo presenta similitudes a pesar de encontrarse a miles de kilómetros de distancia. Como sabemos, la historia oficial la cuentan los que ganan la batalla pero no por eso es la verdad.

"No temas preguntar. Cuestiona hasta aquello que consideres vano o simple. Dudar es lo único que puede acercarte a la verdad. Aquel que todo lo da por hecho y otorga la etiqueta de verdad a todo lo que le dice alguien más, corre el riesgo de extraviarse en el laberinto de la mentira." Nos dice Cervantes.

Así que por todo lo anterior y mucho más, esta no es únicamente una historia de ciencia ficción. En ella hay personajes llenos de calidad humana, ellos conviven con criaturas extrañas de todo tipo que también tienen valores y antivalores. Traiciones y fidelidades les complican o les facilitan el camino para llegar a su meta.

LA VERDAD ARCANA, una verdad oculta que guarda celosamente la historia del mundo. Una verdad que en esencia llevará a los elegidos a convertirse en los héroes sin capa que habrán de salvar al planeta tierra, incluso si fuera necesario, a costa de su vida. Ellos realizarán lo insospechado, lo preciso, lo que sea para ayudar a perpetuar la vida de los seres vivos, sin esperar ningún reconocimiento.

He tenido la oportunidad de analizar esta nueva obra de Luis Cervantes y encuentro también que en medio de la maravillosa aventura que viven sus personajes, hay una riqueza de mensajes con firma. No son tan sólo filósofos de diferentes corrientes a quienes invita a transmitir sus ideas; hay referencias del pensamiento de los pueblos originarios de las distintas regiones continentales; incluso, la cultura popular también está presente: dichos, metáforas, refranes y expresiones de nuestros abuelos y familias forman parte de este compendio.

En cada capítulo nos introduce a los pasajes de su historia con un discurso alentador: todos podemos luchar por alcanzar nuestros objetivos si estamos seguros de poder lograrlo, esto, si abandonamos los pretextos. Así sucede con los personajes que vas a conocer.

Los viejos apaches decían, cita la obra: "Mirando atrás me lleno de gratitud, viendo hacia el futuro encuentro la esperanza, elevando la vista obtengo fuerza y explorando mi interior descubro la paz". Con consignas como esta, nuestros guerreros estarán decididos a continuar siempre hacia adelante.

A través de un grupo fantástico de amigos liderados en diferentes etapas por miembros de la familia Brown, hacemos este viaje que nos lleva por ciudades a veces totalmente comunes o por sitios de extraordinaria belleza arqueológica con increíbles huellas del pasado pero que parecen continuar vivas.

Las rutinas del abuelo, de su familia y amigos son descritas con base en la gente de a pie. Personas como tú y como yo. En ese sentido, hay momentos biográficos del autor.

Asimismo, las vivencias iniciales de los nietos de esta historia suceden en medio de la vida cotidiana: la escuela, el gimnasio y su hogar, todo esto, antes de iniciar esta mágica aventura. Entre juegos, trabajo, cervezas, rica comida y charlas pícaras se planean las estrategias que habrán de seguir para encontrar al motivador de este proyecto y a su grupo de exploradores que se han extraviado; luego de buscarlos incansablemente, habrán de saber que ahora deberán alcanzar un objetivo superior.

Henry, Nick, Troy, Cuervo Rojo y sus amigos son individuos entrañables con grandes virtudes, fieles a sus principios. Ellos conviven con seres que encuentran a su paso. Traiciones y fidelidades los llevan a luchar con todas sus fuerzas hasta librarse de sus enemigos.

Mundos alternos que no imaginábamos llegan a nuestra mente cuando con lujo de detalles nos los describe el autor. Nos presenta espectaculares paisajes que nos brinda la naturaleza y en contraste, también los infiernos en donde se libran sangrientas batallas campales.

En el planeta Tierra cohabitamos los humanos y esas criaturas fantásticas que vamos a descubrir. A veces nos harán enojar, aterrarnos o adorarlas. La relación entre ellos nos invitará a reír y temer; quizá también a llorar y por qué no, a soñar.

El bien y el mal se enfrentarán dejando a su paso muerte y destrucción. Entre magos, brujos, chamanes, hechiceras, elfos, demonios y otros seres milenarios aprenderemos que la confianza puede estar vestida con un rostro grotesco y la infamia puede presentarse en seres de belleza seductora. Por ello quienes están preparados, usarán sus conocimientos de supervivencia y si son observadores podrán descubrir cuándo se les ha tendido una trampa.

Muchos de nosotros reconocemos que el ser humano es el que tiene la mayor tendencia a devastar a su propia especie y al entorno que lo protege. Pero siempre habrá quienes luchen por alcanzar la paz. Una lección de amor y sacrificio nos irá llevando paso a paso a descubrir qué hay en LA VERDAD ARCANA.

Luis Cervantes quiere llevar a sus lectores un mensaje que espera trascienda. Como el mismo dice: "Pretendo encender una chispa que motive a quien lo lea a cuestionar las cosas para volver a ser felices aunque sea en su mente, en mundos de fantasía infantil para así lograr olvidar por un momento los problemas de nuestra realidad."

El Inicio

Capítulo I
La crisis existencial del guerrero

Los viejos nativos americanos dicen: "Se necesitan mil voces para contar una historia", yo soy una de ellas. El problema radica en que somos demasiadas tratando de contar la misma historia.

"Cada quien habla de la feria como le va en ella", somos pocos los interesados en contar la verdad, la mayoría son un cúmulo de mentiras, medias verdades y falsedad. Cuídate de los ecos que narran hechos históricos de manera sesgada, con el único objetivo de hacer de la manipulación, un arte.

Las aguas del río de la historia avanzan a gran velocidad, están tan agitadas que a diario forman torbellinos de confusión, en esas turbulentas aguas, sólo unos cuantos valientes osamos nadar.

Un anciano dijo: "Si construyes una cabaña para tus sueños, ellos vendrán a habitarla". Esta es la historia de cómo un puñado de bravos aventureros construimos desde los cimientos, una morada para nuestro sueño: "Conocer el verdadero origen e historia de nuestra raza".

Orcutt, California. Junio 20 de 2020

El reloj marca las seis de la mañana, el sol hace acto de presencia en el firmamento, haciendo retroceder a la oscuridad; una vez más la luz triunfa en esa eterna batalla entre el bien y el mal. La oscuridad se marcha entre el trinar de pájaros y el rugir de motores con la arrogante seguridad de que por la noche regresará… Eterno misterio de dualidad.

— *¿Algún día alguno de los bandos ganará la eterna lucha?*

» *¿Realmente la luz es el bien y la oscuridad el mal?*

» *¿Hoy es un día más o un día menos para la humanidad?*

Amanecí algo filosófico ¿verdad? Esta manera de pensar se me ha vuelto costumbre. Durante los últimos años he cultivado una crisis existencial.

—*Permítanme presentarme, Nick Brown Jr., para servirles: un chico del sur de California, veintiún años de edad, 1.84 de estatura, delgado, con músculos trabajados por años; motivado por una promesa que tal vez no debí haber hecho... Bueno, tengo que admitir que también hay algo de vanidad.*

"No hay plazo que no se cumpla, ni fecha que no se llegue". La alarma de mi celular reemplaza al silencio. Al escucharla salto de la cama y me apresuro a lavarme la cara para terminar de despertar. A lo lejos se escuchan sonar las trompetas del destino, notificando que el tiempo de cumplir una vieja promesa ha llegado. Este cálido amanecer de verano marcará un antes y un después.

Los últimos siete años de mi existencia he participado en un complicado juego de ajedrez del cual en ocasiones dudo querer ser parte. No sé si soy peón, caballo, torre o alfil. Mucho menos sé de quién son las manos que mueven las piezas, ni cuál es su estrategia, tampoco conozco al estratega rival.

Por más que trato, no logro entender por qué debo enfrentar rivales que ni siquiera conozco. Es difícil prepararse para pelear, sin estar convencido del porqué el rival merece ser vencido.

Trato de encontrar fortaleza, aferrándome a mi creencia de estar del lado correcto del tablero. Sin más opción debo confiar ciegamente en quien manipula mi actuar, esperando que sea dueño de una sabiduría superior que justifique el sacrificio de algunos por un bien mayor.

Soy un guerrero de la luz sentado en el banco de suplentes, a la espera de la instrucción para ingresar al terreno de juego, cuando el momento de combatir por la supervivencia de la humanidad llegue.

—*He aquí el motivo de mi crisis existencial: ¿por qué pelear por alguien a quien parece no interesarle ser salvado?*

La comodidad ha hecho que el ser humano se olvide de lo esencial: vivir en armonía consigo mismo, con los demás y con la naturaleza. Mira a tu alrededor y date cuenta que vivimos inmersos en un mundo tecnológico que nos convierte cada vez más, en seres débiles, inútiles y dependientes.

— *¿Te parece pesimista o exagerada mi actitud?*

Ve cualquier noticiero o lee cualquier periódico y encontrarás que la mayoría son malas noticias. Date cuenta que nuestra sociedad es un asco.

—*Guerras y conflictos interminables, Medio Oriente, los Balcanes, Centro América, África, etc.*

» *El oprimido se revela ante la injusticia, sólo para convertirse en opresor. Clara muestra de incongruencia.*

» *Incertidumbre por la pandemia de COVID-19, virus altamente contagioso y letal. ¡La estúpida arrogancia humana nos llevó a menospreciarla! Al día de hoy hemos pagado con más de 700,000 vidas y temo al final serán millones.*

»*Abusos de las fuerzas del orden que se supone deben cuidarnos pero provocan como respuesta: protestas y disturbios, tratando estúpidamente de combatir fuego con fuego. Actitudes que tratan de hacer legítimo el uso de la violencia.*

»*Los cárteles del narcotráfico y el crimen organizado asfixian regiones enteras, bajo el complaciente cobijo de inútiles gobiernos represores, surgidos de sociedades caóticas.*

»*La intolerancia y discriminación son "la cereza del pastel" de la doble moral humana. La mayoría jugamos de manera individual, sólo reaccionamos a lo que nos afecta; lo que les suceda a los demás no es problema nuestro, es asunto suyo, sin darnos cuenta que estamos en el mismo océano (solo en diferente tipo de embarcación), ignoramos que la terrible tormenta que se avecina, no respetará navío alguno, a todos en su furia engullirá.*

» *La extrema pobreza causa hambrunas y muertes alrededor del planeta, preferimos voltear la cara para no mirar. Fácil resulta dar un poco de lo que tenemos de sobra, lo difícil es compartir lo esencial.*

»*Desastres naturales: terremotos, tornados, ciclones, tsunamis, incendios, inundaciones, nuevas enfermedades, sequias, etc., nos advierten el cansancio del planeta, lo cual a muy pocos nos importa, la mayoría mira hacia otro lado para evitar cambiar hábitos.*

Demasiadas preguntas en el aire sin respuesta:

— *¿Acaso son los heraldos de la antigua profecía del fin de los tiempos?*

» *Dios, Cristo, Alá, Zeus, Júpiter, Odín, Buda, Huitzilopochtli, Ra, Enlil, Viracocha, Ahau Kin, Pan Gu, Amaterasu, Ahsonnutli, Tengri, Ahura Mazda, el Gran Espíritu Creador, o como les quieras llamar… ¿Nos han abandonado?*

» *¿En qué punto torcimos el camino?*

» *¿El conocimiento y sabiduría de las civilizaciones antiguas, dónde quedo?*

» *¿Quiénes conspiran en las sombras, tratando de imponer un nuevo orden mundial?*

Nuestra civilización cada vez está más cerca del borde del precipicio; en medio de este caos no hay persona o grupo capaz de ejercer un liderazgo indiscutible e inspirador que logre despertar de su letargo a la perezosa humanidad.

La trompeta que llama a la última cruzada ha sonado ya, invitándonos a vivir nuevamente en armonía con el cosmos. Tristemente hemos preferido no escuchar, pasamos los días, años, centurias y milenios, marchando de manera individual.

Cada quien porta su estandarte, hay para escoger: pesimismo, desánimo, resignación, indiferencia, envidia, egoísmo, anarquismo, comprensión, amor al prójimo, fe, esperanza, empatía.

— *¿Cuál portas tú?*

Este confuso panorama nos grita en silencio, sin lograr hacer eco sobre los diferentes caminos que elegimos los cuales convergen en un estúpido final común: "La auto destrucción humana".

Si no agudizamos nuestros sentidos para entender la sabiduría antigua, todo estará perdido. Las cartas están echadas y no tenemos la mano ganadora.

— *¡Créeme, sé de lo que hablo!*

A pesar de este panorama adverso que acabo de pintar, no me resigno a tirar la toalla, no rehuiré a la pelea, daré un paso al frente para gritarle al engañoso destino:

— *¡Jódete… nunca te daré el gusto de verme caer!*

Para que le quede claro que mientras una chispa de vida exista dentro de mí, no dejaré de pelear como se lo prometí al abuelo. Además tengo diversos motivos alentándome a continuar: dos padres amorosos, un hermano algo latoso que amo en verdad, familiares y amigos completan el listado.

También pienso en los seres olvidados, incapaces de defenderse por sí mismos, por esos desvalidos, el peligroso desafío afrontaré. La humanidad aún tiene muchos renglones por escribir: cruentas batallas que pelear, varias derrotas que asimilar y bastantes heridas por sanar, antes de la gran victoria poder celebrar.

Sé que no encuentras lógica en mis palabras, que mi optimismo suena fuera de lugar, en eso estoy de acuerdo contigo. Que difícil resulta tratar de convencer a alguien, de algo que tú mismo dudas.

Decenas de libros de historia antigua han sido mis compañeros durante los últimos años, llevándome a andar por los sitios donde nuestros ancestros caminaron con los dioses; forjaron sorprendentes civilizaciones, erigieron majestuosas ciudades y admirables monumentos.

Lamentablemente los vestigios de esplendor, conocimiento, magia y sincretismo de nuestros antepasados se han perdido en las turbulentas arenas del tiempo.

He encontrado demasiadas historias, mitos y leyendas que hablan de dioses, semidioses, magos, demonios, hechiceros, gigantes, ángeles, hadas, duendes, seres extraterrestres e intraterrestres, monstruos, titanes, espectros, animales sobrenaturales; armas míticas, lugares místicos, ciudades de riqueza inimaginable, monumentos y aparatos inexplicables, que hacen que la historia humana parezca una ensalada de fantasía. Mentiras y bromas aderezadas con demasiada imaginación, provocando que cualquier intento de interpretación, suene loco y poco creíble.

También he encontrado historias llenas de sabiduría capaces de ayudarnos a cambiar la forma de ver las cosas: aceptar que existen seres, hechos históricos, fuerzas y energías fuera de nuestro dominio, control y compresión. Este conjunto de conocimientos conforman **La Historia Arcana**, que intencionalmente (*aún no sé quién, ni por qué*) nos han ocultado por milenios.

La comodina humanidad ha preferido dejarse guiar a través de este complejo laberinto, llamado vida terrenal. Somos pocos los dispuestos a cambiar paradigmas y develar falsas medias verdades. Sólo los valientes buscamos respuestas en el silbido del viento ancestral, manteniendo abiertas las puertas y ventanas de nuestra cabaña, permitiendo que la luz del conocimiento antiguo pueda entrar.

Es tiempo de seguir el consejo de los nativos americanos: "Si nos preguntamos a menudo, el don del conocimiento acudirá a nosotros"...

Sólo así conseguiremos recuperar la sabiduría de las culturas del valle del Indo, el antiguo misticismo oriental, los mágicos susurros de los ancestros africanos, la perfección de los constructores y artesanos de las arenas, el hechizo de las viejas mitologías de los pueblos europeos, la sorprendente cosmología mesoamericana, lo inexplicable de las culturas sudamericanas y el encanto espiritual de los pueblos nativos de Norteamérica.

Pero sobre todo el asombroso conocimiento de los primeros ancestros, que caminaron y pelearon hombro con hombro con ángeles y demonios, forjando con sangre, sudor e inteligencia, el primer gran imperio del hombre antes que cualquier cultura conocida. Esta es la historia de esos hechos, que forjaron en el fuego original, las columnas que sostienen nuestra frágil realidad.

— *¿Eres de mente abierta?*

» *¿Tu cerebro es más fuerte que tu corazón y tu estómago?*

» *¿Estás dispuesto a poner en tela de juicio los conocimientos que te fueron implantados?*

» *¿Eres capaz de enfrentar tus peores temores?*

» *¿Aceptarías que tal vez has estado viviendo creencias equivocadas?*

¡Ven!, deja que te cuente mi historia. Tú eres digno de conocer **La Verdad Arcana**.

Capítulo II

El fin de la feliz ignorancia

Los años viejos tienen algo de magia, siempre parecen haber sido los mejores. Cuando logramos detener un breve momento nuestro andar, para voltear y ver lo que hemos dejado atrás, nos damos cuenta de que todas esas sensaciones y cosas lindas, jamás volverán.

La añoranza nos lleva a pensar que cualquier tiempo pasado fue mejor, cuestión de gustos y enfoques. Más allá de si el pasado, el presente o el futuro es el mejor tiempo para conjugar el verbo de nuestra existencia, lo real es que el pasado moldeó el ser que eres hoy y serás el día de mañana, así que nunca te avergüences ni olvides tus vivencias pasadas.

Todo inició hace trece años, yo era un niño promedio de ocho años, mis deberes y preocupaciones se limitaban a obtener buenas notas en la escuela; ayudar a mamá a recoger la mesa, mantener ordenada mi habitación, ver series de televisión (la de *Supermán era mi preferida*), tener el videojuego actual y de vez en cuando salir a la calle a jugar con los amigos del vecindario. ¡Cuánta felicidad había en mi inocente ignorancia! Todo lo tenía y no lo sabía… así que no lo valoraba.

Una amorosa familia:

—*Mi dulce madre Mery (maravillosa mujer, de complexión delgada, pelo castaño rizado al hombro, ojos negros vivarachos que destellaban comprensión. Su nariz respingada se arrugaba un poco cuando estaba feliz), profesora de Historia Universal en Lakeview Junior High School.*

»*Mi Padre Nick (hombre formal de complexión atlética, su rostro adusto escondía la gran nobleza que llevaba dentro), carpintero de profesión. La calidad de sus trabajos era bien conocida en la ciudad, nunca le faltaba trabajo.*

»Un molesto hermano (incondicional socio de travesuras), cuatro años menor, de nombre Troy.

Dos abuelos paternos consentidores:

—Betty "La abuela" (la mejor cocinera del mundo, su sonrisa perpetua iluminaba cualquier espacio, eterna defensora de los traviesos infractores), siempre llena de vitalidad, nunca paraba. Cocinar, atender plantas y animales eran sus vicios, su jardín era la envidia de la cuadra.

»Henry "El abuelo" (fuerte como un roble, pelo, barba y bigote canosos, aún conservaba un físico robusto, recuerdo de sus años gloriosos como corredor de poder en la USC), solía entretenerse reparando su vieja Ford 78 y religiosamente acudía por las tardes al "Santa María Brewing" con sus amigos, para charlar y beber cerveza.

Tres amigos incondicionales:

—Alexander, el rudo Alex, compañero de escuela desde el kindergarten.

»Miguel mi vecino, prácticamente un hermano, crecimos juntos desde que teníamos tres.

»Andrea hermana gemela de Miguel, siempre fiel compañera de juegos y aventuras, aunque en ocasiones algo cascarrabias.

Con Alex y Miguel éramos los inseparables tres mosqueteros. En ocasiones cuando se nos unía Andrea y Troy, nos trasformábamos en los cinco jinetes del apocalipsis, dejábamos una estela de caos y desorden por donde cruzábamos.

Nuestra casa era hermosa y acogedora, típica de una familia americana, de muros color beige, grandes ventanas corredizas, techos a dos aguas color negro. La propiedad estaba rodeada por una cerca de madera color blanco, un pequeño jardín al frente lleno de lirios blancos y rojos. Antes de la puerta había un acogedor pórtico con un par de confortables mecedoras. Desde ahí, mamá nos vigilaba cuando salíamos a jugar.

Lo mejor de la casa era la sala donde Troy y yo pasábamos horas frente al televisor. El patio trasero era nuestro cuarto de juegos, con un gran aguacate, un manzano (*donde colgaba un rústico columpio hecho por papá*), un limón y un durazno conformaban nuestro bosque privado donde libramos miles de batallas, venciendo en cada una de ellas a incontables monstruos, con nuestras inocentes espadas de madera.

¡Cuánto extraño aquellas tardes de sábado que pasábamos en la sala! Jugábamos juegos de mesa entre frituras, palomitas de maíz y refrescos (*bueno mis padres preferían vino tinto o cerveza*), junto a la chimenea, la cual calentaba las frías noches de invierno.

En cada diciembre esta parte de la casa se transformaba en el lugar más increíble de la tierra, con la magia del árbol de navidad, las medias de regalos colgadas de la chimenea, luces y arreglos navideños por doquier. Era el presagio de la llegada de la navidad, es decir, regalos a manos llenas.

Por el oficio de papá, nuestro garaje estaba lleno de bancos de trabajo, herramientas de todo tipo y proyectos a medio construir.

Por el trabajo de mamá, nuestra biblioteca se desbordaba de libros de historia de todas las culturas que puedan imaginar; ocasionalmente los ojeaba para aprender sobre dioses, héroes míticos, malvados demonios, bestias terroríficas, leyendas mitológicas y soñar despierto que yo era parte de aquellas épicas batallas, no es presunción, pero siempre salía triunfador.

Mis abuelos vivían a cuatro cuadras de distancia, frente al autocinema, por lo cual nos agradaba que nos cuidaran cuando mis padres tenían algún compromiso "sólo para mayores", mi abuela nos consentía horneando ricas galletas de chispas de chocolate (*nunca he probado otras mejores*), las cuales solía robar, mis abuelos siempre eran mis cómplices fingiendo no darse cuenta y dejándome creer que cometía un crimen perfecto.

Era ritual obligatorio que el abuelo nos llevara a ver la película de moda, acompañados por una cubeta de palomitas de maíz, una charola de nachos con queso extra y un par de refrescos.

La vida para nuestra familia era buena, lamentablemente nada dura para siempre. Todo cambió para nosotros en el invierno del 2007. A la abuela le diagnosticaron cáncer terminal.

De un día para otro el ambiente en la casa se enrareció, dejó de tener chispa, tornándose triste y monótono. El aire fresco rebosante de alegría que solíamos respirar, se transformó en una densa niebla, llena de incertidumbre y desánimo.

El abuelo y papá buscaron por todos sus medios alguna solución a tan terrible problema, todo fue en vano, después de consultar seis especialistas, el diagnóstico era unánime, todos coincidieron que el tumor cerebral de la abuela era inoperable, no le daban esperanza de vida mayor a seis meses.

El abuelo era bastante obstinado (*por decir lo menos*), no estaba dispuesto a rendirse, dedicó su tiempo a buscar algún remedio alternativo, visitó médicos orientales, sanadores, curanderos, homeópatas, prometió mandas religiosas, pero nada daba resultado.

Durante esta etapa de mi vida, aprendí a la mala que el mundo es un lugar engañoso. En ocasiones nos muestra su mejor cara: un lugar placentero y de pronto en un abrir y cerrar de ojos. Nos despertamos del sueño con tremenda bofetada. Así descubrimos que las pesadillas son reales.

En ese momento, nadie nos imaginábamos hasta qué punto afectaría nuestras vidas, la búsqueda de la cura para la enfermedad de mi querida abuela.

Durante su desesperada búsqueda, el abuelo sin querer abrió la caja de pandora. Cruzó la delgada línea de lo prohibido, tal vez por las razones correctas. Eso no evitó que los demonios que salieron de la caja, nos arrastraran a un mortal torbellino de sucesos extraños, del cual no sabemos si algún día podremos escapar.

Ten cuidado con lo que buscas, porque tal vez lo encuentres y no te decepciones si no obtienes lo que esperabas. Seguramente no prestaste la suficiente atención al momento de tu elección.

En este mundo hay cosas que ni con un ojo de la cara las puedes comprar.

Capítulo III
La Chamana del pueblo mágico

Cuando decidas andar un camino desconocido, abre tu mente para que no te sorprendas de lo que encuentres. Algunos caminos conducen a lugares donde la magia aún existe.

Aquellos tiempos fueron difíciles, la zozobra y la impotencia a diario comían en nuestra mesa. La desgracia más grande que puede haber en esta vida, es ver sufrir en agonía a un ser querido y no poder hacer nada al respecto. Sentirse inútil es el sentimiento más terrible que hay.

Una tarde el abuelo como de costumbre fue al bar, a tratar de ahogar las penas en alcohol (*ajeno a que ahí iniciaría un duro camino a lo desconocido*) pidió un tarro de cerveza (*Black Gold era su preferida*), se sentó en la barra para platicar sus desventuras con su viejo amigo, el cantinero Frank, quien amablemente trataba de darle ánimos. Eran interrumpidos ocasionalmente por clientes solicitando servicio.

—*Demonios Frank, no puedo creer que seamos capaces de mandar hombres a la luna y no seamos capaces de operar un maldito tumor.*

—*Entiendo tu punto Henry. ¿Qué te puedo decir?... La vida en ocasiones no es justa y en lo que corresponde al desarrollo de tecnología, creo que la mayoría de veces, los gobiernos apuestan a su propio caballo a sabiendas que es un caballo perdedor.*

—*¿Por qué?... Eso es extremadamente estúpido.*

—*Lo sé, desgraciadamente es cierto.*

—*Ya no sé qué más puedo hacer, creo que lo he intentado todo y nada funciona. Estoy tan desesperado de ver como se marchita mi linda Betty* sin poder hacer nada al respecto. Te juro que si la solución fuera dar mi vida a cambio, sin dudarlo lo haría.

—No sé qué decir, disculpa si no entienda lo difícil de tu situación; creo que sólo te queda orar por un milagro, "la fe todo lo puede", decía mi madre.

—Agradezco el consejo amigo, ya lo intente y tampoco funcionó. En este punto estoy demasiado decepcionado de la vida y confundido de lo divino, que...

En ese punto su conversación fue interrumpida por un anciano sentado al otro extremo de la barra.

—Disculpen, sé que no es correcto meterse en pláticas ajenas.

» No pude evitar escuchar su tema de conversación ¿Me puedo acercar?

—¡Claro!, ¡por qué no! —dijo Frank.

El hombre se levantó, a paso lento caminó hacia ellos para sentarse al lado del abuelo y solicitó al cantinero sirviera tres tarros de cerveza, para continuar charlando.

—¿Cómo te va?, él es Henry, yo soy Frank. ¿Y tú eres...?

—No creo que mi nombre importe. Pueden llamarme Chuy.

—¿Tú no eres de por aquí, verdad?; nunca antes te había visto.

—Efectivamente, no soy de por acá.

—¿Qué te trae por estos rumbos?

—Nada en particular, soy como una hoja, sólo dejo que el viento me lleve de aquí para allá. Hoy el viento decidió traerme aquí. Piensen en mí, sólo como un hombre que quiere ayudar.

—Bueno, usted dirá amigo ¿cómo puede ayudarme? —preguntó Henry, algo intrigado.

El extraño tomó su tarro de cerveza, le dio un largo trago, limpio sus labios con la mano y esta fue su sorprendente respuesta:

—Yo dejé mi pueblo hace ya tanto tiempo que poco recuerdo de él. Salí con un loable propósito, el cual dejé de cumplir hace algunos años porque perdí la fe en la humanidad. Al escuchar su plática todo se aclaró, reafirmando mi creencia que las coincidencias no existen.

»El azar me trajo a este bar a pesar que dejé de beber 7 años atrás, no sabría explicarles por qué hoy se me antojó tomarme unas cuantas cervezas. Por cierto, ¡muy buena su cerveza amigo!

»El asunto es que yo pertenezco a una familia practicante de magia blanca por generaciones.

En ese punto Frank lo interrumpió.

—¡Ah, ya entiendo!, ahora nos dirás que eres un gran curandero para estafar al buen Henry, con la mayor cantidad de dinero posible, dando falsas esperanzas de sanidad para su esposa.

—Te aseguro que esa no es mi intención, hace tiempo dejé de compartir mi don. Además estoy muy lejos de ser el mejor curandero de la familia, aun cuando todavía practicara el curanderismo, mis habilidades no serían capaces de sanar algo tan grave como la enfermedad de su esposa.

—¿Y entonces? —preguntó el abuelo.

—Cuando vine a Norte América mi objetivo era ayudar a la mayor cantidad de gente posible. Eso me llevo a vagar por mil lugares. En mi andar encontré tanta gente dispuesta hacer hasta lo imposible por cumplir el sueño americano. Se esclavizan por lo material, sin importarles el equilibrio natural, olvidan que la felicidad no está afuera, sino dentro de nuestro ser.

»Encontrar a diario escenas de vanidad y egoísmo, me hicieron perder la fe en la humanidad, por lo cual abandoné mi misión, aclaro que eso no es algo de lo que me siento orgulloso.

»El escucharlo hablar con tanta sinceridad, pasión, lealtad y amor, resultó inspirador para mí, mostrándome que no todo está perdido, que aún hay gente buena.

—No creo ser merecedor de esos halagos, solamente ahogo lo que estoy seguro mi dulce Betty haría por mí, pero agradezco de corazón tus palabras.

—Amigo Henry, no he terminado. Escucha con atención las siguientes palabras en ellas tal vez encuentres la respuesta que has estado buscando:

»Soy de un místico pueblo, el cual según la tradición oral de mi gente, nació de las cenizas de la erupción de un volcán, bajo la mirada protectora de sus eternos guardianes. El Cerro del Mono Blanco y El Cerro Puntiagudo, oculto entre la verde espesura del bosque de Los Tuxtlas, bañado por las aguas de una mágica laguna.

»Catemaco es su nombre, lugar donde se respira magia y misticismo; tierra ancestral de chamanes, donde los espíritus de los brujos que ya anduvieron el camino; aún conviven en tiempo y espacio presente con nosotros a través del portal hacia el reino de los espíritus, mal llamado: "La Cueva del Diablo".

»Desde tiempos inmemorables esta zona ha sido campo fértil para los chamanes, descendientes directos de los grandes sacerdotes Olmecas, herederos y fieles guardianes de parte del conocimiento ancestral.

»Durante la época de la colonia llegaron esclavos de África y de las islas caribeñas, trayendo sus ritos, creencias y religiones, todo se mezcló, santería, magia negra, magia blanca, vudú, curanderos, brujos, chamanes, videntes, sin faltar los charlatanes.

»Actualmente la gente que acude en busca de ayuda, no saben si conseguirán lo que buscan o si serán estafados. Lo que es peor, no saben con quién consciente o inconscientemente harán un pacto: con los dioses antiguos, con el ser creador supremo, con la madre naturaleza o tal vez con el mismísimo Satán.

»Por lo cual se debe ser cauteloso al solicitar ayuda, el precio a cubrir puede ser superior a lo que estabas dispuesto a pagar.

»La magia antigua no es algo con lo que se debe jugar, al igual que el fuego, es peligrosa si no la sabes manipular. Si aún con estas consideraciones sigues dispuesto a cruzar el umbral para entrar al misterioso universo de la magia en busca de ayuda, ¡adelante! , yo te voy a guiar.

—Sin duda alguna. Estoy dispuesto a seguir.

—Entonces viaja a mi pueblo, busca a la gran chamana de nombre Itze, la última descendiente del gran sacerdote Olmeca; guardiana y practicante de la magia antigua. Capaz de ver más allá de lo evidente sobre la salud, la fortuna y el futuro de las personas, con sólo mirarlas a los ojos, ya sea en persona o en fotografía.

»Bueno señores, me tendrán que disculpar, llegó el momento de retirarme. No tengo nada más que hacer en este lugar.

Aquel extraño hombre puso un billete de cien dólares sobre la barra, tomó su sombrero (una tejana color café, con un adorno de plumas multicolor) del perchero de la pared y se despidió.

—*Gracias Frank por tu buena atención. Cóbrate las cervezas y guarda el resto para comprarle a tu hijo ese bate de madera que tanto quiere. Sólo de favor dile que cuando juegue para los Dodgers, me dedique su primer cuadrangular.*

»*Henry a ti te deseo la mejor suerte en tu aventura que hoy inicia, en verdad la necesitarás.*

—*¿A dónde con tanta prisa amigo Chuy?... ¡Quédate por favor!, ¡tómate otro tarro con nosotros, la casa invita!, aún hay mucho que platicar y preguntas por hacer.*

Sin pronunciar una palabra más, terminó de un trago el resto de su cerveza, levantó la mano para despedirse y salió del lugar, dejando tras de él, una estela de intrigante misterio. Frank y Henry se miraban incrédulos, después de un par de minutos, Frank con los ojos rojos y la voz entrecortada rompió el silencio.

—*¿Qué demonios fue todo eso Henry? ... ¿Cómo es posible que supiera lo de mi hijo?*

—*¡Esto es una maldita locura!, ¿crees que esto sea una broma de mal gusto?*

—*No veo esa posibilidad. Simplemente creo que llegó el milagro que pediste.*

—*¿Será?... Tenemos que tranquilizarnos, pensar con calma en la situación. No voy a creerlo por desesperación, ni descartarlo por obstinación.*

Mayor fue su asombro cuando Frank encontró en internet que Catemaco era un poblado real: las montañas, la laguna y la cueva que mencionó efectivamente existían. La siguiente hora continuaron hablando del tema tratando de encontrar algo de lógica a lo sucedido.

—*Frank creo que es hora de irme, ya me siento un poco mareado. Además tengo que preparar mi maleta, mañana salgo a Veracruz.*

—*Entiendo completamente tu decisión, ve a descansar y la mejor de las suertes amigo.*

—*Gracias, espero estar tomando la decisión correcta.*

—*Dios guíe tu andar y te ayude a encontrar lo que estás buscando.*

—*Por mi dulce Betty, tomar cualquier riesgo vale la pena, así que México, allá voy.*

Ya en casa, Henry empezó a hacer una pequeña maleta con lo mínimo necesario, cuando su amada Betty lo sorprendió.

—*¿Qué haces?*

—*¡Eh!… ¡Aaah!… Creo que me atrapaste.*

—*¿Adónde tan peinado y sin permiso? ¡Ja, ja, ja!*

—*Hoy en el bar, Frank nos invitó a festejar su cumpleaños en Las Vegas. Sólo serán un par de días, pero si no quieres quedarte sola, ahorita les llamo para cancelar.*

—*No, nada de eso, te hará bien este viaje con tus amigos. Salir de la rutina te relajara un poco.*

—*Gracias por ser tan comprensiva Hany Buny* —*le dijo mientras besaba su frente.*

—*No vayas a andar de viejo rabo verde con las bailarinas, ¿eh?*

—*¿Entonces desempaco las píldoras azules? ¡Ja, ja, ja!* —*se echaron a reír.*

—*¡Que ocurrente eres!… ¿bueno, y a qué hora salen?*

—*Por la madrugada, para librar el tráfico en la autopista.*

—*¡Entonces vamos a dormir!, que no eres un jovencito.*

Durmió unas pocas horas antes de emprender el camino al aeropuerto, donde tomó el primer avión a la ciudad de Veracruz. En cuanto bajó del avión, consiguió un taxi a Catemaco. Al llegar al pequeño poblado, como pudo, se hizo entender. Preguntó si había alguien en el pueblo que pudiera ayudarlo como intérprete.

Amablemente lo llevaron a la casa de César, el joven maestro de inglés de la escuela municipal; brevemente lo puso al tanto del motivo de su viaje, la respuesta que recibió, resultó poco alentadora.

—*Entiendo su urgencia, por lo cual lamento ser yo quien tenga que decepcionarlo.*

—*¿Decepcionarme?… ¿Por qué?*

—Hace tres años que Doña Itze no recibe visitas, dice que ya está muy vieja para dar servicios.

—¡Llévame con ella, para explicarle mi situación!; tal vez por compasión logre convencerla de atender mi caso.

—Odio ser pesimista, no creo que vaya a atenderlo. Con frecuencia llegan personas con historias similares o más conmovedoras que la suya y lo único que reciben es una negativa tras otra. Es más, ni siquiera pueden verla, su nieta Irma no deja entrar a nadie, para ella no hay motivo o dinero que valga.

»Cuando alguien toca a su puerta con alguna petición, siempre los recibe con la misma frase: "Deja preguntarle a mi abuela". Entra a la casa para salir un par de minutos después, con la misma respuesta: "No puede recibir a nadie en este momento, no se siente bien, mil disculpas".

—¡No lo puedo creer!…. ¿Viajé mil millas para esto?… ¿Qué estúpida broma es esta?

—¡Vamos anímese un poco, no todo está perdido!… En el pueblo hay más curanderos con cierta fama. Si gusta, puedo llevarlo con alguno de ellos, tal vez lo puedan ayudar.

—Si no hay más remedio… Creo que ahora aplica ese viejo dicho de que: "Un perdido a todas va".

» ¿A quién me recomiendas?

—Aquí cerca este Don Cenobio, dicen que es bueno. Vamos con él. En una de esas lo puede ayudar.

—Pues vamos.

Sintió como la última esperanza de ayudar a la abuela se le escurría como agua entre los dedos. Con el ánimo por los suelos salieron de la casa de César, para visitar a un curandero (*el cual estaba seguro no era el correcto*).

Al salir se encontraron a una alumna de César, de nombre Lupita; cuando la chica los vio puso una cara de sorpresa monumental, en ese momento no entendieron el porqué de su reacción.

—¿Qué tal Lupita?… ¿Me buscabas?

—Algo más o menos así; mire maestro no doy crédito a lo que está pasando, usted va a pensar que no estoy bien de la cabeza, pero no, ¡le juro que no estoy loca!

—¡Vaya juego de palabras!, no te estoy entendiendo nada… ¿Qué es lo que no puedes creer?

—¡Sí verdad!… Creo que ya me hice bolas. El asunto es que Doña Itze me mandó a darle un recado al gringo que está con usted.

—¿Itze la Chamana te mandó a darle un recado a él?… ¿Quieres tomarme el pelo?

—¡Como creé maestro!, yo sería incapaz de eso.

—¿Cómo esperas que crea que Doña Itze sabía que tenía una visita?

—Eso sí, yo no sé. La cosa es que ayer cuando pasaba frente a la casa de Doña Itze, su nieta se asomó por la ventana y me pidió entrar a su casa porque su abuela necesitaba que le hiciera un favor.

»Cuando entré me llevó al corral, donde estaba sentada en una mecedora una anciana, la cual lucía muy cansada y con voz tenue me dijo:

«"Lupita necesito que por favor mañana a las dos y diecisiete de la tarde, estés afuera de la casa de tu maestro de inglés. Dile que traiga a mi casa al extranjero que lo está visitando porque tengo un mensaje que darle"».

»Cuando salí de su casa me dije: "Pobre señora ya se le van las cabras". Le juro no pensaba venir, consideraba que sería una pérdida de tiempo, pero no sé cómo explicarle: esta mañana sentí algo dentro de mí que simplemente terminó haciéndome venir.

—Ciertamente es algo raro tu relato, pero si algo he aprendido en estos trece años viviendo en Catemaco, es que en este pueblo, cualquier cosa es posible.

—Yo no sé ni que pensar, imagínese mi sorpresa al ver que realmente usted estaba con un gringo y sucedió a la hora que me dijo, es algo para no creerse. Bueno ya cumplí el encargo, así que mejor me voy; porque con todo y pena, déjeme confesarle que esto empezó a asustarme.

—Muchas gracias Lupita y no te avergüences que también a mí se me ha erizado la piel.

En cuanto Lupita se marchó, César lo puso al tanto de lo sucedido, la primera reacción de Henry fue de alegría, instantes después se desconcertó al no encontrar lógica en lo que estaba sucediendo.

Aún incrédulos, se dirigieron a la casa de la chamana. Al llegar tocaron la puerta, una amable joven salió a recibirlos y antes de que pudieran explicar el porqué de su presencia, ella les dijo:

—*No se preocupen, sé quiénes son y por qué están aquí. Entre por favor, mi abuela lo espera.*

—*Disculpa Irma, él no habla español y tu abuela no habla inglés que yo sepa, así que creo también debo de entrar para servir de intérprete* —*mencionó César.*

—*Lo siento, mi abuela fue muy clara: "Sólo él debe de entrar". Ella sabe hacerse entender y de ser necesario, yo hablo un poco de inglés.*

César le explicó la situación. El abuelo no tuvo problema alguno en aceptar la condición.

—*¡Entre!, yo lo espero aquí afuera por si me necesita* —*dijo Cesar.*

—*Ok muchas gracias… Ahora regreso.*

Fue conducido a través de un largo corredor lleno de macetas, hasta a un cuarto en el interior de la casa. Al entrar se le erizó la piel.

Aquel cuarto era amplio; algo sombrío y bastante misterioso, iluminado por decenas de veladoras, lleno de altares a diferentes deidades, manojos de distintas plantas colgaban en una de las paredes. Había dos estantes repletos de frascos, cuarzos y amuletos relacionados con diversas culturas.

En el techo, paredes y piso, había símbolos y jeroglíficos grabados (*prehispánicos, orientales, egipcios, romanos, celtas, griegos, semitas, mesopotámicos, druidas, runas escandinavas, pentagramas, entre muchos otros que no logró reconocer*).

En el centro del cuarto estaba una anciana sentada, que según Henry irradiaba paz y tranquilidad, estableciendo un equilibrio en el lugar. Cuando la anciana lo vio entrar, con una seña de su mano le solicitó acercarse, tomó sus manos, lo miró directamente a los ojos para entablar comunicación sin necesidad de abrir la boca.

—Henry deja escapar de tu mente todos esos pensamientos de inseguridad, aquí estás seguro, no tienes nada que temer. Te esperaba desde hace tiempo, sabía que vendrías pero no cuándo llegarías. Hasta el día de ayer, mis visiones sobre ti fueron claras.

—Le agradezco que me reciba, disculpe si sueno impertinente pero estoy intrigado: ¿cómo es posible que usted supiera que yo vendría?

—Hay tantas cosas que el hombre desconoce, tanto conocimiento olvidado; su ignorancia espiritual actual, no le permiten entender de lo que es capaz.

»Se enorgullecen de conseguir avances científicos, ignorando que las leyes físicas del hombre cambian continuamente conforme avanzan sus conocimientos, olvidando que las perpetuas leyes del espíritu no cambian, esas siempre permanecen iguales.

»En lugar de tratar de entender estas leyes, tontamente les rehúyen desdeñando descubrir los verdaderos alcances de su raza.

—Discúlpeme, no entiendo lo que me trata de decir.

—Sé que en este momento eres lo bastante ignorante para comprender, lo único que te pido es: "no olvides mis palabras, algún día en el futuro, después de un duro caminar, lograrás abrir tu mente, lo confuso será claro y lo inexplicable evidente".

—Sigo sin entender, pero le prometo recordar cada una de sus palabras. Ahora dígame por favor, si puede ayudarme con la enfermedad de mi esposa.

—Lo siento, no puedo ayudarte con eso. Mi fin, está más cerca de lo que crees, mi energía vital ya no es suficientemente fuerte para ayudar a las personas.

—¿Qué está diciendo?... ¿Me hizo venir aquí, sólo para burlarse de mi desgracia?

—No es esa mi intención, aunque es difícil para ti, te pido que trates de entender.

—¿Qué debo de entender?

—En cada momento presente, somos en el mundo Tres Seres de Luz. Capaces de dominar y manipular el poder de la energía del cosmos. En el instante que uno de nosotros muere, un nuevo iluminado nace.

»En promedio, el elegido tardara entre quince y diecisiete años en aprender a dominar su don. Hace seis años murió en Japón, Akira. Su sucesor Asim, nació en Egipto, él aún es muy pequeño para controlar su don.

»En cuanto tú salgas de esta habitación, mi vida en este plano habrá llegado a su fin. En Grecia, nacerá Aileen mi sucesora, quien en década y media nada podrá hacer. Lo que nos lleva al tercer y único ser de luz activo en este momento, Dasan, un joven nativo americano.

»Él, es en este momento el único ser con el poder para sanar a tu esposa. El inconveniente es que hace cuarenta días, Dasan realizó un viaje para enfrentar a sus demonios internos, del cual no ha logrado regresar.

»Él necesita ayuda para encontrar el camino de regreso. —Le mostró un anillo de oro, que en toda su estructura tenía símbolos grabados de diferentes culturas antiguas, tanto en la parte interior como en la exterior — ¡Llévale este anillo para que pueda completar el ciclo!

»Tu tarea no será fácil: te juzgaran de loco, enfrentaras peligros; tendrás que superar retos arriesgando tu vida y la de seres queridos. Quizás sea demasiado pedir, pero tal vez tú seas la última esperanza de la humanidad para evitar una depuración más.

—¿De qué está hablando?

—Sin un ser de luz que contenga el avance de la oscuridad, en unos pocos años el mal triunfaría. Y nuevamente el espíritu creador se vería forzado a realizar una purificación de este mundo, a costa de millones de vidas inocentes.

»La última vez que faltó un ser de luz activo, llegó la Primera Guerra Mundial, afortunadamente Akira cumplió quince años en 1918, logrando contener parcialmente el avance de la oscuridad. En 1925 me le pude unir, juntos nos fortalecimos para poder vencer en la Segunda Guerra Mundial a los emisarios de la oscuridad.

»Mis visiones no me mostraron si triunfarás o fracasarás en el intento, no te pediría semejante sacrificio si no estuviera desesperada, por favor encuentra a Dasan, es tu única esperanza para devolverle la salud a tu esposa, ¡ayúdalo a regresar y él te ayudará!

—En caso de que creyera todo lo que me está diciendo y estuviera dispuesto a correr el riesgo, ¿dónde encuentro al tal Dasan?

—¡Ven!, acércate, deja ponerte el anillo —la anciana le puso el anillo, el cual calzo a la perfección.

»"Deberás encontrar el camino oculto a la vista de todos. Inicia tu búsqueda en el lugar donde se unen los cuatro puntos, el círculo te indicará la ruta del Ave del Trueno. En la piedra del dios creador, la luna te revelará lo que el sol oculta. La serpiente salvaje deberás montar. Bajo su blanca melena, su oscura y húmeda boca estará, en sus entrañas lo que buscas encontrarás".

El abuelo sintió como la mano que lo sujetaba cada instante estaba más débil y helada hasta que lo soltó. El cuerpo de la anciana se transformó en destellos de luz que se elevaron al techo, formando un remolino, para terminar formando una perfecta esfera de luz, la cual descendió a gran velocidad a volverse una con el anillo.

Incrédulo y desorientado salió de la habitación. En el corredor Irma lo esperaba. Trató de encontrar como explicarle lo que acababa de suceder, sin embargo, las sorpresas no paraban de acontecer.

—No se preocupe, no tiene por qué darme explicación alguna. Mi abuela me habló de lo que sucedería, puede irse tranquilo, le deseo la mejor de las suertes.

—Gracias por todo, lamento tu pérdida, con permiso.

Mientras se dirigía a la salida, una fotografía colgada en la pared llamo su atención, en ella creyó reconocer al *misterioso hombre del bar*. Intrigado descolgó la foto y preguntó.

—Disculpa mi curiosidad… ¿Quién es este señor?

—Él es José de Jesús, mi papá, ¿por qué la pregunta?

—Creo que lo conozco.

—¿De verdad?

—¡Sí!, ayer tomé unas cervezas con él.

—Debe de estar confundido por todo esto que está pasando.

—No, en verdad ayer estuve con él.

—Eso es imposible, mi papá hace siete años murió en un accidente de tráfico en California.

—¡Oh!… Disculpa, cuanto lo siento en verdad. Tienes razón, me confundí, perdón.

—No se preocupe, mire esta es la foto de la tumba de mi padre.

—Disculpa que es eso que está en la caja de cristal sobre la tumba.

—Ese era su sombrero favorito: que lo pusiéramos sobre su tumba, fue su última voluntad.

—¡Bonito sombrero! (una tejana café, con plumas multicolor), bueno ahora si me despido.

Convencido de que el hombre de la foto y el hombre del bar eran la misma persona, salió de la casa pensando…

—¿En qué diablos estoy metido?

Al salir le pidió a César lo llevara a un lugar donde poder comer. Fueron a una pequeña fonda en el mercado municipal, donde después de disfrutar de un sabroso pescado dorado y un par de refrescantes cervezas, estaba listo para regresar.

Durante todo el tiempo que estuvieron en la fonda, César trató de sacarle información de lo sucedido sin conseguirlo. En esos momentos Henry aún estaba procesando los hechos. Ni él mismo tenía claro lo que había sucedido.

—Muchas gracias César por todas las atenciones… ¿tú dirás cuánto te debo?

—No se preocupe, no es nada, espero haberlo ayudado.

—Más de lo que te imaginas. Acepta por favor este dinero como agradecimiento.

—De verdad se lo agradezco. No es necesario, está bien así, no es nada.

—¡Vamos hombre, acéptalo!

—Mire le propongo lo siguiente: si en verdad quiere dar ese dinero en muestra de agradecimiento, déselo de mi parte a uno de mis paisanos que encuentre necesitado en las calles de su ciudad, ¿le parece?

—Trato hecho y felicidades por ese gran corazón que tienes muchacho… un último favor, me puedes llevar a tomar u taxi.

—Con gusto, no faltaba más.

Se despidieron con un apretón de manos. Al día siguiente ya estaba de regreso en casa, de inmediato le platicó a Betty lo sucedido (*omitiendo hablar de los riesgos, le pintó un panorama sencillo para que no se preocupara*, dejándole en claro que lo de Las Vegas había sido una pequeña mentira piadosa).

—*¡Ay, Henry!, en que líos te metes por mí... mil gracias.*

—*¿Qué agradeces cariño? Estoy seguro que tú en mi lugar, harías eso y más.*

—*Déjame ver ese anillo que tanto te intriga.*

—*¡Claro!*

Trató de sacarse el anillo pero no lo pudo hacer. Al llegar a la mitad del dedo, una fuerza invisible le impedía continuar; cuando soltaba el anillo este retrocedía por si sólo a su posición inicial.

—*¿Qué magia es esta?... ¡Vaya que estoy sorprendida!; las pocas dudas que me quedaban para creerte han desaparecido por completo.*

—*¡Vez que es cierto!, mañana saldré en busca de ese tal Dasan, para entregarle el anillo. Solucionara nuestro problemita y estaré de regreso para la cena. Ya verás que pronto todo volverá a ser como antes.*

—*Una parte de mí se alegra al ver tu entusiasmo, pero el resto de mi ser se preocupa. Ya no eres un jovencito para andar en estos trotes.*

—*Vamos mujer, si apenas tengo sesenta y cuatro años, la flor de mi juventud. ¡Ja,ja,ja!*

—*Deberías llamar a Nick para que te acompañe.*

—*No, creo que será mejor dejarlo fuera de esto en este momento.*

—*Tú sabes lo que haces... ven acá mi príncipe azul que vienes a salvarme, déjame abrazarte.*

Se tomaron de las manos, mirándose tiernamente a los ojos, para terminar fundidos en un caluroso abrazo. Se sentían llenos de esperanza en que el futuro traería cosas mejores.

¡Que equivocados estábamos!, lo que creíamos una bendición del cielo, terminaría por convertirse en algo muy cercano a una maldición del infierno. El camino que el abuelo había elegido tomar, conduciría a toda nuestra familia a un lugar incierto, lleno de sufrimiento, incertidumbre y dolor.

Los Apalaches decían: "es menos problemático ser pobre que deshonesto"; tenían razón: "el hombre honesto es aquel que cumple su palabra a costa de lo que sea".

Si por temor o comodidad decides ser deshonesto, más temprano que tarde, el espíritu creador te hará pagar por tu deshonestidad. Así que cuando empeñes tu palabra, asegúrate de que sea algo que puedas cumplir.

Capítulo IV
Las 3 promesas...
El inicio del camino

Si permites que otros elijan por ti el camino, quizás termines extraviado, recuerda el dicho: "Demasiados capitanes dirigirán el barco a encallar".

De esta manera concluyó el viaje del abuelo. Todo estaba sucediendo tan rápido que era difícil para él digerirlo de manera adecuada. Su cabeza era un mar de aguas turbulentas en donde era difícil distinguir la realidad de la ficción. La esperanza se mezclaba con el temor haciendo imposible distinguir entre los dos.

A pesar del cúmulo de dudas, no dejaba de pensar que tenía que cumplir la promesa hecha a Itze. Su creencia en que el hombre debe cumplir la palabra empeñada era inquebrantable. Para él, no aplicaban las palabras de *François De La Rochefoucauld*: "*Prometemos según nuestras esperanzas y cumplimos según nuestros temores*". Para él, tenía importancia la frase de *Salomón*: "*Como las nubes de viento que no tienen lluvia, así es el hombre fanfarrón que no cumple sus promesas*".

Quizás algunas veces sería sano dejar de cumplir algunas promesas hechas a la ligera o dime:

—*¿Estarías dispuesto a cumplir una promesa, a costa de tu vida?*

Mientras meditas tu respuesta, continuemos con la historia.

Como de costumbre, por la tarde mi abuelo fue al bar. (*Encontró en la barra a sus amigos Mike y Ramón*).

—*Buenas tardes señores.*

—*Buenas tardes. —respondieron.*

—*¿Qué tal va el día Frank?*

—*Bastante bien… ¡Cuéntame cómo te fue en México y no omitas ningún detalle!*

—¿De qué hablas? (mi abuelo hizo un pequeño gesto para indicarle que esperara).

—¡Ah!… De ellos no te preocupes, Mike y Ramón ya están al tanto de todo. ¿No es así muchachos?

—Así es Henry, ya vez que "Frank no es comunicativo". En cuanto llegamos, no terminábamos de sentarnos, cuando ya había terminado de platicarnos lo que les sucedió. ¿Verdad Ramón?

—Ni más, ni menos, así que puedes empezar a desembuchar. Somos todo oídos.

—¡Vaya que resultaron comunicativos! Les platicaré todo con una condición.

—¿Tú dirás? —preguntaron de manera sincronizada.

—Deben de jurar por lo más sagrado que tengan, que no se burlaran de mí y bajo ninguna circunstancia platicaran lo que les cuente, especialmente tu Frank.

—Disculpa, necesitaba desahogarme con alguien, te aseguro que de hoy en adelante, seré una tumba, lo juro por mi esposa y mi pequeño beisbolista.

—Yo lo prometo por mi amada Ross y mis traviesos gemelos, palabra de chico explorador —levantó su mano derecha haciendo el saludo scout.

—Creo que sólo falto yo —dijo Ramón—. Bueno, va por mi honor y por mi fiel compañero Laky.

—De acuerdo, ¡empecemos!…

Durante las siguientes tres horas, el abuelo les platicó lo sucedido en México. Les mostró lo que sucedía con el anillo. Sorprendidos por tan épico relato, no eran capaces de interrumpir. Conocían demasiado bien a Henry para saber que aquella historia, era completamente veraz.

Al final de la velada el abuelo les informó que al día siguiente saldría en busca del lugar donde se unen los cuatro puntos. Pidiéndoles le desearan buena suerte, Mike tomó la palabra.

—Amigo Henry, no estás solo en esto. Yo te acompañare y no aceptaré un no como respuesta.

—¡Qué diablos yo también voy! No tengo nada mejor que hacer. —acotó Ramón.

—¡Bienvenidos a bordo muchachos!

—*Ahí si van a tener que disculparme por no poder acompañarlos, yo si tengo que trabajar, a diferencia de otros yo no estoy jubilado, pero puedo ayudarlos desde aquí, todo lo que necesiten buscar en internet con gusto lo hare por ustedes. —expresó Frank.*

—*Chicos creo que tendremos una linda secretaria. ¡Ja, ja, ja! —bromeó Ramón.*

—*¡Tampoco, tampoco!*

—*Gracias muchachos. Son los mejores amigos del mundo. Déjenme decirles que…*

—*¡Ya, ya! Para tu carro, no vayas a dar un sermón para hacernos llorar. Este último tarro de la noche… la casa invita.*

—*¡Ahora sí que el mundo se va acabar! Frank acaba de invitarnos un trago. —exclamó Ramón.*

—*Yo creo que nuestro club recién fundado debe de tener un nombre: "La cruzada de los cuatro chiflados"… ¿Qué les parece? —propuso Mike entre risas.*

—*Moción aprobada. ¡Salud!... por "Los cuatro chiflados" —dijo Frank*

—*¡Escuchen chicos!, no creo que esta aventura sea como comer una rebanada de pastel. Así que les pido hagamos un pacto: vamos a PROMETER que pase lo que pase nadie renunciará, hasta no conseguir el objetivo final… ¿Estamos todos de acuerdo?*

Todos levantaron su tarro y con un trago de cerveza sellaron su pacto. Prosiguieron ultimando detalles sobre el viaje del día siguiente con el cual iniciarían su aventura.

Una semana después, regresaron derrotados. Si bien encontraron el monumento donde se unen los cuatro puntos (*lugar enclavado en el territorio que hace milenios perteneció a los hopis y navajos*), no lograron encontrar ni la más mínima pista de cómo continuar para resolver el acertijo.

Frank por su cuenta, recopiló información acerca de historias orales hopis, que hablaban de seres elegidos, capaces de entender y controlar la energía creadora. Estas historias, confirmaban la leyenda de los seres de luz, inyectándoles un poco de entusiasmo para contrarrestar la frustración.

El siguiente par de meses transcurrieron de la misma manera: de lunes a viernes reunión vespertina en el bar para revisar lo que cada uno había investigado por propia cuenta; sábados y domingos salir de expedición.

Rendirse no era una opción, para ellos no existían pistas pequeñas. Se habían obsesionado con las leyendas de los pueblos nativos americanos. Donde hubiera un libro, ruina o jeroglífico, se las ingeniaban para estar ahí.

Si un profesor en la universidad de SLO tenía información lo consultaban. En los Álamos o Cambria vivía un anciano indio, lo visitaban. Si en el museo de Santa Bárbara había piedras con petroglifos, no permitían que nada les impidiera verlas. No dejaban piedra sin mover en busca de respuestas.

Su esfuerzo dio frutos, averiguaron que el lugar donde se unen los cuatro puntos era incorrecto. En 1868 el tipo al que se le encomendó marcar este punto, tuvo algunos errores de cálculo, emplazando geográficamente el lugar de manera errada. El gobierno se dio cuenta de ese error unos cuantos años después, pero decidieron no moverlo porque la gente ya ubicaba ese sitio como auténtico.

En un artículo de un viejo diario de 1888 encontraron que las fallas de medición correspondían a dos millas hacia el norte y un cuarto de milla al oeste, este descubrimiento habría una nueva puerta a un mundo de posibilidades. Ansiosos como niño en navidad, esperaron que llegara el sábado para salir en busca de ubicar el lugar correcto.

La alegría y optimismo terminaron abruptamente para el abuelo. Ese día al regresar a casa, encontró a la abuela desmayada en el piso. Con un poco de alcohol logró reanimarla; de inmediato llamo al 911; pocos minutos después salía una ambulancia con la abuela camino al hospital.

En cuanto mi padre se enteró, se dirigió al hospital. Al llegar encontró al abuelo visiblemente afectado sentado al lado de la cama donde la abuela dormía.

—*Vine en cuanto lo supe. ¿Qué paso?... ¿Qué te dicen los médicos?*

—*¡Ven hijo, salgamos para platicar!*

Mi abuela abrió los ojos y les hizo una petición.

—¡No me dejen sola por favor!, pueden platicar sin problemas delante de mí.

—Claro mamá aquí nos quedaremos. ¿Qué me querías comentar papá?

—¡Ah!... ¡hum!... Creo que lo olvidé.

—¡Viejo gruñón deja de guiñarle el ojo!, no eres bueno para disimular. ¡Hijo siéntate por favor!, tu padre te quería decir que las noticias no son alentadoras.

»El tumor ha crecido demasiado; ya presiona partes esenciales de mi cerebro. Hoy o mañana dejaré de tener conciencia plena de mis actos; en un par de días mi mente empezará a divagar y en dos o tres semanas, todo terminará.

—¡No puede ser!, ¡hay que llevarte a otro hospital!, ¡que te hagan otros…!

—No tiene caso hijo, acepta las cosas como son, nosotros ya lo hicimos (después de aquel comentario se dio un incómodo silencio), ¡Ven acá mi pequeño constructor! (Lo abrazó dulcemente, deseando eternizar el momento, después de un par de minutos lo soltó. Tomó un pañuelo desechable y secó las lágrimas de ambos).

»Hijo intenta sonríe, verte afligido me pone triste y yo no quiero estar triste; quiero ser feliz en mis últimos días. Por favor, ve por los diablillos para poder despedirme.

—¡Claro! (Exclamó mi padre, respirando hondo y tallando sus ojos) Voy por ellos… regreso más tarde.

El abuelo se sentó al lado de la cama y tomó la mano de la abuela.

—¡Discúlpame Honey Bunny por haberte fallado!

—¿De qué rayos estás hablando?, tú nunca me fallaste; siempre has estado a mi lado; me has hecho la mujer más feliz del mundo durante cuarenta años. Me ayudaste a formar y criar al mejor hijo que cualquier matrimonio pueda pedir, cumpliste mis antojos, supiste lidiar con mis enojos y sobre todo: siempre fuiste capaz de hacerme sentir que ganaba nuestras discusiones por tener la razón.

»Saca de tu mente esos tontos pensamientos; no tengo nada que perdonarte y tú no tienes nada que reprocharte, siempre supimos vivir el hoy.

—Gracias por tus palabras, pero no logro sentirme mejor a pesar que sé que siempre puse el 110% en nuestra relación. Siempre fui correspondido, también sé que tuve en mis manos la posibilidad de salvarte, pero fallé.

»En tres meses no he sido capaz de descifrar un estúpido acertijo. Es más, creo que te dejé sola por ir a pelear con molinos de viento, buscando algo que no existe. Tanto deseaba ayudarte que me aparte de lo racional. Creí en esas estupideces de seres de luz. ¡Que estúpido fui!, si tan sólo en lugar de…

En ese momento la abuela le tapó la boca con su mano, impidiéndole terminar la frase.

—¡Shhh!… Basta Henry, por favor deja de hacerte daño, eres un hombre íntegro, no tienes nada de qué avergonzarte. En verdad te agradezco que lo hayas intentando. La mayoría habrían tirado la toalla desde hace mucho.

»En cuanto a lo de tu loca cruzada, déjame decirte que al principio en verdad creí que habías perdiendo un tornillo. Luego vi lo que sucede con el anillo y pensé: bueno, no está tan loco aún.

»Junto con tus amigos, han logrado encontrar tantas pistas que les dan la razón, que no puedes renunciar ahora. Como te lo dijo aquella anciana: tal vez tú seas la última esperanza para la humanidad.

»Cierto que han avanzado lento, no alcanzarás a salvarme, yo no tengo problema con eso. Me consuelan dos cosas: saber que lo intentaste por mí y saber que este no es un adiós sino un hasta luego. Nada más te voy a agarrar poquita ventaja. Allá te espero para ser felices por la eternidad.

—Gracias, ahora si tus palabras lograron confortarme y por supuesto que más pronto que tarde, nos volveremos a reunir para ya no separarnos jamás.

Se dieron un tierno beso, abrazándose entre sollozos. Al final se tomaron de las manos, cerraron los ojos para hacer una plegaria, agradeciendo al creador por los buenos tiempos y por permitirles tener la oportunidad de despedirse.

—Henry, te voy a pedir cuatro cosas. Tendrás que prometerme que las cumplirás.

—¡Seguro, lo que sea!

—No dejes solo en estos momentos a nuestro pequeño Nick. Él es sólo un niño grande, necesitará de tu apoyo para pasar este trago amargo. En cuanto esto termine, renta nuestra casa y múdate con él, para que estés al pendiente.

»Segunda, sigue malcriando a ese par de diablillos, que para educarlos están sus padres. Recuerda siempre ser su abogado incondicional; defenderlos de los castigos de Nick y Mery. Deberás aprender a cocinar galletas de chispas de chocolate para ellos y asegurarte de que nunca se pierdan el estreno de moda.

»No olvides llevar contigo a Blaky. Recuerda siempre tener premios disponibles para él; limpiar su caja de arena; dejarlo dormir en tus piernas durante el día y en tu cama por las noches. ¡Ah!, muy importante, no olvides rascar su cabeza por las mañanas mientras ronronea, sabes cómo le agrada eso.

»Finalmente, la más importante PROMESA, por el bien de todos, sigue caminando, no te detengas, aún no es momento de descansar. No renuncies a tu encomienda de encontrar a Dasan, ¡entrégale el anillo! Cumple con tu parte para salvar el mundo, salva a tus seres queridos y sálvate tú. ¡Prométeme que no te rendirás!

—¡Claro!... sabes que soy hombre de palabra. ¡Cómo podría decirle no a la petición de tan bella dama!

En ese preciso momento, entramos a la habitación. Las siguientes cuatro horas sirvieron para que la abuela se despidiera de nosotros. A ratos lloramos, a ratos reímos recordando los maravillosos viejos tiempos (que tristemente no regresarían jamás) hasta que una enfermera nos interrumpió, informándonos que el horario de visitas había terminado.

Henry fue el único que pudo quedarse a hacerle compañía. Al día siguiente como lo anticiparon los doctores, la abuela empezó a presentar desvaríos. Durante cuatro días más, el abuelo permaneció estoico a su lado hasta que llegó el momento para la dulce abuela Betty de andar su último sendero, el cual esperábamos que la llevaría a un mejor lugar.

Los recuerdos del funeral de la abuela son vagos, creo que mi mente los bloqueo para protegerme de no tener que estar sufriendo una y otra vez al recordar. Una semana después, mi abuelo se mudó a nuestra casa. Todos los miembros de la familia nos apoyamos entre sí para darle vuelta a la página.

Tratando de recuperar aunque fuera un poco de lo que se había ido con la partida de la abuela. Poco a poco logramos retomar nuestras actividades "normales". El tiempo logró sanar algunas heridas. Regresó la armonía a habitar nuestra casa. Mi abuelo cumplía al pie de la letra con los últimos encargos de la abuela.

Nada extraordinario sucedió por algún tiempo, hasta que en 2011 llegó el momento de la tercera promesa. Ahora que mi abuelo vivía en nuestra casa, día tras día nuestra relación se hizo fuerte, estrecha e inquebrantable, más que de familiares, de amigos incondicionales

La rutina del abuelo cambió muy poco: de lunes a viernes por las mañanas continuaba con la eterna restauración de su camioneta. A mediodía, reunión obligada del club de los cuatro chiflados en el bar. Luego regresar a casa para convivir con la familia (*en especial conmigo*), los fines de semana los viajes continuaron para tratar de encontrar el camino que condujera hasta Dasan.

Por mi parte, asistía a la escuela donde las horas se me hacían eternas, anhelaba regresar a casa. Hacer de prisa mis tareas para librarme de las obligaciones diarias y entonces poder salir al patio trasero a sentarme con el abuelo en la vieja banca, acompañados por una refrescante limonada para mí y una 805 bien helada para él.

Cada tarde, con voz clara y pausada, me contaba sobre sus innumerables aventuras. Los avances que realizaban en la semana, las nuevas leyendas que encontraban, así como sus teorías del origen de los tiempos, la naturaleza y el hombre; hasta que éramos interrumpidos por el repicar de una pequeña campana y el dulce grito de mamá.

—*¡Hora de comer!... ¡Límpiense los pies antes de entrar a la casa y no olviden lavarse las manos antes de sentarse a la mesa!*

Acabando de comer, mientras el resto de la familia hacía plática de sobremesa, yo levantaba la mesa y lavaba los platos para inmediatamente después llevar una cerveza a la biblioteca y gritarle al abuelo:

—*¡Abuelo, el conocimiento se enfría y tu cerveza se calienta!*

—¿*Eso no es bueno para nadie verdad? Tiempo de hojear libros y beber cerveza.* —respondía.

Pasábamos el resto de la tarde leyendo sobre los pueblos americanos originales (olmecas, siux, apaches, hopis, cheyenne, navajos, anasazis, tarahumaras, incas, cocas, tarascos, aztecas y mayas).

Todo lo que considerábamos importante lo anexábamos al diario del abuelo (una carpeta de aros, con pastas forradas con piel café de ciervo, ya muy gruesa por tanta información, llena de referencias históricas, leyendas, mapas y dibujos, donde se mezclaban miles de datos, respaldando teorías que apuntaban a que había un origen común para todos los pueblos antiguos) hasta que papá nos interrumpía con la frase que yo tanto odiaba escuchar.

—¡*Hora de dormir Indiana Jones y Marco Polo!*

En referencia a los míticos exploradores. A regañadientes salía de la biblioteca para tomar una ducha y acostarme a dormir, con la esperanza de recibir durante el sueño. La visita del espíritu ancestral de la sabiduría (que según mi abuelo, cada cierto tiempo elegía a un humano) que me daría la capacidad de conocer lo oculto, lo cual nunca sucedía. A la mañana siguiente, al ver al abuelo, lo primero que le decía era:

—*Una noche más y nada de visitas.*

Él me tomaba de un brazo para consolarme.

—*Pequeño aprendiz, Oso Roba Galletas, la paciencia debe ser la principal virtud de un buen cazador, no pierdas la esperanza. Cuando menos lo esperes, ante ti, saltará la liebre. Ahora toma tu desayuno que se te hace tarde para la escuela.*

Con este acto, el ciclo diario se reiniciaba. Una noche que no podía conciliar el sueño, decidí bajar para prepararme un emparedado de crema de maní. Cuando bajaba las escaleras, escuché voces en la cocina (eran mis padres hablando con el abuelo. Intrigado me quedé en silencio para escuchar de que trataba el asunto).

—*Siéntate papá por favor, necesitamos hablar contigo acerca de tu relación con Jr.*

—*Ustedes dirán… sin rodeos por favor.*

—Muy bien Henry, vamos al grano, queremos pedirte que por favor dejes de obsesionar a Jr., con esos cuentos y leyendas de un mundo alternativo fantástico.

»Entendemos porqué haces esto y lo respetamos, pero a Jr., esto no le hace ningún bien. Cuando crezca, él se dará cuenta que todo sólo eran ilusiones y mentiras. Cuando el castillo de naipes que han construido se derrumbe. Se decepcionará de ti por haberle hecho perder su tiempo.

—Les aseguro que no son cuentos. Si tuvieran un poco de confianza en mí. Sí le echaran un vistazo a todo lo que he encontrado, se darían cuenta que esto es más grande que todos nosotros.

—Papá disculpa si suena duro lo que te voy a decir: durante los últimos tres años has desperdiciado tiempo, dinero y esfuerzo en esa eterna y tonta búsqueda. Los caminos que has decidido tomar no te han llevado a ningún lado.

»Sé que se lo prometiste a mamá y por eso no quieres renunciar a ello, porque es algo que aún te une a su recuerdo. Si eso te funciona para hacer más llevadera su ausencia está bien, adelante, hazlo, es tu vida, tu tiempo y tu dinero. Sólo por favor no arrastres a Jr a tu mundo.

—¿En verdad creen que toda esta búsqueda es una locura y pérdida de tiempo?

—Si Henry, creemos que estás peleando contra molinos de viento. Buscas cosas que no existen, por lo cual, nunca las encontrarás. Un hecho vale más que mil palabras y tú sólo tienes palabras, algunas escritas, pero al fin sólo son eso, simples palabras.

—Escuchen bien, este fin de semana saldré con Mike y Ramón. Esta ocasión será diferente, tenemos la confianza de que por fin, encontraremos lo que hemos estado buscado. Le demostraremos al mundo que no somos unos viejos chiflados.

—Lo que tú digas Papá, sólo promete que si el lunes regresas con las manos vacías, aceptarás que todo ese mundo fantástico, sólo vive en tu mente y en realidad no es más que humo. Si tengo razón, dejarás de influenciar a Jr. ¿De acuerdo?...

—¡Ok hijo es un trato!, pero ya verán, ya verán que el abuelo no está loco. Me tendrán que pedir disculpas por dudar de mi salud mental. Los apaches sabían que: *"La luz del conocimiento está reservada sólo para los hombres con espíritus perseverantes"*.

Al día siguiente, le confesé al abuelo que había escuchado la conversación, le imploré que me llevara con él a esta expedición, a lo que rotundamente se negó.

—*Discúlpame hijo, no puedo llevarte.*

—*¿Por qué no?, muchas veces te he acompañado de campamento al bosque.*

—*Entiende hijo, por favor. Este será un viaje diferente y quizás peligroso. La parte del bosque que visitaremos es de difícil acceso. Puede que encontremos algo que no debimos haber buscado.*

Lleno de frustración y enojo, entre sollozos, le reclamé.

—*¡Comprendo!, te acompañarán "tus verdaderos amigos". Ya no necesitas a un secretario que escriba por ti, ni un mesero que sirva tus cervezas, ¿verdad?*

—*¡Claro que no pequeño!, tú sabes que eso no es cierto.*

—*Anoche mis padres tenían razón. ¡No encontrarás nada!, ¡regresarás con pretextos como siempre, con las manos vacías! Pero ya no cuentes conmigo, no seguiré organizando tu tonta basura.*

De un manotazo tiré al suelo su diario (*en su sorpresa, el abuelo no supo que decir*). Salí corriendo y me encerré en mi cuarto. Mi abuelo tocó a la puerta varias veces para tratar de arreglar las cosas entre nosotros, por desgracia nunca abrí.

Aún recuerdo lo que sucedió aquella fría madrugada de otoño del 6 de noviembre de 2011. El abuelo y sus amigos cargaban la Pick-up en el porche de la casa, con todo lo necesario para pasar el fin de semana en los bosques de Yosemite.

Todo lo que habían investigado los llevó a concluir que en el monolito del capitán (*o To to kon oo lah la piedra del jefe, para los hopis*) encontrarían la respuesta para descifrar el acertijo.

Con la emoción a flor de piel y la adrenalina al máximo, se declararon listos para su viaje a la fama. Sin reparar en las advertencias de las leyendas orales, que hablaban de cómo decenas de aventureros habían fracasado en su intento de regresarle la grandeza a la raza humana. La mayoría pagando precios demasiado altos, deliberadamente habían decidido ignorar la advertencia que les hizo un viejo brujo hopi llamado Pluma Blanca, que conocieron durante uno de sus viajes:

«"Sólo un hombre puro como el ciervo, zagas como el zorro y decidido como el puma, logrará descifrar las pistas dejadas por los viejos ancestros. En el viento, los bosques, valles, planicies, ríos, lagos y montañas, para ser capaz de encontrar lo arcano.

Deben ser cuidadosos para no extraviarse en el trayecto. Si se apartan del sendero correcto, jamás regresarán a ver a sus seres amados. En el mejor de los casos encontrarán la muerte. La segunda opción es peor que cualquier cosa que puedan imaginar. Ante la mínima duda es mejor huir, no busquen lo que no quieran encontrar"».

Para nuestra desgracia aquel chamán tenía razón. Con el equipaje cargado, el abuelo se despidió.

—*Bueno, creo que es hora de partir, espérennos el lunes con un tri tip tres cuartos y unas 805 bien heladas, para festejar en grande.*

—*¡Claro!, cuenta con ello Henry* —exclamó mamá.

—*¡Vamos chicos es tiempo de montar, traigan acá sus perezosos traseros!*

Antes de que subieran a la camioneta solté la mano de mi padre, corrí a abrazarme fuertemente de la pierna del abuelo, implorándole me llevara con él.

Mi padre corrió tras de mí y después de una pequeña batalla de resistencia, logró separarme de la pierna del abuelo. Yo no paraba de llorar, entonces el abuelo se puso de rodillas para tomarme de los hombros y decirme:

—*Joven aprendiz Oso Roba Galletas, es momento de ser fuerte, no de llorar, busca en tu interior la fuerza para aceptar que todos tenemos tiempos diferentes para brillar y este aún no es el tuyo.*

—*¿Cómo sabré cuándo será mi tiempo?*

—*La paciencia y el tiempo son los dos caballos que deberás montar, para andar el camino. Cuando llegue tu momento lo sabrás.*

»*Ahora me tienes que PROMETER que a partir de hoy, dejarás atrás al niño débil, para convertirte en un joven fuerte y valiente.*

»*Prepárate física y mentalmente para estar listo cuando tu momento llegue. Recuerda la sabiduría sioux: "Conócete a ti mismo antes de empezar a caminar, otros pueden caminar a tu lado, pero nadie puede caminar por ti, porque tu camino sólo te pertenece a ti".*

—*Seguro que si abuelo, ¡te lo prometo!*

—*¡Oh!, hay algo más que quiero decirte, pero eso solamente tú lo debes escuchar. ¡Ven! Acerca tu oído y presta atención.* —*El abuelo me solicitó un extraño favor.*

El abuelo sacó su pañuelo, secó mis lágrimas, se quitó su amuleto anti-wendigo (un collar que llevaba al cuello; fabricado con una correa de cuero, donde colgaban tres pequeños cuarzos: uno rojo, otro azul y el tercero cristalino, rematados con una pequeña pluma) y lo colocó en mi cuello.

—*¡No abuelo! ¿Por qué me das tu amuleto?... lo puedes necesitar en tu viaje.*

—*No te preocupes, si aparece un wendigo lo partiré en dos con mi toma-hawk. Ahora se fuerte, cuida la sala del conocimiento mientras estoy ausente. Si te sientes solo, puedes empezar a enseñar a tu hermano todo lo que sabes.*

El abuelo se despidió de mis padres, subieron a la camioneta y emprendieron la marcha, agitando sus manos para despedirse. Nos quedamos parados en la calle deseándoles buena suerte, hasta que la camioneta se perdió de vista. Entramos a la casa en donde estaba mi pequeño hermano llorando al pie de la escalera, porque se despertó y se encontró solo. Corrí a su lado para abrazarlo.

—*Ya no llores, siempre estaré aquí para cuidarte. Tú serás mi nuevo aprendiz, Pequeño Cachorro Asustado.*

Me miro extrañado para después darme un abrazo. Mis padres no paraban de reír.

—*Bueno Oso Roba Galletas y Pequeño Cachorro Asustado, es hora de regresar a la cama.*

Al día siguiente, el abuelo llamó para avisar que ya estaban instalados en el campo White Wolf Lodge. Nos informó había tenido que subir a un árbol para poder comunicarse; así que esta sería su última llamada; que no nos preocupáramos. Se despidió y colgó.

El fin de semana transcurrió lento. Junto con el lunes, llegó la esperanza de presenciar el triunfal retorno de los aventureros.

En cuanto llegué de la escuela, ayude a mamá con los preparativos de la recepción. Puse un 24 en la hielera, leña en el asador, acomode mesas y sillas en el patio trasero. La familia de Mike vendría a comer con nosotros.

El reloj marcaba las cinco y media de la tarde. El asado, las cervezas y los deliciosos chilli beans estaban listos. Mi hermano y yo salimos a la calle para ser los primeros en recibirlos, tomábamos turnos para mirar calle arriba en espera de ver aparecer la camioneta del abuelo.

El tiempo transcurrió sin verlos llegar. Mis padres intentaron establecer comunicación con alguno de los tres pero fue inútil; ante cada marcación la respuesta era la misma: el número que usted marcó está apagado o se encuentra fuera del área de servicio. Favor de intentar más tarde.

Llamaron a Frank para preguntarle si sabía algo de ellos. Sólo para enterarse que él, tampoco los había podido contactar desde el viernes. La expectativa de triunfo que había en el ambiente se diluía, y poco apoco se transformó en ansias, dudas y preocupación.

Mi madre tuvo que llevarnos de comer a la calle porque no estábamos dispuestos a abandonar nuestra posición de vigilantes.

Ante la larga espera, la familia de Mike se dio por vencida.

—*Muchas gracias por todo Mery, ya es tarde y estos hombres no llegan. De seguro decidieron celebrar en algún bar sin nosotros.*

—*Dios quiera tengas razón Ross. Espero no les haya sucedido nada malo.*

—*Las noticias malas tienen alas. Si no hemos tenido noticias no creo que haya motivo para preocuparnos.*

—*¡Tienes razón! ¡Que les vaya bien, gracias por venir!, les avisamos en cuanto sepamos algo.*

—De acuerdo, y si nosotros sabemos algo antes, les avisamos.

Subieron a su auto y se marcharon. Mi padre nos llamó para que entráramos a la casa. Le pedimos que nos dejara hasta las diez. Aún teníamos la esperanza de verlos llegar sanos y salvos.

El tiempo continuó su marcha inevitable. A las once nos dimos por vencidos. Entramos a la casa cabizbajos. Nadie fue capaz de pronunciar palabra alguna. El temor era superior a la esperanza y en medio de un gran silencio nos fuimos a dormir.

No podía conciliar el sueño; así que decidí salir al balcón. Acompañado de una buena cobija, vigilando la oscuridad de la calle hasta que el sol la iluminó. Junto con el amanecer llegó una inexplicable ráfaga de viento helado, provocándome escalofríos.

En ese momento, algo en mi interior me advirtió que algo terrible le había sucedido al abuelo. Efectivamente, las malas noticias llegarían pronto.

Cuando le preguntes a Dios el porqué de algunas cosas, recuerda que "la ausencia de una respuesta, también es una respuesta".

Cuando entres en una cueva oscura y no tengas contigo una lámpara, antorcha o bengala que te pueda el camino alumbrar, no culpes a nadie más. Tú fuiste quien no empacó el equipaje correcto.

Capítulo V
La cascada
dos lobos

"Tus deseos y pensamientos son como las flechas. Una vez que los lanzas nada las detiene hasta alcanzar su objetivo. Se cauteloso o algún día tú puedes ser tu propia víctima" decían los navajos.

La gente de mi pueblo tiene un dicho: "Esta vida es un camote y el que no lo sabe tragar, se ahoga. Así que antes de tomar una decisión, debes estar seguro de lo que eres capaz, porque si muerdes más de lo que puedes masticar inevitablemente te atragantarás".

El martes por la mañana, me negué rotundamente a ir a la escuela. Forcé a mi padre a ir a la estación de policía en busca de su amigo John. Al llegar a la estación, papá se dirigió a la oficial del mostrador.

—*Buen día oficial. ¿Se encuentra el detective John Robles?*

—*Dame un segundo, déjeme checar, ¿Quién lo busca perdón?*

—*Dígale que soy su amigo Nick, Nick Brown.*

Tomó el teléfono y marcó una extensión.

—*John te buscan. Dice que es tu amigo Nick Brown… Ok… muy bien, yo se lo hago saber.*

—*El detective Robles está en medio de una reunión. ¿Cree poder esperar veinte minutos?*

—*¡Claro!*

—*En cuanto se desocupe los atenderá. Pueden tomar asiento en la sala de espera por favor.*

—*¡Seguro!*

Nos sentamos a esperar. Mi padre tomó el periódico que estaba sobre la mesa de centro para ojearlo en busca de algún reporte de accidente que involucrara al abuelo y sus amigos. Sin resultado alguno. Después de un rato John salió a recibirnos.

— ¿Cómo te va Nick?

— ¡Ah!, te diré… podría estar mejor. En cambio tú, te ves en excelente forma.

— Gracias, la vida me trata bien, ¡vaya milagro! ¿A que debo el honor de tu visita?

— ¿Podemos hablar en privado?

— ¡Seguro!, pasen a mi oficina.

Recorrimos el pasillo para entrar a su oficina.

— Tomen asiento por favor. ¿Gustan algo de tomar?

— Gracias, no te molestes, estamos bien.

— Tú dirás. ¿Para que soy bueno?

— Iré directo al grano. Lo que pasa es que mi padre y dos amigos, salieron de excursión a Yosemite el jueves pasado. El plan era que regresarían ayer por la tarde y nunca llegaron.

— De seguro en una más de sus locas expediciones indias. ¿Verdad?

— Así es. Ya conoces al viejo Henry.

— ¿En ocasiones anteriores ha sucedido que se ausenten sin avisar?

— ¡No!, mi padre podrá estar un poco chiflado pero es bastante metódico. Si no va a poder cumplir con algo, se asegura de avisar. Es por eso que estamos preocupados. Esto no es para nada normal; él jamás permitiría que nos preocupáramos sin haber una buena razón.

— Veré que puedo hacer. Ayúdame llenando este reporte de desaparición; en esta otra hoja anota por favor la información de los tres: números de celular, la ropa que vestían, la última vez que los vieron, descripción física, cicatrices o tatuajes, datos del vehículo que conducían, nombre del hotel donde se hospedaron y cualquier otro dato que creas nos pueda ser de utilidad.

— Enseguida.

Mi padre se dio prisa en llenar el formulario.

— Aquí tienes.

—Ok, haremos lo siguiente: dame oportunidad de hablar con un excompañero que ahora es guardabosques en Yosemite, para ver si puede ayudarnos. Son las nueve con cuarenta de la mañana, ¡humm!... ¿te parece bien si a las cuatro regresas para ver que pude averiguar?

—Me parece bien, muchas gracias por el apoyo. Sólo espero que aparezcan sanos y salvos.

—Entonces aquí te espero por la tarde. Ten confianza todo saldrá bien.

El detective al verme con el rostro desencajado, trató de darme ánimos.

—¡Campeón quita esa cara larga!, pronto tu abuelo aparecerá y esto sólo será un mal recuerdo.

—De eso estoy seguro oficial, el abuelo es un hueso duro de roer, él no se dejará vencer por nada, ni nadie. (Traté de sobreponerme a la preocupación que sentía, expresando una pequeña sonrisa).

—¡Esa es la actitud muchacho!

—Bueno John, no te quitamos más tu tiempo. Nos vemos más tarde.

—Ok, los veo pronto.

Fuimos a casa donde la espera fue eterna. El reloj avanzaba demasiado lento, hasta que por fin salimos de regreso a la comisaria, con la esperanza de encontrar buenas noticias. Esta vez nos acompañaban mamá y Troy.

—Disculpe oficial. Buscamos al oficial John Robles.

—El detective los está esperando. Pasen a su oficina por favor, al final del corredor a la derecha.

—Se lo agradezco, con permiso.

Movidos por la esperanza caminamos de prisa hasta su oficina.

—¡Adelante por favor! Lamento informarles que las noticias que tengo no son alentadoras. Creo que será mejor que los chicos esperen afuera. —Con esas desalentadoras palabras John nos recibió.

—Ok, Jr. Lleva a Troy contigo, espérennos por favor en la sala de la entrada. Ten diez dólares. Compren algo de la máquina de golosinas. En un momento estaremos con ustedes.

—Pues ya que. —Refunfuñé.

No muy convencido accedí a salir de la oficina, confiando que mis padres me contarían lo sucedido, una vez que los dejamos solos, John continúo con el informe de la situación.

—*Continuemos… como te comenté en la mañana contacté a mi amigo. Para mi sorpresa me dijo que desde el domingo estaban enterados de la múltiple desaparición, pero no de tres, sino de cinco personas.*

—*¿Desde el domingo?, ¿es una broma? Ya pasaron más de cuarenta y ocho horas. ¿Por qué no hay nada en los periódicos o noticieros al respecto?*

—*Eso no te lo puedo responder. Lo que sí puedo es ponerte al tanto de lo que me comentó Víctor.*

—*¡Gracias!, en verdad te lo agradezco. Disculpa si me exalté.*

—*No hay problema, entiendo cómo te sientes. Antes de proseguir debo advertirles que el reporte es "poco común" por no decir loco. Para mi suena poco creíble pero es lo que pude investigar.*

» *¿Estamos claros en ese punto?*

—*Claro, no te preocupes. En nuestra situación estamos abiertos a cualquier posibilidad.*

—*Bien. Después que te fuiste llamé a mi excompañero. Le comenté que tres personas de mi ciudad habían ido de excursión a su bosque y al parecer se habían extraviado. En ese punto, me interrumpió.*

Ese fue el comienzo de la increíble historia que el guardia forestal relató.

—*Espera John. No me digas que estás buscando a tres viejos de una Ford Azul* —dijo Víctor.

—*Así es, ¿Cómo sabes eso?*

—*No lo sabía. Sólo adiviné. Esto cada vez se pone más raro.*

—*¿Raro?… ¿A qué te refieres exactamente con raro?*

—*¡Es una locura!, te platicare lo que sucede… aunque no espero que me creas.*

—*Soy todo oídos. No será la primera vez que escuche una historia que supere a la ficción.*

—De acuerdo. En mis años como guardabosques he visto cosas que se podrían interpretar como poco comunes, pero nada que no se pueda explicar. Normalmente todo por acá es tranquilo.

»De vez en cuando algunos excursionistas se pierden. Los encontramos en horas o a lo mucho al siguiente día. Hay campistas que reportan avistamientos de algún animal peligroso: oso, lobo, puma o gato montés. No pasa de que les robaron la comida o hicieron destrozos en sus campamentos, sin llegar a un ataque directo.

»Llegamos a recibir llamadas de auxilio, las cuales tienen que ver con mordeduras de serpiente, picaduras de arañas, lesiones por caídas. Claro, sin faltar los bromistas reportando haber visto a pie grande o al chupacabras. Este tipo de cosas siempre las resolvemos nosotros mismos.

—Disculpa Víctor. No sé si me perdí de algo, no entiendo el punto.

—El punto es que no debería comentarte nada de este tema. Me lo prohibieron los chicos del FBI y "Los hombres del Departamento de Asuntos Indígenas".

—¿Chicos del FBI?... ¿Hombres del Departamento de Asuntos Indígenas?... ¿Qué tiene eso que ver con esto?... sigo sin entender.

—Mira esta es la cuestión. Por nuestra amistad voy a romper las reglas. ¿De acuerdo?, sólo te pido mucha discreción.

—Cuenta con eso y te agradezco la confianza. Adelante, te escucho.

—Como te comentaba todo lo que sucede en nuestro bosque siempre había tenido lógica. Hasta lo sucedido la madrugada del domingo. Eso cambió por completo mi forma de ver las cosas.

—¿Y qué sucedió exactamente la madrugada del domingo?

—Para empezar, ese domingo me tocaba descansar pero el sábado me llamó un compañero, para pedirme cubrirlo. Como no tenía planes, no tuve problema con hacerle el favor. Si hubiera sabido en lo que me metería, te aseguro, no habría aceptado por nada del mundo cubrir el turno.

—Ve al punto, por favor.

—Desesperado como siempre. La cosa es que me encontraba en el puesto de vigilancia 3. La noche había transcurrido sin novedad, hasta que cerca de las 6 de la mañana, la tranquilidad se trasformó en un episodio de *dimensión desconocida o un capítulo de los expedientes secretos X... ¡Qué se yo!*

»Recibimos varias llamadas y visitas de excursionistas reportando sucesos extraños, increíbles e incoherentes. Ante los primeros reportes pensé: "vaya que estuvo buena la fiesta anoche, estos excursionistas trajeron mucha cerveza y yerba". Pero después del tercer reporte, me dije: ¿qué demonios está sucediendo aquí?

»A las 5:30 recibimos la primera llamada. La persona decía que estaban durmiendo, cuando escucharon cerca del área de la cascada, aullidos y gruñidos estremecedores. A ratos los aullidos y gruñidos eran sustituidos por gemidos de dolor, como si alguien o algo golpeara a las criaturas con algún tipo de arma que producía un ruido muy parecido al sonido de un rayo cuando cae en seco.

»El segundo reporte llego a las 5:36. Se trataba del avistamiento de un gran objeto luminoso, alternando la tonalidad de su luz entre azul, amarillo y rojizo; semejante a una flama de estufa. Relataron que el OVNI apareció en la cima de la montaña y en cuestión de segundos descendió para empezar a sobrevolar en círculos sobre la copa de los árboles, en el área de la cascada.

»Según ellos, el objeto no producía ningún sonido mientras sobrevolaba, como si planeara. Pero antes de bajar en picada, producía un aturdidor chillido, semejante al de un águila. Cada descenso concluía con fuertes estruendos, acompañados por destellos fugaces de luz, algo semejante a una mini tormenta eléctrica, finalmente producía un sonido de aleteo que cortaba el viento al momento de ascender.

»Otros campistas reportaron que estaban teniendo una velada bohemia a la orilla del río. Cuando fueron interrumpidos abruptamente por fuertes chapaleos en el agua. Avanzando desde río abajo en dirección a la cascada, en cuestión de segundos pasó frente a ellos, una enorme serpiente, gruesa como un tronco, con un par de cuernos en la cabeza. Iba tan de prisa que ni siquiera los volteó a ver. Si bien aceptaron que estuvieron fumando hierba toda la noche, aseguraban que lo que reportaban era verdad.

»Para hacer más grande la cosa, en cuestión de minutos, recibimos 6 reportes más. Atónitos por lo que estaba sucediendo, mis compañeros y yo

nos preguntábamos: *¿se atrasó la noche de Halloween o qué chingados está pasando?*

»*Respiré hondo, tratando de tranquilizarme y asimilar la situación. Le marqué a mi supervisor, para reportar la locura que estebamos viviendo. Su primera reacción fue preguntarme si estaba drogado. Después con una serie de preguntas certificó mi adecuado estado mental. Me dio la instrucción de salir a investigar y en un par de horas reportarle si todo había sido una broma bastante bien orquestada o si necesitábamos la presencia de la guardia nacional.*

»*Cuando colgué la llamada observé a través de la ventana luces de torretas acercándose a gran velocidad. Salimos de la cabaña para verlos llegar. Un par de minutos después, estaban estacionándose frente a nosotros tres suburbans, de las cuales descendieron cerca de una docena de agentes del FBI, con placas colgando en su pecho y portando sus característicos chalecos.*

»*Lo que llamó mi atención fue un cuarto auto. Era un sedán negro del que descendieron dos sujetos algo peculiares: altos y delgados diría yo; vestidos completamente de negro de pies a cabeza. Ellos no portaban chaleco ni placas del FBI, sólo se pararon al lado de su auto dedicándose a observar. El agente del FBI que estaba al mando de la operación se dirigió a nosotros:*

—*Buen día. Señores soy el agente especial Johnson, supervisor de la división especial del FBI. ¿Quién está a cargo?*

—*Yo estoy a cargo. Guardia forestal, Víctor García a sus órdenes.*

—*¿Cuántos guardabosques están disponibles en este momento?*

—*Aquí estamos 3. Hay otras 6 estaciones. En total estamos veintiún guardias en este turno, oficial.*

—*Muy bien muchacho. Llámalos. Indícales que localicen a cada grupo de campistas en 15 millas a la redonda. Deben preguntarles si vieron o escucharon algo fuera de lo común durante la madrugada.*

»*Si la respuesta es "no" los pueden dejar ir, díganles que hay un incendio forestal iniciando y por su seguridad deben de salir de la zona. Si la respuesta es "sí" deben traerlos, necesitaremos hablar con ellos.*

»*Confísquenles cualquier aparato electrónico o cámara que porten. Este es un asunto de seguridad nacional y nadie está autorizado a comentar hechos de este caso. Por último, deben establecer un cerco en el área y no permitir el acceso de ninguna persona, especialmente si es de la prensa.*

» ¿Quedan claras mis instrucciones?

—Sí, pero....

—¡Para mí no existen peros!, si le quedaron claras mis instrucciones, ¿qué hace aquí parado frente a mí, aún? Vaya a llamar a sus compañeros.

—Tengo que consultar con mi supervisor. Yo no tengo la autori....

En ese preciso momento sonó su celular. Era el jefe forestal dándole la instrucción de apoyar en todo lo que solicitaran los agentes. De inmediato y sin cuestionar nada más, llamó a sus compañeros para darles las órdenes que debían seguir.

—Listo Oficial, mis compañeros ya fueron instruidos. En el trascurso de la mañana estarán trayendo a los campistas que solicitó.

—Gracias por el apoyo. Ahora necesito que me ayude con algo más.

—¡Claro!... ¿Qué puedo hacer por ustedes?

—¿Qué también conoce el área de la cascada?

—Como la palma de mi mano, señor.

—Excelente, guíe por favor a ese sitio a los agentes Miller y Davis.

—Con gusto. Vamos suban a mi camioneta.

Los hombres del sedán atentamente escuchaban la plática. Al darse cuenta que saldrían hacia la cascada, uno de ellos habló con una voz bastante ronca, como si tuviera problemas en su garganta.

—Yo voy con ustedes.

—Parece que también el agente de asuntos indígenas los acompañará —dijo el agente Johnson.

—De acuerdo. Disculpe, ¿cuál es su nombre? —Víctor preguntó.

El hombre de negro no respondió. Sólo lo miró por un segundo para después caminar hacia la camioneta. El agente Johnson le susurró al oído.

—Te aconsejo no dirigirles la palabra si ellos no te lo pide. Son algo quisquillosos y presuntuosos. Tal vez porque su jerarquía gubernamental está

muy por encima de la nuestra. Ellos juegan para las grandes ligas. ¿Sabes de lo que hablo verdad?

—Perfectamente. Bueno agentes Miller y Davis, vámonos de paseo con el señor Will Smith.

Subieron a la camioneta. Puso un CD de Red Hot Chili Peppers y emprendieron el camino hacia la cascada. Poco antes de llegar las cosas empezaron a ponerse aún más raras. Súbitamente se encontraron con un corpulento nativo americano caminando tranquilamente, portando un hacha ensangrentada y de su cintura colgaba un enorme cuchillo.

Aquel hombre presentaba visibles muestras de violencia (sin playera, jeans rasgados, moretones por todo el cuerpo y marcas de garras cruzaban su espalda), Víctor freno bruscamente para no arrollarlo. Bajó desenfundando su arma y con voz enérgica le dijo:

—¡Tranquilo amigo!, somos los buenos. Estamos aquí para ayudarte, ¿ok?

—No creo que sean los buenos, pero díganme… ¿Qué puedo hacer por ustedes?

—Con cuidado suelta el hacha… ¡Muy bien!... Ahora lentamente pon en el suelo el cuchillo… ¡Excelente!... ¿Tienes algún otro tipo de arma contigo?

—¡Hummm!… ¡No! Creo que eso es todo.

—¡Nada de trucos! ¿Ok? Ahora pon tus manos al frente por favor. Por la seguridad de todos debemos ponerte las esposas. Disculpa son las reglas. ¿Lo entiendes verdad?

—¡No hay problema! Entiendo.

Le pidió que subiera en la parte trasera de su camioneta para esposarlo a los tubos. Aquel hombre resulto rudo. A pesar de su condición en ningún momento se escuchó el mínimo quejido de su parte. Al ver su buen comportamiento, Víctor le preguntó:

—Amigo, ¿qué diablos te sucedió?

—Me caí mientras practicaba senderismo. Durante la caída debí chocar contra algunos árboles.

—Esos árboles debieron de ser muy fuertes y con garras enormes. —dijo Miller sarcásticamente.

—No lo suficiente. Hacen falta muchos árboles de esos para doblegar mi voluntad.

—¿Y la sangre en tu hacha de quién o de qué es? —preguntó Davis.

—¡Ahhh!… De un pequeño y estúpido oso. Creyó que era buena idea desayunarme. Aprendió a la mala que meterse con Cuervo Rojo, es una mala idea.

—¡Caray amigo!, por tu buen ánimo creo que no estás tan mal como te vez. ¿Podrás esperarnos mientras echamos un vistazo allá abajo?

—Sin problema.

—Cuando regresemos, te llevaré para que atiendan "tus pequeños rasguños". ¿De acuerdo?

—Adelante. Tómense todo el tiempo que gusten. Por mí no se detengan.

—Necesitamos encontrar pistas que nos ayuden a esclarecer qué fue lo que sucedió esta madrugada. Supongo que tú no sabes nada al respecto, ¿verdad?

—Efectivamente, no sé de qué hablan, ni que busquen. Yo estuve en la zona toda la noche. No vi ni oí nada extraño. Es más, creo que ha sido la noche más aburrida de mi vida.

—Ya me imagino lo aburrido que estuviste.

—Yo tengo otra teoría: quizás de tantos golpes que recibiste perdiste la memoria. Pero no te preocupes, conocemos varios remedios para ese mal. Cuando estemos de regreso, tendremos mucho tiempo para ayudarte a recuperar la memoria —le advirtió Miller.

—¡Que los espíritus de los viejos ancestros guíen sus pasos! Aquí los espero, no tengo nada mejor que hacer en este momento; anden vayan a buscar a ver que encuentran. Aunque les anticipo que no encontraran nada.

—¿Por qué estás tan seguro que no encontraremos nada? —Víctor preguntó.

—Me lo dijo un pajarito… Oigan sólo una cosa más, no olviden sus esposas las pueden necesitar.

Inexplicablemente, sin esfuerzo alguno, se quitó las esposas y burlonamente se las arrojó a los pies.

—¿Te crees comediante?... ¿Crees que eres gracioso? ...Ahora veras lo que es ser gracioso.

Lo amenazaba el agente Davis mientras intentaba agredirlo, pero Miller lo detuvo.

—¡Tranquilo Tigre!, ya habrá tiempo para ese baile más tarde.

—No se alboroten. No pienso ir a ninguna parte. Mucho menos atacarlos. Solamente que las esposas me apretaban un poco y no soy muy resistente al dolor. —Cuervo Rojo expreso. — ¿Ustedes comprenden verdad?

—En vista de que no podemos dejar sólo al hijo de Houdini, me quedaré a cuidarlo —dijo Miller

—Deja quedarme con él por favor. —pidió Davis. —Yo lo cuidaré bien.

—Olvídalo, eso no va a suceder. Ustedes vayan a ver que encuentran. En un par de horas aquí los espero.

Durante algunas horas peinaron la zona. Revisando hasta debajo de las piedras. Como el indio se los anticipó, no encontraron absolutamente nada; ni siquiera una rama estaba fuera de lugar. Ni el más mínimo rastro que indicara qué fue lo que atacó a Cuervo Rojo.

Ante un abrumador fracaso regresaron llenos de decepción hasta donde estaba la camioneta. Ahí encontraron al agente Miller sentado frente a una pequeña fogata, asando un conejo.

—¿Qué demonios te sucede Miller?... ¿Dónde está el maldito indio? —Davis preguntó.

—¡No sé! —respondió Miller — Su voz sonaba como si estuviera borracho o drogado.

—¿Cómo que no sabes?

—Solamente se marchó cuando escuchó que regresaban.

—Así que se fue hace unos minutos. ¿Así de tranquilo lo dices?... ¿Por qué no lo detuviste?

—No sé cómo explicar lo que me sucedió.

—Ya nos lo platicarás más tarde. Ahora vamos a buscarlo no puede estar muy lejos. Ya verá cuando lo encuentre. Le enseñaré un par de bromas. ¿Por dónde se fue?...

Por fin el hombre de negro decidió hablar:

—*No tiene caso que lo busquemos. Ya se nos escapó. Conozco a Cuervo Rojo hace tiempo… si él no quiere ser encontrado, nadie es capaz de encontrarlo. Realizar una búsqueda sería tiempo perdido. ¡Regresemos!, nuestra misión aquí ya fracasó. No logré encontrar lo que buscaba.*

—*¿Y qué buscabas?* —*Víctor preguntó.*

—*¡Muchacho aprende a tener la boca cerrada!, ¡no hagas preguntas estúpidas! Si te dijera lo que buscaba, te tendría que matar y no hablo en sentido figurado.*

—*¿Antes de regresar, no quieren un poco de conejo para desayunar?… ¡quedó delicioso!* — *les ofreció Miller mientras tomaba un bocado.*

—*¡Ya déjate de payasadas!, quiero ver la expresión del jefe cuando vea tu informe de cómo dejaste escapar al único testigo* —*lo reprendió Davis.*

—*Ustedes se lo pierden.*

Apagaron la fogata y subieron a la camioneta para emprender el regreso, durante el trayecto el agente Miller les contó su loca versión de lo que sucedió:

—*Cuando ustedes bajaron a buscar pistas, le pregunté al indio: ¿cuál es tu truco para quitarte tan fácil las esposas? Y esto fue lo que sucedió:*

—*¡Acércate!, ¡préstame tus esposas para mostrarte mi truco!* —*le dijo Cuervo Rojo.*

Cuando Miller se acercó, Cuervo Rojo de la bolsa de su pantalón saco un polvo y se lo arrojo a la cara con un soplido. A partir de ese momento, Miller dejó de tener voluntad propia.

—*Es algo incómodo aquí… ¿crees que sea posible sentarme bajo la sombra de un árbol?*

—*Seguro, no veo problema con eso.*

Se sentaron bajo un frondoso árbol, luego de quince minutos de plática intrascendente, nuevamente se aprovechó de su estado inconveniente.

—*¿No te parece que está algo fresca la mañana?*

—*Tienes razón se siente un poco de aire frío.*

—¿*Puedo encender una pequeña fogata para calentarme?*

—*Adelante, por mi está bien.*

En cuestión de minutos Cuervo Rojo junto hojarasca y ramas. Frotó un trozo de madera para iniciar el fuego. Ya con la fogata ayudándolos a lidiar con la fresca mañana, continúo manipulándolo.

—*Como que ya hace hambre, ¿no crees?... no he comido desde ayer.*

—*Es cierto, también tengo hambre; ya escucho a mis tripas gruñir, pero creo que con eso no puedo ayudarte. Aquí no hay ningún restaurante cerca, así que me temo tendrás que aguantarte.*

—¿*Restaurante?, ¿quién lo necesita? Aquí está el hermano bosque. Él nos proveerá lo necesario. Si me permites tomar mi cuchillo, en menos de que canta un gallo, tendremos algo para desayunar.*

—¡*Adelante!, puedes tomarlo y no intentes nada. Recuerda que tengo una arma y se cómo usarla.*

—¡*Claro agente!, sé que tú eres quien manda aquí. Bueno, en un rato regreso.*

—*No tardes por favor. Los chicos ya no deben tardar en regresar.*

Treinta minutos después estaba de regreso pero no venía solo. Lo acompañaba una pequeña criatura peluda. Lo más impresionante fue que cuando lo vio simplemente desapareció. Se esfumó en el aire. Cuando le preguntó qué era ese ser, Cuervo Rojo desenfadado respondió:

—*Él, es mi amigo Pandi, un Iyaganasha.*

—¿*Y qué diablos es un Iyaganasha?*

—¿*No sabes lo que es un Iyaganasha?*

—¡*Ahhh!… No, nunca había oído hablar de ellos.*

—*Ellos son los mejores cazadores que habitan estos bosques. Bastante serviciales si eres un hombre de buen corazón, si te llegas a perder, ellos te ayudaran a sobrevivir y te mostrarán el camino de regreso. De hecho, él fue quien me ayudó a conseguir este par de conejos* — le mostró dos conejos listos para cocinar—. *Solamente que son un poco tímidos cuando ven gente extraña prefieren hacerse invisibles.*

Acto seguido, hizo dos horquetas con ramas, las clavó a la orilla de la fogata. Atravesó los conejos con una vara y los puso a cocinar.

—Debes estar bromeando. ¿Esperas que crea eso?

—No, yo no espero que creas nada. Este es un país libre. Tú sabrás si quieres creer o no en lo que tus ojos acaban de ver.

» ¡Oh!, olvidé mencionar que también son excelentes curanderos. Me preparó este ungüento para sanar mis heridas. Me ayudas por favor a ponérmelo en el rasguño de mi espalda.

—Claro, por qué no.

—Gracias… y en muestra de agradecimiento por lo amable que has sido, mientras se cocinan los conejos, te contaré por qué la cascada de allá abajo es conocida como "La Cascada Dos Lobos".

Cuervo Rojo le contó una fantástica historia.

—Hace muchas lunas, cuando los ríos de búfalos inundaban las llanuras, las manadas de lobos se contaban por cientos y el agua de los ríos era cristalina. Existió un jefe indio lleno de sabiduría Abini aak'eego (mañana otoñal). Bajo su guía fueron tiempos de esplendor para nuestro pueblo. Una tarde cuando compartía sus conocimientos con los jóvenes de la tribu, uno le preguntó:

«—Gran jefe, ¿qué debo de hacer para que algún día pueda tener el poder que usted tiene ahora?

—Vive tu vida procurando que en tus acciones haya lealtad, congruencia y humildad.

—No creo que hacer eso me ayude a ser jefe de la tribu. Mucho menos a tener poder.

—Tu mente es joven, aún no despierta al entendimiento de las leyes eternas del universo; ignora que lo que le des al mundo, es lo que recibirás. No busques la sabiduría en el conocimiento, porque es del pasado. La sabiduría es del futuro.

»Durante tu andar, encontrarás de manera recurrente, que el camino se separa en dos. En cada encrucijada deberás elegir por cual camino seguir: ¿el de la derecha? o ¿el de la izquierda?

»Cada camino conduce a lugares opuestos. La decisión que tomes afectara el resto de tu vida, porque estos caminos, es que no se pueden desandar: "Ningún río puede regresar a su fuente, sin embargo, todos los ríos tienen un comienzo" —decían mis ancestros.

»Quizás en el futuro tratarás de recomponer el camino, hacer cosas para minimizar los efectos negativos de una mala decisión. La ley indeleble dicta que las acciones realizadas, jamás pueden ser borradas; los hechos de tu actuar persistirán hasta el fin de los tiempos.

»He aquí entonces la respuesta a tu pregunta. Ante ti, se presentan dos caminos para conducirte a ser líder y tener poder:

»El primero lo puedes recorrer siguiendo mi consejo: "vive procurando actuar con lealtad, congruencia y humildad. Busca que la gente reconozca en ti a un ser digno de ser guía. ¡Gánate su respeto! Entonces serán ellos los que te aclamen para ser su líder. No será necesario que se los pidas. Tendrás el respaldo incondicional de tu pueblo. Cumpliendo con lo que dictan las leyes antiguas, regresarás lo que recibes. Tu tribu, será un pueblo feliz.

»El segundo lo puedes andar dominando el arte de la guerra. Regir tu andar con manipulación, engaño, falsas verdades y crueles castigos, a través de la fuerza física o mental, doblegarás a tus semejantes. Lograrás que apoyen tus propósitos más egoístas, ya sea por temor o por estupidez.

»Conseguirás tener poder como anhelas. El problema es el precio que deberás pagar. El tomar por medio de la fuerza el liderazgo de un pueblo, sólo te garantiza su sumisión, no su lealtad; su temor, no su respeto. Nunca disfrutarás de tranquilidad; siempre estarás temeroso de que se revelen a tu crueldad. Ni dormido descansarás. Tus sueños estarán llenos de pesadillas. Te volverás esclavo del poder porque nunca tendrás suficiente. Vivirás insatisfecho e infeliz por el resto de tus días.

»Para completar tu desgracia el juez eterno no perdona ni olvida, siempre juzga ley en mano, cuando te llegue el momento, recibirás exactamente lo mismo que diste, odio, sangre y dolor, para la eternidad tu recompensa será.

—Me queda claro, cuál es el camino que debo seguir. Ahora mis dudas son: en el futuro, ante cada encrucijada… ¿cómo puedo estar seguro de tomar la mejor decisión? ¿Cómo si no encuentro la guía de un hombre sabio como usted?

—Deben de saber que en el interior de cada ser humano habitan dos lobos, los cuales a diario libran una feroz batalla, disputándose la supremacía. Uno es negro y el otro es blanco.

»Uno está lleno de rabia. Siempre lucha contra todo incansablemente, por su sangre corre ira, soberbia, egoísmo, tristeza, arrogancia, culpa, resentimiento y odio.

»El otro es bueno, vive en armonía con todos y todo lo que le rodea. Es dócil. En sus venas corre paz, felicidad, humildad, amor, esperanza, serenidad, bondad, empatía, compasión y fe.

»En ocasiones es difícil vivir con este par de lobos luchando permanentemente dentro de ti. Tratando ambos de dominar tu espíritu.

— ¿Cuál lobo es el que logrará ganar la pelea? —el joven preguntó.

—Ganará aquel que alimentes más.

— ¿El blanco es al que debo de alimentar verdad?, para que sea el que se quede en mi interior.

—¡No!, ambos deben de quedarse en tu corazón, ambos deben de ganar la batalla.

—Ahora en verdad estoy confundido. ¿Cómo es posible que ambos puedan resultar vencedores?

—Si eliges alimentar al lobo blanco, el lobo negro se esconderá entre las sombras. En cada esquina asechará, esperando a que tu espíritu se encuentre débil. Entonces saltará en busca de la atención anhelada. Estará siempre enfadado, luchando con todas sus fuerzas contra el lobo blanco.

»En cambio, si consigues reconocer que el lobo negro también tiene cualidades como: tenacidad, valentía, fiereza, fuerza, coraje, perseverancia y malicia, todas ellas, cosas necesarias y de las cuales el lobo blanco carece, te darás cuenta que vale la pena mantenerlo con vida.

»El lobo blanco tiene la sabiduría para aceptar sus limitaciones y comprender que lo importante es el bien común, no el individual.

» ¿Comprendes muchacho, cómo el lobo blanco necesita que el lobo negro camine a su lado? No es uno en lugar del otro. Ambos se complementan. Alimentar a los dos mantendrá el equilibrio.

»Los dos te servirán bien, dales el mismo cariño y nunca más habrá lucha interna para ganar tu atención. Cuando consigas acallar en tu interior los ruidos de batalla que te distraen, escucharás los murmullos del saber arcano, ellos te guiarán sabiamente en la elección del camino que debes seguir, serás capaz de distinguir cuando son tiempos para la paz y cuando para la guerra.

«Si un hombre es sabio como una serpiente, puede permitirse ser inofensivo como una paloma».

»El ser que alcanza la paz y equilibrio interior lo tiene todo, en cambio, el hombre desgarrado por una lucha interna, no tiene nada.

—¿Cómo sabré que he logrado el equilibrio adecuado entre los lobos?

—Tu espíritu encontrará la forma de hacértelo saber, pero si quieres ir más allá, para comprobarlo hay otra manera.

—¿Cuál es esa manera?

—En nuestro mundo, existen lugares místicos. Ahí conviven: la magia antigua con nuestra realidad. Habitan seres que hace milenios fueron nuestros aliados y ahora son nuestros enemigos mortales.

»Ellos utilizan nuestros más profundos temores en nuestra contra. Quebrantan nuestra voluntad, alimentándose de nuestra energía vital. A estos lugares son pocos los que se atreven a aventurarse. A través de los tiempos por diferentes razones muchos se han aventurado. No todos han logrado regresar.

»La mayoría de los que regresan, quedan afectados psicológicamente de por vida. Incapaces de contar lo que ahí encontraron, vieron o escucharon. Ni siquiera son capaces de armar frases coherentes para describir su experiencia en ese misterioso lugar. Los que logran regresar "bien", no suelen volver a hablar del tema jamás. Solamente los "diferentes" regresan como prueba viviente de un ser en equilibrio.

»Cuando llegó el momento, decidí realizar el viaje a la "Cascada dos Lobos" para enfrentar a mis demonios internos. Son los peores y más peligrosos seres en nuestro mundo.

»Así fue como demostré que era digno de ser jefe. Créeme aunque aquella experiencia fue aterradora y bastante difícil de superar. Sin dudarlo lo volvería a hacer por el bien de mi pueblo.

»Ahora que conoces las dos aristas de ser líder, todo depende de hasta donde tu espíritu está dispuesto a llegar. Solamente ten en cuenta: "elegir atajos, no necesariamente se traduce en menos trabajo, al final el flojo y el mezquino, recorren dos veces el mismo camino" ».

De esta manera concluyó Cuervo Rojo con su relato.

—¡*Vaya fantástico y educativo mito!* —*comentó Miller.*

—*No amigo mío, no es ningún mito. En este mundo hay muchas cosas que el ser humano ignora. Tal vez ese desconocimiento termine siendo nuestra perdición* —Cuervo Rojo *refutó.*

—*Si tu deseo es mostrarme la verdad, puedes empezar diciéndome que demonios pasa allá abajo.*

—*No lo entenderías aunque te lo explicara con peras y manzanas. Tu mente, como la de la mayoría de los humanos, está nublada por el humo de falsas verdades. Y yo, no pienso perder mí tiempo. Lo único que te puedo decir es que antier llegamos a este lugar mi abuelo Pluma Blanca, mi padre Zorro Gris y tres hombres viejos. Uno de ellos no tenía conciencia de que él era el mensajero del gran espíritu.*

»*Teníamos una misión por cumplir. Desgraciadamente fracasamos. Fuimos sorprendidos con la guardia baja: dos murieron, tres fueron capturados y solamente yo conseguí escapar.*

»*Tus compañeros no encontrarán nada porque los espíritus del bosque se encargaron de cubrir todo rastro de batalla. Así como ustedes ayudarán a los hombres que visten de negro a ocultar al resto del mundo, lo que en realidad sucedió aquí. Vayan al camino que termina en la piedra grabada. Ahí encontrarán lo que fue nuestro campamento y la camioneta que les pertenecía a los viejos.*

»*Por último, dale el siguiente mensaje al hombre que viste de negro: "están jugando del lado equivocado del tablero. La palabra del Príncipe está llena de mentiras y engaños. El equilibrio de la luz pronto se restablecerá. Asegúrense de estar del lado correcto, cuando eso suceda". Ellos entenderán.*

»*Tus compañeros no tardan en regresan. Me gustaría quedarme para saludarlos pero me tengo que ir. Despídeme de Davis, creo le caí bien. Me llevo un conejo para el camino. ¡Jao!, cara pálida.*

Cuervo Rojo simplemente se marchó.

—*Estaba consciente de lo que sucedía pero yo no era dueño de mi voluntad. Contemplé como ataba a su cintura su fajo y tomaba su hacha para emprender su huida, perdiéndose entre los arboles del bosque.*

»*No sé cómo explicarlo. Algo dentro de mi ser, me decía que dejarlo marchar era lo correcto. No tuve capacidad de oponer resistencia. Simplemente lo dejé irse. ¡Demonios fui un estúpido!, me dejé engañar como un idiota* —comentó Miller.

—*No te castigues* —acotó el hombre de negro. —*La culpa es mía. Conocía la habilidad que tiene Cuervo Rojo para nublar el juicio de las personas y no les advertí… Y gracias por darme el mensaje.*

»*Ahora quiero que les quede claro una cosa, nunca comenten con nadie lo que acaba de suceder. Incluyendo a compañeros de trabajo, superiores, amigos o familiares; de hacerlo, sólo pondrán en peligro la seguridad de ellos y la propia.*

»*Todo ese alboroto que se reportó en la madrugada fueron sólo tonterías. Nada encontramos, nada sucedió aquí. ¿Les queda claro?*

Todos respondieron de manera afirmativa. Cuando llegaron al puesto de vigilancia encontraron a los campistas convencidos de que lo que vieron o escucharon había sido una mala jugada de su imaginación. Resultado de una intoxicación causada por una fuga de gas natural durante la tormenta eléctrica, para ellos nada había sido real y estaban felices; ya que habían recibido un jugoso cheque por parte del gobierno por los inconvenientes causados.

Finalmente le encargaron a Víctor llevar a otros dos agentes al campamento. Al llegar, recogieron todo lo que había en el lugar. Lo pusieron en al cajón de la vieja camioneta. Rociaron gasolina y le prendieron fuego, asegurando de esta manera de terminar de sepultar lo sucedido.

Esperaron hasta que todo se consumió y con los extintores rociaron el área para evitar iniciar un incendio forestal. Una vez cumplida la misión, regresaron a la estación de vigilancia en donde solamente estaba una camioneta esperando a los agentes. Así como llegaron, se fueron.

—*Si me preguntas: ¿qué fue lo que aquí sucedió?, mi respuesta es: "no sé". No tengo ni la más mínima pinche idea de lo que sucedió, espero no me juzgues de loco John —Víctor comentó.*

—*Me resulta difícil creer semejante relato. Si me lo platicara cualquier otra persona, no lo creería ni en lo más mínimo, pero viniendo de ti y por lo que te conozco, debo de darte un voto de confianza y creer que hay algo de verdad en todo esto.*

—*De verdad agradezco tu confianza. Te aseguro que yo mismo no sé qué pensar. Creo que conseguí un papel protagónico en una obra de teatro, en la cual no pedí estar. Ahora temo por mi seguridad y la de mi familia, se de lo que esa gente es capaz. Ante la más mínima duda de que se me vaya la lengua, tratarán por cualquier medio de silenciarme.*

—*¡Vamos, no seas tan trágico y conspiranoico!*

—*Si hubieras estado aquí, pensarías diferente. Disculpa que te esté involucrando en este show, pero estaba desesperado, quería que alguien más lo supiera.*

—*Pues de nuevo te agradezco la confianza.*

—*No me agradezcas aún. Cada día primero de mes, te llamare. Si dejo de reportarme, prométeme que encontrarás la manera de que mi historia salga a la luz para que lo que me suceda, no quedé impune.*

—*Cuenta con ello amigo, aunque no creo que eso será necesario, ya verás que pronto todo est…*

No tuvo oportunidad de terminar la frase. Fue interrumpido por un zumbido, indicando el final de la llamada. Cuando el detective John colgó el teléfono, pensó que aquella acción concluía el asunto. Nada más alejado de la realidad. Aquella llamada sólo era el inicio de una serie de hechos que pondrían en evidencia que alguien siempre nos vigila.

En nuestro mundo, existen seres jugando a los titiriteros, tratado de manejarnos como estúpidas marionetas. El Gran Hermano es real y ahora estábamos en su radar.

Cuando el puma esta hambriento, no importa cuánto se esfuerce el venado en huir, tarde o temprano terminará siendo cazado.

Capítulo VI

La visita del gran hermano

¿Has considerado la posibilidad, de que dentro de las instituciones, que en teoría deben velar por nuestro bienestar, hábilmente se ocultan los seres de los cuales deben protegernos?... Irónica realidad es: "que la oscuridad reina al pie del faro".

Cuando no tengas ni la más mínima idea de con quién estás hablando, mantén la calma, elije con cuidado cada palabra: "En boca cerrada no entran moscas".

Mi padre estaba sorprendido, por lo inverosímil de la historia relatada por John. Pensó que haber solicitado su ayuda, había sido un error. Pronto se daría cuenta que la realidad y la ficción no siempre son líneas paralelas, hay momentos que se cruzan para coexistir.

—¡Guau!... ¿Es una broma verdad John? —dijo Papá.

—No, no es broma Nick.

—¿No esperarás que crea esta historia tan burda verdad?

—Es que la historia no termina ahí.

—¡Ah!, aún hay más tonterías.

—Si quieres llamarlas así, por mí no termina la cosa.

—»Para que magnifiques el tamaño de la situación, escucha lo que sucedió:

El detective continuo narrando hechos poco creíbles, según él 15 minutos después de haber hablado con Víctor, la oficial de recepción marcó a su extensión.

—A tus órdenes Lauren.

—Señor, tiene una llamada del agente Johnson del FBI.

Ante la inesperada llamada, el corazón de John empezó a latir de prisa. Diciéndole que este asunto estaba escalando de prisa a terrenos escabrosos.

—¡*Pásame la llamada por favor!*

—¡*Ok! Se la dejo, adiós.*

—*Detective John Robles a sus órdenes.*

—¡*Qué tal detective Robles!, me presento. Soy el agente especial Johnson del FBI. ¿Tiene tiempo para atenderme?*

—*Desde luego, ¿cómo puedo ayudarlo?*

—*Bueno, como su excompañero Víctor García ya lo puso al tanto de lo sucedido en Yosemite…*

—*Disculpe agente, no sé de qué me habla. Yo no he hablado con Víctor en años.*

—*No intente insultar mi inteligencia detective. Escuchamos cada palabra de su conversación con el guardia forestal García. Su celular estaba intervenido.*

—*Y el Big Brother lo hace de nuevo… ¿Víctor está bien?*

—*No se preocupe por su amigo, él va a estar bien. Puede visitarlo cuando guste para comprobar su excelente estado de salud. Con el pequeño inconveniente de que quizás no recuerde algunas cosas. Digamos que su memoria tuvo que pagar un pequeño precio por su indiscreción.*

—*Les aseguro que yo…*

—¡*Tranquilo Capitán América! Elija cuidadosamente las palabras que vaya a pronunciar. Podría arrepentirse de amenazar sin querer a un oficial federal.*

—¡*Ok!, capté el mensaje…. ya estoy tranquilo. ¿Qué necesitan de mí?*

Ahora ya nos estamos entendiendo. Lo que nos interesa es concertar una entrevista con la familia de Henry, la esposa de Mike y con un cantinero llamado Frank.

—*Deme un segundo para terminar de asimilar todo esto* — trataba de ganar tiempo. — ¡*Ok!, deme un par de días para tratar de localizar a las personas que me solicita.*

—*Tiene seis horas. Ya estamos en camino. Los queremos encontrar en su oficina a nuestra llegada y no intente jugar al héroe por favor. Sólo queremos hablar con ellos sobre los pasatiempos de los viejos.*

Durante toda la plática yo estaba escuchando tras de la puerta. Cuando mi padre nos pidió salir de la oficina, lleve a Troy a la sala de espera. Le compré un refresco y varias golosinas de la máquina expendedora y lo dejé inmerso en su videojuego. Con sigilo regresé para escuchar la conversación detrás de la puerta. La plática continúo de la *siguiente* manera:

—*John, dime por favor que estás bromeando. Estás empezando a asustarnos —dijo papá.*

—*No es broma. Es bastante real. Creo que esta vez Henry mordió más de lo que podía masticar.*

—*¿En este punto, qué nos aconsejas hacer? —pregunto mamá.*

—*Para empezar háblenme con la verdad. ¿Tienen alguna idea de que estén buscando los del FBI?*

—*Ni la más remota idea. Nosotros considerábamos ese pasatiempo de mi suegro como una tontería. Nunca le prestábamos demasiada atención, bueno al menos yo.*

—*Concuerdo con Mery. Nunca tomamos muy en serio las actividades de papá. Ignoramos el lío en el cual se metió.*

—*Siendo así, creo que no tienen nada de qué preocuparse. Como les comenté, el FBI está en camino. A su llegada los van a "entrevistar", seguramente utilizaran artimañas para tratar de sacarles la mayor cantidad de información posible.*

»*Así que sean sensatos y conserven la calma en todo momento. No permitan que los saquen de sus casillas, recuerden que "el pez por su propia boca muere". Respondan únicamente lo que les pregunten*

»*No divaguen, ni den información no solicitada. No muestren nervios o temor. Eviten que ellos piensen que les están ocultando algo. Si en algún momento sienten que están perdiendo los estribos, inmediatamente cierren la boca. Respiren hondo y tomen una pausa antes de continuar.*

»Por mi experiencia, estoy seguro que cuando certifiquen que ustedes no saben nada importante al respecto de las actividades de Henry, los dejaran en paz.

—No me agrada mucho la idea de ser interrogado, pero si no hay otra opción, cumpliremos con la petición —señalo papá.

—Esa es la actitud de campeón, es la mejor decisión que pueden tomar. ¿Qué les parece si vamos al comedor a tomar un café para relajarnos un poco mientras esperamos la llegada de los agentes?

—Me parece buena idea... aunque para ser sincero, en este momento preferiría un whisky en lugar de un café.

—Creo que puedo ayudar con eso —dijo John, mientras sacaba del cajón de su escritorio una botella de Johnny Walker. —"Hombre preparado vale por dos". Siempre tengo un poco de agua relajante en la oficina. Tú sabes, me la recetó el doctor para ayudarme a lidiar con los días difíciles.

—¡Excelente!, eso es música para mis oídos, no se diga más amigo. Vamos al comedor que mi boca está muy reseca.

La expresión de papá arrancó una sonrisa en todos, logrando romper por un momento la tensión provocada por todo este asunto. Al darme cuenta que se disponían a salir, me aparte rápidamente de la puerta y regresé a la sala de espera. Unos segundos detrás de mí, llego mamá.

—¿Cómo han estado par de diablillos?... ¿no se han aburrido?

—Troy ni cuenta se ha dado del tiempo, está súper entretenido con su Nintendo. Yo más que aburrido, estoy ansioso por saber si hay noticias del abuelo.

—Creo que no me corresponde a mí hablar sobre eso. Vengan vamos al comedor con papá para que él sea quien les cuente lo sucedido.

Nos dirigimos al comedor donde papá nos esperaba.

—¿Cómo están hijos?... espero no muy aburridos.

—Más desesperados que aburridos. Cuéntanos por favor que saben del abuelo. ¡Qué me comen las ansias! —le dije.

—Las noticas no son alentadoras. Hasta este momento se desconoce el paradero del abuelo. Los guardabosques encontraron el campamento y la camioneta, pero ningún rastro de ellos. Nos informaron que continuarán la búsqueda hasta dar con su paradero. *Confiemos en Dios para que pronto los encuentren sanos y salvos. No hay que perder la esperanza.*

» ¿De acuerdo?

—*De acuerdo.*

Respondí, haciéndole creer que tenía la esperanza intacta, aunque por lo que había escuchado, sabía que era prácticamente imposible que el abuelo estuviera bien. Troy por su parte respondió encogiéndose de hombros, con un simple "ok".

—*Hay algo más que quiero que sepan, unos oficiales del FBI que investigan el caso, quieren hacernos algunas preguntas sobre las actividades del abuelo.*

» ¡Escuchen bien! Es muy importante que cuando les pregunten: si saben algo acerca de las actividades del abuelo, respondan que no saben nada; que casi nunca lo veían y poco platicaban con él.

» ¿Está claro?...

»En especial tu Jr. Por ningún motivo debes decirles que lo ayudabas con sus investigaciones.

—*Si crees que eso es lo correcto, lo haré. No te preocupes.*

—*Gracias hijo. Perdón por pedirte que mientas. Sé que mentir es malo, pero créeme no te pediría que hicieras algo malo, si no fuera extremadamente necesario. Tal vez hoy no lo entiendas, pero algún día comprenderás que fue por el bien de todos.*

—*No te preocupes. Estoy seguro que sólo buscas lo mejor para la familia. Al final de cuentas, nada es verdad, ni nada es mentira, todo depende del color del cristal con que se mira.*

—*¡Vaya, estoy sorprendido por la madures de tu hijo!, te felicito Nick, has sabido educarlo.*

—*Gracias John, pero no tomaré todo el crédito, en eso tuvo mucho que ver Mery, y por qué no, también un poco el viejo Henry.*

La plática continúo por varios minutos. Papá y su amigo consumieron hasta la última gota de la botella. Mientras Troy y yo disfrutamos de una deliciosa rebanada de pastel que amablemente John nos invitó, acompañada de un sabroso café con leche. Nuestro tiempo de relajación fue interrumpido por un oficial de policía.

—*Detective Robles ya están aquí Frank y la señora Ross. ¿En dónde quiere que lo esperen?*

—*¡Tráelos acá por favor!*

Segundos después, entraron Ross (la esposa de Mike) y Frank.

—*¿Qué demonios sucede John? Tus muchachos sólo dijeron que necesitabas vernos.*

—*¡Tranquilízate Frank! Disculpen las molestias que esto les esté ocasionando. Les explicaré de manera breve, por qué su presencia es necesaria.*

—*¡Ven Ross!, siéntate junto a mí.*

—*Gracias Mery.*

—*Dime, ¿cómo has estado?*

—*¿Qué quieres que te diga?... Bastante desconcertada y preocupada por todo esto que está sucediendo, nada en la vida me preparó para afrontar una situación como esta.*

—*Te entiendo perfectamente. Esto ha sido muy desgastante para todos.*

John los puso al tanto con una versión corta de lo que estaba sucediendo. Les dio los mismos consejos que a mis padres para lidiar con los agentes. Justo antes de que le informaran que el FBI había llegado.

Nos dirigimos a la sala de juntas al final del corredor. En la habitación estaban tres tipos: dos con placas del FBI colgando de su pecho, sentados a la mesa; el tercero no portaba ninguna identificación, estaba simplemente de pie en una esquina. Su atuendo era peculiar, vestido completamente de negro. Sus gafas oscuras impedían distinguir su fisonomía con claridad.

—*¡Adelante!, tomen asiento por favor. Ustedes deben de ser Mery, Ross, Nick, Frank, agente Robles y finalmente los pequeños Nick Junior y Troy. ¿Estoy en lo correcto?*

—*Veo que han hecho bien su tarea* —comento John.

—*Así es mí estimado. Siempre hago mi tarea. Permítanme presentarme, soy el agente especial Johnson del FBI. Mi compañero el agente Miller.*

—*Gusto en conocerlos.* —*respondimos todos.*

—*Nosotros estamos a cargo de la investigación de la posible desaparición de las tres personas, que ustedes están buscando. Los hicimos venir para hacerles algunas cuantas preguntas. Para avanzar en nuestras pesquisas. ¿Tienen alguna duda o pregunta antes de continuar?*

—*Yo tengo una pregunta… ¿Por qué al FBI le interesa la desaparición de mi padre y sus amigos?*

—*Sé que sonará algo extraña nuestra respuesta. Al igual que a ustedes, a nosotros también nos sorprendió en un principio que la desaparición de tres campistas fuera considerado un caso para una unidad especializada del FBI. Después de indagar un poco en el caso, nos dimos cuenta de varias cosas acerca de sus amigos y familiares que tal vez ustedes ignoran.*

—*¿A qué se refiere con eso?* —*cuestionó Frank.*

—*Lamentamos informarles que Henry, Mike y Ramón, no son quienes ustedes creían que eran. De hecho, están muy lejos de ser las apacibles personas que ustedes creían conocer.*

»*Ellos están involucrados con una secta de fanáticos, obsesionados con la práctica de rituales esotéricos. Autoproclamados seres elegidos, teniendo como peligroso objetivo: la creación de un nuevo orden mundial.*

—*¡Esas son tonterías! No puede estar hablando en serio.*

Al percibir que mi papá contradecía vehementemente las afirmaciones de los agentes, tratando de mantener limpia la memoria del abuelo, John hábilmente lo interrumpió pateándolo bajo la mesa.

—*¡Tranquilo Nick!, tómalo con calma. Las cosas no siempre son lo que parecen. Sujetos conocemos, mañas no sabemos* —*expresó John.*

—*¡Tienes razón!… Agente pido por favor disculpe mi reacción, pero estos últimos días no han sido los mejores. Usted comprenderá que he estado bajo mucha presión últimamente.*

—*Entiendo cómo debe de sentirse. En este trabajo, estas escenas son el pan de cada día.*

»*Bien, como les comentaba antes de ser interrumpido, sus conocidos forman parte de un grupo subversivo, considerado por el gobierno como de alto riesgo para la seguridad nacional.*

»Hace un par de meses tuvimos los primeros informes de su existencia. Los empezamos a investigar. Estábamos bastante cerca de lograr su captura, por lo cual, creémos que la desaparición en el bosque, fue una acción premeditada. Así evitarían ser capturados. De alguna forma descubrieron que los seguíamos de cerca y decidieron desaparecer para evadir el brazo de la justicia.

—¡Eso no lo vimos venir! Nunca creí a mi padre capaz de algo así. Desde que mi madre murió, se aisló de nosotros por completo. Últimamente se alejó de la familia. ¡Diablos me necesitaba y no estuvé ahí para ayudarlo!

» ¿Cómo fue que no me di cuenta en lo que se estaba metido el viejo?

—¡No te culpes!, la vida nos da golpes duros a todos, es responsabilidad de cada uno la manera de lidiar con ellos, en esta ocasión tu padre eligió la puerta equivocada.

»El autoaislamiento es común en estos casos. Cuando una persona se mete en este tipo de problemas, por temor a ser rechazados, mantienen al margen del tema a su familia, no así a sus amigos, a quienes tratan de enrolar en sus locas cruzadas.

»Ahí es donde entra usted estimado Frank. Al revisar el historial de llamadas de los celulares, encontramos que los tres se comunicaban regularmente con usted. ¿Qué puede decirnos al respecto?

—No creo que pueda decirles algo importante. Ellos solían venir regularmente al bar a beber cerveza. Hace cosa de tres años se aficionaron a jugar al niño explorador. En varias ocasiones los oí platicar cosas fantasiosas, pero nunca les presté demasiada atención. Como buen cantinero, simplemente seguí la regla de oro: "oye a todos, pero no escuches a nadie".

—¿Entonces, por qué te llamaban tanto?

—¡Ah!… Me llamaban ocasionalmente para pedirme algunos favores.

—¿Qué tipo de favores?

—Cosas simples: préstamos de dinero, llevar o recoger su auto del taller, comprarles algunos víveres, conseguirles información y ubicaciones en Google, en fin nada extraordinario.

—¿Qué tipo de información buscaba para ellos, exactamente?

—¡Hummm!… Cosas sin importancia creo. Significados de algunas palabras indias, información de piezas de museo. Como le digo, nada del otro mundo, nada que no esté al acceso de cualquiera con internet.

»Yo sólo les seguía el juego. Ustedes saben. Yo los ayudaba y ellos dejaban buenas propinas en mi tarro cuando venían al bar, "matemáticas simples".

»Llegué a pensar que todo aquello se trataba de principios de demencia senil. Les aseguro que desconocía por completo en que estaban metidos. Si algo he aprendido en 13 años como cantinero, es a no meterme en negocios que no son míos y no buscar lo que no he perdido.

—¿Usted señora Ross que nos puede decir de Mike?

—Realmente poco. Desde que se enredó en las locuras de Henry, ya no tenía tiempo para mí y por evitar conflictos preferíamos evadir el tema. Cada quien vivía el mundo a su manera. De lo que hacía o dejaba de hacer Mike, yo ya no estaba al tanto, lamento no poder ser de mayor ayuda.

—Ya veo. ¿Y ustedes qué me pueden decir sobre Henry?... ¿Tenían algún conocimiento de sus actividades?

—En lo que a mí respecta los recuerdos más recientes que tengo del viejo, son verlo reparando su camioneta o sentado en la banca del patio bebiendo cerveza. ¿Mery tú recuerdas algo más de papá?

—¡No!, nada en particular. Bueno, si acaso alguna vez de manera esporádica lo recuerdo pidiéndome prestado alguno de mis libros de historia. De ahí en adelante, nada digno de ser recordado.

—¿Troy tu recuerdas algo de tu abuelo? —Johnson preguntó.

—¡Claro que sí! Siempre nos llevaba al autocinema a ver películas y nos compraba una cubeta grande de palomitas acarameladas y…

—¡No!, no me refiero a ese tipo de recuerdos. Yo hablo de sus actividades "secretas".

—¡Ah!, ¡no! De eso, no sé nada.

—Ya veo. Supongo que tú Junior tampoco sabes nada.

—Supone bien. El abuelo últimamente era bastante cascarrabias. Todo le molestaba. Perdía la paciencia fácilmente. No podíamos dirigirle la palabra sin recibir un regaño a cambio, así que por seguridad, preferí mantener cierta distancia.

—Nos queda claro que ustedes realmente ignoraban las actividades de estos sujetos o por el contrario se prepararon muy bien para mentirnos. Cualquiera que sea el caso, creo no podrán aportarnos mayor información, así que esto sería todo por el momento.

—¿Entonces ya podemos irnos a casa? —preguntó mi padre.

—Sólo una cosa más… al llegar a sus respectivas casas y al bar, encontrarán que algunos de sus aparatos electrónicos, como computadoras, tabletas y consolas de video juegos, fueron remplazados por equipos más modernos. Esto no implicará ningún costo para ustedes. Cortesía del Tío Sam.

—¿Entraron a nuestras casas sin nuestro consentimiento? —cuestionó Frank.

—No precisamente. Digamos que necesitábamos registrar sus casas en busca de información, por eso los hicimos venir aquí, para que no entorpecieran el actuar de nuestros compañeros. Aquí les entrego las órdenes de cateo que validan nuestro actuar. Gracias por su contribución a la seguridad nacional. ¿Tienen algún problema con eso?

—No, ningún problema con ayudar a los federales —se apresuró a responder John.

—No podía esperar menos de ciudadanos patriotas como ustedes. Ahora, simplemente falta reemplazar sus celulares.

»Entreguen sus aparatos al agente Miller. A cambio de su amable cooperación, les entregará un iPhone 11, nuevecito de paquete, dado de alta con su número actual, ya registrado, listo para utilizarse.

»Por su propia seguridad y la de su familia, dejen de buscar. No traten de recuperar algo de lo que nos llevamos. No comentan el error de entrar a una fiesta donde no fueron invitados.

»Si sacuden con fuerza el arbusto, puede salir la serpiente y morderlos.

—Entendimos la indirecta. No se preocupe —mencionó mamá.

—Tomen una de mis tarjetas. Si en el futuro los contacta alguna persona con información sobre el caso, déjenoslo saber de inmediato. Pueden ser sujetos peligrosos con los que no les gustaría tratar. Nosotros los podemos proteger, para eso somos el hermano mayor, nunca olviden eso.

—Gracias, tendremos presente su recomendación —dijo papá.

—*Agente Robles, me puede indicar dónde queda el baño por favor.*

—*Seguro. Tercera puerta negra a la derecha.*

—*Con su permiso, ahora regreso. Mientras pueden pasar con el agente Miller para intercambiar sus celulares, por favor.*

Obligados, pasamos para intercambiar los teléfonos. Cuando mi papá y yo nos acercamos a entregar nuestros aparatos sucedió algo sumamente raro. El curso normal del tiempo pareció detenerse por unos segundos. El agente Miller aprovechó para murmurarnos al oído.

—*Nick, recuerda que tus hijos no son tuyos. Sólo te los presta Maasaw. Dentro de nueve años vendrán por el mayor para guiarlo a su destino.*

»*Nick Junior, la sabiduría viene sólo cuando dejas de buscarla y comienzas a vivir la vida que Maasaw pretendía para ti. Mantén tu cuerpo y mente en buena forma. Cuando sea tiempo alguien vendrá a mostrarte el camino.*

»*Sean prudentes y cautelosos. Los hombres de negro los vigilan de cerca y créanme no querrán averiguar de lo que ellos son capaces. Como dijeran los viejos cherokees: "Cuídense del hombre que no habla y del perro que no ladra; y no hagan tarea que no les asignen, ni monten caballo que ustedes no ensillen".*

En cuanto terminó de hablar, el curso del tiempo regresó a la normalidad. Parecía que nadie más en el cuarto se percató de lo sucedido. El propio agente Miller, lucía despreocupado, como si no se hubiera dado cuenta de lo que acababa de suceder.

Nosotros aún incrédulos, logramos mantener la calma mientras concluíamos con el intercambio de teléfonos. Al regresar el agente Johnson, nos apresuramos a despedirnos.

Agradecimos a John todas las molestias que se tomó por causa nuestra. Acordamos con Frank y Ross, reunirnos el fin de semana para acordar cómo poder lidiar con este asunto en el futuro y evitar meternos en más líos.

Salimos de la comisaria ansiosos por regresar a casa. Al llegar, los vecinos salieron a encontrarnos. Nos preguntaron si todo estaba bien (queriendo saber porque el FBI, había estado en nuestra casa). Les comentamos que había sido un mal entendido y no tenían nada porque preocuparse, dejándoles en claro que no éramos delincuentes.

Dentro de la casa encontramos todo tal como la dejamos al salir. Ni un solo objeto fuera de su lugar. Lo único diferente eran los artículos electrónicos remplazados, como nos lo anticipó el agente. Sin que el resto de mi familia se dieran cuenta, entré al baño para revisar el ducto de ventilación donde tenía escondida una USB envuelta en papel aluminio, la cual por fortuna el FBI no encontró.

Satisfecho por haber logrado que el material de años de trabajo estuviera a salvo, lo guardé nuevamente. Consideré que lo mejor sería dejar pasar el tiempo para que el asunto se enfriara, antes de continuar tratando de resolver el caso.

—Se "preguntarán… ¿qué trataba de esconder?…

»El día que el abuelo salió a su último viaje, antes de marcharse, me dijo en secreto al oído:

«"Escucha bien. Creo que estamos pisando cayos a gente poderosa. Presiento que desde hace tiempo nos observan y nos siguen los pasos de cerca, tal vez traten de robar la información de nuestra investigación...

Has un respaldo de la información acumulada. Escóndelo en un lugar seguro. Donde nadie pueda encontrarlo y después borra cualquier rastro electrónico de información.

Si nosotros fracasamos en nuestro intento, dentro de algunos años, cuando tengas la edad suficiente, por el bien de la humanidad, tendrás que terminar lo que empecé. Sé cauto, no confíes ni en tu propia sombra: una nueva batalla por la supervivencia ha iniciado" ».

Entonces escuché el grito de mamá que me regresó al presente.

—¡Jr! La cena está servida. ¡A la mesa ahora mismo y no olvides lavarte las manos!

Durante un par de horas platicamos sobre lo sucedido (mi padre y yo, evitamos comentar el incidente del misterioso mensaje para no preocupar aún más a mamá). Concluimos que para no correr riesgos, deberíamos olvidarnos del tema y resignarnos a no volver a ver al abuelo.

Para ayudarnos a hacer más llevadera nuestra situación, realizamos un servicio religioso por el descanso del alma de los desaparecidos.

Tratamos de hacernos a la idea de que habían fallecido en su excursión al bosque. De esta manera intentamos cerrar este ciclo de nuestras vidas.

Ilusamente pensé que este era el final y ahora podríamos continuar con una "vida normal", realmente llegué a pensar que si era posible evadir el destino.

En poco tiempo me daría cuenta que el destino lo único que hace, es engañarnos. Se oculta brevemente de nuestra vista para sentarse a descansar. Pero finalmente tarde o temprano, su caudalosa corriente continuará su inevitable andar y nos arrastrará en su caudal.

Todo dependerá de la decisión que tomemos: "torear de frente dignamente al toro o huir despavoridos dando la espalda".

— *¿Tú que opción tomarías?... Ten en cuenta que de ambas maneras, puedes terminar cornado*

Los viejos apaches decían: "Una sola lluvia no hace crecer la cosecha, así como una sola lluvia no provoca una inundación".

Absolutamente nada en este mundo sucede de repente. Todo hecho bueno o malo se construye de pequeñas acciones, por lo cual, jamás te puedes dar el lujo de abandonar por un instante tus sueños sin correr el riesgo de perderlos.

Capítulo VII
El despertar del guerrero

Durante algunos años el tema permaneció en el baúl del olvido. Era demasiado el dolor que nos provocaba recordar la ausencia del abuelo. Deliberadamente evadíamos cualquier plática al respecto… "Lo que mortifica ni se cuenta ni se platica" —dicho coloquial mexicano lleno de verdad— Aunque evitar afrontar la realidad, es sano sólo por corto tiempo.

En este punto es donde la grandeza de un hombre debe salir a flote y demostrar su valía. Como diría Shakespeare: "El destino es el que baraja las cartas, pero nosotros somos los que jugamos la partida" —el momento de empezar a jugar mis cartas pronto llegaría.

Con catorce años en mi cuenta, llegó el momento de entrar a Ernest Righetti High School. Un mundo nuevo de grandes sueños y miles de posibilidades, se presentaba ante mí. Con mis eternos amigos de la infancia, Miguel y Alex como compañeros, trasformábamos cada día de escuela en una aventura, éramos bastante ocurrentes.

El séptimo día de clases, recorríamos los pasillos cuando nos percatamos de que un grupo de estúpidos inadaptados, molestaban a un chico que a pesar de verse superado en número, valientemente les hacía frente sin agachar la cabeza. Sin pensarlo dos veces, nos involucramos en el asunto. Nos paramos entre abusado y abusadores tratando de emparejar las cosas de manera justa.

— *¿Qué diablos sucede con ustedes? ¿Tienen algún problema con nuestro amigo? —cuestiono Alex.*

— *¡No!, no tenemos ningún problema con él. Disculpa Alex, no sabíamos que era amigo de ustedes.*

—¡Más les vale, pinches montoneros!, ¡si vuelvo a verlos molestándolo, tendremos que arreglar las cosas a mi manera! ¿Entendido?

—¡Claro! Cuenta con es. No volverá a pasar. Sabes que no queremos tener problemas con ustedes, aprendimos nuestra lección, ok.

Con la cola entre las patas, los cinco abusadores se marcharon. Sobre todo por respeto a Alex, quien era dueño de una merecida reputación.

—Olvidé mencionarles que Alex era el campeón de lucha grecorromana en la costa central.

Como respuesta a nuestra buena acción, a nuestro grupo de amigos, un nuevo miembro se unió. Antonio en poco tiempo logró acoplarse a la perfección con nosotros. A partir de ese día, nos convertimos en un cuarteto inseparable.

Ocasionalmente, algunas de nuestras ocurrencias nos metían en aprietos, pero lográbamos salir hábilmente. Nuestra buena suerte se terminó el día que hicimos la broma del ataque epiléptico.

Durante el receso del almuerzo estábamos sentados en una jardinera, cuando les propuse a mis amigos lo siguiente:

—Miren lo que traje el día de hoy. —Les mostré dos sobres de sal de uvas que llevaba conmigo — ¡Creo que es tiempo de la diversión!

—¿Tiempo de diversión? ¿Qué tienen de especial esos sobres? —preguntó Alex —. No empecemos que estás metido en drogas.

—¿Drogas?, mis tanates… ¡Claro que no!, este polvo es efervescente, al entrar en contacto con cualquier líquido produce una gran cantidad de espuma, ¿correcto?

—¡Sí!, pero no entiendo, ¿a dónde quieres llegar?

—Si lo pones en tu boca directamente, al entrar en contacto con la saliva, producirá abundante espuma, efecto perfecto para fingir que estas teniendo un ataque epiléptico. ¡Ja, ja, ja!

—No creo que eso sea lo correcto, pero…

» ¡Qué diablos!, ¡suena divertido!... ¡vamos a hacerlo! —opinó Miguel.

—¡Estoy dentro! —dijo Alex.

—No se diga más. ¿Cuál es el plan? —preguntó Antonio.

—*En estos momentos el comedor escolar está a reventar, así que es el lugar perfecto para el show. ¡Vamos!, en el camino les cuento mi plan.*

Al llegar al comedor, Alex golpeó con fuerza la puerta de la entrada, llamando la atención de los presentes. Antonio se tiró al piso cubriendo su rostro como si se hubiera dado un fuerte golpe —momento *que aprovechó para poner el polvo en su boca.*

La prima reacción de nosotros fue burlarnos, haciendo creer a la gente que torpemente nuestro amigo había chocado en la puerta y consecuentemente cayó al piso. Por un instante las risas burlonas hicieron acto de presencia por todo el lugar.

En cuanto la espuma empezó a salir de su boca, Antonio empezó a fingir movimientos de convulsión. Entonces cambiamos las risas por gritos desesperados pidiendo ayuda. El pánico y la angustia se adueñaron del comedor —*exactamente como lo esperábamos.*

Alex simulaba tratar de ayudarlo, limpiándole la espuma de la boca, solicitando a gritos que le llevaran una cuchara para meterla en la boca y evitar se atragantara con su lengua. En ese punto fue donde la broma se salió de control.

Aquello se volvió caótico. Los chismosos nos rodearon para observar nuestros esfuerzos por ayudar a nuestro amigo en desgracia. Otros salieron corriendo a la enfermería en busca de ayuda, para nuestra mala suerte no faltó el chico listo que llamó al 911.

Al contemplar el desgarriate que habíamos provocado, no pudimos contener la risa. Nos pusimos de pie, hicimos reverencias y agradecimos la participación involuntaria de la audiencia, como si se tratara de una obra de teatro escolar. Se podrán imaginar la reacción de la gente. De idiotas y estúpidos no nos bajaron. Entre gritos, insultos y chiflidos, nos recordaron a nuestra progenitora.

Nos sentimos triunfadores por haber engañado a todos y salimos del comedor como pavos reales. El timbre sonó indicando el final del receso. En el salón de clases nuestros compañeros nos recibieron con opiniones divididas. Unos nos vitoreaban aprobando nuestro actuar, con frases tales como: ¡buena broma!, o ¡bien hecho! Mientras el resto (*que en honor a la verdad, eran mayoría*) nos reprochaban lo irresponsables que habíamos sido.

Por primera vez, nos alegró que el profesor de matemáticas entrara al salón (*salvándonos del linchamiento colectivo al que estábamos siendo sometidos*). Ante la presencia del profesor, todos guardamos silencio y tomamos nuestros asientos.

—*¡Buen día!... ¿Listos para una aventura más en el maravilloso mundo de las matemáticas?*

—*Si profesor. —como de costumbre respondimos.*

—*¡Esa es la actitud de triunfadores! Antes de iniciar con la clase, por favor pónganse de pie: Alexander, Nick, Antonio y Miguel.*

»*Creo que ahora si se les pasó la mano jovencitos. Vayan por favor a la oficina del director hay varia gente deseosa de hablar con ustedes.*

Entre burlas salimos del salón. Mi corazón latía tan fuerte que parecía quererse salir del pecho. Cabizbajos y llenos de incertidumbre cruzamos los pasillos en dirección a la oficina del director. Sin saber lo que íbamos a encontrar, al llegar al área de oficinas, la secretaria nos indicó que pasáramos.

En la oficina del director estaban el padre de Alex, la tía de Antonio, la madre de Miguel, mi mamá, el director y el coordinador del distrito escolar; el ambiente era más tenso que en un examen sorpresa de matemáticas.

—*Ya están aquí los pequeños infractores —fueron las palabras de bienvenida de parte del director.*

»*Tomen asiento muchachos. Sus padres ya fueron puestos al tanto de su "inocente travesura", así como del costo de la multa por la falsa alarma reportada al 911, la cual asciende a 1,260 dólares. Antes de proseguir, quiero preguntarles: ¿quién fue la mente maestra, detrás de esta broma?*

Los cuatro nos mirábamos como indefensos cachorros, tratando de darnos valor para resistir el interrogatorio. Después de un par de minutos sin recibir respuesta alguna, el director continuó.

—*Veo que prefieren un castigo grupal, ¿verdad? Tengo que reconocer que es grande la lealtad entre ustedes. ¿Pero realmente vale la pena proteger a alguien que los manipuló?*

»*Tengan en cuenta que esto irá directamente a sus expedientes. Lo que lamentablemente afectará todo su futuro, no sólo el escolar.*

» *¡Alex!, perderás tu beca deportiva, así que dile adiós a tu sueño de ser campeón nacional.*

» *¡Miguel!, tendrás que renunciar a la dirección del periódico escolar y al equipo de debates. Comprenderás que por integridad moral, será difícil para nosotros, mantenerte en esas posiciones.*

» *¡Nick!, con esta mancha en tu expediente y tus calificaciones que no son las mejores, será difícil que consigas alguna beca para la universidad. Tendrás que trabajar duro para pagar tu crédito escolar. Buena suerte con eso. Además, no sé qué sucede contigo, eres inteligente pero siempre pareces estar en otro mundo.*

»*Y tú, Antonio, empezarás con el pie izquierdo tu nueva vida en Estados Unidos.*

»*Recuerden las palabras de Abraham Lincoln: "No puedes escapar de la responsabilidad del mañana, evadiéndola hoy". Sean inteligentes chicos. Con el tiempo se darán cuenta que no vale la pena conservar a un amigo que prefiere evadir su responsabilidad a costa de la desdicha de los demás.*

Aquellas palabras resonaron profundamente en mi ser, despertando aletargados sentimientos. Me había olvidado de procurar la justicia, de buscar el bien común; lo peor fue darme cuenta que me estaba convirtiendo en un cobarde, incapaz de afrontar y cumplir con sus responsabilidades. Era momento de comportarme como hombre y asumir las consecuencias de mis actos.

—*¡Disculpe director!... ¿Puedo decir algo?*

—*¡Adelante Nick!*

Me disponía a confesar mi autoría intelectual, cuando Antonio se anticipó a hablar. —Me dio un fuerte pellizco en la espalda, como petición de que lo dejara hablar.

—*¡Basta!, ya me cansé de este teatro. Sólo fue una broma que se salió de control. No es para tanto. Nadie murió, no entiendo porque tanto drama. ¿Quieren al responsable? Aquí lo tienen. Yo fui el actor principal en esta obra. Si lo que quieren es sangre, pueden tomar la mía.*

—*¡Antonio!, no creas que con tu insolencia y sarcasmo, te librarás de esto. Ahora que decidiste confesar, estamos listos para informarles las sanciones a las cuales se hicieron acreedores:*

»Antonio, ganaste el premio mayor. Por parte de la ciudad, tendrás que cumplir con 48 horas de trabajo comunitario. Tu tía Rosa como tu tutora legal, deberá cubrir el importe de la multa por hacer mal uso de los servicios de emergencia de la ciudad.

»En cuanto a la infracción por alterar el orden dentro de la escuela, el castigo será equitativo para los cuatro: "tanto peca el que mata la vaca, como el que le detiene la pata". Se ganaron 44 horas de detención después de clases, ayudando 2 horas por día en la biblioteca.

»Y como seguramente se harán famosos en las redes sociales por las razones incorrectas, tendrán que elaborar un trabajo en equipo con el tema: "Bromas pesas en la escuela y sus consecuencias", el cual expondrán en todas las escuelas del condado para hacer de esto una experiencia pedagógica positiva.

» ¿Chicos, alguna duda o comentario al respecto?

—Ninguna duda señor, nos quedó todo claro —respondimos.

—Ahora la pregunta es para los padres y tutores de los infractores: ¿están de acuerdo con las sanciones?, o ¿consideran que alguna es excesiva?

—Por mí, está bien el castigo —aceptó el padre de Alex.

—Estoy de acuerdo. Creo que con eso será suficiente para que en el futuro piensen dos veces antes de hacer las cosas —opinó la madre de Miguel.

—Considero que el castigo es proporcional al daño causado. No tengo ningún problema al respecto. Además creo que lo complementaré con algunas pequeñas restricciones adicionales en casa, para reforzar el aprendizaje. Recomiendo a los demás, también apliquen medidas de reforzamiento en casa —escuché decir a mi madre.

Finalmente la tía de Antonio dio su punto de vista.

—Señor director, sé que los muchachos actuaron mal y deben de ser corregidos. Los castigos me parecen adecuados, el único problema es que en estos momentos no dispongo del dinero suficiente para pagar la multa. ¡Usted sabe!, en estos momentos la economía está un poco difícil. ¿Cree que en ese tema puedan ayudarme de alguna manera?

—Entiendo su posición señora Rosa. Creo que lo único en que podemos ayudarla, es en conseguirle un acuerdo para pagar la multa en mensualidades que se adapten a sus posibilidades económicas.

—Se lo agradecería bastante.

—¡Váyase tranquila! Déjeme platicar el tema con el coordinador y en un par de días le informaremos de cuánto será el pago mensual. A ver qué le parece.

—¡Gracias!, esperaré su llamada.

—Muy bien. Creo que es todo lo que necesitábamos hablar sobre el tema. Señoras, señor, gracias por venir y por comprender nuestra posición. Nosotros sólo tratamos de hacer lo que creemos que es mejor para nuestros alumnos.

» ¡Chicos! Ustedes pueden pasar a su salón de clases a recoger sus cosas. El resto del día están suspendidos. La detención de dos horas empezará a partir de mañana. Al terminar su última clase, repórtense por favor a la biblioteca con la señora Muñoz para que les indique las tareas que deberán cumplir.

»Gracias a todos por venir. Aunque no en las mejores condiciones, fue un placer.

Nuestros padres salieron de la oficina y nos mencionaron que nos esperarían en el estacionamiento. Mi madre antes de irse me lanzó una mirada de pocos amigos. Me advertía que me haría pagar caro la vergüenza que la había hecho pasar. (Ni hablar, riesgos de la democracia)

El silencio reinó durante el trayecto a casa. Mi madre pasó a dejarme y regresó a su trabajo. Me refugié en mi cuarto a esperar que llegara la hora del juicio, que por supuesto sabía: tenía perdido. Como de costumbre a las tres llegó papá. Treinta minutos después, mamá. Cada vez, se acercaba más el momento de tener que afrontar sermones y finalmente descubrir, cuál sería el castigo por cumplir.

Escuché cómo mamá ponía al tanto a papá de lo sucedido, mientras preparaba la cena. Como era de esperarse el chismoso de Troy, también fue a la cocina para no perderse detalle del show de mi desgracia.

La angustia y la incertidumbre me hicieron perder el hambre. Aunque me cuesta aceptarlo, en esta ocasión realmente estaba asustado. Con decirles que salté de la cama cómo impulsado por un resorte, cuando escuché el grito de mamá llamándome a cenar.

—*¡Nick Brown JR! Baja inmediatamente a la cocina. ¿O no piensas cenar hoy?*

Bajé rápidamente para no hacerlos esperar y empeorar las cosas. Entré a la cocina donde el enojo de mi madre; la mirada dura de mi padre y la risa burlona de Troy, me esperaban. Sin pronunciar palabra me senté a la mesa en espera de una lluvia de reproches.

—*¡Escucha bien hijo! No quiero oírte pronunciar siquiera una sola palabra para tratar de justificarte como es tu costumbre. Hoy, tú y tus amigos cruzaron la línea* —me advirtió mamá.

—*¡Hijo, ya tu madre me puso al tanto de lo que sucedió en la escuela! Creo que esto es más grave de lo que puedas suponer. De seguro en estos momentos estás pensando: "este par de viejos ya están chocheando, que exagerados son. Tanto escándalo por una broma estudiantil. Ni que fuera para tanto, no aguantan nada".*

»*Créeme es bastante difícil para mí tener que platicar la siguiente historia. Lo hago únicamente esperando te haga reflexionar:*

»*En mis años de estudiante, junto con mis amigos también solíamos hacer bromas estúpidas. Al igual que ustedes, nos autojustificábamos diciendo que las hacíamos sin maldad. Aunque la realidad era que las hacíamos sin medir consecuencias. Creyendo que al final siempre todo resultaría bien: sonrisas para todos; sin daños colaterales que lamentar.*

»*Nada más alejado de la verdad. Estábamos equivocados en pensar que las cosas en la vida siempre son así de simples, ignorando que al no medir las consecuencias de nuestras acciones, podemos llegar a ocasionar daños irreversibles a nuestros seres queridos.*

»*Desgraciadamente la vida es una ruleta que nunca gira hacia atrás. Por más grande que sea el arrepentimiento, jamás logrará cambiar el resultado de un hecho consumado.*

»*En cierta ocasión, John, Mateo y yo, pensamos que sería divertido poner aceite en el piso, a la entrada del salón de clases, simplemente para reírnos un poco de los incautos.*

»*Aquel día madrugamos para ser los primeros en llegar a la escuela. Pusimos el aceite en el piso. Después salimos de la escuela para regresar* cuando ya hubiera compañeros en el salón y evitar cualquier sospecha de nuestra autoría de la broma.

»Cuando regresamos al salón, Mateo fingió caer en la trampa para aparentar ser víctima del bromista. En aquel momento todo marchaba a la perfección. Más de veinte habían visitado el suelo por cortesía nuestra para beneplácito del público. Nos sentíamos todos unos triunfadores.

»Toda la alegría terminó cuando llegó Robert, nuestro profesor de Gramática. Era mi profesor favorito. Poseía una habilidad innata para conectar con los jóvenes. Inspiraba tanta confianza que sin problema le pedias consejos cuando te sentías confundido. Si bien no era un anciano, tampoco era un jovencito, rondaba los cuarenta y cinco años de edad.

»Al momento de resbalarse, todos pudimos escuchar el escalofriante crujir de los huesos de su tobillo mientras se rompían. Los rostros sonrientes se transformaron en rostros de preocupación. Los quejidos y gestos de dolor del profesor me marcaron para siempre. Minutos después llegó la ambulancia para llevarlo al hospital.

»El problema de Robert se agravó debido a la diabetes que padecía. Su cuerpo no lograba sanar la herida, lo que complicó su recuperación. Un mes después de la cirugía, la herida se infectó. Entonces vinieron tres cirugías más para tratar de salvarle la pierna.

»En aquellos días, la ciencia médica no estaba tan avanzada, por lo cual los médicos fueron incapaces de revertir el daño. La única opción para salvar su vida, fue amputarle la pierna.

»Dos años después, Robert pudo regresar a impartir clases, pero era una persona distinta. Aquel maestro de carácter jovial, siempre sonriente y dispuesto a ayudar, se había marchado. En su lugar regreso un ser triste, resentido con la sociedad. En cada alumno veía al culpable de su desgracia. La clase de Gramática se ganó la fama de la clase del terror.

»Éramos jóvenes, estúpidos y cobardes. Nunca le dijimos a nadie de nuestro error. Elegimos callar para evitar afrontar las consecuencias. Creímos que con el tiempo lograríamos olvidar lo sucedido.

»Eso nunca pasó. Entre más pasaba el tiempo, más culpables nos sentíamos. El remordimiento nos carcomía las entrañas. Empezamos a culparnos entre nosotros, diciéndonos cosas como: "¡fue tu idea! ¡Sí, pero tú trajiste el aceite! ¡Pero él fue el que lo puso!".

»La culpa que sentíamos fue más fuerte que los lazos que unían nuestra amistad. Con decirles que desde entonces, no había hablado con John hasta hace un par de años con el asunto del abuelo. A Mateo nunca más lo he vuelto a ver.

»Actualmente para tratar de sentirme menos culpable, visitó regularmente a Robert en el asilo. Platicamos un rato. Le llevo de contrabando pastelillos y una botella de whisky (porque él me lo pide para hacer su estancia más placentera en ese lugar).

»Con agrado he podido contemplar cómo poco a poco ha regresado el Robert que se había ido. Imagino que los años y su psicólogo le han ayudado a superar aquel trago tan amargo. Lentamente ha dejado ir lo malo y se ha aferrado a lo bueno.

»Nunca he tenido el valor para decirle que yo fui el causante de su desgracia. En su mirada he podido ver, que en el fondo, él sabe que todo lo que hago es mi manera de pedirle perdón y que él, me ha perdonado. Al menos eso quiero creer.

El silencio en la cocina era tal, que de seguro se podría haber escuchado la caída de un alfiler. Aquella confesión de papá nos impactó a todos (especialmente a mi), sirvió para darme cuenta de cómo algo inocente puede transformarse en algo terrible o fatal.

—Hijo, espero que mis palabras te ayuden a reflexionar, gracias a Dios parece que con su broma no pasó nada de que arrepentirse, pero no siempre podrás correr con la misma suerte. Muchas veces la vida no da segundas oportunidades. Hoy tienes ante ti, la opción para dejar de ser un adolescente insensato. La decisión es tuya.

—¡Gracias papá por guiarme de esta manera a través de este complicado laberinto llamado vida! Ahora tengo claro cuál camino debo seguir.

—¡Casi lo olvidaba! Por último, está el asunto de la multa que ocasionó su broma. Tienen que ayudar entre todos a pagarla. Así que te daré quinientos dólares para que aportes al pago.

—¡Perfecto! Gracias papá.

—No me agradezcas aún. No creas que son regalados. Durante seis sábados tendrás que acompañarme a hacer trabajos: los domingos podarás el césped, lavarás mi auto y el de tu mamá. ¿De acuerdo?

—¡Ya decía yo! ¡Era muy hermoso para ser realidad! Si no hay otra opción, acepto el trato.

—Bueno, por mi parte es todo, ahora viene el turno de mamá.

—¡Esperen!, denme un par de segundos. Quiero decirles algo antes de escuchar mis merecidos castigos —respiré hondo para darme valor.

»Debo confesarles que "yo" fui el de la idea de la broma. Ahora entiendo lo equivocado de mi actuar. Les prometo que haré todo lo que esté a mi alcance para que no vuelva a suceder algo similar en el futuro. Por cobardía dejé que Antonio se echara la culpa. Mañana enmendaré mi error y afrontaré las consecuencias de mis actos.

El rostro de mi padre se llenó de orgullo al comprobar que había captado el mensaje. Por su parte a mi madre se le rasaron los ojos, emocionada ante mi fortaleza para confesar mi culpa. Por desgracia la valentía de mi acto, no fue suficiente para librarme de sus castigos.

—¡Te felicito hijo! No es nada fácil aceptar que actuamos mal. Reconocerlo es el primer paso para avanzar en busca de una solución, me alegro por ti. A partir de mañana veremos cómo ayudarte para que el hecho afecte lo menos posible tu futuro escolar, pero ahora es momento de que aprendas otra lección.

»Como sabes, las leyes de la física son exactas. A toda acción, siempre corresponde una reacción. Así que las reacciones que provocaron tus imprudentes acciones son: durante un mes sólo usarás tu celular para llamadas. Nada de videos o redes sociales, te lo revisaré a diario. Tampoco nada de videojuegos. La televisión solamente para ver noticias o documentales educativos. Y olvídate de las pizzas, hamburguesas, papas fritas y alitas. ¿Alguna duda al respecto?

—¡Pero mamá! ¿No estás siendo muy extremista?... Papá ayúdame con esto por favor.

—¡Lo siento hijo! Estás solo en esto. Esos son campos minados que no estoy dispuesto a pisar.

—¿Mamá qué esperas que haga entonces?

—Se me ocurre que puedes estudiar para mejorar tus notas. No creas que he olvidado que el director mencionó que no eran las mejores.

Considerando que ya era suficiente castigo en mi contra, traté de bromear para darle un giro a la conversación.

—Ni modo, tendré que vivir como monje durante un mes. Troy por favor, si muero de aburrimiento llama al noticiero local, que todo mundo sepa que mi madre fue la causante de mi muerte.

—Cuenta con eso. ¡Je, je, je!

—¡Ay sí! Muy graciosos, par de méndigos. Y tú, deja de apoyarlo o te incluyo en los castigos.

—¿Apoyarlo?... Si yo ni conozco al cara de burro.

Todos terminamos echándonos a reír. Mi mamá sirvió su delicioso caldo de albóndigas. Después de mucho tiempo de no hacerlo, tuvimos una agradable sobremesa, durante la cual conversamos sobre mil temas. Después de un par de horas llegó el momento de ir a dormir.

Antes de acostarme les envié un texto a mis amigos para pedirles que llegaran treinta minutos antes porque tenía algo importante que platicar con ellos.

Al día siguiente, pasé por Miguel y caminamos hasta la escuela. Al llegar, ya nos esperaba Antonio y cinco minutos después, llegó Alex. Empecé cuestionando a Antonio.

—¿Por qué te echaste la culpa? No es que sea mal agradecido, al contrario, agradezco tu gesto pero no puedo permitir que te sacrifiques por mí. Debemos ir con el director para aclarar las cosas. Yo fui el de la idea de la broma, entonces yo debo pagar por eso.

—Por favor Nick, deja las cosas como están. Ya se tragaron el cuento de que fui el culpable. Déjame por favor ser útil para alguien, por lo menos una vez en la vida. Yo no pierdo nada, ustedes sí.

—¿A qué te refieres con que tú no pierdes nada?

—Como ustedes saben, nací aquí. Aunque cuando deportaron a mi papá, tuve que irme para México. Lamentablemente la situación en nuestro pueblo no es la mejor que digamos. La desesperación por nuestra situación económica, obligó a mi padre a intentar regresar como ilegal. Trató de cruzar por el desierto de Arizona, desafortunadamente no lo logró.

»Me quedé al cuidado de mis abuelos. Ellos me criaban con mucho amor y dedicación, pero el cariño no se come, ni paga las cuentas. La situación económica en casa de los abuelos era prácticamente insostenible. Así que tomé la decisión de venirme a trabajar para poder ayudarlos a vivir con dignidad.

»Yo no puedo darme el lujo de estar aquí para estudiar. Por eso en las tardes y los fines de semana me voy a trabajar al campo. En la pizca de la fresa, en la uva, la coliflor o en lo que esté de temporada. Asisto a la escuela para no meter en problemas a mi tía que es mi tutora legal, sólo porque la ley obliga a que los menores de edad deben asistir a la escuela. Créanme que ansió cumplir dieciocho para ya no tener que venir a la escuela y poder trabajar de tiempo completo.

»Dicho esto, podrán entender que a mí no me afecta en lo más mínimo ese reporte en mi expediente. En cambio a ustedes, si les afecta. Ustedes tienen la oportunidad de estudiar, no la arruinen. Esa fue la razón por la cual decidí echarme la culpa.

—Entiendo tu punto pero aún no me convences. Sigo pensando que es injusto. Además eres un chico muy inteligente. Deberías tratar de encontrar la manera de combinar el estudio con el trabajo y así aspirar a tener un mejor futuro.

—¡Vamos Nick!, no es momento de ser orgulloso, ¡déjame hacer algo bueno por ustedes! Como dice mi abuelo Pánfilo: "Es de bien nacidos, ser agradecidos".

»Nunca he tenido la oportunidad de agradecerles que se metieran en un problema que no era de ustedes por defenderme. ¿Entonces por qué yo no puedo hacer lo mismo?

»Aparte, no nos hagamos tarugos, todos estuvimos de acuerdo en hacer la méndiga bromita. A nadie obligaste… ¿O me equivoco?

—¡Gracias Antonio!, pocos como tú. En algún lugar leí un proverbio turco que dice: "Los amigos son como los taxis, cuando hay mal tiempo escasean", y tú, ayer permaneciste a nuestro lado durante la tormenta, dejando en claro que eres un buen amigo.

—¡Antonio!, déjame decirte que para mí es un honor ser tu amigo —apuntó Miguel.

—¡Gracias! Mi abuelo no tuvo estudios pero la vida le dio sabiduría, él tiene un dicho: "El que busca un amigo sin defectos, se queda sin amigos".

—Bueno, creo que es tiempo de cambiar de tema. No quiero terminar con los ojos rojos y la garganta rasposa —opinó Alex.

—¡Apoyo la observación de Alex! Ahora hablemos de la multa. Eso sí nos corresponde a todos… ayudar con lo que cada uno podamos —comente.

—Yo tengo cerca de 350 ahorrados, cuenten con ellos —dijo Miguel.

—Yo no soy muy ahorrativo que digamos. He de tener algunos 35 dólares solamente, pero tengo un mini car arenero que ya no uso, fácilmente lo podremos vender en 300 —ofreció Alex.

—Yo debo de tener ahorrados cerca de 200. Aparte mi papá, ayer me prestó quinientos (elegí no contarles por qué me los había prestado). También traje esta cadena que me regalaron el día de mi primera comunión. No la uso, así que la podemos vender en el face. Mínimo 700 si nos dan por ella.

—¡Gracias!, pero eso ya sería demasiado. El encaje es bueno pero no tan ancho. Con los 1,260 de la multa bastará.

—¡No estés tan seguro! Toma en cuenta que tendrás que cumplir con horas de servicio comunitario, durante seis sábados no vas a poder ir a trabajar a la pizca. Así que lo que sobre, te servirá para reponer lo de esos seis días de trabajo.

—¡Dices bien!, pues ya forzado, hay que dejarse querer.

—Si sobra algo, se lo mandas a tu abuelo para que se tome un tequilazo a nuestra salud. ¿Verdad muchachos? —Miguel sugirió.

—¡Claro! —Respondimos.

—Por la tarde hay que llevarle el dinero a tu tía para que se quite esa preocupación. A ella si le voy a confesar la verdad para que se sienta orgullosa del gran corazón de su sobrino, ¿Ok.? —Comenté.

—Totalmente de acuerdo en ese punto. —Expresó Alex—. Oye Antonio, aprovechando la ida, ¿crees que sea posible que nos presentes a tus primas? He escuchado cosas buenas, muy buenas de ellas.

—También tengo un par de primos, por si te interesa conocerlos.

—No gracias, pero a Miguel si le puede interesar tu oferta. ¡Ja, ja, ja!

—A mí no me metas en tus negocios. No repartas lo que no te quepa. ¡Ja, ja, ja!

En medio de bromas y risas continuamos el camino al salón. Satisfechos del resultado final de este asunto, entramos al aula relajados y sonrientes para decepción de los que esperaban nos fuera mal.

Al final de clases fuimos a la biblioteca. Nos presentamos con la Sra. Muñoz (la dulce anciana bibliotecaria). De inmediato hicimos clic. Le cayó en gracia nuestra irreverente manera de dirigirnos a ella, con piropos y halagos. Nos asignó como tarea, acomodar libros en los estantes.

A las 4:30 conseguimos nuestra libertad. Pasamos a las casas de Alex y Miguel, para recoger sus ahorros y el arenero. Una vez reunido todo, fuimos a la casa de Antonio. Al llegar, lo primero que hice fue confesarle a su tía la verdad sobre la broma.

—*¡Chicos! Hacen que me sienta muy orgullosa de Toño. Él tiene un corazón noble y grande, igual que mi hermano Alejo, que en paz descanse.*

»*De seguro en estos momentos, él debe de estar sonriendo en el cielo al ver el hombre en que se ha convertido su pequeño* —*trató de abrazarlo, pero Antonio no se dejó.*

—*¡Gracias tía!, pero sin besos ni brazos por favor, porque después no me voy a acabar la carrilla con estos canijos.*

—*¡No se crea señora!, usted aprovéchese. Nosotros somos incapaces de echar carrilla... de que lo hagamos público en toda la escuela, no pasa. ¿Verdad muchachos? ¡Ja,ja,ja!* —*bromeó Alex.*

—*Bueno, lo otro que tenemos para usted, es este dinero que logramos reunir, junto con ese carro y esta cadena para que los vendan. Creo que será suficiente para pagar la multa. Lo que sobre, se lo manda a sus padres a México, de parte de Antonio por favor.*

—*Nuevamente muchas gracias. No tengo palabras para agradecerles. Ahora vengan, son a ustedes a los que voy a abrazar.*

—*¡Claro, por qué no!* —*los tres nos acercamos a recibir nuestra recompensa.*

—*Han hecho que me vuelva el alma al cuerpo. Anoche no pude dormir de la mortificación. Pensaba de dónde iba a sacar el dinero para pagar y ahora hasta a los viejos les vamos a poder mandar para que se compren su estreno, para la fiesta de noviembre.*

»*Ahora por favor, quédense a comer con nosotros, es lo único que tengo para agradecerles.*

—*No se preocupe señora. Con sólo ver esa sonrisa que iluminó su rostro, para nosotros es más que suficiente –mencionó Miguel.*

—*No aceptaré un no por respuesta. Así que a lavarse las manos y siéntense a la mesa para que prueben el mejor chile verde de sus vidas. Receta 100% familiar, con tortillas a mano y al final como postre, unas ricas galletitas de trigo recién horneadas.*

—*¡Chicos! Les aconsejo que más les vale no contradecir a mi tía. Les aseguro que no querrán verla enojada. ¡Ja, ja, ja!*

—*No se diga más… a obedecer a doña Rosa se ha dicho —dijo Alex.*

Aceptar la invitación, fue lo mejor decisión que pudimos haber tomado. En verdad que el chile verde fue de lo mejor que he probado. Luego una tortilla gruesa recién hecha, con crema y sal fue todo un manjar. Al final, las galletas de trigo resultaron espectaculares. Después de un par de horas, nos fuimos a nuestras casas para descansar.

Al día siguiente cuando llegamos a la biblioteca para continuar con nuestro castigo, encontramos a la Sra. Muñoz visiblemente afectada, con los ojos rojos y el rostro desencajado. Antonio fue el primero en reaccionar, se acercó para abrazarla y preguntarle que le sucedía.

—*A ver mi linda señora del hermoso cabello de algodón, cuéntenos que le sucede.*

—*¡Ay muchachos!, que bueno que llegaron. A ver si con sus bromas logran reanimarme un poco porque hoy he tenido un mal día.*

—*Faltaba más. Estamos más puestos que un calcetín, para hacerla sonreír, aunque primero díganos que es lo que le sucede para ver si podemos ayudar en algo.*

—*Disculpen muchachos que los arrastre a mis problemas. Lo que sucede es que hoy por la mañana caminaba entre los estantes con mi termo de café…*

»*Como se habrán dado cuenta, por mi edad, mis manos están temblorosas. Eso provocó que el termo se me resbalara y cayera al suelo, para después revotar y caer finalmente sobre los libros de la enciclopedia de Historia Universal. Derramándose sobre ellos todo el café. De inmediato traté de remediar lo sucedido. Traje toallas de papel para secar y limpiar los libros, pero el daño ya estaba hecho. Hojas visiblemente arrugadas y manchadas es lo que quedó.*

—Fue un accidente. Si se lo explica al director creo que lo entenderá y no tendrá ningún problema.

—Sé que el director es una persona comprensiva de buen corazón; seguramente entenderá que fue un accidente. No intentará cobrarme la enciclopedia o algo por el estilo.

—¿Entonces cuál es el problema?

—El problema es que por mi edad, ya debería estar jubilada, pero este trabajo es mi vida. Hace algunos años mi esposo murió, dejándome sola. Mi hijo por su trabajo se fue a vivir a Chicago. Ocasionalmente me llama, pero casi nunca viene a verme. Lo único que logra mantenerme alejada de la depresión, es venir todos los días a mi biblioteca. Mi segundo hogar por los últimos cuarenta y seis años.

»Durante los últimos siete años, han tratado de convencerme de que me jubile. Ahora temo que se agarren de este accidente para validar su teoría. Piensan que ya no soy apta para realizar mi trabajo de manera eficiente y trataran de obligarme a tramitar mi jubilación.

—¿Es muy cara la enciclopedia? —Preguntó Antonio —Tengo algo de dinero extra, por si lo necesita.

—Agradezco tu noble gesto. Si pensé en la posibilidad de comprar la enciclopedia, vale 799 dólares, el dinero no es el problema. Gracias a Dios tengo mis ahorritos. La angustia es que se den cuenta que los libros son nuevos, investiguen y descubran lo del accidente, lo que provocará que todo termine como en mi peor pesadilla.

De pronto recordé que mamá tenía esa misma enciclopedia en su biblioteca.

Creo que tengo la solución a este problema. Mi mamá tiene en su biblioteca esa misma enciclopedia. Denme la oportunidad de hoy por la tarde platicar con ella para ver si la convenzo de intercambiarla. Así los libros de remplazo estarán usados, nadie podrá notar el cambio. El accidente será nuestro secreto y asunto arreglado.

—¿Harían eso por mí?

—¡Claro, si eres nuestra dulce abuelita!

—Se los agradezco muchachos. Literalmente me han salvado la vida. Perder mi empleo, me habría causado la muerte.

—¡No se preocupe! Para nosotros es un placer poder ayudarla.

—En muestra de mi gratitud, hoy tienen día libre. Pueden irse a casa. Sólo tengan cuidado de que no los vean salir.

—No se preocupe... somos expertos en escabullirnos. Todos unos ninjas.

—¿Antes de irnos, puedo preguntarle una cosa? —dijo Antonio.

—¡Adelante!, pregunta lo que desees.

—¿Me aceptaría como hijo adoptivo cada domingo? Me di cuenta que usted no tiene a nadie cerca. Yo perdí a mi mamá el día que nací. Creo que a los dos nos haría bien hacer actividades de madre e hijo. Ir a misa o al cine, caminar por el parque, salir a comer, entre muchas otras cosas. ¿Qué dice?

—¡Por supuesto que acepto!, me haces la mujer más feliz del mundo con semejante distinción.

Con un fuerte abrazo sellaron su pacto de amor. El ambiente se llenó de una magia especial que a todos nos hizo llorar. Después de unos instantes, nos despedimos y salimos del lugar.

Al llegar a mi casa de inmediato le expuse la situación a mamá. Ella sin pensarlo demasiado estuvo dispuesta a realizar el intercambio. Entré a la biblioteca en busca de la enciclopedia, cuando la estaba tomando, por accidente se cayó el libro que estaba al lado. De ahí salió una tarjeta postal que el abuelo me había enviado hace algunos años, durante su penúltimo viaje.

Era una postal de la Cascada Dos Lobos en Yosemite, con la inscripción de un dicho siux: *"No puedes despertar a una persona que está fingiendo estar dormida"*. En el reverso me había escrito las siguientes líneas:

«"Pequeño Oso Roba Galletas, la vida es similar a un rompecabezas. Cada pieza tiene una razón de ser, un lugar específico donde encajar, un por qué.

Por eso, nunca debes tratar de colocar piezas donde no caben. Si una pieza no encaja, simplemente es porque ese no es su lugar. He ahí la importancia de tener paciencia y sabiduría. Comprende que la pieza que no embone hay que reservarla para después.

Nuestro deber es continuar armando el rompecabezas hasta que un día nos demos cuenta que es el momento de usar la pieza reservada, porque llegó su momento de encajar.

Seguramente te preguntaras: ¿por qué el abuelo me dice todo esto?... Creo que estamos bastante cerca de conseguir todas las piezas del rompecabezas. Trataremos de armarlo, pero no estoy seguro de que lo logremos, seguramente necesitaremos de tu ayuda para poder lograrlo.

P.D. **Por favor, prepárate para cuando ese día llegue"** ».

Aquellas líneas me estremecieron. Me hicieron recordar la promesa que un día le hice al abuelo de estar preparado para cuando llegara mi momento. Tristemente me di cuenta que no estaba cumpliendo mi promesa. Quizás por comodidad había decidido dejarla en el olvido.

Una agobiante sensación me obligó a salir a sentarme en la vieja banca del patio. Recordé las viejas charlas con el abuelo que intencionalmente había estado reprimiendo. El tiempo de pedir perdón por incumplido había llegado.

Decidí renovar con mayor firmeza la promesa hecha. Así que con la vieja banca y el cielo estrellado como testigos, dejé escapar palabras al viento, en la espera de que alguno de los cuatro vientos, las guiara hasta los oídos del abuelo.

— *Es fácil prometer, resulta difícil cumplir. Te fallé por no respaldar con acciones las palabras que salieron de mi boca. Hoy decreto que en adelante, mis actos serán los que hablen por mí. El murmullo del guerrero a mi espíritu, le ha susurrado: "Si quieres ver, cierra los ojos. Si quieres tener, abre las manos. Si quieres saber, aprende. Si quieres aprender, practica".*

Me levanté para ir directamente al baño a recuperar la memoria que había guardado en el ducto de ventilación. A partir de esa noche, aproveché cada momento libre para elaborar mi propio diario.

Al día siguiente, intercambiamos la enciclopedia sin problemas. Así se cerró felizmente ese asunto. Cuando salimos, les pedí a mis amigos un poco de su tiempo para comunicarles mi decisión de retomar las cosas donde el abuelo las dejó. Sin dudarlo, los tres me apoyaron, conscientes de que para mí era importante cerrar el ciclo.

Pensando en mejorar mi condición física, entré al equipo de Cross country. Me inscribí al YMCA para fortalecer los músculos con extenuantes rutinas. Antonio siempre solidario encontró la forma para practicar a mi lado y asegurarse de no dejarme claudicar.

Inicié practicando lucha grecorromana, boxeo y artes marciales en el garaje de mi senséi, Alex. La biblioteca se convirtió en la mejor aliada para cultivar mi mente. Libros de psicología, historia y filosofía, se volvieron mis compañeros, bajo la supervisión de mi mentor, Miguel.

Troy se unió al equipo, como secretario; ordenar y registrar nuestras investigaciones era su tarea. Andrea cuando se dio cuenta de lo que sucedía, se convirtió en mi nutrióloga particular. Tuve que olvidarme de las frituras, pizzas, hamburguesas, refrescos y pastelillos para darle la bienvenida a las ensaladas, sándwich de crema de cacahuate, verduras cocidas y licuados de frutas con proteínas.

De esta manera, trascurrieron mis años de preparatoria. Aquel radical cambio de costumbres fue más fácil de lo que pensé. Seguramente mi motivación era tan fuerte, que lograba bloquear cualquier adversidad.

El viento del norte trajo hasta mis oídos el sonoro estruendo de mil voces. Gritaban que era momento de despertar al guerrero de su letargo. Me avisaban que el momento de la verdad, se acercaba a gran velocidad. Me aconsejaban con las sabias palabras de los siux: "Ciertas cosas pueden capturar tu mirada, asegúrate de sólo seguir las que logren capturar tu corazón".

Debes estar seguro de tomar la decisión correcta, en el momento adecuado, de lo contrario terminarás en el basurero de la historia: "La reputación de mil años puede determinarse o acabarse por la conducta de un instante".

Capítulo VIII
Momento de levantarse y brillar

El proverbio japonés dice: "No temas ir lento, ten miedo de permanecer estático". En ocasiones hasta el mejor caballo necesita espuelas para galopar.

El primer paso para terminar una tarea es empezar. Recuerda no cometer el error de abarcar demasiado, lo dice el refrán mexicano: "Poco aprieta, el que mucho abarca", lo decían los chinos: "Si persigues dos conejos, los dos escaparán" y los viejos de mi pueblo: "El que a dos amos sirve, con alguno queda mal". Fíjate un objetivo claro que te guíe cual faro a dónde quieres llegar.

Con el trascurrir del tiempo, llegó el ansiado día de la ceremonia de graduación. Todos vestíamos con orgullo togas y birretes purpuras con vivos en amarillo. Un túnel de globos daba la bienvenida al gimnasio escolar.

Adentro los arreglos florales eran majestuosos, banderines y fotos completaban la ambientación. El templete con la mesa de honor, lucía a la perfección.

Uno a uno, fuimos nombrados para recoger nuestro certificado. Alex recibió mención especial por haber conseguido para Regetti el campeonato estatal. Los del equipo de Cross country recibimos mención por haber obtenido el cuarto lugar estatal. El distrito escolar designó a Andrea como estudiante distinguida del año por su decidido activismo en favor de la igualdad de género y su convicción por concientizar acerca del calentamiento global.

Miguel fue el alumno con mejor promedio, lo cual le permitió tener el honor de pronunciar el discurso de agradecimiento a nombre de nuestra generación.

Aquel sublime e inspirador discurso marcó el inicio de la última etapa de preparación. Los tiempos de prueba y error, estaban llegado a su final. El momento de que las acciones hablen y las palabras callen, se vislumbraba en el horizonte.

Inicio su discurso presentándose respetuosamente. Dedicó palabras de agradecimiento a profesores, padres y tutores, nada fuera de lo normal, hasta que llegó el momento de dirigirse a nosotros, los jóvenes graduados.

—*A ustedes compañeros los felicito por alcanzar el último peldaño de esta escalera, llamada preparatoria. Reconozco su esfuerzo y determinación. Lograron sobreponerse a las adversidades. Continúen escalando un poco más. La cima ya está a la vista, pero no se alegren demasiado, sean conscientes que el conocimiento trae consigo "responsabilidad".*

»*Dense cuenta que somos la generación crucial. No la generación de cristal, como nos quieren llamar. En nuestras manos está el futuro de la humanidad.*

»*Nadie nos preguntó si queríamos tomar parte en esta carrera. Somos el cuarto relevo y es el momento de tomar la estafeta. Cierto es que para triunfar tendremos que remontar una gran desventaja.*

»*Los pretextos son palabras válidas sólo para los fracasados y perdedores. Nada ganamos culpando a nuestros abuelos, por olvidarse de vivir en armonía con el planeta. Tampoco ganamos nada señalando a nuestros padres por olvidarse de prestarnos atención y criarnos con amor cibernético.*

»*Nos toca demostrar que somos capaces de hacer la diferencia. Que podemos heredar a las futuras generaciones un lugar mejor que el que nosotros recibimos.*

»*Por asares del destino, durante los últimos años, me he empapado del conocimiento de los pueblos nativos de Norteamérica. Hay cuatro verdades que ellos conocían y la humanidad las ha olvidado. Hoy es un buen día para recordarlas.*

- "Cuando el último árbol sea talado, el último río envenenado, el último pez pescado, sólo entonces, las personas se darán cuenta que el dinero no se puede comer".

» No permitas que el materialismo sea tu tótem. Nada vale el conocimiento si no se utiliza para el bien común. No hagas mal uso de lo que aquí se te enseñó. No busques obtener bienes materiales a costa de lo que sea. Construye caminos para los demás. Entonces la abundancia por añadidura te llegará.

- "Considera el cielo como tu padre. La tierra como tu madre y todas las cosas como tus hermanos".

»La verdadera grandeza radica en entender que todos somos iguales. Compartimos los mismos padres, somos la misma familia. Tal vez nuestra envoltura sea diferente, quizás la esencia de sabor que llevamos en nuestro interior, sea diversa. "Lo único cierto es que todos somos chocolates de la misma caja".

»Aquel que discrimina a otro, está cavando su propia tumba. Raza humana, sólo hay una. Si por idiotas debilitamos un eslabón de la cadena, estamos destinados a la extinción. Tarde o temprano la cadena se reventará cuando llegue el momento de soportar el peso de nuestra existencia.

- "Nosotros no heredamos la tierra de nuestros ancestros, sólo la tomamos prestada de nuestros descendientes".

»Lo importante no es lo que dejaron los abuelos ni lo que construyeron tus padres o lo que con esfuerzo lograrás forjar. Lo realmente importante es el legado que dejarás a tus hijos.

»Si quieres que tu linaje trascienda a través de los tiempos, déjales un mundo más limpio, justo, plural, inclusivo y armonioso. Si no consigues que sea así, tu descendencia indudablemente fenecerá.

- "Un hombre valiente muere solo una vez, un cobarde muchas veces"

»Nunca temas luchar por una causa justa. Tu destino es una misión sagrada. No permitas que nadie te convenza de lo contrario.

»Tienes el conocimiento ancestral, conoces la verdad, así que ya no es tu elección. Ahora es tu responsabilidad, pelea la batalla por los que no pueden hacerlo. Alza alto la voz por los que no tienen lengua. Vigila por los que temen abrir los ojos. Escucha por los que tapan sus oídos.

»*La hora para brillar se acerca. Es tiempo de encabezar y marchar al frente. Muéstrame el camino y te acompañaré en busca del triunfo, así sea al mismo infierno".*

Una carretada de aplausos interrumpió el discurso. Todos nos pusimos de pie para ovacionarlo. Los miembros de la mesa de honor se acercaron para felicitarlo efusivamente. Yo me encontraba en shock. En el fondo, estaba seguro que yo era el destinatario de aquellas palabras.

Después del reconocimiento general. Miguel logró terminar su discurso.

—*Compañeros sólo me resta decirles que el conocimiento se los dio Regetti. De ustedes depende el uso que le den.*

»*Hoy es tiempo de festejar. "Levantarse y Brillar", mañana será la historia quien los juzgará…Muchas gracias.*

Este acto académico y por la noche el baile de graduación, marcaban el final de la preparatoria. Se cerraba una etapa más de nuestras vidas, la cual fue en verdad maravillosa.

La vida en su prisa, jamás da tregua, impidiéndonos poder sentarnos a descansar. Debemos conformarnos con vivir fugaces momentos de triunfo para inmediatamente después dar vuelta a la página y continuar el andar.

Llegó el tiempo de ir a la universidad. Una temporal separación de nuestro grupo de amigos. Afortunadamente la distancia terminaría haciendo que nos volviéramos más unidos. En la ausencia se valora más lo que ya no se tiene.

Antonio ya con dieciocho años cumplidos como lo había pronosticado, cambió los libros y lápices por cierras, clavos y martillos. Mi padre lo empleó como ayudante de carpintero para darle la oportunidad de aprender un oficio, pero con la promesa de que asistiera al Allan Hancock College para hacer una carrera.

Alex se enlistó en la fuerza aérea, en la base de Lompoc. Ahora su sueño era ser piloto de combate. Estaba convencido de querer ser un ciudadano comprometido con su país. Él creía en la veracidad de las palabras de G.K. Chesterton: "El verdadero soldado no lucha porque odia lo que tiene enfrente, lucha porque ama lo que tiene a sus espaldas".

Andrea se fue a la universidad de Fresno a estudiar ingeniería ambiental, convencida de no quitar el dedo del renglón. En su afán de forjar un mundo mejor. Solamente Miguel y yo decidimos continuar juntos el camino. Nos inscribimos en Cuesta Collage en San Luis Obispo. Miguel ingresó a la carrera de Ingeniera en Robótica Industrial. Yo por mi parte, me inscribí para tomar la clase de Piscología en justicia criminal.

Tratamos de adaptarnos lo más pronto posible a nuestra nueva forma de vida. Con el apoyo de nuestros padres, compramos nuestros propios autos (obtener nuestros permisos de conducir fue toda una odisea, esa gente del DMV son un hueso difícil de roer).

Rentamos un pequeño departamento cerca del colegio. Conseguimos trabajo en Domino´s Pizza para ayudarnos a pagar las cuentas (por fortuna habíamos conseguido becas estudiantiles, Miguel por su excelente promedio y yo por mi desempeño atlético, sin querer había descubierto que tenía un talento innato para las carreras de medio fondo).

En cuanto a mi obsesión por cumplir la promesa, continuó más firme que nunca. Añadí a mis actividades: práctica de tiro, esgrima y rapel. Pronto me daría cuenta que todos los excesos son malos. "Sólo trabajo y nada de juegos, hacen de Jack un chico aburrido".

Sin darme cuenta, mi eterno deseo de ser siempre el mejor, empezó a afectarme. Me olvidé de disfrutar la vida. Dejó de ser divertido andar el camino. Mi obsesión por mi preparación física, rayaba en lo insano. Cada paso que daba era siempre en la misma dirección. No había poder humano que lograra distraerme. Estaba al borde de la autodestrucción. Mis sentimientos hervían en una olla de presión, la cual si no lograba despresurizar, seguramente terminaría por explotar.

Mi esfuerzo me llevó a obtener un puesto en la final de conferencia en la prueba de 5000 metros. Lleno de ilusión esperaba conseguir un triunfo más. Las competencias de mi circuito las había ganado con cierta facilidad, lo que me dio una falsa sensación de seguridad.

El resultado obtenido me trajo de regreso a la realidad. Apenas logré conseguir un cuarto lugar: los chicos de la Universidad de Fresno y el Colegio de Ventura me vencieron.

Mi ego estaba lastimado, me alejé lo más que pude de la gente para evitar me vieran lidiar con mi derrota. Erróneamente estaba convencido que el fracaso no era opción para mí. Me aferraba a nadar contra corriente en el turbulento río de la vida, en contradicción con la sabiduría Lakota: "No seas perfeccionista, libérate de esa carga, nadie nació con esa cualidad jamás".

Mi coach Brian, se había percatado del problema emocional que había dentro de mí. Hábilmente me concedió tiempo y espacio para terminar de desahogarme. Me permitió sacar a través de lágrimas mi frustración. Cuando juzgó que era el momento adecuado me llamó.

— *Ven acá Nick, necesito hablar contigo.*

Me tallé los ojos y caminé hacia el lugar señalado, pensando: Ahora tendré que aguantar los sermones de Brian, como si no tuviera suficientes problemas ya. Al llegar, le respondí de mal modo.

— *Aquí estoy entrenador, ¿para que soy bueno?*

— *Puedo ver en tus ojos y percibir en tu tono de voz, que aún sigues molesto.*

— *¿Y cómo se supone que esté?... ¿Feliz y sonriendo?*

— *No sería mala idea.*

— *Si a usted no le disgusta perder, bien por usted. En lo que a mí respecta, odio perder.*

— *Te equivocas, yo aborrezco perder, pero tal vez tu concepto de "perder" es diferente al mío.*

— *¿Cuál es la diferencia?*

— *¡Baja un poco la guardia! No voy a sermonearte con esa frase trillada de que lo importante es competir no ganar, aunque hay algo de cierto en ese concepto, necesariamente no es la mejor filosofía para un deportista que se respete a sí mismo.*

»*En cualquier actividad que desempeñemos, cada persona nos enfrentamos a dos estándares: el que nos imponen de manera externa, ya sea la* sociedad, nuestra familia, la empresa para la cual trabajamos, nuestro jefe etc. Y el estándar que nos autoimponemos nosotros mismos.

»Dime ¿cuál es el que debemos cumplir?

—No sé, me imagino que el externo porque ningún hombre es una isla. Si no cumplimos nos hacen a un lado, nos despiden o nos señalan.

—Tiene lógica tu respuesta, si vivimos en una sociedad debemos de ajustarnos a sus reglas y cumplir sus estándares. ¿Verdad?

—Sí, eso creo.

—Yo no comparto esa visión. Mientras intentes agradar a los demás, siempre fracasarás. Hay tantas formas de pensar, como personas en el mundo. Lo que para una es un fruto verde, para otra es fruta en su punto. Nunca conseguirás darles gusto a todos.

»Los estándares externos dejan de ser objetivos y claros, cambiaran dependiendo a quien le preguntes. Si a pesar de dar lo mejor de ti no le vas a dar gusto a la gente, ¿de qué sirve regirte por las expectativas que ellos tengan de ti?

»En adelante, trata de no prestar demasiada atención a las cosas estúpidas que dice la gente. Tus propios estándares son los que debes cumplir. Si lo logras seguramente cubrirás la mayoría de las expectativas externas.

—¡Cierto!, tiene toda la razón.

—¿Cuál es el riesgo aquí?... Que no todas las personas tenemos la capacidad de aceptar que tenemos un grado de incapacidad. Si no lo reconocemos, puede que nuestros estándares resulten inalcanzables, lo que nos llevaría a los terrenos de la frustración continuamente.

—¿A qué se refiere con grado de incapacidad?

—Escucha, por más que nos esforcemos, por más horas que dediquemos a preparemos, existe un punto que no podremos superar.

»No importa lo que hagamos, jamás podremos ir más allá de nuestros límites físicos. Nuestras habilidades ya están prediseñadas genéticamente. En pocas palabras la naturaleza ya decidió por nosotros. ¿Cierto?

—Sí, supongo que eso es verdad, suena lógico.

—Ok, que pensarías si ahora te dijera: caer no significa que debes permanecer en el suelo. No es el momento de descansar, que el dolor sea el combustible que te levante.

»Cuando el ánimo se ha marchado, practica más duro cada día hasta que duela. Si alguien te ha de vencer, hazlo pagar caro por eso. Desarrolla al máximo tus habilidades, si alguna te falta, encuentra la forma de conseguirla.

»Comprométete con tus objetivos. Demuéstrale a la naturaleza que se equivocó contigo. Lo que la naturaleza te negó el trabajo duro te lo puede dar, si logras cambiar tu chip, sólo el cielo será el límite de tus posibilidades. Ahora todo depende de ti. ¿Cierto?

—Pues estas palabras también me hacen sentido.

—¡Dime! ¿Para ti cuál concepto es verdad?

—Ahora si me agarró en curva coach. No sé por cual inclinarme. En este momento no puedo responder su pregunta.

—Déjame ayudarte… ambos conceptos son verdad.

—¿Cómo es posible que conceptos opuestos entre sí, pueden ser verdad?

—Simple: "Lo que la gente cree es verdad". Si crees que tenemos un grado de incapacidad, ¡felicidades!, estás en lo correcto. No hay más que decir, diste tu mayor esfuerzo. Alcanzó para un cuarto lugar, ¡fantástico!, ni hablar. No siempre se puede ser el mejor, levanta la cara y sigue adelante.

»Si crees que no te preparaste lo suficiente, que aún tienes más por dar, está bien. Aprende de tu fracaso, redobla esfuerzos, regresa a entrenar con nuevos bríos.

»Levántate cuantas veces caigas, pero no con lágrimas por haber fracasa, sino con una sonrisa por haber encontrado una nueva área de oportunidad.

»Nunca te avergüences de lo que decidas. Lo importante es no olvidarse de soñar. No dejes de creer en ti. Si de algo estoy seguro, es de que el éxito habita en un lugar al cual conducen diversos caminos, simplemente sigue con perseverancia el que hayas elegido.

»Una ocasión escuché a un anciano apache pronunciar las siguientes palabras: "Todos los que consiguen el éxito, es porque un día soñaron con algo".

»Ten presente que éxito no es triunfar sobre los demás, éxito es triunfar ante tus ojos, porque no hay juez más duro que tu conciencia. Puedes creer lo que tú quieras, sólo recuerda que a diario tendrás que convivir con tus pensamientos.

»Haz las cosas por y para ti, no para agradar o decepcionar a los demás. Como juzguen tu desempeño, es problema de ellos, no tuyo.

—Gracias Brian por ayudarme a domar mis demonios. Aún desconozco mis alcances. De lo que estoy seguro es que en adelante, daré lo mejor de mí y hasta donde alcance, para mi estará bien.

—¡Excelente! ¡Ves!, ya eres un ganador. Bueno, ahora vámonos que ya van a servir las hamburguesas y tengo tanta hambre que podría comerme hasta un caballo.

De aquella plática, mi espíritu salió fortalecido. Entendí que el rival a vencer esta dentro de uno. El día que logremos autojuzgarnos de manera correcta, estaremos del otro lado.

Un guerrero ancestral dijo: "Si vas a luchar por lo que crees, la primer batalla que debes ganar, la librarás en tu interior".

Creí que con esta enseñanza mi ciclo de aprendizaje estaba completo. Mi arrogancia no me dejó ver que mis creencias eran erradas.

Mi estúpida resistencia a recibir ayuda se negaba a ser doblegada. No es fácil reconocer que dejarse ayudar, no es muestra de debilidad sino de inteligencia.

Cuando el calor de los rayos solares es inclemente, los follajes de cientos de frondosos árboles te ofrecen su protección. De ti depende sentarte o no, bajo su refrescante sombra.

Capítulo IX
Invitación mortal

Se requiere de mucho valor o estupidez para saltar una cerca cuando se ignora lo que se encuentra del otro lado. Existe la misma posibilidad de encontrar el cofre del tesoro, que encontrar el arca que aprisiona a los jinetes del holocausto final.

El éxito jamás llega por casualidad. La perseverancia te mantiene en el camino. El aprendizaje y el estudio sirven de bastón para facilitar el andar.

Inevitablemente en alguna parte del trayecto te darás cuenta, que la más pequeña decisión siempre conlleva algún tipo de sacrificio. En ese punto, lo importante será saber si estás dispuesto a pagar el precio requerido.

Cuando los malvados conspiran, la única salida inteligente es tejer alianzas, para hacerles frente. Marchar de manera solitaria podrá ser loable, pero el sacrificio resultará estúpidamente fútil y frívolo.

Elige tus amistades a la luz de la razón, porque "al oscurecer todos los gatos son pardos". "El que con perros se acuesta se levanta con pulgas y el que se junta con lobos a aullar se enseña". Te agrade o no, siempre serás el reflejo de tu entorno, así que si quieres trascender en esta vida, selecciona con cuidado quienes te acompañarán en el camino.

Mi vida de universitario continuó con una estricta rutina diaria. Levantarme de madrugada para correr siete millas hasta el gimnasio, donde me esperaban rutinas de máquinas y pesas; además de sesión de artes marciales; regresar al departamento para ducharme, desayunar (un licuado de plátano con proteínas, acompañado de un delicioso pan francés) y estar listo para ir a Cuesta Collage.

Al final de clases, entrenar con el equipo de track. Por las tardes, en la biblioteca reunión del club de investigación extraescolar. Mis noches concluían entre tareas y de vez en cuando práctica de guitarra como desestrés.

Cada sábado, visita obligada al campo de tiro. Práctica con rifle y pistola, lo habitual, concluyendo los domingos con viajes de investigación, alternados con visitas a la casa familiar.

Hasta que durante el sexto semestre, todo mi mundo cambió. A mi clase de Historia Universal llegó una linda joven morena, de nombre Yatzil, estudiante de intercambio del Instituto Tecnológico de Jiquilpan. Para mi fortuna, eligió sentarse en la butaca de al lado.

Desde el primer día logré presentarme y entablar amistad. No le di importancia a la facilidad con la que creció nuestra amistad. Era amigo de la chica que me gustaba. ¿Lo demás que importaba?

Yatzil se unió al club de investigación extraescolar. Durante varias semanas fue fantástica aquella convivencia (me atrevería a decir que fue la mejor época de mi vida).

Después de un largo tiempo de alejamiento, nuevamente podía volver a disfrutar de esas pequeñas migajas de felicidad que ocasionalmente la vida regala: idas al cine, salidas a cenar, tardes de caminatas por el parque y noches de agradable charla en compañía de un buen café.

Realmente disfrutaba cada momento que compartía con ella. Después de pensarlo por varios días, tomé la decisión de preguntarle si quería ser mi novia.

Aquella fresca tarde de febrero habíamos acordado ir al cine, pero decidí aprovechar que en todos los noticieros solo se hablaba del nuevo virus y le propuse un cambio de planes.

— *¿Ya escuchaste sobre la posible pandemia que podría provocar ese nuevo virus que apareció en china?*

— *Sí. Eso realmente suena mal. Creo que ese asunto pronto se saldrá de control, nuestra sociedad no está preparada para afrontar algo de tales dimensiones.*

— *Quizás los avances en la tecnología de la salud, ayuden para pronto encontrar un tratamiento o una vacuna contra el virus. ¿No crees?*

—¡Mmm!... No estoy muy segura de que la ciencia por si sola sirva de mucho. Considero que en esta ocasión, la ciencia necesitará un poco de ayuda extra.

—¿A qué te refieres exactamente con "un poco de ayuda extra"?

—Tú deberías saber mejor que nadie, que allá afuera hay fuerzas y cosas que la humanidad desconoce o no entiende y por eso no las puede controlar. ¿Acaso no crees en las historias y leyendas que a diario repasamos en la biblioteca?

—Tienes razón, en estos últimos años he escuchado, leído y visto tantas cosas que la mayoría consideraría imposibles. Yo realmente creo que cualquier cosa es posible.

—La magia es tan real como el sol. Es más poderosa que cualquier tecnología o ciencia moderna. No porque que la mayoría de personas decidieron dejar de creer en magos, brujos, chamanes, hechiceras, adivinadoras, espiritistas y demás seres conocedores de la magia antigua, estos van a dejar de existir.

»Para bien o para mal de la humanidad, la magia aún camina en este mundo. ¡Créeme!, se perfectamente de lo que estoy hablando.

Aunque debo admitir que me sorprendió la seguridad con la que Yatzil hablaba de la existencia de la magia, decidí ignorar el tema, no iba a permitir que nada arruinara mis planes ese día.

—Bueno, creo que en este momento no podemos hacer nada por solucionar los problemas del mundo. Lo que si podemos hacer es, cambiar los planes de ir al cine por una caminata por el parque para empezar a cuidarnos del virus. ¿Qué dices?

—¡Me agrada la idea! Deja traer mi abrigo y un poco de pan para alimentar a los patos.

Cargados con una bolsa repleta de migajas llegamos al parque Waller. Nos sentamos junto al estanque. Durante un par de horas charlamos de mil cosas mientras alimentamos a los patos, gansos y ardillas del lugar. Mientras arreglábamos el mundo y reímos con bromas simples. Hasta ese punto, mi plan marchaba a la perfección.

—¡Yatzil!, quiero hacerte una pregunta. Necesito tu respuesta sincera, ¿de acuerdo?

—¡Seguro!, adelante con la pregunta.

—No sé si a ti te pase lo mismo que a mí. Disfruto demasiado tu compañía. Los momentos que pasamos juntos son la mejor parte del día, por eso y por mí salud mental, quiero preguntarte: ¿te gustaría ser mi novia?

En verdad esperaba recibir un sí por respuesta. Pensaba que el sentimiento de atracción era mutuo. Lamentablemente después de un incómodo silencio, sucedió algo que no vi venir.

—¡Cielos, no me lo esperaba! Me alagas con tu propuesta. Espero entiendas el porqué de mi respuesta. Nada me daría más gusto que aceptar, pero lo siento Nick, no creo que sea lo correcto.

—¿Por qué no? Nos llevamos bastante bien. Disfrutamos el tiempo que pasamos juntos. Tenemos gustos similares. ¡Vamos dame una oportunidad!, verás que lo nuestro si puede funcionar.

—¡Tienes razón! También disfruto tu compañía, pero en este momento no puedo darme el lujo de convertirme en un distractor que te aparte de tu encomienda.

—¿De qué hablas?

—Créeme, no es mi intención ser aguafiestas. Es mi deber recordarte que tienes tu palabra empeñada en una promesa. Entrar en estos momentos en una relación sentimental, sería tratar de servir a dos amos… y, "el que a dos amos sirve con alguno queda mal".

—¡Confía en mí!, creo ser capaz de poder manejar ambas cosas, vamos acepta.

—Aunque quiera, no puedo ni debo cambiar mi postura, por más que mi corazón desee decir que sí, la razón me dice que la respuesta correcta es no.

—¡En verdad que no te entiendo!

—Mi padre me enseñó que los hombres que se aferran a tener un pie en tierra y otro en la canoa, tarde o temprano terminaran cayendo al río… ese es un riesgo que tú, no debes correr.

—Te aseguro que por más que trato, no logro entender lo que tratas de decirme.

—Este es el momento indicado para que sepas por qué estoy aquí. Espero puedas tomarlo de buena manera. Venir de intercambio a tu universidad. Elegir la butaca a tu lado. Unirme a su loco club de investigación. Procurar estar siempre a tu lado… todo eso, no fue por casualidad. Lo hice porque me enviaron a ayudarte a encontrar el camino. Aclaro que, no digo que no lo disfruté.

—¿De qué diablos estás hablando?... ¿Quién te envió?

—Un viejo amigo de tu abuelo, al cual pronto conocerás. Lo que puedo decirte por ahora es que el día que tu luz brillará está cerca y aún no estás preparado.

—¡Tonterías!, ¡claro que estoy preparado! Durante los últimos siete años no he hecho otra cosa que prepararme.

—Sí, sólo física y mentalmente, en esos dos aspectos eres muy capaz. Ahora te pregunto: ¿espiritualmente estás listo? Dime... ¿ya posees todo lo necesario para llegar a ser leyenda?

—No es que sea pretencioso, pero creo que sí.

—¿Entonces qué esperas?... ¿Por qué no eres grande ya?

—¡Ahhh! Supongo que estoy esperando una señal.

—¡Disculpa!... ¿Dónde la has buscado? o mejor dicho ¿la has buscado?

—¡Ehh!... No precisamente. Lo que si te puedo decir es que me he preparado para cuando la señal llegue.

—¿Y de dónde llegará?

—¡Qué sé yo!, me imagino que de algún lado y cuando eso suceda, lo sabré.

—Suponiendo que tuvieras razón. Imagina que este chasquido de dedos es la señal que estabas esperando, dime: ¿ahora qué harás?

—Acudir al llamado, supongo.

—¿Supones?... ¿Acudir a dónde?

—A la Cascada Dos Lobos, para terminar la misión del abuelo.

—¿A la Cascada Dos Lobos?... ¿Quién te acompañará? ¿En qué parte de ese lugar empezarás? ¿Qué necesitaras llevar contigo?

—¡Ah!... ¡mmm!... Está bien, acepto que no tengo todas las respuestas. Quizás no tenga un plan elaborado al detalle. Cuando llegue el momento, lo resolveré.

—Así que resolverás las cosas sobre la marcha. Ahora me siento más tranquila, sabiendo que el futuro de la humanidad está en tus manos. ¡Ja,ja,ja!

—¡Tenme algo de consideración! Tampoco es como para que te burles, que la risa es la que chinga.

—No me mal intérpretes. Mi intención no es burlarme. Solamente trato de hacerte entender lo importante que eres en este juego.

»Así que nuevamente te pregunto: ¿Estás dispuesto a marchar al frente, sin volver la cabeza para mirar lo que dejas atrás? ¿A quiénes invitarás a acompañarte? Teniendo en cuenta que se jugarán la vida en un "cara o cruz" durante el viaje.

—¡No sé! Seguramente iré solo. La promesa la hice yo, así que el resultado de esta locura, es mi culpa, si alguien a de caer en el intento seré yo. Nadie más debe pagar por mis errores.

—¡Ah!, vaya, habló el señor autosuficiente. "Yo me lo guiso, yo me lo como". Ves cómo no estás preparado.

»Cuervo Rojo desde hace años te ha seguido los pasos. Él ha visto tus sacrificios, logros y fracasos más cerca de lo que te imaginas. Consciente de que necesitas ayuda para cruzar el laberinto, decidió enviarme para guiarte hacia un nuevo aprendizaje. Ya eres un buen soldado. Ahora debes aprender a ser comandante.

»No hay ninguna garantía de que esta aventura al final terminará bien. Date cuenta que esto no es una película. En el mundo real no hay nada seguro. ¿A caso piensas que simplemente llegarás para salvar el día y quedarte con la chica?

» ¡Créeme!, ni Dios sabe si alguien logrará regresar… Llegó el momento de demostrar de qué tipo de madera estás hecho. Es momento de hacer una lista de equipaje y de invitados a una cruzada potencialmente mortal.

—A ver, dej…

—¡Shh!… No digas una palabra más en este momento. Tómate el tiempo necesario para asimilar nuestra conversación. Cuando estés listo terminamos de hablar. ¿Te parece?

—Si no hay más remedio.

—¡Quita esa cara larga que nadie ha muerto!…Invítame un café con una rebanada de pastel de manzana para terminar la noche con una charla más agradable.

—Con gusto. Vamos por ese café.

Durante la estancia en el Cubanísimo café, tratamos de fingir que nada había pasado. Después de dejarla en su casa, regresé al apartamento, toda la noche en mi cabeza estuvo dando vueltas el asunto.

— ¿Por qué Yatzil conoce a Cuervo Rojo? ¿Cómo es posible que sepan tanto sobre mí?

Lo que realmente me molestó fue darme cuenta que no estaba listo para la misión y el momento de salir a explorar estaba cerca.

— ¿Qué encontraré? ¿A qué me enfrentaré?

Esas eran las preguntas… En las respuestas era en donde el dilema radicaba. Era una estupidez solicitarme que eligiera a los miembros de una expedición en donde fenecer sería una posibilidad.

Durante los días siguientes prácticamente devoré *El arte de la guerra de Zun Tzu*, con el objetivo de acortar distancia entre la forma de pensar de un soldado y un general.

Tarde un par de semanas en comprender que la vida en ocasiones caprichosamente se empeña en jugar con nosotros. Pone a prueba nuestro coraje y determinación.

Cuando la indecisión se abalanza sobre nosotros cual salvaje toro tratando de envestirnos, podemos elegir entre cerrar los ojos para fingir que el peligro no existe o enfrentarlo de frente y torearlo lo mejor posible.

Si no eres capaz de tomar una decisión, el mundo no se detendrá por tu actitud titubeante. Continuará con su inefable marcha. Entonces él decidirá por ti y te enseñará a la mala que tomar una buena decisión de manera tardía, equivale a tomar una mala decisión.

Ante lo complejo del momento, opté por ordenar mis pensamientos y sentimientos. Busqué en lo más profundo de mi ser cualquier cosa que pudiera darme valor. No podía permitir que el miedo tomara parte en este juego, ese es el peor consejero.

Mire al destino de frente. Convencido de que tal vez podría tomar alguna decisión herrada pero jamás daría nuevamente la espalda por indecisión. "La vida decidirá destruirte o hacerte indestructible con base en tus elecciones".

Pensé en Miguel como primer miembro del equipo. Abiertamente platiqué con él, sin omitir nada, en ningún momento intenté matizar la realidad. La franqueza estuvo presente en cada frase. Mencioné cada pro y cada contra para que los pusiera en la balanza antes de tomar una decisión.

Con agrado descubrí que el temple de Miguel era superior al mío. A él le tomó sólo una noche decidir. Su valentía lo llevó a aceptar participar en una batalla que no estaba seguro poder ganar.

Convencidos de que hacíamos lo correcto, proseguimos a elaborar una lista de mapas, armas y amuletos, que serían nuestro equipaje.

En cuanto a la lista de invitados, concluimos que los cuatro mosqueteros debían reunirse nuevamente. Convencidos que en el campo de batalla resulta esencial poderle confiar tu vida a quien marcha a tu lado y en los únicos que confiábamos a tal grado, era en Alex y Antonio.

Armado nuestro plan, citamos a Yatzil en la biblioteca para informarle que estábamos listos para dar el siguiente paso.

—*Gracias por venir Yatzil.*

—*No hay por qué agradecer. Ustedes dirán para qué soy buena, ya que han decidido dejarme fuera de sus reuniones últimamente.*

—*Disculpa, no fue nuestra intención hacerte sentir mal, solamente que Miguel y yo necesitábamos un poco de tiempo y espacio para ordenar nuestros pensamientos.*

—*No se preocupen, entiendo su punto.*

—*Gracias por comprender. Queremos informarte que estamos listos para realizar la siguiente jugada.*

—*Es bueno escuchar eso.*

—*Esta es la lista de lo que llevaremos. ¿Qué te parece?*

Después de unos minutos de una minuciosa revisión, Yatzil objetó.

—*¡Mmmm!… Está más o menos completa. Solamente agreguen latas de aerosol en color rojo y verde. ¡Ah!, y cuatro dagas de plata, bronce, cobre y oro.*

—*¿Y eso como para qué?* —*preguntó Miguel.*

—Sinceramente no lo sé. Curvo Rojo es quien dio esa instrucción, seguramente él se los explicará.

—¿Cuándo nos lo explicará?

—En cuanto tengan completa la lista de quienes iremos.

—¿Iremos? Me suena a manada. Esta es la lista de los integrantes de la expedición y lamento informarte que no fuiste considerada.

—¿Por qué mi nombre no está en la lista? ¿A caso ser mujer es el problema?

—Quizás algo hay de eso, pero no es nada personal.

—¡Ah ya veo!, los machos piensan que una mujer no puede cuidarse sola. ¡Vaya que la testosterona les ha dañado el cerebro!

—No se trata del tipo de sexo. Se trata de los lazos de confianza que los demás miembros del equipo tengan contigo y desafortunadamente Alex y Antonio apenas si te conocen.

—Lo siento por ellos y por ustedes. Disculpen si lastimo su orgullo varonil, pero deben agregar a la lista mi nombre y el de Andrea.

—¿Que no escuchas lo que Nick te está diciendo? ¡Olvídalo! Lo que estás pidiendo no pasará —dijo Miguel.

—¿Quieres apostar?... Yo tengo otra lista, miren, (sacó de entre sus ropas un trozo de pergamino con siete nombres escritos) esta es la lista de nombres que Cuervo Rojo eligió. Cualquier objeción que tengan al respecto, deberán revisarla directamente a él.

—¡A que la canción!, de nueva cuenta Cuervo Rojo. ¿Cuándo conoceremos a tan famoso personaje, para poder preguntarle sobre la lista y las dichosas dagas?

—El próximo sábado a las seis de la tarde lo conocerán. Organicen una reunión en casa de Miguel, aprovechando que sus padres viajarán a Las Vegas el fin de semana.

—¿Cómo diablos supieron que mis padres saldrán de la ciudad el fin de semana?

—Te sorprendería saber que conocemos cosas sobre ustedes que ustedes mismos aún ignoran. En fin, asegúrense que todos los involucrados estén presentes.

—¿Y qué pasa si alguien decide no participar? —Pregunté.

—*De eso nos preocuparemos después. ¿Ahora les importaría invitarme a cenar?*

—*¡Claro!, también los héroes necesitan comer de vez en cuando.* — *¡Ja, ja, ja!*— *Vamos.*

Salimos para ir a cenar al 825 Blast, donde terminamos de afinar detalles para la reunión futura. (No muy convencidos por el cambio de nombres en la lista)

Al día siguiente nos comunicamos con Andrea, Alex y Antonio para invitarlos a la reunión sabatina, les dejamos en claro que asistir no implicaba ningún compromiso. Finalmente después de la reunión, estarían en total libertad de aceptar o no participar.

El 13 de Junio llegó. Uno a uno fuimos arribando. Durante una hora nos pusimos al día y hablamos sobre el tema. A las seis de la tarde, llegó Cuervo Rojo, quien se limitó a saludarnos con un simple — ¡hola!, ¿cómo están?— expresado de manera general, antes de entrar en materia.

—*Gracias por venir. Seguramente aún no tienen conciencia de lo relevante de la decisión que tomen el día hoy. No sólo será crucial para ustedes, sino para la humanidad entera.*

»*Por favor eviten preguntas frívolas o estúpidas. Por el momento no se preocupen por indagar quién soy o porque estoy organizando este desmadrito, ¿ok? Eso sería distraernos de lo importante.*

»*Ya en alguna otra ocasión tendremos tiempo para conocernos más a fondo. Una vez dicho lo anterior, empezaré por decirles que:*

»*La oscuridad ha cobrado fuerza durante los últimos años. La batalla por la supervivencia de la raza humana ya se está librando en varios frentes. Desafortunadamente estamos siendo superados. Una de nuestras últimas oportunidades para equilibrar la balanza es encontrar a Dasan para que se involucre en esta contienda.*

»*No pretendo presionarlos pero debo ser claro: si fracasamos en nuestra misión de traerlo de regreso, la oscuridad seguirá avanzando, obligando al ser creador, a realizar la quinta purga del planeta.*

—*¿A qué te refieres con purga del planeta?* —*pregunto Andrea.*

—En palabras simples: "Exterminio Masivo Global". A través de los tiempos han ocurrido cuatro limpias. De nosotros depende evitar que la "quinta era", alcance su trágico final. De lo contrario con millones de vidas, habremos de pagar nuestra incapacidad de mantener el equilibrio esencial. Es momento de que entiendan que el ser humano tiene responsabilidades, no poder.

—Aunque entiendo algunos de los conceptos que expresas, aún no tengo claro lo que nos quieres trasmitir. Es demasiada información para digerir —expresó Miguel.

—Respeto tu punto de vista. En busca de lograr que entiendan mis palabras de mejor manera, les daré una lección gratuita de historia del hombre que no encontrarán en ninguna enciclopedia. La versión corta es:

»Hace milenios, la tierra estaba habitada por siete formas inteligentes de vida. Convivían pacíficamente hasta que un día por cuestiones que en este momento no abordaremos, algunos líderes de los hombres sucumbieron a los engaños del Príncipe Oscuro.

»Ebrios de soberbia, se aliaron con los nahuales. Juntos trataron de dominar aquellas tierras. Creyeron que su superioridad numérica les aseguraría la victoria. Demasiado tarde se dieron cuenta que estaban equivocados.

»Imprudentemente desataron la "tercer gran guerra en el paraíso", llena de horror y sangre. Los seres arcanos de la montaña, dueños de gran sabiduría y capaces de manipular la magia antigua, se mantuvieron al margen de tan brutales acontecimientos.

»Un fatídico día, los hombres decidieron arrasar atrozmente una villa de humanos que no compartían sus ideas. Pretendían enviar un mensaje a los demás pueblos que se resistían a su dominio. En una clara muestra de inconciencia y monstruosidad, asesinaron hombres, mujeres, ancianos y niños por igual, sin mostrar el mínimo remordimiento.

»Aquel grotesco episodio, resultó tan vil y ruin que fue la gota que derramó el vaso. Aquel acto lleno de bajeza, terminó por colmar la paciencia de los siete arcanos, quienes se reunieron en "las ruinas del círculo sagrado de rocas", en el valle que está más allá del río púrpura para invocar el poder supremo.

»La daga de la desgracia se precipitó sobre las insensatas cabezas de los impuros aliados. La tierra tembló como nunca antes, separándose en siete porciones: seis con climas extremos y regiones inhóspitas. Solamente la séptima tierra conservo el clima, vegetación y fauna ideal para ser habitada por los seres pacíficos y justos.

»El castigo para los rebeldes fue ejemplar. Fueron desterrados. Destinados a vagar por las seis tierras. Y para evitar que en el futuro trataran nuevamente de atacar, la séptima tierra se volvió invisible a sus ojos. También les fue arrebatada su capacidad de poder utilizar su inteligencia al 100%, provocando les fuera imposible mantener una forma de comunicación verbal y escrita unánime.

»Con el paso de los años, en el exilio, los antiguos aliados se convirtieron en rivales mortales. Uno de los grandes hechiceros nahuales pactó con Satán, quien le proporcionó un poderoso hechizo. El cual les otorgo a los nahuales, la capacidad de presentársele a los demás en forma de su peor temor: un fantasma, demonio, extraterrestre, hombre lobo, pie grande etc., etc.

»Así fue como encontraron la manera de absorber la energía vital que dejamos escapar otros seres cuando sentimos miedo, esta energía les ayuda a prolongar su longevidad.

—¡Ahora resulta que somos alimento para monstruos! ¡Ja, ja, ja! Entretenida historia para una noche de Halloween, aunque algo infantil. ¿No crees? —dijo Antonio.

—Para poder creerte, saca para andar iguales carnal —bromeó Alex.

—Sé que resulta difícil creer algo como esto. Créanme, cada palabra que pronuncié, es cierta. Yo me he cruzado con más de una docena de nahuales y vaya que en cada ocasión, he estado a punto de mojar mis pantalones.

—Como diría un buen abogado: "aceptando sin conceder". Supongamos que esta fantástica historia sea verdad. Aunque dicho sea de paso, más bien parece extraída de las páginas de un libro de Julio Verne. ¿Qué tiene que ver esto, con nosotros? —Pregunté.

—Como saben Henry, tenía la misión de entregar un anillo. Un día busco la ayuda de mi abuelo Pluma Blanca para una expedición a la que nos unimos mi padre Zorro Gris y yo.

»Lamentablemente fracasamos en nuestro intento, de los seis solamente yo logré regresar. Con impotencia contemplé cómo a dos les fue arrebatada la vida. Los otros fueron capturados por los nahuales.

»*Ahora, la respuesta a la pregunta del millón. ¿Por qué ustedes?...*
No la sé.

—*¿Qué? ¿Cómo diablos no lo sabes?*

—*En medio de la dura batalla que libramos aquella madrugada, mi*
abuelo me dio este pergamino y me dijo:

«"Al parecer, hoy no lograremos salir victoriosos, reúne a las
personas de esta lista. Ustedes deberán terminar lo que nosotros
empezamos. Necesitarán la ayuda de un octavo integrante del cual su
nombre no me fue revelado en mis visiones, espero lo encuentren"».

»*Esa amigos míos, es la razón por la que hoy estamos aquí reunidos.*
Por eso me he atrevido a invitarlos a participar en una aventura potencial-
mente mortal. Nadie nos obliga a jugarnos la vida por tratar de salvar a la
humanidad y seguramente nadie nos lo agradecerá. Para millones, nuestro
sacrificio, cualquiera que este sea, pasará desapercibido.

»*Está escrito en el libro de la ley de la vida. Inevitablemente las per-*
sonas que amamos tarde o temprano morirán. Recordatorio de que sólo
somos aves de paso por este lugar. Se preguntarán: ¿entonces qué sentido
tiene, si años más, años menos, todos moriremos?

»*Déjenme decirles que la vida no está separada de la muerte. Ambas*
caminan tomadas de la mano como perpetuo complemento. Para entender
lo que digo, deben escuchar el murmullo de su corazón que es nuestro
primer y más sabio mentor.

»*Él les dirá entre susurros: la mejor herencia que podemos dejar a las*
futuras generaciones — que directa o indirectamente llevarán el linaje de
nuestra sangre— es dejarles caminos por los cuales puedan transitar de
manera segura.

»*Es verdad que no todos merecen ser salvados. Por desgracia o por for-*
tuna: "La lluvia siempre moja a justos e injustos por igual".

»*Ahora el balón está en su cancha. Cada uno tome la decisión que crea*
correcta. ¿Continúan a bordo o se bajan del barco?, es la pregunta.

Antes de tomar la decisión dime ¿A qué nos enfrentaremos realmente
allá? —dijo Andrea.

No les mentiré. El enemigo principal son los nahuales, pero ellos tienen
varios aliados.

»Los Wendigos: *seres de aspecto bestial. Miembros de una antigua tribu caníbal que hace cientos de años fueron maldecidos por un poderoso chamán. Condenados a vivir hibernando por la eternidad. Los nahuales encontraron la manera de despertarlos. Ahora los utilizan como arma contra sus enemigos. Aprovechan su insaciable apetito de carne humana. Para matarlos es necesario perforar su pecho con una daga de cobre. De esos llevo tres en mi cuenta.*

»La Uktena: *una descomunal serpiente con cuernos, gruesa como un tronco, con piel escamosa extremadamente dura. Sólo se le puede dar muerte con una daga de oro clavaba exactamente en una parte de su cuerpo. El problema es que aún no sé cuál es ese lugar. Tendremos que descubrirlo antes de enfrentarla.*

»Los Gugwe: *bestias enormes, de abundante y largo pelaje rojizo. Capaces de andar en sus patas traseras, con enormes garras, su cabeza se asemeja a la de un lobo; con impresionantes dientes y afilados colmillos. Poseedor de un aterrador aullido que te hiela la sangre. Afortunadamente están en vías de extinción. La plata para ellos resulta letal.*

»La Acheri: *la niña de las enfermedades o la chica fantasma. Es un demonio antiguo que ha logrado sobrevivir por incontables lunas. Si te cruzas con ella, te trasmitirá alguna enfermedad y te llevará inevitablemente a la muerte. La única manera de recobrar la salud, es matándola con una daga de bronce bañada con la sangre de un hombre justo. Su empuñadura debe estar forrada con tela color rojo.*

»Las Uksas: *mujeres con forma de halcón o halcones con forma de mujer, como lo quieran ver. Con su esbelto cuerpo atraen a los hombres. Los hipnotizan con un melodioso trinar. Una vez dominados los aprisionan con sus garras. Entonces se los llevan a sus nidos como alimento para sus crías. Para matarlas debes atravesar su corazón o decapitarlas. No importa el tipo de metal. Como buena mujer es alérgica a todo aquello que no sea un metal costoso. ¡Ja, ja, ja!*

—Y el machista habló —reclamó Andrea.

—¡Qué alivio! Me tranquiliza saber que estará fácil la cosa, ¿bromeas? —dijo Alex.

—¿Y nosotros no tenemos amiguitos que nos ayuden? —preguntó Yatzil.

—¡Claro que sí!

»Los Iyaganashas: *pequeñas creaturas, bastante fuertes y hábiles saltarines para su tamaño. No dejen que su enternecedor aspecto los engañe. Son implacables cazadores con la cualidad de hacerse invisibles. Expertos curanderos, excelentes guerreros de gran corazón, siempre dispuestos a ayudar. Sólo les temen a las avispas, pues su veneno resulta mortal para ellos.*

»Los hermanos *Chenoos Dinilbá y Klizhín: corpulentos gigantes de piedra, algo torpes. Aunque muy fuertes, capaces de arrancar un árbol desde la raíz para usarlo como arma. Suelen camuflarse a la perfección con las rocas para evitar ser vistos.*

»Bilagaana tin-tsé el último guerrero Alligewi: *un gigante blanco, de larga cabellera; veloz y ágil con el hacha. Protector de los animales del bosque. Si eres un cazador furtivo y te cruzas con él, una buena paliza o posiblemente la muerte encontrarás. Por más que corras, no conseguirás escapar de su furia.*

—No pos, ¡guau!, *es reconfortante saber que ellos tienen bestias terroríficas de su lado y a nosotros nos ayudarán duendes peludos, estúpidos hombres de piedra y el gigante de green peas* —sarcásticamente Alex opinó.

No adelantes juicios. Aún falta que conozcan al resto de los aliados.

»Tsídii-ko, el ave del trueno: *una águila de gran envergadura, capaz de adsorber la energía de los relámpagos para usarla como arma de ataque. Tiene grandes garras capaces de partir un tronco en dos. Cuando se siente acorralada es capaz de elevar su temperatura corporal hasta el punto donde sus plumas se transforman prácticamente en brazas ardientes, literalmente un pájaro de fuego.*

»Por último el malhumorado Shirihuas: *el último espécimen de los Mishipeshus. Los grandes linces acuáticos. Un extraño animal. Cruza de felino y reptil. Prácticamente odia a todo el mundo. Por razones familiares odia a los nahuales más que a nosotros. Con él es preferible guardad una sana distancia.*

—Bueno. Creo que con este par, emparejamos un poco las cosas. —mencioné.

—Aunque tenemos grandes aliados, no debemos confiarnos. De ninguna manera será fácil vencer a los nahuales en su territorio. La misión de rescatar a Dasan, suena más sencillo de lo que realmente será, eso se los puedo asegurar.

—¿Ya tienes algún plan en mente? —pregunto Miguel.

—¡Desde luego! Para estar en posibilidades de derrotarlos debemos actuar rápido y aprovechar la ventaja que nos proporciona la naturaleza.

—¿Cuál ventaja?

—Los eclipses nos darán la ventaja que necesitamos.

—¿Los eclipses?

—Así es, durante el tiempo que acontece un eclipse, el poder del hechizo nahual se debilita o se desvanece. Dependiendo del tipo de eclipse, tendremos dos oportunidades para entrar y una sola para salir. El 21 de junio habrá un eclipse anular. El "rings of fire" aparecerá en el cielo. Este eclipse es muy especial. Desvanecerá el hechizo un par de días.

»Si no conseguimos nuestro objetivo en este intento, el 5 de Julio tendremos una segunda oportunidad con un eclipse lunar penumbral, este es menos efectivo, solamente debilita el hechizo, además de tener una duración más breve.

»Entrar al reino nahual será la parte fácil. Una vez dentro, deberemos ser capaces de sobrevivir ahí hasta el 14 de Diciembre, cuando habrá un eclipse total de sol que anulara por completo el hechizo. Esa será nuestra única oportunidad de poder escapar. Si no lo conseguimos, seguramente nos quedaremos atrapados ahí por un largo tiempo o quizás nunca logremos volver.

—Has elegido una buena estrategia: "la debilidad de nuestro enemigo, será nuestra fuerza".

—Por decirlo de alguna manera. Bueno, la hora de decidir llegó. Uno a uno por favor expresen su decisión. Empieza por favor Nick.

—Por supuesto, cuanta conmigo.

—No necesito pensarlo. Por nada del mundo me perdería esto, estoy dentro —dijo Alex visiblemente emocionado.

No puedo dejar que les pateen el trasero a mis amigos. Claro que voy —expresó Antonio.

—Para esto me he preparado toda mi vida, hagámoslo —afirmó Yatzil.

—Seguramente me arrepentiré por esto pero... ¡qué diablos! ¡Acepto! —respondió Andrea.

—¿Tú que dices Miguel?

—A mí no necesitan preguntarme. La decisión la tomé hace mucho tiempo, estoy a bordo.

—¡Excelente! Hoy empieza nuestra carrera contra el reloj. Sólo tenemos una semana para realizar todos los preparativos.

Durante las siguientes tres horas detallamos el plan de viaje. Asignamos responsabilidades y comisiones. Quedamos en reunirnos el miércoles para una última revisión antes de partir a Yosemite. Donde enfrentaríamos nuestro destino.

Antes de salir de viaje, debes asegurarte de llevar en tus alforjas el equipaje necesario. El más pequeño descuido puede arruinar tu andanza.

No peques de soberbia, comprando boleto de ida y vuelta. Abordar el tren lo único que te asegura es que partirás. No garantiza que el boleto de regreso tendrá validez.

Caprichosamente los sucesos pueden salirse de control. Se pueden confabular para llevarte a un lejano lugar del cual posiblemente no encuentres la manera de retornar. Por eso antes de salir de viaje no olvides despedirte de los seres amados, tal vez sea la última vez que los veas.

Capítulo X
Despídete, antes de hacer maletas

En vida, siempre en vida, nunca lo olvides

Durante los días siguientes preparamos la expedición. Ajenos a que el destino sarcásticamente se burlaba de nosotros, ofreciéndonos alevosamente artículos sin precio en el aparador. Pronto nos explotaría en las manos la otrora verdad.

Lo único seguro en esta vida son dos cosas: la muerte y la inexistencia de la gratuidad. Para empeorar las cosas, el precio a pagar no siempre se puede solventar con dinero.

Miles de susurros nos gritaron al oído advertencias. Nuestra soberbia las minimizó. Solamente nos enfocamos en nuestro deseo de ser redentores. Desdeñamos la ineludible verdad: un redentor debe estar dispuesto a entregar su bien más preciado en aras de un bien mayor.

Nuestra distorsionada percepción de la realidad, nos llevó a considerarnos seres especiales, hechos de un barro diferente, en nuestros rostros no lograbas percibir temor o angustia, convencidos de que la garra, la nobleza y la valentía del puma, recorrían nuestra venas.

Un baldazo de agua fría pronto nos despertaría de nuestro idílico sueño, trayéndonos de regreso a la realidad. Para enseñarnos que cuando se terminan las etapas de entrenamiento, el margen de error prácticamente se vuelve ficticio.

Con un erróneo desprecio por el temor y el tiempo en contra, logramos coordinarnos a la perfección, cual maquinaria de reloj suizo. Cada engrane cumplió su función.

El cobertizo trasero de la casa de Miguel fungió como centro de acopio. Como lo acordamos, el miércoles tuvimos reunión exprés, donde todo el equipo reafirmó su disposición inquebrantable de seguir adelante. Las seis de la mañana del viernes sería la hora cero de nuestra misión.

Después de la reunión encontré tiempo para ir a casa de mis padres, no buscaba su aprobación. La decisión estaba tomada y era inapelable. Solamente consideré necesario dejarles saber lo que planeaba hacer, a sabiendas de que sería desaprobado.

La mala experiencia con el abuelo había asentado un trágico precedente, el cual seguramente influenciaría su juicio. Al llegar encontré a mi padre en la cochera, terminando uno de sus proyectos.

—*Buenas noches "pa". ¿Qué haces?*

—*¡Hola hijo que agradable sorpresa! Estoy terminando de armar esta banca para la señora Willis, debo entregársela mañana. ¡Pásame por favor la caja de clavos!*

—*¿Esta?*

—*Sí, esa mera. ¿Y a qué se debe el honor de que nos visites entre semana?*

—*¡Sí verdad! Hoy decidí salirme un poco de la rutina. Desafortunadamente no dispongo de mucho tiempo, así que iré directo al grano.*

—*Déjame adivinar, vienes a decirnos que iras al lugar donde se extravió el abuelo. ¿Verdad?*

—*Efectivamente pero… ¿Cómo sabías eso?*

—*Antonio es un buen chico que no sabe mentir. Así que no lo culpes por haberme contado sobre sus planes. Ayer habló conmigo para solicitarme permiso para faltar al trabajo algunos días.*

»Cuando lo cuestioné por los motivos, intentó inventar alguna historia creíble. Finalmente por el respeto que me tiene terminó hablando con la verdad.

—*Ese Antonio es tan trasparente que es incapaz de guardar un secreto. Bueno cuando menos ya me facilitó un poco las cosas. Realmente yo no encontraba la forma de abordar el tema.*

—*Déjame decirte que sólo te facilitó las cosas a medias. Tu madre aún ignora lo que planean hacer, así que aún debes encontrar la manera de decírselo sin preocuparla. ¡Buena suerte con eso!*

—Pero papá, ¿si tú te enteraste, por qué no se lo platicaste?

—No consideré ser la persona adecuada para decírselo. Lo correcto es que tú se lo digas.

—"Gracias por facilitarme las cosas".

—¡Ja, ja, ja!, De nada. Mira hijo, déjame ponértelo de esta manera, aunque no la comparto, entiendo perfectamente tu obsesión con lo que le sucedió al abuelo y con todas esas estúpidas ideas de salvar al mundo.

»No creas que no me daba cuenta de por qué te matabas en el gimnasio. Desde hace siete años supe que retomaste las actividades de investigación. Nunca me engañaste diciendo que tus viajes dominicales eran de recreación.

»Intencionalmente me hice de la vista gorda. No sé si fue lo correcto pero esa fue mi manera de apoyarte. Quizás consideres que no hice lo suficiente, si es así, te pido perdón por no haber llenado tus expectativas.

»Debes entender que a veces el temor y los paradigmas, congelan la voluntad de los padres, imposibilitándonos dar lo que realmente deseamos aportar a nuestros hijos.

—¡Gracias papá por estas palabras! Llegué aquí con la certeza de recibir tu desaprobación. Ahora me doy cuenta de mi grande error de percepción. Con alegría descubro que me apoyabas desde hace años y déjame decirte que tienes razón, no llenaste mis expectativas, en cambio las superaste con creces.

»Con soportar mi forma de ser fue más que suficiente. Puedes sentirte orgulloso tú y mamá, hicieron un gran trabajo conmigo. Lo que soy, y lo que llegue a hacer, será gracias a ustedes.

Nos fundimos en un abrazo fraterno, con el cual nos dijimos lo que ni con un millón de palabras podríamos expresar.

—Sabes hijo... debo confesarte que a pesar de que sabía que este momento llegaría, no me agrada la idea de que vayan a ese bosque. Pero por el amor que te tengo, debo respetar tu decisión. Solamente espero que seas capaz de dar mejores frutos que los conseguidos por mi padre.

—Discúlpame si no puedo asegurarte que hare las cosas mejor que el abuelo. Eso sería tratar de engañarte y de nada sirve engañar al prójimo, pues al final el único iluso termina siendo uno mismo.

»Si tus acciones no respaldan tus palabras, tristemente te puedes convertir en un parlanchín y yo no quiero convertirme en eso. Lo que sí puedo prometerte, es dar mi mejor esfuerzo para tratar de ganar la partida que me corresponda jugar.

—Hijo escucha con atención este consejo: "Nunca te consideres una pieza en un tablero. El primer paso para dejar de ser tratado como objeto es dejar de actuar como si fueras uno".

—Eso me hace sentido. Me esforzaré en cambiar esa parte de mi forma de pensar.

—Por último, quiero que sepas que nunca olvidé nuestro extraño encuentro con el agente del FBI, si no toqué el tema, fue por temor a enfrentar la realidad. Cada día al despertar, en mi mente resuenan aquellas palabras:

«"Nick, recuerda que tus hijos no son tuyos, sólo te los presta Maasaw. Dentro de 9 años vendrán por el mayor para guiarlo a su destino"».

»Aunque me desagrade, sé que esa profecía se está cumpliendo. No me queda más que desearte la mejor de las suertes.

—Me dejas sin palabras ¿Qué más puedo decirte? En verdad muchas gracias.

—¡Oh! Casi lo olvidaba ¿Recuerdas el berrinche que hiciste el día que el abuelo nunca regresó?

—Si lo recuerdo, ¿Por qué la pregunta?

—¿Recuerdas lo que le hiciste al collar que te regaló?

—¡Claro!, la rabia e impotencia que sentí me cegaron y el último regalo del viejo fue el que pago las consecuencias: terminó destruido en la basura. ¿Por qué remueves tan doloroso recuerdo?

—Ahora verás… Baja por favor esa pequeña caja gris que está hasta arriba del estante.

—Aquí tienes.

—No me la des. Es un regalo para ti, ¡ábrelo!

—¿Qué? ¡No lo puedo creer! Es el amuleto reconstruido.

—*Así es, al siguiente día, cuando me disponía a sacar los botes de basura, vi el collar y creí sería buena idea reconstruirlo. Así podría tener un excelente presente para una ocasión especial como la del día de hoy.*

—*No te equivocaste. Este es el mejor regalo que he recibido en toda mi vida. Me siento como niño en navidad.*

Estaba tan feliz que nuevamente lo abrasé y lo levanté por completo.

—*¡Bájame!, que me vas a torcer la espalda. Vamos a dentro con tu madre y Troy para que les comuniques tus planes... te pido que en la medida de lo posible, omitas lo que pueda preocuparlos.*

—*¡Cuenta con eso! Llévalos a la cocina por favor, ahí los alcanzo. Voy a bajar del auto una docena de "Crispy donas". Las traje para acompañarlas de un café, mientras charlamos.*

—*¡Perfecto! ¡No tardes!*

Cuando entré a la concina ya me esperaban. Como siempre mi madre me abrazó y a pesar de mi habitual resistencia, logró darme un par de besos en la mejilla y una pequeña nalgada llena de cariño. Después de saludar a Troy, nos sentamos a la mesa. Tras quince minutos de amena plática, me sentí relajado y listo para abordar el tema.

—*¡Bien familia!, al mal paso darle prisa. Sé que lo que voy a decirles, quizás no será de su completo agrado, sólo espero logren entender mis motivos y en consecuencia, apoyen mi decisión.*

—*¿Estás metido en algún lio?*

—*¡Tranquila Mery, no seas alarmista!, deja que Jr hable.*

—*Tienes razón ¿Qué es lo que nos quieres decir?*

—*¡Despreocúpate mamá! No tengo problemas con la ley, ni con drogas, ni con la escuela, ¿Ok?*

—*¡Qué bueno hijo!, oír eso me tranquiliza un poco.*

—*El asunto que quiero compartirles, es que después de más de dos años de engorrosos trámites, por fin logramos conseguir apoyo privado y gubernamental para realizar una expedición arqueológica.*

—*Creo que hablé demasiado pronto. ¡Ay hijo por dios! No me digas que quieres continuar con las locuras de tu abuelo.*

—Te mentiría si te dijera que no, pero más que continuar la aventura del abuelo, lo único que intento hacer, es encontrar respuestas a las preguntas que nunca fueron contestadas.

—¡Hijo!, se suponía que eso era algo que ya habíamos dejado en el pasado, ahí está bien. Sólo déjalo por la paz —dijo mi padre guillándome un ojo.

—¡Lo siento! Necesito cerrar el ciclo que ha permanecido abierto por tantos años. Estoy consciente que si algo malo llegara a pasarme, a nadie le sería de utilidad. Considero acertada mi decisión de involucrar al gobierno, especialistas y tecnología adecuada en nuestra aventura.

—Aún no quedo muy convencida pero que te acompañe gente capacitada es algo positivo.

—Así es. El grupo está conformado, por dos arqueólogas reconocidas, un experto en cultura nativa americana y un matemático. Nuestras espaldas las cubrirán un par de cazadores expertos.

—Espero que tu viaje sea tan seguro como nos lo pintas.

—Despreocúpate madre, todo saldrá bien.

—No sé por qué, pero mi corazón me susurra palabras que no logro entender. Temo que estén advirtiéndome que esto no acabará de buena manera. Espero por el bien de esta familia, que tu decisión de traer el pasado de regreso, no afecte negativamente nuestro futuro.

—¡Mujer, no es momento de ser pesimistas! Démosle un voto de confianza, dejemos que le demuestre al mundo, que aquel pequeño niño se ha convertido en un hombre hecho y derecho.

—Como siempre tienes razón Nick, aunque no es fácil para una madre, dejar que su hijo vuele por sí solo. Para una madre su hijo siempre será un polluelo que necesita de sus cuidados y amor protector, pero por ese mismo amor que te tengo es que debo darte libertad.

»Debes librar tus batallas y recorre tus propios caminos. Así que cuentas con mi aprobación, sólo te pido por favor, te comuniques regularmente para saber que todo marcha bien.

—Ese es el punto al que quería llegar. Uno de los requisitos para obtener este apoyo, es guardar absoluta confidencialidad de la expedición. Los resultados se utilizarán para un documental y varios artículos.

»*Así que nos obligaron a firmar un contrato, en el cual nos compro-metemos a cortar cualquier tipo de comunicación con el mundo exterior durante los seis meses que dure la expedición.*

—*Esa parte no me agrada, aunque si es lo que te hace feliz, adelante. Ahora sólo falta el visto bueno de tu padre.*

—*Una cosa Junior, antes de mi aprobación, prométeme que esta expedi-ción será la última. Si logras encontrar las respuestas que buscas, perfecto. Si no las encuentras, ya no habrá expediciones futuras. ¿Es un trato?*

—*Me parece justo. "Trato hecho, jamás desecho".*

Con un apretón de manos sellé aquel pacto. No sé si cometí un error o acerté, al tergiversar la realidad con lo de la historia del patrocinio. Consideré una mentira piadosa: omitir los riesgos.

Durante una hora más charlamos de varias cosas hasta que conse-guimos terminar con la tarea de las donas y el café.

—*Bueno, creo que llegó la hora de retirarme. No me despido porque esto, no es un adiós sino un hasta luego, nos vemos en Diciembre.*

—*¡Dios te acompañe y cuide tus pasos!*

—*¡Suerte!, y cualquier cosa que ocupes, sabes que puedes contar con nosotros y te aseguro que en estos momentos dondequiera que esté el abuelo, debe sentirse el ser más orgulloso.*

—*No te preocupes Jr, yo aquí cuidaré del par de viejillos y de tus video-juegos. ¡Ja. ja, ja!*

Aprovechando que la broma de Troy relajo el ambiente, salí de la casa. Troy me siguió con el pretexto de acompañarme hasta el carro. Una vez afuera descubrí lo que él pretendía.

—*¡Por favor, permíteme acompañarlos!*

—*Lo siento, no creo que eso sea posible.*

—*¡Vamos! Al igual que tú, también deseo encontrar la respuesta de lo que le sucedió al abuelo. En tu ausencia he redoblado el tiempo dedicado a mi preparación física y a la investigación, tengo tanta información sobre el tema que fácilmente podría escribir varios libros.*

—*¿De qué estás hablando?, ¿Por qué no me lo has dicho?*

—Tal vez porque desde hace un par de años me has relegado de tu vida ¿Crees que esa sea razón suficiente? Pensé que necesitabas espacio y te lo di. Créeme estoy listo para acompañarlos, seguramente sería de gran ayuda.

—Lo siento, tu nombre no está en la lista.

—¿A qué lista te refieres?

—No me lo tomes a mal. Es una larga historia y ahora no tengo tiempo para contártela. Sólo te pido que confíes en mí. Te prometo que a mi regreso te la contaré.

—¿Y si no regresas?

—Tienes razón. Quizás no consiga regresar de este viaje, a ti si te lo puedo confesar. Probablemente encuentre algo que no debí buscar, por eso ahora necesito que tú seas el hombre fuerte de casa y en caso de que no regrese, prométeme que serás el hombro donde mamá pueda llorar y el soporte en el cual se pueda poyar papá para poder continuar.

»Si no vuelven a saber de mí, no desdeñes la oportunidad de una vida normal. Olvida la absurda obsesión de tratar de encontrar respuestas a las preguntas que nadie hizo. Prométeme que de ser el caso, no tratarás de averiguar lo que nos sucedió al abuelo y a mí.

—¿Qué diablos estas diciendo?, me estas asustando. ¿Qué omitiste contarnos allá adentro?

—Te repito que no tengo tiempo para hablar del tema. Lo único que te pido, es que por el mucho o poco aprecio que me tengas, hazme caso esta vez por favor.

»Demuéstrame que eres más listo que yo; que tú si eres capaz de darle vuelta a la página para poder seguir escribiendo tu propia historia. ¿Me lo prometes?

—¡Caray!, no entiendo por qué toda la diversión debe ser sólo para ti. Pero bueno, te lo prometo: "Trato hecho, jamás desecho".

—¡Gracias y deséame suerte! Estoy seguro la necesitaré.

Nos despedimos con un efusivo abrazo y nos deseamos suerte mutuamente. Contemplé la casa por unos breves instantes antes de subir al auto. Traté de anclar en mi mente, un agradable recuerdo que funcionara a manera de faro para guiarme de regreso.

Mientras conducía, contemplé por el retrovisor cómo poco a poco quedaba en la distancia mi hogar. Involuntariamente un par de lágrimas humedecieron mis ojos.

Me sentí agobiado por la posibilidad de no volverlos a ver. Traté de contrarrestar la tristeza pensando que cualquier sinsabor, tendría sentido si lograba contribuir a la existencia de un futuro mejor para los demás. Aquel viaje no lo hacía por mí, lo hacía por ellos.

Sé que siempre es mejor vivir en paz que pelear, pero hay ocasiones que la vida nos cierra en las narices todas las puertas dejando únicamente entreabierta, la ventana para la guerra. Cuando deja de ser efectivo poner la otra mejilla, debemos decirle adiós a los tiempos de paz y darle la bienvenida a las épocas de batallas.

En época de paz el hombre precavido debe elaborar flechas y afilar su cuchillo. Alistarse para cuando las épocas de conflicto lleguen. No eches mi consejo en saco roto, tarde o temprano los tiempos de guerra llegarán.

En esas épocas tristemente cobra vigencia la ingrata frase: **"Para que la mayoría puedan vivir en paz, otros inevitablemente deben morir en paz"**.

Capítulo XI
Soldados del destino

Lo mejor de la vida, es la vida misma. No hay nada mejor que estar vivo y contento. La vida es el don más preciado que el creador te regaló: cuídala y protégela con uñas y dientes aférrate a ella pues es una flor que no retoña.

Después de no haber desperdiciado la oportunidad para despedirme de mi familia, estaba listo para emprender el viaje al misterioso lugar. Ahí donde la realidad y la magia coexisten al amparo de las leyes perpetuas. Sin reparar en que la mítica bóveda de granito, que celosamente custodia el conocimiento ancestral, quizás jamás debería ser abierta.

Cuando llegué a mi apartamento me sentía exhausto. Pensé que aquella noche dormiría placenteramente, sin embargo la quietud de la noche trajo consigo una inquietante premonición que me impidió conciliar el sueño.

—*¿Quién me garantiza que estoy haciendo lo correcto? ¿Qué tal si alguien se está aprovechando de nuestra curiosidad para manipularnos como simples marionetas?*

»*De ser ese el caso, ¿quién es ese sarcástico titiritero que se vale de hilos invisibles para manejarnos tras bambalinas?*

»*Tal vez, con un simple rastro de migajas estemos siendo guiados cual ilusa parvada de palomas hasta una despiadada trampa. Quien nos garantiza, que no somos solamente unos furiosos e ignorantes toros, marchando valientes, altareros y ebrios de orgullo al matadero.*

Por más que trataba, no conseguía apartar de mi mente aquellos nefastos pensamientos. Cada vez encontraba más peros y objeciones. Afortunadamente un fugaz recuerdo de mi adolescencia, a mi espíritu le devolvió la calma (sabias palabras de mi extraordinario y bonachón maestro Juan).

Aquel día de otoño, yo estaba sentado sobre una alfombra de rojizas hojas, bajo un frondoso arce canadiense. En la esquina más alejada de la escuela, derruido por una profunda añoranza, rayando en el borde de la depresión, a lo lejos mi maestro de PI me observaba hasta que decidió acercarse.

— *¿Nick, por qué tan apartado de todos el día de hoy?*

— *No sé, creo que estoy en uno de esos días en que necesitas estar solo.*

— *¿Quieres contarme lo que te sucede para ver si puedo ayudar?*

— *Gracias, no me lo tome a mal, pero no creo que pueda ayudarme.*

— *Nunca digas nunca. Recuerda que vives en una sociedad y el ser humano no es un animal solitario. Para sobrevivir siempre necesitaras de la manada.*

— *¡Ahhh! creo que tiene un buen punto.*

— *Posiblemente en este momento mis palabras no te hagan mucho sentido. Asegúrate de jamás volver a despreciar una mano amiga. Nunca sabes cuándo necesitarás que sequen tus lágrimas o curen tus heridas o si requerirás quien te jale o te empuje para escalar hasta la cima.*

»*Podría ser que simplemente una noche ocupes quien te reconforte con una pequeña palmada en la espalda, diciéndote todo estará bien antes de ir a la cama.*

— *¿Parece que no me dejará en paz verdad? Ya que muestra tanto interés, déjeme contarle lo que me sucede:*

»*Estoy triste porque hoy se cumplen tres años de que mi abuelo me falló. Incumplió su promesa de regresar sano y salvo.*

— *¿Ese es todo el problema? Pensé sería algo peor.*

— *¿Qué? ¿Se le hace poco que mi abuelo perdiera la vida por buscar un bien mayor y a nadie le importe?*

— *No mal interpretes mis palabras. Sé que la ausencia de tu abuelo es una herida que no ha sanado y aún debe doler bastante pero no hay razón válida para que tenga que doler por siempre. La cuestión es: ¿cómo crees que a tu abuelo le gustaría ser recordado?*

» *¿Con lágrimas y resentimiento contra la vida por habérselo llevado? O, ¡con sonrisas llenas de orgullo, sabiendo que él partió buscando el bien común!*

—*Puesto de esa manera, indudablemente elijo la segunda opción.*

—*¡Excelente!, ahora debes entender que la muerte como tal no existe. Todo se reduce a una transición entre mundos. ¡Cierto!, momentáneamente dolorosa, pero esperanzadora en un mañana mejor en donde podremos rencontrarnos con nuestros seres queridos en las verdes praderas del más allá.*

—*El discurso está bastante bien. Ahora dígame ¿qué pasa si tras de la puerta no hay nada?*

—*¿Por qué insistes en martirizarte creando en tu mente la peor película posible?*

—*No puedo evitarlo. El solo hecho de pensar en la posibilidad de que fuimos criados con falsas creencias, me enfurece.*

—*Es decir, te molesta la posibilidad de ser engañado.*

—*¡Por supuesto! ¿A usted no le molestaría eso?*

—*¡Escucha! Nadie puede engañarte si tú no se lo permites. Date cuenta que eres libre de elegir tus creencias. La decisión final siempre dependerá de ti. Terceras personas pueden intentar influenciarte para bien o para mal, pero el rumbo de tu navío tú eres quien lo elige ¿Verdad?*

—*Correcto.*

—*Basado en este razonamiento, jamás tendrás derecho a culpar a los demás por tus fracasos. Estás en el lugar donde tus decisiones te han llevado. ¿Cierto?*

—*¡Mmm! Sí, eso creo.*

—*Entonces ¿Por qué culpas a tu abuelo por haberte fallado? Asumir el papel de víctima para la mayoría resulta cómodo. Si quieres ser diferente al rebaño, olvídate de la autocompasión. No permitas que las dudas destrocen el legado de tu abuelo.*

—*No sea cruel conmigo profesor, no me diga eso, no me diga que yo soy el que estoy fallando.*

—Juzgar tu actuar a mí no me corresponde. Tú fuiste quien eligió nadar en aguas turbulentas. Yo simplemente te estoy lanzando una posibilidad de salvación. Ahora depende de ti, nadar o no para alcanzar la cuerda.

»Recuerda: cuando las apuestas estén en tu contra, relájate, respira hondo y evita cometer errores, no siempre hay segundas oportunidades.

—Debo reconocer que es bueno en esto. Déjeme terminar de utilizar todo mi arsenal pesimista.

» ¿Cuando el caprichoso viento sopla en tu contra, y te deja en claro que llevas las de perder y a tu alrededor todo apesta, qué sentido tiene esforzarse?; ¿Para qué resistirnos a nuestro destino?

—El futuro no está escrito en piedra, solamente son bocetos que alguien trazó en frágiles hojas de papel. Se pueden modificar con relativa facilidad. Mientras exista una posibilidad en un millón, no todo estará perdido.

»Cuando los naipes que la vida te dé, apesten, apela a tu habilidad de jugador para recomponer las cosas. Ten en cuenta que el juego se hace sobre la mesa. La actitud es lo que hace la diferencia. En los momentos de desesperanza busca en tu interior la garra, la fuerza y el coraje. Ellos te darán una razón a la cual aférrate.

»Cuando creas que todo está perdido compórtate como la rana que cayó en la cántara de leche. Al comprender que su vida estaba en juego, la rana nunca se rindió. No paró de intentarlo. Una y otra vez siguió agitando sus patas con todas sus fuerzas hasta conseguir caminar sobre firme mantequilla.

—¡Gracias maestro!, sí entendí bien sus palabras. En algún momento de la vida todos caeremos. La diferencia radica entre quedarse en el suelo lamiéndonos las heridas o levantarnos para reescribir nuestra propia historia de triunfo.

—¡Exacto! Aquel que pierde una batalla, es un hombre derrotado, pero no un guerrero vencido.

Recordar aquella conversación, trajo un rayo de esperanza a mi alma. Mi mente recobró la serenidad y mi espíritu se recargó con nuevos bríos. Tener la certeza de que nuestras manos son las únicas autorizadas para escribir nuestra historia, logró ayudarme a conciliar el sueño.

El grado de paz que logré alcanzar fue tal, que no escuché sonar la alarma de mi celular. Mi relajado cuerpo se negaba a abandonar aquella plenitud existencial. Pero como todo en la vida nada dura eternamente, fui traído de regreso al mundo terrenal bruscamente por Miguel.

—*¡Arriba flojo!, que se nos hace tarde.*

—*¿Eh?... ¿qué paso?... ¡Ahhh! ¿Creo que me quedé dormido, verdad?*

—*Toda la noche roncaste como un méndigo oso. Así que en reciprocidad decidí despertarte tiernamente, con calma y tranquilidad. ¡Ja, ja, ja!*

—*¡Ja, ja!, muy gracioso.*

—*¡Vamos arriba! Deja de renegar que es tiempo de brillar.*

—*Lo sé, sólo dame un par de minutos. Deja que mi cuerpo asimile que es hora de levantarse.*

Una vez que logré despertar por completo, mi chip se reinició. La adrenalina encendió mi sangre. Salté de la cama, lavé mi cara y mientras me peinaba, me puse unos jeans Levi's combinados con una playera blanca y finalmente me calcé mis botas Salomón X ultra. Con aquel ritual me declaré oficialmente listo para emprender el anhelado viaje, luego de trece largos años.

Antes de salir del departamento nos pusimos nuestras chamarras y cascos. Completamente ajuareados montamos nuestras motocicletas. La hora de la verdad tocó a la puerta y liberado de temores o dudas decidí invitarla a pasar. La cita con el destino había llegado porque no hay fecha que no llegue, ni plazo que no se cumpla.

Como lo habíamos acordado, a las cuatro de la mañana, los cuatro mosqueteros arribamos en nuestros briosos caballos de acero al estacionamiento de Foodmax; cuatro minutos después, llegó el resto del grupo a bordo de la espectacular Ford Lobo roja de Cuervo Rojo.

Como toda chica lista, Andrea previamente preparó dos termos de delicioso café, acto que todos agradecimos. Antes de partir, Miguel realizó una última revisión de la lista. Sabíamos lo que estaba en juego, así que lo menos que podíamos hacer, era cerciorarnos de no olvidar nada.

—*Creo que todo nuestro equipaje está completo —confirmó Miguel.*

—*Al mal paso darle prisa, a rodar se ha dicho* —dijo Antonio.

—*Momento que soy lento* —acotó Cuervo Rojo—. *Aún no estamos listos para partir.*

—¿*Ahora nos contarás otra de tus historias?* —preguntó Alex.

—¡*No!, este no es momento para historias.*

—¿*Entonces?*

—*Un equipo no está completo sin uniforme. Así que me tomé la libertad de diseñar el nuestro* —nos dijo mientras nos mostraba una chamarra de piel color negro con vivos en rojo; una impresionante águila bordada, adornaba la espalda, acompañando la leyenda "Soldados del Destino"—. ¿*Les agrada la chaqueta?*

—¡*Guau, es magnífica! Excelente detalle* —le dije mientras todos aplaudíamos.

—*No se amontonen. Primero las damas… esta es para ti Andrea, aquí tienes la tuya Yatzil. Creo esta es de Alex, ahora es el turno para Miguel. Si no me equivoco esta es la de Antonio y esta es la tuya Nick.*

»*Ahora es momento de lanzar al viento el grito de guerra de mis ancestros: "¡Jamás rendirse y continuar luchando hasta conseguir la victoria o una muerte gloriosa!"*

En ese momento nos sentimos como jinetes del viejo oeste que se dirigían a salvar a la chica en peligro. Llenos de emoción montamos nuestras poderosas Harley, la camioneta de Cuervo Rojo no desentonó arrojando un poderoso rugido para motivarnos a emprender el camino, acompañados por la tonada de "Barracuda".

Condujimos por cinco horas. Primero por el 101, después el 41; Santa María, Pismo Beach, AG, SLO, Atascadero, Paso Robles, Cholame, Fresno y Wawona nos vieron pasar. Doscientas millas después, atravesamos un túnel que nos condujo a la curva final.

Ante nuestros ojos majestuosamente aparecieron los impresionantes y míticos monolitos de Yosemite. Nos avisaban que acabábamos de ingresar al santuario espiritual ancestral. Enormes y milenarias secoyas se elevaban al cielo formadas como silenciosos guardianes custodiando la bóveda del conocimiento antiguo.

El paisaje era sublime y espectacular. Optamos por detenernos unos breves instantes a la orilla del camino, para apreciar aquella majestuosidad.

—*Chicos sean bien venidos a Yosemite, la puerta ancestral* —*dijo Cuervo Rojo.*

—*¡Guau...Realmente es impresionante!, las fotos en internet te preparan para saber que encontrarás, pero jamás lograran igualar este sentimiento de dicha al contemplar este hermoso paisaje en persona* —*afirmó Yatzil.*

—*¡Simplemente es impresionante! Ahora empiezo a creer que en esos espesos bosques, cualquier cosa se puede esconder* —*mencionó Andrea.*

—*Yosemite no es solamente un gran valle de esplendor natural. Santuario para una gran variedad de seres vivos. En sus entrañas oculta una de las nueve puertas que hay en el planeta y que comunican al mundo del hombre con el reino nahual.*

»No permitan que sus majestuosas cascadas y su apacible tranquilidad los engañen. En sus valles profundos, en la espesura de su vegetación, en la oscuridad de sus cavernas, en la profundidad de sus ríos y lagos, habitan peligrosas criaturas olvidadas.

»Cuando estén allá abajo sean cuidadosos. Caminen como si se tratara de un campo minado. Miren dos veces antes de dar un paso y sobre todo no entren donde no los llaman. Recuerden que "la curiosidad mato al gato" —*nos advirtió Cuervo Rojo destruyendo la magia del momento.*

Nuevamente montamos nuestras motocicletas para recorrer el breve trayecto final hasta el campo White Wolf Lodge. Nos apresuramos a descargar e instalar las tiendas de campaña. Encendimos una pequeña fogata para cocinar el almuerzo.

—*Andrea y Yatzil, es momento de que el mundo conozca sus habilidades culinarias* —*dijo Alex.*

—*¿Qué? Olvídalo, considero ofensivo e inapropiado fomentar ese estereotipo de que la mujer debe servir de criada ¿También ustedes tienen dos manos o no?* —*replicó Andrea.*

—*¡Ah! Ya entiendo, dicho de otra manera, no sabes cocinar ¿verdad? ¡Ja, ja, ja!*

—Quizás también algo hay de eso. Pongo a hervir agua y se me quema. ¡Ja, ja, ja!

—Está muy divertida su charla pero yo tengo bastante hambre, así que cocinaré —dijo Antonio.

Mientras Antonio cocinaba, súbitamente aparecieron un par de pequeñas creaturas peludas. El hecho nos tomó por sorpresa, sobre todo a Miguel, quien después de dejar escapar un gracioso grito, tropezó con la olla del café y cayó al suelo. Cuervo Rojo en medio de risas nos tranquilizó.

—¡Calma chicos!, no tienen por qué temer. Les presento a dos buenos amigos Pandi y Tily.

—¡Vaya, vaya!, estos deben ser los Iyaganashas —comenté.

—Efectivamente Nick. Nuestros amigos amablemente accedieron a ser sus guías durante unas pequeñas misiones que deben cumplir.

—Lucen bastantes simpáticos, pero no tan fuertes como los imaginé.

—¿Qué no te parecemos fuertes? ¿Quieres probar nuestra fuerza? Ven te reto a unas vencidas —me retó una de las pequeñas creaturas.

—Disculpa no quise ofender tu ego. No puedo aceptar tu reto, no sería justa la competencia, debo de pesar sesenta kilos más que tú.

—Ya veo, ahora tienes miedo de quedar en ridículo delante de las bellas damas. ¿Verdad?

—Lo que tú digas. Sólo olvídalo, quieres.

—¡Claro que no!, tú me ofendiste llamándome debilucho y la única manera de remediarlo es aceptando mi reto. Con tus nueces debes respaldar a tu gran bocota.

—De acuerdo méndigo enano. Te daré gusto, coste que tú lo pediste. Sé que la competencia no es equitativa pero como tu lengua es muy larga. Creo que tendré que darte un baño de humildad.

El reto alborotó el ánimo de todos. Entre burlas, aplausos y risas, lanzaban apuestas en favor y en contra. Alex se apresuró a desocupar una pequeña mesa y colocar dos sillas.

De inmediato Tily se trepo en una y se mantuvo de pie. Colocó su pequeño brazo de manera retadora sobre la mesa. Me senté en el lado opuesto y con algo de dificultan logré entrelazar su mano.

—Muy bien ¿Quién será el encargado de contar?

—Yo seré el juez —dijo Pandi—. ¿Listos? A la cuenta de tres.

—Cuando quieras —mencioné.

— ¿Listo para morder el polvo humano? Espera tienes un gran insecto en tu pecho.

— ¿Qué? ¿Dónde?

En cuanto me distraje con el infantil engaño, Pandi contó: ¡un, dos, tres!, rápidamente, lo que no me permitió reaccionar, para cuando me di cuenta mi mano ya había tocado la mesa.

—¡Esperen!, eso fue trampa.

—¡Aprende a perder niñito! ¡No te metas con papá Tily!

—No lo puedo creer Nick. Te acaba de vencer un enano peludo. ¡Ja, ja, ja! — Alex se burló.

—¡De cuerdo!, ¡basta de burlas!, ¡pido la revancha!

—¡Olvídalo!, yo no doy segundas oportunidades a malos perdedores.

Aquel irónico comentario provocó que durante todo el almuerzo, yo fuera el hazme reír. Después de disfrutar de unos ricos huevos revueltos con champiñones y tocino, Cuervo Rojo tomó la palabra:

—Todo guerrero que se respete, debe ser capaz de elaborar una estrategia eficaz antes de marchar al campo de batalla para aumentar sus posibilidades de alzarse victorioso.

—Completamente de acuerdo, veo que también leíste el arte de la guerra —comenté.

—¡No!, ¡no lo he leído! Simplemente la estrategia es el aspecto más básico y esencial para un buen guerrero.

—Efectivamente. Un ejército por más fuerte que sea, sin estrategia previa, inevitablemente en algún punto de la batalla será superado —concluí.

Durante treinta minutos más, continuó la lluvia de consejos de Cuervo Rojo. De los siete, él era el único que medianamente sabía a qué nos enfrentábamos y en la medida de sus posibilidades trataba de prepararnos, consciente de que a partir de este momento, se terminaba la teoría, para darle paso a la práctica, que al igual que en cualquier disciplina es lo más difícil de dominar.

Por la premura del tiempo nos resultaba imposible continuar juntos. Tuvimos que separarnos en grupos; abarcar más actividades con el mismo número de gente fue el lado positivo. Por desgracia ignoramos el viejo adagio "La unión hace la fuerza".

Al separarnos perdimos parte de nuestra fortaleza. Andar caminos de manera individual provocaría que no todos saliéramos bien librados de aquella aventura.

Lo que hay tras de la puerta en el futuro lo descubrirás, no en el presente. Trata de construir hoy, un carácter inquebrantable con los maderos del ayer. Así serás capaz de soportar el peso del mañana.

Para descubrir que hay tras de la puerta, debes cruzar el umbral primero. Cuando lo hagas asegúrate de estar convencido para que no te arrepientas de los sinsabores.

Capítulo XII
Las tres misiones

El curso propedéutico llego a su fin, pero antes de recibir nuestro certificado de graduación, debíamos cumplir con un viaje de práctica a manera de examen de titulación.

Pronto aprendimos la lección más dura de nuestras vidas. Descubrimos que a diferencia de la teoría, la práctica si cansa, duele, golpea, hiere y en ocasiones mata. Los antiguos japoneses sabían que: "Conocer a alguien, sólo es el principio de la despedida".

La plática de Cuervo Rojo concluyó con la asignación de tres misiones.

—*Jóvenes aquí termina su periodo de preparación, ahora los pasos que debemos dar son:*

» *1ra.- Un grupo debe ir al Lago Mono para encontrar el símbolo de la serpiente. Necesario para hacer vulnerable a la bestial Uktena.*

» *2da.- Otro grupo partirá en busca de los Chenoos y Bilagaana. Tendrán que convencerlos de que nos acompañen a la batalla.*

» *3ra.- El resto iremos a preparar el campo de batalla. Pondremos algunas trampas y símbolos de magia paralizante que nos den ventaja sobre el enemigo.*

—*¿Cómo conformaremos los grupos?* —pregunté.

—*Tú, Miguel y Tily irán al Lago Mono.*

—*¡Alto ahí! ¿Quieres decir que tendré que aguantar a este méndigo tramposo?*

—*¡Tranquilo Nick! El viaje les servirá para conocerse mejor y limar asperezas.*

—*Si tú lo dices.*

—El segundo grupo estará integrado por Antonio, Andrea y Pandi. El resto me acompañará a la cascada. ¿Alguna duda?

—Muchas, pero no creo que haya tiempo para responderlas —comentó Miguel.

—Tienes razón. Tiempo es algo que no tenemos. Esto es una competencia contra reloj. Sólo disponemos de horas para cumplir con nuestras misiones y estar de regreso antes del atardecer.

»Chicos llegó la hora de lanzar los dados. Recuerden el bosque en estos momentos está en ebullición. Criaturas que habían dormido por centurias, están despertando. No estoy seguro de que lado de la cancha jugarán. Mantengan los ojos abiertos y no olviden llevar sus armas, por aquello de las malditas dudas.

—Esas palabras son música para mis oídos. Tarde se me hacía poderles presumir mi última adquisición —dijo Alex.

De su mochila sacó un cinturón de cuero que provocaría la envidia del mismísimo Indiana Jones. Del lado izquierdo colgaban un filoso machete, seguido de un cuchillo tipo Rambo, una brújula, un par de guantes, tres véngalas, dos cargadores, una pequeña tomahawk y finalmente una funda para su escuadra Berretta.

—¡Vaya que vienes bien preparado! —comentó Andrea.

—¡Ah! He visto mejores y ten cuidado para no herirte tu solo. ¡Ja, ja, ja! — bromeó Tily.

—No te preocupes. Cuando todo esto termine te mostraré mi destreza con el cuchillo y te depilaré méndigo enano.

—¡Discúlpame florecita! ¿Acaso te pise? ¡Ja, ja, ja!

Afortunadamente ahora Alex era el blanco de los dardos de burla. Tomamos nuestras armas y bastimentos. Entonces nos declaramos listos para cumplir nuestras respectivas misiones.

Primera misión: "La marca de la serpiente"

Montamos nuestras motocicletas y emprendimos el camino. Tily eligió ser mi compañero de viaje con el único afán de fastidiarme durante el trayecto.

Cuando llegamos a nuestro destino, Miguel y yo nos quedamos boquiabiertos ante el espectacular panorama que nos ofrecía el Lago Mono (uno de los más antiguos del planeta). Parecía un paisaje sacado de Marte e incrustado en esta tierra. Proyectaba imágenes de un mundo alternativo e irreal.

Los rayos solares pintaban sus aguas con tonos multicolores. Extrañas e irregulares formaciones rocosas se elevaban por todos lados semejando un campo de gigantescas espadas deformes. Una pequeña parvada de patos que nadaba, completó aquella surrealista postal.

—*Esto es impresionante. Nunca imaginé que existiera un lugar como este en la tierra* —comenté.

—*Completamente de acuerdo. Extraña mezcla de belleza y misticismo* —dijo Miguel.

—*Es tu turno bola de pelos. ¿Dónde debemos empezar la búsqueda?*

—*Según Curvo Rojo, tú eres el elegido. Cosa que dudo mucho. Supongamos que lo eres. Debes tomar un trago de agua del lago, cerrar los ojos y una visión te indicará cuál es la roca correcta.*

—*¿Estás seguro de eso?*

—*¡Claro!, esas fueron las instrucciones precisas.*

Consciente de que era mi deber sacrificarme por el grupo, sin pensarlo demasiado accedí a seguir las indicaciones de la traviesa criatura. Tomé una botella de agua, la bebí de un trago y después corté la botella a la mitad. ¡Listo tenía un vaso! Aún no muy convencido, lo llené con agua del lago. Respiré hondo y tomé un trago.

Aquella agua resulto extremadamente salada. Sentí cómo mi lengua se retorcía por tan desagradable sabor. Era tan horrible que no lo soporte y de inmediato la escupí. Casi estaba a punto de vomitar.

—*¿Qué te pasó? ¿Estás bien?* —preguntó Miguel.

—*¿Qué sucede campeón? Lo sabía, no eres el elegido. ¡Ja, ja, ja!*

—*¡Argh! ¡Cof! Estoy bien, no pasa nada, sólo me tomó por sorpresa el sabor tan fuerte del agua. Denme un segundo para intentarlo de nuevo.*

—*Tómate el tiempo que gustes. Sólo recuerda que para que esto funcione debes retener el agua en tu boca por lo menos treinta segundos. ¿Entendido?*

—*¡Ok!, estoy listo.*

Me armé de valor, traje a mi mente la mayor cantidad de pensamientos positivos en busca de motivación para superar este reto. Nuevamente llené el improvisado vaso. Le pedí a Miguel me indicara cuando se cumplieran los treinta segundos.

Esta vez estaba decidido a no renunciar. Después de poner el agua en mi boca, el tiempo se hizo eterno hasta que por fin escuché la voz de Miguel, diciendo: ¡tiempo! Inmediatamente escupí el agua en busca de alivio.

—*¡Argh! ¡Cof, cof!… ¡Diablos!, creo que no lo estoy haciendo de la manera correcta. No conseguí acceder a ninguna visión.*

—*No pierdas el ánimo. Descansa un poco y lo volvemos a intentar. No te preocupes. Aún estamos en tiempo —trató de confortarme Miguel.*

En ese momento me sentía frustrado, pensando, si no puedo con esta prueba relativamente sencilla… ¿Qué resultados espero dar en el campo de batalla? Mi angustiante reflexión fue interrumpida por la estridente risa burlona de Tily.

—*¡Ja, ja, ja! No puedo creer que seas tan estúpido. ¡Ja, ja, ja! Nuevamente te atrapé. Nada de lo que te dije es cierto.*

—*¿Qué? Ahora si cruzaste la línea rata peluda del demonio. Ven acá te voy a enseñar unas lecciones de respeto. —Como era de esperarse, el cobarde bromista se escudó tras de Miguel—.*

»*Ya verás, un día de estos voy a cobrarme todas tus bromitas y arrojaré el primer panal de avispas que encontremos.*

—*¡Tranquilízate Nick!, tómalo como lo que es, una buena broma, no olvides que nosotros solíamos hacer muchas de esas… ¿ya olvidaste aquella dichosa broma de la cafetería?*

—*No, pero…*

—*Pero nada. Ahora comprendes que una broma no es realmente graciosa cuando estás del otro lado y el pastelazo lo recibes tú, ¿verdad?*

—De acuerdo lo acepto. En esta ocasión me tocó perder. Aun así este pinche duende ya se está pasando de lanza.

—¡Tranquilo campeón! Sólo fue una pequeña broma. No digas que no fue graciosa.

» Bueno, ya es hora de terminar con la diversión. Ahora si les diré las instrucciones correctas: Debemos elaborar un pequeño barco con ramas de secoya. Lo pondremos en el agua e invocaremos al gran espíritu para que su aliento impulse y guíe el barco hasta la piedra correcta.

—Nos dimos prisa a construir un raro artefacto. Algo semejante a un barco después de naufragar. — ¿Qué?, no somos artesanos— Miguel sacó de su mochila un pañuelo para colocarlo como vela principal.

—¡Listo! Reto superado, embarcación construida.

— ¿En serio fue lo mejor que pudieron hacer? ¡Ahh! No importa, ahora con mucho cuidado para que no se desbarate "su obra de arte", pónganla en el agua.

Miguel puso el barquito en el agua. Tily empezó a tocar un pequeño tambor que llevaba colgado a su espalda y entonó una canción en algún tipo de lengua nativa. Danzaba en círculos alrededor de una pequeña fogata que había encendido a la orilla del lago.

El cielo estaba completamente despejado. A medida que el canto se intensificaba, se empezaron a formar nubes de la nada y del norte arribó el cálido aliento de un tenue viento. Aquella mala imitación de embarcación, empezó a moverse a través del laberinto acuático de torres rocosas.

Cuando el barco requería modificar su rumbo, aparecían pequeños remolinos de viento ayudándolo a virar en la dirección correcta. Mientras, nosotros desde la orilla lo seguíamos con la vista. Luego de una inusual travesía el pequeño navío atracó frente a una roca, el cielo se despejó y el viento paró de soplar.

—Muy bien chicos, ahí tienen la roca en la cual deben buscar. Ahora quítense la ropa porque creo que tendrán que nadar.

De inmediato nos despojamos de la ropa hasta quedar en calzoncillos. Entramos a la helada agua para caminar hasta la piedra señalada.

El agua nos llegaba a la altura del pecho. Durante una hora revisamos la roca sin encontrar nada.

Miguel como buen scout, estaba preparado. Se dirigió hasta el lugar en donde estaba su mochila y regresó con goggles y snorkel para bucear en busca de la marca sumergida.

Después de una hora de inútil búsqueda, nos sentíamos desconcertados. Creíamos haberlo intentando todo, las ideas se nos agotaban. El fracaso cada vez se veía más cerca pues el tiempo no paraba de correr.

—*¿Tily, estás seguro que hiciste todo de manera correcta?* —*cuestiono Miguel.*

—*Sí, el gran espíritu respondió a nuestro llamado. No entiendo porque no logramos encontrarla.*

—*¿En qué estamos fallando?* —*pregunté.*

—*Buena pregunta, pero en este momento me declaro incapaz de encontrar la respuesta.*

Estábamos a un paso de rendirnos cuando la mente brillante de Miguel descifró el enigma.

—*Esperen, creo que tengo la respuesta.*

—*Ya era hora de que un humano fuera capaz de pensar, ¡desembucha!*

—*En algún lugar leí que este lago era normal hasta los años treinta, durante la década de los cuarenta, de manera inexplicable cambió su salinidad. La gran cantidad de nuevos minerales en el agua provocaron que las rocas fueran forradas por una costra salina que dio lugar a estas extrañas y caprichosas formaciones.*

—*¿Y eso quiere decir?* —*pregunté.*

—*La marca debió ser tallada hace cientos de años, lo cual quiere decir que debe de estar cubierta por lo capa de minerales. Confía en mi Nick, trae algo con lo que podamos golpear. Debemos quitar la capa superior para acceder a la superficie original de la piedra.*

De prisa traje mi hacha e iniciamos a remover la capa de sal. Nuestro trabajo empezó a dar sus primeros frutos. Con emoción observamos como aparecían unas líneas de color rojo.

Encontramos el pictograma de la serpiente (tres círculos, uno pequeño totalmente coloreado al centro, envuelto por un segundo círculo grueso representando la figura de un reptil enroscado. La cabeza de la serpiente era un cráneo descarnado. En el lomo sobresalían nueve crestas. Una delgada línea delineaba un halo protector sobre ella. La punta de un cuchillo atravesaba la séptima púa de la serpiente. Finalmente bajo los tres círculos había un jeroglífico en forma de una zeta inclinada hacia la derecha. Miguel inmediatamente lo reconoció.

—*Esto no es un jeroglífico, es una runa de nombre Sowulo.*

—*¿Qué demonios hace una runa escandinava, en medio de Yosemite?* —pregunté.

—*No lo sé. Esto cada vez tiene más preguntas que respuestas. Deja traer mi celular para fotografiarla y poder regresar al campamento.*

Cuando Miguel se encaminó para salir del agua, súbitamente dejó escapar un grito de dolor, mientras caía estrepitosamente al fondo. Por un instante me bloqueé. No supe cómo reaccionar.

En cambio Tily al percibir el aroma del peligro flotando en el aire, inmediatamente desenfundó su cuchillo y saltó al lago con un espectacular clavado y se sumergió para ayudar a Miguel.

Después de unos instantes logré reaccionar. Me apresuré a ponerme los goggles, empuñé mi hacha y me sumergí en las agitadas aguas. Debo admitir que la visión submarina que encontré me sorprendió y hasta cierto punto me aterrorizó.

Había dos extrañas criaturas negras de aspecto humanoide, semejantes a reptiles bípedos. Uno luchaba encarnizadamente con Tily, mientras el otro se aferraba a la pantorrilla de Miguel, quien no lograba zafarse de sus fauces.

De manera rápida revisé los alrededores para cerciorarme de que no hubiera más de estas cosas. Nadé hasta donde estaba Miguel. Empuñé mi hacha y de un certero golpe partí a la criatura en dos. Mi amigo mostraba signos de estar en mal estado. Me apresuré para llevarlo a lugar seguro.

Una vez en la orilla golpeé su pecho para reanimarlo, a lo que respondió lanzando bocanadas de agua. Me di vuelta para regresar en auxilio de Tily, cosa que ya no fue necesaria; lo vi salir del agua con la cabeza de su rival como trofeo.

Reanudé mi atención en Miguel quien a pesar de ya dar signos de vida, tenía una herida en su pantorrilla que se veía realmente mal.

—*No tenemos mucho tiempo, debemos darnos prisa. Tu amigo acaba de ser mordido por un Pahonah, el veneno del demonio acuático ya debe estar en su sangre.*

— *¿Qué tengo que hacer para ayudar?*

—*Regresa por el camino… ¿Recuerdas el pequeño estanque que pasamos?*

—*Por supuesto.*

— *Ahí encontrarás la planta: "flecha de agua", sus hojas erguidas en forma de flecha y sus flores de pétalos blancos con centro púrpura, son muy característicos, la identificarás fácilmente. Tráeme por lo menos tres de esas plantas.*

—*Enseguida estoy de regreso.*

Salté a mi moto y prácticamente volé hasta el estanque. De prisa corté algunas y retorné a la rivera de lago. Al llegar se las entregué a Tily, las colocó sobre una roca, las bañó con el líquido de un pequeño frasco atado a un colguije en su pecho. Con una piedra las remolió hasta formar una pasta que puso sobre la herida.

Tomo su tambor y con cánticos nativos imploró por ayuda a los espíritus de sus ancestros. Miguel seguía temblando y sudando presa de una fuerte fiebre. Lo único que yo podía hacer en ese momento era ponerle compresas de agua en la frente y confiar que el tratamiento diera resultado.

Fuimos presas de la incertidumbre por poco más de una hora hasta que súbitamente Miguel se incorporó resollando y un poco desorientado.

— *¿Qué pasó?... ¿Dónde estoy?*

—*¡Tranquilo, cálmate, vas a estar bien!* —le dijo Tily.

—*Gracias a Dios estas de regreso. ¡Vaya que nos distes buen susto!* —exclamé.

—Lo último que recuerdo fue haber sentido una fuerte mordida en mi pierna. Ignoro que más sucedió, aunque por la expresión en sus rostros creo que debo darles las gracias.

—No te preocupes. Lograste vencer el veneno del Pahonah. ¡Créeme!, son contados los que pueden presumir tal hazaña, aunque lo peor ya pasó, durante algunas horas te sentirás mareado.

— ¿Qué es un Pahonah? —Miguel preguntó.

—No tenemos tiempo para la historia larga, así que les contaré la historia corta mientras recogemos nuestro tiradero.

»Los Pahonahs son de nuestro mismo linaje; hace milenios un hechicero servil a las legiones de la oscuridad, engañó a algunos de nuestros ancestros y les hizo beber un extraño brebaje que les robó lo bueno que había dentro de ellos. Poco a poco se fueron transformando en las abominables criaturas que hoy nos encontramos.

»El hechicero los llevó a su castillo para que le sirvieran como esclavos sin tomar en cuenta que sus creaciones resultaron ser más malvadas de lo esperado. Mataron al hechicero y se lo comieron. Desde entonces vagan como perros sin dueño y asechan en pantanos y ríos.

»Los creía extintos. No se tenía noticia de algún avistamiento desde hace más de cien años. Ahora creo que Cuervo Rojo tiene razón. Algo está sucediendo en el valle que atrae a legendarias criaturas como azúcar a las moscas.

—Interesante plática bola de pelos, pero es hora de regresar. ¿Crees poder conducir?

— ¿Eh? ¿Conducir yo? Nunca lo he hecho... ¡pero qué de ciencia puede tener!

—¡Qué gracioso eres!, le preguntaba a Miguel no a ti. Tú no serías capaz de conducir ni siquiera un patín del diablo.

—Aunque me siento un poco mareado, creo que puedo conducir.

—¡Muy bien, pues vámonos! Rueda al frente para no perderte de vista por cualquier imprevisto.

Emprendimos el camino de regreso al campamento sin imaginar lo que encontraríamos al llegar.

Segunda misión: "Preparar el Terreno"

La información de esta parte de la historia será algo limitada. Por causas que desconozco Yatzil, Alex y Cuervo Rojo, deliberadamente omitieron detalles de su aventura.

Llegaron a las inmediaciones de la cascada y se ocultaron entre los árboles. Cuervo Rojo les asignó las tareas por cumplir. Cargaron herramientas, cuerdas, rollos de alambre, pintura en aerosol y quien sabe cuántas cosas más.

—*Esto es todo lo que podremos avanzar sin arriesgarnos a ser descubiertos. Alex toma la pa…*

—*¡Auch!…*

—*¿Qué sucede Yatzil?*

—*Creo que me acerqué demasiado a este árbol. No te preocupes no hay ningún problema. Continúa por favor.*

—*De acuerdo. Como te decía Alex, toma la pala y cava un hoyo de tres metros cuadrados, más o menos.*

—*Tú Yatzil, corta algunos troncos y arma una plataforma por aquel lado, cuando la termines nos avisas para ayudarte a subirla a un árbol. Será nuestro punto de vigilancia. Con las ramas pequeñas elabora varias estacas para completar la trampa del hoyo.*

—*No es que sea fijado. Eres buen capataz y aún no has dicho tú que harás —reclamo Alex.*

—*Yo pondré las trampas y preparará la magia paralizante.*

Alex puso música en sus audífonos. Se quitó la playera — ajeno a la inesperada reacción de Yatzil, al contemplar lo atlético de su cuerpo— e inicio a escarbar.

—*¡Caramba mujer, parpadea o te quedaras ciega! ¡Ja, ja, ja! —Cuervo Rojo comento.*

—*¿Eh?… ¡Ay, qué pena!*

—*No te apures. Tu secreto está a salvo conmigo. Alex está en su mundo musical, no se percató de lo sucedido.*

—*¡Gracias!, mejor me voy a cortar esos troncos antes de empezar a babear y empeorar la situación.*

—*Yo también me voy a preparar el show de bienvenida… ¡Qué raro!*

—¿Qué sucede?

—Habría jurado que traje tres latas de color rojo y dos de verde, pero sólo están las rojas.

—Quizás las olvidaste en el campamento.

—¡Humm!... Seguramente. ¡Vamos a darle que es mole de olla!

Los tres se enfocaron en hacer sus tareas. Repentinamente Alex tuvo la sensación de que algo o alguien lo observaba...

Con cautela tomó firmemente su machete, respiró hondo antes de girarse decidido a enfrentar a quien lo asechaba. Al girar levantó el machete para de ser necesario, asestar el primer golpe. Para su sorpresa descubrió que los ojos que lo asechaban pertenecían a su compañera.

—¡Ah, Carajo!... ¡Diablos Yatzil, casi me matas del susto!

—¡Disculpa! ¿Te asusté?

—¡No, qué va! ¡Así me gusta recibir a mis amigos, con machete en mano!

—¡Cuánto lo siento! ¡Discúlpame no fue mi intención!

—No importa. ¡Olvídalo! Sólo te pido que no se vuelva a repetir. Si no me matan los nahuales, tú me matarás de un susto. No inventes.

—Pues a mí no me disgustaría matarte aunque no precisamente de un susto —coquetamente respondió.

—¡Ah, cabrón! ¿A qué te refieres con eso?

—¡Ven acá afuera, te lo explico! o ¿Prefieres que yo baje?

—¡Alto ahí!... ¿Es mi imaginación o me estás coqueteando?

Yatzil soltó las estacas que llevaba en las manos y saltó junto al sorprendido Alex.

—¡Ven, acércate! Déjame decirte al oído algunas ideas que creo te agradarán bastante.

—¡Hey! ¡Tranquila, tranquila!

—No tengas miedo. Déjame acercar que no muerdo.

—¡Ah!... Así estoy bien gracias. "De lejos los toros se ven mejor porque de cerquitas cornean".

—No te va a doler. Tú, flojito y cooperando.

—¡Ah, qué caray! Espera, sólo dame un minuto. Déjame asimilar que está sucediendo —le pidió mientras se ponía la playera.

—¡Ándale, no me prives de un apasionado abrazo de esos brazos fuertes!

—Lo siento. Creo que es el momento en que esta locura debe parar.

—¿Por qué? ¿No te gusta lo que ves?

—Debo admitir que a la vista eres muy agradable, pero…. ¡Aaaah!… Creo que tendré que pasar.

—¡No me desprecies por favor! Te aseguro que después del primer beso, cambiarás de opinión.

Alex hizo lo que nunca pensó. Huyó como un inexperto adolescente de una mujer que pedía a gritos ser besada. Él como pudo evadió sus brazos para salir del hoyo y trató de poder distancia con su inesperada acosadora.

—¿Qué haces? Regresa por favor, no pensarás dejarme así.

—En verdad lo siento. Discúlpame por favor. Eres muy guapa, tu cuerpo es perfecto, cualquier hombre se sentiría alagado. Pero yo no puedo permitir que suceda algo entre nosotros.

—¿Por qué? No me digas que eres gay.

—¡Claro que no! Eso está fuera de discusión ¿ok? El problema es que Nick me confesó lo que siente por ti y simplemente no pienso traicionar a un buen amigo haciendo lo que me propones.

—¡No seas mojigato! Nick no está aquí. No se dará cuenta. Lo que pase será nuestro secreto. Anda di que sí.

Para su fortuna el acoso se detuvo por un instante cuando escucharon la voz de Cuervo Rojo.

—Me quieren volver loco. Primero alguien roba la pintura verde y ahora no encuentro las pinzas.

—Gracias a Dios que las olvidaste —murmuró Alex.

—¿Qué?… ¿Por qué?

—No por nada. No me hagas caso. ¡Vamos te ayudo a buscarlas!

—No te molestes, yo puedo solo. Tú sigue con tu trabajo.

—Insisto. Hay algo que necesito decirte.

—Ok, dime en qué… Aguarda un segundo ahora regreso —salió corriendo a esconderse tras unos matorrales.

— ¿Qué sucede?

—Nada. Parece que el almuerzo no me cayó bien.

Temeroso de ser nuevamente víctima de acoso, Alex trató de mantener la mayor distancia posible con Yatzil. Sin darse cuenta se acercó demasiado a un arbusto donde sintió un leve aguijonazo al cual no le dio mayor importancia. Tenía cosas más importantes por solucionar en ese momento.

Tres minutos después, empezó a sentir un hambre insaciable. Sacó de su mochila trece paquetes de guzgueras que llevaba. Literalmente los devoró en minutos sin conseguir saciar en lo más mínimo su apetito. En ese momento vio como Cuervo Rojo regresaba y se sobaba el estómago.

— ¡Qué agradable se sintió eso!

— ¿Oye, de casualidad no traes algo de comer en tu mochila?

— ¡Claro, traigo unos!… Espera un segundo, ahora vuelvo.

— ¿Puedo tomar algo para comer?

— ¡Seguro! Lo que gustes y por favor, pásame el rollo de papel que traigo.

Encontró seis twinkies en la mochila, los cuales desapareció como por arte de magia. Era tanta su desesperación por conseguir comida que venció su temor de acercarse a Yatzil.

— ¿Disculpa preciosa, de pura casualidad no traerás algo para comer en tu bolso?

— ¡Ahora si preciosa verdad! Cuando hace un instante me ponías las cruces. Como todos los hombres, eres un interesado. Pero eso no me importa, así me sigues gustando papucho.

— ¡No te enojes! Mira en este momento por una hamburguesa doble con queso y tocino sería capaz de hacer lo que sea.

— Tampoco creas que voy a traer una hamburguesa en mi bolso. Ni que fuera Sport Billy, pero aquí tengo seis barras energéticas, un par de manzanas y una naranja ¿Cómo para que me alcanzán?

El hambre le impedía razonar con claridad. Sin pensar dos veces se acercó. Consideró que permitir unas cuantas caricias a cambio de nueve deliciosos bocadillos, era buen trato. Afortunadamente Cuervo Rojo los interrumpió con gritos de advertencia.

—*Tengan cuidado chicos estamos bajo ataque.*

—*¿De qué rayos estás hablando? —Alex preguntó.*

—*Creo que nos están atacando los Anay.*

—*Yo no veo a nadie ¿Quiénes son los Anay?*

—*Criaturas casi imperceptibles y muy peligrosas. No hay tiempo para más explicaciones, confíen en mí por favor. Dense unas cachetadas mutuamente.*

—*¿Enloqueciste? ¿Qué te sucede? —exclamó Yatzil.*

—*Bueno, ya que ustedes no quieren, yo se las doy.*

Sin decir agua va, les sorrajó tremendo par de bofetadas. El dolor provocado por el golpe, logró que Yatzil dejara de comportarse como Freya y que Alex se olvidara por un instante de la comida.

—*Tienes la mano pesadita —sobándose la mejilla Alex comentó.*

—*No seas llorón. ¡Anda! Ahora es tu turno, date gusto —respondió mientras le ponía su mejilla.*

—*¡Ese juego si me gusta matariler rile, rile, ron! —le dio una sonora bofetada.*

—*¡A que mi Alex!, golpeas como niña. ¡Ja, ja, Ja!*

—*¡Ah!, ¿no te dolió? ¿Quieres una segunda dosis?*

—*Tampoco te vueles, con una fue suficiente. Ahora dejen traer mi botella.*

De su mochila sacó una botella de tequila Herradura. Le dio un trago y después les indicó que era su turno. Sin entender lo que estaba sucediendo, Alex agarró la botella y tomó su ración, por su parte Yatzil en primera instancia se negó.

—*¡Gracias, estoy bien así!, no acostumbro bebidas con alcohol.*

—*No es opcional, el alcohol ayuda a neutralizar los efectos del veneno Anay.*

—*En ese caso… ya forzados venga la botella. ¡Viva México! —gritó antes de tomar un prolongado trago de tequila.*

—*Lo bueno que no te gustan las bebidas con alcohol —Alex comentó.*

—¡No escuchaste bien! Yo dije que no las acostumbraba, no que no me gustaban. ¡Ja, ja, ja!

—¡Basta! Después siguen con sus bromas. Ahora tomen su machete y cuchillo; agudicen la vista y traten de encontrar entre los árboles o arbustos a criaturas camufladas.

—Yo no veo nada fuera de lo normal —dijo Alex.

—Detectarlos no será tarea fácil. Su habilidad de camuflaje supera al camaleón diez a uno. Tengan cuidado, en cuanto se sientan descubiertos atacarán con todo.

»Pase lo que pase, eviten sus colas, en ella tienen una serie de aguijones, por medio de los cuales inyectan un poderoso veneno que causa diferentes tipos de reacciones como ya lo hemos comprobado.

—¡Ah, ya entendí!, entonces una de esas cosas fue la que provocó mi repentina gula.

—¡Exacto! Ahora recapitulemos. Tú fuiste el último en ser atacado. ¿Recuerdas cuál árbol fue el que te pinchó?

—No fue ningún árbol, fue aquel arbusto.

—Ok, avancemos con cuidado a ver si aún está por ahí.

Cuando se acercaron, el arbusto se sacudió y una pequeña criatura de pelaje gris, semejante a un hombre de baja estatura con cabeza y cola de zarigüeya, saltó bravamente para atacarlos. De su boca salía espuma cual perro rabioso; mostraba retadoramente un par de hileras de filosos dientes ansiosos por morder; blandía por todo lo alto su cola en clara señal de advertencia.

Con un grito Alex trató de espantarla sin que eso funcionara.

—¡No seas estúpido Alex!, no lograrás ahuyentarlo, el espíritu guerrero de estas criaturas es inquebrantable. En este punto inevitablemente alguien tendrá que morir.

—Pues si mi opinión cuenta, yo voto porque esa méndiga rata gigante sea la que muerda el polvo.

—¿Preparados chicos? En cualquier momento segura...

No alcanzó a terminar la frase cuando escucharon ruidos a sus espaldas que los alertaron; dos criaturas más trataban de tomarlos desprevenidos. A pesar de que reaccionaron de manera rápida, las uñas de sus rivales consiguieron causarles algunas heridas.

—*¡Rápido, formación circular! ¿Alguien fue alcanzado por alguna de sus colas?*

—*Yo estoy bien. No sé tú Yatzil.*

—*También estoy bien. Sólo con algunos cuantos rasguños.*

—*Ok… Pase lo que pase no debemos romper la formación. Nuestra única oportunidad de salir vivos, es impedir que ataquen nuestra espalda. Aquí en el centro pondré la botella. Cada que sean picados, tomen un trago y todo estará bien. ¿Entendido?*

—*¡Entendido!* —*contestaron.*

Los Anays danzaban macabramente a su alrededor. Trataban de encontrar un punto débil en su formación. La intensidad de sus ataques no cesaba aun cuando la mayor parte de su pelaje ya estaba teñido de rojo. En cada embestida los machetes eran más certeros que sus uñas. Estaban dispuestos a seguir luchando hasta vencer o morir.

Después de varios tragos de tequila, su única forma de contrarrestar el veneno se agotó, lo que obligó a Cuervo Rojo a demostrar sus habilidades de guerrero: aprovechó el descuido de una de las criaturas y le clavó su cuchillo entre los ojos para dar muerte así a la primera de ellas.

Reducido el número de adversarios los roles se invirtieron. Mis amigos pasaron a ser ofensores. En cuestión de minutos Alex consiguió cercenarle el brazo a un segundo enemigo y lo imposibilitó para seguir peleando. Abandonado a su suerte, el tercero prefirió atacarlos frontalmente para tener una muerte digna, antes de intentar huir.

Tras acabar con la amenaza regresaron su atención con el último Anay. Ya bastante débil por la sangre perdida, se arrastró hasta poder sentarse en una roca en espera de recibir la estocada final. Para su sorpresa la moribunda criatura le habló a Cuervo Rojo en lengua indígena.

—*¡Felicitaciones!, la bruja que los cuida es muy poderosa. Conoce la magia antigua a la perfección. Con los símbolos que pintó por el lugar consiguió minimizar nuestro poder de ataque.*

—Yo fui quien pintó esos símbolos.

—No me refiero a tus tontas trampas de demonios. Esas para nosotros no son nada. Los símbolos verdes son mucho más antiguos y poderosos que cualquier magia que tú puedas conocer.

—Entonces no sé quién sea ese ser mágico que nos cuida. Me alegra tenerlo de nuestra parte.

—Aparte debo aceptar que resultaron ser excelentes guerreros. En nuestros casi 10,000 años de vida nos enfrentamos a cientos de guerreros, de muchas tribus y a todos logramos vencer. Aunque nada dura para siempre; nuestra racha de buena suerte algún día tenía que terminar. Ahora si no es mucho pedir, ¿podrías ayudarme a bien morir?

—¡Claro!, solamente antes de terminar con tu sufrimiento, quisiera hacerte una pregunta, ¿qué los motiva a servirles de manera tan vehemente a los méndigos nahuales?

—Si realmente quieres conocer mi respuesta. Siéntate y déjame contarte una interesante historia. La cual no te agradará.

—¿Si es tu última voluntad?, adelante.

—Hace milenios, la vida en estas tierras era diferente. Era un lugar pacífico donde diferentes especies coexistíamos; nuestro pueblo estaba conformado por cerca de seis mil Anays. Tomábamos de la tierra, el agua y el aire, solamente lo que necesitábamos. Sin abusar de lo que la madre naturaleza nos brindaba. Procurábamos dejar la tierra igual o mejor de como la encontramos.

»Todo cambió cuando llegaron los estúpidos humanos, siempre soberbios, pretendiendo ser el centro de la creación; ustedes tienen algo mal en sus genes; que les impide aceptar que no son la única especie sobre la faz de la tierra con derecho a ser feliz.

»Para ustedes lo único que importa son ustedes mismos y muchas veces ni entre ustedes mismos se soportan. Se odian por cosas tan simples como no compartir el mismo credo o raza. Lo que es peor no respetan a la naturaleza. ¡Vaya manera de demostrar "su inteligencia superior"! Destruyen el único lugar que tienen para vivir.

»Cuando llegaron tus ancestros tomaron a la fuerza las mejores tierras. Brutalmente nos despojaron del lugar que había sido nuestro hogar por milenios. Se aprovecharon de que éramos un pueblo pacífico, inexperto en la guerra. Al que se oponía, lo asesinaban sin el mínimo remordimiento.

»Para sobrevivir, cambiamos nuestro lugar de residencia a las tierras del sur. Ahí conseguimos vivir tranquilos por algunos años, pero cada vez crecía más la población de los humanos y nuevamente tomaron nuestras tierras.

»A pesar de que opusimos un poco más de resistencia, terminamos siendo vencidos, pues aunque habíamos aprendido a pelear, seguíamos siendo inferiores en tamaño y fuerza. De este segundo acto de atrocidad, únicamente veintiún Anays logramos sobrevivir.

»Llenos de temor e impotencia nos refugiamos en la cueva de la cascada. Lo único que logró mantenernos con vida fue nuestro deseo de venganza. Ahí fue donde se cruzaron en nuestro camino los nahuales.

»Ellos nos alimentaron, curaron nuestras heridas, nos instruyeron en el combate y su gran hechicero nos dotó con la habilidad de afectar a los humanos de diversas formas. Por todo ello, a cambio únicamente nos pidieron nuestra eterna lealtad. ¿Eso responde a tu pregunta?

—Creo que sí.

—La historia no termina ahí. Seis meses después, estábamos listos para volver y ajustar cuentas con nuestros victimarios. En una larga guerra durante seis años, cegados por la rabia arrasamos docenas de aldeas. Cobramos cada vida que nos fue arrebatada veinte a una. Les mostramos a los humanos que no es divertido cuando una especie superior se empeña en hacer daño.

»Lamentablemente al parecer nunca entendieron el mensaje. Al final de la guerra los Anays fuimos reducidos solamente a cuatro sobrevivientes: Tééí (lujuria), Sá (vejez y la enfermedad), Hakzas Estsan (frio y muerte) Y yo Dichin (hambre e inmundicia).

»Con el paso de los años continuaron llegando más y más humanos. No nos quedó otra opción que refugiarnos en lo más profundo del bosque. Con el tiempo nos convertimos en leyenda y mito. Hablaban de nosotros en sus historias como si fuéramos demonios o malvados seres sobrenaturales. Como siempre contaron sólo la parte de la historia que les era conveniente.

»Durante los últimos milenios continuamos cobrando venganza. En nuestra defensa vale la pena decir que solamente tomamos las vidas de quienes a nuestro juicio, merecían morir. Todo aquel que daño innecesariamente a la naturaleza en nuestra presencia, terminó por incrementar la cuenta.

»Quizás para ustedes seamos seres grotescos, ahora yo soy quien te pregunto: ¿Qué de malo hay en nuestro actuar? ¿Por qué se asustan del monstruo que ustedes mismo crearon? ¿Con qué derecho nos juzgan sin ver que sus manos tienen más sangre que las nuestras?

—Tal vez tengas razón, el hombre muchas veces es ruin y canalla. A mi pueblo le tocó ser víctima de ese lado oscuro de la humanidad en carne propia. Créeme vengarse no resuelve nada, sólo envenena tu espíritu y te consume lentamente desde adentro. La única opción viable que tenemos para no enloquecer, radica en aceptar que todo es parte de la salvaje e injusta ley de la vida.

—Por tu lenguaje corporal puedo percibir que ni tú crees esas tonterías que salen de tu boca. Cierto es que la cadena alimenticia es una creación de la misma naturaleza, la cual tiene por regla la supremacía del más fuerte.

»Esa parte ustedes la entienden y la aplican. De lo que se han olvidado es de respetar la delgada línea que separa lo justo de realizar actos violentos por cuestiones de supervivencia, de lo injusto de realizar actos violentos por simples ansias de riqueza y poder.

—¿Quién determina la línea de la que hablas?... Acepto que la línea que separa lo bueno y lo malo es muy delgada y muchas veces algunos hombres por ignorancia o por maldad la traspasan. De eso, a juzgar a toda una raza por los errores de unos cuantos, no creo que sea justo. Si estoy metido en este lío es porque firmemente creo que los buenos somos más.

—Ese es precisamente el problema con ustedes. Siempre creen estar del lado correcto y ser inmunes a las tentaciones de la oscuridad. Ignoran que su sociedad está infectada hasta los huesos por un maléfico movimiento, más malévolo y cruel que la misma oscuridad.

—Disculpa si no comparto tu verdad. A pesar de que reconozco que tienes muchos puntos válidos, yo optaré por seguir creyendo en la humanidad. Como buen guerrero nativo, sigo al pie de la letra las enseñanzas del épico jefe sioux Toro Sentado:

» "Un Guerrero no es aquel que sólo pelea para asesinar. Nadie en este mundo tiene el derecho a tomar la vida de otro ser. Para nosotros, un guerrero es aquel que se sacrifica por el bien de los demás. Tiene como tarea primordial, cuidar de los mayores, a los indefensos que no pueden cuidarse por su cuenta y sobre todo a los niños que son el futuro de este mundo. Lo hacen sin caer en la trampa de disfrutar de los excesos y extraviar el camino perdiendo su alma" ».

—¡*Bravo!, no sabes cuanta alegría ciento al oírte hablar con tanto optimismo. Inconscientemente acabas de confirmar mi teoría. Ni siquiera los humanos conocedores de la existencia de la magia, son capaces de aceptar que su sociedad se pudre lentamente.*

»*Echan más maromas que un chimpancé de circo para evadir la realidad. Se dejan guiar por falsos pastores como corderitos hacia el valle de los lobos en donde encontrarán su trágico final.*

—*No te juzgo por todo el veneno que hay en tus labios. Comprendo que hace siglos el sufrimiento que te hicieron pasar mis ancestros, te transformó en malo. Si de algo te sirve te pido perdón por eso.*

—¡*Guárdate tus hipócritas disculpas! Sabes que no son sinceras y sólo buscas sentirte mejor contigo mismo. En cuanto a tu repentina compasión, consérvala para ti mismo, pronto la necesitarás.*

» ¿*Recuerdas que te dije que habíamos sobrevivido cuatro?*

—*Si.*

—*Si sabes contar, te habrás dado cuenta que únicamente lujuria, enfermedad y hambre, caímos ante ustedes. Disculpa la descortesía de muerte por no llegar a la cita, pero tenía un pequeño asunto que atender. Seguramente pronto recibirás malas noticias de su parte y quien sabe, quizás por la madrugada termine lo que nosotros empezamos.*

—*Ignoro que pretendes con tu palabrería. Lo que te puedo asegurar es que, si el último de ustedes es tan tonto de meterse con nosotros, le atenderemos como se merece.*

—¿*Por qué esa mirada? Noto en el tono de tu voz que tu estado de ánimo nuevamente cambió. Permíteme decirte que tienes razón. Soy un ser malvado que disfruta esparcir veneno a su paso. Has de disculpar pero lo único que puedo dar es lo que he recibido.*

»Por último, piensa en estas palabras: *Si tus ancestros fueron los que sembraron la semilla de la maldad en nuestras almas. ¿Quién realmente es el culpable de todos los asesinatos que cometimos?*

»Cuando tengas la valentía de responder, encontrarás a los verdaderos demonios que has estado buscando durante los últimos diecisiete años.

—No entiendo a dónde quieres llegar.

—Ese papel de recto guerrero, guárdalo para tus estúpidos amigos. A mí no puedes engañarme; en tus ojos puedo ver que tu única motivación para acabar con los nahuales, es el deseo de cobrar venganza por lo que le hicieron a tu familia.

—¿Qué sabes tú de eso?

—Te tengo justo en el lugar que quería. Tienes tantas dudas y preguntas sin respuestas en tu cabeza, que terminarás dándome la razón. Al final de la historia, todos somos unos monstruos para otras especies. Suerte con eso. Dudo que después de esta plática puedas volver a dormir tranquilo.

—Te equivocas. No sé qué creas conocer sobre mí, pero lamento decepcionarte. Aunque ha sido tortuoso mi camino, nunca he perdido la fe en que la luz siempre iluminará mi sendero. A pesar de la aparición ocasional de nubarrones y si, efectivamente tengo las manos manchadas con sangre. Mis entrañas también fueron teñidas de rojo por las acciones de mis ancestros. Eso no evita que la dignidad de mi espíritu esté intacta. Siempre he marchado a la batalla con la verdad y la justicia como estandarte.

»Esa es la diferencia entre tú y yo. Tú permitiste que la ira y el deseo de venganza te cegaran, naufragaste en un sangriento océano. En cambio yo, sentí el mismo dolor, la misma ira, el mismo deseo de venganza, con la diferencia que no me cegué. Entendí que la venganza deja de ser digna si en el afán de conseguirla afectas a inocentes.

—Si tú lo dices. Sigue viviendo en tu fantasía, sólo permíteme traer de regreso los susurros fantasmales del pasado para darte el pequeño empujón al abismo.

»Recuerda que fallaste como guerrero. No fuiste capaz de proteger a los indefensos como era tu obligación. El precio de tu negligencia lo pagaron tu mujer, tu abuela y tus pequeñas hijas.

» ¿Cómo lo sé?... Respuesta obvia. Yo presencié en primera fila cuando mi hermano muerte ayudó a tu abuela a transitar al más allá. Contemplé el cuadro dantesco cuando Alastor arrancó sin piedad el corazón de tu mujer. Se lo llevó al gran hechicero y él después de ofrendarlo pudo traer de regreso a la vida a algunos wendigos.

»Lo que para ellas significó el final, para la oscuridad fue el principio. ¿Irónico verdad?, tu familia formó parte esencial en el acto que dio inicio a lo que hoy desesperadamente intentas parar.

—Si en verdad estuviste presente demuéstramelo. Cuéntame que fue lo que pasó.

—¡Ja, ja, ja! Ni en sueños haría lo que me pides. El destino de tus hijas jamás lo conocerás. Déjame disfrutar que en esta ocasión gané al perder. Sigue ahogado en tu mar de dudas. Embriágate cada vez más para tratar de olvidar. Ya no falta mucho para que la incertidumbre te vuelva loco.

Aquel irónico comentario provocó que Cuervo Rojo perdiera los estribos. Desenfundó su cuchillo para clavarlo una y otra vez en el cuerpo de la criatura. Entró en una especie de trance que parecía no querer detenerse. Alex tuvo que abrazarlo para quitarlo de encima del cuerpo ya sin vida.

—¡Déjalo!, ya está muerto.

—¡Demonios qué estúpido soy!, ¿por qué tuve que dejar que me envenenara con su lengua?

—¡Tranquilo!, sea lo que sea que te haya dicho, debes dejarlo ir, tratar de asimilar las cosas, si la calma se marcha, se lleva consigo a la objetividad.

—Es más fácil decirlo que hacerlo, pero gracias por el consejo y creo que ya puedes dejar de abrazarme, se está volviendo algo incómodo.

—¡Ven, déjame ayudarte! —exclamó Yatzil, mientras ponía sus manos sobre él. Una en la frente y otra en el corazón, pronunciando en voz baja unas palabras en dialecto—.

Después de unos segundos como por arte de magia Cuervo Rojo se tranquilizó por completo. Las lágrimas en sus ojos se detuvieron y la sonrisa regresó a iluminar su rostro. Parecía que para él, aquella desagradable conversación nunca se realizó, intrigado por lo sucedido Alex preguntó:

—*¿Qué fue lo que le hiciste?*

—*Yo nada, él lo hizo solo. Únicamente le mostré el camino.*

—*Chicos dejen de platicar, terminemos nuestras tareas para poder regresar.*

—*¡Claro! ¿Pero acaso no piensas decirnos que fue lo que te dijo el "set-sey" de las tortugas ninjas?, digo para estar enterado, no creas que soy chismoso.*

—*Nada importante. Sólo tonterías, al rato con más calma les cuento.*

—*¿En qué les ayudo?, ya terminé mi parte* —*dijo Yatzil.*

—*¿Cómo pudiste subir los troncos tu sola?* —*cuestionó Cuervo Rojo.*

—*¡Ah!, para que veas. Secreto de leñadora profesional. ¡Ja, ja, ja!*

—*Entonces ayuda a Alex con la tapa falsa para la trampa, mientras él pone las estacas. Yo voy a terminar un par de trampas que dejé empezadas.*

Después de una hora estaban listos para volver al campamento. En el camino de regreso Curvo Rojo les platicó su versión corta de la conversación con el Anay. Por supuesto omitiendo toda la parte de su asunto personal. Casi al llegar Yatzil les propuso.

—*¡Chicos tengo una propuesta que hacerles!*

—*No nos digas que recaíste* —*dijo Alex.*

—*No seas estúpido y déjame decirte que no eres divertido ¡eh! Pero tiene que ver son eso. ¿Qué les parece si cuando les contemos a los demás lo que nos sucedió, omitimos algunas partes?*

—*Creo que en eso, todos estamos de acuerdo. ¿Verdad Alex?*

—*Por supuesto. No queremos ser el hazme reír durante la cena, es más, con decirles que no sé de qué hablan.*

Quisiera no recordar la parte de nuestra expedición en donde el color de la tragedia tiñó nuestro manto.

Tercera misión: "La Inexistencia de la gratuidad"

Los otros dos grupos ya habían partido a sus misiones, así que Pandi apresuró a Andrea y Antonio para emprender el camino.

—¡Deprisa que se nos hace tarde!

—Si nos ayudas a terminar de empacar el equipo de rapel, en lugar de estarnos carrereando, más pronto estaremos listos —replicó Antonio.

—¡Qué pena me da tu caso!, a mí me contrataron como guía, no como criado.

—¡Ay qué malo eres! —comentó Andrea.

—Disculpa, eso sólo aplica para Antonio, a ti si te ayudo chula.

—¡Ja, ja, ja! ¡Ah bueno, gracias!

—¡Te estabas tardando méndigo barbero! ¡Sí!, todo está listo, emprendamos la marcha —dijo Antonio mientras aseguraba con una malla las mochilas en la parrilla.

En cuanto Antonio subió a la moto, ni tardo ni perezoso Pandi saltó a sus espaldas.

—Pandi sé caballeroso, deja que Andrea suba en medio.

—¡Ni lo sueñes! Si viajo hasta atrás, me da miedo salir volando en medio del camino.

—Nada más eso me faltaba, además de flojo, miedoso.

—¡Ja, ja! Muy gracioso. Además tú lo único que quieres es que Andrea te abrace. No creas que no he visto los ojos de becerro a medio morir que pones cuando ella está cerca.

El comentario provocó un breve lapso de incomodo silencio. Ambos se sonrojaron y trataron de desviar la mirada. Por más que Antonio buscó las palabras correctas para intentar salir bien librado, no logró encontrarlas. Lo mejor que se le ocurrió fue tratar de hacerse el tonto.

—No sé de qué hablas.

—¡Ja, ja, ja! No sé de qué me hablas... hazte que la virgen te habla. Bien que sabes de lo que hablo, la boca tiene la habilidad de mentir, pero los ojos no. Los ojos de las personas dicen palabras que su lengua no se atreve a pronunciar y para tu desgracia, los tuyos son muy habladores.

—¡Ya cállate!, méndigo hermano de Titino.

—Yo no tengo ningún hermano llamado Titino.

—*Aparte de metiche, estúpido ¡Olvídalo! Andrea sube atrás por favor para poder irnos, porque este méndigo no se moverá.*

—*Estoy lista. Arranca cuando quieras.*

Se dirigieron hacia Lyell Canyon. Durante el trayecto Pandi los puso al tanto del carácter especial de Bilagaana. Los hizo entender que deberían ser inteligentes al momento de hablar con el gigante. Capaces de encontrar las palabras correctas y sutiles para convencerlo de salir de su montaña y ayudarlos en esta cruzada.

Después de transitar entre veredas y senderos a campo traviesa, consiguieron llegar al pie de la pared rocosa del monte Lyell. El último glaciar de Yosemite. Necesitaban escalar para tener acceso a la cueva de Bilagaana y completar la primer parte de la misión.

—*¡Muévanse chicos!, que no tenemos todo el día.*

—*¡Calma tus nervios! Tenemos que ser cuidadosos con todo este equipo* —respondió Antonio.

—*En lo que terminan de prepararse, empezaré a subir para ayudarles a colocar las anillas.*

—*¡Perfecto!, hasta que vas a ser algo útil.*

Pandi empezó a trepar hábilmente. Colocó de manera estratégica una docena de anillas y les facilitó empezar el ascenso, en tanto, Antonio y Andrea terminaban de colocarse los arneses. Finalmente con el ritual de espolvorearse las manos con magnesia, se declararon listos para escalar. Acordaron que Andrea subiera primero mientras Antonio servía de ancla.

—*Por mi parte todo esta listo. Cuando estés lista, puedes empezar a subir.*

—*Al mal paso, darle prisa. ¡Vamos a hacerlo!*

—*Creo que estoy de suerte.*

—*¿Por qué?*

—*¡Mira!, encontré un centavo en medio de la nada, eso es señal de buena suerte.*

—*Si tú lo dices. Es tiempo de escalar, dame cuerda.*

Antonio recogió el centavo y lo puso en su bolsillo, mientras Andrea empezaba a escalar, demostraba que había valido la pena cada dólar pagado al instructor de rapel del centro comercial. Todo marchaba sin ningún contratiempo. Cuando estaba por alcanzar el punto de reunión, todo se transformó en una desastrosa broma de día de brujas.

Antonio empezó a sentir una gran incomodidad. Presintió que algo que los asechaba. Agudizó su vista para revisar los alrededores pero no logró detectar nada extraño.

— *¡Andrea apresúrate!*

— *¿Qué sucede?*

— *Creo que tengo compañía acá abajo.*

— *Ok, ya casi llego… ¡hey!… ¿qué pasa?… no aflojes la cuerda.*

Gritó Andrea aferrándose a las rocas para evitar caer. Antonio trataba de incorporarse después de que lo golpearan por la espalda y cayera. En cuanto logró ponerse de pie, activó el crin-crin para tensar la cuerda y darle soporte. Desenfundó su cuchillo y protegió su espalda contra la roca.

— *¡Apúrate! Llegaron visitas inesperadas y no son muy amistosas.*

— *Ya casi llego.*

— *¡Sólo, apresúrate quieres!*

De entre los arboles surgió una criatura parecida a un enorme coyote caminando en dos patas. Atacó a Antonio y le dejó las marcas de sus uñas en uno de sus muslos. Él apretó los dientes para resistir el dolor y mantenerse de pie por el bien de Andrea. Pandi que observaba el espectáculo desde las alturas, reconoció de inmediato la clase de criatura que lo atacaba.

— *¡Ten cuidado!, es un Skinwalker.*

— *¿Y qué diablos es un Skinwalker?*

— *Un brujo indio, convertido en un furioso animal sediento de sangre.*

— *Gracias por tranquilizarme. ¿Qué hago para matarlo?*

— *Debes quitarle la piel que lleva en su espalda. Si lo logras, lo demás será pan comido.*

— *¿Y si no logro quitarle la piel?*

— *En ese caso te diría: "fue un gusto haberte conocido".*

—¡Gracias!, tus palabras me reconfortan, méndigo enano.

—¡Tranquilo!, deja ayudar a subir a Andrea y bajo para ayudarte, llorón.

Por la breve clase de zoología que Pandi le dio, comprendió que no sería tarea fácil vencer a su inesperado rival, así que empuñó su tomahawk y su cuchillo para defenderse, pero el animal se movía demasiado rápido. Después de tres ataques no había logrado acertarle ni un solo golpe.

—¡Te digo!... ¡Qué inútil eres! ¡Ni con un perrito puedes lidiar!

—Ya te quisiera ver aquí, a ver si es lo mismo hacer que hablar.

—Creo que tendré que bajar para ayudarte.

—Ya estuvieras aquí, méndigo hablador.

Pandi empezó a descender, pero a medio camino tuvo que regresar para investigar que sucedía con Andrea quien inesperadamente lanzó un sonoro grito de terror.

—¿Y ahora que sucede? ¿Todo bien Andrea? —Pandi preguntó, pero nadie respondió.

—¡No te quedes ahí bola de pelos! ¡Ve a ver qué sucede allá arriba!

—Ok... ¿Estarás bien con el cachorrito?

—No te preocupes yo me encargo... ¡Apúrate, ve con ella!

La preocupación por el bienestar de Andrea, activó el instinto de supervivencia de Antonio. Trató de entrar en estado de calma para decidir su siguiente jugada. Agudizó su sentido del oído para identificar el menor ruido y poder anticipar, la dirección en la cual vendría el siguiente ataque.

Su plan dio resultado, logró escuchar el leve crujido de una rama a su izquierda. De inmediato se tiró al piso y lanzó una patada circular para lograr derribar de bruces al animal. Se lanzó sobre él con toda su furia. Lo acuchilló en repetidas ocasiones sin lograr causarle el mínimo daño.

Casi con burla la criatura se levantó y lo tomó con uno de sus brazos para arrojarlo contra las rocas. El Skinwalker lo vio tan maltrecho que supuso la victoria le pertenecía. Soberbiamente se paró frente a él para terminarlo. A duras penas Antonio logró incorporarse y con firmeza apretó el mango de su hacha dispuesto a vender cara su derrota.

Inesperadamente una gran roca cayó sobre la bestia y lo hizo caer aturdido. Antonio aprovechó ese momento para literalmente arrancarle la piel de su espalda. Para su sorpresa aquel feroz animal, se trasformó en un anciano desnudo, sucio y bastante delgado que ahora inspiraba lastima, en lugar de temor.

Se veía tan indefenso que por un instante pensó perdonarle la vida. Tomó la piel para enrollarla y guardarla en su mochila. En ese momento, el cobarde anciano aprovechó para tratar de golpearlo con una roca. Afortunadamente Antonio logró reaccionar y entonces, ya sin remordimiento ni piedad, le clavó su hacha en el pecho. Aquel viejo se trasformó automáticamente en polvo.

Mientras Antonio recuperaba el aliento, en la cima se libraba otra batalla. Cuando Pandi regresó, encontró a Andrea prácticamente petrificada. Estaba bajo los influjos de una penetrante mirada de una criatura humanoide, de resplandecientes ojos rojos como brazas, alta y delgada, de pelo oscuro enmarañado. Tenía una membrana traslucida que unía su cuerpo con sus brazos a manera de alas. Pandi identificó al agresor como un hombre polilla.

—¡*Andrea!, no lo mires.*

—*Eso intento, pero no puedo.*

—*No permitas que entre en tu mente.*

Entonces la criatura cambió de objetivo. Centró su atención en eliminar a Pandi. Se abalanzó sobre él para tratar de morderlo, acto que Andrea aprovechó para liberarse de su dominio hipnótico. Entones desenfundó su machete para unirse a la lucha.

Entre ambos consiguieron asestarle varias heridas. Para tratar de contratacar, la torpe criatura tomó una gran roca y se la lanzó a Pandi. Él hábilmente saltó sobre la roca y ésta terminó por caer montaña abajo.

La encarnizada batalla se iba inclinando a favor de mis amigos hasta que un nuevo invitado apareció. Un Anay inició un brutal ataque contra Andrea quien apenas lograba resistir los feroces embates. Pandi por su parte antes de continuar su enfrentamiento, logró advertirle a Andrea.

—*Pase lo que pase. No dejes que su cola te alcance, es donde tiene su veneno.*

—*Ok, entendido.*

—*¡Resiste!, ya casi tengo a este estúpido monstruo donde quiero.*

En un magistral despliegue de habilidad, nuestro pequeño guerrero demostró que la astucia y agilidad, siempre superarán al tamaño y la fuerza. Tomó un cuchillo en cada mano, corrió de frente contra el hombre polilla, se deslizó entre sus piernas y logró cortar sus tendones para hacerlo caer de rodillas. Una vez que consiguió inmovilizarlo. Se acercó para darle muerte al cortarle el cuello.

Andrea no corría con la misma suerte. A pesar de haberle infringido un par de machetazos a su adversario, era claramente superada. Ya había recibido varios rasguños por lo que tuvo que retroceder. Presa del temor no se fijó por donde caminaba y tropezó con una roca. Cayó al suelo y su pecho quedó desprotegido a merced de su adversario. El monstruo rápidamente se acercó con la cola en alto.

Pandi nuevamente hizo alago de su sangre guerrera. Valientemente se lanzó para interponer su cuerpo entre el Anay y Andrea para recibir en su pecho la estocada mortal.

—*¡Estúpido Iyaganasha te sacrificaste por nada!*

—*No estés tan seguro de eso Hakzas Estsan.*

—*¡Ja, ja, ja! Inyecté tanto veneno en tu corazón, que ni todo el alcohol del mundo podría salvarte.*

—*Tienes razón, quizás yo muera pero ella sobrevivirá.*

—*No lo creo. Ahora que ya no puedes defenderla. Dime: ¿Qué evitará que acabe con tu protegida?*

—*¡Estúpido!, esa pregunta no es para mí. ¿Por qué mejor no le preguntas a él?*

—*¿A qui...*

—*¡Toma esto hijo de puta!* —gritó Antonio mientras le cortaba la cabeza.

En cuanto terminó con el Skinwalker, Antonio tomó fuerzas de flaqueza y escaló lo más rápido que pudo hasta la cima. Desgraciadamente para Pandi, la ayuda llegó demasiado tarde. Andrea corrió y lo tomó entre sus brazos, mientras agonizaba.

—*¡Tranquilo, todo estará bien!*

—*No lo creo. Sé que este es el final de mi camino.*

—*No seas pesimista, ¡resiste! Regresaremos para que Tily te cure, ya verás.*

—*¡Olvídalo! En este momento yo no cuento. Soy sólo un guerrero caído en medio de una batalla. Si realmente quieren hacer algo por mí, ¡gánenla!*

»Agradezco su llanto; es mi mejor despedida, porque me confirma que conseguí vivir de la forma correcta y mis acciones trascenderán en el tiempo.

—*No tienes nada que agradecer; cada lágrima te la mereces. Quien debe estar agradecida soy yo. En el futuro cada sonrisa que aparezca en mi rostro, será gracias a tu sacrificio.*

—*Con eso tengo bastante. En mi bolso encontrarán un frasco con un ungüento café, pónganselo para que sus heridas sanen rápidamente. Sólo les advierto que ardera un poco. Antes de marcharme quisiera pedirles hagan dos cosas por mí.*

—*¡Claro, lo que sea!* — respondió Antonio.

—*Incineren mi cuerpo para que el fuego purifique las malas obras que voluntaria o involuntariamente cometí. Así mi espíritu podrá transitar hacia su nuevo hogar, más allá de las estrellas.*

»Mezclen mis cenizas con tierra fértil y en algún lugar del bosque siembren un rosal que se nutra con mi ser. Díganle a mi amada Linca que acostumbre cortar regularmente una rosa y llevarla con ella. Así continuaremos unidos en esta tierra mientras llega el momento de estar juntos para la eternidad.

Esas fueron sus últimas palabras. El brillo de sus ojos se apagó. La fuerza de sus manos se ausentó, aunque la luz de su sonrisa permaneció. Supimos entonces que se había marchado en paz.

—*¡Ánimo Andrea!, es triste la partida de Pandi, pero no tenemos tiempo para lamentarnos. Debemos continuar para cumplir la misión y poder ganar la batalla, como él nos lo pidió.*

—*Lo entiendo, pero no podemos dejarlo aquí, hay que llevarlo con nosotros de regreso.*

—*Primero debemos encontrar a Bilagaana. Aquí traigo una piel, vamos a envolverlo y cuando vengamos de regreso nos lo llevamos. ¿Te parece?*

—*¡Está bien! Antes de continuar hay que sanar nuestras heridas para estar en mejores condiciones.*

Se pusieron el ungüento cosa que resultó dolorosa. Cada gota que tocaba su piel quemaba como brasa. El resultado valió la pena, en cinco minutos sus heridas estaban reducidas a simples rasguños.

Intentaban decidir que vereda seguir para tratar de encontrar la cueva de Bilagaana. Cuando percibieron un hedor bastante rancio. Era tan desagradable que casi llegaban al punto de vomitar. Aquella asquerosa postal fue completada cuando súbitamente ante ellos, apareció un enorme gorila pestilente, de pelo rojizo. Golpeaba su pecho con toda la intención de intimidarlos.

—*¡Ay, no mames! ¿Es neta? ¿Quién demonios dejó abierta la puerta del zoológico del doctor Frankenstein? —preguntó Antonio.*

—*¡Tranquilo! Si pudimos con los otros tres, seguramente podremos también con este.*

—*Andrea si no salgo vivo de esto, sólo quiero que sepas que Pandi tenía razón, siempre me has gustado. ¿Qué opinas de eso?*

—*Si quieres conocer mi respuesta, esfuérzate en sobrevivir.*

Motivado por el ofrecimiento de Andrea, Antonio atacó al hijo de King Kong con gran decisión. Desafortunadamente ni un rasguño logró provocarle. El enfurecido simio lo tomó del brazo para lanzarlo por el aire.

Andrea intentó sorprenderlo por la espalda sin mucho éxito y acabó volando de la misma manera. Sin ninguna arma a la mano para defenderse, ambos sabían que el final estaba cerca —Antonio pensó en robarle un beso como despedida pero no se atrevió.

La bestia hedionda se paró frente a ellos y rugió ferozmente como señal de victoria. Una gran flecha surco el aire. Se incrustó en el pecho del bestial gorila y lo obligó a caer sin vida.

Incrédulos contemplaron como ante ellos hacia acto de presencia un hombre albino, corpulento y muy alto, de larga cabellera y abundante barba. Con una gran hacha colgada en su espalda y un hermoso arco de dorado metal en su mano.

De prisa se incorporaron y le expresaron su gratitud al extraño y repentino salvador. Él de inmediato los interrumpió.

—*Sean lo más breve posible y elijan con cuidado sus palabras. Disponen de cinco minutos para convencerme de no cortarlos en dos por perturbar la calma de mi montaña.*

—*¿Eres Bilagaana?* —*Antonio preguntó.*

—*No pierdan su tiempo con preguntas estúpidas, el reloj está corriendo.*

Andrea tomó la iniciativa y le habló desde lo más profundo de su corazón, con la esperanza de que la respuesta del gigante saliera también desde su corazón.

—*Podría decirte que estamos aquí para salvar a la humanidad; que fuimos seleccionados para mantener encendida la llama de la esperanza, los últimos guerreros de la luz, pero no haré eso, en cambio te diré qué me trajo hasta aquí.*

»*Desde niña fantaseé con ser alguien diferente al resto. En lugar de jugar con muñecas, preferí jugar con mi hermano y mis vecinos a los caballeros del zodiaco, dragón ball, los vengadores o la liga de la justicia. Alimentando mi vana ilusión de algún día ser Andrómeda o la Mujer Maravilla.*

»*Con la llegada de la adolescencia, me di cuenta que todas mis locas ideas, habitaban el mundo de la fantasía. Con tristeza descubrí que solamente había construido un frágil castillo de naipes.*

»*Luego recibí el llamado de ayuda de un buen amigo quien aseguraba tener la obligación de cumplir con una difícil tarea. Su única justificación para hacerlo era honrar su palabra, depositada en una vieja promesa.*

»*No voy a mentir, al principio creí que Nick se había olvidado de madurar y su mente vivía estancada en el mundo de fantasía que construimos durante la infancia. Pero me dije, ¿quién soy yo, para destruir sus sueños? ¿De que servimos los amigos, si no es para apoyamos en las locuras?*

»*Con el paso de los días, por completo me involucre en el tema. Todo este nuevo universo de conocimiento, me llevó a convencerme de que la magia si existe. Algo dentro de mi ser, me decía que el destino realmente tenía* reservado algo especial para mí. Así que no se me hizo extraño cuando Cuervo Rojo nos invitó a este viaje de locura.

»Debo aceptar que hasta ese punto me movía la vanidad, como dicen los cheyennes: "A cada ave le agrada escuchar su propio canto". Yo estaba enfocada solamente en cumplir mi anhelo infantil de ser una heroína.

»Pensaba que todo se trataba de nosotros, de los siete elegidos. Pero lo que viví el día de hoy, me despertó bruscamente de mi sueño, me di cuenta que los siete elegidos es una ridícula falacia. Abrí los ojos a la realidad para darme cuenta que la vida no es como en los comics que leía. En el mundo real el bien no siempre triunfa, no hay finales felices, porque los héroes no son invencibles, también reciben golpes que duelen, hieren y matan.

»Desconozco cuántos más de nosotros caeremos en el campo de batalla. No sé si nuestro sacrificio valdrá la pena. No estoy segura de que conseguiremos una victoria y más al ver el calibre de nuestros enemigos. Ni siquiera sé quiénes son los buenos y quiénes los malos. Supongo que como siempre, al final eso lo decidirán los triunfadores, al momento de escribir la historia.

»Eso es lo que desconozco, pero hay varias cosas que si conozco: Si logro llegar hasta el final me sentiré satisfecha, aunque jamás festejaré porque sé que el fruto del triunfo, fue regado por la sangre de seres que me importaban.

»Descubrí que algunos de nuestros adversarios un día fueron humanos. Lo que reforzó mi teoría de que en todas las razas existe el bien tanto como el mal. Desafortunadamente todos venimos en el mismo paquete. Los que están a los extremos son fáciles de identificar, no así los que están al centro, no creo que haya alguien lo suficientemente sabio capaz de diferenciar la delgada línea que los separa.

»Al entender esto, acepto por consecuencia luchar por los que son dignos de ser salvados. Al igual que por los que merecen una segunda oportunidad para enmendar sus errores, aunque eso implique salvar sin querer a los malvados.

»También me di cuenta que hay gente a la que le importo, capaces de exponer su integridad y hasta su vida por un compañero. Comprendí que siempre será más importante el nosotros que el yo. Me cayó el veinte de que la amistad y la lealtad son capaces de superar cualquier adversidad.

»*En pocas horas libraremos una batalla. La debemos ganar por aquellos que confían en nosotros. El problema es que tenemos limitaciones y no podremos triunfar si marchamos solos. Necesitamos ayuda. Esa es la razón por la que estamos en tu montaña, ahora la decisión es tuya. ¿Vienes o no?*

—*La sinceridad en tus palabras me hacen recordar sentimientos que había olvidado. Ustedes me conocen como Bilagaana Tin-tsé, pero mi verdadero nombre es Tordenguden.*

»*Los humanos y los nahuales no han sido los únicos seres desterrados de la séptima tierra. Hace centurias un grupo de sesenta y seis gigantes se dejó dominar por la oscuridad y terminaron sentenciados a vagar por estos valles. Al llegar sometieron a las tribus de nativos, los esclavizaron para que trabajaran por ellos.*

»*A oídos de nuestro líder, llegaron las historias de las atrocidades cometidas por nuestros compatriotas. Eso le provocó un gran sentimiento de vergüenza. Seleccionó a sus nueve mejores guerreros y nos envió a estas tierras con la misión de ayudar a los humanos a liberarse del yugo de los desterrados.*

»*Para cumplir con nuestra misión enseñamos al hombre los secretos de cómo matar gigantes. Logramos salir victoriosos de la guerra de los seis años. De los nueve logramos sobrevivir cinco. Tres decidieron regresar a la séptima tierra. Mi entrañable amigo Marikeren y yo, optamos por quedarnos. Nuestro objetivo era ayudar a los nativos a reconstruir su civilización.*

»*Les compartimos conocimientos básicos que les ayudaran a mejorar sus vidas. Pero como siempre sucede en estas tierras, la cola del diablo se entrometió y provocó que un grupo de hombres conspiraran para hacernos prisioneros. A cambio de nuestra libertad, pedían que les compartiéramos el secreto de la magia antigua y conocimientos más avanzados.*

»*Nos negamos y entonces con sus métodos de tortura provocaron la muerte de Marikeren. Aquel suceso desató mi furia. Convoqué todo mi poder para liberarme de su cautiverio y cegado por la ira arrasé más de diez aldeas. En mi mente sólo estaba presente el pensamiento de que la raza humana era ingrata y malagradecida.*

»*Nosotros habíamos venido a ayudarlos. Sacrificamos la vida de nuestros hermanos para buscar su libertad y nos pagaron mal. Los que nos habían hecho prisioneros fueron cerca de cincuenta. Yo maté a más de doscientos. No me importó si participaron en la conspiración o no.*

»Cometí el error de meterlos a todos en el mismo saco. A mi juicio no merecían clemencia. Cuando me di cuenta de mi error ya era demasiado tarde, los ríos y la planicie ya se habían teñido de rojo carmesí. No regresé a mi hogar porque la vergüenza y la deshonra por mi actuar no me lo permitieron. Me quedé aquí. Ahora trató de enmendar mis errores, viviendo entre las sombras, protegiendo a la naturaleza.

»Tus palabras me han hecho entender que hay seres humanos bastardos. Al igual que gente buena como ustedes. Tal vez, el destino me brinda ésta oportunidad para reparar parte de mi antiguo error. Hasta hoy, el pasado me aterrorizaba. No me daba cuenta de que en mis manos tenía la llave para abrir el candado que me aprisionaba y me impedía avanzar.

»Si lo que buscaban era un aliado, lo han encontrado, mi hacha, mi arco y mis flechas, están a su servicio. Los veré en el campo de batalla. No se preocupen sabré encontrar el camino.

La sinceridad de Andrea logró enrolar a Bilagaana. Desafortunadamente ya no supieron dónde buscar a los Chenoos. Se limitaron a recoger a Pandi para regresar al campamento. Durante el trayecto de regreso, escucharon aullidos que helaban la sangre. Era el aviso de que en algún lugar del bosque, el ejército de la oscuridad se preparaba para atacar.

Los viejos navajos decían: "No hay nada tan elocuente como el cascabel de una serpiente antes de atacar".

Nunca olvides cumplir la última voluntad de un guerrero caído en el campo de batalla, ten en cuenta que tal vez recibió la bala que tenía como destinatario tu corazón.

Capítulo XIII
La calma antes de la tormenta

Para algunos tropezar es parte inherente del camino, consideran que las heridas causadas por las caídas, son lo que le dan sentido a lo conseguido. Para ellos, únicamente se puede llegar a conocer la realidad después de recibir complejas lecciones de vida.

Otros creen que no es necesario equivocarse para aprender. Esa premisa les resulta una excusa de tontos para justificar sus limitaciones. Sostienen que quien no se arriesga, jamás logrará avanzar porque sus miedos y fobias lo atan a su área de comodidad.

Particularmente considero que caer y levantarse hasta concluir el camino, tiene el mismo mérito y valor que recorrerlo en un solo intento. Lo importante es alcanzar el objetivo final. Si no piensas igual, dime: ¿De qué le sirve a un ejército ganar mil batallas, si al final pierde la guerra?

Como los viejos ancestros decían: "El gran espíritu nos da a cada quien una canción", así que guarda silencio para que puedas escucharla. Presta atención, comprende la letra y aprende la tonada, pero sobre todo, sé sabio para saber el momento preciso de entonarla.

Fuimos los primeros en regresar al campamento. Al llegar encontramos un par de oseznos que se daban un festín con nuestros alimentos. De prisa descendimos de las motos para ahuyentarlos. Mientras los ahuyentamos, pudimos ver como Miguel aún cojeaba por las secuelas de la herida. Tily entonces trató de confortarlo.

—*¡No te preocupes! Pandi es mejor curandero que yo. Su ungüento sanará tu herida en cuestión de minutos, ya lo verás.*

—*Eso espero, porque aunque el dolor no es tanto. Necesito estar al cien para ser de utilidad.*

—No sé ustedes, pero yo tengo mucha hambre. Busquemos en medio de este desorden, a ver qué dejaron para nosotros —sugerí.

Logramos encontrar un paquete de carne y una bolsa de papas que habían sobrevivido. Encendimos una fogata y empezamos a cocinar. Tily por su parte, se adentró en el bosque y regresó con un manojo de plantas. Las quemó y esparció las cenizas alrededor del campamento. Para evitar que cualquier animal intentara molestarnos nuevamente.

El equipo de Alex fue el segundo en regresar. Ellos no pudieron ocultar su alegría al ver que ya habíamos preparado la cena.

—¡Qué bueno que cocinaron!... Creo que aún tengo algo del vene… —un codazo de Yatzil interrumpió a Alex.

—¿Que fue todo eso? —pregunté.

—Nada importante. Lo que pasa es que está enojada porque le robé un par de barras energéticas. Es que tenía un poco de hambre.

—¡Tú siempre de tragón!

—Para no perder la costumbre ¡Ja, ja, ja!

—¿Cómo les fue? —pregunto Cuervo Rojo.

—¿Te parece si terminamos de comer antes de ponernos al día?

—¡Perfecto!, la verdad es que yo también necesito reponer energías.

Después de comer los pusimos al tanto de nuestra aventura en el lago. Reportamos como único saldo negativo, la herida en la pierna de Miguel. Ellos por su parte, nos compartieron un muy breve resumen de su encuentro con los Anays. Nos pintaron un escenario sin aparentes daños colaterales.

Terminábamos nuestra improvisada reunión, cuando escuchamos llegar la motocicleta de Antonio. Eso le dio gran tranquilidad a Cuervo Rojo, quien ya estaba preocupado, aun cuando no lo expresaba.

—¡Por fin regresaron, ya empieza a oscurecer! —comentó Cuervo Rojo.

—¿No deberían venir con refuerzos? —pregunté.

—Ese era el plan, pero no saquemos conclusiones adelantadas. Esperemos a ver que nos cuentan.

De manera unánime enmudecimos. Presagiamos la fatalidad cuando no vimos a Pandi regresar con ellos. La incertidumbre y el silencio fueron rotos por los sollozos de Andrea, quien empezó a llorar.

— *¿Qué te sucede?* —*preguntó Miguel.*

Andrea no tuvo la fortaleza para contestar y corrió a refugiarse en los brazos de Yatzil, en busca de consuelo.

— *¡Malas noticias!* —*dijo Antonio al tiempo que desenrollaba la piel para mostrarnos el cuerpo de Pandi.*

— *¿Qué pasó?* —*Tily cuestionó.*

Para saciar nuestra hambre de información, Antonio nos contó lo sucedido. Con cada pieza de información tratábamos de armar el fatal rompecabezas. Nuestras palabras y brazos trataron de ser empáticos con ellos para minimizar su sentimiento de culpabilidad.

Cuervo Rojo tomó el cuerpo inerte de su entrañable amigo. Se alejó unos cuantos metros del grupo. Subió a un pequeño montículo y ahí estuvo cerca de media hora para despedirse de él. En silencio, nosotros nos limitamos a contemplar aquella triste postal, llena de nostalgia, enmarcada con el ocaso.

Al regresar Cuervo Rojo nos pidió a los hombres, le ayudáramos en la recolección de troncos para confeccionar una hoguera. Tily por su parte, se enfocó en encender una fogata mientras las chicas fueron por agua al riachuelo para lavar el cuerpo y amortajarlo para el ritual de incineración.

Una vez que estuvo todo preparado y con los primeros rayos de la luz lunar como testigos, Tily elaboró una hermosa pintura de arena. La obra contenía símbolos teñidos por los sagrados colores de los cuatro vientos: azul, blanco, amarillo y negro.

Empezó a tocar su pequeño tambor y a dueto con Cuervo Rojo entonaron una melancólica canción nativa. Acompañándola con una cadenciosa danza alrededor de la fogata. El momento fue envuelto por un manto de triste melancolía. Decidimos también unirnos a la danza ritual y aunque ignorábamos su significado, simplemente nos limitamos a imitar los pasos.

Tily tomó una pipa y un poco de tabaco… con otro breve ritual la encendió y nos invitó a sentarnos frente al montículo fúnebre.

—*Hoy perdimos a un gran guerrero, sabio curandero, astuto cazador, entrañable amigo y excelente ser de equilibrio místico.*

»A Pandi le desagradaban las despedidas, así que aparte de estas palabras, nadie más pronunciará palabra alguna. Lo que le tengan que decir, díganselo desde el silencio de su corazón. Les aseguro que él los escuchará.

»Ahora fumaremos la Calumet. Le imploraremos a los espíritus de los ancestros que guíen su espíritu durante su travesía final hacia las praderas de ahsonnutli, el valhalla, el meztitlan, aaru, el paraíso, el cielo o como prefieran llamarle.

Cada uno tomamos nuestro turno para fumar. Tily encendió una antorcha para concluir el ritual. Inesperadamente nos dio una lección de humildad que nos conmovió hasta las lágrimas.

—*En apego a nuestras costumbres, es mi derecho encender la hoguera porque soy el ser presente más cercano al guerrero caído, Pandi era mi pequeño hermano.*

»Aunque… en esta ocasión y en aras de la justicia, haré una excepción. Transfiero mi privilegio a la persona que demostró con creces que los vínculos de amistad pueden ser más fuertes que los vínculos de sangre.

»Yo sé que ustedes más que amigos eran hermanos… adelante Cuervo Rojo te cedo mi lugar.

—*No creo…*

—*¡Shhh!… Acordamos que nadie más podía hablar.*

Tomó la pipa para colocarla sobre el cadáver de su amigo. Luego sujetó la antorcha, miró al cielo con sus ojos humedecidos como plegaria de despedida y entonces encendió aquella pila de troncos.

—*Bien, Ahora sentémonos mientras el fuego termina de iluminar su sendero de transición* —mencionó Tily.

Cuervo Rojo trajo un par de botellas para relajar el ambiente. Andrea fue la primera en hablar.

—*Me gustaría saber… ¿por qué cremar el cuerpo en lugar de sepultarlo?*

—*La razón creo Tily, se las podrá explicar…* —dijo Cuervo Rojo.

—*Los miembros de la tribu Miwok cuentan que cuando los primeros hombres llegaron a las planicies americanas, un niño rescató a un lobezno extraviado de la fría nieve. Con el tiempo, ellos se volvieron inseparables.*

»Cazaban, comían y dormían juntos hasta que un día, la luna fría trajo consigo un brutal invierno. El joven nativo enfermó de pulmonía y tuvo que transitar el inhóspito camino mortal. El lobo lleno de tristeza y coraje le aulló a la luna. Le reclamaba por haber provocado la muerte de su amigo y le pedía como reparación del daño, le devolviera la vida.

»La gran osa blanca se apiadó de su dolor y le respondió:

«"En verdad siento tu pérdida, pero debes comprender que no es correcto alterar el ciclo de la vida. Todos los seres que fallecen dejan tras de sí a alguien que implora por su regreso. Cegados por el dolor, no entienden que la muerte se traduce en vida, unos se marchan para que otros puedan llegar, en un ciclo infinito. Si nadie se marchara, en poco tiempo no habría lugar ni comida suficiente para todos. Morir, es un pequeño engrane del mecanismo de la perpetuidad de la vida"».

»El lobo se sintió conforme con la explicación. Con su hocico tomó de la ropa a su amigo. Lo arrastró hasta una fogata para que el fuego lo purificara y evitar que sus restos mortales fueran mancillados por la fauna o la inclemencia del tiempo.

—*¡Qué hermosa reflexión!, gracias por compartirla.*

—*Queda tiempo antes de que la fogata se consuma. ¿Alguien más tiene alguna otra pregunta?*

—*¡Yo! —dijo Antonio. — ¿Por qué el uso de la pipa?*

—*Eso te lo responderá Cuervo Rojo. Creo que él conoce mejor esa leyenda.*

—*No estoy muy seguro que sea una leyenda. En lo que a mí respecta, lo que les contaré es una historia cierta:*

»Los viejos lakotas explicaban en sus historias, que hace más de dos mil años, durante un periodo de tiempos difíciles para nuestros pueblos, una gran sequía azotó estas planicies. La aridez trajo consigo hambruna y enfermedades. Los ciervos y los búfalos se marcharon. Los campos de cultivo y los frutos del bosque escasearon y los peces en el rio desaparecieron.

»La grave situación provocó que los pueblos entraran en disputas y des-avenencias. Pelearon por las migajas que quedaban en lugar de trabajar unidos para encontrar una solución.

»Fue en medio de esa época oscura, cuando dos jóvenes recorrían el bosque en busca de una presa. Para su sorpresa encontraron un lugar que parecía no haber sufrido los estragos de la sequía. Aquel paraje irradiaba vida. Toda la vegetación era verde y florecía en medio de un espectacular paisaje. Allí pastaba tranquilamente un portentoso búfalo blanco.

»Trataban de acercarse silenciosamente para cazarlo, cuando atesti-guaron como al lado del búfalo surgía una bruma de fascinantes destellos. Emergió entonces, la figura de una bella y esbelta doncella: hermosa cabe-llera negra cubría su espalda; bordados ceremoniales adornaban las pieles de su inmaculada vestimenta y en sus manos portaba un ramo de exube-rantes flores, matizado con hojas de salvia.

»Uno de los jóvenes intentó acercarse con deseos impuros. De inme-diato fue calcinado por rayos provenientes de las nubes. El otro joven, se arrodillo en muestra de reverencia. Su corazón le decía que aquella mujer en realidad era una Wakan. Entonces la mujer le habló:

«"No temas, ponte de pie. Tú serás mi emisario"».

»Acto seguido, le entregó la pipa sagrada (Calumet) y le mostró la manera correcta de consagrar el tabaco antes de consumirlo. El ritual básicamente consistía en mostrarlo al cielo, a la tierra y a los cuatro puntos cardinales. De esa manera le mostrarían agradecimiento al espíritu creador Konka-chila que habita en todas partes.

»El joven le pidió que regresara con él a la aldea. Quería que lo acom-pañara para que los ancianos la vieran y le pudieran creer. Ella se negó y le dijo:

«"Lo siento, no puedo hacer lo que me pides. Asegúrate que esta noche, todo el pueblo fume de la pipa y hagan la paz con la natura-leza, con sus semejantes, con sus ancestros y con ellos mismos. Si así lo hacen, el día de mañana será muy diferente al hoy, y al ayer" ».

»El sorprendido joven contempló cómo aquella mujer se convertía en otro hermoso búfalo blanco. Ambos búfalos corrieron para perderse tras la montaña. No sin antes profetizar su regreso cuando hayan pasado las cuatro edades de la humanidad.

»El joven siguió al pie de la letra las indicaciones. Al día siguiente la profecía de la mujer búfalo blanco se cumplió. La aldea fue despertada por el ruido de un torrencial aguacero. Con alegría mi pueblo pudo contemplar cómo la vida regreso a la planicie. La verde alfombra volvió a tapizar los campos; las manadas de ciervos y búfalos regresaron a vagar por las llanuras; en el río los peces resurgieron; los frutos adornaron los árboles y los cultivos renacieron.

»A partir de ese día, mis ancestros se volvieron uno con la naturaleza. Es por eso que usamos la pipa sagrada cuando necesitamos ayuda del creador para superar tiempos difíciles.

—¡Fantástica historia! Tienes razón es probablemente que haya sucedido —expresó Yatzil.

—Chicos disculpen que sea un aguafiestas. Estas historias llenas de magia y misticismo están excelentes, pero creo nos estamos olvidando que en pocas horas entraremos en combate.

» ¿No sería mejor planear nuestra estrategia? —comenté.

—No había olvidado esa parte. Pensaba abordar el tema cuando termináramos con la cremación. Pero ahora que tu impaciencia lo trajo a colación, hablemos sobre la estrategia. Miguel tú eres el que tiene la lista, vamos a checarla, empecemos por las cuatro dagas.

—Aquí están. Únicamente falta forrar el mango de la de bronce.

—¡Ok! Andrea encárgate por favor de eso y se la entregas a Antonio. Él será el responsable de liquidar a la Acheri. Alex, tú llevarás la de cobre; los wendigos que se aparezcan serán todos tuyos. Nick los gugwes o como muchos los llaman: hombres lobos, serán tu responsabilidad. De la uktena yo me encargo.

»Seguramente aparecerán más invitados incómodos: uksas, pukwudgies, deerwoamen, dzoavits y qalupaliks. Sé lo mal que suena eso. Pero después de ver todos los seres de oscuridad que nos atacaron durante las misiones, algo me dice que los nahuales han estado muy activos reclutando.

»La buena noticia es que para matar a cualquiera de estos ya no necesitamos armas especiales, sangran y mueren igual que cualquiera.

—No sé si esa sea una buena o mala noticia. Ahora la pregunta es: ¿dónde están nuestros aliados? —cuestioné.

—Como ya todos sabemos con los Chenoos no contaremos. Esperemos que Bilagaana honre su palabra y aparezca en la batalla. Al thunderbird lo invocaremos por la madrugada; de seguro asistirá y Shirihuas intervendrá, sólo si él quiere. Su participación no la puedo asegurar.

—¡Vaya lio en el que nos hemos metido!, "pero un paso atrás, ni para tomar vuelo" —dijo Antonio.

—Miguel veo que tú aún renqueas. Desafortunadamente ya no tenemos a Pandi para que te sane de manera más rápida, así que tú serás nuestro vigía, en lugar de Alex. Yatzil construyó esta tarde, una plataforma en la copa de un árbol; desde las alturas nos cuidarás con los rifles… Disculpa mi curiosidad. ¿Qué tan buen tirador eres?

—No muy bueno, creo.

—¡Ayyy!, no puede ser. ¿En qué vamos a parar? —comentó Alex.

—¡Está bromeando! En el campo de tiro siempre me superó, todo un francotirador —aclaré.

—No te preocupes Alex. Sé que el gatillo se debe deslizar, no apretar. Para tu mayor tranquilidad obtuve el primer lugar, con mención honorífica en F-Class en el torneo regional de la costa central.

—Ahora resulta que eres mejor tirador que yo.

—Sin presunción, puedes apostar por eso. ¡Ja, ja, ja!

—Chicas ustedes se encargarán de cuidarnos las espaldas. Deberán interceptar a cualquier alimaña que intente atacar nuestra retaguardia, no menosprecien a los nahuales, aun cuando el eclipse neutralizará su hechizo de miedo, siguen siendo peligrosos. Nos atacarán con armas convencionales.

»Si eso sucede, hagan un pequeño corte en su mano y busquen las marcas rojas que grabé; tóquenla con su mano y "¡Voilá!" los paralizaran momentáneamente. —Término indicando Cuervo Rojo.

Durante la siguiente media hora, afilamos nuestras armas y Cuervo Rojo nos explicó con detalle todas las trampas que colocó y cómo activarlas. Mientras ordenaba mi mochila encontré el amuleto del abuelo.

—¡Alex, toma póntelo!

—¿Qué es?

—Según mi abuelo hace invisible a la persona que lo porta frente a la vista de los wendigos.

—¿Crees que funcione?

—La verdad no sé. Póntelo y después de que los enfrentes tú nos dirás.

—Bueno, no está de más. ¡Gracias!

Nuestra breve conversación fue interrumpida por la voz de Tily.

—Terminó de consumirse la fogata. Es momento de cumplir el siguiente deseo de mi hermanito.

—¿En dónde encontraremos un rosal? —preguntó Andrea.

—Creo que yo vi uno. Déjenme ir por él —comentó Yatzil.

—Te acompaño —le dije.

—No me lo tomes a mal, prefiero ir sola. Necesito poner en orden algunos pensamientos y la caminata en solitario me servirá.

—Lo entiendo, sólo ten cuidado por favor.

—No te preocupes, se cuidarme mejor de lo que crees.

Mientras esperábamos que Yatzil regresara, sentí un leve ardor en mi muñeca. Después de frotarla la revise tratando de encontrar la causa, acción que no pasó desapercibida para Miguel.

—¿Qué sucede?

—¡No sé! Sentí un leve ardor debajo de la piel… ¡Qué raro sólo fue momentáneo!

—¿Seguro?

—Sí, no te preocupes, estoy bien —le dije mientras cortaba en dos un tronco con mi machete— Tranquilos no pasa nada, sólo estaba probando el filo.

—Ok, Espero que sólo haya sido algo pasajero.

Cinco minutos después Yatzil regresó con un hermoso rosal de flores bicolor.

—¡Qué hermoso rosal!, nunca había visto uno así por aquí —comentó Tily.

—Si verdad… ¡Qué suerte que lo vi!

—*Esa sí es suerte. Bueno vamos a sembrarlo y abonarlo con las cenizas como Pandi lo pidió.*

—*Ahora sólo falta avisarle a Linca —comentó Andrea.*

—*No te apures, ella ya está enterada de lo que sucedió.*

—*¿Pero cómo?*

—*Los Iyaganasha tenemos nuestro propio sistema de comunicación mental.*

Con el acto de sembrar el rosal concluimos la despedida para Pandi. Prometimos asegurarnos de que su sacrificio no fuera en vano.

—*Chicos… es hora de ir a la cama —indicó Cuervo Rojo.*

—*¡Sí mamá! ¿A qué hora debemos levantarnos? ¡Ja, ja, ja! —Alex bromeó.*

—*No se preocupen, cuando sea hora se los haré saber.*

—*Creo que sólo me recostaré. No creo poder dormir con tantos sentimientos encontrados y tanta adrenalina recorriendo mi cuerpo, sin mencionar las cuatro tazas de café —dijo Andrea.*

—*Creo que todos estamos igual… ¡Desvelados perderemos capacidad de combate! —comenté.*

—*No se preocupen, como siempre aquí estoy para salvar el día —dijo Tily mientras sacaba un frasco con un extraño líquido, de color azul—. Este tónico es infalible para inducir el sueño, pongan de tres a cinco gotas en su taza de café y listo, en minutos estarán roncando como un bebe.*

—*¡Perfecto!, espero no tener pesadillas —comentó Andrea.*

—*Hasta yo me sorprendo de lo chingón que soy. También tengo el remedio perfecto para eso; sólo dame un segundo… Aquí están, atrapa sueños para todos.*

Tily nos dio un amuleto en forma de arco circular, del cual colgaban cuatro plumas; en la parte interior tenía tejida una red en forma de telaraña con un círculo en el centro y adornado con varias cuentas cristalinas.

Nos explicó que aquel objeto tenía la habilidad de retener en su red todas las energías que llegan hacia ti cuando estas dormido. Podía atrapar las energías negativas en las cuentas y solamente dejar pasar a través del orificio central las buenas vibras, las cuales llegan a las personas que duermen bajo su protección a través de las plumas; mientras todas las malas energías atrapadas, serian calcinadas por los primeros rayos de sol.

Nos relató que originalmente este amuleto fue creado por el pueblo Ojibwa. Se usaba para contrarrestar el poder de los niños de ojos negros quienes te asechan por las noches para entrar en tus sueños e influenciarte para la maldad.

—¡Cuélguenlo dentro de su tienda y les aseguro que dormirán bastante bien! —dijo Tily.

—¡Gracias!, espero y funcione esta cosa —comenté.

—No te apures, funcionará.

Me fui a dormir lleno de temor y esperanza. En pocas horas descubriría mi verdadero potencial y alcance. Antes de ser vencido por el efecto del tónico, recordé un par de proverbios:

—"Es fácil ser valiente, a una distancia segura", lo que hizo preguntarme si mi valentía permanecería a mi lado cuando la distancia con el peligro fuera nula.

—»"EL coyote siempre está esperando y el coyote siempre esta hambriento". Yo sé que el mal siempre acecha en la oscuridad para tratar de devorarnos al primer descuido. Debemos ser astutos como el zorro para engañarlo.

No hay nada más incierto que el futuro. Hoy podrías hacer todo lo que estuviera de tu parte para que te fuera bien y con la llegada del mañana a lo mejor se arruinaría o quizás hoy simplemente te sientes a esperar sin hacer nada y por suerte o providencia todo salga bien, entre ambas opciones elijo la primera.

"La visión sin acción es como soñar despierto, pero la acción sin visión es una pesadilla", dicen los nipones. Así que asegúrate de que tu arco apunte al blanco correcto.

Capítulo XIV
Cascada dos lobos...
¿Destino final?

En cierta ocasión dos guerreros apaches platicaban.

—*Antes de entrar en combate, hago una plegaria al gran espíritu: "¡Haz a mi enemigo valiente y fuerte por si me vence, no avergonzarme!".*

—*Palabras llenas de valentía. Prefieres enfrentar rivales dignos que adversarios débiles.*

—*Así es.*

—*Creo mi plegaria es mejor: "¡Qué mis adversarios sean fuertes y bravos para no sentir remordimiento al derrotarlos!".*

Cuando realices una plegaria elige las palabras correctas. En los pequeños detalles radica la diferencia. No existe la mala o buena suerte. El resultado final revelará si tomamos las decisiones correctas. Cuando desees saber hacia dónde vas, bastará con que gires la cabeza hacia atrás.

Irónica coincidencia que el campo donde posiblemente encontremos la muerte, esté lleno de vida. Rodeado por el ser masivo, más longevo del planeta (las sequoias). La mayoría de estos enormes arboles vigilan altaneros el valle desde hace tres mil años.

En la madrugada Cuervo Rojo nos despertó. El ayer había terminado y el mañana empezaba a escribirse hoy. Pronto nos daríamos cuenta que: "Después de una victoria, lo primero que debes hacer es sujetar tu escudo con mayor fuerza".

—*¡Arriba flojos, qué al que madruga, Dios lo ayuda!*

—*No es cierto, el que madruga encuentra todo cerrado. ¡Ja, ja, ja!* —*Antonio respondió.*

¿En serio ustedes son los que me acompañarán al campo de batalla?

—¡Bienvenido a mi mundo! — comentó Andrea.

—Chicos llegó el punto de quiebre. A partir de aquí, no hay marcha atrás. Esta es su última oportunidad para renunciar. El que no se sienta seguro puede marcharse sin problemas, lo entenderé.

—Yo estoy más firme que nunca —Miguel.

—Por dos —Alex.

—Igual —Andrea.

—Sin dudarlo —Yatzil.

—Todos juntos hasta el final —mencioné.

—Como dicen en mi rancho: "¡Chingue a su madre el que se raje!" — Con esta motivadora frase Antonio concluyó.

—¡Excelente!, entonces preparémonos como es debido, Tily ayúdanos por favor.

Tily sacó un viejo estuche de pinturas; se sentó frente a la fogata y empezó a tocar su tambor. Entonó una melodía que al entrar por tus oídos provocaba una reacción en cadena que prácticamente hacia hervir tu sangre.

Tomamos pintura con dos dedos para pintar nuestro rostro. Dos líneas de color verde bajo los ojos, nos dotarían de visión nocturna; dos franjas rojas en zic zac en las mejillas, nos darían bravura; líneas blancas en las cuatro extremidades, para dotarnos de la habilidad y el sigilo del lobo; líneas negras en la frente y el mentón para conservar la vida; por último, un circulo amarillo en el pecho mostraba nuestra convicción de pelear hasta el final.

Cuervo Rojo dirigió la mirada al cielo; dio unos pasos y empezó a cavar hasta desenterrar una vieja hacha, la cual parecía haber estado ahí por décadas. Era una pequeña tomahawk adornada con colguijes y plumas; ornamentada con grabados rituales; e n la parte superior tenía un orificio que se prolongaba a través de todo el mango, adaptada como pipa para fumar.

Sacó de su morral una mezcla de plantas y las consagró a Maasaw antes de colocarlas en el hacha. Había llegado el momento de fumar la pipa de la guerra y bailar la danza fantasma. Sacamos nuestros cuchillos para hacernos un corte en forma de X en el antebrazo e invocamos la presencia de los espíritus de los antiguos guerreros.

Ellos con su sabiduría elegirían al guerrero que debía liderar al grupo durante la batalla. En el cielo aparecieron siete esferas de luz que danzaban igual que nosotros. Al concluir la coreografía se fusionaron en una sola esfera que descendió para entrar en mi pecho.

Una sensación de paz y tranquilidad me invadió, los miedos se fueron. Mi misión ahora era clara, entendí que los seres débiles se vuelven alimento y los fuertes están hambrientos.

—*Los espíritus de los guerreros caídos han hablado. Nick tú serás nuestro Lobo alfa en la batalla.*

—*Sólo porque lo vi, lo creo… si así ellos lo decidieron, por mi parte asumo el reto. Solamente les pido que me ayuden a cumplir con esta gran responsabilidad porque no podré hacerlo solo.*

—*Cuenta con nosotros —respondieron al unísono.*

—*Los espíritus eligieron —dijo Tily —, es momento de llamar a el ave del trueno.*

Tily nos dio instrucciones para subir a la colina y encender una fogata. Así los hicimos, después agregamos ramas verdes, hojas y troncos humedecidos para sofocar el fuego y producir abundante humo. Luego con ayuda de una cobija enviamos siete bocanadas al cielo.

—*¿A quién le enviamos las señales? —preguntó Miguel.*

—*Al guardián de la montaña para que despierte al ave del trueno — Tily respondió.*

—*¿Y cómo podrá ver las señales en medio de la oscuridad?*

—*No te preocupes, la luz de la luna es suficiente para él, te aseguro que las verá.*

Cuando el sol se elevó en el firmamento, la luna al estar más alejada de la tierra de lo común fue incapaz de cubrir toda la cara del sol. El anillo ardiente que rodeó a la luna nos indicó que era el momento de atacar. Ahora como líder tome la palabra.

—*Luchemos con gallardía, el Ring of Faire nos respaldará. Solamente les pido recordar el proverbio apache: "No vayas detrás de mí, tal vez yo no sepa liderar, no vayas delante de mí, tal vez no pueda o no quiera seguirte, simplemente ven a mi lado en el campo de batalla, peleemos y protejámonos juntos".*

Con la decisión tomada, las armas listas y los ideales claros, subimos a las motos para recorrer las tres millas hasta la cascada. Inesperadamente nos encontramos a la orilla del camino a un par de bellas y voluptuosas mujeres de mirada acaramelada; vestían entalladas blusas y faldas largas, parecían estar asustadas y solicitaban ayuda. Detuvimos la marcha para averiguar lo que sucedía.

—*¿Qué sucede? —preguntó Antonio.*

—*Nuestra hermana se extravió cerca de aquí.*

—*Chicas lamento no poder ayudarlas, tenemos algo de prisa —comenté.*

—*¡Por favor ayúdennos! Realizábamos una caminata en el bosque cuando una horripilante criatura apareció; salimos corriendo despavoridas y cuando alcanzamos el camino nos dimos cuenta que nuestra pequeña hermana ya no estaba con nosotras. ¡Tenemos miedo regresar a buscarla!*

Alex haciendo honor a su fama de galán, inmediatamente se ofreció como voluntario para ayudarlas.

—*Seamos empáticos con estas damas en apuros. ¿Qué les parece si me quedo a ayudarlas y en cuanto encontremos a su hermana, las llevo a lugar seguro y los alcanzo más tarde?*

—*No creo que sea buena idea, sabes que estamos limitados de gente.*

—*Tiene razón. ¡Tenemos que ayudarlas!, adelántense, Alex y yo las apoyaremos y antes de que se den cuenta, estaremos de regreso —comentó Cuervo Rojo.*

—*¿Lo ves?, él si es consciente, pero tú eres el jefe Nick. La decisión es tuya.*

Al principio me sorprendió la postura de Cuervo Rojo, luego comprendí que él sabía algo que seguramente yo ignoraba, así que decidí acceder a su petición.

—*De acuerdo disponen de veinte minutos. ¡No se demoren!*

—Con veinte minutos tendremos tiempo de sobra —murmuró una de las mujeres.

—¿Disculpa dijiste algo?

—¡Ah!… Que muchas gracias.

—¡Cuídense chicos! Los demás, vámonos.

Nosotros retomamos el camino. Mientras Alex desenvainaba su machete para hacerse el héroe.

—¡No se preocupen chicas!, ¡vamos a encontrar a su hermana!

—¡Vayan ustedes, yo aquí los espero! —dijo Cuervo Rojo.

—No seas tímido, ven con nosotras. Somos dos y ustedes son dos. Así podremos agradecerles cordialmente su ayuda —comentó coquetamente una de las chicas.

—¡Gracias!, aquí los espero. La verdad, aquí entre nosotros, las criaturas salvajes me aterran.

—¡Qué lástima! Por cobarde te perderás toda la diversión.

—¡Vengan hermosas no se preocupen! ¡Quédense detrás de mí, yo las protegeré!.. Y cuando la encontremos, yo solito podré con el agradecimiento de las dos.

Un envalentonado Alex se adentró en el bosque. Para su sorpresa cuando se volvió para preguntar en qué lugar habían visto por última vez a su hermana, recibió un fuerte puñetazo en la cara que lo hizo rodar por el suelo.

Atónito contempló cómo las mujeres se desprendían de la falda para mostrar que de la cintura para bajo, sus piernas eran las de un ciervo.

—¡Estúpido lujurioso!, ¡qué fácil caíste en nuestra trampa!

—¿Quién diablos son ustedes?

—Tu peor pesadilla hecha realidad; ¿Jugabas a cazar monstruos?, pues ahora serás la presa.

Empezaron a patearlo y pisotearlo. Alex desesperadamente intentaba incorporarse para oponer resistencia; cada intento terminaba de la misma forma: visitando el suelo de nueva cuenta. Cuervo Rojo que desde el principio desconfió de las chicas, salió de entre los árboles machete en mano para cortar las cabezas de las deerwomen.

—*¡Auch!... ¡Qué chiste, ya las tenía cansadas!; de todas maneras gracias.*

—*¡Ves lo que sucede cuando piensas con la cabeza pequeña!, ten más cuidado para la próxima.*

—*Trataré pero no te prometo nada. Por un par de mujeres así, bien valía la pena correr el riesgo. ¡Ja, ja, ja¡... ¿Y qué eran esas cosas?*

—*Mujeres ciervos... ¿Qué no viste?... Aparte de calenturiento, estúpido. Ahora démonos prisa para alcanzar a los demás.*

Mientras eso sucedía, nosotros llegamos a nuestro destino. Nos dimos prisa para tomar posiciones. Miguel subió al puesto de vigía, Andrea y Yatzil se situaron para cubrir nuestra retaguardia, Tily se ubicó al lado derecho, Antonio tomó el izquierdo y yo me planté en el centro. Conseguimos cubrir un perímetro de cien metros.

Con los primeros rayos del amanecer, hicieron acto de presencia frente a mí, un par de criaturas cubiertas de negro pelaje con manos y patas repletas de enormes garras; su hocico lleno de filosos dientes babeaba. Las enormes bestias aullaban y gruñían sin cesar.

Miguel les disparó en repetidas ocasiones sin lograr causarles el menor daño, así que optó por gritarles a los demás para que acudieran en mi ayuda.

—*¡Quédense en sus posiciones!* —ordené. *Si nos concentramos en un solo lugar, nos volveremos presas fáciles*

—*¿Seguro que estarás bien?* —preguntó Antonio.

—*Pues... muy seguro no, lo que si te puedo decir que soy muy afortunado porque que en este baile me tocaron como pareja unas tiernas gemelas.*

—*¡Ja, ja, ja! Cuando menos nadie podrá negar que tenemos buen humor.*

—*¡Aquí vamos, hora de bailar!*

Tomé en mi mano izquierda mi machete y en la derecha empuñé con fuerza la daga de plata y me abalancé sin temor contra las bestias. Durante la reñida pelea algo me sucedía, me sentía más ligero y mis movimientos eran mejores. Cuando por fin conseguí perforarle el corazón al primero, pude sentir como una descarga de energía recorría todo mi cuerpo.

Pocos minutos después, conseguí darle muerte al segundo. Sorpresivamente sólo habían conseguido provocarme pequeños rasguños, así que para festejar, no se me ocurrió otra cosa que gritar.

—¡*Bienvenidos a las ligas mayores, hijos de puta!*

Segundos después, sentí nuevamente el calambre debajo mi piel, esta vez con mayor intensidad; unas pequeñas ampollas empezaban a formarse y para evitar que mis compañeros se preocuparan, saqué mi pañuelo para cubrirme la muñeca.

—¿*Te sucede algo?* —*preguntó desde las alturas Miguel.*

—¡*No!, todo está bien, creo que me torcí la mano.*

—¿*Quieres que te revise?* — *preguntó Tily.*

—*No creo que sea necesario, estoy bien. No se preocupen.*

—¡*Listos chicos! Una más por el lado izquierdo y dos por la retaguardia* —*advirtió Miguel.*

Por el flanco izquierdo apareció un ser grotesco. Era semejante a un oso caminando en sus patas traseras; grandes zarpas adornaban sus patas. De pronto dejó escapar un gruñido que no resultó aterrador, sino lo que le sigue.

—¿*Y esto qué carajos es?* —*Antonio preguntó.*

—*Tu pareja de baile… así que no le saques* —*comenté.*

—¡*A ver que sale, por mí no va a quedar! ¡Ven con papá, Yogui!*

A pesar de que Antonio hizo su mayor esfuerzo, en el primer golpe su machete salió volando en dos; su abdomen fue testigo del brutal dolor que aquellas garras podían infringir. Sacó su tomahawk para tratar de defenderse. Apenas logró levantar la mano cuando de un golpe fue enviado a besar la tierra. Bastante maltrecho se puso de pie, sacó su cuchillo y nuevamente reto a la bestia.

—¿*Qué tu mamá no te enseñó a no pisarle la cola a un animal que no conozcas?… Nunca acorrales a un hombre desesperado porque no sabes de lo que puede ser capaz. ¡Ahora verás cómo en mi tierra pelamos los changos a nalgadas cabrón!*

El resultado de aquella muestra de valentía resulto doloroso. Nuevamente las garras encontraron su objetivo y se clavaron en su espalda.

—*¡Nick, no creo que Antonio pueda aguantar más!.. ¡Necesitan ayudarlo!* —*grito Miguel, mientras con varios disparos evitó que la bestia terminara su obra.*

—*¡No abandones tu puesto Nick!, ¡yo voy a ayudarlo!* —*gritó Tily.*

En una clara muestra de velocidad de un parpadeo se plantó frente a la bestia. Por su tamaño la criatura resultaba un poco lenta, así que Tily aprovechó esa deficiencia de su adversario y se concentró en explotarla lo más posible.

Los primeros instantes del nuevo combate eran prometedores. El Matlose no lograba tocar siquiera a Tily quien ya le había causado un par de heridas. Por desgracias eso no duraría mucho. En el siguiente embate, la agilidad no fue suficiente y de un certero manotazo nuestro amigo salió volando hasta estrellarse con un árbol.

—*¡Diablos!... ¡Miguel, vigila nuestras posiciones yo voy a ayudarlos!* —*grité.*

Entonces desde la penumbra escuchamos una voz gritar.

—*¡Tranquilos la ayuda acaba de llegar, este osito de felpa es mío!*

Con alivio contemplamos como surgía de entre las sombras Bilagaana, blandiendo su espectacular hacha para partir en dos al gigante peludo.

—*¡Tarde pero sin sueño, verdad!* —*comenté.*

—*"Nada llega antes ni después, todo debe ser a su debido tiempo"* —*respondió.*

—*Dejamos la filosofía para después ¿quieres?... Ahora concentrémonos en patear traseros.*

Mientras festejábamos, Andrea y Yatzil se enfrentaban a un par de hermosas mujeres de larga cabellera negra como la noche, vestidas con túnica blanca. Las espectrales damas emitían un peculiar chillido. Para los hombres resultaba melodioso, para los niños llamativo y para las mujeres veneno mental puro.

Aquella siniestra tonada calaba en lo más profundo del cerebro de las chicas y provocaba que su presión sanguínea se elevara, sus ojos ya empezaban a ponerse rojos, augurando problemas.

—*Andrea, no prestes atención a su llanto —dijo Yatzil.*

—*Eso trato, pero es difícil resistirme.*

—*Intentarán desquiciarte para que mates a tus seres queridos o llevarte al suicidio.*

—*¡Por favor háblame de lo que sea! … A ver si logro sacar de mi mente esa endemoniada tonada.*

—*Estas méndigas viejas son sacerdotisas de Ah Puch.*

—*¿De quién?*

—*Ah Puch, el dios maya del noveno infierno, príncipe de la mentira.*

—*No tengo ni la más mínima idea de quién me hablas.*

—*Son lloronas, mujeres de blanco, ciguapas, sirenas o como quieras llamarlas. Raptan a los niños para ofrendarlos en sacrificio; a los hombres los atraen para ahogarlos en los ríos y a las mujeres las hacen enloquecer.*

—*Ya que sabes tanto de ellas, ¿Cómo las matamos?*

—*Aunque conozco la respuesta, no creo que logremos matarlas.*

—*¿Por qué no?*

—*Simple… Solo puede cortar su cabeza un hombre que no piense en la mujer como un objeto.*

—*¡Ummm!… Eso sí estará complicado, ese tipo de hombres no existe.*

—*Eso me temo amiga, pero algo se nos ha de ocurr...*

Repentinamente Cuervo Rojo y Alex aparecieron para ayudarlas. Alex intentó decapitar a una de las lloronas, pero su machete la traspasó sin causarle daño. La mujer de blanco reaccionó violentamente y lo derribó con relativa facilidad. Luego lo tomó del brazo para arrastrarlo hacia las aguas de la cascada. Por su parte, Cuervo Rojo con un corte limpio decapitó a una. Después se encargó de la segunda para nuevamente salvarle el trasero a Alex.

—*¿Están bien chicas? —Preguntó Cuervo Rojo.*

—*Si gracias.*

—¿Y tú Alex?

—Si estoy bien… ¡Diablos! ¿Por qué del suelo no salgo?

—Porque eres bastante torpe, creo… ¡Ja, ja, ja!

—Muy gracioso.

—Sigan cuidando nuestras espaldas. Nosotros vamos a ver cómo están los demás.

Cuervo Rojo y Alex arribaron pocos minutos después de que Antonio se adentrara en el bosque al escuchar la voz de Andrea pidiendo ayuda.

—Que agradable sorpresa Bilagaana, gracias por venir —expresó Cuervo rojo.

—No me perdería una buena batalla por nada del mundo, ya me conoces.

—¿Y a ustedes muchachos cómo los han tratado?

—Creo que bien. ¿Y ustedes encontraron a la extraviada? —pregunté.

—No precisamente. Lo que encontramos fue otra cosa… ¿verdad Alex?

—¿Les parece si omitimos esa parte de la historia, por favor?

—Creo que te hicieron muchas caricias esas mujeres. ¡Ja, ja, ja! —bromeó Tily.

—¡Cállate bola de pelos, a ti nadie te preguntó!

—Discúlpame florecita… ¿Te pise? ¡Ja, ja, ja!

—¡Búrlate ahora que puedes! Me las cobraré doble cuando me toque reír a mí.

—¡Ya dejen de pelear! —interrumpí.

—¿Oigan, dónde está Antonio que no lo veo? —preguntó Cuervo Rojo.

—Dijo que escuchó la voz de Andrea pidiendo ayuda y fue a ver lo que sucedía.

—¡Eso no es posible!… nosotros acabamos de estar con ella y está perfectamente bien, dicho sea de paso, gracias a nosotros —saludando con sombrero ajeno, Alex presumió.

—¡Ajá! "Gracias a nosotros" —acotó Cuervo Rojo.

—*Si su amiga se encuentra bien, entonces la voz que escuchó debe ser de un wendigo. Usualmente imitan la voz de un ser querido para atraer a sus víctimas —dijo Bilagaana.*

—*¿Un wendigo dijiste? Esos me tocan a mí —respondió Alex.*

—*Entonces ve por él y esta vez no termines en el suelo como es tu costumbre —bromeó Cuervo Rojo.*

—*¡Qué gracioso señor don comedia! ¿Por dónde se fue Antonio?*

—*Por aquel lado —le indiqué.*

—*¡Ok!, ahora regreso.*

Alex se adentró en la espesura del bosque empuñando la daga de cobre. Encontró a Antonio bastante agitado hacha en mano, bañado en polvo y sudor, enfrentando a una horripilante criatura.

Con sorpresa observó que la bestia renqueaba al caminar, lo que le simplificó las cosas. Además comprobó que el amuleto que le había regalado funcionaba a la perfección. Sin complicaciones se acercó al wendigo para atravesar su corazón.

—*¿Estás bien?*

—*Sí, gracias.*

—*Se ve que estuvo dura la batalla.*

—*Un poco. Cuando llegué al lugar donde escuchaba los gritos de auxilio, en lugar de Andrea encontré a una criatura larguirucha, mitad hombre mitad bestia; con gran dentadura y el cuerpo cubierto de musgo. Se movía ágilmente entre los árboles y por más que intentaba, no lograba acertarle ni un solo golpe.*

»En cambio él, cada golpe que lanzaba, golpe que acertaba. Prácticamente del suelo no salía, cansado de jugar conmigo, el hijo de la chingada se me acercó con la intención de comerme. Afortunadamente recordé que en mi bolsillo tenía un centavo y como sabía que la daga que lo puede matar es la de cobre, me dije: "sería muy estúpido si no lo intento".

»Sin nada que perder, le lancé la moneda; la cual penetró su muslo como cuchillo en mantequilla derribándolo. Inútilmente traté de ultimarlo pero por más hachazos que le daba, no lograba atravesar su gruesa piel. Cuando empezó a incorporarse, tomé distancia segura sin saber cuál sería

mi siguiente paso. Afortunadamente apareciste para resolver la situación. Fin de la historia.

»Lo que no logro explicarme, es por qué no hizo nada por defenderse.

—¡Ah! Soy tan ágil, que creo que no me vio —Alex fanfarroneó

Ambos regresaron sonrientes y nos informaron que en ese otro duelo, habíamos resultado victoriosos.

—Y lo hicimos de nuevo —exclamó Alex.

—¿Cómo les fue con el wendigo? —pregunté.

—¡Fue pan comido! Cuando llegué, Antonio estaba asustado como un indefenso corderito, me apliqué al máximo y en cruenta batalla con la bestia, logré salir victorioso, ¿Verdad Antonio?

—Lo que tú digas Alex.

—Ahora, platícanos cómo te fue con las Deerwomen. ¡Ja, ja, ja ¡ —bromeó Tily.

—Esa aventura que la platiquen ellas. Yo solo platico las que gano. ¡Ja, ja, ja!

—Tonto, tonto, pero te defiendes.

Parecía que las energías del cosmos conspiraban a nuestro favor hasta que Miguel nos advirtió.

—Malas noticias a la vista.

—¿Qué sucede? —pregunté.

—No les agradará lo que estoy viendo.

—Dime qué es lo que estás viendo para poder dar mi opinión, carajo.

—Parece que la siguiente oleada vendrá con más fuerza.

—¿Cuántos son?

—No lo sé… no los puedo contar. Son demasiados: seis bloques perfectamente alineados, cada uno conformado por seis filas con seis líneas de profundidad. Aparte, hay más detrás como reservas.

» ¡Prepárense! Los dos primeros bloques ya iniciaron la marchan hacia nosotros. Vienen guiados por una especie de esqueleto andante que porta un enorme y resplandeciente Macuahuitl.

—¿Qué?... No puede ser. Voy a subir. Necesito ver esto con mis propios ojos —dijo Cuervo Rojo, visiblemente alarmado.

En la cima del árbol confirmó sus peores temores. El panorama que se presentaba ante sus ojos distaba de ser alentador. Con tristeza contempló cómo hasta un puñado de humanos renegados, se habían unido a la tropa de la oscuridad.

Con claro desánimo en su voz, nos informó que seriamos atacados por nahuales, matloses, hombres polillas, deerwomen, pahonahs, ciguapas, qallupilluits, chupacabras y algunas alimañas más.

Más que el número de oponentes, lo que realmente lo atemorizó fue ver que el Baykok era quien lideraba las huestes enemigas. Consiente de las palabras del legendario Alejandro Magno: "No le temas a un ejército de leones, dirigido por una oveja, témele a un ejército de ovejas, liderado por un león".

—¿En cuánto tiempo llegarán? —pregunté.

—Máximo 15 minutos —respondió Cuervo Rojo, mientras bajaba del árbol.

—¡Ni hablar! Enfrentémoslos con dignidad —dijo Tily.

—¡Señores!, si esta fuera nuestra última batalla, quiero que sepan que me siento afortunado por poderles llamar amigos a un puñado de valientes. Los felicito por no rendirse a la primer dificultad, si cayeron seis veces, se levantaron siete, siéntanse orgullosos de eso.

»Sé que a cada pavo, tarde o temprano le llega su navidad. Tal vez, hoy llegue la nuestra. Al parecer la caprichosa suerte decidió hoy, no estar de nuestro lado. Aunque la mejor parte de que la suerte sea impredecible, es que siempre puede cambiar.

»La voluntad de los guerreros samurái era inquebrantable. Ellos sabían que: un sabio no pierde el camino, así como un valiente no conoce el miedo. Ellos creían firmemente que: el destino siempre está del lado de los valientes. Así que aparten de sus mentes cualquier duda o temor. Empuñen con fuerza sus armas. Den lo mejor de ustedes en el campo de batalla. Pateen tantos traseros como puedan.

»Concéntrense en cuidar su pecho porque sus compañeros cubrirán su espalda. Tengan presente que los grandes peces, no viven en estanques

pequeños y ustedes queridos amigos, desde hace tiempo nadan en el océano
—les dije.

—¡Así se habla! ¡Vamos a demostrarles a estos hijos de puta que se metieron
con el barrio equivocado! —gritó Antonio.

A esta expresión de Antonio, siguieron innumerables gritos de aliento que elevaron nuestro ánimo a tal grado que llegamos a crearnos falsas expectativas. La adrenalina corrió por nuestra sangre y logró acallar los gritos de desesperanza que nos susurraban que no teníamos ni una sola posibilidad de triunfo.

Aún faltaban algunos minutos para entrar en batalla, así que me acerqué a Cuervo Rojo para preguntarle en privado.

—¿Por qué te asusta tanto la presencia de ese esqueleto?

—¿Qué? Disculpa no te escuché.

—¡Vamos!... ¡Dime qué sabes del esqueleto que marcha al frente!

—Tu discurso fue excelente, aunque no creo que el ánimo nos alcance el día de hoy. Los nahuales lograron reclutar al Baykok, simplemente estamos perdidos, no hay nada más que decir. La suerte está echada.

—Tú siempre nos dijiste que hay mil formas de burlar al destino. ¿Por qué repentinamente te volviste pesimista?... ¿Quién es ese dichoso Baykok?

—Básicamente es un esqueleto andante, recubierto de fina piel traslúcida y brasas ardientes como ojos. Tiene una marcada predilección por degustar el hígado de los guerreros. El crujir de sus huesos al andar y su estridente grito, son presagio inequívoco de fatalidad. No hay ser vivo que pueda presumir haber sobrevivido a un ataque de él, a lo largo de los últimos tres milenios.

—¿Cómo puede ser eso posible? Debe haber alguna forma de matarlo.

—Si acaso existe, yo la desconozco. Lo único que sé es que su presencia es sinónimo de muerte. Las historias cuentan que ni el pasto vuelve a crecer por donde él camina. Deja a su paso una estela de calamidad y ahora nosotros estamos en su camino.

—¡Tily, Bilagaana, vengan por favor!

Ambos acudieron a la pequeña reunión. Les pregunté si conocían alguna forma de poderlo derrotar. Tily atizó mi desanimo al confirmar que desconocía forma alguna de vencerlo. Bilagaana por su parte, nos compartió información que nos hizo ilusionarnos con una mínima posibilidad de sortear este obstáculo. Lo malo era que el precio a pagar resultaba demasiado elevado.

—*Ese dato de que nadie lo ha vencido en tres mil años es impreciso. Nadie lo ha vencido en sesenta mil años* —*dijo Bilagaana.*

—*Gracias… ya me siento más tranquilo* —*comenté* —. *¿Algo más que nos sea de utilidad?*

—*No seas ansioso. Espera a escuchar todo lo que tengo que decir y luego emite tu opinión.*

—*Disculpa la interrupción, continúa.*

—*Durante todos esos milenios, él ha participado en sangrientas batallas en las siete tierras. Se ha enfrentado a hombres, bestias, demonios, ángeles, dioses y semidioses, todos sin excepción ante su furia han sucumbido.*

»*En las leyendas orales de mi pueblo, hablan de una gran batalla. El Baykok lideraba el ejército del rey de los demonios contra el ejército del séptimo Arcángel. Al ver los estragos que el Baykok causaba en el campo de batalla, un valiente guerrero se ofreció para enfrentarlo. Aquel formidable guerrero consiguió oponerle digna resistencia por el tiempo suficiente para que el ejército de la luz, arrasara con sus oponentes.*

»*Al darse cuenta que su ejército había sido vencido, estalló en cólera. Continuó luchando hasta darle muerte a su bravo oponente para después marcharse en silencio. Avergonzado por la derrota de su ejército, eso mismo podemos hacer el día de hoy.*

—*Si entendí bien… no podemos vencerlo pero si retrasarlo.*

—*Efectivamente, uno de nosotros deberá enfrentarlo para darle oportunidad a los demás de sobrevivir y triunfar. Tendremos que estar conscientes de que quien lo enfrente, morirá.*

—*¡Ni hablar, lo enfrentaré! Ganen la batalla por mí. Hagan que me sienta orgulloso* —*les dije.*

—*¡No tan rápido chico! No les conté la historia para ver quien se apuntaba como voluntario, se las platiqué para que supieran el porqué de lo que planeaba hacer.*

—¡Olvídalo! Es mi deber como líder. No dejaré que te sacrifiques en mi lugar.

—Tú no eres mi líder, así que no te debo obediencia. Además no es momento para ser estúpido, precisamente porque tú eres su líder, no puedes morir hoy. Aún tienes tarea por hacer. Para mí llegó el día de ajustar cuentas pendientes con esa pila de huesos andante. Aquel mítico guerrero que lo enfrentó, era mi abuelo.

—Aunque no la comparto, admiro tu decisión. Tus acciones demuestran que lo importante es hacer, no saber y eso es una rara virtud en la actualidad. Si es tu deseo enfrentarlo, es todo tuyo. Nosotros prometemos luchar hasta encontrar la gloria o la muerte.

Nuestra improvisada reunión fue interrumpida por los gritos de Miguel. Nos dio la alerta de que estábamos en la antesala de ser atacados.

Bilagaana desprendió el hacha de su espalda e inicio una lenta marcha hacia el Baykok. Poco a poco aceleró el paso para encontrarse con él. Al chocar el hacha y el macuahuitl salieron destellantes chispas ruidosas, anuncio del inicio de la batalla.

Las hordas de la oscuridad se abalanzaron contra nosotros. Sabedores que nos superaban en número, resistíamos con bravura, contemplábamos como cada vez se acercaba más y más nuestro final.

Por cada adversario eliminado aparecían dos más. Yatzil y Andrea corrían en busca de las marcas que paralizaban a las criaturas; mientras Antonio y Alex marchaban detrás de ellas, decapitando a diestra y siniestra hasta que se acabaron las marcas.

Cuervo Rojo y Tily provocaban a los engendros para conducirlos a las trampas hasta que se agotaron. Miguel se daba un festín casando adversarios, bajo su mira habían sucumbido más de sesenta y seis. Con angustia se dio cuenta que el último cartucho había sido disparado ya.

Por mi parte, liquidaba a cuanto adefesio se paraba frente a mí. Perdí la cuenta después del número treinta y seis. Cada que mataba a un rival, me sentía más fuerte, más ágil y la punzada en mi antebrazo se intensificaba. Hasta que la presencia de demasiados adversarios, me indicaron que el final había llegado.

Éramos superados treinta a uno. Llamé a todos para unirnos en el centro, nuestros cuerpos estaban bañados de rojo púrpura. Nuestra sangre se confundía con la de nuestros oponentes. Entonces empuñamos nuestras escasas armas y nos dispusimos a morir con honor. Orgullosos de haber puesto todo lo que estaba de nuestra parte, lamentablemente nuestro esfuerzo sólo para esto nos alcanzó.

Me imagino que por temor Yatzil retrocedió al interior del círculo. Se hincó, elevó sus manos al cielo y empezó a hablar en un lenguaje extraño. Su plegaria fue interrumpida por un dulce chillido de águila, acompañado por un cúmulo de gritos que avisaban que la caballería acaba de llegar.

En el cielo apareció la imponente ave del trueno. Descendió para calcinar adversarios con sus alas y desgarrar con sus poderosas garras a varios más. Por la colina aparecieron decenas de Iyaganashas blandiendo sus afiladas espadas, cazando enemigos al por mayor. A nuestras espaldas llegaron los Chenoos, arrancando de raíz un par de árboles para anotarse varios cuadrangulares.

El trámite de la batalla empezó a inclinarse en nuestro favor. Pero nuestro buen ánimo duraría poco. Miguel nos informó que el enemigo se reagrupaba.

—*Esto aún está muy lejos de terminar. Un contingente tres veces mayor se prepara para atacar y un grupo de arqueros se alista para disparar.*

Apenas terminó de hablar y la primera lluvia de flechas surco el aire en busca de nuestras cabezas. Desesperadamente buscamos protegernos con cualquier cosa que sirviera de escudo. Aquellas flechas lograron cobrar la vida de varios Iyaganashas. La segunda tanda de flechas fue dirigida hacia el ave del trueno para obligarla a tomar distancia.

Las fuerzas enemigas iniciaron su amenazante marcha seguros de que esta vez, sí nos vencerían. Inexplicablemente detuvieron su andar y emprendieron una estampida de retirada. Durante la cual se escuchaban gritos de dolor. Estaban siendo masacrados. Nuestros rivales aterrados y desorientados. Se convirtieron én presas fáciles para nuestros machetes, hachas y espadas.

Un descomunal rugido antecedió a la breve aparición de un majestuoso y peculiar felino (su espalda estaba protegida por una dura y multicolor placa escamosa, poderosas garras y un filosa dentadura, eran sus armas. Tenía unos punzantes cuernos semejantes a los de un bisonte que completaban su arsenal), para inmediatamente desaparecer entre los árboles.

—*¿Alguien sabe por qué están huyendo?* —*pregunté.*

—*El Gran Lince es el causante* —*comentó Cuervo Rojo.*

Shirihuas, el último Mishipeshu había decidido participar. Era tan fiero que su sola presencia ahuyentó al resto de los enemigos que aún seguían en pie.

De una batalla puedes salir victorioso, nunca triunfador. El hecho de que un compañero pierda la vida, le quita cualquier matiz de felicidad a la victoria.

Jamás abandones a su suerte al guerrero que marchó a tu lado, mucho menos sueltes su mano cuando esté a punto de caer al desfiladero.

Aquel que conoce lo que es correcto y se vale de escusas para no practicarlo, automáticamente se transforma en un ser estúpido y deleznable.

Capítulo XV
La marca del guerrero

Los viejos apaches decían: "Mirando atrás me lleno de gratitud, viendo hacia el futuro encuentro la esperanza, elevando la vista obtengo fuerza y explorando mi interior descubro la paz".

Cuando la niebla de la duda te dificulte tomar una decisión, recuerda lo que el pasado te enseñó, visualiza de qué manera tu decisión afectará el futuro. Implora por sabiduría al espíritu creador, pero al final haz lo que dicte tu corazón.

Ante la retirada de nuestros adversarios, el silencio casi se apoderó por completo del lugar, excepto por el fragor al pie de la montaña, donde continuaba la fiera batalla entre el Baykok y Bilagaana.

Con angustia e impotencia contemplamos como poco a poco nuestro guerrero era superado. Por más que se esforzaba en cada nuevo encontronazo salía con la peor parte. Era evidente que cada instante que pasaba le resultaba más difícil mantenerse en pie. A causa de los estragos del castigo recibido.

Los Chenoos cansados de ser espectadores, se armaron con troncos y empezaron a subir la ladera. Bilagaana al ver lo que pretendían les pidió no intervenir.

—Esta es una pelea de dos, aunque sé que mi batalla está perdida, no le daré el gusto a este hijo de ab de verme postrado. Permítanme andar con honor mi último sendero, háganles saber a los demás que mi último deseo es que se respete mi decisión.

Los Chenoos regresaron para comunicarnos lo ocurrido. Así que con las manos atadas por un deseo, llenos de impotencia, permanecimos cruzados de brazos. Contemplando a la distancia la conclusión de aquella sangrienta función.

Lo único que podíamos hacer era gritar arengas tratando de alentarlo. Con la esperanza de que logrará revertir el trámite del combate, lo cual por breves momentos parecía funcionar. Se levantaba una vez tras otra, para seguir oponiendo heroica resistencia.

En aquel agobiante momento, a mis espaldas, un viejo conocido apareció. Cuervo Rojo de inmediato reaccionó desenfundando su cuchillo y se abalanzó sobre el inesperado visitante, quien no se inmutó en lo más mínimo y con voz pausada le dijo:

—¡Tranquilo, vengo en son de paz! Ustedes tienen un problema y yo los puedo ayudar.

—¿Qué diablos hacen aquí? —Cuervo Rojo cuestionó.

—Nos queremos asegurar que el equilibrio no se rompa.

—No sé a qué equilibrio te refieras… y esta batalla no es asunto suyo.

—Te equivocas. Esta pelea si nos incumbe. Nahuales y hombres nuevamente se han aliado, eso no es bueno para ninguno de nosotros, por eso decidimos intervenir.

—Como siempre de tu boca salen mentiras. Hombres y nahuales seguimos siendo rivales a muerte.

—¡Qué ingenuo eres viejo amigo! No todos los humanos están jugando para el mismo equipo. De lo contrario explícame: ¿por qué las fuerzas del gobierno no han aparecido para husmear por aquí?

Cuervo Rojo no logró articular ningún argumento para explicar la ausencia de las fuerzas del orden.

—¿Acaso te comieron la lengua los ratones? Este nuevo grupo tiene tentáculos por todas partes. Cuando intentamos indagar sobre el asunto, dos hombres de negro fueron eliminados, no sin antes informarnos que en las sombras una nueva conspiración se está fraguando.

—¿Estas bromeando? ¿Esperas que confiemos en ti?

—Así es, eso es exactamente lo que espero.

—Lo siento, hoy no es el día de los inocentes.

—Piensen lo que quieran. Sólo les vine a decir que si quieren salvar a su amigo, tengo la solución.

—De acuerdo, di lo que tengas que decir y que sea rápido —le dije.

—Seré breve. Escuchen con atención y después tomen la decisión que juzguen conveniente.

—Nick, creo que cometemos un error al escucharlo. Conozco bastante bien a este perro faldero de Lucifer, es un embustero profesional, seguramente tratará de engañarnos.

—Como ya lo dije, hoy no vengo como rival, vengo como "un amigo temporal".

—Habla y más vale que sea algo útil, de lo contrario arrancaré tu lengua con mis propias manos y créeme no es una amenaza, es una promesa —dije con firmeza.

—Con reservado placer, veo que la marca ya empieza a hacer efecto en tu carácter.

—¿De qué hablas?

—Sabes perfectamente de que hablo. Sé lo que tratas de ocultar bajo ese pañuelo. De seguro en tu mente te estás preguntando. ¿Qué demonios me está sucediendo?

—¿Nick, de qué está hablando? —preguntó Cuervo Rojo.

—No hay tiempo para explicaciones. Te cuento más tarde, ahora dejémoslo que termine de hablar.

—En poco tiempo verás cómo en tu antebrazo aparece una marca de color rojo entretejida con tu piel, semejante a tres rayos ordenados. A través de los tiempos esa marca ha estado predestinada a aparecer en cientos de antebrazos. Lamentablemente la mayoría de veces, el hecho no llega a cristalizarse, los elegidos mueren antes de que aparezca.

»Cuando te conocí tuve mis dudas sobre ti. Me parecías demasiado débil. Para mi sorpresa te convertiste en el octavo en consumar tal hazaña. En días, meses o años, entenderás que lo correcto es jugar de nuestro lado. Aquí te esperaremos con los brazos abiertos.

—¿En serio a esto se reduce todo? ¿Quieres reclutarme?

—Despreocúpate no intento reclutarte, aunque no me desagrada la idea.

—Ya estuvo bueno de palabrería, dinos a que has venido, porque Bilagaana no resistirá por mucho tiempo —acotó Cuervo Rojo.

—Ya se los dije vengo simplemente a ayudar.

Respondió mientras sacaba de un estuche una rara pero hermosa espada, tallada en una sola pieza de material óseo con una empuñadora que parecía anatómicamente perfecta. En la parte superior estaba cubierta por una hilera de relucientes púas capaces de serruchar cualquier material. La parte baja iniciaba con una protuberancia en forma de hacha para continuar con una delgada y filosa hoja. Concluía en una punta ancha curvada hacia arriba, capaz de cortar de tajo cualquier cosa.

Nos dijo que lo formidable de esta arma, radicaba en las inscripciones grabadas en ambos costados. También comento que únicamente podía ser utilizada por un portador de la marca del guerrero.

—*Contemplen la belleza de la primera espada forjada en este mundo. Con ella es posible aniquilar a cualquiera.*

—*¡Ok!... excelente presentación, pero aún no aclaras por qué nos ayudas —insistí.*

—*Hay un viejo proverbio que reza: "El enemigo de mi enemigo, posiblemente sea mi amigo". Creo que por ahora nos conviene ser aliados.*

—*¿Y eso cómo por qué?*

—*Esta nueva rebelión no está liderada por nuestro señor. Hasta ahora no hemos podido descifrar quién orquesta esta melodía. En esta partida no hay espacio para tres jugadores, así que los ayudaremos para que acaben con quien intenta usurpar nuestra posición.*

—*¿Entonces lo que ustedes desean es utilizarnos?*

—*Llámale como quieras. Necesitas de esta espada para vencer al Baykok, tú decides tomar o no la opción.*

—*¿Curvo Rojo, qué debo de hacer, este hombre me ofrece la opción para salvar a Bilagaana, pero él no quiere que intervengamos?*

—*No tengo la respuesta a tu pregunta. Busca en tu interior y sigue lo que dicte tu corazón.*

Después de meditarlo brevemente, llegué a la conclusión de que la grandeza de un guerrero no se debe medir por las batallas ganadas o por morir luchando hasta el final. El honor de un guerrero consiste en demostrar que a pesar de los inconvenientes, es capaz de hacer lo necesario para perpetuar la vida y el bienestar de los demás.

Un general que se respete así mismo, sin dudarlo debe asumir los triunfos y fracasos de cada uno de sus soldados.

—*Suponiendo que acepte la ayuda que nos ofreces. ¿Qué tendríamos que pagar a cambio?*

—*No esperamos retribución alguna. Con que los eliminen nos damos por bien servidos.*

—*Entonces, sea bien venida su ayuda.*

—*Solamente hay una pequeña cosa que debes cumplir.*

—*Lo sabía, no existen contratos perfectos, siempre hay letras pequeñas.*

—*Nada de eso. Lo único que te pido es tu promesa de que en cuanto concluya la batalla me la devolverás. Debes entender que sólo somos aliados temporales y por nuestro futuro bienestar, entre más lejos esté esta arma de tu mano, para nosotros mejor.*

—*Si ese es el único requisito, no perdamos más el tiempo. Prometo por mi honor que la devolveré.*

Al tomar la espada comprobé lo magnifica que era. En cuanto la empuñé, los símbolos grabados se iluminaron. Sin prestar mayor atención al hecho, me dirigí a ayudar a Bilagaana quien a duras penas resistía. Tendido ya en el suelo solamente empuñaba lo más fuerte que podía su hacha. Última, débil barrera entre su cráneo y la filosa arma de su adversario.

Aceleré mi paso. Tomé impulso para saltar y propinarle una patada voladora al Baykok. Así lo obligué a retroceder. Él con visible sorpresa reconoció la espada que empuñaba en mi mano.

—*Donde menos lo esperas, salta la liebre. ¡Quién diría que hoy sería mi día de suerte!* —*exclamó el Baykok.*

—*Creo que te equivocas, tu suerte se acabó.*

—*El equivocado eres tú chamaco. No sabes por cuántos milenios he anhelado que este día llegara. ¡Adelante, libérame de esta eterna maldición!* — *dijo mientras bajaba la guardia.*

—*¡No intervengas por favor! No sabes en lo que te estas metiendo* — *me advirtió Bilagaana.*

Ignoré las palabras de advertencia y decidí aceptar la invitación del Baykok. De un certero golpe clavé la espada en su abdomen. Inmediatamente una energía indescriptible recorrió todo mi cuerpo.

Aquel ser cayó de rodillas. Sus huesos empezaron a encarnarse; poco a poco recobró su figura humana por unos breves momentos antes de autoconsumirse en llamas.

Durante el instante que retomó su aspecto humano, pude observar claramente que en su antebrazo portaba la misma marca que recién aparecía en el mío.

Aquella perturbadora visión me tomó por sorpresa. Me desconcerté por un momento hasta que las palabras envueltas en quejidos de Bilagaana, me trajeron de regreso a la realidad.

—*Gracias por salvar mi vida… ¡ayyy!… pero quien quiera que te proporcionó esa arma, te engañó. Seguramente te contó sólo una parte de la historia… ¡cof, cof!*

—*No hagas esfuerzos, concéntrate en recuperarte. Ya más tarde me regañarás todo lo que quieras.*

En cuanto terminé de hablar, ya estaban a nuestro lado Tily y otros dos Iyaganashas. Después de darle de beber un poco de agua comenzaron a curar sus heridas. En cuanto me confirmaron que estaría bien, regresé hasta donde el hombre de negro aguardaba.

—*No se la regreses Nick. Quizás la necesitemos para poder encontrar a tu abuelo* —me aconsejó Alex.

—*¡Tienes razón! Seguramente nos ayudaría bastante conservarla, pero di mi palabra y debo cumplir. No devolverla no sería engañarlo, sería pretender engañarme a mí mismo.*

»*Si algo he aprendido, es que normalmente cuando la gente hace algo incorrecto, trata de justificarse diciendo: yo sólo hice lo que creí era correcto. Hacer algo malo, siempre seguirá siendo incorrecto a pesar de que lo hagas por la razón correcta.*

» *¿Qué sentido tiene alcanzar tus metas, si en el camino extravías tu alma? Aquí tienes la espada.*

El hombre tomó la espada. La colocó en su estuche y lo colgó a su espalda.

—Sabias palabras muchacho. Llenas de grandeza. Lástima que juegues para el equipo contrario. Bueno, momentáneamente.

—¿De qué hablas, momentáneamente?... Olvídalo yo nunca seré de su equipo.

—Nunca digas nunca. Cae más pronto un hablador que un cojo y en casa del jabonero, el que no cae resbala. Algún día cuando seas víctima de los dardos de la ingratitud humana, tú solo tocarás a nuestra puerta, te lo puedo garantizar.

—Lamento desilusionarte. Eso tus ojos nunca lo verán.

—¡Qué iluso eres! Todavía no comprendes los alcances de la marca.

—Bilagaana tenía razón. Me contaste sólo una parte de la historia. ¿Verdad?

—Para premiar tu inocente decencia, te contaré parte de lo que omití: la marca magnifica el instinto de supervivencia en sus portadores. Los convierte prácticamente en invencibles e insensibles emisarios de la aniquilación.

»Algunos oponen mayor resistencia que otros, al final la mayoría termina sucumbiendo ante su desquiciante poder.

—No sé en qué te basas para afirmar tal cosa. Aun cuando tuvieras razón te seguro que seré la excepción que confirme la regla.

—Cambiarás de parecer a medida que la marca se vuelva contra ti, envenenará tu sangre. No hoy ni mañana, algún día la ira, la venganza, el gusto por la sangre y el placer de infringir dolor, terminarán rigiendo tu actuar.

—Puedes escupir todo el veneno que quieras, te aseguro que conmigo fallara tu profecía.

—¿Te percataste que el Baykok también portada la marca?

—Sí, ¿Eso qué importa?... Yo no seré igual a él.

—Él era un hombre con principios más sólidos que tú. Un día por accidente mató a su hermano. Todo el mundo lo sentenció antes de juzgarlo. Sus válidos argumentos de defensa, solamente encontraron oídos sordos.

»El destierro fue su castigo. Para algunos eso no fue suficiente y pusieron precio a su cabeza. Decenas de asesinos intentaron cazarlo. Ninguno tuvo éxito. Todos bajo el filo de su espada cayeron, la rabia y la tristeza de sentirse marginado, más un pequeño empujón de nuestra parte, terminaron por guiarlo al lado oscuro.

»Se convirtió en el portador más celebre. Tanto así, que muchos asocian su nombre a la marca. La mal llamaron "La Marca de Caín"… Si bien, él la portó hasta el día de hoy. Hubo antes y habrá después otros portadores, la marca existe y existirá por siempre.

—Gracias por la lección de historia. Sigo creyendo que no me dices toda la verdad y aun cuando fuera cierto que corro el riesgo de ahogarme en las turbulentas y oscuras aguas del poder, te aseguro que nadaré con todas mis fuerzas y con la ayuda de mis amigos, encontraré la manera de llegar a terreno seguro.

—¡Suerte con tu terca negación! Te agrade o no, ahora eres el actual portador. Espero que las corrientes del tiempo traigan a tu embarcación hasta nuestras playas. En caso de que tengas razón y seas inmune a su embriagador veneno, será un reto y un placer enfrentarte en el campo de batalla cuando llegue el día de la quinta gran guerra.

—Sigo sin comprender lo que tratas de decirme entre líneas. Te agradezco la ayuda brindada el día de hoy y si un día nos cruzamos en un campo de batalla, que el filo de nuestras espadas sustituya a las palabras.

—Por hoy todo está dicho. Esperemos a ver que nos depara el futuro, es tiempo de que me marche. Nos veremos cuando nuestros caminos vuelvan a cruzarse.

Angustiante resulta tener la sensación de haber sido timado. Bajo presión solemos tomar drásticas decisiones, sin pensarlo dos veces. Olvidamos seguir el consejo de mamá: "Siempre toma lo que alguien te diga, con una pizca de sal".

"Por el fruto se conoce el árbol", dice el proverbio, pero ¿Qué culpa tiene el árbol, si su fruto se contamina por culpa de las aguas negras con que fue regado?

Si al final de cuentas, todo lo que se mezcla con tinta roja, rojo se vuelve. ¿Existirá forma alguna de burlar las leyes de la física?

La batalla había llegado a su fin. Aunque la llama de la guerra continuaba encendida. Algunos celebraban el momentáneo triunfo conseguido, mientras otros en silencio curaban sus heridas y levantaban a sus muertos.

Cuando quieras saber el costo de una victoria, ten en cuenta que la respuesta dependerá de a quién le preguntes. Solamente después del recuento de los daños, se puede estar en posición de emitir un juicio adecuado.

Capítulo XVI
El recuento de los daños

Tras la tempestad llega la calma que trae como invitada a la incertidumbre. Resulta difícil desconocer si la calma es resultado del fin de la tormenta o solo es al ojo del huracán que se fortalece a nuestras espaldas para envestir con mayor fuerza.

Aquel que dice: todo pasa por alguna razón, seguramente es dueño de una fe inquebrantable o solamente vocifera de dientes para afuera porque nunca ha perdido a alguien que le importe.

Por más desolador que luzca un campo después de la contienda, nunca igualará a la sombría y confusa película creada en nuestra mente pos batalla. Arrebatarle la vida y sueños a otros seres; ver perecer a un solo amigo, aunque te resistas a aceptarlo, te cambiará. Jamás volverás a ser el mismo, las heridas mentales siempre son las más difíciles de sanar.

A pesar de la retirada del enemigo, el tiempo de poder relajarnos aún se vislumbraba lejano. El panorama era deprimente. Cuerpos inertes regados por el campo; árboles arrancados de raíz tirados por cualquier parte; armas huérfanas de dueño rodaban sobre el pasto; susurros de dolor envolvían los cuatro puntos cardinales. La trágica postal se completaba con espeso lodo, tierra amasada con sudor, lágrimas y sangre derramada por valientes guerreros de ambas partes.

Macabro resultó a mis ojos ver como mis amigos caminaban entre los cuerpos para acallar los gemidos de dolor de nuestros adversarios. Estaban tan convencidos de hacer lo correcto, que se creían con derecho a decidir quién vive o quién mure.

Me horroricé al darme cuenta que entre más batallas libras, más insensible te vuelves al dolor ajeno, pasando de aborrecerlo a sentarte a diario a la mesa con él.

En verdad que no hay nada tan incongruente como el ser humano. Defender una causa justa de acuerdo a tu punto de vista, no te da el derecho de matar a quien ya no se defiende. Debo aceptar que en aquel momento mi confusión, rabia y deseo de venganza me hicieron callar.

Los Iyaganashas por su parte recorrían el lugar con improvisadas camillas. Levantaban a nuestros heridos para concentrarlos en un mismo sitio. Donde los curanderos les prestaban atención médica. Mientras en otro espacio colocaban los cadáveres de los caídos y los preparaban para la ceremonia de cremación.

En el recuento de los daños, treinta y tres Iyaganashas habían pagado con su vida el alto costo de nuestra salvación. Las heridas de Bilagaana eran tantas que el pronóstico más alentador fue que le tomaría un par de semanas por lo menos volver a estar de pie.

De mis amigos, Andrea fue quien sacó la peor parte, dos flechas habían hecho blanco en su anatomía corporal. Sus silenciosos gritos de dolor mientras le sacaron ambas flechas, hablaron de su gran valor y fortaleza. El resto teníamos algunas heridas, nada que el mágico ungüento de los Iyaganashas no pudiera remediar. Mientras todo aquello sucedía, busqué a Tily.

—*A ti te estaba buscando. ¡Ven, necesito preguntarte algo!*

—*¿Qué necesitas?*

—*¿Cómo podemos agradecerle a tu gente por habernos ayudado?*

—*Dame un segundo. Déjame llamar a quien los lideró durante la batalla. Probablemente él pueda responder tu pregunta.*

Después de un par de minutos, Tily regresó con el susodicho.

—*Nick, te presento a Chuche. Tal vez él pueda responder tu duda.*

—*Gusto en conocerte. Antes que nada, gracias por la ayuda.*

—*De nada, Tily me dijo que tenías algunas preguntas para mí.*

—*El asunto es que me gustaría saber, ¿de qué manera podemos retribuirlos por el alto costo que tuvieron que pagar al ayudarnos? Además, me gustaría saber ¿qué los motivó a arriesgar su vida por unos desconocidos?*

—*Hasta donde tengo entendido, cuando Tily contactó a Linca para avisarle de la muerte de Pandi, le pidió que acudiera con los ancianos para solicitarles enviaran un batallón en su ayuda. Tily al contrario de ustedes, estaba consciente de que solos no podrían superar a sus enemigos, así que puedes agradecerle a él por haber lanzado la llamada de auxilio.*

»Linca demostró una gran entereza. Comprendió que no era momento de llorar su pérdida y en lugar de refugiarse en el luto y el dolor, enfocó su energía en tratar de convencer al consejo de ancianos.

»A pesar de que en primera instancia enfrentó una férrea resistencia, no quitó el dedo del renglón. Presionó con todas sus fuerzas hasta lograr su objetivo. Recuerdo claramente cada palabra que pronunció:

«"Sé que le advirtieron a Tily y a Pandi sobre los riesgos de intervenir en una guerra ajena. Ya me parece escuchar sus voces diciéndome: se los advertimos y ve cómo terminaron. Teníamos razón, ¿quieres que más de nosotros terminen igual?

Antes de recriminarme les pido me escuchen, no con sus oídos, sino con su corazón. Hablar sobre lealtad es fácil, practicarla es lo difícil.

Desde luego que yo no quiero el mal para ninguno de nosotros. No creo que nadie por gusto quiera participar en una batalla sabiendo que puede morir, pero no debemos cerrar los ojos. No nos hagamos tontos, si ellos no logran su encomienda, en unos pocos años las legiones de la oscuridad reclamarán nuestras tierras.

¿Entonces sí, ustedes nos llamarán a pelear para defender lo nuestro?

Si peleamos el día de hoy, tal vez caigamos, pero cuando menos estaremos luchando por heredar un buen lugar a nuestros hijos. Si por necios y cobardes pateamos el bote, eludiremos por unos cuantos años el combate. Pero un día al levantarnos, nos daremos cuenta que fue un error dejar que otros libraran la batalla que debería ser común.

Créanme sé de lo que hablo. Yo pensaba igual que ustedes hasta que Pandi logró hacerme entender que si ellos fracasan, el mañana para todo el mundo será diferente y ya no habrá futuro por el cual valga la pena luchar.

¿Qué sentido y honor encuentran en dejar que los demás sean los que se sacrifiquen? Me niego rotundamente a ponerme de rodillas a esperar que baje la guillotina. Voy a pelear mientras aún exista algo valioso por salvar"».

—*Al terminar de pronunciar aquel breve e inspirador discurso, se dio la vuelta y lentamente empezó a caminar. Los ancianos se quedaron mudos y absortos; los guerreros presentes uno a uno nos sumamos a su andar, así fue como todo el regimiento terminamos aquí.*

—*Entonces debo agradecerles a todos por su disposición, pero particularmente a Linca.*

—*Creo que sí. Desgraciadamente Linca fue una de las víctimas que cobró la lluvia de flechas.*

—*Lo siento. En verdad es triste escuchar eso.*

—*No sientas tristeza por ella. La muerte de alguien que supo vivir plenamente y murió por sus convicciones intactas, no puede ser objeto de tristeza, si no de reconocimiento y honor.*

—*Quizás tengas razón. Aunque todavía no me dices de qué manera podríamos agradecerles su sacrificio.*

—*Cuando las flechas surcaban el firmamento, todos corrimos tratando de ponernos a salvo, desafortunadamente Linca no lo logró, una flecha se clavó en su espalda y la hizo caer.*

»*Al verla convertida en un blanco perfecto para la segunda ronda de flechas, tu amiga no dudó en entrar en acción. Salió corriendo de detrás del árbol donde se protegía, la tomó en sus brazos y trató de regresar a terreno seguro. Desafortunadamente también fue alcanzada por las flechas. Con un esfuerzo sobrehumano consiguió llevarla detrás de un árbol. Pero ya era demasiado tarde para Linca.*

»*Esa acción llena de heroísmo confirmó que ella tenía razón, ustedes son diferentes a la mayoría de humanos. Nos dieron la dicha de saber que no nos equivocamos con la decisión que tomamos. No les pedimos más nada, únicamente cumplan su misión y con eso nos damos por bien retribuidos.*

Mientras nosotros conversábamos, los demás terminaron de preparar los cuerpos y las hogueras para la ceremonia de incineración. Después de unas breves palabras, treinta y tres fogatas iluminaron la penumbra del atardecer.

El cielo por si solo se iluminó con su propio show de estruendosas luces. La tormenta nocturna se alejó sin derramar gota alguna. Las luciérnagas danzaban por cientos dándole un toque de misticismo y melancolía al momento.

Mientras el fuego terminaba de purificar los cuerpos, me acerqué con Bilagaana.

—*¿Qué tal campeón, listo para el segundo round?*

—*¿De qué hablas? Creo que peleé como treinta asaltos.*

—*Lo bueno que estás bien.*

—*Un poco mallugado, pero al menos ya tengo otra historia para contarles algún día a mis nietos.*

—*Te quería agradecer por haberte ofrecido como voluntario y pedirte disculpas por no respetar tu último deseo.*

—*No pidas disculpas. Yo soy el que tengo que agradecerte por haber desobedecido, ciertamente en mis planes no figuraba morir el día de hoy. Simplemente estaba convencido de que todo aquel que participara en el combate contra el Baykok moriría. Por eso les pedí no intervenir, afortunadamente alguien nos ayudó. ¿Verdad?*

Como respuesta, le platiqué la interacción que tuve con el hombre de negro.

—*Como te lo advertí, seguramente en el futuro te arrepientas, Sobek no te mintió.*

—*¿Disculpa, quién es Sobek?*

—*Es el nombre de quien te ayudo. A esa lagartija la conozco desde hace largo tiempo, aunque eso ahora no es lo importante. Lo que tienes que saber es que el guerrero que mataste era un hombre honorable y ejemplar, según contaba mi abuelo.*

»*Él lo conoció antes de que se desviara del camino. Fueron grandes amigos y leales compañeros en innumerables batallas. Se salvaron la vida mutuamente en más de una ocasión. Tristemente aquella historia de amistad terminó en tragedia.*

»*No te lo digo para que entres en pánico, sólo quiero que estés consciente. La influencia de la marca debe ser manejada con cuidado o se pueden generar nefastos resultados.*

—Agradezco tu preocupación. Por ahora lo importante es que ganamos esta batalla.

—En verdad espero que no te arrepientas de haber corrido el riesgo.

—No te preocupes. Encontraré la manera de controlar los impulsos de la marca. ¿Crees que eso sea posible?

—Hasta donde sé, han sido cinco a los que el poder ha desquiciado. De otro más, nada se sabe. Después de una espectacular demostración en una batalla, desapareció sin dejar huella. El Arcángel guerrero ha sido el único capaz de domarla, él demostró que se le puede controlar, así que aún tienes esperanza.

—Con ese dato me basta. Te juro que haré todo lo que esté a mi alcance para conseguirlo.

—Por tu bien y el de tu raza, eso espero muchacho. Personalmente considero que el poder de la marca, no es bueno ni es malo, al empuñar la espada el guerrero es el único que elige cómo utilizarla. Mi padre siempre me dijo: "El poder no corrompe a los inteligentes, solamente a los estúpidos".

—Gracias por encender una débil llama de esperanza, yo me encargaré de avivarla.

—Es lo menos que puedo hacer.

—Bien. ¿Para ti, que sigue ahora?

—Después de recuperarme regresaré a la tierra de mis ancestros para reencontrarme después de centurias con mis seres queridos y alguno que otro amigo.

»La vergüenza que me causaba haber desobedecido a mi padre al quedarme contra su voluntad aquí. Tratando de ayudar a una raza que ante mis ojos se había convertido ingrata. Me obligaban a aferrarme a vivir en autoexilio.

»Tu valerosa acción me abrió los ojos. Ahora entiendo que es un error juzgar a toda la humanidad con la misma vara. Pues tu juicio puede dejar de ser imparcial a causa de los sinsabores del pasado.

»He comprendido que no todos son malos, así como hay humanos ingratos, traicioneros, convenencieros e hijos de la chingada, también hay gente buena, leal, empática y solidaria. Me doy cuenta que hice lo correcto al pelear a su lado. Hoy he dejado de avergonzarme de mi ayer.

»*Así que retornaré con la frente en alto y el honor intacto. Pediré disculpas a mi padre, abrazaré a mi madre mil veces. Le pediré perdón por las preocupaciones que seguramente mi prolongada ausencia le provocaron. A mis pequeños hermanos que ahora deben de ser unos grandes guerreros, les enseñaré unos cuantos trucos. Beberé cerveza hasta embriagarme de recuerdos con viejos amigos y visitaré la tumba del abuelo para informarle que finalmente fue vengado.*

»*También compartiré mi historia con los jóvenes guerreros. Espero motivarlos para en caso necesario, me acompañen al campo de batalla el día que sea momento de la gran batalla final.*

—*En verdad me alegro por ti.*

—*Tus amigos ya conocen el lugar donde está mi cueva. Cuando me vaya dejare ahí mi Shofar, el día que necesites los servicios de mi hacha, tócalo y sin dudarlo a tu lado marcharé.*

—*Gracias y los mejores deseos para tu regreso. Ahora me tendrás que disculpar pero tengo que hablar con los muchachos.*

—*Adelante y la mejor de las suertes en su misión.*

Mi intención de reunir a los chicos para hablar fue pospuesta por la oscuridad. Las hogueras habían terminado de apagarse.

Los Iyaganashas fieles a su tradición, pusieron las cenizas en hermosas y ornamentadas bandejas ceremoniales. Luego las colocaron en el río y dejaron que las caprichosas corrientes las llevaran hasta su destino final.

Andrea les pidió de favor que las cenizas de Linca no las lanzaran al río, que las mezclaran mejor con la tierra del rosal donde estaban las de Pandi. De esa manera se reunirían nuevamente y juntos engendrarían hermosos retoños en cada botón que del rosal brotara. No tuvieron problema con aceptar la petición.

En la noche ya con la mayoría de heridos repuestos. Se marcharon con unos cuantos convalecientes. Por su parte los Chenoos confeccionaron con ramas una gigantesca camilla para poder trasportar a Bilagaana hasta su hogar. Con sorpresa y tristeza, vi que Tily preparaba sus cosas para regresar con los suyos.

—*Veo que te preparas para dejarnos. ¿Acaso pensabas irte sin despedirte?*

—Así es... sabes que a mi esas cosas de las despedidas no se me dan.

—No seas tan huraño. De vez en cuando unas migajas de amor no le hacen mal al alma.

—Quizás tengas razón, pero yo paso.

—¿Cómo que pasas?

—Si, a mí eso de apretones de mano o abrazos de despedida, se me hace medio cursi. Para mí con una mano levantada diciendo adiós al viento, es suficiente.

—No comparto tu opinión, pero respeto tus razones.

—Gracias por no obligarme a sentirme avergonzado frente a todos.

—Si no te molesta, quisiera saber ¿Por qué decidiste abandonarnos?

—¡Ah!...Yo con gusto me quedaría a patear los apestosos traseros de los nahuales pero tengo que regresar a nuestra aldea. Debo saldar una deuda moral.

—¿A qué te refieres con eso?

—Necesito hacerme cargo de los padres de Linca. Ella era su único sustento y ahora que ya no está, ellos necesitaran quien vea por su bienestar. Linca se sacrificó por nosotros, ahora me corresponde devolver la cortesía.

—Haces lo correcto. Gracias por todo y ven déjame abrazarte como despedida.

—¡Qué nada de abrazos!... Sabe.

—Bueno, un apretón de manos aunque sea.

—¿Qué parte de que no me agradan las despedidas, no entendiste? Un hasta luego bastará. Ahora me tengo que ir que mis compañeros ya me llevan ventaja. Te veré cuando te vea.

—¡Suerte y espero que nuestros caminos vuelvan a cruzarse algún día!

En cuanto nos quedamos solos, reuní al grupo en torno de la fogata.

—De aquí en adelante, todo dependerá de nosotros siete. ¡Debemos ser cautos y cuidadosos!

—Completamente de acuerdo —comentó Antonio.

—Antes de planear nuestro siguiente paso, quiero pedirles algo.

—*Tú dirás —dijo Miguel.*

—*Por bien de mi salud mental, quiero que me prometan que en cuanto noten síntomas de que la marca empieza a dominarme, en un sentido adverso, me matarán antes de que pueda dañarlos a ustedes o a otra gente buena.*

—*¿Estás loco? ¿Por qué nos pides eso? —reclamó Yatzil.*

—*Tengo mis razones y por su propio bien, más vale que no ignoren mi petición. ¡Por favor prométanmelo!*

—*Entiendo el origen de tus temores, así que te lo prometo —dijo Cuervo Rojo.*

—*Yo también lo prometo —mencionó Antonio.*

Interrumpí nuestra conversación cuando vi aparecer entre los árboles a unas extrañas y luminosas criaturas. Eran de color blanco, sin torso ni brazos; únicamente una cabeza circular, montada sobre un par de piernas. Su tenebroso y pausado caminar encendió mis alarmas. Algunos de ellos caminaban sobre el agua sin problema alguno. Contradiciendo todas las leyes de la física moderna.

—*¡Demonios! Parece que la fiesta aún no ha terminado. Prepárense señores que estos hijos de puta no nos dejarán descansar.*

—*¡Tranquilo Capitán América, relájate, estas nobles criaturas no nos atacarán! — mencionó Curvo Rojo.*

—*Yo por eso decía… ¡Que no se preocuparan, que todo estaba bien!*

—*¡Ajá!… Del susto casi te haces en los pantalones —bromeó Alex.*

—*Y sí… ¡Mírate! aún tus piernas siguen temblando como venadito recién parido. ¡Ja, ja, ja! —secundó Miguel.*

—*¡Ja, ja! Déjenme decirles que no son graciosos, ¡ehh!*

—*¡Ok! Entendí que no atacarán pero… ¿qué son esas cosas? —intrigada preguntó Andrea.*

—*Son Naightcrawler, los espíritus guardianes del bosque, siervos de la madre naturaleza.*

—*¿Y exactamente ellos qué hacen aquí?*

—*Vienen a limpiar nuestro desastre.*

—¿Cómo?

—Observen y se sorprenderán.

Ante nuestros ojos las criaturas se fusionaron con árboles que cobraron vida. Con sus ramas empezaron a limpiar todo el lugar. Sus raíces salían para envolver los cuerpos y armas de los muertos para llevarlos a las entrañas de la tierra. En cuestión de minutos aquel campo lucía como si nada hubiera sucedido, cualquier señal de batalla había sido literalmente engullida por la tierra.

—Yo quiero un par de esas criaturas para mi casa —dijo Yatzil.

—¿Sí, verdad? Ahora sé qué regalarle a mi tía el diez de mayo — bromeó Antonio.

Una vez terminado su trabajo, las criaturas salieron de los árboles para silenciosamente marcharse, perdiéndose en la espesura del bosque.

—¿Qué acaba de suceder? No doy crédito a lo que mis ojos vieron — dijo Miguel.

—La madre naturaleza es uno de los entes más poderoso que habita este planeta. Ella nunca se ha querido involucrar en esta milenaria guerra entre luz y la oscuridad. Solamente se limita a cubrir las huellas que dejan nuestras recurrentes batallas.

»Dentro de su sabiduría entiende la importancia de mantener en secreto para al resto del mundo, la existencia de un mundo paralelo. Teme que gente sin escrúpulos se entere de la existencia de un conocimiento mágico ancestral y traté de apoderarse de él a cualquier precio.

»Enviar a sus siervos a limpiar nuestro desorden, es su manera de asegurarse de no dejarnos jugar con fuego, porque podríamos quemarnos.

—Ahora entienden por qué le cuesta tanto trabajo a la ciencia encontrar evidencias de lo paranormal y por qué tantos tesoros antiguos yacen bajo tierra.

» ¡Ya no puedo distinguir si esto cada vez se pone más interesante y complejo o simplemente se vuelve más loco y absurdo! —comenté

—En la noche podrán pensar todo lo que quieran, por ahora el tiempo apremia. Sólo disponemos de trece horas antes de que el efecto del eclipse desaparezca —mencionó Cuervo Rojo.

—*Eso es muy poco tiempo. Considero que deberíamos esperar cuando menos tres días —comentó Miguel.*

—*¡No podemos esperar! Sin la ayuda del eclipse seríamos pan comido para los nahuales. Además debemos aprovechar su desconcierto antes que se reorganicen.*

—*Esa parte la entiendo. El problema es que aun con la ayuda del ungüento, Andrea necesitará de uno o dos días para recuperarse de sus heridas. En su estado actual, no nos puede acompañar y tampoco la podemos dejar aquí. Así que lamento decir esto, nosotros dos hasta aquí llegamos.*

—*Tu postura es perfectamente entendible. Yo haría lo mismo si se tratara de Troy —le dije para tratar de confortarlo.*

—*¡Aclarado el punto! Ahora que nuestro número de elementos se verá reducido, con mayor razón debemos elaborar una buena estrategia, así que....*

Cuervo Rojo nos explicó a detalle su plan para escalar hasta la cueva que se ocultaba tras las aguas de la cascada, puerta de acceso al reino Nahual.

—*¿Alguna duda?*

—*¡Ninguna! —respondimos.*

—*Entonces a dormir un poco. A las seis de la mañana reanudaremos nuestro andar.*

Nuestro cansancio era extenuante, así que todos caímos rendidos. Aquella madrugada Morfeo hizo acto de presencia en los sueños de Yatzil. Le trajo una visión que cambiaría radicalmente nuestros planes, ignoro si para bien o para mal.

Ten cuidado con lo que sueñas. Existe la misma posibilidad de que tu sueño se materialice en realidad o se transforme en pesadilla.

Cuando montes por primera vez a ese potro salvaje llamado destino, seguramente te derribará. Levántate, sacude el polvo de tu ropa, enjuaga tus heridas y vuelve a montarlo cuantas veces sea necesario, sólo así conseguirás domarlo.

Capítulo XVII
La piedra del destino

¿Alguna vez te has preguntado en qué radica el valor asignado a las piedras preciosas? ¿Si finalmente terminan siendo rocas o no?

El valor depende de sus cualidades ornamentales o funcionales y probablemente su rareza incremente su valor a los ojos de aquellos que les agrada la exclusividad.

Bajo estos parámetros, ¿qué valor le asignarías a una roca de color verde, moteada en tonos rojos y dorados, capaz de revelar sucesos futuros o pasados; forjada con el fuego del sol, por la mismísima Sagburru (descendiente del linaje de Lilít)?

Antiguas leyendas hablan de la Bloodstone. Refieren que cuando Sagburru se dio cuenta de lo peligrosa que resulto ser su creación, decidió engendrar una gigantesca y casi indestructible serpiente para custodiarla. Incrustó entonces la gema en su frente para desanimar a todo aquel que quisiera poseerla.

— ¿Qué estarías dispuesto a hacer con tal de poseerla? Quizás pienses que al conocer el futuro, sería pan comido conseguir dicha y fortuna, pero… siempre hay un pero.

» ¿Qué pasaría si el futuro que se te revelará fuera: la fecha, hora y manera en que morirán cada uno de tus seres queridos y también tú?… ¿Aun así te atreverías a tocarla?

La sabiduría apache decía: "Ten cuidado con soñar demasiado, porque todos los sueños proceden del mismo lugar", lo que quiere decir, que ahí también nacen las pesadillas.

En la mañana sonaron las alarmas y nos avisaron que era hora de partir a la cita con el destino. Miguel salió de su tienda para despedirnos, desearnos la mejor de las suertes y darnos un par de consejos.

—¡Suerte muchachos, asegúrense de llevar todo el arsenal posible!

—Sí mamá, ya tomé mis vitaminas y revisé mi equipaje. ¡Ja, ja, ja! —bromeó Alex.

—¡Recuerden!, si por cualquier cosa el hechizo nahual cobra fuerza, cierren sus ojos. Mientras no los miren directamente, no podrán utilizar sus miedos en su contra.

—¿Te refieres a algo así como en el cuento de Medusa?

—Exactamente y no es ningún cuento. De hecho, Medusa era mitad nahual.

—¡Vaya, cada día se aprende algo nuevo! ¿Cómo haces para saber tanto? —cuestionó Yatzil.

—Con muchas horas nalga en la biblioteca o frente a la lab... ¡Ja, ja, ja!

—¿Cómo pasó la noche Andrea? —pregunté.

—Bastante bien, todo indica que se recupera. Gracias por preguntar.

—No hay nada mejor para alegrar una mañana, que recibir buenas noticias al despertar.

—Nuevamente quiero pedirles disculpas por no poder acompañarlos. Haré todo lo posible por alcanzarlos durante el eclipse del cinco de Julio.

—No te preocupes. Por ahora concéntrate en atender a tu hermana. El tiempo se encargará de poner las cosas en su lugar. Ahora que si quieres ayudarnos, revisa por favor con cada quien lo que lleva. Algunos somos un poco descuidados y podemos olvidar algo.

—¡Seguro! Empezaré con Alex que es el más bruto de todos. ¡Ja, ja, ja!

Mientras Miguel checaba nuestro equipaje, le pedí a Yatzil un par de minutos para hablar a solas.

—¿Te sucede algo?

—¡No! ¿Por qué la pregunta?

—Te noto intranquila.

—Son tus nervios, en verdad estoy bien.

—¡Vamos, dime que es lo que te inquieta!, te conozco lo suficiente para saber que sólo bajas la mirada al hablar, cuando estas mintiendo.

—Yo y mi estúpido cuerpo que no sabe mentir. Está bien, durante la noche en mis sueños todo fue muy confuso. Creo que el dios de los sueños trató de decirme que Miguel debe de acompañarnos. El éxito de nuestra misión depende en buena parte de su presencia.

—Tal vez solamente te dormiste preocupada.

—Eso quisiera creer. Esto de tener sueños raros, se me da desde niña y cuando las mariposas revolotean en mi estómago, nunca se han equivocado, mis presentimientos siempre terminan por hacerse realidad, eso es lo que me tiene inquieta.

—Pues hablemos con los demás del tema a ver qué sucede. Aunque veo complicado convencer a Miguel de acompañarnos, por nada del mundo abandonará a su hermana.

Nos reunimos todos para que Yatzil nos contara sobre su sueño. Bebimos una taza de café y como era de esperarse, Miguel se resistió.

—Lo siento Yatzil, no es que no crea en tus premoniciones. En verdad discúlpenme, ustedes saben que tengo razones para no acompañarlos.

—Te entiendo y disculpa si fui impertinente. Mi intensión nunca fue tratar de presionarte, solamente quería poner el tema sobre la mesa, espero lo comprendas y me perdones.

—No te apures, no tengo ningún problema con eso.

Andrea que desde su tienda había estado escuchando la plática, salió utilizando una rama como improvisada muleta.

—Espero que mi opinión cuente.

—¡Ten cuidado, no te vayas a caer! —dijo Miguel.

—Estoy herida, no inválida. Aún puedo cuidarme sola. Además no olvides que aunque sea por un par de minutos, soy tu hermana mayor, así que debes obedecerme.

—Lo bueno que ya te sientes mejor y con ánimos de regañarme.

—Por favor ve con ellos.

—No me pongas en ese dilema.

—Despreocúpate de mí. Podré sobrevivir sola por un par de días hasta que el ungüento termine de hacer su efecto sanador. Sólo asegúrate de dejarme suficiente agua, bastante comida, leña y un afilado machete, lo demás correrá por mi cuenta.

—*Miguel sé que para ti es complicado tomar una decisión ahora. Seguramente en tu cabeza tienes sentimientos encontrados, no pretendo presionarte pero mi obligación como líder es hacerte la siguiente pregunta: ¿te quedas o nos acompañas? Cualquiera que sea tu respuesta, la entenderemos y la respetaremos.*

—*¡Ummm!...Creo que debo obedecer a mi hermana mayor, iré con ustedes.*

—*¡Bienvenido de regreso!, y como no tenemos mucho tiempo, démonos prisa en dejarle lo necesario.*

Uno a uno nos despedimos de Andrea y le deseamos pronta recuperación. Antonio fue el más emotivo pero fracasó en su intento de encontrar las palabras correctas para expresar sus sentimientos y termino cantinfleando. Sus palabras llenas de incoherencias lo dejaron a merced de nuestras burlas.

—*¡Tranquilo galán! piensa, respira hondo y conecta tu lengua con el cerebro para que no hagas el oso. ¡Ja, ja, ja!* —*bromeó Alex.*

—*No les hagas caso. Yo sí entendí cada una de tus palabras y muchas gracias, ven déjame darte un abrazo.*

—*Gracias por ser tan comprensiva* —*le dio un fuerte abrazo y por un instante cruzó por su mente el deseo de besarla, pero se contuvo por la acosadora mirada de Miguel.*

—*Creo que ya fue suficiente despedida, ¿no creen?* —*refunfuñó Miguel.*

—*¡Esa mano árbitro!.... ¡Ja ja, ja!... ¡tranquilos chicos o harán que se le derrame la bilis a Miguel!* —*Yatzil bromeó.*

Sonrojada por el comentario, Andrea lentamente soltó la mano de Antonio y simplemente se despidió.

—*¡Qué tengan suerte muchachos y cuídense que quiero verlos de nuevo!*

Caminamos hasta el lecho de la cascada y empezamos a preparar nuestro equipo de rapel. Estábamos casi listos cuando escuchamos un violento chapaleo, como antesala de la entrada en escena de una descomunal serpiente que surgió de entre las aguas para tratar de devorar a Alex.

Con un reflejo felino Alex logró esquivar por centímetros la filosa dentadura de la colosal bestia. Después de su fallido ataque, la serpiente se sumergió para acecharnos desde las profundidades.

—*¿Qué diablos fue eso?* —*gritó Alex, pálido del susto.*

—¡Estos hijos de puta, ocultaban un comodín bajo la manga! Chicos les presento a la Uktena —dijo Cuervo Rojo.

—¿Aquí en tierra no puede atacarnos, o sí? —pregunté.

—No creo, raramente abandona el agua porque pierde destreza y capacidad de maniobra.

—Por el momento con eso me basta.

—Ahora el problema es que para poder alcanzar la entrada de la cueva, forzosamente debemos pasar por sus dominios.

—¿Entonces?

—Debemos deshacernos de ella. Tomen una lata de pintura, el primero que tenga oportunidad póngale la marca de la serpiente.

—¡Disculpen, no recuerdo cómo era! —dijo Alex.

—Tú y tu problema de déficit de atención. ¿No puedes recordar una simple Z ladeada? Por dios santo… Esto es lo que deben pintar —dijo Miguel mientras marcaba una piedra con la runa.

—¡Ok! ¿Ahora cómo la hacemos salir? —pregunté

—¡Fácil!... metiéndonos a nadar —dijo Alex.

—¡¿Estás bromeando?! Si ponemos un pie en el agua seremos un simple snack para esa cosa.

—Se me agotaron las ideas. No tengo ni la más remota idea de cómo solucionar este problema —con desanimo Cuervo Rojo comentó.

—Creo que tengo la respuesta. ¡Vengan ayúdenme a encender una fogata! —dijo Miguel.

Encendimos una fogata en el punto más elevado que teníamos cerca. Atamos un par de camisetas para enviar señales de humo, similares a las que anteriormente Tily nos enseñó. Esto con la esperanza de que el ave del trueno acudiera en nuestra ayuda.

—¿Ahora qué? —pregunté.

—¡Fe y paciencia! Ojalá el guardián de la montaña haya recibido nuestro SOS.

Resignados ante la falta de opciones nos sentamos a esperar por un milagro. En nuestros rostros se podía percibir un cierto gesto de desánimo, provocado por la incertidumbre y alimentado por el temor de fracasar.

Una hora después nos dimos cuenta que el milagro no llegaría. Consciente de que no era momento de lamentarse si no de reinventarse, tomé la palabra.

—*La intención fue buena aunque no funcionó ¿Qué otra cosa se les ocurre?*

—*¡Esperen! Si en lugar de escalar por la parte frontal, subimos la montaña por un costado para luego descender hasta la cueva —propuso Yatzil.*

—*Inteligente propuesta, pero eso no nos servirá —dijo Cuervo Rojo.*

—*¿Por qué no?*

—*Del estanque a la entrada de la cueva hay más o menos quince metros, nuestra amiga debe de medir por lo menos veinte, sin problemas puede devorarnos mientras descendemos.*

—*Entonces creo que estamos como al principio.*

—*Chicos se me ocurre algo loco, aunque no creo que les agrade —dijo Antonio.*

—*En este momento estoy dispuesto a agarrarme a un clavo ardiente, si fuera la única manera de no caer. ¿Dinos qué se te ocurrió? —respondí.*

—*Lo primero será que Cuervo Rojo suba a la cima de la cascada. Yo entraré a la orilla del estanque para servir de carnada, cuando la Uktena venga tras de mí, deberán actuar rápido para marcarla, mientras Cuervo Rojo desciende al lomo de la serpiente para matarla.*

—*¡No! Eso suena demasiado arriesgado, sería prácticamente un suicidio y no creo que funcione.*

—*Lo sé… difícilmente funcionará, pero situaciones complejas sólo se resuelven con soluciones radicales o afortunadas. Y en este momento la fortuna no está de nuestro lado, así que sólo nos queda la opción radical. ¡Crucemos los dedos esperando que funcione! ¿O tienes una idea mejor?*

—*Sigue sin agradarme en lo más mínimo tu idea, pero creo que tienes razón, tu alocada propuesta es nuestra única opción.*

—*¡Entonces hagámoslo!*

—*No tan rápido, no es justo que tú seas la carnada, no es justo que ninguno sirvamos de carnada, así que dejaremos que la suerte lo decida.*

—¿De qué hablas?

—¿Recuerdan la película de Armagedón?... el que saque el palito más corto será la carnada.

—No seas cursi, esta fue mi idea y yo correré el riesgo. Si alguien más muriera por culpa de mi estúpida idea, nunca me lo perdonaría. En palabras tuyas: "Un verdadero hombre, debe hacerse responsable de sus acciones"; ¿Ya lo olvidaste?

»Es más no sé ni porque estamos hablando sobre esto, si este punto no está en discusión.

—Pero...

—No hay pero que valga, mi decisión está tomada y es inamovible, ¡respétala por favor! Cuervo Rojo empieza a escalar. Nos avisas cuando estés en la cima para poner en práctica el plan.

—¡Ok! Antonio si no te vuelvo a ver, quiero que sepas que fácilmente serias un guerrero Cachuma, la valentía y el honor corren por tu sangre —dijo Cuervo Rojo antes de marcharse.

Mientras Cuervo Rojo subía, nos acercamos a Antonio para desearle suerte y despedirnos, pensando en la posibilidad de que no lograra salir bien librado. Antonio no desaprovechó la oportunidad de hablar con Miguel.

—Gracias Miguel por tus palabras. Quiero aprovechar este momento para saber si puedes darme tu permiso para cortejar a tu hermana de manera formal.

—Por supuesto, te conozco lo suficiente para saber que eres una buena persona, además sé que eres correspondido por Andrea, que me haga wey es otra cosa.

»Disculpa si opongo un poco de resistencia. A pesar de lo buen chico que eres, los celos de hermano siempre estarán presentes.

—Lo entiendo, con que soportes nuestra relación será suficiente.

Cuando llegó el turno de hablar con Yatzil, Antonio le pidió un favor.

—Quiero pedirte un favor.

—¡Claro!

—*Si no salgo de esta, dile por favor a Andrea que desde el primer día que la conocí, supe que Dios existía y que me disculpe por ser tan torpe y haber esperado tanto tiempo para confesar mis sentimientos. Dile que me recuerde con alegría, no con llanto y dale el beso que yo nunca pude darle.*

—*¡No seas pesimistas, verás que todo saldrá bien y tú mismo le darás ese beso!*

—*Quisiera ser tan optimista como tú, pero la cosa no esta tan fácil, así que prométemelo por favor.*

—*¡Seguro!, cada una de tus palabras se las diré y le daré ese beso de tu parte.*

Cuervo Rojo nos informó que estaba en posición. La hora de poner en práctica el desesperado plan había llegado.

—*¡Suerte amigo, empuña con fuerza tus armas! ¡Defiende tu vida con uñas y dientes! Los demás tengan listo su aerosol para actuar con rapidez. El primero que logre marcarla, grítelo con fuerza para que Cuervo Rojo sepa que es momento de saltar.*

Con las manos bañadas en resbaloso sudor, tratábamos de sostener con firmeza las latas de aerosol. Antonio se hincó para persignarse, besó el crucifijo del rosario que colgaba de su cuello; dirigió la mirada y una breve plegaria al cielo y se encaminó con paso firme hacia el estanque. Apenas había puesto un pie dentro del agua, cuando Cuervo Rojo grito:

—*¡Sal del agua Antonio!*

—*¿Qué?... ¿Por qué?*

—*¡No seas necio y estúpido, aléjate del agua!*

Antonio desconcertado obedeció la instrucción, apenas a tiempo, pues en ese preciso momento la serpiente saltó del agua justo en el lugar en donde él estaba. Cuervo Rojo visiblemente emocionado nos pidió mirar al cielo.

Destellantes relámpagos iluminaron el firmamento. El ave del trueno había regresado, tomó altura para descender en caída libre y lanzó una serie de rayos sobre el estanque. Así logró vaporizar una gran cantidad de agua y con la fuerza de su aleteo sacó otra parte que por cierto, nos empapó a todos.

Buena parte de la antónima de la serpiente quedo expuesta. La bestia se retorcía tratando de tomar impulso para atacar al ave del trueno; los intentos del Thunderbird por desgarrarla con sus filosas garras, resultaron infructuosos, la piel del reptil era prácticamente impenetrable.

Traté de acercarme para marcarla aprovechando la distracción. De reojo la Uktena me detectó y de un coletazo me mandó fuera del estanque. La misma suerte corrieron Alex, Miguel y Yatzil.

— *¿Alguien ha visto a Antonio? —pregunté.*

— *¡No! —todos respondieron.*

De inmediato nos imaginamos lo peor, aunque por el momento teníamos más asuntos en las manos por manejar. El ave del trueno seguía atacando sin suerte a la gran bestia. Desesperado Cuervo Rojo comenzó a descender para unirse a la pelea.

Toda aquella caótica situación había sido aprovechada por Antonio. Inteligentemente bordeó el estanque y sin ser detectado por la Uktena nadó por debajo de la delgada capa de agua hasta poder acercarse lo suficiente para pintar la runa en la cola de la serpiente.

Una vez conseguido el objetivo, salió del agua gritando.

— *¡Listo Cuervo Rojo, el ganado ha sido herrado!*

— *¡Excelente, es mi turno!*

Cuervo Rojo daga en mano saltó al lomo de la Uktena para tratar de estoquearla. Su intento resultó fallido; más tardo en poner un pie en la espalda de la bestia que en salir volando por el aire.

Por azares del destino, la daga dorada cayó a los pies de Miguel. Él la levantó y le pidió con un grito al *Thunderbird* que bajara por él. Inexplicablemente el ave entendió la petición y descendió para posarse a su lado y permitirle subir a su espalda.

— *¡Llévame al lomo de la serpiente!*

El ave del trueno tomó altura y descendió en picada para atacar la cabeza de la Uktena. Miguel saltó sobre ella. Y después de estar a punto de caer un par de veces mientras recorría la escamosa y resbaladiza piel; logro llegar hasta la séptima cresta, levantó con firmeza su brazo y con una certera cuchillada culminó la hazaña.

En cuanto la daga penetró la gruesa capa de piel, el cuerpo de la serpiente empezó a elevar su temperatura y a temblar como gelatina. Finalmente explotó en mil pedazos y nos salpicó de una asquerosa bazofia verde.

El ave del trueno lanzó un poderoso chillido en clara muestra de victoria. Orgullosa levantó el vuelo para perderse entre las nubes de regreso a su montaña.

Cuando la Uktena explotó la Bloodstone salió disparada de su frente y rodó hasta los pies de Alex, quien se agachó para levantarla. Un grito de Miguel inútilmente trató de impedírselo.

—*¡Alex, ni se te ocurra tocar esa piedra!*

—*¿Por qué?*

—*Esa es la piedra de sangre de la gran bruja.*

—*¿Y eso con qué se come o qué?*

—*No es ninguna broma. Según las crónicas antiguas, la persona que la toca puede visualizar en un segundo su futuro o su pasado.*

—*Entonces sería muy tonto, si no lo hiciera —dijo Alex mientras levantaba la dichosa roca.*

—*¡No lo hagas!... ¡Qué estúpido eres!*

—*Creo que todas esas historias son un fraude. No logré ver ni madres. A ver prueba tú, Yatzil —bromeó mientras se la lanzó.*

Al intentar atraparla, Yatzil dejó escapar un grito y dejo caer al suelo la gema.

—*¡Ayyyy!*

—*¿Qué sucede? —pregunté.*

—*Nada serio, sólo se me rompió una uña.*

—*¡Déjame revisar!*

—*¡Olvídalo! Estoy bien, nada que un poco de saliva no pueda curar —dijo mientras ocultaba su dedo dentro de su boca.*

—*¡Ok!, y tú Alex por favor deja de comportarte como niño.*

—¡Discúlpame!, no fue mi intención.

Miguel sacó una franela y con cuidado envolvió la piedra para guardarla en su mochila. Una vez superado el obstáculo, nos metimos al agua para asearnos y poder continuar con nuestro viaje.

—¡Tengan cuidado chicos! El muro rocoso está muy resbaladizo no se vayan a caer. No necesitamos un accidente que nos retrase aún más —comenté.

—"Despacio que voy de prisa", diría Napoleón —apuntó Miguel.

—Cuervo Rojo y yo subiremos primero, una vez que aseguremos el perímetro les avisaremos para que nos alcancen.

Mientras esperaban nuestra indicación, nuestros compañeros vieron a la distancia la delgada silueta de una niña. De negra cabellera y la piel pálida, vestida con apenas unos harapos; que caminaba parsimoniosa en dirección al campamento.

—¡Oigan! Creo que esa niña debe de estar perdida —dijo Alex.

—¿Cuál niña? —preguntó Miguel.

—¿No viste a la niña que acaba de pasar detrás de aquellos árboles?

—Yo no vi a ninguna niña.

—Creo que necesitas lentes. Todos la vimos pasar. ¿Verdad Yatzil?

—Lo que Miguel está tratando de decirte es que no es una niña lo que vimos pasar, es una Acheri.

—¡Puta madre! ¿De dónde salen tantas putas cosas, tan extrañas? —renegó Alex.

—Va directo hacia Andrea. Debemos ir a ayudarla —dijo Miguel.

—¡Tranquilo, no te preocupes!, iré a cazarla. Yo tengo la daga de bronce —dijo Antonio.

—¡No importa, voy contigo por cualquier cosa!

—¡No Miguel! Algo me dice que tú debes quedarte aquí. Tal vez necesiten de tus conocimientos. Para que estés más tranquilo, yo cuidaré de Andrea mientras Antonio se encarga de la niña demonio. —dijo Yatzil.

—¡Ok! Confió en ustedes chicos. Recuerden que la Acheri poseé un olfato infalible para detectar la debilidad de las personas; así es como elige a sus víctimas, atraída por el aroma de la muerte.

—¡Entendido y anotado!

—Por favor no se demoren que también acá los necesitaremos.

—No te preocupes, regresaremos antes de que puedas decir: "El rey de parangaricutirimicuaro está muy parangaricutirimicuado, el que lo logre desemparangaricutirimicuar, será un buen desemparangaricutirimicuador. ¡Ja, ja, ja! — bromeó un optimista Antonio.

—¡Ayyyy Antonio por Dios!

Yatzil y Antonio se marcharon confiados de poder encargarse de la Acheri. Olvidándose del viejo adagio: "Nunca cometas el error de subestimar a un adversario; ese es el primer paso para terminar derrotado".

Tampoco celebres antes de tiempo, porque del plato a la boca, se cae la sopa. Jamás frivolices la toma de una decisión; la más pequeña e insignificante puede modificar tu futuro para bien o para mal. Ten por seguro que ese no es un volado que quieras jugar.

El sacrificio y la felicidad son cosas muy parecidas. Nunca corras tras de ellas porque no las alcanzarás. Preocúpate por hacer lo que te corresponde y si eres digno, las fuerzas del cosmos conspirarán para que alguna de las dos toque a tu puerta.

Capítulo XVIII
El sacrificio

"Para que en el alma se forme un arcoíris, el ojo debe llenarse de lágrimas" (apache)

A través del tiempo, el significado original de sacrificio se ha distorsionando. En la actualidad la mayoría de las personas lo confunden con esfuerzo y dedicación. Su percepción se reduce a creer que el sacrificio es solamente un medio para conseguir el éxito.

Estoy convencido que dedicarle tiempo a tu preparación y dar tu mejor esfuerzo sin olvidar ponerle un extra, son la clave para que tu mañana sea mejor que hoy. Lograr el éxito dista mucho del sacrificio.

— *¿Entonces qué es sacrificio?*

La palabra sacrificio proviene del latín Sacra (sagrado) y Facere (hacer). Llevar a cabo los ritos sagrados.

A partir de la premisa de que la posesión más sagrada que tienes es la vida, entonces el rito sagrado por excelencia sería ofrendar tu vida por un bien común mayor. ¿Cierto?

Así que asegúrate de seleccionar correctamente en qué tipo de causas quieres participar, pues tal vez sea necesario sacrificarte por ella. Si eliges la causa de manera errada, terminarás quemando tus naves por una cruzada injusta, perdida e incorrecta.

En cambio sí eliges bien, aun cuando duela dar tu bien más preciado, partirás al más allá con una sonrisa en los labios. Escucha a través de la vid, come, bebe y se feliz, porque inevitablemente todos mañana vamos a morir.

Mientras Yatzil y Antonio se dirigieron a la cacería, el resto del equipo respondió a nuestro llamado. Escalaron para alcanzarnos en la entrada de la cueva y nos informaron de la presencia de la Acheri para explicar las ausencias.

—*Espero no tengan problemas con ese demonio* —comentó *Cuervo Rojo.*

—*Sólo podemos desearles suerte. No resultará de utilidad para nadie si nos sentamos a esperar. Confiemos en que encontrarán la manera de seguir nuestros pasos* —comenté.

—*Completamente de acuerdo. No podemos desperdiciar estas condiciones tan favorables. Debemos continuar avanzando.*

—*No se diga más, avancemos con cuidado. Mantengan los ojos bien abiertos. En esta oscuridad cualquier cosa puede estarnos acechando.*

—*Para eso trajimos las bengalas... ¿no?* —dijo Alex.

—*Debemos administrarlas porque no sabemos cuántas necesitaremos, así que solamente encenderé una y marcharé al frente.*

—*¡Ok!*

Envueltos en un confuso velo de incertidumbre y esperanza, emprendimos el viaje a través del tétrico y oscuro portal.

Mientras nosotros avanzábamos a tientas por los húmedos pasillos, Yatzil y Antonio arribaron al campamento para encontrarse con una desagradable y aterradora postal.

Junto a la fogata, Andrea paralizada por el terror yacía indefensa sobre el suelo, sin oponer la mínima resistencia permitía que la Acheri posara su mano sobre su frente.

Antonio corrió hacia ellas, sin embargo antes de que pudiera alcanzarlas, la niña demonio salió huyendo para perderse entre la maleza del bosque. Antonio tomó a Andrea entre sus brazos para tratar de ayudarla. Su intento para ponerla de pie resultó vano e inútil. Su cuerpo estaba demasiado débil y ardía en fiebre.

—*¿Andrea que te sucede? Por favor dime algo.... ¡Reacciona!* —Antonio suplicaba.

Una triste mirada llena de dolor, fue lo único que pudo responder mientras su boca expresaba quedos balbuceos. Era tal su debilidad que no conseguía que su lengua la obedeciera.

Yatzil se apresuró a sacar un par de colchonetas y varias cobijas para confeccionar un lecho cómodo. En lo que encontraban la manera de ayudarla, le pidió a Antonio que la pusiera con cuidado en la improvisada cama. Él se resistía a dejar de cargarla, absorto en la incertidumbre y el dolor, ignoraba las palabras de Yatzil.

—¡Por dios Antonio, reacciona! ¿Quieres quedarte ahí para verla morir en tus brazos o vas a tratar de hacer algo por salvarle la vida?

—Disculpa... tienes razón —respondió mientras con delicadeza se desprendía de Andrea.

—Con cuidado... muy bien, ahora tráeme agua para darle de beber y más agua y toallas para ponerle compresas, voy a tratar de bajarle la fiebre.

Yatzil le quitó los zapatos y la chamarra para que estuviera más cómoda. La cubrió con varias cobijas tratando de matizar los temblores provocados por los escalofríos.

—Aquí tienes todo lo que solicitaste. ¡Cuídala por favor mientras cazo a esa hija de puta para devolverle la salud!

—¡Date prisa, no creo que le quede mucho tiempo!

—Ahora regreso.

—Sólo ten cuidado. ¡Si te atrapa estaremos perdidos!

Sin perder el tiempo en decir una palabra más, Antonio se cortó la mano para bañar la daga con su sangre. La empuñó y se adentró en el bosque en busca de la maléfica criatura.

Después de buscar por un rato, no encontró el mínimo rastro de la niña demonio. La incertidumbre y la desesperación empezaron a cobrarle factura y jugaban despiadadamente con su mente. Sintió que el tiempo avanzaba tan de prisa, que para él cada minuto era una angustiante eternidad.

Al borde de un ataque de ansiedad, recordó el sabio consejo que un día su abuelo le dio:

«"Hijo cuando sientas que todo está contra ti y no encuentres una posible solución a tus problemas, relájate, respira hondo y grítale con todas tus fuerzas al destino: ¡Chingas a tu madre cabrón, no te daré el gusto de verme caer!"».

Siguiendo al pie de la letra aquel sabio consejo, dejó escapar con fuerza un grito liberador, el cual cumplió a la perfección con su objetivo.

Le devolvió la calma que le permitió enfocar las cosas desde una perspectiva diferente.

Entonces entendió que si no puedes seguirle los pasos a una presa rápida y astuta, debes modificar la estrategia y hacer que sea ella la que venga tras de ti.

Las palabras de Miguel resonaron en su cabeza: "recuerden que la Acheri poseé un olfato infalible para detectar la debilidad de las personas".

—*Es arriesgada mi idea pero no tengo otra opción. Es momento de apostar mi resto en esta partida.*

Con vehemente convicción, Antonio buscó un animal en el bosque, un desafortunado conejo fue lo primero que pudo atrapar.

—*Disculpa conejito… necesito tu sangre.*

De un rápido y certero golpe desnucó al conejo para evitar que sufriera innecesariamente. Después de desollarlo, usó cada gota de su sangre para cubrir su cuerpo. Además se colgó trozos de vísceras con el objetivo de que el hedor cubriera el olor de su sudor y el aroma fúnebre resultara atractivo para la Acheri.

Se recostó en la base de un frondoso árbol y dejó escapar de su boca, falsos quejidos de dolor para completar el engaño. Mientras en su pensamiento, con una vieja oración imploraba al cielo por el éxito de su plan.

En cuestión de minutos su artimaña dio resultados; con los ojos entre abiertos pudo observar como la Acheri hacia acto de presencia en el lugar. Avanzaba parsimoniosamente hasta él; tarareando una terrorífica tonada: una canción de cuna que hablaba de muerte.

Al creer que era un hombre herido, la Acheri bajo la guardia y despreocupada se acercó para tocarle la frente y obligarlo a cruzar el umbral hacia el más allá.

Tarde se dio cuenta de la trampa. Cuando intentó reaccionar, Antonio ya había clavado la daga en su frágil vientre.

—*¡Toma tu merecido maldita! ¡Guárdame esto por favor!*

Una espesa sangre negra como el más oscuro café brotaba de la herida. Inmediatamente se transformó en una niebla oscura que se dispersó por el ambiente.

Un cuerpo esquelético ya sin vida cayó sobre el regazo de Antonio. Provocándole asco y escalofríos; cuanto logró quitárselo de encima, salió corriendo del lugar.

Regresó al campamento ansioso por comprobar si su acción había sido realizada en tiempo. Al llegar, sus piernas empezaron a temblar como si fueran de trapo; sintió un profundo vacío dentro de su estómago pues lo primero que escuchó fue el llanto de Yatzil.

En automático su mente creo la peor película posible, a paso lento se acercó tratando de retrasar lo más posible tener que confrontar la realidad. A punto de las lágrimas un inesperado y dulce sonido le dijo, ¡gracias!

Era Andrea, que ya recuperada hasta de sus heridas anteriores le agradecía el haberla liberado de las garras de la muerte.

—¡Gracias Antonio!

—¡Guau, qué bien te ves!

—¡Pero creo que tú no! ¿Estás bien?

—¿De qué hablas? No podría estar mejor.

—¿Entonces por qué estas bañado en sangre?

—Descuida, no es mía.

Antonio elevó su mirada al cielo y besó su crucifijo en muestra de agradecimiento por la ayuda recibida. Inmediatamente después le reclamó a Yatzil.

—¿Si Andrea está bien por qué carajos llorabas?

—De felicidad Antonio, mis lágrimas eran de felicidad.

—Me diste el peor susto de mi vida; al escuchar tu llanto supuse lo peor.

—Lo siento no fue mi intención, esa fue la primera reacción de mi cuerpo.

—¿Y tú Andrea, cómo te sientes?

—No podría sentirme mejor, todos los síntomas y dolor desaparecieron.

—¡Fantástico!

—Nuevamente gracias por haber arriesgado tu vida para salvarme.

—No me agradezcas a mí, agradécele al pobre conejo que tuvo que sacrificar su vida para ayudarme a atraer a la Acheri.

Antonio les platicó lo que tuvo que hacer para darle muerte al demonio con piel de niña.

—Bueno, creo que terminamos nuestra misión aquí. Ahora debemos alcanzar a los demás ¿Andrea crees que ya puedas acompañarnos? —preguntó Antonio.

—¡Claro!, ya estoy al ciento diez por ciento; mira hasta puedo bailar. ¡Ja, ja, ja! —Respondió mientras empezó a danzar alegremente.

» ¡Ven!, déjame agradecerte por haberme salvado y dame ese beso que le encargaste a Yatzil que me diera en caso necesario.

Andrea se encaminó para abrazarlo pero el desagradable olor de la sangre, la obligó retroceder y reconsiderarlo.

—¡Guácala!, no es que sea quisquillosa pero… ¿Qué te parece si primero vas al río para asearte y después vienes a recibir tu premio?

—¿Sí, verdad?, creo que apesto. Bueno chicas, ahora regreso. Y tú Yatzil, por favor deja de contarle lo que te dije, eso era sólo en caso de que muriera.

—No te enojes, yo sólo trataba de darle ánimos. A ver si ahorita que te dé el beso, sigues enojado.

Antonio se encaminó al río para tomar un baño. Mientras, entre indiscretos cuchicheos Andrea hablaba de lo fuerte y bien parecido que le resultaba. La amena plática fue abruptamente interrumpida por una parvada de Uksas sobrevolando el lugar.

Yatzil desenfundó su machete y se alistó para repeler el ataque. Andrea por su parte corrió para sacar de su mochila una hermosa arma, mezcla de rifle y ballesta, ágilmente la cargó y empezó a disparar a las mujeres halcón. Su puntería hizo blanco en cuatro de ellas.

Dos huyeron despavoridas, mientras otras cuatro persistían en tratar de clavarles sus afiladas garras. Con entereza y valor las chicas se mantuvieron de pie y lograron mantenerlas a raya con el filo de sus machetes. Al comprender que no podrían hacer daño desde el aire, las Uksas optaron por tocar tierra.

De su espalda desenfundaron un reluciente mazo con afiladas puntas. Lucían tan fuertes e imponentes que cualquiera habría apostado en contra de nuestras amigas. Una envalentonada Yatzil las atacó como si supiera que saldrían bien libradas de aquella batalla.

Antonio que desde el río había visto la llegada de las Uksas, corrió para llegar al sitio de la batalla y decapitar a dos.

El resto de las mujeres halcón al verse en desventaja intentaron huir. Lamentablemente para ellas, tres flechas les impidieron emprender el vuelo.

—*¡Estas méndigas guajolotas no nos sirvieron ni para el arranque!* —gritó Antonio.

—*No dirías lo mismo si hubieras estado aquí cuando nos traían en chinga* —respondió Andrea.

El júbilo los hizo bajar la guardia. De pronto su retaguardia fue atacada por las Uksas que ingenuamente creyeron habían huido.

La embestida resultó rápida, inesperada y mortal. Con certera precisión una de ellas logró clavar sus descomunales garras en la espalda de Antonio.

La tristeza y el coraje paralizaron a Yatzil. Ahora dudaba si había hecho lo correcto al permitir que sucediera aquel acto atroz. En cambio Andrea reaccionó con furia, recargó su ballesta y con un par de certeros disparos cobró venganza.

Herida de muerte la Uksa soltó el cuerpo maltrecho de Antonio, que cayó cual inerte roca tiñendo de rojo el verde pastizal.

Como si trataran de ignorar la realidad, aún con una leve esperanza de poderlo salvar, las chicas avanzaron rápidamente hasta él; solamente para confirmar sus peores temores y certificar que la chispa de la vida ya había abandonado aquel cuerpo ensangrentado. Andrea se arrodilló para abrazarlo y darle unos cuantos golpes mientras le reclamaba.

—*¿Por qué fallaste a tu promesa de regresar a salvo? ¿Por qué?... ¿Respóndeme por favor?*

Era desgarrador aquel cuadro que el destino pintó para nosotros. Quizás con dedicatoria especial para Yatzil. Después de unos minutos ella consideró que era tiempo de parar aquel agónico sufrimiento y aquella serie preguntas sin respuestas.

—*Andrea no quiero importunarte con frases trilladas de consuelo. Aunque tengo idea de lo que debes estar sintiendo sé bien que sólo el que carga el morral sabe lo que lleva dentro.*

»Discúlpame si sueno descortés pero por más que lo abraces; le preguntes al destino por qué; maldigas tu suerte e implores por un milagro que no sucederá, nada cambiará algo que ya sucedió. La ruleta de la vida nunca gira hacia atrás.

—*Son duras tus palabras pero llenas de verdad —respondió, mientras trataba desesperadamente de limpiarse la sangre de sus manos. —*

»Todos sabíamos a lo que nos exponíamos cuando aceptamos participar en esta locura.

—*Así es, todos decidimos apostar. Desafortunadamente en esta partida a Antonio le tocaron malas cartas. Y ahora por más cruel o inhumano que se escuche, no podemos darnos el lujo de guardar luto, ni sentarnos a llorar. Debemos seguir caminando, aquí sentadas no le somos de utilidad a nadie.*

—*Tienes razón, sólo te pido por favor que tomemos el tiempo necesario para lavar su cuerpo. Debemos darle una despedida digna, como el gran guerrero que fue.*

—*Estoy de acuerdo y quizás eso logre apaciguar un poco a los fantasmas de la culpabilidad.*

Entre las dos lo cargaron hasta el río, lavaron su cuerpo, cambiaron sus ropas, le pusieron su chaqueta, prepararon la hoguera y le prendieron fuego. Se abrazaron para consolarse mutuamente, mientras contemplaban como las llamas terminaban por arrebatarles la esencia terrenal de un valiente guerrero, amigo incondicional y persona ejemplar.

En cuanto el cuerpo terminó de arder, las gotas de lluvia aparecieron en medio de un día soleado y formaron un majestuoso arcoíris en el firmamento. Quisimos pensar que era el camino que el espíritu creador dibujo para guiar a nuestro Antonio en su último andar.

—*Creo que es momento de partir —dijo Andrea limpiándose las lágrimas.*

—*Sí, es momento de partir pero no hacia la cueva. Debemos regresar a Santa María —respondió Yatzil con la voz entrecortada.*

—*¿De qué hablas? Ahora más que nunca estoy decidida a continuar hasta el final. Es lo mínimo que puedo hacer en memoria de Antonio.*

—¡Escúchame! Quizás ahora no te hagan mucho sentido mis palabras, sólo te pido que confíes en mí. Debemos regresar a Santa María.

—¡Ya te dije que no! Si esto ya fue demasiado para ti, está bien, puedes marcharte no te juzgaré. Yo no pienso huir como cobarde.

—Créeme, la idea de renunciar nunca ha cruzado por mi mente. Ahora debemos de ir por Troy para traerlo con nosotros. Es la única manera en que nuestra aventura tenga un final menos malo.

—¿Por Troy? ¿Qué tiene que ver él en todo esto?

—Disculpa por pedirte que confíes a ciegas. Hay cosas que lamentablemente no te puedo contar.

—¿Acaso no confías en mí, después de todo lo que hemos pasado juntas?

—Confió en ti como una cría confía en su madre, eso nunca lo dudes. Por ahora lo único que puedo decirte, es que por su propio bien debo ocultarles información privilegiada que obtuve cuando toqué la piedra del destino.

—¿Qué?

—En Santa María con calma te contaré lo que pasó cuando la toqué. Por ahora necesitamos ir por el octavo nombre que faltaba en la lista.

—Confiaré en ti. Sólo espero por el bien de todos que tengas razón.

—¡Gracias amiga! Ahora démonos prisa en recoger el campamento para poder irnos.

Tomaron prestada la camioneta de Cuervo Rojo para regresar a cumplir con su nueva misión. Regresar con la caballería el cinco de Julio.

No hay carga más pesada que conocer lo que sucederá en el futuro. Es desgastante no tener la seguridad de que dejar que las cosas sucedan sea lo correcto.

Las arañas pacientemente tejen sus telas con delgados e invisibles hilos, con el único objetivo de atrapar a ingenuas creaturas. Así que cuando las cosas avancen demasiado fácil, preocúpate. Trata de ser objetivo y decide con sabiduría hacia qué lugar dirigirás tus pasos. Posiblemente te estés encaminando hacia una tramposa telaraña.

Capítulo XIX
Cuando tejen las arañas

Nunca cuentes los pollos antes de que nazcan. El destino siempre será caprichoso y embustero, en un instante te muestra un horizonte libre de tempestades y te invita a continuar tu travesía, para luego, en un parpadeo crear una tormenta perfecta que obliga a tu frágil navío a naufragar.

¡Shhhh! Guarda silencio, escucha el susurro del espíritu creador: "No esperes a invocarme cuando la suerte ya está echada, tal vez no pueda escucharte. De poco o nada vale orar bajo la tempestad, si no oraste cuando el sol brillaba".

La fiereza del lobo lo obliga a atacar de frente, así te brinda la oportunidad de defenderte. A la cobardía de una rata con piel de cordero es a lo que debes temerle.

Ajenos a la tragedia acontecida en el campamento, continuamos adentrándonos en la caverna. Prácticamente cegados por la oscuridad, deambulábamos entre siluetas rocosas dibujadas por la tenue luz de una bengala.

El sendero cada vez se estrechaba más dificultando nuestro andar. Nos obligaba literalmente a deslizarnos entre resbalosas paredes llenas de pegajosa lama y maloliente guano. Tuvimos que lidiar con un sofocante hedor a almizcle y soportar los murciélagos que revoloteaban sobre nuestras cabezas. Cada minuto ahí, se convirtió en una desesperante eternidad.

Sentimos alivio al acceder a un iluminado y amplia espacio. Una galería con un impresionante techo adornado con incontables estalactitas y el suelo decorado cual complicado laberinto de estalagmitas.

Ahí decidimos tomar un break para hidratarnos y comer algo. Las latas de ensalada de atún resultaron un suculento manjar y como postre no podía faltar un delicioso snicker, repentinamente nuestro descanso fue interrumpido por un grito de Miguel.

— ¿Qué sucede? —alarmado pregunté.

—Me mordió esta méndiga cascabel pero con su vida pagó la pendeja.

Respondió mientras nos mostraba el impresionante reptil de cuatro metros que a juzgar por el cascabel, aquella serpiente había vivido por varias décadas.

— ¡Recuéstate, quítate los pantalones y relájate! —indicó Cuervo Rojo.

— ¿Qué paso? ¿Ni siquiera un tequilita y un besito antes? —Miguel bromeó.

— ¿Ehhh?.... ¡Ay, qué pendejo eres! ¡Acuéstate y trata de no moverte!, eso retrasará la propagación del veneno.

— ¡Explícate!, ya me habías asustado.

— ¡Nick pásame una venda y una botella de tequila! ¡Y tú Alex, busca en mi morral una bolsa con bejuco!

— ¿Y qué diablos es bejuco?

— ¡Qué estúpido! Dios los cría y solos se juntan. Unas hojas verdes.

—No te enojes. Soy soldado no biólogo.

Cuervo Rojo se quitó la banda que sujetaba su cabellera para hacer un torniquete. Tomó un trago de tequila para enjuagar su boca y bañó el cuchillo con el elixir de los dioses. Luego dejó caer un generoso chorro sobre la herida; con cuidado la agrandó un poco más y empezó a succionar sangre con la esperanza de extraer la mayor cantidad de veneno posible.

Puso en su boca el bejuco acompañado con un trago de tequila y lo masticó hasta formar una masa. Puso la mezcla sobre la herida y la sujetó con la venda. Enseguida nos pidió que le acercáramos su morral y de un pequeño frasco sacó unas semillas de color marrón y las puso en una botella de agua.

— ¡Considérate afortunado! Has esquivado la guadaña de la parca.

— ¡Gracias, en verdad aprecio lo que acabas de hacer!

—*Ahora sólo queda esperar a que las semillas se disuelvan con el agua. Te tomas la preparación y en un par de horas estarás como nuevo.*

—*¡Excelente, por un momento temí que este contratiempo no me permitiría continuar!*

—*¡Estarás bien! Creo que me he ganado unos cuantos tragos de tequila para bajar la adrenalina.*

—*¿Y nosotros qué?* —*reclamó Alex.*

—*¿Ahora sí quieres tequila verdad? y cuando te dije que pusieras dos botellas en tu mochila, te negaste. ¡Están muy pesadas, dijo la niñita! ¿O ya se te olvidó?*

—*¡Olvídalo!, ya se me quitaron las ganas.*

—*No te enojes sólo bromeaba. Claro que también pueden tomar.*

Cuarenta minutos después, el licor había desaparecido.

—*Aún falta tiempo para que esté en condiciones de seguir. ¿Cierto?* —*pregunté.*

—*¡Es correcto!* —*Cuervo Rojo respondió.*

—*¿Te parece si mientras se repone, te quedas con él por cualquier cosa? Alex y yo iremos a explorar los alrededores.*

—*¡Tengan cuidado!, esto está demasiado tranquilo y eso me tiene inquieto.*

Durante nuestro recorrido de reconocimiento, encontramos más de una docena de grutas. Indecisos de cual explorar, a sugerencia de Alex dejamos que la suerte decidirá. Como cuando éramos niños, aplicamos el método más imparcial: "De tin marín, de do pingüe".

Entramos a explorar la gruta seleccionada, la cual nos condujo a una pequeña y oscura sala, encendimos una bengala para tener una mejor visión del lugar. Para nuestra sorpresa observamos una habitación desordenada con una pequeña cama desarreglada en el rincón; una endeble mesa y restos de una fogata recién apagada. En el aire aún se podía percibir la presencia de humo.

Nuestro asombro fue mayor cuando distinguimos una pequeña silueta que trataba de ocultarse tras un montón de rocas. Desenfundamos nuestras tomahawk y nos acercamos a paso lento.

Esperábamos encontrar otra maléfica criatura, en cambio encontramos a un pequeño y asustado ser de alborotado y rojizo cabello, con grandes orejas puntiagudas, sus ojos brotados hablaban por si solos del gran temor que sentía. Con sus brazos se cubrió el rostro y nos imploró clemencia.

—*¡Por favor no me maten!*

—*Dame una buena razón para no hacerlo —dijo Alex.*

—*Yo no quería huir de su prisión señores nahuales.*

—*¿Nahuales? ¿De qué demonios estás hablando?, nosotros somos humanos no nahuales.*

—*¡Eh!... ¿Seguros que no me engañan?*

—*¿Por qué trataríamos de engañarte?*

—*Mi peor temor son los humanos, al verlos a ustedes, supuse que eran nahuales y su hechizo los hacía presentarse ante mí, como humanos.*

—*Pues no es así. Somos humanos de carne y hueso, no tienes por qué temernos —comenté.*

—*Quisiera creerles pero su gente ha matado y torturado a muchos de los míos.*

—*¡A ver, cálmate! Como diría Jack el destripador: vamos por partes. Ya te dije que no tienes por qué preocuparte. Si no intentas nada en contra nuestra, ten por seguro que no te lastimaremos.*

—*¿Les importaría guardar sus hachas? Me ponen un poco nervioso.*

—*No hay problema. Ahora explícanos, ¿qué eres y qué haces aquí?*

—*Por tu bien, habla con la verdad o haré realidad tus peores temores —le advirtió Alex.*

—*¡Tranquilo!, no lo asustes más.*

—*Les responderé todo lo que quieran, solamente denme permiso de tomar un poco de licor para controlar mis nervios.*

El pequeño ser agarró una taza oxidada y de un rudimentario alambique se sirvió un líquido de color morado.

—*Ahora sí, estoy listo. ¿Gustan un poco de licor casero?*

—*Gracias estamos bien —respondí.*

—*Como gusten, ustedes se lo pierden. Esto está delicioso, la mejor cosecha de los últimos años.*

—*Sí estás listo, responde nuestras dudas.*

Relajado por la ingesta de alcohol, nos empezó a hablar sobre su origen.

—*Mi nombre es Akiry, hijo de Eskel descendiente del gran Goblin Jenkel.*

—*¿Se supone que eso nos debería impresionar?*

—*¡Claro!… ¡Ah!… ¿No saben quién es Jenkel verdad?*

—*Ni la menor idea.*

—*Uno de los cuarenta y cuatro elementales originales.*

—*Por ahí deberías haber empezado. Tanto rollo para decir que eres un duende* —dijo Alex, provocando su molestia.

—*Decir que soy un duende, es como decir que ustedes son un burro.*

—*¿Qué paso, ya nos llevamos?*

—*¿Ambos son mamíferos, no?*

—*¡Claro que no! ¡Ummm!… ¡ok!, entiendo tu punto. Si somos mamíferos pero no somos lo mismo.*

—*¡Ah, bueno! De la misma manera no todos nosotros somos lo mismo. Yo soy un Goblin, pero también hay Kobols, Gnomos, Pixis, Leprechauns, Nisses, Muqis, Tenchus, Aluches, Elfos, Chaneques, Nagumwasuck, Hadas, por nombrar algunos y no todos somos lo mismo.*

»*Aunque pensándolo bien, somos seres elementales, pero diferentes… ¿Saben qué? ¡Olvídenlo! Sí somos lo mismo, al fin y al cabo, duendes.*

—*¿Oye, y Gremlins también hay?* —burlonamente Alex preguntó.

—*¿Gremlins? Nunca había oído hablar de ellos.*

—*No le hagas caso, sólo está bromeando. Bueno, ahora dinos: ¿qué haces aquí y por qué te escondías?*

Tomó un par de tragos más antes de relatarnos una extraña historia. Nos dio un panorama de lo que podríamos enfrentar en la ciudad nahual.

—Nuestros ancestros fueron creados para ser los guardianes de los cuatro elementos: agua, aire, fuego y tierra.

»Hace milenios, cuatrocientos cuarenta y cuatro elementales fuimos enviados a las seis tierras para cuidar de la naturaleza. A sus ancestros no les agradó que tratáramos de limitar su insensato y agresivo crecimiento. Así que nos atacaron y divulgaron la estúpida creencia de que ocultamos calderos de oro.

»Eso provocó que fuéramos cazados indiscriminadamente. Para poder sobrevivir tuvimos que refugiamos en ciudades bajo tierra. Sólo salíamos ocasionalmente para tratar de enseñar a los niños y a los adultos de buen corazón, cómo vivir en equilibrio con la naturaleza.

»De cierta forma, vivíamos en paz hasta hace algunos lustros cuando los nahuales creyeron que era buena idea esclavizarnos. Cansados de estar bajo su yugo, un puñado de valientes iniciamos una fallida rebelión. Fuimos traicionados y en lugar de libertad, obtuvimos un pasaje exprés al castillo negro, hogar del eterno sufrimiento.

—¿El castillo negro?

—Sí, ahora les cuento. Antes necesito más licor para darme valor de hablar de ese espantoso lugar.

Rellenó su taza y amablemente nos ofreció de nuevo, su licor casero. Aquella historia nos tenía tan emocionados que decidimos aceptar su generosidad e invitación.

—Excelente decisión muchachos, no se arrepentirán. Durante los buenos tiempos mi licor de berrys solía ser el mejor de la comarca. Y no se preocupen, a ustedes no les daré en mis oxidadas tazas, aquí tengo un par de vasos de cristal. Los tenía reservados para una ocasión especial.

—¡Gracias!, déjame decirte que eres un buen anfitrión.

—Antes de continuar, brindemos por la naciente amistad. ¡Grochen!

—¡Grochen! —respondimos, asumiendo que era su manera de decir salud.

—El castillo negro es el nombre que los nahuales le dan a su prisión principal. Dentro de sus muros suceden las peores atrocidades que se puedan imaginar. En sus asquerosas celdas, día y noche sus internos son torturados psicológicamente.

»Les ordeñan su energía vital a través del miedo como si fueran ganado para aumentar la longevidad de la realeza nahual. Cuando tu fuente de energía se agota, dejas de ser de utilidad. Entonces te ahorcan o te decapitan para finalmente arrojarte como alimento a las quimeras.

Algo dentro de mí, me tenía intranquilo. Así que tratando de atar cabos sueltos, lo cuestioné.

—Tu historia es interesante, aunque aún no logro entender cómo escapaste de tan macabro lugar.

—Varios prisioneros ideamos lo que creíamos era el plan perfecto para escapar. Durante nuestro intento de fuga varios de mis amigos fueron brutalmente masacrados. A mí también me dieron por muerto; llevaron nuestros cuerpos a la bodega de cadáveres en esperar de turno para servir como alimento. Ahí fue donde recobré el conocimiento y al ser un lugar poco vigilado, logré escapar.

»Durante los últimos seis años he vagando en estas cavernas. Me he ocultado entre las sombras para tratar de encontrar la manera de vengarme de esos hijos de puta.

—¿De casualidad, dentro de esa prisión, no llegaste a conocer a un humano de nombre Henry?

—No lo conocí precisamente, pero si escuche su nombre. Se decía que era uno de los huéspedes de las celdas de máxima seguridad. ¿Por qué? No lo sé.

—¿Escuchaste eso Alex? Hay la posibilidad de que el abuelo a un esté con vida.

—No se hagan demasiadas ilusiones. Quizás esté con vida, pero la mayaría enloquece en los primeros meses.

Al percibir que la nueva información me había caído como balde de agua fría, Alex intentó cambiar el tema de conversación.

—Akiry tu vino esta excelente, ¿puedes darme un poco más?

—Seguro, en mi humilde casa podrá faltar cualquier cosa, excepto el licor.

—Tú eres de los míos.

—A mí también por favor. ¿Y que más nos puedes contar? —pregunté.

—Hace un par de lunas escuché rumores de que un grupo de guerreros humanos venían hacia acá; ayudarlos será mi oportunidad de devolverles a esos pinches nahuales un poco de lo que me han dado.

—¿Y cómo nos puedes ayudar?

—Conozco cada centímetro de estas cavernas, puedo llevarlos a la ciudad nahual sin ser detectados.

—Creo que tienes razón. Tus conocimientos nos serán de gran utilidad. Iremos por nuestros compañeros y regresaremos para que nos lleves hasta la ciudad.

—Los acompaño, sólo denme un minuto para traer mis armas.

El desgraciado y embustero duende, entró a una habitación contigua para regresar acompañado de una docena de soldados nahuales.

—¿Qué demonios sucede? —gritó Alex.

Al intentar incorporarnos, nuestras piernas no respondieron. Inútilmente intenté desenfundar mi Beretta.

—¿Acaso buscabas esto? —sarcásticamente Akiry preguntó, mostrándome el arma en sus manos.

—¿Qué nos hiciste?

—Creo que olvidé decirles que además de buen narrador, soy excelente carterista y mejor alquimista. ¿Qué les pareció mi poción paralizadora? ¿Exquisita verdad?

—Ya verás méndigo enano orejón. Te prometo que cuando te pongamos las manos encima, te arrepentirás de habernos engañado —Alex le advirtió.

—Hacer promesas que nunca podrás cumplir es de mal gusto. En este momento no estás en posición de amenazar a nadie.

—La culpa la tenemos nosotros por crédulos, aunque una cosa si...

Fui obligado a callar por un fuerte golpe en la nuca. Al despertar con rabia e impotencia me di cuenta que una correa nos amordazaba; grilletes y cadenas aprisionaban nuestras manos y tobillos.

—Por fin despertaron el par de angelitos. Denme mi pago y pueden llevárselos. Fue un placer hacer negocio con ustedes, me saludan a Amón —dijo Akiry.

—*El gran hechicero estará complacido con tus servicios. Aquí tienes tu oro y dejaré tres guardias para ayudarte en caso de que aparezcan los otros dos, aunque seguramente ya deben de estar cautivos o muertos. Envié tres patrullas en busca de ellos* —respondió uno de los nahuales.

Con enorme furia reprimida y tratando de digerir la estúpida forma en que nos habíamos dejado engañar, iniciamos una estresante marcha hacia un futuro incierto.

Ajenos a nuestra desgracia, nuestros amigos ya empezaban a preocuparse por nuestra ausencia.

—*¿Cómo que este par ya se tardó, no crees?* —cuestionó Miguel.

—*Sí, desde hace rato presiento que algo no está bien* —respondió Cuervo Rojo.

Al tratar de contactarnos vía celular, Miguel se dio cuenta que dentro de la cueva los aparatos resultaban inútiles.

—*Estas chingaderas aquí no funcionan, tendremos que ir a buscarlos.*

—*¿Crees que ya estás en condiciones?*

—*¡Averigüémoslo!, ayúdame a ponerme de pie.*

Miguel se puso de pie e intentó dar algunos pasos, un mareo se lo impidió.

—*¿Qué sucede?*

—*Creo que aún no estoy recuperado por completo. El dolor, náuseas y escalofríos desaparecieron, pero al hacer esfuerzo sentí un mareo.*

—*Tu cuerpo aún no termina de eliminar por completo el veneno. Quizás necesites un poco más de reposo, dejemos que el tiempo diga si mi diagnóstico es correcto.*

—*Esta situación de estar entre la espada y la pared, no me agrada en lo más mínimo. ¿Qué tal si Nick y Alex necesitan de nuestra ayuda ahora mismo?*

»*Sugiero que vayas a buscarlos y en cuanto me sienta mejor los alcanzaré. Sólo deja un rastro que pueda seguir. Yo no tengo tus habilidades de rastreador.*

—*¿Seguro que estarás bien?*

—Sí, no te preocupes. Ve a buscarlos.

—¡Ok!, marcaré con flechas el camino.

—No se diga más. ¡Qué tus ancestros te acompañen y guíen tus pasos!

—Gracias, esperemos que ellos hayan escuchado tus palabras.

Cuervo Rojo tomó sus armas, se colgó su morral al hombro y con un apretón de manos se despidieron.

Con su experiencia de rastreador, en cuestión de minutos encontró la guarida de Akiry. Entró con tanto sigilo que le sacó un monumental susto al embustero duende quien sólo se percató de su presencia hasta que lo tenía enfrente o eso quiso aparentar.

Akiry saltó de la silla y se tiró al piso actuando la misma pantomima que nos presentó a nosotros.

—Por favor, no me haga daño señor nahual.

—¡Tranquilo! No pretendo hacerte daño.

—Yo no quería huir de su prisión.

—¿De qué demonios estás hablando?

—Sé que hice mal en escapar. Si me dejas ir, te recompensaré con oro.

—A ver. ¡Tranquilo!, creo que no nos estamos entendiendo, relájate y dime, ¿de qué estás hablando?

—¡Ok! ¿Te importaría guardar tu hacha?, es que me pone un poco nervioso.

—¡Listo!, cumplí mi parte del trato, ahora es tu turno, desembucha.

Como buen embustero profesional, repitió palabra por palabra la misma historia para terminar ofreciéndole una copa de vino. Inocentemente Cuervo Rojo no la despreció. Después de un par de copas acordaron salir a buscarnos.

—Sólo deja traer mis armas para acompañarte en busca de tus amigos.

Aquellas palabras eran la señal esperada por los soldados para entrar en acción.

—¿Qué diablos sucede?

—¿Acaso buscabas esto? —Akiry le preguntó, mientras le mostraba su tomahawk en la mano.

—¿Qué me hiciste?

—Creo que olvide decirte, que además de buen narrador, soy excelente carterista y mejor alquimista. ¿Qué te pareció mi poción paralizadora? ¿Exquisita verdad?

—¡Ah!… En verdad no hacía falta que me contarás esa parte. Desde que entré a tu pocilga me di cuenta de lo que sucedía.

»Alcancé a ver las armas de mis amigos bajo tu cama. La fama de tramposo del duende de las cuevas ya la conocía. Por eso antes de beber tu vino, el cual debo reconocer es excelente, tomé la precaución de ingerir raíz de ébano para neutralizar su malicioso efecto y lo que buscaba no era mi hacha, buscaba era esto.

Cuervo Rojo sacó de entre sus ropas un par de cuchillos y sin darles tiempo de reaccionar los lanzó haciendo blanco en dos corazones nahuales. Después de un par de maromas logró alcanzar una de las hachas bajo la cama y clavarla en el cráneo del tercer soldado. Un asustado Akiry trató de huir pero fue derribado por el golpe de una cadena.

—¿A dónde con tanta prisa, méndigo enano traidor?

—No me hagas daño por favor.

—Yo no te haré daño, aunque no puedo hablar por mi mano y mi cuchillo. Cuando estoy enojado ellos cobran vida propia.

Cuervo Rojo sacó un cuchillo de uno de los cuerpos, limpió la sangre con su lengua para atemorizar a un más al asustado duende. Se le acercó a paso lento mientras le decía con macabra voz, toda la clase de castigos que pensaba infringirle.

—¡Espera, no seas cabrón! Lo hice porque me tienen amenazado.

—Tus pretextos no me importan.

—¡Mira!, tengo oro —le dijo mientras le mostraba las monedas que le habían pagado.

—¿Qué pasó, no que no escondían oro?

—¡Tómalas!, y no volverás a saber de mí, me iré lo más lejos que pueda.

—No te librarás tan fácil de esto. Puedo torturarte y matarte sin problemas, al final tendré el oro de todas maneras. ¿Cuál es la diferencia?

—¿Pero, y tu honor de guerrero?

—Mala suerte para ti. Ese hace mucho tiempo lo perdí.

—¡No, no!, espera tengo un trato el cual no podrás despreciar.

—Tienes treinta segundos para convencerme, así que no pierdas tu tiempo.

—Sé a dónde los llevaron a tus amigos. Conozco la forma de entrar y rescatarlos. La parte de la rebelión y el escape fueron reales. El hecho de que ya después tuve que hacer ciertas cosas para sobrevivir fuera de prisión, es otra cosa.

—Por tu bien espero que ahora sí, estés hablando con la verdad. Te perdonaré la vida a cambio de que me ayudes a rescatar a mis amigos.

—Gracias, gracias.

—No me agradezcas aún, cada que trates de engañarme, te ganarás una de estas.

Le dijo mientras con su cuchillo le provocaba un corte en la espalda y le puso vino para que le ardiera. Con ello, provocó que la pequeña criatura gritara y se retorciera de dolor.

—¡Ay, mamacita, mamacita, ya no por favor, ya no!

—¿Te queda claro?

—Sí, aprendí mi lección. Sé que eres demasiado listo para mí, ya no trataré de engañarte.

—Muy bien. Ponte grilletes en manos y pies.

—¿De qué hablas? ¿Que no quedamos en que ya éramos amigos?

—¡Amigos los tanates y no se hablan! Te los pones o quieres otra rayita más en tu espalda.

—¡No!, está bien, ahorita me los pongo.

Mientras Cuervo Rojo emprendía su odisea, Miguel tuvo que lidiar con visitas inesperadas.

Tratando de recuperar la fortaleza se había quedado dormido. Lo despertó el resonar de los pasos de seis nahuales que buscaban al resto de la expedición humana. Con la encomienda de capturar o eliminar. Miguel se atemorizó cuando escuchó las instrucciones dictadas por el líder de la patrulla.

—*Creo que tenemos compañía; huelo carne fresca y percibo el delicioso aroma del temor. El que lo encuentre, como premio puede comerse su lengua.*

—*Señor, creo que hay algo en aquella esquina.*

Los nahuales encontraron desierto nuestro campamento. Algunas piezas de equipaje regadas por el lugar eran la clara muestra de que habíamos estado ahí. Por desgracia también encontraron el visible rastro dejado por Miguel al arrastrarse para tratar de huir.

—*¡Estúpido humano ni para ocultar su cobardía es bueno! Desenfunden sus espadas y estén alertas, esta rata de la superficie no debe de estar lejos.*

Con facilidad siguieron el rastro hasta Miguel quien los esperaba machete en mano y con una ensangrentada mano los invitaba a combatir.

—*Estaba equivocado. Debo reconocer que eres valiente humano. Desafortunadamente para ti, la valentía no quita lo pendejo. ¿En serio crees poder ganar una batalla seis a uno? ¡Ja, ja, ja!, por favor.*

—*No se trata de creer. ¡Estoy seguro que ganaré, vengan con papá!*

—*Tienes un gran corazón, pero el tamaño de tu boca es mayor. ¡Adelante muchachos, borremos de su cara, esa estúpida sonrisa!*

—*¡Jaque mate señores!*

Les dijo un confiado Miguel que se movió a un lado para dejarles ver el jeroglífico que había pintado con sangre en las rocas. Igual a los que Cuervo Rojo había pintado en el campo de batalla.

Los nahuales se percataron de lo que sucedía y trataron de retroceder. Miguel les negó esa posibilidad; tocó el símbolo inmovilizándolos el tiempo suficiente para que rodaran seis cabezas.

—*¡Oficialmente el nuevo chico de la cuadra está de regreso! Ahora a seguir las flechas para encontrar a los demás.*

Repuesto por completo emprendió su propia marcha hacia lo desconocido. Movido por la firme convicción de no abandonar a los amigos durante los tiempos difíciles, porque esa es la verdadera esencia de la amistad.

El viejo refrán dice: "Si Dios te da limones, has limonada". La cuestión es que hay diversas maneras de cómo prepararla, así que siempre dependerá del toque personal, la calidad del producto final.

"El que nace para tamal, del cielo le caen las hojas". "El que nace para maceta, del corredor no pasa", e indudablemente el que nace para héroe, el destino lo invitará a entrar al octágono, de él dependerá acudir o no al llamado.

Se dice que la construcción del universo está basada en la magia numérica. Todo está basado en la aritmética sagrada. Entre todos los números, el siete es especial.

Dicen los que conocen sobre el tema, que el siete se conforma por la suma del sagrado número tres y el terrenal cuatro, estableciendo un vínculo entre lo divino y lo terrenal, al conseguir el equilibrio perfecto.

El punto es que no son cuatro los elementos terrenales. Además de tierra, aire, fuego y agua existen el ser, el alma, el espíritu o como gustes llamarles. El caso es que no es un cuatro sino un cinco el número correcto que se debe sumar al tres.

Capítulo XX
El octavo hombre

El octavo número es el que ejerce el poder secreto. Por eso es representado con el símbolo del infinito. El ocho habla de un estado inestable del destino. Es un sonoro llamado a intentar cosas nuevas, una invitación a renacer, porque el mañana en ningún lugar está escrito.

El siete tiene que ver con cosas divinas. En cambio el ocho habla del conocimiento terrenal, pequeña gran diferencia.

El creador nos regaló vida, inteligencia, fuerza, amor, fe, magia y la naturaleza. El uso que hagamos de esos presentes, es responsabilidad nuestra. Pero el octavo don sin duda es el mejor de todos, claro, si lo utilizas adecuadamente o el peor, si lo usas de manera errada.

En su doble filo radica lo especial del libre albedrío. ¿Dudas de mis palabras? Pregúntale al octavo arcángel.

Difícil resulta que el encajoso destino te pide dar más; después que has dado demasiado, pidiendo que sea en tu casa en donde lloren, para que en los demás hogares puedan habitar las sonrisas.

Cuando tu mente te cuestione, ¿por qué debes de aportar más que los demás?, deja que la bondad de tu corazón sea la que responda.

Mientras nosotros librábamos nuestras batallas en las entrañas de la tierra, Andrea y Yatzil regresaban a Santa María buscando reclutar al octavo elegido.

Ellas sabían que no podían quedarse en casa de Andrea. En cuanto llegaran serían cuestionadas por el paradero de los demás. Y cualquier inconsistencia en sus posibles historias de explicación, provocaría que unos padres preocupados acudirían a las fuerzas del orden. Así que hicieron algunas compras en Pismo Beach Outlets, antes de hospedarse en el Candlewood suites.

—*Debemos ser cuidadosas. Nadie debe darse cuenta de nuestra presencia* —dijo Yatzil.

—Sugiero rizarnos el cabello y teñirlo de rubio, todas unas princesas —opinó entre rizas Andrea.

—Voto porque seamos pelirrojas, va más con nuestro estilo. ¿No crees?

—Dejemos que la suerte decida. ¿Qué elijes, cara o cruz? —preguntó Andrea mientras lanzaba una moneda al viento.

—¡Cruz!

—Ni hablar, seremos pelirrojas.

Rizaron y tiñeron su cabello, ropa elegante, uñas y pestañas postizas completaron el nuevo look. Solucionado el tema de la apariencia, empezaron a planear como involucrarían a Troy en esta locura.

—¿Qué tal me veo? —preguntó Andrea.

—Como toda una princesa de cuento de hadas, ¡ja, ja, ja! Con lo fachosas que diario andamos ni nuestras madres podrían reconocernos.

—Esperemos que tengas razón. No podemos arriesgarnos a que el gobierno se entrometa en estos asuntos, ya tenemos suficientes problemas.

—No seas inocente, el gobierno tiene conocimiento sobre el tema desde hace mucho tiempo.

—¿En serio, crees que ya lo saben?

—¡Claro!, bueno las agencias que aún le son leales a la humanidad quizás no lo sepan, pero las agencias especiales, principalmente la de los hombres de negro, siempre lo han sabido. Creo que en esta ocasión han decidido ver los toros desde la barrera, el por qué sólo ellos lo saben.

—¿En verdad son tan largos los tentáculos de la conspiración?

—Más largos de lo que crees, aunque en estos momentos ese es el menor de nuestros problemas, olvidemos las conspiraciones y concentrémonos en Troy.

—Dices bien, hay que enfocarnos en nuestra misión. Troy idolatra a Nick aunque siempre lo niegue. En cuanto le digamos que está en peligro automáticamente se subirá al barco.

—¡Ok! ¿Dónde y cómo sugieres que lo abordamos?

—Hoy, ya es tarde. De seguro sus papás ya están en casa. Lo abordaremos mañana cuando regrese de la escuela.

—*Suena bien tu idea. En vista de que hoy, ya no podemos hacer nada, relajémonos y busquemos una buena película para pasar el rato.*

—*¿Qué te parece si mejor vamos por un 24 de 805 lime bien frías, nachos y cacahuates? Y ya con calma, me platicas tus visiones.*

—*De acuerdo. No se diga más, me convenciste, vamos por esas heladas.*

—*¡Ja, ja, ja!... Aunque sea hazte un poquito del rogar.*

—*¡Oye!, el indio es alegre y le dan sonaja. ¿Qué esperabas?*

Visitaron el 7-eleven para regresar bien preparadas y amenizar una larga e interesante charla.

—*Antes de empezar, te advierto que quizás no sea lo que esperas escuchar. Las imágenes que vi en mis visiones fueron confusas: algunas todavía no las he logrado entender, mucho menos interpretar, así que lo que te diga es lo que hay. ¿De acuerdo?*

—*Lo entiendo, por favor empieza que me muero de ganas por saber más.*

—*Cuando Miguel mató a la Uktena, ésta explotó lanzando por el aire la gema que adornaba su frente, la dichosa piedra rodó hasta los pies de Alex. Él despreocupadamente la levantó y no sucedió absolutamente nada.*

«*Por lo cual pensé que la leyenda de la piedra del futuro era sólo eso, una leyenda más. Mi opinión cambió cuando el estúpido de Alex, como siempre, al tratar de ser el centro de atención me la lanzó. En cuanto mis dedos tocaron la gema algo más que extraño sucedió.*

«*Entre en una especie de burbuja donde el tiempo seguía avanzando. Mientras en el exterior se había detenido. Con claridad podía ver cómo los demás permanecían inertes como estatuas. Contemplé cómo en el horizonte, empezó a formarse una especia de remolino que poco a poco se acercaba; dentro de aquel remolino giraba todo el paisaje completo.*

«*Mi primera reacción fue de asombro, inmediatamente después, me invadió el miedo al no entender lo que sucedía. Desconcertada me quedé inmóvil. Del remolino salió un hombre (bastante atractivo por cierto), vestía un ceñido traje de cuero azul marino, al verme presa de pánico me tendió la mano y con voz cálida y apacible me habló:*

«*"No temas. ¡Ven, déjame explicarte lo que está sucediendo!"*»

—*Aún no "muy convencida, me armé de valor y encaminé mis pasos hacia el extraño. Quien me dijo:*

«"No dispones de mucho tiempo, si permaneces demasiado tiempo en este bucle, tu ser podría desintegrarse, así que te daré un breve curso intensivo.

Soy Huitzilin, a nadie obedezco y a todos les sirvo; uno de los cuatro guardianes y mensajeros del tiempo. El gran espíritu te concedió la oportunidad de entrar al torbellino temporal, en su centro coexisten todos los tiempos. Elige en tu mente lo que quieres visualizar, lo que desees ver te será revelado, ya sea futuro o pasado.

Ten en cuenta que el pasado ya está escrito y jamás nadie lo podrá modificar. En cuanto al futuro es sólo una proyección de lo que puede llegar a ser, pues aún no se ha escrito.

Si eliges ver el futuro, asegúrate de ser lo suficientemente sabia para discernir la opción correcta: dejar que el posible futuro que se te presentó suceda o arriesgarte a tratar de cambiarlo, con la posibilidad de arruinar las cosas.

Elige cada jugada a conciencia porque al igual que en el ajedrez, después de mover una pieza no hay marcha atrás, ni el más reciente instante pasado puede ser modificado. El hubiera es un tiempo en el cual el universo no sabe conjugar.

Cualquier acción en el presente invariablemente modificara el futuro, no sólo para los involucrados sino para el planeta entero. Existe la posibilidad de generar un efecto mariposa donde un aleteo en China terminará como un tornado en Arkansas.

La decisión es tuya, te pregunto… ¿Aun quieres entrar?" ».

—*Un tajante sí, fue mi respuesta.*

—*Continúa… No te detengas por favor, dime ¿qué fue lo que viste?*

—*¡Tranquila!, necesito un trago de cerveza para refrescar la garganta.*

—*¡Claro!, disculpa por ser tan desesperada pero estoy más que emocionada.*

—*El tiempo fue tan breve y las imágenes pasaron tan rápido, que me resultó imposible fijarlas en mi mente. Sólo un par de imágenes fueron las que se me grabaron con mayor claridad.*

»La primera en donde un solitario Nick agonizaba; mientras impotente contemplaba cómo el mundo que conocemos ardía en llamas y las pilas de cadáveres se contaban por millones.

»Otra imagen que puedo recordar es en donde Nick y Troy entraban a una gran sala repleta de libros y tesoros antiguos. Ahí eran recibidos por un misterioso hombre que los felicitaba. Por eso creo que Troy es la pieza que falta en el rompecabezas para que todo este embrollo tenga un final feliz.

—Un final menos infeliz, querrás decir. No olvides que ya tuvimos que ver morir a Antonio, Pandi, Linca y varios Iyaganashas más.

—Tienes razón, elegí palabras incorrectas y más cuando no todos lograremos alcanzar la otra orilla.

— ¿A qué te refieres? ¿Tus visones te revelaron que alguien más de nosotros morirá?

—No vi que alguien más muriera, pero tampoco vi a nadie junto a Nick y Troy.

— ¿Por qué dices que no viste que alguien más muriera? ¿Acaso en tus visiones viste la muerte de Antonio?

—¡Eh!… ¡No!… Ese hecho nunca apareció — trastabillaba un poco al responder.

—Espero y sea cierto. De lo contrario, si sabias que él moriría y no hiciste nada para evitarlo, jamás te lo perdonaría.

—¡Créeme!… De haberlo sabido, nunca lo hubiera permitido.

—¡Te creo!, y disculpa lo áspero de mi reproche es que la herida está fresca y aún no sé cómo manejar el dolor que me provoca su ausencia.

—No te preocupes. Entiendo lo difícil que todo esto ha sido para ti. Quizás sea mejor no atormentarnos con lo que el futuro nos depara; para que ahogarnos en las malas experiencias del ayer, hay que vivir el hoy. Como los viejos comanches decían: "Vive tu vida desde el principio hasta el final, nadie puede hacerlo por ti".

—En eso tienes razón. El tiempo es tan inmenso y eterno, que la duración de nuestra vida es tan breve y fugaz. Lo único que podemos hacer es administrarla tratando de disfrutarla lo más posible.

—*En ese caso, dejemos de sufrir por el pasado y de atemorizarnos por el futuro, disfrutemos el hoy. ¡Terminemos las cervezas escuchando canciones que alegren un poco! ¿Te parece?*

—*¡Esa voz me agrada! ¡Brindemos por ellos que son tan bellos!*

—*¡Salud!*

Su sexto sentido le decía a Andrea que no le habían contado toda la verdad. Consciente de que en ese momento es cuando debían estar más unidas, prefirió guardar silencio. No quería enrarecer el clima y tensar las cosas, finalmente después de un par de horas, el embriagador elixir de cebada se terminó. Sus cansados cuerpos cayeron rendidos sobre la confortable cama.

A mitad de la madrugada Yatzil despertó bañada en sudor. La angustia de tener que cargar con lo que había visto y se resistía a compartir, la martirizaba. La inquietud la llevaba al grado de robarle la tranquilidad y el sueño.

Por la mañana, en cuanto Andrea despertó, fingió estar dormida para no delatar los sentimientos que estaba decidida a ocultar.

—*¡Arriba floja, que nos espera un largo día!* —*le dijo Andrea mientras la movía para despertarla.*

—*¡Aaaaahh!… ¿Qué hora es? Hay que dormir otro ratito más.*

—*¡Nada de eso perezosa! Ya pasan de las diez. Me bañaré yo primero para darte tiempo de despertar.*

—*¡Ok, gracias! En cinco minutos estaré de regreso del país de los sueños.*

Como lo habían planeado, al medio día se dirigieron a las inmediaciones de la casa de mis papás.

—*¡Qué sorpresas da la vida! Pensar que hace sólo unos pocos meses, vivía feliz y tranquila en esa casa y veme hoy, haciendo circo, maroma y teatro por tratar de salvar a la humanidad* —*Andrea comentó.*

—*¡Quién lo diría verdad!… Giros inesperados de la rueda de la fortuna.*

—*Creo que el carro que viene es el de mi mamá. ¡Voltéate, no sea que vaya a reconocernos!*

Aquella acción les traería desafortunadas consecuencias. La mamá de Andrea ya se había percatado de la presencia de un par pelirrojas, con lentes oscuros y ropa que consideró atrevida.

Aquel era un vecindario tranquilo, en el que raramente se lograba ver algún extraño, por lo cual le causó cierto grado de intranquilidad aquel par de chicas.

—*¡Qué alivio, no nos reconoció!* —*Andrea comentó.*

—*Hay que ser más precavidas, la próxima vez quizás no tengamos tanta suerte.*

—*Ya no debe tardar en llegar Troy.*

Al final de la calle dio vuelta una patrulla y se estacionó frente a la casa de los padres de Andrea. El oficial bajó y tocó a la puerta; la madre salió y cruzaron unas cuantas palabras antes de señalar en su dirección.

Cuando el policía se encaminó hacia ellas; todo su plan se arruinó. El oficial les gritó para pedir que se acercaran. En esos momentos ya varios vecinos chismosos; habían salido para averiguar el porqué de la presencia de la patrulla.

El temor a ser descubiertas las orilló a tomar una decisión apresurada, tonta y loca; sin mediar palabra, emprendieron una accidentada huida. Corrieron a través de los callejones del barrio que Andrea bien conocía, como cuando éramos niños y escapábamos después de romper el cristal de alguna ventana con la pelota.

Durante la graciosa huida tuvieron varios tropiezos. El pantalón de Yatzil fue salvajemente mordido por un furioso chihuahua. Andrea sufrió pequeños rasguños al pasar demasiado cerca de los rosales y como colofón terminaron empapadas al caer en una zanja de riego después de saltar sobre una cerca.

Terminaron fatigadas, mojadas, pero felices por haber conseguido escapar. Filosóficamente tomaron como daño colateral, el haber extraviado las llaves de la camioneta durante la huida.

De regreso en el hotel no paraban de reír por todas las peripecias que tuvieron que pasar. Se ducharon y se replantearon la manera de cómo abordar a Troy.

—Después de esto, tendremos que cambiar nuestro look. De seguro la policía ya debe de estar buscando a un par de atractivas pelirrojas —bromeó Andrea.

—¿Ahora qué hacemos?

—Nos convertiremos en un par de jóvenes raperos. ¡Ja, ja, ja!

—Entonces necesitaremos ir de compras nuevamente.

—No necesariamente, le hablaré a mi amigo Gerard. De seguro no tendrá problemas en prestarnos algo de su ropa. Lo que si necesitamos hacer es cortarnos el pelo y teñirlo de nuevo.

Andrea llamó a su amigo para pedirle prestados un par de cambios de ropa. Sin hacer demasiadas preguntas Gerard accedió, acordaron que en tres horas se verían en el hotel.

Mientras la hora de la cita llegaba, se cortaron el cabello estilo militar y se tiñeron de negro. Empezaron una lluvia de ideas sobre cómo contactar a Troy. En eso estaban cuando fueron interrumpida por unos golpes en la puerta.

—Pasa, gracias por venir a ayudarnos.

—No te preocupes, lo hago con gusto.

—Te presento a mi amiga Yatzil.

—Mucho gusto, soy Gerard François.

—¿Trajiste lo que te pedí?

—Ya te la sabes, aquí tienes ¿Podría saber de qué se trata todo esto?

—¡Ah!… Nada en especial, solamente queremos intentar un nuevo look.

—¿En serio no me dirán que es lo que está sucediendo?

—No está sucediendo nada. No hay nada de qué platicar.

—¡Vamos! Desde que recibí tu llamada, percibí algo raro en tu tono de voz. Ahora al ver en el suelo, todo ese cabello pelirrojo, no me costó adivinar que ustedes son ese par de chicas que huyeron de la policía este mediodía por la calle Blazer. ¡Son famosas chicas!, están en todas las redes sociales y noticieros locales.

—No sabemos de qué hablas. En todo el día no hemos salido de nuestra habitación —acotó Yatzil.

—Dejen el orgullo a un lado, no me pregunten cómo o por qué pero sé que necesitan ayuda de manera urgente.

—No sé lo qué creas saber sobre nosotras. Te aseguro que estas equivocado.

—En verdad desearía estar equivocado. Desafortunadamente cuando digo que necesitan ayuda urgente, es porque tengo los pelos de la burra en la mano.

—¡Sé claro! ¿De qué estás hablando?

—En cuanto entré a la habitación, percibí las malas vibras que las persiguen, tienen que hacer algo con ellas o acabaran bastante mal.

—¿Cuáles malas vibras? —preguntó Andrea.

—Miren chicas espero y no me juzguen de loco por lo que voy a decirles.

—¡Te escuchamos!, aunque te advierto que hoy en día, hace falta mucho para sorprendernos.

—Antes que nada, deben de saber que la mayoría de mis ancestros fueron practicantes del vudú y la magia negra. Quizás por eso nací con una particularidad, la cual aún no sé si es un don o una maldición.

»Mi abuela dice que es un don y no depende de mí renunciar a él. Ella ha tratado de ayudarme a controlarlo, sin mucho éxito que digamos.

»A los seis años empecé a percibir el nivel de maldad de las energías que rondan a las personas; además de tener visiones y comunicación con los seres del más allá. Créanme es peor de lo que suena, no es nada agradable hablar con muertos, mucho menos con espíritus de la dimensión contigua.

»Sé que suena loco, en más de una ocasión, yo mismo he dudado de mi salud mental pero les aseguro que lo que les digo es verdad.

—¿Espíritus y muertos es lo mismo no? —preguntó Yatzil.

—¡No!, los muertos son almas que no pueden trascender o han regresado del plano astral porque dejaron algo pendiente. En cambio, los espíritus son seres no terrenales que durante generaciones han tratado de encontrar la forma de pasar a nuestro plano. El tema es complejo, ni yo mismo lo entiendo.

»Por ahora lo que deben saber es que la esencia de un difunto las acompaña. Trata de protegerlas de un gran cúmulo de malas energías que flotan *sobre ustedes. Alcanzo a percibir que se trata de un hombre joven que recién murió ¿Saben de quién se trata?*

Incrédulas por lo que sucedía, se miraban y se preguntaban ¿Cuándo parará esta sucesión de extraños acontecimientos?

—*Creo saber de quién estás hablando —respondió Andrea, dejando escuchar en su voz una mezcla de tristeza y alegría — ¿Y qué es lo que te dice?*

—*No es así como funciona, eso de hablar literalmente con los muertos, es cosa de charlatanes y créanme se de lo que hablo, de esos hay muchos en mi familia.*

»Lo que yo puedo hacer es percibir la presencia de estos seres incorpóreos e interpretar la esencia de sus energías; si son buenas o malas, para advertir a la gente. Les repito, sé que suena loco, espero puedan creerme.

—*No te preocupes, creemos cada palabra de lo que nos has dicho.*

—*¿En serio me creen?*

—*¡Por supuesto!*

—*¡Gracias!, es la primera vez que alguien me cree a la primera. Normalmente todos me juzgan de loco. Hasta que sucede lo que les dije, me buscan para tratar de solucionar las cosas, cuando la mayoría de veces ya es demasiado tarde.*

»Tontamente es más cómodo para la gente descalificar las advertencias. Pretenden que el problema no existe hasta que la realidad las alcanza. No importa que tan fuerte corras, tarde o temprano el destino te alcanzará.

—*Tienes razón. La estupidez y cobardía humana, no tiene punto de comparación —dijo Yatzil.*

—*¿Chicas, les puedo preguntar algo?*

—*¡Claro, adelante!*

—*¿Por qué sólo percibí un mínimo de sorpresa, ante mi relato?, a la mayoría le habría provocado escalofríos o me hubieran echado de la habitación. ¿Por qué ustedes no?*

—*Te hablaremos con la verdad. ¿Quieres escuchar algo realmente loco? Ponte cómodo.*

Durante las siguientes tres horas le contaron a Gerard todo por lo que habían pasado. En el transcurso de ese tiempo, aprovecharon para terminar su nuevo look.

—*¡Cómo se equivoca la gente! Yo pensaba que era el chico más especial del mundo y resulta que ni siquiera soy el chico más especial de la ciudad.*

—*Baños de humildad que da la vida... cuando crees ser el centro del universo, resulta que ni siquiera eres pieza esencial —mencionó Andrea.*

—*Bueno, ahora que me contaron la verdad, mi deber es ayudar.*

—*No creo que eso sea posible. Agradecemos tu disposición pero ya hemos visto caer a varios y no queremos ponerte en peligro.*

—*Al diablo su doble moral. No me quieren poner en peligro a mí, pero a Troy sí. ¿Cómo está eso?*

—*Tienes un argumento válido.*

—*Además como les dije, vengo de una familia practicante del vudú y conozco algunos cuantos hechizos que podrían serles de mucha utilidad.*

—*Danos un par de minutos para hablar en privado.*

Las chicas entraron al cuarto de baño para discernir si incluían a un miembro más a la cruzada. Después de unos minutos, salieron para informar a Gerard el veredicto tomado.

—*¡Bienvenido a bordo!, ten en cuenta que es bajo tu propio riesgo. Existe la posibilidad de que con tu vida tengas que pagar el boleto para este viaje —advirtió Yatzil.*

—*Estoy dispuesto a correr el riesgo. Por fin haré algo útil con este don.*

—*Bueno, ya es de madrugada y la cama me está llamando a gritos. Mañana veremos qué hacemos con Troy —opinó Andrea.*

—*Todos nos estamos cayendo de sueño. ¿Creen que pueda quedarme a dormir en el sofá?*

—*Sin problema.*

En cuestión de segundos los ronquidos invadieron la habitación. Por la mañana las chicas tuvieron un magnifico despertar. Gerard ya había salido por el desayuno y tenía la mesa puesta: waffles, miel de maple, jalea de fresa, fruta picada, huevos estrellados y tocino, era el menú; por supuesto acompañados con café y jugo de naranja.

—¡Guau, madrugaste! —expresó Andrea.

—¡No!, más bien ustedes se despertaron tarde, son las diez de la mañana.

—¡Ja, ja, ja!… Como sea, muchas gracias por el detalle.

—¡Ok!, a desayunar antes de que se enfríe.

Durante el desayudo decidieron (aunque ustedes no lo crean) que la mejor manera de abordar a Troy era raptarlo. Planearon utilizar la furgoneta de Gerard para secuestrarlo y llevarlo a las afueras de la ciudad. Allá con calma podrían explicarle la situación.

—¿Qué les parece mi idea? —preguntó Gerard.

—Me parece bien, sirve que nos divertimos un poco viendo la cara de terror que pondrá Troy. Pensará que es secuestrado. ¡Ja, ja, ja! —bromeó Andrea.

—No se diga más, hagámoslo —dijo Yatzil.

Como lo planearon, al medio día empezaron a rondar el vecindario. En cuanto vieron a su presa a la altura de la calle Drake, los inexpertos secuestradores aceleraron para cerrarle el paso y bajaron para intentar subirlo a la fuerza.

Su plan no resultó como lo habían planeado, ante la sorpresa, el instinto de supervivencia de Troy se activó. Haciendo gala de sus habilidades en artes marciales, les propinó una tremenda paliza.

Antes de que pudieran decir algo, ambas estaban en el piso sofocadas, el conductor descendió para tratar de ayudarlas y terminó en el piso, igual que sus secuaces. Sin poder aún hablar, Andrea se quitó el pasamontañas para que parara de golpearlos.

—¿Andrea?

—Sí, para por favor… Dame un segundo para recobrar el aliento… ¡auch!

Algo confundido la ayudó a incorporarse. Después levantó a sus acompañantes para descubrir de quiénes se trataban.

—¿Yatzil?... ¿Gerard?

—¡Hola!

—¿Qué diablos trataban de hacer?

—Te queríamos secuestrar.

—¿Secuestrar?

—Bueno, no precisamente.

Por el alboroto causado, un hombre salió dispuesto a ayudar.

—¿Estás bien chico? —armado con una escopeta, preguntó.

—Sí, gracias.

—¡Ya veo! Qué bueno que les pateaste el trasero a esos abusivos.

—Sí verdad. Aunque sólo se trataba de una broma que mis amigas me quisieron jugar.

—¿Broma?

—Sí, no se preocupe, todo está bien.

—Pues no creo que eso les haga mucha gracia a los policías.

—¿A cuáles policías?

—Los que vienen en camino. Pensé que tal vez necesitarías ayuda y los llamé antes de salir.

—¡Rápido creo que nos tenemos que ir! — dijo Yatzil.

—Por favor señor, no nos delate. Sólo fue una inocente broma —imploró Gerard.

—¡Ah que muchachos!, me recuerdan mis tonterías de juventud. No se preocupen, váyanse. Me encargaré de despistar a la policía.

De prisa subieron a la camioneta y en medio de risas se marcharon del lugar.

—¿Ahora si me pueden explicar qué demonios pretendían?

—Danos unos minutos para recuperar el aliento y con gusto te contaremos todo —dijo Andrea.

—A mí todo este ajetreo me abrió el apetito. Les parece si lleguemos a Dominos por un par de pizzas y vamos al parque Waller. Ahí con calma aclaramos la situación. ¿Les parece? —opinó Gerard.

—Suena bien tu idea. El inesperado ejercicio también me dio hambre —Troy respondió.

Compraron las pizzas, cruzaron la calle para llegar al parque y empezaron a comer. Andrea y Yatzil se inventaron una historia de cómo yo había caído prisionero y me encontraba en peligro. Intentaban por medio del sentimentalismo convencer a mi hermano de enrolarse en la misión.

—¿Están bromeando?... ¿Quieren que basado en una visión o en un sueño, qué se yo, posiblemente provocado por la ingesta de hongos alucinógenos o estupefacientes, deje todo para ir con ustedes?

—Básicamente sí —dijo Andrea.

—¡Olvídenlo!, no puedo hacer eso.

—¿Por qué no?

—Le prometí a Nick que cuidaría de mis padres y que si el fracasaba, yo aceptaría las cosas y no me involucraría en la misma locura que lo llevo a él a la desgracia.

—Piensa que todo es por un bien mayor.

—¡No!, mi familia ya ha sufrido bastante por pensar en los demás. Primero el abuelo, ahora Nick. Creo que ya es hora de que seamos un poco egoístas y pensemos en nosotros mismo antes que en los demás. ¿No creen?

—Andrea, Gerard no me lo tomen a mal, podrían ir por unos refrescos, necesito hablar con Troy a solas —pidió Yatzil.

—No me agrada ser excluida de las cosas pero si no hay remedio, ya que —respondió Andrea.

Cruzaron la calle hasta la licorería, trece minutos después estaban de regreso y encontraron a un Troy completamente diferente, totalmente dispuesto a participar.

—No se diga más ¿Cuándo hay que salir?

—Aún faltan algunos días para el eclipse. Tendremos tiempo para prepararte con algunos conocimientos porque en lo físico ya comprobamos que estás en excelente forma —bromeó Yatzil.

—¿Qué paso? ¿Le lavaste el cerebro o qué pedo? —sorprendido Gerard preguntó.

—Algo hay de eso. Lo importante es que se consiguió el objetivo.

—Tú siempre con tus misterios —dijo Andrea.

» *¿Y qué piensas decirles a tus padres para no alarmarlos?* —*le preguntó a Troy.*

—*Algo se me ocurrirá. Ahora terminemos la pizza porque hay muchas cosas por hacer.*

Fueron a casa de mis padres para recoger el diario de investigación de Troy, junto con una docena de libros hurtados de la biblioteca pública. Se refugiaron en el hotel durante los siguientes días; completaron maratónicas sesiones de estudio sin ver la luz del sol.

Durante este tiempo Gerard aprovechó para realizarles una limpia. Eliminó las malas vibras que según él los perseguían.

Comida a domicilio y litros y litros de café fueron sus únicos compañeros. Gerard por su parte se dio a la tarea de conseguir algunas armas, equipo de rapel, víveres y para sorpresa de sus compañeros, también llevó una maleta repleta de frascos, muñecos y amuletos vudús.

Un día antes de partir, Troy fue a casa para despedirse de mis padres. Mientras los demás esperaban en la furgoneta, después de un par de horas de espera, se empezaron a impacientar.

—*Creo que Troy ya se tardó demasiado* —*dijo Yatzil.*

—*No creo que haya tiempo suficiente para despedirte de tus padres. Pensando que podría ser la última vez que los vieras, aunque tienes razón, tenemos que irnos* —*comentó Andrea.*

Gerard tocó el claxon con la intención de recordarle a Troy que era hora de marcharse. Desde la ventana con un grito les respondió.

—*¡Ahora salgo!*

Sus rostros se llenaron de sorpresa cuando lo vieron salir acompañado por mis papás y los padres de Andrea.

—*¡Hola chicos!… ¿Se pensaban ir, sin despedirse?* —*preguntó papá.*

—*¿Qué hiciste Troy?* —*incrédula Andrea preguntó.*

—*Lo que debieron haber hecho desde el principio: hablarnos con la verdad y evitarse problemas. Por cierto, discúlpame hija por haber llamado a la policía.* —*comentó la madre de Andrea*

—No te disculpes, la culpa fue nuestra —dijo Andrea mientras se abrazaba con sus padres.

—¿Se puede saber exactamente qué les dijiste? —preguntó Yatzil.

—La misma historia que ustedes me contaron y desde luego no me han creído ni una sola palabra.

—No nos pueden culpar por eso, deben entender que todo eso sobre monstruos, magia y quién sabe cuántas cosas más, suena más loco que un episodio de Supernatural —dijo mamá.

» ¿En serio no están consumiendo drogas?

—¡Claro que no mamá! y por más extraño que les suene, la historia, les aseguro que es verdad.

—¿Cómo puedes estar tan seguro, si tu no estuviste allá? Solamente te atienes a lo que las chicas te contaron, esa es mi mayor duda —comentó papá.

—Ese es el punto al cual quería llegar. Yatzil harías el favor de mostrarles lo que sucederá al final de todo, si no logramos rescatar a Dasan.

—¿De qué hablas?

—Haz lo mismo, que hiciste conmigo en el parque.

—Disculpa, no puedo hacerlo.

—Sé que puedes hacerlo. Desconozco y respeto las razones que tengas para manejarte de manera cautelosa en cuanto a tus habilidades, pero creo que estas cuatro personas, merecen saber qué es lo que sus hijos tratan de evitar arriesgando sus vidas. ¿No lo crees?

—Visto de esa manera, tienes razón. ¡Vengan todos y tómense de las manos!

En la yarda, los ocho se tomaron de las manos. Yatzil realizó una plegaria en enoquiano para dejarlos ver escalofriantes escenarios de lo que le esperaba a la humanidad, en caso de que fracasáramos.

—Disculpen que haya tenido que recurrir a mostrarles escenas tan desagradables. No encontré otra forma de despedirme, esta es mi manera "poco común", de decirles que los quiero y los respeto demasiado como para mentirles, espero y así lo entiendan.

—Completamente hijo y mil gracias por tener la valentía de no tratarnos como niños. Es imposible que una madre permita de buena gana, que sus hijos participen en una misión tan arriesgada.

»*Aunque si algo he aprendido en los años que tengo de vida, es que el trabajo difícil y duro no se hace por sí solo, siempre hay héroes anónimos que deben hacerlo.*

»*Hoy en el noticiero de la mañana hicieron una encuesta y le preguntaban a los padres si permitirían que sus hijos participaran en los ensayos para el desarrollo de posibles vacunas contra el Covid.*

»*Una madre respondió: "¡claro que no!, que ensayen primero con sus hijos".*

»*A lo que un científico respondió:* "de antemano pido disculpas si mi respuesta es dura. Déjeme decirle señora que yo ya estoy participando en las pruebas, como soy soltero, no tengo hijos aún, pero en el hipotético caso que los tuviera, le aseguro los incluiría en la prueba. Ahora dígame que pasaría si yo fuera igual de egoísta que usted y le dijera: como cada quien se va a rascar con sus propias uñas, usted y su familia vacúnense con la vacuna que ustedes desarrollen".

»*Ante tal argumento, la egoísta mujer no tuvo otra opción que llena de vergüenza agachar la cara. Así que aunque me duela, por mi parte, les deseo la mejor de las suertes y que la luz divina los acompañe para iluminar el sendero que deban andar.*

Aquellas palabras de mi madre crearon un reflexivo silencio. Todos terminaron fundiéndose en un liberador abrazo grupal de despedida. Aún con los ojos húmedos y la voz entrecortada, Troy consideró correcto hacer el siguiente comentario.

—*Por favor no malgasten el tiempo hundidos en la preocupación. Tengan en cuenta que pueden ser sus últimos días. Sé que es una frase trillada pero traten de vivir cada día como si fuera el último.*

»*Esta pandemia es muestra de que la maquinaria siniestra ha empezado a funcionar, de nosotros depende poderla frenar. Si para navidad no hemos regresado, quiere decir que el maligno ha triunfado y sólo será cuestión de tiempo para que la visión que acabamos de ver, se haga realidad.*

»*Solamente de favor les pido que ya no digan nada. Díganos adiós con una sonrisa para llevarnos un recuerdo agradable en caso de que no nos volvamos a ver.*

Con todo el dolor de su corazón lo complacieron. En respuesta a su petición, los despidieron con una mágica sonrisa mientras se alejaban y les lanzaban besos al aire.

"Es imposible que exista en este mundo un acto de mayor generosidad y admiración que el del sacrificio de los padres. Dispuestos a ofrendar su bien más preciado con tal de dar una segunda oportunidad a los demás. Mi reconocimiento y respeto a todos esos padres de soldados y de miembros de fuerzas del orden, de esos héroes anónimos que hacen el trabajo duro para que nosotros podamos vivir en paz."

Procura cultivar lo más posible tu inteligencia para que nunca seas presa de la autocomplacencia. El creerte un ser especial, superior o diferente a los demás, seguramente te guiará a un delirante lugar fuera de la realidad. Un sitio en donde ciego de ego y sordo de orgullo, te sentenciarás a vivir en sufrimiento eterno mientras tus idólatras te hacen creer que haces lo correcto.

Desconfía de aquel que te alaba. Como dijera Facundo Cabral: "El hombre acaricia el lomo del caballo, antes de montarlo."

Capítulo XXI
El curto reino

El alago siempre será embriagador para el soberbio incauto y lo convertirá en presa fácil para el calculador truhan. Siempre toma los cumplidos con escepticismo; evita que la filosa daga de la zalamería corte tus alas.

La fortaleza de un guerrero radica en su capacidad de adaptación a las situaciones adversas. Cuando la espada y el escudo estén lejos de tus manos, la inteligencia es lo único que puede mantenerte a salvo.

Aquel guerrero en desventaja con la habilidad de aparentar ser débil y manipulable, tendrá el tiempo suficiente para prepararse y contraatacar, será quien al final cuente la historia.

Sé como la sabia zarigüeya que finge estar acabada hasta estar segura de poder huir de su captor o contraatacar con éxito.

Sin tener idea que Cuervo Rojo había hecho prisionero a Akiry y nos seguía los pasos; ignorando el estado de salud de Miguel; sin la más remota idea del trágico final de Antonio y en desconocimiento del destino de las chicas, Alex y yo junto con otra docena de hombres (que a juzgar por su indumentaria se trataba de personas sin hogar), éramos forzados a caminar encadenados.

Durante días caminamos a través de inhóspitos y oscuros pasadizos: Nos internábamos cada vez más en las profundidades de la caverna, que parecía no tener fin. A lo largo del camino tuvimos que soportar burlas y humillaciones de parte de nuestros captores, quienes poco se compadecían de nosotros para darnos un trago de agua y arrojarnos al piso un mendrugo de pan.

Al cuarto día llegamos a una amplia sala, iluminada por cientos de antorchas que ardían de manera poco convencional. El fuego parecía no consumirlas y no emanaba humo de ellas. Osamentas colgadas, cráneos apilados y huesos por todo el lugar completaban la macabra decoración.

Un grotesco ser, fuerte y corpulento, armado con un descomunal sable, acompañado por un enorme y terrorífico perro negro, parecía ser el inquilino de aquel lúgubre lugar. Con autoritaria y ronca voz, nos marcó el alto.

—*No den un paso más si no quieren terminar como alimento.*

—*No seas tan gruñón Wardjan. ¿Qué no recuerdas a los viejos amigos?* —*el líder nahual preguntó.*

—*Bien sabes que yo no tengo amigos Gendel. Si quieres pasar, ya conoces es el precio.*

—*¡Claro que lo sé! No creas que no veníamos preparados.*

Ante nuestro asombro, Gendel dio instrucciones para que liberaran a un par de hombres y los entregara como moneda de pago.

—*Nada de eso. Ya estoy harto de carne vieja y los tumores cancerígenos no tienen el mejor sabor.*

—*¡Ah, cabrón! ¿Ya te volviste delicado? ¿Disculpe su eminencia, qué desea hoy para la cena?* —*sarcásticamente Gendel respondió.*

—*¡Déjate de payasadas! Te parezca o no, hoy tengo ganas de carne fresca, así que si quieres pasar, ese par de chicos serán la tarifa del día de hoy.*

—*Eso no será posible, ellos son especiales.*

—*No seas impertinente. Sabes que ustedes nueve no son rivales para mí, si no me los das de buena gana, el precio incrementará, tomaré a todos y como postre a ti y a tus hombres.*

Para aumentar nuestra preocupación, el perro se acercó para olfatearnos. Pudimos ver su aterradora dentadura y nos salpicó su asquerosa baba.

Ante la amenaza de Wardjan, los nahuales visiblemente asustados desenvainaron sus espadas para tratar de defender sus vidas. En ese punto, un confiado Gendel calmó las cosas.

—*¡Tranquilos muchachos!, sólo alardea.*

—*No estés tan seguro de eso "amigo".*

—Mira pendejo, sé que si quieres puedes masacrarnos y comernos a todos, lo que no sabes es que esta es una misión para el gran hechicero. Si fallamos, él se enfadará y ya sabes cómo se pone.

—¡Me importa poco!, mi can y yo ya no le tememos. ¡Tú y él, nos la pelan!

—Al cliente lo que pida. Ya que insistes en bravuconear, déjame mostrarte algo que Amón te mandó.

Del saco que colgaba en su espalda, tomó un par de collares y un látigo color purpura; al ver aquellos objetos, el monstruoso can salió corriendo para refugiarse en una esquina y llorar como un indefenso cachorro. El ogro bajo su arma y modificó su tono de voz.

—No es para tanto, sólo estaba bromeando, ¡je, je, je! Ya sabes lo hablador que soy.

—Si no llevara tanta prisa, me quedaría a darte una lección de humildad.

—Oye, el gran hechicero no tiene por qué enterarse de mi estupidez. Que esto quede como un secreto entre amigos. ¿Te parece?

—¿Ahora si somos amigos mi cabrón? Ya déjate de mariconadas y abre el maldito portal.

—¡Sí claro, claro! Guarda tus juguetitos por favor.

Gendel regresó las cosas al bolso. El perro regresó al lado de su amo para ser acariciado e iniciar un horrendo show.

—¡Tranquilo Black Shuck!, ya todo está bien. Es hora de que te alimentes con deliciosa carne humana. Al igual que yo debes estar harto de murciélagos y serpientes, adelante toma tu porción.

Con horror presenciamos como la maléfica bestia saltó sobre uno de los hombres para literalmente arrancarle la cabeza de una mordida. Provocando exasperantes ruidos al triturar los huesos, mientras su amo levantó su descomunal sable para decapitar al segundo desdichado y recoger la cabeza para saciar su sed con sangre.

—¿Ahora que ya te alimentaste, podrías dejarnos pasar?

Wardjan se giró y encaminó sus pasos hacia el fondo de la sala mientras recitaba un viejo conjuro en acadio antiguo. Con sangre de su víctima pintó un par de símbolos sobre la pared rocosa, los cuales empezaron a brillar con luz propia y formaron una abertura circular en la sólida roca.

—*¡Gracias!, puedes seguir comiendo y que no se te olvide quién manda aquí.*

—*Seguro, lo recordare la próxima vez* —*respondió de mala gana.*

Fuimos obligados a entrar casi a arrastras al portal. Para nuestro mayor asombro, nos dio acceso a un increíble mundo subterráneo. Un exótico y espectacular paisaje nos daba la bienvenida con el armonioso trinar de aves multicolor que revoloteaban entre inmensos árboles, de exuberantes follajes y extraños frutos.

Era un lugar iluminado por una luz de un tenue color azul, bastante amigable a la vista humana, pues a pesar de que acabábamos de salir de una cueva oscura, no nos encandilaba en lo más mínimo.

Ahí Alex y yo fuimos entregados a otro grupo de nahuales. Ellos nos metieron a una jaula, la cual estaba montada sobre un tipo de carruaje, jalado por un par de corpulentos caballos con un cuerno en la frente. Fuimos escoltados por treinta nahuales a través de un amplio camino empedrado con reluciente mármol gris. Mientras, nuestros antiguos captores tomaron un camino diferente con el resto de los prisioneros.

A pesar de lo incómodo que resultaba tener que viajar encadenados, nuestros ojos no terminaban de maravillarse con lo espectacular de la flora y fauna de aquel lugar.

En ambos lados del camino la vegetación era hermosa, algunas plantas conocidas, como lirios y orquídeas. Otras totalmente desconocidas, unas enormes flores de color naranja intenso y hojas aterciopeladas para mi eran las más preciosas; guías forradas de flores marrón adornaban varios árboles. Sobresalía un tipo de árbol enorme, que superaba a las secoyas en altura y grosor; con hojas en forma de una estrella alargada.

Pequeños roedores saltaban y corrían por todo el campo. A lo lejos alcanzamos a ver una manada de ciervos rojos que huían de un extraño felino de color ámbar, parecido a un tigre dientes de sable pero de menor tamaño.

Me provocó cierta inquietud distinguir a la lejanía una enorme muralla. A lo largo de ella, se erigían varias torres de vigilancia bien pertrechadas. Eso me indicó que del otro lado había algo a lo que los nahuales temían.

Después de un par de horas de viaje, cruzamos un puente sobre un caudaloso río de un hermoso verde esmeralda que en pocos instantes se teñiría de rojo carmesí. Una estela de flechas surcó el aire y derribó a una docena de nuestros captores que cayeron al río ya sin vida.

Siete impresionantes jinetes aparecieron montados en caballos percherones y enfundados con relucientes armaduras de un negro brillante. Demostraron ser expertos guerreros porque en cuestión de segundos, sin mayor esfuerzo dieron muerte al resto de nahuales.

De las copas de los árboles descendieron tres arqueros encapuchados quienes nos liberaron de las cadenas que nos aprisionaban.

—¿Están bien? —preguntó uno de los jinetes.

—Creo que sí —respondió Alex, sorprendido por el espectacular show que acababa de presenciar.

—Muchas gracias por rescatarnos —comenté, sin estar seguro si se trataba de amigos.

—Agradécele al gran Dagda, él fue quien nos envió.

—Disculpa mi ignorancia, no sé quién es Dagda.

—Es el soberano del cuarto reino. Monten ese caballo retinto y acompáñennos a nuestra ciudad.

Sin la menor objeción montamos en el animal asignado. Mientras tanto, el líder daba instrucciones para avanzar en formación militar. Continuamos el viaje en silencio.

Después de varias horas de recorrido, ante nosotros apareció una imponente fortaleza de enormes e impresionantes murallas de granito custodiada por torres con vigías armados con ballestas; un foso repleto de enormes cocodrilos completaba el arsenal de defensa.

Uno de los jinetes se adelantó para realizar señales con el estandarte que portaba. Como respuesta, un puente elevadizo incrustado en el muro, empezó a descender para permitirnos el paso hacia una esplendorosa ciudad.

Debo admitir que la belleza de aquella urbe me sorprendió (aunque no tanto como el darme cuenta que los vigilantes eran nahuales), edificios góticos, barrocos, románicos, griegos y rococós engalanaban sus anchas calzadas, sin embargo, lo más espectacular era una monumental y perfecta pirámide blanca, la cual se elevaba en el centro de la ciudad y emanaba haces de luz.

Aquella ciudad estaba habitada en su mayoría por nahuales, aunque entre la multitud que se arremolinaba a nuestro paso, alcanzamos a distinguir humanos, enanos, seres de piel azul, varios tipos de seres elementales y gigantes.

Finalmente la caravana se detuvo frente a un hermoso edificio semejante al Partenón, cada centímetro de su estructura estaba recubierto de reluciente oro.

Una comitiva liderada por un anciano nos dio la bienvenida.

—*¿Pero quién fue el estúpido que los ha tratado tan mal?* —*enojado preguntó.*

—*Lo desconozco, entre el escuadrón que eliminamos no viajaba ningún oficial* —*el líder de los jinetes respondió.*

—*Jóvenes les pido disculpas por los inconvenientes que tuvieron que pasar, por estos lugares no todos conocen la palabra decencia.*

»*Sean ustedes bienvenidos al fraterno Reino Nahual del Norte. Yo, Merlean les doy el más cordial recibimiento en nombre de nuestro soberano Dagda. Acompáñenme para que él sea testigo de la manera tan inhumana como fueron tratados y castigue a los responsables.*

Desconcertados y sin entender con claridad lo que estaba sucediendo, seguimos al anciano de túnica gris al interior de aquella espectacular edificación.

Al entrar centenas de nahuales vestidos elegantemente, desde las graderías nos miraban con asombro y murmuraban entre sí. Un espectacular malabarista de cuatro brazos y piel gris, hábilmente entretenía a la multitud

Al final del corredor se erigía un hermoso podio con un majestuoso trono, el cual parecía estar forjado en una sola pieza de oro macizo con adornos de enormes gemas preciosas; custodiado por imponentes guerreros ataviados con armaduras semejantes a las de nuestros libertadores.

En cuanto el rey se percató de nuestra presencia, dio la orden de guardar silencio y pidió nos acercáramos. La guardia real abrió un pequeño corredor para permitirnos pasar.

Cuando llegamos frente al trono, Merlean nos dio la instrucción de flexionar la rodilla para hacer reverencia, cosa que de inmediato hicimos, no deseábamos ofender a nuestros anfitriones.

—*¿Merlean, por qué nuestros invitados vienen en estas condiciones?*

—*Lo desconozco su excelencia, lo mismo pregunté al verlos, sin obtener respuesta.*

—*¿Ustedes saben que nahual renegado, fue el causante de su maltrato?*

—*Creo que el responsable fue alguien que llamaban Gendel —respondió Alex.*

—*Ese estúpido perro faldero de Amón, cada vez acumula más agravios, espero pronto capturarlo para hacerlo pagar. Pónganse de pie y disculpen las molestias, ustedes entenderán que la estupidez y el abuso de poder no es algo exclusivo de los humanos, es un mal universal.*

—*Lo entendemos y no tenemos ningún problema con eso —respondí.*

—*En las condiciones que vienen, no creo que estén del mejor humor para entablar conversación, así que mejor vayan con mi adorada Alouqua, ella se encargará de curar sus heridas, alimentarlos, saciar su sed y los ayudará a relajarse.*

—*»Descansen y disfruten de nuestra hospitalidad por lo que resta del día, ya mañana tendremos tiempo de conversar.*

Una preciosa mujer con los ojos verdes más hermosos del mundo, gentilmente nos pidió acompañarla. Nos llevó a un edificio cercano y ahí nos condujo a un cuarto en donde había varias mujeres desnudas tomaban un baño en una piscina de agua cristalina.

Un grupo musical con extraños instrumentos de cuerdas tocaba relajantes melodías, acompañados por el inconfundible sonido de una gaita irlandesa. Al centro de la habitación había una mesa repleta de manjares y jarras rebosantes de licor que nos invitaban a dar rienda suelta a nuestra gula. Rápidamente nos sentamos a la mesa para saciar nuestra hambre y sed.

Después de darnos un tremendo atracón, fuimos invitados por las chicas a entrar a la piscina. Invitación que Alex de inmediato aceptó y saltó dentro de la alberca para dejarse consentir. Yo por el contrario, decidí no disfrutar de aquel bacanal. Me sentía demasiado intranquilo, todo aquello me resultaba demasiado bueno para ser verdad.

—¿Qué esperas?... El agua y las chicas están deliciosas —me dijo Alex.

—No creo que sea lo correcto.

—No empieces por favor, no arruines el momento con tu eterno trauma de encontrar conspiraciones en todo lugar.

Ignoré la invitación de Alex y me limité a meterme a una pequeña tina de baño que había en el lugar. Alouqua se acercó para preguntarme (mientras se liberaba de la traslucida túnica de seda que cubría su espectacular cuerpo).

—¿Necesitas compañía ahí adentro?

—Por el momento estoy bien así. Espero no ofenderte con mi actitud puritana, realmente eres la mujer más hermosa que jamás he visto pero creo que en estos momentos no tengo cabeza para pensar en el deseo carnal. Además, estoy en contra de que la mujer sea utilizada como objeto sexual, así que por favor no me lo tomes a mal.

—Te entiendo, aunque siendo sincera no sé cómo reaccionar. Es la primera vez que un hombre me muestra algo de respeto.

—No te preocupes, ponte tu ropa y siéntate junto a mí. Necesito hacerte algunas preguntas.

A diferencia de Alex me concentré en obtener información en lugar de placer. Mi "sospechosísimo" aumentó al darme cuenta que a cada pregunta que realizaba, Alouqua antes de responder miraba disimuladamente sobre su hombro para ver la reacción de los guardias que nos vigilaban desde las alturas.

Bajo tales condiciones de hostigamiento, resultó imposible conseguir información, a cada pregunta, la respuesta resultaba vaga o incoherente. Merlean entró a la habitación para indicarnos que era hora de ir a descansar.

—¿*Cómo se sienten chicos?*

—*Mucho mejor, gracias* —*respondí.*

—*¡A toda madre!* —*efusivamente desde la alberca, Alex gritó.*

—*Creo que el final del día ha llegado, así que es momento de que vayan a descansar.*

—*¡Claro!*

—*Un rato más por favor* —*encarecidamente pidió Alex.*

—*¡Vaya que eres goloso!, por hoy creo fue suficiente. En los próximos días podrás tener toda la diversión que quieras, por ahora tienen que ir a descansar.*

»*Por favor Alouqua llévalos a su dormitorio y asegúrate que obtengan todo lo que necesiten.*

—*Con gusto, síganme chicos por favor.*

Para desgracia de Alex, en cuanto las chicas escucharon a Merlean decir que era hora de ir a descansar, salieron una a una de la piscina para vestirse y salir de la habitación sin despedirse, ni pronunciar palabra alguna, como si fueran zombis.

Fuimos conducidos a nuestros aposentos y desde ahí pudimos presenciar a través de un gran ventanal, cómo la pirámide dejaba de irradiar luminosidad, en respuesta automática a la oscuridad. Una red de faroles se encendió para iluminar las calles.

—*¡Luz por favor!* —*mencionó Alouqua.*

En respuesta a sus palabras, un candelabro en forma de pentagrama que colgaba del techo, iluminó la habitación.

—*Cuando quieran dormir, sólo digan: fuera luz y listo. Perdón, luz por favor.*

—*¡Guau, es genial!, Gracias.*

—*Está bonito este juguetito, ¿crees que puedan regalarme un par para mi casa cuando nos marchemos?* —*bromeó Alex.*

—No creo que en tu casa tengan el combustible que requiere para funcionar.

—¿Pues qué tipo de combustible utiliza?

—Créeme, eso es algo que no quieres saber y por hoy, ya tuve suficiente con las preguntas de Nick, así que si no tienen otra petición seria, me retiro.

—Gracias por todo, que descanses —le dije.

—Oye, en las noches me dan pesadillas, ¿sería posible que unas chicas nos hicieran compañía, para no dormir solos? —Alex preguntó.

—¡Seguro! ¿A quiénes prefieren? —amablemente nos preguntó.

—No le hagas caso a este lujurioso, así estamos bien. Gracias por todo.

—Como gusten. Cualquier cosa que necesiten toquen esa campana y vendré para ayudarles.

Se despidió con una pequeña reverencia y salió de la habitación. Inmediatamente, Alex empezó a reclamarme.

—¿Estás loco o eres estúpido? ¿Qué hombre en su sano juicio desprecia la compañía de mujeres hermosas?

—El tipo de hombre que está parado frente a ti.

—Y el santurrón habló. Date cuenta que tal vez esta podría ser nuestra última noche con vida. ¿Crees que no me di cuenta que estábamos siendo vigilados?

»Créeme, también pasó por mi mente la posibilidad de que nos estén engordando para después comernos, como en el cuento de Hansel y Gretel. Con preocuparnos no resolvemos nada. ¿Por qué dejar pasar la diversión?

—Discúlpame por ser un aguafiestas. En verdad quisiera poder ver las cosas de manera tan simple como tú. Presentir que en todo esto hay gato encerrado no me permite relajarme y disfrutar de los placeres mundanos. Una cosa si te digo, si quieres volver a ver a tus seres queridos, te sugiero empieces a pensar con la cabeza grande, en lugar de con la pequeña.

—Debo reconocer que sabes dónde golpear bajo, ante ese argumento no tengo defensa, tú ganas, olvidémonos de las chicas. ¿Dime que crees que está sucediendo?

—Aún no lo sé y ese es el problema. Por ahora descansemos ya mañana veremos que podemos averiguar.

—*De acuerdo, que descanses.*

—*Igualmente, fuera luz.*

A pesar de estar muy cansado, no logré dormir por mucho tiempo. En la madrugada la ansiedad me despertó, por más vueltas que le daba al asunto, no conseguía encontrarle la cuadratura al círculo.

Por la mañana tocaron a la puerta para avisarnos que el desayuno estaba servido. Una sonriente Alouqua ya nos esperaba sentada a la mesa.

—*Buen día chicos.*

—*Buen día* —respondimos.

—*¿Disculpa, qué horas es?* —pregunté.

—*Es de mañana.*

—*Eso lo sé. Me refería a qué hora de la mañana.*

—*Aquí no somos esclavos del tiempo como ustedes. Para nosotros sólo existe el día, medio día, tarde, noche y media noche, no partimos el día en horas.*

—*¿Entonces cómo pueden planear o saber en qué tiempo deben realizar alguna actividad?*

—*Nuestro instinto, nos lo indica de manera clara y precisa. Esa cualidad también era parte del ser humano, solo que los perezosos de tus ancestros la dejaron de utilizar hace mucho tiempo.*

—*¡Vaya, cada día se aprende algo nuevo!*

—*Desayunen lo más rápido que puedan, Dagda los espera y no le agrada que lo hagan esperar.*

En cuanto terminamos nuestros alimentos, le dejamos saber que estábamos listos. Antes de abandonar el lugar Alouqua se acercó para besar levemente mi mejilla y susurrarme al oído: "Tengan cuidado, nada es lo que parece", al mismo tiempo y discretamente colocaba en mi bolsillo una hoja de papel doblada.

Al llegar a la sala del rey, un efusivo y jovial Dagda nos recibió.

—*Adelante chicos. ¡Vaya que bien se ven hoy! Parece que hicieron un buen trabajo con ustedes.*

—Si verdad, gracias por todas sus atenciones, el descanso fue reparador —respondí.

—No tienen nada que agradecer. Es lo menos que podía hacer para compensar en algo, la manera tan cruel en que esos malditos renegados los trataron.

—Descuide, los malos momentos hay que dejarlos en el pasado, donde ya no puedan hacer daño. Lo importante es el momento presente y ahora estamos bastante bien atendidos.

—Me sorprende lo positivo de tu filosofía. Es semejante a mi forma de pensar, creo que nos llevaremos bastante bien.

—En verdad, eso espero.

—¿Creen que ahora si estén listos para una larga charla? Deseo explicarles por qué están aquí.

—Estamos listo y eso es lo que deseamos saber con ansias.

—Muy bien, lo primero que deben de saber, es que los habitantes del cuarto reino somos un pueblo que ama la paz, pero no rehuimos al combate cuando la situación y la justicia lo ameritan.

»Nosotros no tenemos problemas con la sana convivencia con otros pueblos, cierto es que descendemos de una raza agresiva y guerrera, pero años de reflexión y autoconocimiento nos han permitido evolucionar mentalmente. Ahora comprendemos que la convivencia armoniosa entre los pueblos, es la única manera de perpetuarnos en el tiempo.

»Como se habrán dado cuenta, dentro de estas murallas convivimos en armonía nahuales, humanos, enanos, gigantes, seres azules del oeste y varios tipos de seres elementales.

—Disculpe si sueno impertinente. ¿Si son tan amigables, por qué trataron de matarnos en la superficie? —cuestionó Alex.

—Estaba seguro que preguntarían eso. La respuesta es simple, la perfección no existe aquí abajo, como tampoco existe en ninguna parte.

»Los nahuales contra los que pelearon son renegados. Dentro de cualquier pueblo que habite esta tierra, siempre habrá integrantes insensatos, con el cerebro nublado por la voz del príncipe oscuro.

—¿Quién es ese príncipe oscuro del que tanto oigo hablar? —pregunté.

—El renegado hijo de puta más desalmado, tramposo y ruin que ha existido jamás. En el inicio de los tiempos, él fue uno de los once originales. Todo en la séptima tierra era miel sobre hojuelas hasta que un día enloqueció; cegado por la lujuria y la avaricia, traicionó a sus amigos; cobardemente deshonró a Lilít y asesinó a Cronos cuando lo confrontó.

»Se convirtió así, en el primer asesino, el primer ser de oscuridad, prácticamente él introdujo la palabra maldad al diccionario. Tontamente los dioses le perdonaron la vida, confiaron en que un simple destierro serviría para corregirlo, más equivocados no pudieron estar.

»Vago por las seis tierras reclutando seguidores incondicionales. Obligó al gran herrero Feder a forjar las primeras armas de la historia. Lleno de rabia, soberbia y sed de venganza, encontró la forma de regresar a la séptima tierra para tratar de conquistarla a la fuerza. Desató entonces la primera gran guerra, afortunadamente fue vencido por el ejército de los arcángeles.

»Hábilmente se las arregló para huir con vida. Se ocultó en las sombras desde donde por eones se ha dedicado a manipular a estúpidos de todas las razas. Tratará siempre de conseguir su anhelado deseo de ser el soberano supremo de las siete tierras.

»Hace milenios engañó a nuestros ancestros. Los motivó a revelarse. He aquí el resultado, desterrados, confundidos y maldecidos.

»Él y sus serviles reptilianos se han encargado de mantener viva la llama de la enemistad entre los pueblos de las seis tierras. Se han hecho más fuertes día con día alimentándose con las malas vibras.

»Hace centurias el legendario semidiós Wiracocha, durante la cuarta gran guerra logró unir a varias naciones para derrotar a los ejércitos del mal. El astuto Lucifer en una jugada desesperada, envenenó el alma de algunos humanos para usarlos como carne de cañón contra los pueblos rebeldes.

»Wiracocha en su sabiduría entendió que era estúpido enfrentarse con los hombres manipulados. Entonces decidió refugiarse en las entrañas de la tierra junto con sus aliados para evitar un derramamiento de sangre innecesario, así fue como encontraron este paraíso subterráneo.

»Durante largo tiempo, los refugiados vivieron en paz hasta el día en que el alma de uno de los hijos de Wiracocha fue envenenada por los susurros de uno de los príncipes. Cegado por la avaricia, asesinó a su padre; sus tres hermanos lo enfrentaron, pero el daño ya estaba hecho.

»Sus seguidores se marcharon para formar su propio reino de violencia y terror. Para ellos, el único entendimiento es la ley del más fuerte; por milenios se han dedicado a desarrollar las artes oscuras para convertirse en mercenarios al mejor postor.

»Actualmente sus espadas están al servicio del primer desterrado quien silenciosamente trama una nueva ofensiva. Su objetivo es erigirse a la fuerza como deidad absoluta. Con esos nahuales fue con quienes se enfrentaron en el bosque.

—Interesante historia, aunque aún no encuentro en dónde encajamos nosotros —comenté.

—No comas ansias. En las viejas historias se cuenta que en el inicio de los tiempos, los primeros dioses escribieron El Libro Arcano; en él se encuentran registrados los secretos de la magia antigua, en sus páginas se puede encontrar solución para cualquier problema o necesidad: "Creación de vida, edificación y construcción de cualquier cosa, sanación, regeneración, longevidad, manipulación de las fuerzas de la naturaleza a tu antojo, en fin, sus letras hablan del poder original".

»Los originales creyeron que sería buena idea hacerlo indestructible, con el loable pero inocente deseo de que perdurara como guía para aquellos que eventualmente heredaran la tierra.

»Cuando Lucifer intentó invadir la séptima tierra, su objetivo real no era la venganza, era conseguir el libro, consciente de que el ser que lo posea, dominará fácilmente las siete tierras.

»Entonces se dieron cuenta que haberlo escrito, no había sido la mejor idea, de caer en manos equivocadas, el futuro sería totalmente opuesto a la idea original. Trataron de destruirlo por una infinidad de medios, sin lograr provocarle el menor rasguño. La única solución viable que encontraron fue construir una súper fortaleza en las entrañas de la tierra.

»Esperanzados en que nunca nadie la encontrará y por aquello de las malditas dudas, crearon dos indestructibles quimeras para que vigilarán el lugar por la eternidad. Lo que olvidaron fue tomar en cuenta que el balance del universo depende de la existencia de la dualidad, luz y oscuridad, bien y mal, creación y destrucción.

—¡Aja!, todo lo que nos cuentas habla del pasado. A nosotros lo que nos importa es el presente; ¿Dónde encajamos nosotros?, sigo sin entender.

—Hace seis siglos los renegados fortuitamente encontraron la ubicación de la biblioteca del conocimiento ancestral y desde entonces han tratado de encontrar la manera de poder entrar. Según información de nuestros espías, lo más que han logrado avanzar hacia la entrada son tres pasos antes de que las quimeras hagan pedazos y devoren al que ha osado intentarlo.

»Han tratado de domesticar a los voraces bestias. Las han alimentado con los cadáveres de sus prisioneros, sin mucho éxito que digamos. Nosotros en cambio, nos hemos centrado en traer a las mentes más brillantes de cada raza con el objetivo de juntos resolver el enigma de cómo acceder al recinto del conocimiento antiguo.

»Hace algunos años logramos descifrar antiguos manuscritos, según los cuales cada seis mil años se abre una nueva oportunidad de acceder al conocimiento perdido. El asunto es que según los manuscritos, el libro solamente podrá ser leído el día que se reúnan en armonía: un dios primigenio, uno de los setenta y siete semidioses, un arcángel y un ser de luz de cada pueblo original (un elemental, un gigante del valle, un nahual y un humano).

—Según lo que estoy entendiendo, la cosa esta fácil, lo único que hace falta es reunirlos y listo. ¿Verdad? —Alex comentó

—Desafortunadamente no. Las cosas no son así de simples y no creas que no noté el tono sarcástico de tu comentario. Si todas las cosas fueran sencillas, todo mundo las haríamos. ¿No crees?

»Nuestro grupo de sabios coincide en que en este tiempo, los cuatro seres de luz caminan sobre la tierra, el inconveniente es que solamente conocemos el nombre de uno de ellos. Un humano de nombre Dasan, quien hace catorce años acudió a la Cascada Dos Lobos en busca de elevar su aura al siguiente nivel, desafortunadamente fue capturado por los seguidores de Amón.

—¡Ok!, tengo una duda —mencioné.

—¿Cuál es tu duda, muchacho?

—Si consiguen acceder al dichoso libro, ¿cuáles serían los beneficios para el mundo?

—Si logramos recuperar el conocimiento perdido, estaremos en la posibilidad de vencer al oscuro. Lograremos erradicar la maldad de estas tierras y hacer que el mundo renazca. Forjar un lugar en donde todos vivamos en armonía con la naturaleza como originalmente era la idea.

—Aunque suena bien su idea, creo que son sólo sueños guajiros. Si sólo conocen el nombre de uno de los cuatro y él es prisionero del enemigo, no veo forma alguna de cómo su empresa pueda llegar a buen puerto.

—En este punto es donde ustedes encajan en este rompecabezas. Nosotros podemos invadir el reino renegado para liberar a Dasan, a sabiendas que en el trámite tendríamos que matar a muchos de nuestra especie, cosa que nos dolerá mucho, ya que siguen siendo nuestros hermanos de sangre, aunque sean estúpidos sirvientes de Lucifer.

—Disculpen que insista. Supongamos que rescatan a Dasan, ¿nosotros que pitos tocamos en esta fiesta? —cuestioné.

—Dasan puede servir de faro para traer aquí a los otros seis. El asunto es que necesita utilizar el anillo de la luz. Por informes que tenemos, creemos que tú conoces el paradero de ese anillo

—Lamento decepcionarlos. No sé qué hayan escuchado sobre mí, pero yo no tengo ni la más remota idea de que anillo estén hablando.

—¿Por qué intentas tomarnos el pelo?, después que te hemos tratado tan bien—cuestionó Merlean.

—¿Por qué dices eso?

—¿Dime, conoces a un cantinero de nombre Frank?

—¡Claro!, en más de una ocasión acompañé al abuelo al bar y Frank me dejaba esconderme detrás de la barra y me daba refresco y pretzels, cómo no recordarlo. ¿Pero eso que tiene que ver en todo esto?

—Él trató de ayudar a tu abuelo a cumplir su encomienda. Lamentablemente la expedición de tu abuelo fracasó, ahora él y algunos de sus amigos son inquilinos del castillo negro.

—¿Cómo saben ustedes eso?

—Frank juega para nuestro equipo —señaló Dagda—, como ya te habrás dado cuenta, tenemos espías en todas partes. Uno de ellos nos reportó que cuando capturaron a tu abuelo, no tenía el anillo con él, cuando intentaron leer su mente, sólo lograron extraerle la imagen de uno de sus nietos, lo que nos lleva a suponer que tal vez tú conozcas el paradero del anillo. ¿Sabes algo al respecto?

—*Tengo una idea de dónde puede estar. El abuelo una tarde me pidió que lo acompañara a López Lake, me dijo que tenía algo importante que ocultar; no me dijo de que se trataba, ahora creo que el objeto que ocultamos era ese anillo.*

—*¡Estupendo!; ¿Puedes llevarnos a ese lugar?*

—*¡No!*

—*¿Cómo qué no? ¿Qué no eres consciente de lo que está en juego?*

—*Claro que estoy consciente. El problema es que mi abuelo fue extremadamente precavido, me imagino que él sabía la importancia del anillo y trató de proteger la ubicación.*

»*Cuando llegamos me pidió que vendara sus ojos y lo llevara bosque adentro. Una vez en el interior del bosque, me pidió le quitara la venda y lo esperara, mientras él se adentraba aún más. Me imagino que para esconder el anillo y sabrá Dios en qué lugar.*

»*A su regreso, nuevamente lo vendé y lo guié de vuelta a la camioneta. Se aseguró que los dos conociéramos solamente parte del camino al escondite.*

—*¡Diablos! ¡Vaya que resultó astuto tu viejo!* —*comentó Merlean.*

—*Me imagino que si vamos a rescatar a Dasan también podríamos rescatar a mi abuelo y sus amigos, una vez a salvo sin problemas podremos ir por el anillo.*

—*¿Cómo te suena esa idea Merlean?* —*preguntó Dagda.*

—*Creo que es algo que podemos hacer, bien valdría la pena intentarlo.*

—*No se diga más. Disfrutemos lo que resta del día, al atardecer tengamos una fiesta y mañana al medio día empezaremos a planear la cruzada para liberar a nuestro futuro redentor.*

—*Merlean prepara todo para la tarde. Hay que agasajar a nuestros invitados con música, buena comida, vino y chicas. Hoy habrá fiesta guerrera para despedir dignamente a los guerreros que posiblemente mañana tengan funeral.*

Merlean salió para cumplir con su encomienda. Nosotros solicitamos permiso para ir a nuestro cuarto a tomar un baño.

Más tarde estábamos de regreso en el salón para disfrutar de la fiesta. Bailamos, comimos y bebimos. (Bueno, creo que sólo yo disfrute de la fiesta, Alex se limitó a sentarse y embriagarse, sin querer saber nada de chicas, algún día les platicaré el porqué)

En la madrugada la fiesta terminó con unas inspiradoras palabras de parte de Dagda.

—*Hijos del cuarto reino y guerreros extranjeros que valientemente se han unido a nuestra noble causa. La oportunidad que hemos esperado por largo tiempo ha llegado. De que logremos tomar el castillo negro dependerá la manera en que la historia se escriba.*

»Aparten las dudas y el miedo de sus mentes. La razón está de nuestra parte, tengan por seguro que hacemos lo correcto, empuñen sus armas con fuerza y dejen que la luz los guíe en el campo de batalla.

»No todos conseguiremos regresar con vida. Sepan todos aquellos que caerán, que su muerte servirá para que futuras generaciones algún día puedan recordar y celebrar el día en que un puñado de valientes decidieron cambiar el curso de la historia.

»Guerreros levanten sus copas para decir skol. ¡Siete tierras unidas y larga vida al cuarto reino!

—*¡Skol!* —*al unísono todos respondimos.*

Uno a uno fuimos abandonando el recinto, optimistas y llenos de euforia. Conscientes que pronto celebraríamos una victoria o encontraríamos una muerte digna.

Mi viejo decía: "Los dichos no fueron dichos por pendejos". ¡Cuánta razón tenía!, porque no todo lo que brilla es oro.

Debes aprender a leer entre líneas para saber cuándo alguien te está mintiendo. Un leopardo nunca podrá cambiar sus manchas, así que su naturaleza tarde o temprano lo delatará.

A malvados, estúpidos y locos, no los des por pocos. Hay demasiados por doquier, nunca temas enfrentarlos, solo preocúpate de no ser engañado por su piel de oveja.

Todos los caminos indudablemente pueden llevarte al mismo lugar. La diferencia radica en qué tanto estás dispuesto a caminar. Nunca olvides que el viento celestial puede impulsar y guiar tu barco, pero de vez en cuando, tendrás que remar por cuenta propia si no quieres encallar.

Capítulo XXII
Los nueve guardianes

El pueblo Cheyenne decía: "No juzgues a tu vecino, hasta haber caminado dos lunas en sus mocasines". Evita prejuzgar las acciones de los demás. Si cometes el error de guiarte por las primeras impresiones, puedes despreciar la mano que estaba destinada a ayudarte.

Dale a cada persona la oportunidad de demostrar su valía. Cuando las acciones hablan, los juicios erróneos y prejuicios callan.

Guiado por Akiry, Cuervo Rojo se adentró en la caverna para tratar de darnos alcance.

—Creo que ya no podemos hacer nada por ellos —dijo Akiry.

—¿Qué demonios quieres decir con eso?

—Que llegamos demasiado tarde.

—No pienso abandonar a mis amigos a su suerte, los rescataré cueste lo que me cueste.

—No seas estúpido. Ya están en presencia del desalmado Wardjan.

—No sé quién sea Wardjan, así que no le temo.

—Por tu propio bien y el de tus amigos, deberías temerle, muerto de nada les sirves.

—Quizás tengas razón, pero vivo y haciéndome pendejo, tampoco les sirvo de mucho. ¿Verdad?

—Como quieras, aunque creo que deberías tranquilizarte, la premura siempre es mala consejera.

—Tiempo es algo que no tengo; si algo malo les pasa por mi cobardía, nunca me lo perdonaría.

Las palabras de Cuervo Rojo tocaron fibras sensibles en Akiry.

—Si ya decidiste entrar a esa sala, hazlo con mucho cuidado. Si su perro te atrapa serás historia.

—Recuérdame ¿por qué debería creerte? Desde que te conozco, de tu boca solo mentiras han salido.

—¡Ah!, ¿no me crees? Adelante, entra ahí para que compruebes si estoy mintiendo.

—Pus lo voy hacer y créeme, seré como un fantasma.

—Si tú lo dices... yo como Santo Tomas, hasta no ver no creer.

Cuervo Rojo buscó un recoveco donde dejar al duende, atado y amordazado. Luego entró sigilosamente en aquellos desconocidos terrenos decidido a agotar hasta la última posibilidad de liberarnos.

Pronto se dio cuenta que la posibilidad de éxito era nula. Eran demasiados nahuales para poder vencerlos él solo, sin contar al portentoso ogro y su bestial can. Así que sólo se limitó a observar lleno de impotencia el sanguinario show. Asqueado y horrorizado por la manera tan cruel en que los nahuales pagaban con vidas humanas, el derecho de peaje en aquella infame aduana.

Con asombro y desánimo, nos vio transitar a través del portal que se cerró inmediatamente tras de nosotros. Por su mente cruzó la loca idea de enfrentarlos, su sentido común se lo impidió.

—Creo que esa es una pésima idea y como dijo Akiry, muerto de nada sirvo.

» ¿Y si ofrezco como pago, al méndigo duende? Creo que esa también es una idea estúpida, sería muy ruin y bajo. De hacerlo, no sería mejor que mis enemigos. ¿Entonces qué hago?

Abstraído en su dilema moral regresó con Akiry. Le platicó el grotesco espectáculo que acababa de presenciar y le preguntó si conocida alguna manera de sortear este obstáculo.

—Escúchame muy bien. Te voy a quitar la mordaza para que me des tu respuesta. Te advierto que si haces cualquier estupidez que nos delate, antes de que me atrapen te cortaré el cuello. ¿Entendido?

Movió la cabeza indicando que había captado el mensaje.

—Olvídalo, no hay forma en que puedas vencer al ogro. En cuanto se percaten de tu presencia, serás alimento para su mascota.

—¡Diablos!, tiene que haber otra forma y la voy a encontrar, se lo debo a Nick y Alex. Yo fui quien los me tío en esto, no debo ni puedo abandonarlos a su suerte.

Akiry se quedó pensativo y repentinamente cambió su actitud.

—Bueno, hay otra opción, aunque no menos arriesgada.

—Un méndigo no puede darse el lujo de ser selectivo. Estoy abierto a cualquier posibilidad, cuéntame de que se trata.

—¡Ah!… No estoy seguro de querer ser parte de algo tan arriesgado. ¿Yo qué gano?

—¿Seguir vivo, te parece poco?

—No alardees conmigo, tú no me matarás porque soy tu única esperanza, sin mencionar que no eres mala persona o no me digas que no cruzo por tu mente darme como pago.

—Para ser honesto, sí consideré esa opción, pero de inmediato reprimí ese estúpido pensamiento. Nadie por más ruin o embustero que sea, merece tener la muerte que tuvieron ese par de desdichados.

—Escucha, tengo mis propias razones para ir al castillo negro, así que te propongo un trato.

—No sé por qué estoy escuchándote. Sé que terminaré arrepentido, aunque un perdido a todas va. ¿Dime qué tipo de trato?

—Me vas a liberar; me darás armas para poder defenderme y de aquí en adelante marcharemos como amigos, bueno no como amigos, como socios.

»Si logramos llegar al reino nahual, me ayudarás a rescatar a mis antiguos aliados. ¡Ah!, y dejarás que te dé un par de cachetadas guajoloteras, como compensación por el maltrato recibido. ¿Qué dices?

—¿Y tú nieve de limón, de que la quieres? Olvídalo.

—Entonces haz lo que se te dé tu chingada gana pues.

—Eso haré exactamente.

Lo amordazo para acallar su impertinente voz y nuevamente se dirigió a la sala del ogro para tratar de encontrar alguna manera de vencerlos. Su nueva incursión fue breve, de inmediato Black Shuck percibió su olor en el viento y empezó a ladrar.

—¿Qué te sucede perro loco? ¿Por qué estás tan inquieto?... ¿A caso tenemos un impertinente intruso? —preguntó Wardjan, mientras tomaba su sable.

»No nos caerá mal un bocadillo extra, fiel amigo. ¡Vamos encuéntralo!

La bestia empezó a olfatear tratando de localizarlo. Cuervo Rojo puso en práctica sus habilidades de supervivencia, se cortó y empezó a orinar, regando sangre y orina por todo el lugar. Se quitó la playera para limpiarse el sudor y la arrojó lejos de él para confundir al perro.

Aprovechó la confusión para escabullirse; corrió hasta donde estaba el duende para emprender la huida. Sus sueños de fuga terminaron cuando escucharon los gruñidos del can que se acercaba. Pensando que todo estaba perdido tomó sus armas para oponer resistencia y morir con honor, Akiry lo pateó para llamar su atención.

—Se lo que estás pidiendo. Nadie merece morir encadenado —lo liberó y le dio un par de cuchillos. — Defiéndete como puedas.

—¡No seas estúpido!, ni una veintena de los mejores soldados serían rivales para ellos. Si quieres sobrevivir has exactamente lo que te diga.

—Soy todo oídos.

—Voy a orinar. Con tus manos apara lo más que puedas y úntatelo por todo el cuerpo.

—¡Guácala! ¿Estás loco?

—¿Hazlo o prefieres lidiar con ellos?

La maldita mascota había encontrado su escondite y desesperadamente empezaba a rascar la tierra para agrandar la entrada y poder atrapar a su presa. Sin otra opción, Cuervo Rojo se armó de valor, venció el asco y tiró a la basura el glamur, hizo lo que Akiry le pedía. En cuanto el duende empezó a orinar un maloliente fluido verde, el perro se retiró de inmediato entre gemidos.

—¡Listo!, ¡aug, aug!.... ¿ahora qué? —preguntó, esforzándose para no vomitar.

—¡Shhh!.. Ahora quédate callado.

—¿Qué? ¿A dónde vas?

—¡Shhh!... Que te calles.

El duende salió para enfrentar a sus predadores.

—*¡Qué tal Wardjan! Tu méndigo cachorrito no aguanta nada.*

—*¿Akiry? Debí adivinarlo, ¿qué diablos haces aquí?, enano tramposo.*

—*Nada en particular. Salí a estirar las piernas y cuando menos acordé, terminé aquí.*

—*Sí como no, tú nunca das pasó sin guarache. Te lo preguntaré sólo una vez más. ¿Qué demonios haces aquí? y ¿Qué ocultas en esa grieta?*

—*Nada, no oculto nada. Ya te lo dije, solamente salí a estirar las piernas.*

—*¡Escúchame méndigo enano!, ya habíamos hablado sobre esto, tú no puedes acercarte a nuestro territorio. No creas que he olvidado la manera en la que me estafaste en el póker la última vez.*

—*¿Qué? Ese día simplemente estaba de suerte.*

—*No te hagas pendejo. A nadie le puede salir cuatro ases en tres juegos seguidos.*

—*¿Qué quieres que te diga? Visto está que sí.*

—*Aparte de tramposo impertinente. Olvidemos por un momento las cartas… ¿Por qué diablos viniste a orinar aquí?, sabes que tu fétida orina irrita la nariz de Black Shuck.*

—*Exagerado que es —respondió displicente.*

—*No tientes a la suerte, ni te atengas a que no nos atrae comerte. Podemos matarte por simple diversión y librarnos de ti para siempre.*

—*¡Ya hombre! Déjame enseñarte lo que ocultaba para hacer las paces. ¿Ok?*

Al escuchar aquellas palabras Cuervo Rojo supuso que el méndigo duende lo traicionaría. Más equivocado no podía estar, sólo entró para sacar la mochila de armamento.

—*Mira esto es lo que ocultaba —le dijo, mientras vaciaba el contenido de la mochila.*

—*¿De dónde robaste eso?*

—*No es presunción, pero yo fui quien engañó a esos tontos humanos que venían a tratar de salvar el mundo. Como parte del pago me permitieron* quedarme con sus armas, así que creo que ahora si estoy preparado para ir a rescatar a mis amigos.

—¡Ja, ja, ja! No me hagas reír que tengo los labios partidos. ¿Crees poder entrar al castillo negro tú solo?

—¿Sí, por qué no?

—Creo que la soledad de estas cavernas te han afectado el cerebro.

—Muy gracioso, pinches barbas de mi over there —murmuró

—¿Qué dijiste?

—¡Ah!… No te creas, es broma, es broma.

—No sé por qué te aguanto tanto, méndigo enano desnutrido.

—Tal vez porque soy el único amigo que tienes por estos lugares (el perro gruño), dije amigo, tú eres su familia, no te pongas celoso.

Todo marchaba sobre ruedas hasta que Wardjan recordó que habían encontrado una playera ensangrentada.

—Casi logras engañarme. ¿Por qué Black Shuck encontró ropa de humano llena de sangre?

—¿Cómo? No me di cuenta cuando se me cayó, gracias que la encontraron. ¿Dónde está?

—En su estómago, la tomó como canapé.

—¿Qué? ¿Te la comiste méndigo tragón?, no puede ser.

—No seas melodramático. ¿Por qué esa ropa era tan importante para ti?

—Era mi pase para entrar sin peligro al reino nahual.

—¿Cómo está eso?

—Eran tres los humanos que entraron a la cueva, a dos los engañé fácilmente para que los capturaran. Al poco tiempo llego otro, resultó ser un poco menos estúpido y no cayó en mis engaños, así que tuve que patearle el trasero y cortar su garganta.

»Como su cuerpo era muy pesado para cargarlo, tomé su playera ensangrentada para llevársela como presente de buena voluntad a Amón, así él podría ver que hice una obra en apoyo a su causa y tal vez conseguiría su beneplácito para volver a vivir en la ciudad nahual sin peligro.

—Si pendejo no eres, aunque sigo sin entender cómo piensas llegar al reino nahual.

—Pensé que tal vez tú como buen vecino, podrías abrir el portal para mí.

—¡Estás pendejo!, de gratis yo no muevo ni un solo dedo. Abrir el portal consume mucha de mi energía, si no como carne fresca antes de abrirlo, correría el riesgo de morir en el intento, pensé que lo tenías claro.

—Sí, lo sabía, pero me dije quién quiete y me haga un paro.

—Aquí nada de paros, o traes cuerpos con qué pagar o ya sabes a donde te puedes ir.

—¡Ok!, "gracias amigo".

—De nada "amigo".

—Creo que tendré que tomar el camino largo —dijo mientras volvía a guardar todo en la mochila.

—No tan rápido insecto. No he olvidado que orinaste en tu madriguera, así que trae agua para que limpies tu cochinero antes de irte.

—¿Estás bromeando? El rio está a tres kilómetros.

—Eso lo hubieras pensado antes... y no estoy bromeando, me quedaré con tus armas hasta que termines. Después de limpiar, puedes venir a buscarlas.

—¡Estúpido!

—¿Qué dijiste?

—¡Estupendo, estupendo!, ahora mismo lo hago.

El ogro y su mascota se marcharon con las armas. Akiry los acompañó y unos instantes después regresó con un par de enormes baldes.

—Ya sal de ahí, no te hagas tarugo. A ti te tocará cargar el agua.

—¡Hombre sí!, te vas a hartar.

—¿Quieres que llame a mis amigos?

—¡Méndigo chantajista!, mitotero que no fueras. Dame los baldes y vamos por esa agua.

—¡Ya ves qué diferencia!, cuando hay buena disposición. ¡Ja, ja, ja!

Todo el camino Cuervo Rojo luchó para no vomitar, por el nauseabundo aroma que su cuerpo desprendía; además de tener que soportar las burlas del costroso duende. En cuanto llegaron al río soltó lo que cargaba y saltó al agua para limpiarse, a lo que Akiry reaccionó alarmado.

—*¡No seas estúpido!, sal del agua inmediatamente.*

—*Espera, deja terminar de quitarme tus olorosos fluidos.*

—*¡De prisa que ya viene!*

—*¿Quién?*

—*¡Él! —apuntó visiblemente preocupado.*

Cuervo Rojo volteó en la dirección señalada, para ver la silueta de un enorme cocodrilo que se dirigía hacia él. Nadó tan rápido como pudo y consiguió salir justo a tiempo para no ser la cena de tic-tac.

El monstruoso reptil al darse cuenta que falló, se sumergió para ocultarse en las profundidades. Cuervo Rojo se recostó sobre la arena para recuperar el aliento después de semejante impresión.

—*Méndigo aturrado. ¿Por qué no me advertiste?*

—*A cual chanza dirían los rancheros, si en cuanto viste el agua, corriste a meterte.*

—*Podrías habérmelo dicho durante el camino. ¿No crees?*

—*Me hubieras preguntado. Está bien que estudié para adivino pero reprobé.*

—*Para ti todo es jugarreta, pero en fin. ¿Ahora qué hacemos?*

—*Esperar que el cocodrilo se canse de esperar. Mientras esté por aquí, ni de broma podremos acercarnos al agua.*

Después de un rato. Escucharon cómo se alejaba, entonces se acercaron para llenar los baldes. El estúpido duende no desaprovechó la oportunidad para tocarle la espalda y sacarle otro susto.

—*¡Hijo de la chingada! ¿Me quieres matar de un susto?*

—*¡Ya, ya!, una bromita, un bromita. ¡Ja, ja, ja!*

—*¿Una bromita?*

—*Ni aguantas nada.*

—¡Ya verás!, algún día me las cobraré todas juntas.

—¡Uy qué miedo!, mira como estoy temblando —sarcásticamente se burló de la amenaza.

—¡Déjate de payasadas! y regresemos a que limpies el cochinero que hiciste.

—Querrás decir a que tú limpies.

—¡Ah chingá!, ¿Y por qué yo?, si el que orinó fuiste tú.

—¿A quién salve? Y por cierto ni siquiera me dijiste gracias.

—En eso tienes razón. Gracias por sacarme del atolladero en que me había metido.

—¡Vaya, veo que tienes aunque sea un poco de decencia!, nada más por eso te diré como llegaremos al reino nahual.

Durante el camino de regreso Akiry le adelantó que caminarían hasta el laberinto del jaguar y si lograban pasarlo, la última parte sería pan comido: un jardín botánico extremo, repleto de plantas carnívoras y abejas del tamaño de un puño.

—¿Tratas de asustarme?... No suena nada atractiva la nueva alternativa.

—Es lo que hay. ¿Lo tomas o lo dejas?

—Para darme una idea, dime cuántos han logrado completar esa travesía.

—Que yo sepa, últimamente nadie.

—¿Cómo?

—Pues nadie ha sido tan tonto para elegir el camino largo. Con un par de cuerpos suelen pagar por transitar por la ruta corta.

—¡Suena lógico!, ni hablar, tomaremos el camino largo.

—Antes ponte a limpiar el desorden, mientras voy a recuperar nuestro armamento.

—Ya que.

—Date prisa y en cuanto termines aléjate para que Black Shuck ya no pueda olerte. Camina en aquella dirección y espérame en la entrada de la cuarta gruta.

Cuervo Rojo a la distancia logró ver cómo el ogro regresaba para revisar que el desorden había sido limpiado. También se percató que después de cruzar algunas palabras de despedida, Wardjan le entregó un medallón a Akiry, mismo que ocultó de inmediato en su bolsillo para finalmente acariciar el lomo de Black Shuck como gesto de gratitud y despedida antes de marcharse.

—*Hora de partir que el camino es largo* —*dijo Cuervo Rojo.*

—*No tan de prisa, aún falta sellar nuestro pacto. ¿Recuerdas nuestro trato, verdad?*

—*¿Qué parte exactamente?*

—*La parte de las cachetadas guajoloteras.*

—*¿Aún no te hartas de burlarte de mí?*

—*¡No!, y tratos son tratos. ¿O no tienes palabra?*

—*Adelante, cuando quieras.*

Confiado por lo delgado de sus brazos, lo vio como tomaba vuelo y le sorrajaba tremendo par de bofetadas.

—*Méndigo enano, ahora si te pasaste. ¿Cómo le haces para pegar tan fuerte?*

—*Puro musculo papá, nada de grasa. ¡Ja, ja, ja!*

—*¿Ahora si ya está sellado el trato?*

—*Creo que sí.*

—*"Pues andando y meando para no hacer hoyo".*

Llenos de incertidumbre por no saber lo que encontrarían en el trayecto, pero convencidos de que hacían lo correcto, dieron el paso más importante para iniciar el camino, el primero.

Tratando de hacer más ameno el viaje Cuervo Rojo pregunto:

—*¿Qué fue eso que el ogro te dio?*

—*No se a qué te refieres. Mejor preocúpate por no ponerte en peligro a lo tonto como lo hiciste con el cocodrilo porque estas cuevas suelen ser traicioneras.*

—*Entendido y anotado.*

Comprendió que Akiry había decidido que el asunto del medallón no le incumbía. Así que no volvió a tocar el tema. Durante dos largos días continuaron su extenuante travesía. Sólo realizaban breves paradas para descansar, comer, hidratarse o dormir.

El trayecto resultó relativamente sencillo (bueno sin contar que tuvieron que salir huyendo de un furioso oso y un piquete de alacrán el cual curaron con medicina tradicional), Akiry conocía a la perfección aquellos parajes; sabía dónde conseguir agua fresca y comida (aunque un poco rara, su dieta consistía en ranas, ratas y serpientes).

Lo que resultó realmente incómodo para Cuervo Rojo fue la desesperante sensación de que cientos de pequeños bichos recorrieran cada centímetro de su cuerpo al tiempo que se habría paso a punta de machete en una inmensa maraña de telarañas de un gigantesco nido de tejedoras.

El camino fácil terminó frente a una puerta con inscripciones extrañas. Según Akiry decían: entra sólo si estás consciente del eterno movimiento del universo, y cava tu tumba, si tu presencia molesta al gran lince.

—*Quien escribió esto, sabía cómo desanimar a los intrusos. ¿Crees que sea verdad?*

—*¿Qué importa lo que crea o no? La única forma de averiguarlo es entrando* —*Akiry respondió.*

—*¡Qué valiente me saliste!*

—*No lo creas... durante años llegué hasta este lugar decidido a regresar al reino nahual; una y otra vez dejé que el miedo me venciera y regresaba derrotado a mi pocilga. Yo creo que ya es tiempo de dejar de ser un cobarde. No puedo seguir rehuyendo del destino, muchos están sufriendo tormentos porque un día decidieron seguir mis sueños revolucionarios.*

»*Al ver lo que estás dispuesto a hacer por tus amigos, entendí que nunca hay que olvidar a los cautivos. Ya no puedo seguir huyendo, consigo mi objetivo o muero en el intento.*

—*Es bueno escucharte hablar así. Si ya no tienes dudas al respecto, hagámoslo.*

Impulsados por la esperanza avanzaron a paso firme dentro del laberinto. Todo marchaba normal hasta que escucharon un leve zumbido. El suelo empezó a temblar con fuerza, los muros cobraron vida y empezaron a moverse. Así se configuró un mundo de nuevos caminos y posibilidades.

—¿Qué fue eso? —preguntó un alarmado Akiry.

—No lo sé, sospecho que alguien se empeña en jugar con nosotros.

—¿Ahora qué haremos?

—Tú dime. ¿Eres el guía, no?

—Ya te dije que sólo había llegado hasta la entrada.

—Cierto, olvidaba que antes de conocerme habías sido un cobarde.

—¿Enserio quieres bromear en estos instantes?

—¡Oh!, disculpa florecita. ¿Te pisé? ¡Ja, ja, ja!

—Muy gracioso.

—¡Ánimo!, al mal tiempo, buena cara. Nada lograremos si nos deprimimos. Lo único que podemos hacer es continuar y esperar que la fortuna juegue aunque sea una partida de nuestro lado.

A medida que el tiempo transcurría, el ánimo empezaba a desvanecerse, la frustración y el desánimo empezaban a susurrar: ¡hey!, aquí estamos.

No lograban avanzar más de quinientos metros cuando el laberinto se automodificaba. La situación los forzó a tomar al azar una nueva ruta; cada nuevo intento terminaba de la misma manera, parados frente a un muro.

—¡Diablos!, no puede ser. Tanto tiempo y esfuerzo invertido para nada; de nuevo a tener que empezar —molesto Cuervo Rojo gritó

—¿Qué paso? ¿Dónde quedó el señor tranquilidad?

—Se extravió en este laberinto hace un par de horas… ¿Por qué? ¿Algún problema?

—¡Tranquilo!, no te enojes.

—¡Ja, ja, ja! No te asustes, tú tranquilo y yo nervioso. Sólo estaba dejando salir la presión.

—*Ahora si me engañaste, ya me estaba empezando a preocupar.*

—*¡Vamos, sigamos intentando salir de aquí!*

Con el firme propósito de no claudicar, continuaron tomando nuevos caminos. Su persistencia rindió frutos cuando encontraron una pila de huesos junto a una vieja armadura medieval. A juzgar por una cruz en su torso, había pertenecido a un templario.

—*Creo que no seremos los primeros en morir aquí* —expresó un pesimista Akiry.

—*Quizás, este desdichado sea el golpe de suerte que necesitamos.*

—*¿De qué hablas?*

—*Mira lo que trataba de tallar en la roca.*

Aquel desafortunado monje antes de morir había tallado en la roca doce manos con los dedos en diferente posición y una imagen inconclusa de un laberinto (un cuadrado enmarcaba un laberinto en forma de una cruz ancha, idéntico al petroglifo encontrado en Hemet en el sur de California).

—*¿Y esos dibujos, cómo para que nos servirán?*

—*Creo que trataba de trasmitir su conocimiento a los que viniéramos después de él.*

—*Para mí eso es puro grafitis medieval, no le encuentro ningún sentido.*

—*Si no piensas aportar algo inteligente, por favor cállate un par de minutos, déjame pensar.*

—*¡Umm!… Usted disculpe.*

Mientras trataba de descifrar el mensaje, las paredes nuevamente se movieron, excepto el muro donde estaba el dibujo.

—*Lo tengo* —Cuervo Rojo expresó

—*A ver sabelotodo, dime.*

—*Todas las paredes se movieron, menos esta. ¿Correcto?*

—*Sí, ¿Y eso quiere decir?…*

—*Quiere decir que esta debe de ser una de las paredes de la cámara central. Ahora sólo tenemos que encontrar la forma de rodearla para encontrar la entrada y así conseguir llegar a la mitad del camino.*

—*Suponiendo que tengas razón, creo que sigue bastante difícil la cosa; ¿Cómo vamos a encontrar la entrada?, si esta chingadera no para de moverse.*

—*Creo que esa parte era lo que las manos intentaban explicar.*

—*¿Cómo?*

—*Durante la edad media, en algunos lugares ocasionalmente utilizaban un lenguaje de señas para indicar números. Si no me equivoco estas manos están representando 5,20,17,5,19,1 espacio 9 espacio 3,1,4,1 espacio 4.*

—*¿Cómo sabes eso?*

—*Leyendo, estimado amigo, leyendo.*

—*¡Ok!, ahora la pregunta obligada… ¿Qué quieren decir esos números?*

—*Los templarios utilizaban el lenguaje numérico de manos para transmitirse mensajes secretos entre ellos, principalmente de advertencia.*

—*No pos, ¡guau!*

—*Cada número correspondía a una letra del alfabeto. Si tengo, razón lo que ahí dice es: "Espera i cada d".*

—*¿Eso qué?*

—*¿No tiene sentido verdad?*

—*¡No!, pos si nos sirvió de mucho tu conocimiento medieval.*

—*En vez de estar molestando, trata de descifrar el mensaje oculto.*

Por más vueltas que le daban al asunto, no encontraban coherencia en aquella frase. Afortunadamente Akiry demostró ser menos tonto de lo que parecía.

—*Tengo una teoría.*

—*¿Cuál es tu teoría?*

—*¡Déjame probarla primero! Cuando te diga, pon el cronómetro en tu reloj.*

—*¡Ok!, tú me dices a qué hora.*

—*Hay que esperar a que las paredes se muevan.*

Esperaron por cerca de cinco minutos.

—*¡Ahora empieza a contar!*

Transcurrieron nueve minutos exactamente para que las paredes se movieran de nueva cuenta.

—*¡Ahí lo tienes!, los números juntos representan palabras, los números solos son números. Espera 9 cada 4, es lo que ahí dice, para que aprendas y eso que yo no leo.*

—*No eres tan inútil después de todo.*

—*Si mi teoría es correcta, cada nueve minutos esta madre cambia de posición siguiendo cuatro patrones diferentes. El dibujo parcial tallado corresponde al modelo de laberinto; cuando el camino esté exactamente aquí, a nuestra derecha, esperaremos a que ese momento llegue y después deberemos correr para llegar a la entrada de la sala central, que según esto, está aquí —señaló el punto marcado en el dibujo inconcluso.*

—*No perdemos nada con intentarlo.*

Después de un par de movimientos salieron corriendo para tratar de alcanzar la entrada antes de que el laberinto nuevamente se modificara.

Consiguieron llegar a una habitación que lucía inmaculadamente limpia. Todo perfectamente acomodado. Una inmensa biblioteca al centro indicaba que alguien muy culto habitaba el lugar; una hermosa cama tallada en madera ocupaba una de las esquinas; escudos y armas colgaban de las paredes; un hermoso vitral de un imponente jaguar adornaba el techo y lo que más los sorprendió fue una fila de cientos de barriles de cerveza en un costado.

Su asombro fue interrumpido por un poderoso rugido que les avisó que habían despertado al guardián. El eco del crujir de unas pisadas les advertían que alguien con armadura se dirigía hacia ellos, excitados y asustados empuñaron sus armas en espera de la llegada del rival.

—*Akiry, no sabemos a qué nos enfrentaremos, así que ocúltate en aquella esquina, cuando nuestro adversario se presente, lo enfrentaré. En la primer oportunidad ataca su retaguardia, quizás la sorpresa nos de algún tipo de ventaja.*

—*Entendido y si no logramos sobrevivir, quiero decirte que fue un honor pelear a tu lado, resultaste más valiente que cualquier humano que haya conocido.*

—¡Gracias!, también fue grato para mí, tenerte de aliado, a pesar de tus estúpidas bromas. Prometamos que si uno de los dos logra superar este laberinto, rescatará a los amigos del otro.

—¡Hecho!, y solicito permiso para estrechar tu mano.

Con un apretón de manos sellaron un pacto de hermanos de guerra. Al escuchar los pasos más cerca, Akiry tomó su posición en el rincón. Cuervo Rojo tomó postura de combate; un imponente guerrero traspasó el umbral de la puerta seguido por un enorme felino.

Aquel caballero portaba una hermosa armadura moteada, un reluciente escudo y empuñaba una descomunal espada. Cuervo Rojo supó de inmediato que no tenía oportunidad contra aquel rival, así que le gritó a Akiry:

—¡Huye! ¡Con mi vida te compraré el mayor tiempo de ventaja que pueda!

Se abalanzó sobre el guardián quien de un simple golpe con su escudo lo aventó contra el muro como si fuera un muñeco de trapo. Su mascota se acercó lentamente para olerlo y mostrarle sus afilados dientes como antesala de lo que supuso un ataque mortal.

Indefenso bajo las patas del jaguar vio que Akiry no había huido. Sintió un gran coraje y decepción al oírlo hablar.

—¿Qué tal Ocelopilli? ¡Cuánto tiempo sin vernos!

—Con que eres tú, méndigo duende, quien osa perturbar nuestra tranquilidad.

—¡Je, je, je! Sí y te pido disculpas por eso. El asunto es que necesito cruzar al reino subterráneo.

—Ya conoces el precio.

—¡Sí!, por eso traje a este humano.

Cuervo Rojo no daba crédito a lo que escuchaba. El muy ruin lo había vendido. Todo había sido uno más de sus embustes.

—Sabes que el precio son dos vidas, no una.

—Pensé que podrías hacerme una pequeña concesión, tú sabes, por los viejos tiempos.

—Sabes que eso no es posible. Yo tomaré al indio y quizás deje que Tekuani te deguste, a riesgo que le causes indigestión.

Cuervo Rojo le dirigió una mirada de odio indescriptible al traidor.

—*La culpa la tengo yo por pendejo, por confiar en quien no se lo merecía —reclamó.*

—*No seas rencoroso. Negocios son negocios.*

—*¿Humano, cómo prefieres morir? ¿Rápido bajo el filo de mi espada? o ¿Quieres una oportunidad luchando contra Tekuani? —el guerrero preguntó.*

—*Elijo la segunda opción.*

—*¡No seas estúpido!, elige la primera opción, será más rápida y menos dolorosa —Akiry le sugirió.*

—*Rendirme no está en mi ADN, mientras tenga fuerzas pelearé aunque la victoria sea imposible.*

—*Si así lo quieres… te honraremos con darte una muerte digna, adelante manchas hazlo tuyo.*

Obedeciendo a su amo la bestia de un manotazo le arrancó las armas de las manos y saltó sobre él; abrió el hocico para darle el beso mortal. Seguro de que su final acababa de llegar, cerró los ojos, encomendó su espíritu al creador y en su rostro apareció una leve mueca de felicidad. Finalmente conseguiría reunirse con su amada esposa y sus adorables hijas.

Para su sorpresa, el jaguar empezó a lamer amistosamente su cara, mientras el guardián se quitaba el casco y junto con Akiry se echaban a reír, burlándose de él.

—*¡Ja, ja, ja! Si pudieras ver tu rostro en estos momentos —expresó Akiry.*

—*Con estos amigos para que quieres enemigos —mencionó Ocelopillí.*

Molesto e incrédulo se limpió la baba del felino y se incorporó para preguntar:

—*¿Qué demonios significa todo esto?*

—*Una pequeña broma, no te enojes.*

—*¡Qué hijo de puta eres!, ¡esto fue demasiado, no tienes madre!*

—*¡Discúlpame! ¿Te pise florecita? ¡Ja, ja, ja! En lugar de estar molesto, deberías agradéceme porque no morirás en este laberinto como el desdichado templario.*

—Ya no sé ni que pensar. No sé si ser tu amigo es una bendición o una maldición.

—Eso mismo pensamos todos los que conocemos a este méndigo duende. —expresó el guardián.

—¡Ay sí, tú la traes, par de llorones!

—Creo que deben de estar sedientos. Permítanme invitarles un tarro de mi mejor cerveza. Tengo muchas ganas de conversar con alguien después de un largo tiempo.

Los invitó a sentarse, sirvió tres tarros de espumosa cerveza y llenó un molde con su respectiva porción para su jaguar.

—¿Díganme que los trae por aquí? Y no omitan ningún detalle, entre más larga sea la historia, mejor para mí.

En agradecimiento a la hospitalidad, durante varias horas le contaron con lujos de detalles toda su travesía, acompañados de seis tarros de cerveza.

—Y así fue como terminamos aquí —dijo Cuervo Rojo.

—Debo reconocer la valía de lo que están tratando de conseguir, yo no tengo ningún problema en dejarlos pasar siempre y cuando paguen su cuota.

—Lo siento pero en lo que a mí respecta, jamás ofrecería la vida de alguien más.

—¿De qué estás hablando?

—Si no escuche mal, tu cuota es similar a la del ogro.

—Estás en un error… ¡Ah!, ya entiendo, seguramente el embustero de Akiry omitió contarte que soy vegetariano.

—Entre muchas otras cosas que de seguro me ha ocultado.

—Ahora deja que sea yo quien te cuente mi historia: hace milenios, mis ocho hermanos de crianza y yo, conformábamos el escuadrón dragón. Éramos guerreros de elite en la séptima tierra, desafortunadamente cometimos algunos errores de los cuales prefiero no hablar en este momento.

»El asunto es que como castigo fuimos obligados a vivir en soledad y servir como guardianes de los nueve puntos de acceso a los reinos subterráneos (tres laberintos, tres portales y tres embarcaderos). Para lidiar con *la soledad tomamos siestas por lustros o décadas. El punto es que abrir cualquier acceso, consume gran parte de nuestra energía y la única forma de reponerla es al consumir carne fresca.*

»Antes de que nos juzgues y catalogues como monstruos, ten en cuenta que si no hiciéramos eso, moriríamos de inanición y los portales se abrirían de par en par permitiendo que seres malvados cruzaran de un lado a otro sin control. Todo acabaría bastante mal. En lugar de unos cuantos sacrificados, las muertes se contarían por millones

»Dicho sea de paso, el que una maldición nos obligue a comer carne fresca, no lo hace correcto.

»Durante siglos yo he tratado de encontrar la solución a nuestra desgracia; cada uno de esos libros, los he repasado más de una veintena de veces y lo más que he conseguido es desarrollar un jardín botánico de plantas carnívoras. Ellas procesan y sintetizan los nutrientes elementales convirtiéndose en una fuente rica de energía vital, suficiente para mantenernos con vida. Durante el último par de siglos, manchas y yo hemos sobrevivido de esta manera.

—¿Con que alimentas a tus plantas?

—Principalmente con animales; aunque de vez en cuando con incautos que quieren cruzar y no traen con que pagar. Amablemente los dejo pasar. Si no logran cruzar mi jardín, no es asunto mío.

—¿Entonces cuál es el precio que uno debe pagar?

—Se podría decir que dejé de ser carnívoro para convertirme en un simple y mundano capitalista: oro, plata, piedras preciosas, en fin cualquier objeto de relativo valor, es lo que acepto como pago.

—¿Y eso de que te sirve?

—Los animales para mis plantas y los barriles de cerveza no se pagan solos. Durante siglos, el linaje de una familia de humanos ha sido mi proveedor de estos bienes; a ellos como buenos comerciantes si les interesa el valor de las cosas.

—Entonces creo que estamos en problemas.

—¿Por qué?

—Porque no tenemos nada de valor para darte.

—Eso sí es un problema. ¿Por qué vinieron sin tener como pagar su acceso? No pueden ser tan estúpidos, especialmente tu Akiry, tú sabias mi precio.

—El día que te conocí en la cueva de Wardjan, creo que no puse la atención necesaria en la conversación.

—¡Estúpido engendro! ¿Lo sabias y no dijiste nada? —visiblemente molesto lo recriminó

—Ya expliqué que no puse atención. ¡Ok!, no es mi culpa tener déficit de atención.

—Me han caído bien, creo haré una excepción con ustedes.

—¡Gracias!, no podía esperar menos de una persona tan fina y culta como tú —lambisconeó Akiry.

—No agradezcas, que no estoy ofreciendo dejarlos pasar de a gratis. Si fueran otros, sólo les daría la opción de probar suerte en mi jardín; en cambio, a ustedes les ofrezco la posibilidad de que regresen, consigan algo con qué pagar y vuelvan aquí.

—Regresar no es algo factible, perderíamos tiempo valioso con el riesgo de afectar el resultado de nuestra misión. Nos arriesgaremos a cruzar el jardín —comentó Cuervo Rojo.

—Como gusten. Tengan en cuenta que en los últimos quince mil años, solo dos lo han logrado.

—Cuervo Rojo, habla solo por ti. Yo no quiero terminar como fertilizante —Akiry expresó.

—Ya decía yo que tarde o temprano tu cobardía tendría que salir a relucir.

—¡Déjate de dramas!... digo que no terminaré como alimento para plantas porque casualmente traía esto.

El méndigo duende sacó de su bolsillo un medallón de oro sólido con una gema incrustada.

—¿Crees que esto sea suficiente para cubrir nuestro peaje?

—¡Basta y sobra! Así que todo este tiempo estuviste jugando con nosotros —dijo Ocelopillí.

—¡Simple diversión! Ya dejen de ser tan amargados y hacer un drama por cualquier cosa.

—*¿Dime cómo conseguiste robarle su medallón a Wardjan? Hubiera apostado que sólo muerto se lo quitarían.*

—*No se lo robé, él me lo dio.*

—*No te la compro.*

—*Creo que Akiry ahora si está diciendo la verdad. Yo desde lejos pude ver cómo tu hermano se lo quitaba del cuello para entregárselo.*

—*No entiendo por qué lo haría.*

—*Cuando le dije que intentaría cruzar por el laberinto, me dijo:*

«"Te deseo la mejor de las suertes. Últimamente ha habido mucho movimiento entre los mundos, esto no es normal. Por favor dile al listo de la familia que trate de averiguar que está sucediendo y nos avise a los demás para saber qué esperar"».

—*A lo cual respondí: ahora hasta de mensajero voy a servir y de a gratis.*

«"¡Cállate!, ten este medallón lo necesitarás para que mi hermano te crea"».

—*Gracias por el mensaje. Ahora las piezas empiezan a acomodarse dentro de mi cabeza, sin embargo, aún tengo más preguntas que respuestas.*

—*Coste que yo cumplí con mi encomienda.*

—*¡Tengan!, con este par de brazaletes podrán cruzar el jardín sin ser molestados por mis plantas. Solamente asegúrense de no cruzarse en el camino de las abejas, ellas no los respetarán.*

—*¿Qué daño pueden causarnos? —pregunto Cuervo Rojo.*

—*Nada que ponga en riesgo su vida, salvo una buena porción de punzante dolor por varios minutos, les aseguro nada agradable.*

—*Bueno, creo que es hora de despedirnos porque cada segundo que tardamos nos arriesgamos a no llegar a tiempo al rescate de nuestros amigos.*

—*La mejor de las suertes y que la fuerza de la luz los acompañe.*

Después de despedirse, emprendieron el camino a través de un hermoso jardín. Aquellas plantas eran tan hermosas como peligrosas, a su paso las flores se abrían y se preparaban para capturarlos. Curiosamente algo en los amuletos las obligaba a retroceder.

Su suerte termino cuando escucharon el zumbido de alas; una docena de enormes abejas se alimentaban cerca de la salida. Su intento de pasar desapercibidos fracaso cuando el estúpido de Akiry se espinó el brazo... un ¡ay, cabrón!, fue suficiente para atraer la atención del enjambre.

—*¡En verdad qué estúpido eres!*

—*¿Qué? No vi las espinas.*

—*¡Ay sí! ¡No vi las espinas! ¡Idiota! Para variar creo que tengo la solución perfecta.*

—*Espero que funcione.*

—*¡Claro que funcionará!, acércate.*

El momento de que Akiry pagara por sus bromas había llegado. Cuervo Rojo lo levantó en peso para lanzarlo al lugar que las abejas sobrevolaban, inmediatamente todas se fueron sobre él.

Cuervo Rojo aprovecho la distracción para salir de la cueva sano y salvo. Un par de minutos después, un encanijado Akiry salió corriendo, llorando y reclamando a grito abierto.

—*¡Estúpido! ¿Por qué me hiciste eso?*

—*Una bromita, una bromita. ¡Ja, ja, ja!*

» *¡Disculpa! ¿Te pisé florecita? ¡Ja, ja, ja! Cuanto lo siento.*

—*Ya pues, cuando menos deja de burlarte porque la risa es la que chinga.*

Después de unos minutos el semblante de Akiry mejoró, el dolor se había ido. Entonces Cuervo Rojo tuvo la oportunidad de contemplar el exuberante paisaje que aparecía ante sus ojos y le daba la bienvenida a un nuevo mundo.

—*¿Ya estás bien?*

—*¡Sí!, no gracias a ti* —respondió de mala gana.

—*Tú eres el guía... ¿Por dónde seguimos?*

—*Para serte sincero, desconozco estos terrenos, siempre había entrado por el portal de Wardjan. Tomaremos alguna ruta al azar, hasta que encuentre un lugar conocido.*

—¡Ok!, estoy conforme con eso y quiero pedirte disculpas, creo que si me pasé de lanza con lo de las abejas.

—No te apures, creo que ya te debía varias, con eso quedamos a mano. Lo que si tenemos que hacer en este momento es una tregua de "no más bromas". Créeme que en estos bosques habitan demasiados peligros, los cuales debemos afrontar de manera seria si no queremos pasar a ser historia.

—De acuerdo, tregua aceptada.

Estrecharon sus manos sellando un pacto de respeto. Enseguida se adentraron en el bosque llenos de incertidumbre, ya que ignoraban los nuevos obstáculos que encontrarían a su paso.

Un viejo proverbio dice: "Todo mundo comete errores, por eso cada lápiz trae su borrador", cometer errores es normal, no te preocupes, todos los cometemos. Solamente ocúpate de saber cuándo parar de cometerlos porque si utilizas demasiadas veces el borrador, este terminará por desaparecer y te dejará sin la posibilidad de enmendar fallas cometidas.

La traición vive en la puerta de al lado. Si eres cauto librarás su embestida, en cambio si eres omiso, no te sorprendas cuando la daga penetre tu espalda.

Capítulo XXIII
Cadenas de libertad

La anarquía jamás podrá ser libertad. En esencia la libertad no radica en hacer o deshacer a tu antojo, eso simple y llanamente es libertinaje. La libertad es algo más profundo, vivir en armonía con todos y todo lo que te rodea.

La felicidad no habita la morada de doña soledad. La llama de la felicidad necesita ser avivada con la convivencia social, invariablemente somos animales de manada, quien sea tan necio para no entenderlo, inevitablemente terminará siendo esclavo de la falsedad; y si es un líder, el asunto empeora, en su ignorancia arrastrará a su estúpido rebaño a vivir en la más cruel de las falacias.

Mientras Alex y yo hacíamos turismo en la Ciudad Nahual, Cuervo Rojo y Akiry se divertían en el laberinto del jaguar, Miguel probó las hieles de la traición.

Emocionado por haber derrotado a la patrulla nahual, Miguel siguió las marcas que Cuervo Rojo le había dejado para guiarlo hasta la guarida de Wardjan. Ignorante de los peligrosos terrenos que pisaba, se aventuró a entrar.

Los incontables huesos regados por el lugar le decían que al parecer había tomado una pésima decisión; sus sospechas fueron confirmadas cuando un imponente guerrero y un enorme perro se pararon frente a él.

—¿Qué diablos sucede el día de hoy, no piensan dejarnos descansar? —molesto, el ogro preguntó.

En respuesta al reclamo del amo, el perro empezó a ladrar. Miguel lleno de temor, no sabía cómo reaccionar ante aquella situación. Al verlo muerto de miedo y confundido, el ogro trató de calmarlo.

—¡Tranquilo Black Shuck!, no asustes al muchacho. Disculpa a mi mascota, es muy territorial y no le agradan las visitas. No seas tímido, acércate y dime que te trae por aquí.

—Este, bueno, es que yo…

—¡Cálmate! Si lo que quieres es cruzar, creo que te puedo ayudar a cambio de un pequeño favor.

Su instinto de supervivencia le gritaba: cuando algo parece ser demasiado bueno, de seguro no lo es. Bajo tal razonamiento, decidió no aceptar el ofrecimiento y su reacción fue "la normal" de cualquier persona esquizofrénica.

De su mochila sacó un par de latas de gas pimienta y sin pensarlo demasiado se las arrojó e inmediatamente salió corriendo despavorido; era tal su miedo que corrió sin rumbo fijo. Una vez que considero estar a salvo se detuvo. Mientras recuperaba el aliento, empezó a autorecriminarse.

—Ahora si quede bien. No sé ni en donde me encuentro, todo por salir huyendo como un cobarde. ¿Ahora cómo voy a poder ayudar a mis amigos?

Inmerso en un mar de dudas continúo deambulando por los pasadizos de la cueva ignorando a donde lo llevarían. El hambre lo forzó a comer su último par de barras energéticas; la sed lo obligó a beber el resto de la última botella de agua.

—Creo que ahora sólo un milagro podría sacarme del lío en que mi cobardía me metió.

Entre las penumbras de aquel lugar, a lo lejos una silueta apareció; se percibía peligro en el aire. Miguel se ocultó para evitar ser detectado. Con agrado y sorpresa vio como a unos metros de él, pasaba una alta y esbelta chica de piel azul, ojos amarillos y hermoso pelo rojizo (si ya sé que suena loco, pero es la verdad).

Como desconocía si aquella atractiva mujer era amigable u hostil, se concretó a seguirla a distancia segura hasta que la desgracia se cruzó en su camino.

Tres malditos nahuales emboscaron a la indefensa chica, quien trató de defenderse con una pequeña daga, sin mucho éxito, en segundos fue hecha prisionera. Consciente de que tres contra uno era una pelea dispareja, decidió seguirlos y esperar el momento adecuado para enfrentarlos.

Se detuvieron al lado de un enorme y caudaloso río de un extraño color ocre; sin la menor delicadeza arrojaron a la chica al suelo y luego destaparon unas botellas de algún tipo de licor. Uno de los nahuales tocó una pequeña campana que colgaba de un poste a la horilla del río, la cual sorprendentemente provocó un estruendoso ruido, desproporcional para su tamaño.

—*Listo, en poco tiempo Caronte estará por aquí* —*dijo el nahual.*

Uno de los bastardos trató de manosear a aquella joven indefensa.

—*Deja tu lujuria para después. Sabes que el barquero no aceptará como pago un trozo de carne aderezada. ¡Ja, ja, ja!* —*bromeó el aparente líder.*

Aquel comentario hizo reaccionar a Miguel. Consciente de que no disponía de mucho tiempo para poder salvarla, se hizo una pequeña cortada para aplicarles nuevamente el truco paralizante y salió caminando para llamar su atención.

—*¿Qué tal chicos, cómo les va?*

—*¡No debiste ser tan estúpido!, te vamos a descuartizar.*

—*¡Paso!, prefiero que las partes de mi cuerpo se queden en donde están.*

—*Creo que mi espada no opina lo mismo.*

—*A ti y a tu espada les presento a mi amigo el símbolo.*

Le dijo mientras daba un paso al costado para dejarle ver la marca en la pared. Lamentablemente esta vez no funcionó, incrédulo trató de hacerlo funcionar tocándolo un par de veces más.

—*¡Qué estúpido eres!, deberías saber que un buen mago nunca repite el mismo truco dos veces. Nosotros ya estamos protegidos contra tu tonta trampa de demonio* —*mencionó mientras le mostraba un tatuaje en su pecho.*

Desgraciadamente para Miguel los nahuales estaban preparados.

—*¡Mierda!, no puede ser.*

—*Tú y tus amigos han resultado ser un verdadero dolor de muelas; nos han costado muchas bajas. Seguramente seremos bien recompensados por Amón cuando le llevemos tu cabeza.*

—*Ibas muy bien hasta ese último comentario. Efectivamente somos un puto dolor de muelas para los pasados de lanza y sí, fui tonto e iluso por utilizar el mismo truco dos veces, pero eso de que recibirán un premio por llevarle mi cabeza a ese tal "mamón" es incorrecto.*

—*Su nombre es Amón, insolente y estúpido bocón. Tu suerte está echada, no hay forma que logres vencernos en un combate tres a uno.*

—*Como tú digas. Sólo que no es un tres contra uno, en realidad somos tres contra dos.*

—*¡No me digas! ¿Tú y quien más?*

—*Yo y mi pequeña amiga.*

Les dijo sarcásticamente justo en el momento que sacaba de su tobillo un pequeño revólver, sin darles tiempo de reaccionar puso en práctica su maestría en el arte del tiro al blanco perforando la frente de dos de ellos; en cuanto al tercero relleno su pecho con tres porciones de plomo.

Como todo un pistolero del viejo oeste. Después de rescatar a la chica en apuros, sopló el humo que salía del revólver antes de hacerla girar en su mano y devolverlo a su funda. La bella joven de inmediato le expresó su gratitud.

—*Muchas gracias, extraño.*

—*No tienes nada que agradecer. Cualquier hubiera hecho lo mismo en mi lugar.*

—*Deja la modestia para otros, dentro de mi cultura la falsa modestia es de tontos. Los verdaderos guerreros son aquellos que saben darle su real valor a los logros. Minimizar un acto heroico es insultar la memoria de todos aquellos que han muerto al intentar lograr uno.*

—*Creo que empezamos con el pie izquierdo, disculpa si mis palabras resultaron ofensivas, no era mi intención.*

—*No te disculpes, por milenios hemos sabido que los humanos se transformaron de ser los más inteligentes, en lo más estúpidos, sin ánimos de ofender.*

—*Pues gracias, aunque no sé si eso fue un alago o un insulto.*

Su breve charla fue interrumpida por un enorme cocodrilo que salió del agua para devorar a uno de los nahuales caídos. Tras de él apareció una embarcación, manejada por un enorme y delgado ser, con músculos bien marcados, de verdosa piel, ataviado con pantalones cortos y tirantes de cuero que cruzaban su pecho; en su brazo derecho portaba una enorme guadaña y un casco en forma de cabeza de lagarto ocultaba su rostro. Aquel extraño barquero con voz enérgica preguntó:

—*¿Quién solicitó mis servicios?*

—*Fuimos nosotros, respetable Caronte —respondió la chica.*

—*¿Por qué me ofrecen cadáveres como paga? Bien saben que sólo aceptamos carne frasca.*

—*Pedimos disculpas por eso. Los muy imbéciles trataron de escapar y no tuvimos otra opción que matarlos, pero puedes tocarlos, aún sus cuerpos no se enfrían.*

—*Por su bien, espero tengan razón.*

El Barquero se encaminó hacia los cuerpos; al comprobar que aún estaban tibios no tuvo problema en aceptarlos como pago.

—*Tenían razón, aún puedo percibir el delicioso aroma de sangre fresca. Esperen un momento a que nos alimentemos y entonces los cruzaré.*

—*¡Claro!, tómate el tiempo que gustes.*

Se despojó del casco para alimentarse, revelando un rostro aterrador, lleno de cicatrices.

—*¿Qué...? —Miguel iba a preguntar, pero la chica lo interrumpió susurrándole al oído.*

—*Ni se te ocurra hacer un comentario de su aspecto, si no quieres terminar muerto.*

—*Estuvo delicioso, hace años que no comía nahual. Normalmente ellos son los que pagan por mis servicios, ahora les tocó ser el platillo principal, ni hablar reglas de la vida —dijo mientras la sangre aún le escurría de la boca.*

En silencio presenció el desagradable "show". Fue tan repulsivo que a pesar de hacer su mayor esfuerzo, no logró contenerse y terminó vomitando.

—¡Ja, ja, ja!, Veo que es tu primer viaje al mundo subterráneo. Vete acostumbrando porque allá te encontrarás con cosas peores; si no me crees, pregúntale a tu amiga, ella y su tío saben de lo que hablo.

—No le hagas caso, sólo trata de asustarte —la joven trató de calmarlo.

—¡Suban es hora de partir!, no acerquen sus manos al agua si quieren llegar al otro lado en una pieza. ¡Corco, vámonos!

Durante el trayecto cientos de murciélagos volaban por doquier; un enorme cardumen de extraños y horripilantes peces acompañaban su travesía. Según Caronte, se acercaban atraídos por el olor de carne fresca. Con la idea de amenizar el viaje, la joven empezó a platicar.

—Es curioso que aún no conozca el nombre del valiente joven que me rescató.

—¡Si verdad! Ni tiempo hemos tenido de presentarnos correctamente, soy Miguel a tus órdenes.

—Es un placer conocerte Miguel. Yunuen para servirte y en verdad no tengo palabras para agradecer lo que hiciste por mí.

—Si en verdad quieres agradecérmelo, con que un día ayudes a alguien en desgracia bastará.

—¡Cuánta nobleza hay en tus palabras!, por estos lugares hacer lo correcto es poco común; la traición y el engaño son la moneda de cambio en estas tierras olvidadas.

—Lamento escucharte decir eso; sospecho que la vida no ha sido muy buena contigo.

—Desgraciadamente aquí al igual que en tu mundo, hay discriminación y clasismo; la mayoría considera a mi raza como de segunda clase, ya que no pertenecemos a las razas originales.

—¿A qué te refieres con eso?

—Los Akuarys o seres azules del oeste como nos llaman, al igual que muchas otras razas, no fuimos creados por los dioses originales; nuestra existencia es obra del semidiós Enkil, quien durante milenios jugo a ser dios. Creó seres a diestra y siniestra, sin que sus motivaciones fueran claras.

»Algunos dicen que lo hizo con la intención de crear una raza de esclavos; otros dicen que con la intención de mejorar la creación. Independientemente si su intención era buena o mala, todo se fue a la mierda cuando su ego lo llevó a perder la razón.

»De manera inconsciente creó híbridos al por mayor. Algunas de sus creaciones no resultamos tan desastrosas, en cambio otras como los Golabs resultaron terribles y malvados. Estos últimos provocaron tanto daño antes de ser aniquilados durante la segunda gran guerra, que lograron sembrar en el imaginario colectivo la idea de que todo lo relacionado a las creaciones de Enkil debería ser despreciado.

»La mayoría de los híbridos nos refugiamos en las islas lejanas del oeste, en ellas encontramos un hogar hasta que los nahuales decidieron que era buena idea cazarnos por diversión o esclavizarnos para su servicio.

»Ese es mi caso, unos malditos nahuales hicieron prisioneros a toda mi aldea y nos trajeron como esclavos. Hace un par de días mi hermano Gael y yo decidimos escapar pero nuestro fallido intento de huir nos trajo a las cuevas donde me encontraste.

»El cruel Dagda envió tras de nosotros a cinco de sus mejores soldados. En el primer encuentro que tuvimos mi hermano logró darle muerte a dos, tristemente el también encontró la muerte en ese lugar. Traté de fugarme sin mucho éxito y afortunadamente apareciste.

—Lamento por todo lo que has tenido que pasar y te ofrezco mis condolencias por la muerte de tu hermano.

—Gracias.

—Espero poder ayudarte a mantener tu libertad.

—Disculpa si soy pesimista pero esa palabra para mí no existe. La libertad es la mentira más grande que hay.

—¿Por qué dices eso?

—En ningún lado jamás podrás hacer lo que te plazca. Siempre tendrás que cumplir reglas para darle gusto a alguien más.

—Claro que necesitamos cumplir reglas para vivir en sociedad, libertad no significa librarse de todas las cadenas, libertad es elegir cuales cadenas portar y lo más importante con quien compartirlas; La libertad no es un derecho, es una responsabilidad, por eso somos unos cuantos los que tratamos de conseguirla.

»Esa búsqueda de libertad fue lo que nos trajo hasta aquí, nosotros estamos convencidos de 4 cosas:

»1ra Si no pides, nadie te dará nada.

»2da Si no tienes clara la meta que persigues, nunca la alcanzarás.

»3ra La distancia que tienes que recorrer debe de quedar en segundo término, lo esencial es dar el primer paso, sólo así conseguirás avanzar.

»Y 4ta la más importante, el camino será menos duro, si lo caminas junto a seres en los cuales puedas confiar ciegamente.

»Nunca nadie dijo que el camino hacia la libertad fuera fácil, pero como dice mi abuelo: "El que quiera azul celeste, que le cueste". Si gustas puedes unírtenos para andar el camino.

—¿Y dónde están tus amigos?

—Eso es lo que no sé. Yo tuve un contratiempo y ellos se adelantaron, espero encontrarlos en ese lugar que ustedes llaman mundo subterráneo.

—¿Si no lo conoces, cómo piensas encontrarlos?

—Mis amigos son listos. De seguro encontraran la manera de dejar un rastro que pueda seguir.

—Creo que tú y tus amigos mordieron más de lo que pueden masticar. Vinieron sin saber en lo que se estaban metiendo. A estas horas, tus amigos ya deben de ser prisioneros o alimento de alguien más.

—No seas cruel, no digas eso.

—No soy cruel, soy realista. Ustedes son como una termita que pretende salvar el día en un hormiguero. Indudablemente su aventura terminará mal sin importa lo que hagan.

—¿Por qué percibo tanta amargura en tus palabras? Parece que te complacería que nos fuera mal.

—Ya casi llegamos. Espera a que conozcas el reino nahual y verás por qué el pesimismo de mis palabras.

Estaba tan confundido por el repentino cambio de actitud de Yunuen que prefirió guardar silencio durante el resto del viaje hasta que el barquero les indicó que su travesía había terminado. Miguel se sorprendió por las palabras con que Caronte lo despidió al dejar el bote.

—*Muchacho déjame decirte que eres demasiado confiado y aquí la desconfianza es lo único que puede mantenerte con vida.*

En ese momento no comprendió lo que intentaba decirle. Sin reparar en la advertencia siguió las instrucciones de Yunuen. Caminaron para salir de la cueva, sus ojos se maravillaron con el esplendoroso paisaje de aquel lugar.

—*¡Este lugar es hermoso! ¿Cómo es posible que digan que aquí lo único que existe es maldad?*

Comentó Miguel mientras transitaban por un peculiar sendero. La majestuosidad del paisaje no terminaba de asombrarlo. La plática de Yunuen nuevamente se había tornado agradable y tal vez la soledad o la empatía empezaron a hacerlo sentir una atracción por ella.

El sendero los llevó a un hermoso estanque, rodeado de orquídeas, alcatraces y lirios. Yunuen coquetamente se desprendió de sus ropas para entrar en el agua.

—*¡No seas tímido, ven disfruta del agua!, deja que te muestre mi gratitud.*

Miguel inmediatamente se despojó de su ropa (inocentemente también de sus armas) y saltó al estanque, Yunuen se le acercó (ingenuamente pensó que para besarlo) para susurrarle al oído.

—*Lo siento, en verdad lo siento, perdóname.*

—*¿Por qué?*

Ya no tuvo oportunidad de responder. De entre los matorrales salieron varios soldados nahuales.

—*¡Salgan par de tortolitos!* —les ordenaron.

—*No te apures Yunuen. Encontraré la forma de salir de esto.*

—*¿De qué hablas? ¿No lo comprendes? Ellos están conmigo* —le dijo mientras salía para vestirse y darles instrucciones — *¡Busquen entre sus ropas, seguramente esconde algunas armas!*

Así es, la hermosa chica a la que había rescatado, lo traicionó. Ilusionado bajó la guardia y este fue el resultado.

Más decepcionado que preocupado salió del agua para vestirse; un par de grilletes fue lo que recibió como premio por su heroica acción, ironías de la vida. En un arranque de furia por sentirse engañado trató de enfrentar a sus captores pero un fuerte golpe en la nuca lo hizo perder el conocimiento.

Despertó en una lúgubre y oscura habitación. Poco a poco sus ojos se adaptaron a las penumbras de aquel lugar. Al escuchar pasos acercándose, se tiró al piso y aparentó seguir desmayado. Un balde de agua fría arruinó su representación teatral.

—¡Ya estuvo bueno de holgazanear, ponte esta capucha que Amón quiere verte!

Obedeció sin oponer resistencia. A ciegas fue conducido por lo que creyó era un largo corredor de celdas. Alcanzó a escuchar quejidos, gritos de dolor y algunas frases de apoyo.

—¡Resiste, no les des el gusto a estos hijos de puta que se alimenten de ti!

Al llegar a su destino le ordenaron sentarse. Cuando le quitaron la capucha sus ojos no daban crédito de lo que veían; estaba sentado en medio de una elegante habitación de un castillo medieval.

Sólidas paredes de piedra adornadas por escudos, espadas, lanzas entre cruzadas y manguales. Dos relucientes armaduras custodiaban estoicamente la entrada. Tres enormes candelabros colgaban del techo iluminando el lugar y hermosas cortinas de terciopelo rojo cubrían las ventanas.

Sus sentimientos eran confusos: por un lado la incertidumbre de descoser dónde y quiénes lo tenían cautivo, por otro la excitación de poder conocer tan majestuoso lugar.

El momento agradable terminó abruptamente. Una fuerte corriente de aire abrió una de las ventanas de par en par, era tal la intensidad del viento que instantáneamente apagó todas las velas y oscureció la habitación. La luz de los relámpagos de una fuerte tormenta que se avecinaba era la única fuente de luz.

Por la ventana entró un enorme murciélago que ante sus ojos se transformó en un hombre vestido a la usanza de la aristocracia del medievo. Por el miedo sus manos empezaron a sudar y su ritmo cardiaco llegó a las nubes.

El extraño fijo en él su penetrante mirada; una helada sensación recorrió su cuerpo y se le erizó hasta el último vello corporal. Paralizado por el miedo contempló cómo aquel ser lentamente se acercaba a su cuello y su boca le dejó ver un par de afilados colmillos que le clavó para empezar a alimentarse con su sangre.

Cuando Miguel pensó que la situación no podía empeorar, la puerta se abrió de par en par para permitir la entrada a una horrorosa criatura con navajas como dedos. Ese desagradable ser arrastraba a una mujer ensangrentada; Miguel aterrado se dio cuenta que se trataba de su hermana Andrea.

Sus peores pesadillas se estaban haciendo realidad. En ese momento comprendió lo que estaba sucediendo, cerró los ojos, agachó la cabeza y trató de apartar de su mente lo que estaba viendo. Una fuerte cachetada estremeció su quijada, mientras una voz de ultratumba le decía.

—*Pequeño Miguel no te resistas. Siente como mis filosas navajas acarician tu mejilla.*

—*¡Estás bien pendejo si crees que te haré caso! Por lo que a mí respecta, ¡tú y esa estúpida mala imitación de Drácula se pueden ir a la mierda!*

—*¡Qué abras los ojos te digo! —le ordenaban mientras trataban de abrírselos a la fuerza.*

Aprovechó que sólo sus manos estaban encadenadas y lanzó algunos cuantos puntapiés. Afortunadamente uno dio en la entrepierna de su agresor y lo obligó a caer al suelo retorciéndose de dolor.

Miguel abrió los ojos para percatarse de que se encontraba en una habitación bastante rústica, sin adornos, ni candelabros, todo había sido una ilusión creada por el hechizo nahual. A la habitación entró un imponente ser de piel azul acompañado de varios guardias y con voz enérgica gritó:

—*¿Qué demonios está sucediendo aquí? Les advertí que no debían maltratar a mi invitado.*

—Disculpe nuestro atrevimiento su eminencia, creímos que tomar un poco de su energía no perjudicaría a nadie —dijo el asustado nahual, mientras se levantaba del piso.

—Ahora pagarán el costo de desobedecer. Treck lleva a este par de insensatos a que pasen unas merecidas vacaciones en el castillo negro.

—¡No!, ¡por favor, no! —imploraron los infractores.

—Eso debieron haber pensado antes de desobedecer, ¡vamos caminen! ¿O prefieren ser llevados a la fuerza? —un enérgico Treck preguntó.

—¡No!, nosotros vamos por nuestra cuenta. Ya bastante tendremos que sufrir con el castigo.

Al que llamaban eminencia, se dirigió cortésmente a Miguel.

—Disculpa muchacho en estos días es difícil conseguir soldados de calidad. Lamentó lo que tuviste que pasar, aunque debo admitir que me sorprendió la forma en que manejaste tus miedos. La mayoría aún estarían llorando como criaturas y nadando en sus pantalones.

—Creo que es el momento que tengo que decir gracias… ¿Verdad?

—No seas huraño, ¡ven acércate por favor!

—Pues no veo cómo —le dijo mientras le mostraba las cadenas.

—Estos estúpidos hasta cobardes salieron. Te encadenaron para evitar que pudieras defenderte.

Un simple chasquido de sus dedos bastó para abrir los grilletes.

—¿Disculpa cuál es el nombre de a quién tengo que agradecer?

—Es verdad, no me he presentado, soy Amón el gran hechicero del reino nahual.

—Mucho gusto, yo simplemente soy un hombre de nombre Miguel.

—No seas tan modesto. Un simple hombre no habría llegado hasta aquí y por lo que me han contado conoces algo de magia.

—No sé qué le habrán contado sobre mí, quizás le han exagerado las cosas.

—No intentes jugar con mi mente. No he llegado a mi posición por ser alguien fácil de engañar.

—Disculpe no fue mi intención ofenderlo.

—¡Olvídalo!, ahora te voy a hacer tres preguntas, si las respondes de manera adecuada serás considerado un invitado de honor en mis dominios. En cambio si intentas timarme, te enviaré por el resto de tus días al castillo negro. Espero te hayan quedado claras las opciones porque mi paciencia es de mecha muy corta.

—Entiendo. ¿Cuáles son esas peguntas?

—¿En dónde están tus amigos?

—Lo ignoro, esperaba poder encontrarlos al llegar, pero en cambio fue traicionado por una perra.

Con sólo apretar su mano, le provocó un intenso dolor de garganta tan desesperante que lo llevó al borde de la asfixia.

—Te lo advertiré una sola vez, jamás vuelvas a expresarte de esa manera de mi sobrina. ¿Entendido?

—¡Cof, cof, agh!… Discúlpame por ser tan hablador. Desconocía su parentesco, en el futuro tendré más cuidado.

—¡Más te vale! Bueno, ahora la segunda pregunta. ¿Quién de ustedes porta el anillo de la Luz?

—Desconozco de que anillo está hablando.

—¡Ok!, la tercera pregunta. ¿Cuál es la debilidad del que porta la marca del guerrero?

—No sé a quién se refiera y mucho menos cuál sea su debilidad.

—Te advertí cual sería tu castigo si jugabas a ser héroe. Te di la oportunidad de tener una estancia agradable aquí, ahora sufrirás las consecuencias por tu terquedad.

—Me tiene sin cuidado lo que pienses. ¡Haz lo que se te plazca!

—No necesito tu aprobación. No seas ingenuo, con tu negativa de darme información, no estás protegiendo a tus amigos.

»El pedirte que me informaras por voluntad propia sólo fue una cortesía, lo que necesito lo puedo obtener por mis propios medios.

Sin decir una palabra más, puso su mano sobre la frente de Miguel; un intenso dolor penetraba en su mente en busca de sus recuerdos. El malestar fue tan agudo que le provocó un desmayo.

Esta vez Miguel despertó en una asquerosa celda en donde duendes, akuarys, enanos y hombres eran sus compañeros de cautiverio. No todos muy cuerdos que digamos. Algunos deambulaban por el lugar vociferando incoherencias. Otros muertos de miedo trataban de protegerse en los rincones. Unos pocos permanecían sentados con visibles muestras de impotencia en el rostro, parecía que ya se habían dado por vencidos hace tiempo.

Algún poeta escribió "Los infortunios les suceden incluso a los mejores hombres", si eres consciente de ello, tu espíritu nunca será domado, ni tu voluntad aniquilada; date cuenta que el espejo roto no puede brillar.

Nunca permitas que la adversidad te doblegue, mucho menos que el mazo de la fatalidad fracture el cristal de tu alma. El ser que es capaz de encontrar una oportunidad donde el resto ve desventura, indudablemente puede ser capaz de modificar el futuro.

"Amigo y vino nuevo, no lo pruebo", reza el refrán. Si consideras que estas palabras son verdad, te arriesgarás a dejar pasar buenas cosas que el mundo a cada instante te ofrece. Cierto es que desconfiar te ayudará para no ser timado, pero en algún punto en aras de la supervivencia, tendrás que abrir tu pensamiento a nuevas posibilidades.

Capítulo XXIV
Las entrañas de la maldad

Cuando caigas en arenas movedizas, conserva la calma o terminarás atascado. Deja de lamentarte por lo que no tienes, maximiza las cosas que tengas a la mano, en ello radica la diferencia entre común y extraordinario. Ya lo dice el refrán: "Cada quien mastica con los dientes que tiene".

Jamás te des de por vencido, si no puedes caminar, arrástrate, anda de rodillas, pero jamás dejes de avanzar. El enemigo puede derrotar al guerrero, pero sólo de él depende considerarse vencido. Mientras una brasa arda, la fogata no estará extinta.

Cuando los adversarios sean fuertes necesitarás toda la ayuda posible. Aparta de ti la soberbia y el rencor. Acepta la ayuda de la mano que ayer te apuñaló. Comprende que todos podemos cambiar de opinión.

El nuevo hogar de Miguel era realmente deprimente, el hedor de la desesperanza se respiraba en el ambiente. Ante la ausencia del mínimo rayo de esperanza, elevó la mirada al cielo y sus labios cerrados pronunciaron una desesperada plegaria, pidiendo que la suerte de sus amigos fuera mejor que la de él.

Al borde del abismo de la resignación, recordó un fragmento del discurso que pronunció durante la graduación de preparatoria.

«Cierto es que para triunfar tendremos que remontar una gran desventaja, pero los pretextos son palabras válidas sólo para los fracasados y perdedores. Un hombre valiente muere sólo una vez, un cobarde muere muchas veces. Nunca temas luchar por una causa justa, tu destino es una misión sagrada, no permitas que nadie te convenza de lo contrario».

Recordar aquellas frases que un día nacieron de su pluma, resultó ser la inyección anímica que su espíritu anhelaba. Para cambiar su perspectiva, en lugar de pensar en las mil razones que le impedían escapar, se enfocó en encontrar una manera de hacerlo.

Su momento de discernimiento filosófico fue interrumpido por la frágil voz de un anciano que se acercó para tratar de confortarlo.

—*Siento lástima por ti muchacho, tan joven y tener que venir a parar aquí.*

—*Guarde su lástima para alguien más, yo no la necesito.*

—*Disculpa, no pretendía ofenderte.*

—*Disculpe la rudeza de mi respuesta. Estoy un poco alterado por todo esto que está pasando.*

—*Lo entiendo, todos pasamos por esa etapa de coraje y negación cuando llegamos aquí.*

—*¿Exactamente dónde estamos?*

—*En las entrañas del lugar más miserable de la tierra. Si el infierno existe, este debe de ser.*

—*¿Realmente es tan malo?*

—*Más de lo que te imaginas, lamento ser yo quien te dé la bienvenida al castillo negro.*

—*He escuchado varias veces ese nombre. ¿Qué es este lugar?*

—*El castillo negro es la prisión de alta seguridad del reino nahual. Aquí todo el que entra jamás vuelve a ver un rayo de luz. Esta celda será tu hogar por el resto de tu vida. Saldrás ocasionalmente a los cuartos de castigo en donde te atormentarán para extraer tu energía vital.*

»Entre menos te resistas será más fácil acostumbrarte. Los que se resisten son tratados de manera más cruel, en cuestión de días su voluntad es quebrantada, la locura sustituye a su cordura. Mira a todos estos infelices, intentan que su mente huya a un mejor lugar, aunque sea de fantasía; tristemente sólo encuentran pesadillas que lentamente los consumen.

»Algunos resisten por años, otros por décadas; eso no cambia las cosas, todos acabaremos como alimento para las quimeras.

—*No esperes que agradezca tal información, estaba mejor con mi ingenua esperanza de poder escapar.*

—¿Escapar?... Olvídalo, de este lugar jamás nadie ha logrado escapar. No serías el primero en intentarlo y créeme los que lo han pretendido, terminan suplicando por su muerte.

—Creo que dejaré los sueños de libertad para después.

—Sabía decisión.

—¿Y tú como terminaste aquí?

—Hace años tomé una mala decisión. ¿Aún no me reconoces verdad?

—¿De qué hablas? ¿Por qué habría de reconocerte?

—Porque hace algún tiempo, coincidimos en algunas fiestas en casa de Nick.

—Disculpa, por más que trato no logro reconocerte, si me dices tu nombre tal vez pueda recordarte.

—Tienes razón muchacho, fui tonto al pensar que podrías reconocerme con esta larga cabellera y esta enorme barba. Mike, ese es mi nombre.

—¿Qué? No lo puedo creer. ¿Mike el amigo del viejo Henry?

—Ese mismo.

—¡Qué alegría encontrarte con vida, tengo varias preguntas por hacerte!

—Ya soy un viejo y mi lucidez no es la mejor, pero trataré de responder a tus dudas.

—¿Qué paso con el resto de la expedición? ¿Lograron encontrar a Dasan?

—¡Tranquilo muchacho!, una pregunta a la vez, vamos con calma.

—Disculpa mi ansiedad. Creo que será mejor si me cuentas toda la historia de lo que les sucedió.

—Antes déjame pedirte disculpas, por nuestra culpa terminaste en esta maldita prisión.

—¡No digas eso!

—Por supuesto que tengo que decirlo. Sé que vinieron en nuestra ayuda y al igual que nosotros fracasaron en su intento.

—Te equivocas todavía no fracasamos, sólo tuvimos un contratiempo.

—Debo de reconocer que es grande tu optimismo, pero la realidad es clara, tú estás en esta prisión y los rumores dicen que tus amigos también fueron hechos prisioneros.

—Probablemente tengas razón. De los once que veníamos, cinco murieron en el intento, únicamente seis logramos llegar a este mundo.

—Disculpa... ¿Acabas de decir que originalmente venían once, qué no eran siete?

—Éramos once y esto fue lo que nos sucedió:

Miguel le contó una verdad alternativa de nuestra aventura. Agregó situaciones y participantes ficticios en un esfuerzo por ocultar información sensible. Se preguntarán ¿por qué? Solamente les diré que tenía sus razones.

—Así fue como terminé traicionado y aquí me tienes como prisionero.

—¿Y dónde crees que puedan estar tus amigos?

—Desconozco su paradero. Tan sólo espero que los rumores de su captura sean falsos. Bueno, creo que ahora es tu turno. Cuéntame, ¿qué fue lo que sucedió con ustedes?

—Cuando llegamos al hotel White Wolf Lodge todo parecía ir de maravilla. Ahí se nos unieron Pluma Blanca, Zorro Gris y Cuervo Rojo, creíamos que al haber descifrado el acertijo habíamos triunfado. Supusimos que encontrar a Dasan y entregarle el dichoso anillo sería pan comido.

»Cuando nos dimos cuenta de nuestro error ya era demasiado tarde. Aquella madrugada fuimos emboscados en la cascada por un aluvión de diabólicas criaturas; nos defendimos como gato bocarriba, nos pertrechamos detrás de unas rocas para tratar de resistir y repeler el sorpresivo ataque.

»Ramón fue el primero en caer. Su perro atacó a un hombre polilla, desafortunadamente fue presa fácil para las garras de un wendigo. La rabia se apoderó de Ramón y sin medir consecuencias saltó para tratar de salvar a su fiel amigo, pero sólo terminó por encontrar el mismo destino.

»Después de un rato se nos agotaron las balas y en honor a la verdad no nos fueron de mucha utilidad. Sin más remedio salimos a pelear, cuchillos y hachas en mano vendimos cara nuestra derrota. Conseguimos matar a varios de esos hijos de puta.

»Dimos una gran pelea. Inexplicablemente el miedo se apoderó de Henry, el muy cobarde preocupado por salvar su pellejo se ocultó tras las rocas. Nosotros seguimos peleando sin importar la descomunal desventaja. Zorro Gris fue el segundo en caer, encontró su fin bajo el filo de la espada del capitán nahual.

»Por fin en el cielo apareció el ave del trueno y nos proporcionó un respiro. Lamentablemente la ayuda no fue suficiente para evitar que Pluma Blanca, Henry y yo cayéramos prisioneros. Cuervo Rojo fue el único con la habilidad necesaria para abrirse paso entre los rivales para escapar.

»Después fuimos traídos a esta prisión. A Pluma Blanca y a mí nos pusieron en una de estas celdas. El fin que tuvo Henry lo desconozco, nunca más lo volvimos a ver, espero que haya pagado lo suficiente por su cobardía.

»Unos cuantos días después, Pluma Blanca murió como consecuencia de las secuelas de sus heridas. En su lecho de muerte me pidió que perdonara a Henry, trataba de justificarlo diciéndome que seguramente había tenido sus razones para dejarnos solos en el campo de batalla. Era tanto mi coraje que ni siquiera lo intenté.

»Ese fue el nefasto desenlace de nuestra inútil cruzada. Por seguir a un cobarde terminamos lejos de casa, derrotados, prisioneros y sin saber qué hacer. Desde entonces me he dedicado a hacer lo necesario para sobrevivir, aunque muchas veces me pregunto, ¿para qué?

—Lamento que las cosas para ustedes hayan terminado de esa manera. Tal vez si trabajamos juntos, podremos encontrar la forma de escapar de aquí.

—¡Olvídalo muchacho, ya te dije que eso es imposible!

—Cuando hay voluntad en el espíritu, inteligencia en la cabeza y bravura en el corazón, no hay imposibles.

—Si tú lo dices.

—La última pregunta… ¿De dónde salen tantos prisioneros?

—De aquí y de allá, ¡qué sé yo! Todo aquel que ose oponerse a los designios del rey, termina en este lugar y muchos vagabundos de nuestras ciudades terminan aquí, son víctimas de comerciantes sin escrúpulos que los raptan para venderlos a cambio de gemas preciosas.

Su plática fue interrumpida por el rechinido de la puerta de la celda. Los guardias entraron para llevarse a la fuerza a Mike. Miguel trató de intervenir, un par de fuertes golpes en el estómago fue lo que consiguió; los demás se limitaron a contemplar y permitir que el hecho se consumara.

Sofocado y con la nariz sangrando, se arrastró hasta una banca para sentarse y recuperarse. En ese momento, se percató que un ser de piel azul se sentó a sus espaldas.

—*No voltees, seguramente nos están vigilando.*

—*¿Entonces qué se supone que haga?*

—*Guarda silencio, tengo algo que proponerte.*

—*¡Ok!, te escucho.*

—*Mi nombre es Gael, hermano de Yunuen, la chica que te traicionó. Bienvenido al club, de eso hablaremos más tarde, primero un poco de contexto.*

»Los Akuarys fuimos creados por un Enkil ya desquiciado. Su único objetivo era tenernos de esclavos a su servicio; obligados a trabajar largas jornadas en las minas del valle de las arenas negras. Nuestros antepasados fueron víctimas de sometimiento durante milenios hasta el día que el gran hechicero Merlean se apiadó de ellos y utilizó todos los recursos a su alcance para liberarlos.

»Mis ancestros junto con otras razas de híbridos huyeron en busca de tranquilidad a las islas del oeste. Ahí forjaron una civilización pacífica y próspera como pocas.

»Cuando yo era niño, fui testigo de la llegada a nuestro hogar de cientos de embarcaciones nahuales comandadas por el sanguinario Anubis. Nuestro ejército era inferior en número y armamento, la valentía no bastó y miles fueron masacrados.

»Al final los nahuales obtuvieron lo que querían, una legión de esclavos. Los menos desdichados terminaron como servidumbre en sus casas, otros como trabajadores en sus talleres, el resto acabamos como mineros y recibimos como único pago, malos tratos y vejaciones.

»A diferencia de Enkil los nahuales no necesitan el oro como alimento. Ellos quieren metales preciosos con el único objetivo de poder comprar bienes y servicios a los avariciosos humanos. Hasta la fecha miles son

obligados a trabajos forzados en las minas del sur. Para quienes se atreven a desobedecer, sólo hay dos opciones: morir o terminar aquí.

»Hace algunos años, un valiente duende tuvo las agallas para alzar la voz y decir: ¡ya basta! Se las ingenió para esparcir de boca en boca ideas de libertad, cientos fuimos reclutados. Durante meses en reuniones secretas planeamos una rebelión. Desgraciadamente fuimos traicionados por Yunuen, a quien ya tuviste la mala suerte de conocer según alcancé a escuchar.

—*Que me traicionara a mí que soy un desconocido lo entiendo, pero que traicionara a su propio hermano no lo comprendo.*

—*Esa misma pregunta me la he hecho miles de veces, sin encontrar respuesta. Sus motivos siguen siendo para mí, un misterio. El caso es que ella informó a nuestro tío Amón de nuestros planes y él sin dudarlo orquestó un plan para hacer una redada durante una de nuestras reuniones.*

»Ante la sorpresa de vernos descubiertos y la falta de armamento, no tuvimos capacidad de reacción. Así terminamos como prisioneros, fin de la historia.

—*Espera… ¿Acaso dijiste, mi tío Amón?*

—*Eso fue lo que dije.*

—*¿Estamos hablando del mismo Amón?*

—*De ese Amón estamos hablando. El malvado hechicero que sirve a los nahuales es mi tío, lo cual no me enorgullece, la familia te toca, no la eliges.*

—*Disculpa. Ahora mi desconfianza es mayor. ¿Por qué tu tío es un poderoso hechicero y tú un esclavo prisionero?*

—*Durante la invasión a nuestra isla, mi tío demostró ser un joven astuto y feroz guerrero; su habilidad con la espada llamó la atención de Anubis, quien después de vencerlo, le perdonó la vida y lo trajo para convertirlo en su lacayo.*

»Cuentan que al principio Amón se resistía a servirle, pero los golpes poco a poco doblegaron su espíritu. Con el tiempo Anubis le tomó aprecio y lo empezó a criar como hijo adoptivo. Lo envió por un largo tiempo a la mansión de las tres hechiceras rojas para ser instruido en las artes mágicas.

»Oportunidad que supo aprovechar a la perfección, se esforzó por ser el mejor aprendiz que podía ser. En pocos años consiguió superar a sus mentoras, así fue como se convirtió en el hechicero más poderoso del cuarto reino.

»Algo le sucedió en aquel lugar. A su regreso era un ser totalmente diferente, en su interior ya no quedaba el mínimo rastro de aquel valiente y justo guerrero akuary que una vez fue; el poder corrompió su alma, regresó convertido en un cruel nahual de piel azul.

»Dejó de importarle lo que le sucedía a nuestra raza. Basta decir que a mi madre, su propia hermana, la trató como sirvienta de segunda en su propia casa y de alguna manera se las ingenió para corromper la voluntad de mi hermana, la hizo su concubina y delatora.

—Empiezo a entender las cosas y lamento escuchar lo duro que ha sido todo esto para tu familia.

—Agradezco tu empatía y antes de hacerte la propuesta que te mencioné, quiero advertirte algo sobre tu viejo conocido.

—¡Déjame adivinar!, ahora me dirás que me cuide del viejo Mike porque colabora como espía para los nahuales y les saca información a los recién llegados a cambio de una vida menos dura en prisión.

—¿Cómo lo supiste? ¿Acaso también eres hechicero?

—Ojala y lo fuera, pero no, no soy un hechicero, únicamente soy un perspicaz observador.

—¿Y eso quiere decir?...

—Cuando desperté, empecé a analizar mi entorno para tratar de ubicarme y de entender lo que estaba pasando. Me di cuenta que todos tienen marcas de grilletes en las muñecas. Gracias a las sillas de castigo, sin ofender, el aroma de todos ustedes es bastante rancio, hedor a sudor añejo es lo que se respira por aquí, aunque me imagino que para ustedes ya es un aroma normal.

»El corte de cabello que periódicamente les hacen a todos ustedes, seguramente es a rapa, por lo que después crece parejo sin ningún estilo en particular.

»Después de hacer esas observaciones, me di cuenta que el viejo sentado en la banca del fondo, no tenía marcadas sus muñecas, era el único con una barba de meses y su larga cabellera a pesar de estar desordenada y sucia, no lucia maltratada.

»Cuando se me acercó, note que todos lo miraban con desprecio y evitaban su mirada. Finalmente al sentarse a mi lado, comprobé que no olía a sudor, así que los harapos que vestía no fueron suficientes para engañarme.

—¡Guau, sorprendente! Has descrito cosas de las cuales no me había dado cuenta. Ahora soy yo el que tiene un par de preguntas.

—¿Cómo cuáles?

—¿Si eres tan observador y cuidadoso, cómo fue que mi hermana logró engañarte?

—No tomes a mal mi respuesta, su belleza fue la culpable; me concentré tanto en tratar de agradarle que estúpidamente dejé pasar claras señales de advertencia de su maldad.

—Lo entiendo, debo aceptar que mi hermana es tan bella como embustera. Ahora mi siguiente duda. ¿Si te diste cuenta de lo que es el viejo Mike, por qué trataste de ayudarlo cuando los guardias vinieron por él?

—Te equivocas, nunca traté de ayudarlo.

—¡Claro que sí!, todos vimos como trataste de ayudarlo antes de que te patearan el trasero.

—No trataba de ayudarlo a él, estaba ayudándome a mí.

—¿Acaso me perdí de algo?

—Seguramente al igual que los demás, no prestaste atención a lo que ocurrió. Mientras todos estaban concentrados en los golpes que esos méndigos montoneros me propinaban, nadie se dio cuenta que le quité su daga y una llave a uno de los carceleros.

—¡Vaya, resultantes sorprendentemente hábil!, conseguiste en un día, lo que nosotros no hemos podido conseguir en años.

—Bueno, ¿Cuál es la propuesta?

—Te la diré, aunque me imagino que ya la habrás adivinado, de lo contrario no me hubieras comentado lo de la daga y la llave.

»Cerca de un centenar de prisioneros tenemos un plan para escapar, aunque todavía nos faltaban algunos detalles por ajustar. Ahora que conozco *tus capacidades creo que nos serías de gran ayuda para no terminar muertos, como los últimos que intentaron fugarse. ¿Qué dices, te unes?*

—Por supuesto, pónganme al tanto de su plan y con gusto los ayudaré a darle forma a sus sueños de libertad. A mí, más que a nadie, me urge salir de aquí. Debo ayudar a mis amigos a terminar lo que empezamos.

—Bienvenido a la hermandad de los esclavos. Para no levantar sospechas otro de nosotros te pondrá al tanto de nuestros planes. Por ahora te dejo, trata de descansar y no confíes en nadie más, si yo no te lo indico.

Gael se apartó al tiempo que regresaban los carceleros para arrojarles al suelo mendrugos de pan y piezas de pollo como cena. Dicen que el hambre es cabrona y más el que la aguanta, así que venciendo su asco e ignorando su dignidad, levantó un par de piezas de pollo y un pan para mitigar el hambre.

Después de mal cenar se recostó en un rincón. Creía que le costaría trabajo conciliar el sueño; pero era tal el cansancio que en menos de cinco minutos ya se encontraba en el país de los sueños.

A primera hora un chorro de agua helada lo despertó. Los méndigos carceleros se divertían a costa de los prisioneros sin el menor remordimiento. Para terminar de auto-complacerse nuevamente les arrojaron los alimentos al piso.

Durante un par de días todo transcurrió igual hasta que una tarde un enano se sentó a su lado y fingió compartirle algo de su comida.

—Toma un trozo de pan, disimula y presta atención.

—Te escucho —respondió mientras tomaba el pan.

—El castillo negro es una fortaleza casi infranqueable. Sus muros están construidos con anchos bloques de titanio que superan los diez metros de altura. Su única puerta de acceso está construida con grafeno, lo que la vuelve prácticamente indestructible.

»Un foso circundante repleto de lava ardiente, un puente elevadizo y cinco torres de vigilancia resguardadas por expertos arqueros (capaces de acertar con precisión en una nuez a treinta metros), completan sus medidas de seguridad.

»Hay cinco celdas comunes como esta. En cada una debe de haber entre doscientos y doscientos cincuenta prisioneros, de los cuales noventa y siete

pertenecemos a la hermandad. *Todas las puertas internas de la prisión se abren con la misma llave y según Gael lograste apoderarte de una.*

»*Bajo la torre central están las celdas de los presos "especiales", nadie de nosotros sabe con exactitud de quienes se tratan.*

»*Cerca de doscientos guardias son los encargados de hacernos la vida imposible. Cubren dos turnos por día. El cambio de guardia es a la media noche y al medio día. Normalmente los guardias sólo portan un tolete y una pequeña daga como armas.*

»*Al fondo del ala norte se encuentra la armería. Es un cuarto repleto de espadas, escudos, hachas, cuchillos, arcos y flechas. Este lugar es resguardado por un ogro ermitaño que vive ahí y sólo abre la puerta al escuchar la contraseña, la cual aún desconocemos.*

»*La puerta principal es custodiada por once guerreros armados hasta los dientes. Su líder es Arawn, el guerrero verde, el cual jamás ha sido derrotado. De su pecho cuelga la única llave que puede abrir la puerta principal y activar el puente elevadizo. Cuentan que alardea y asegura que si un día estuviera a punto de ser vencido, antes de entregar la llave, la lanzaría al foso de lava.*

—¿*O sea que lo único que tenemos, es la llave que conseguí? Esto debe de ser un chiste. Si mal no entendí para fugarnos necesitamos armas que están en una armería a la que no saben cómo entrar y una llave que tampoco saben cómo conseguir. Ahora entiendo por qué siguen aquí.*

—¡*Estúpido engreído! Espero que tu inteligencia sea tan grande como tu lengua.*

—*Disculpa si te ofendí. Esto resulta frustrante para mí. Creí que tenían algo más elaborado, lo que acabas de decirme sólo es un remedo de plan.*

—*Pues me interrumpiste, no me dejaste terminar.*

—¡*Disculpa!, continúa, prometo no interrumpir.*

—*Dentro de unos días será el festival de verano. Una festividad llena de excesos y lujuria. Los nahuales se reúnen en el centro de la ciudad para beber cerveza y licor como si el mundo se fuera a acabar.*

»*Ese es el único día en el año en que la seguridad se relaja. El número de vigilantes se reduce a la mitad, sin mencionar que dejan a los más torpes y de menor rango.*

»Ese día los miembros de la hermandad que trabajan en la cocina les preparan a los guardias la comida tradicional para esta festividad, estofado de elefante —en esta ocasión perfectamente marinado con coatl, que hemos cultivado en secreto en los baños de las celdas—, acompañado con un rico puré de peyote. En cuanto lo coman, su mente viajará a otra realidad por un buen rato.

»Con la llave que conseguiste podremos salir algunos prisioneros para ocultarnos entre las sombras de los corredores a la espera de emboscar a los drogados guardias. Cuando traigan la cena, después de apoderarnos de más llaves, nos dividiremos en grupos.

»Unos se dirigirán a liberar a los compañeros de las otras celdas. Otros a la armería y el resto tomarán la torre central. Finalmente nos reuniremos frente a la puerta principal para enfrentarnos con los guardias y así librar el último obstáculo hacia la libertad.

»Estamos conscientes de que no todos conseguiremos salir con vida pero estamos dispuestos a sacrificarnos por el bien común.

—Eso ya se escucha más cercano a un plan, aunque creo que se oye más fácil de lo que en realidad será y mi duda es ¿qué pasará si no logramos concretar la huida antes de que el efecto pase?

—Eso sí sería un gran problema. Si por cualquier motivo un guardia hace sonar el cuerno negro, en cuestión de horas, la prisión estaría rodeada por el ejército nahual. Si eso llega ocurrir nadie de nosotros saldría con vida de esto. Eso fue lo que le sucedió a Akiry y su grupo hace seis años.

—El reto es grande, pero como sé que de eso depende el futuro de muchas razas, estoy dispuesto a intentarlo. En los próximos días trataré de idear algo que nos pueda ayudar a resolver los temas de la armería y la llave.

—Espero por nuestro bien, que tu mente sea tan brillante como lo presumió Gael.

De esta manera concluyeron la charla. Miles de mariposa empezaron a revolotear en el estómago de Miguel, consciente de que el riesgo que estaba por tomar era grande y las probabilidades de triunfo mínimas.

Lo único que lo reconfortaba era recordar las palabras del gran Van Damme: "El que apuesta contra mí, sin duda realiza una pésima apuesta". Dejando en claro que el primer ingrediente de un campeón, sin duda es la autoconfianza.

Nunca cometas el error de juzgar un libro por su portada. Detrás de una impecable y atractiva portada quizás encuentres renglones torcidos; palabras vanas o tal vez detrás de una deslucida y mal trazada hoja de papel, encuentres las frases de sabiduría que necesitabas conocer.

La mentira tiene un atractivo especial, su esencia seduce e invita a desear tomarla como verdad, lamentablemente su estructura es tan frágil que es incapaz de resistir una llovizna de realidad.

Capítulo XXV
El barrió olvidado

El árbol de la falsedad continuamente se llena de hermosas flores, las cuales se marchitan antes de dar frutos, incapaces de asimilar el calor de los rayos de la verdad.

¿Quieres conocer la verdadera fiereza? Intenta dañar una cría frente a su madre. Antes de hacerlo redacta tu testamento.

Es momento de continuar el relato de lo que Alex y yo vivimos durante nuestra aciaga visita a la ciudad nahual.

Después de la fiesta nos fuimos a descansar, estábamos tan ebrios que en cuanto tocamos la almohada caímos en un profundo y reparador sueño.

Al día siguiente nos despertamos entrada la mañana. Teníamos bastante sed y un fuerte dolor de cabeza. Alex no dudo en tocar la campana de servicio y de inmediato Alouqua hizo acta de presencia en nuestra habitación.

—*Buen día dormilones. Hasta que les amaneció, ya empezaba a preocuparme* —bromeó.

—*¡Agh!… Creo que no debimos haber tomado ese último tarro de cerveza* —dijo Alex.

—*Más bien no debieron de haber bebido los últimos cinco tarros de cerveza.*

—*¡Como sea! No estoy de humor para discutir eso. ¿De casualidad tendrán algo para ayudarnos con esta terrible resaca?*

—*Por supuesto, ahora regreso.*

—Mientras esperábamos el regreso de Alouqua, hablé con Alex.

—*Oye… ¿Por qué no le pides también algo para tu problema?*

—*¿Estás loco? Claro que no.*

—No te comportes como un adolescente.

—La pena y la privacidad no son exclusivas de la adolescencia. ¿Sabías? Además, no es para tanto. Sólo vino, sólo tiene que irse.

—No estés tan seguro. Anoche durante toda la fiesta no parabas de rascarte. Ni siquiera volteaste a ver a las chicas, clara muestra de que no estás bien.

—¡Para por favor! En estos momentos no estoy para sermones, además ese es problema mío, no tuyo. ¿Ok?

—¡Chíngate pues!, eso saco por andar de entrometido. ¡Ja, ja, ja!

Alouqua regresó con unos pequeños frascos provistos de un gotero, los cuales contenían un extraño brebaje de color naranja.

—Tomen seis gotas de esto y estarán como nuevos.

Sin perder tiempo seguimos sus instrucciones. Un sudor frío recorrió nuestro cuerpo. Durante unos breves instantes empezamos a temblar, en cuestión de segundos los efectos de la resaca habían desaparecido por completo.

—¡Esta cosa es fantástica! ¿Podríamos quedárnosla? —Alex preguntó.

—Por supuesto, también funcionan para la indigestión.

—¡Gracias! Realmente me siento como nuevo y aprovechando tu amabilidad... ¿No tendrás algo para ayudar a Alex con un pequeño problema genital?

—Nick no seas impertinente, ya te dije que el problema es mío, no tuyo.

—Disculpa, sólo trato de ayudar.

—¿De qué están hablando exactamente? —preguntó Alouqua.

—De nada, o-olvídalo qui-quieres, to-todo está bien.

—Por el rubor de tus mejillas y tu tartamudear, estoy segura de que ocultas algo. Déjame adivinar, ¿después de estar con las chicas de la alberca, en tu miembro empezaron a aparecer unos pequeños puntos de color rojo, los cuales te dan mucha comezón?

—Mis estúpidos cachetes y mi estúpida lengua. Sí, eso exactamente es lo que me sucede.

—*En tu lugar lo tomaría más en serio. Si no te lo atiendes, en un par de días los pequeños puntos rojos se convertirán en manchas negras y la comezón en punzantes aguijonazos de ardor, a lo mucho en una semana tu pene se caerá a pedazos.*

—*¿Qué?... ¡Debes estar bromeando!*

—*Créeme hablo muy en serio. Seguramente alguna de las chicas era un súcubo.*

—*¿Qué diablos es un súcubo?*

—*Creo que esa respuesta puede esperar. Ahora déjame ir con los sanadores para ver si tienen algo que pueda ayudarte.*

Alouqua salió en busca de ayuda para Alex.

—*Lo ves, es más grave de lo que creías.*

—*No esperes que te agradezca el haberme hecho pasar semejante vergüenza. Ahora espero que regreses con algo igual de efectivo que estas gotas.*

—*No te apures si tu infección no tiene remedio. Te prometo realizar una colecta en el face para tu operación jarocha. ¡Ja, ja, ja!*

—*Deja de decir pendejadas, no seas cabrón.*

Continúe haciendo renegar a Alex por un buen rato.

—*Creo que esto no está bien, ya se tardó demasiado. ¿Qué tal si no hay remedio? —preocupado Alex comentó.*

—*¡Tranquilo!, todo va a estar bien.*

—*Para ti es fácil decirlo.*

—*Eso hubieras pensado antes de saltar a la alberca tras tu lujuria.*

—*Ahí vas de nuevo con tus sermones de santurrón.*

—*¡No!, pero si debo de....*

Nuestro debate fue interrumpido por Alouqua entrando en la habitación.

—*¿Por qué esa cara larga Alex?*

—*¿Cuál cara larga? Para nada, todo está bien.*

—*¡Por dios! Como buen macho humano, te avergüenzas de tu debilidad. ¿Por qué les cuesta tanto trabajo aceptar un error?*

—A ver Alex, ahí te hablan.

—No sé qué debo contestar, creo que el gato me comió la lengua.

—Se creen todos unos machos alfas, capaces de meterse con medio mundo sin correr ningún riesgo y cuando llega el momento de pagar las consecuencias, se vuelven un indefenso y asustado cachorro.

—Lo ves Alex, a eso era a lo que quería llegar.

—¡Ok!, cometí un error, ¿contentos? Ahora me puedes decir si encontraste algo que me pueda ayudar.

—Tienes suerte, uno de los sanadores tenía entre sus curiosidades esta pomada de flores de las nieves, capaces de curar cualquier cosa.

—¡Qué alivio!, no se diga más, presta pa' la orquesta.

Después de prácticamente arrebatarle el frasco, Alex entró al cuarto de baño. En cuanto nos quedamos solos Alouqua esbozo una pícara sonrisa y se acercó para murmurarme.

—La pomada no es más que crema para las manos.

—¿De qué hablas? ¿Acaso no tiene remedio su problema?

—¡Claro que tiene remedio!, en un par de días los puntos rojos desaparecerán. Su problema no es ninguna infección.

—¿Ah, no?

—¡No!, lo que él tiene son marca de aguijones.

—¿Aguijones?

—Así es, aguijones de súcubos, seres capaces de tomar forma de atractivas hembras de cualquier especie. Ellas se alimentan de la sangre y energía que extraen a través del miembro viril de sus víctimas.

—Me alegro de no haber entrado en esa piscina.

—Eso no es todo, las súcubos tienen la habilidad para extraer los recuerdos de sus presas. Así que deben de tener cuidado. A esta hora Dagda y Merlean ya deben conocer toda la información de los recuerdos de Alex.

—¿Es verdad todo lo que me estás diciendo?

—Desafortunadamente para ustedes, es verdad.

—¿Por qué debería creer que nuestros anfitriones son malvados?

—*Aunque tengo muchos argumentos para convencerte, la decisión de creerme o no es tuya, sólo te diré por qué tarde en regresar con la pomada. Todo este tiempo lo pasé en mi habitación porque trataba de tomar la mejor decisión, entre seguir mintiendo o decirles la verdad.*

—*¿Seguir mintiendo?*

—*¡Shh!, ya viene de regreso. Alex, le estaba comentaba a Nick que el sanador me dijo que estuviste a punto de cruzar el punto de no retorno para que en el futuro tengas más cuidado.*

—*¡Por supuesto! Seré más cuidadoso. Dale las gracias de mi parte.*

—*No tan de prisa. No he terminado con las recomendaciones. Espera hasta el final para ver si te quedan ganas de agradecer.*

—*Por tu semblante no creo que vayas a decirme algo agradable. Adelante vengan las malas noticias.*

—*En un par de días, los puntos desaparecerán pero no debes de confiarte, la infección seguirá latente, así que durante seis meses nada de relaciones.*

—*¿Qué, seis meses?*

—*Tú elige carnal, seis meses de celibato o una vida entera de añoranza. ¡Ja, ja, ja!* —*eche más leños al fuego.*

—*Puesto así, creo que no tengo muchas opciones. La abstinencia me espera.*

—*Bueno chicos, dense un baño, que vaya que lo necesitan y los espero en el comedor para el almuerzo.*

Mientras me bañaba deliberé entre decirle o no a Alex de la repentina y vaga confesión de Alouqua. Finalmente, decidí dejar por el momento las cosas como estaban. Debo admitir que me pareció divertido dejarlo sufrir un poco más.

En cuanto terminamos de asearnos nos dirigimos al comedor. El grupo de chicas nuevamente nadaba en la piscina. En cuanto nos vieron entrar nos invitaron a acompañarlas.

—*Lo lamento chicas, creo que he perdido la afición a nadar* —*resignado Alex respondió.*

—*¡Felicidades!, veo que después de todo, no eres tan cabeza dura* —*comentó Alouqua.*

—Lo ves Alex. ¿Qué te cuesta ser un niño bueno? ¡Ja, ja, ja! —continué molestándolo.

—¡Deja de chingarme quieres! Ponte a tragar antes de que se enfríe.

Después de almorzar, Alouqua nos propuso dar un paseo para terminar de conocer la ciudad. Propuesta que me pareció buena idea, en cambio Alex la declinó y prefirió quedarse a dormir.

Mientras realizábamos el recorrido me di cuenta que guardias encubiertos nos vigilaban de cerca, por lo cual creí conveniente dejar para otro momento mis ansias de respuestas.

Las calles lucían espectacularmente limpias, jardines, fuentes, plazoletas y estatuas adornaban cada esquina.

—Debo admitir que hasta ahora todo lo que he podido conocer de la ciudad es realmente hermoso. Si no me equivoco todos estos edificios deben corresponder a algo así como oficinas de gobierno, escuelas y negocios, la pregunta es: ¿en dónde vive la gente?

—Hay cuatro barrios habitacionales. Mejor dicho había cuatro, ahora sólo hay tres. Al norte viven los miembros de la corte, empresarios eminentes, sacerdotes y altos mandos militares.

»El barrio del oriente está habitado por comerciantes, soldados, artistas, artesanos y mercenarios.

»En el poniente está el barrio de la prole, clase trabajadora, agricultores, peones y criados.

—¿Y qué hay del sur?

—Ese fue el primer barrio de la ciudad. Actualmente está en ruinas y olvidado; malvivientes y ladrones transitan esas calles. De hecho para evitar inconvenientes, hace años se construyó un gran muro para separarlo de la ciudad. Por seguridad, nunca vayas a allá.

Continuamos nuestro recorrido hasta llegar a un impresionante zócalo, ubicado a espaldas de la pirámide. Varias cuadrillas de trabajadores montaban un impresionante escenario y una serie de graderías.

—¡Esta plaza es enorme! De seguro puede albergar a más de 100,000 espectadores.

—130,000 sería el número correcto.

—¿Preparan una gran fiesta verdad?

—Así es. En pocos días celebraremos el festival verano en honor al Dios de la pirámide.

—¿Qué dios es ese?

—No estoy muy segura. A través del tiempo la gente le ha dado diferentes nombres y contado tantas historias que dudo haya alguien que conozca la respuesta.

—¿Y en qué consiste el festejo?

—Básicamente es una especie de festival.

—¿Y qué hacen en ese festival?

Antes de responder Alouqua me dirigió una mirada como diciendo: "Se más prudente, deja de preguntar". Mensaje que capte inmediatamente y recordé que éramos vigilados.

—El día del festival, cuarenta doncellas, veinte niños y diez guerreros preparan alimentos para saciar simbólicamente el hambre del Dios para que pueda volver a hibernar por otros seis años.

»Disculpa lo escueta de mi respuesta. Como toda tradición a través de los años se ha deformado y depende de a quién le preguntes, puedes obtener diferentes respuestas.

»De lo que si estoy segura es de que se trata de una festividad con origen y tintes religiosos que termina como un bacanal de licor, cerveza y sexo.

—Igual que cualquier fiesta de pueblo.

—¿También ustedes olvidan el verdadero significado de las cosas?

—Con demasiada frecuencia, diría yo.

—¡Caray!, ya se nos hizo tarde. La reunión está por empezar y aún tenemos que pasar por Alex.

Apenas llegamos a tiempo a la reunión. Merlean nos esperaba en la explanada.

—Estaba a punto de enviar a buscarlos. ¡Gracias Alouqua!, aquí los puedes esperar. Ustedes acompáñenme por favor.

Nos dirigimos al cuarto de guerra en donde un grupo de seis ya nos esperaba en rededor de una mesa sobre la cual había un gigantesco mapa en tercera dimensión.

—*Antes de iniciar, quiero informarles que nuestro soberano Dagda, se siente un poco indispuesto, no podrá a acompañarnos —informó Merlean.*

—*Lamento escuchar eso. Espero pronto se mejore —respondí.*

—*Agradecemos tus buenos deseos. No te preocupes se trata de un simple resfriado, seguramente mañana estará repuesto.*

»Aclarado el punto, empecemos. Les presento al comandante de la guardia real, el invencible y más fiero guerrero del cuarto reino, Alastor, él liderará el asalto al castillo negro.

—*¡Gracias Merlean por esas palabras!, tu siempre tan preciso —respondió visiblemente orgulloso —. A continuación expondré mi plan de ataque.*

Alastor nos describió con lujo de detalles la estrategia que diseño para invadir al reino renegado. Todo sonaba demasiado sencillo, como si de antemano supiera lo que sucedería. Eso me dio mala espina.

El sonido de trompetas y redobles de tambores interrumpieron nuestra asamblea.

—*Creo que hasta aquí llega nuestra reunión. ¿Alguien tiene alguna duda? —preguntó Alastor.*

—*Ninguna, todo quedó claro —respondimos los presentes.*

—*Excelente, entonces salgamos a presenciar la marcha de los elegidos —dijo Merlean.*

Lo seguimos hasta la explanada donde Alouqua nos esperaba. Con asombro descubrimos que las calles estaban abarrotas de gente que esperaba ver pasar el desfile que ya se aproximaba; en medio de una alegre marcha. Mi insaciable curiosidad me obligó a preguntar.

—*¿De qué se trata todo esto?*

—*Es la despedida para los elegidos. Hoy serán llevados al gran recinto donde cumplirán un retiro espiritual de diecisiete días para encontrar su armonía interior —Alouqua respondió.*

—*Suena interesante. Me imagino que debe de ser un honor ser parte de los elegidos.*

—*¡Ah!… No estoy muy segura de eso.*

Me sorprendió la respuesta de Alouqua, pero ya no tuve oportunidad de averiguar más. La caravana de cuarenta hermosas doncellas vestidas de blanco, veinte infantes todos varones portando trajes de color azul y ocho guerreros ataviados con túnicas rojas pasaron ante nosotros. Aquel grupo iba acompañado por lo que supongo sería una banda de música nahual.

En ese momento Alouqua reconoció entre las doncellas a su hija; en un abrir y cerrar de ojos todo aquello se desquició.

—*¿Merlean de qué diablos se trata todo esto? Teníamos un trato cabrón* —*Alouqua le reclamó.*

—*¡Cállate insensata si no quieres hacerle compañía!*

—*Lo sabía. No debí confiar en unas asquerosas ratas como ustedes.*

—*¡Suficiente!, una palabra más y tomarás uno de los puestos vacantes en el contingente de los guerreros.*

—*Tus palabras no me intimidad. Olvidas que tu magia no tiene efecto sobre mí. Ahora te haré pagar tu falta de palabra.*

De entre sus ropas sacó una pequeña daga para tratar de apuñalarlo. Una rápida reacción de sus guardaespaldas se lo impidió. Alouqua demostró ser una magnifica guerrera, logró quitarle la espada a un guardia y heroicamente les hizo frente a cuatro adversarios, mientras nos gritaba.

—*Nick a esto me refería con la nota: estos hijos de puta son traicioneros. Si quieren salir con vida de este lugar es momento que se me unan.*

Guiado por mi instinto intervine en la gresca. Por supuesto que Alex también se involucró. Los guardias eran realmente buenos pero nosotros fuimos mejores.

La gente desconcertada empezó a correr y provocó un gran caos. El resto de guardias que había en el lugar se apresuraron a llevarse a los elegidos. Merlean por su parte aprovechó la confusión para huir de la furia de Alouqua.

—*¡Qué fiasco de guerreros!, ni a melón nos supieron* —*Alex alardeó.*

—No cantes victoria tan pronto. En estos momentos ya debe de estar en camino una legión completa de la guardia real —advirtió Alouqua.

—No me agrada como se escucha eso. Vámonos antes de que lleguen —opiné.

—Tienes razón, ¡síganme!

Nos mezclamos entre la gente para escapar del lugar. Alouqua nos guió a través de varios callejones hasta llegar al pie de un enorme muro de sólido metal y filosas púas en la parte superior.

—¡Apúrense! Tenemos que cruzar antes de que nos alcancen.

—Espera, si mal no recuerdo, dijiste que por mi propio bien me mantuviera alejado de ese lugar. ¿Y ahora quieres que vaya?

—Sé lo que dije y no mentía, pero prefiero arriesgarme allá que enfrentar a la guardia real.

—Ni que fueran tan extraordinarios. Ya los vencimos una vez, que no les pateemos el trasero por segunda vez —dijo Alex.

—¡No te equivoques! Aquellos eran guardias simples y corrientes, nada que ver con la guardia real.

Para nuestra mala suerte en cuanto Alouqua terminó de hablar, seis miembros de la guardia real comandados por Alastor aparecieron.

—¿A dónde con tanta prisa y sin despedirse?

—Alastor, esta no es tu pelea, por favor déjanos ir —Alouqua le pidió.

—Te equivocas esta si es mi pelea. Dagda me envió porque a ellos los quiere de regreso y a ti muerta.

—Veo que nuevamente has elegido mal. ¿Quieres mi vida? Ven por ella.

Alastor arremetió contra una brava Alouqua que oponía resistencia ferozmente. En tanto, Alex y yo nos enfrentábamos con el resto de la comitiva.

El ardor en mi muñeca regresó con mayor intensidad; una furia indescriptible se apoderó de mí y en cuestión de minutos, cinco enemigos cayeron bajo mi espada, mientras Alex daba cuenta del sexto adversario.

Alastor por su parte, le había propinado un par de heridas a Alouqua, quien en el trajín de la batalla ya había perdido su espada y solamente se defendía esquivando las embestidas de su oponente. Una tercera herida en el vientre la obligó a caer de rodillas; Alastor levantó su espada para dar la estocada final, pero mi espada se lo impidió.

—*No seas imprudente chamaco. Tengo órdenes de llevarte de regreso, pero no de llevarte en buen estado de salud. Si quieres jugar al héroe, tendré que darte tu primera lección.*

—*Aunque seas el mejor guerrero nahual yo no te temo. He visto caer rivales más grandes y fuertes que tú.*

—*Debo aceptar que eres valiente, ¡adelante dame tu mejor gol!...*

No pudo terminar la frase cuando cayó al suelo y se revolcaba de dolor. Un astuto Alex había aprovechado la distracción para acercárse-le sigilosamente por la espalda y propinarle una tremenda patada en las bolas.

—*¡Toma esto estúpido nahual! ¡Ja, ja, ja!... Alex, ¡uno! El imbécil nahual, ¡cero!*

—*Así se hace amigo. No te vio venir el muy estúpido.*

Nuestro momento de celebración fue interrumpido por moribundos quejidos de dolor.

—*¡Chicos!, ¡cof, cof!... ¡Aléjense de aquí!, no tardan en llegar sus refuerzos.*

Me incliné para tratar de levantarla; ella sabiéndose mal herida, rechazó mi ayuda.

—*¡Olvídalo no lo lograría! Sigan solos, al final de la calle verán un frondoso arbusto al pie de la muralla; atrás se oculta un pequeño túnel que les permitirá cruzar al otro lado. Sean cuidadosos, allá no es menos peligroso.*

»Busquen a alguien llamado Heracles y díganle que van de mi parte. Cuéntenle lo que sucedió, principalmente lo de mi hija, él los ayudara. Tomen mi collar, lo necesitarán. Prométanme que lo harán, que regresarán para salvar a mi pequeña.

—*Desde luego. Te lo prometo* —contestó Alex.

—*¡Te lo juro!, los haré pagar por lo que te hicieron* —*respondí.*

Con tristeza y dolor atestiguamos como aquel par de hermosos ojos verdes se cerraban por última vez.

—*¡Vámonos Alex, ya no tenemos nada que hacer aquí!*

—*¿Cómo que no tenemos nada que hacer? ¡Déjame cortarle la garganta a este engreído!*

—*No creo que sea correcto matar a alguien desarmado, aunque pensándolo bien toda regla tiene su excepción. ¡Adelante, él se lo ganó!*

Antes de que Alex pudiera cumplir su propósito hicieron acto de presencia una treintena de miembros de la guardia real.

—*Nick, creo que la ejecución se suspende. ¡Vámonos si no queremos morir aquí!*

Dimos media vuelta y empezamos a correr. Un envalentonado Alastor se incorporó para gritarnos:

—*¡No corran cobardes!*

—*Pos no nos sigan* —*Alex contestó.*

Fuimos más rápidos que ellos y con facilidad llegamos hasta la entrada oculta. Cruzamos y dejamos atrás por el momento a nuestros rivales.

Del otro lado del muro nos encontramos con un paisaje desolador: construcciones en ruinas, barricadas y muestras de violencia por todas partes.

Desconcertados por no saber a qué atenernos, empezamos a avanzar con nuestras espadas en mano. No habíamos avanzado más de cien metros cuando la oscuridad hizo acto de presencia y nos obligó a refugiarnos en la primera construcción que encontramos para pasar la noche.

Con el estómago vacío, la boca reseca, los brazos helados y la cabeza llena de dudas, nos acostamos para tratar de descansar.

Casi al amanecer, un sutil sonido de pisadas me despertó. Sin hacer aspavientos alerté a Alex pero le señalé que guardáramos silencio para evitar que los intrusos se dieran cuenta que los había descubierto.

Alguien se acercó con la intención de apoderarse de mi espada. En un rápido movimiento tomé su mano, me incorporé y lo arrojé al suelo; le coloqué mi espada sobre su cuello para someterlo. Para nuestra sorpresa aquel grupo de invasores se trataba tan sólo de un puñado de niños, armados con piedras y palos.

—¡Tiren sus armas extraños, si en algo aprecian su vida! — nos advirtió uno de los pequeños.

—No puede ser. ¿En verdad ahora tendremos que nalguear niños? — Alex preguntó.

—¡Cierren la boca y hagan lo que les pedí!

—¡Tranquilo chaval!, no queremos hacerles daño —respondí mientras liberaba a su amigo.

—¡Ahora tiren sus armas!

—Eso no va a pasar y es mejor que se marchen porque no amanecimos de buen humor —Alex contestó.

—Miren aquí solo hay de dos sopas: entregan sus armas o pagan con oro su derecho de peaje.

—¡Malcriados mocosos, unas patadas en el rabo es lo que les vamos a dar!

—¡Tranquilo Alex!... Disculpen a mi amigo. Se pone de malas cuando tiene hambre. En cuanto a las armas, nunca las entregaremos y oro para pagar, no tenemos. Así que por el bien de todos, mejor váyanse a sus casas y déjennos en paz.

—Esta es la segunda advertencia. Entreguen sus armas o paguen con oro, no habrá una tercera.

—¡Oh, qué la que se cayó por asomarse!...Nick, ya les dijo que no tenemos oro, sólo tenemos hierro. ¿Ese metal no les interesa? —molesto Alex preguntó.

—¡No seas brabucón! Muchos son los que nos han menospreciado por nuestro tamaño y después tienen que tragarse sus palabras con bocaradas de sangre —el malcriado chico rezongó.

—¡Ya verás méndigo escuincle!, da un paso más y te enseñaré a respetar a tus mayores.

—¡Chicos a sus puestos! ¡Les daremos una buena lección a este par!

Los pequeños se prepararon para atacarnos. Aunque eran irrespetuosos e irritantes, no me agradaba la idea de tener que golpear infantes.

—*¡Esperen, esperen por favor!*

—*¿Miedito?... No le saquen, no les va a doler.*

—*¡Qué insolente eres en verdad!, pero en estos momentos no tenemos ánimo, ni tiempo para darles clases de modales. Toma este collar, creo que debe de tener algún valor.*

Al ver el collar los ojos del pequeño se llenaron de asombro. Pude adivinar que le era familiar. Aquel suceso lo dejó perplejo; pocos segundos después reaccionó para darle instrucciones a uno de sus compinches quien salió corriendo del lugar.

—*¿Dónde consiguieron ese collar?*

—*Una buena amiga nos lo regaló.*

—*No digas pendejadas, su dueña no se lo quitaría jamás, excepto si estuviera... ¡No, eso no puede ser verdad!*

—*¿Qué ibas a decir?... excepto si... ¿estuviera muerta?*

—*¡Si, así es!, no puede ser que Alouqua esté muerta. ¡Díganme por favor que se lo robaron! —respondió el chamaco a punto de llorar.*

—*Lo siento, lamento confirmar tus sospechas, ella está muerta.*

—*¡Cállate cabrón! ¡Los haremos pagar por lo que le hicieron!*

—*¡Ya estuvo bueno!, nosotros no la matamos si nos quieren creer bueno si no también —Alex respondió.*

—*¡Ahorita les quitaremos lo valiente, vamos a afuera!*

Seguimos su juego y los acompañamos hasta la calle.

—*¡Esto si será un verdadero duelo a muerte! — el infante gritó.*

—*¿Tú y cuantos más, Enano? —Alex lo cuestionó.*

—*Esa pregunta te la podrán contestar ellos.*

Ante nosotros aparecieron un grupo de mal encachados belicosos. Unos blandían sus espadas; otros nos apuntaban con ballestas y el resto presumían su dominio en el uso de chacos y bastones de combate.

—¡Esperen un momento! Creo que esto ya se está saliendo de control —dije.

—¡Qué pronto se les acabó su sonrisa! —dijo el pequeño.

—¡Escuchen, no somos sus enemigos! Les entregamos el collar y nos dejan pasar. ¿Les parece?

—Yo les tengo otra propuesta —dijo el musculoso líder de la pandilla—, los asesinamos y tomamos el collar.

—Esa idea no me agrada —respondí, mientras el ardor en mi muñeca regresaba—, ¡escuchen no queremos hacerles daño!, si insisten en prohibirnos el paso no seremos responsables por lo que aquí suceda.

—¡Ja, ja, ja! No nos hagas reír. Amenazarnos cuando ustedes son dos y nosotros más de veinte. —respondió otro de los guerreros.

—Se los advierto, cuando entro en batalla esta marca me domina.

Subí mi manga para mostrarles mi antebrazo. Tras reconocer la marca, bajaron sus armas y temerosos dieron un paso al costado, excepto el pequeño y el líder guerrero.

—¡No sean cobardes!, podrá ser portador de la marca del asesino, pero lo superamos en número. Tomen sus posiciones o se las tendrán que ver conmigo —les advirtió.

Puestos entre la espada y la pared, decidieron respaldar a su líder y retomaron posición de batalla. Por fortuna desde lo alto de un edificio, la voz de un anciano evitó que la sangre corriera al río.

—Todos tranquilos, dejen de fanfarronear. Ahora bajo.

Los lugareños parecían tenerle gran respeto; de inmediato acataron su orden sin chistar, el anciano bajó y se paró frente a nosotros.

—Ustedes deben de ser ese par de estúpidos humanos que Dagda trajo a la ciudad.

—¿Qué ya nos llevamos? Dagda nos rescató, pero no somos estúpidos —Alex señaló.

—Con eso confirman mi dicho, este Dagda no rescataría ni a su propia madre.

—Creo que ustedes saben cosas que nosotros ignoramos. Agradecería si nos cuentan su verdad de manera pacífica y tranquila —pedí amablemente.

—Con gusto les contaré la verdad sobre ese truhan. Síganme a un lugar más cómodo y privado.

—No tan rápido, primero díganos cómo consiguieron el collar y si ustedes tuvieron que ver con la muerte de Alouqua. Ni el viejo Ares podrá salvarlos de mi furia —dijo el fortachón.

—¡Tranquilo campeón! Ella también era nuestra amiga, acompáñanos y con gusto les contamos lo que paso.

Nos condujeron hasta un viejo edificio acondicionado como cantina (un par de mujeres de piel azul aseaban el lugar, mientras el cantinero ordenada la barra), el viejo se dirigió al cantinero para preguntarle por alguien llamada Atalanta.

—¿Qué demonios haces aquí anciano? —el cantinero pregunto.

—¡Cuida tu lengua, hoy él viene conmigo! —intervino nuestro nuevo corpulento amigo.

—¡Tranquilo Heracles!, el pleito no es contigo. Tú bien sabes que tu padre aquí no es bienvenido.

Al escuchar al cantinero pronunciar aquel nombre, Alex y yo nos miramos llenos de sorpresa, aquel guerrero era la persona que habíamos ido a buscar. Por el momento decidimos no decir nada al respecto.

—Sé que el viejo tiene cuentas pendientes con tu patrona, pero estos dos tienen información de Alouqua que estoy seguro le interesará escuchar.

—Espero y tengas razón. No quiero terminar maltratado por causa de ustedes.

El cantinero se ausentó por un par de minutos. Al regresar nos indicó que la señora nos recibiría en el cuarto del fondo. Ares se volvió hacia nuestros acompañantes para indicarles que solamente él, Heracles y nosotros entraríamos a la improvisada reunión.

Al ingresar a la habitación una sonriente y hermosa mujer madura nos recibió con frases amables, excepto al pobre viejo de Ares; a él lo recibió con una fuerte cachetada.

—¿Y eso como por qué? —Ares preguntó.

—No te hagas el inocente, bien sabes el porqué.

—¿Cuántas veces quieres que te diga que yo no tuve nada que ver con tu prima?

—Claro que tuviste que ver con ella y con muchas otras; aparte de calenturiento eres un mentiroso.

—¡Cof, cof¡ ¿Les importaría dejar sus pleitos personales para otra ocasión?

Hábilmente Heracles interrumpió la incómoda discusión.

—Ustedes han de disculparme ante la presencia de cierta persona de la cual no quiero decir su nombre pero la estoy viendo, me es difícil mantener la compostura.

—Por nosotros no se preocupe, peores escenas vemos en "Mujer casos de la vida real". ¡Ja, ja, ja! —Alex bromeó.

—No sé de lo que estás hablando, pero gracias por intentar relajar el ambiente. En cuanto a ti Heracles... ¿Podrías decirme de qué se trata todo esto? —Atalanta preguntó.

—Mira lo que estos jóvenes traían —respondió y colocó sobre la mesa el collar.

—No puede ser... ¿Por qué lo tenían ustedes?

—No termino de entender lo que está sucediendo... y aunque desconozco cuál era su relación con Alouqua, no puedo dejar de ver la consternación en sus rostros cada que escuchan sobre su muerte, lo que me hace suponer que la apreciaban, así que creo que merecen saber la historia de sus últimos momentos, si me lo permiten sentémonos y escuchen con atención.

Les narré lo sucedido, no daban crédito cuando comenté la manera en que habíamos derrotado a Alastor. Finalmente se quedaron atónitos cuando mencioné la parte en que Alouqua nos dijo que buscáramos a Heracles y le comentáramos lo de su hija.

El cuarto fue invadido por el silencio que se rompió con la voz de Ares.

—¿Heracles, por qué Alouqua tenía tanto interés en que supieras el desafortunado destino de su hija? ¡Se claro y habla con la verdad, por favor!

—¡Ah!... Yo creo que esa pequeña es tu nieta.

—¡Te lo dije!, yo tenía razón, tu hijo tenía un amorío con Alouqua —dijo Atalanta.

—¿Tengo una nieta y no me lo habías dicho?

—Por favor, les pido a los dos que paren. Respeten mi privacidad, este no es momento para hablar sobre eso, enfoquémonos en la manera de rescatar a mi pequeña. Es lo menos que puedo hacer por la memoria de mi amada.

—Cuenta con nosotros para lo que se ofrezca —mencioné.

—Muchacho no estás solo en esto. Te aseguro que todos en este cuarto tenemos nuestras propias razones para querer invadir el cuarto reino, puedes apostar por eso —dijo Ares.

—Por primera vez desde hace mucho tiempo estoy de acuerdo con este falaz embustero. Únicamente agregaría que debemos ser cautelosos ya que a pesar de que somos excelentes guerreros, ellos también tienen lo suyo y nos superan en número.

»Tampoco hay que olvidar que cuentan con los servicios del poderoso Amón y el traidor de Merlean —opino Atalanta.

—¿Qué Amón y Merlean no son rivales? —pregunté.

—Creo que están bastante mal informados. Pero por ahora debemos planear nuestra estrategia, sólo disponemos de un par de semanas antes de la sanguinaria festividad —opinó Heracles.

—Trae a tus compañeros para explicarles el rol que jugaran en todo esto. Necesitaremos que nos ayuden a reclutar a todo aquel que pueda empuñar una espada o disparar un arco —dijo Ares.

Heracles salió en busca de su grupo, momento que aproveche para solicitar a Ares algo de información.

—Cumplimos nuestra parte del trato. Ahora es tu turno, háblanos acerca de lo que aquí sucede.

—Mientras Heracles regresa, les hablaré sobre algunas verdades del cuarto reino que desconocen.

»Cuando los tiempos de las grandes guerras terminaron, el gran emperador Dagda recibió un reino en cenizas. A base de esfuerzo y dedicación *logro reconstruirlo, convirtiendo el cuarto reino en un lugar apacible, lleno de esplendor y armonía.*

»Por cientos de años fue un refugio para cualquier ser que buscara vivir en paz. El principio del fin de la utopía llegó el día que el sanguinario Anubis encontró la forma de nublar la mente del gran hechicero Merlean.

»Lo convirtió en su servil emisario. La primera encomienda para Merlean fue que se apoderara de la voluntad de Dagda, de ahí en adelante las cosas empezaron a ir de mal en peor. El reino fraterno se transformó en un imperio de maldad y su ejército en una turba sedienta de sangre y poder.

»Cientos de mercenarios de todas partes del mundo llegaron atraídos por promesas de riqueza, como abejas por la miel.

»Desafortunadamente para el resto de las seis tierras, los nahuales establecieron acuerdos con traficantes desalmados, dispuestos a vender a otros humanos como ganado para ser ordeñada su energía vital. Una cosa llevó a la otra y terminaron con la necesidad de extraer más oro y piedras preciosas para poder pagar a los traficantes.

»La necesidad de mano de obra para las minas llevó a los nahuales a invadir las tierras de los híbridos, en busca de esclavos. Ahí fue donde las cosas empeoraron. Anubis se encontró con un joven akuary de nombre Amón.

»El chico resultó ser una verdadera esponja para el arte de la magia; relativamente en poco tiempo se convirtió en el hechicero más poderoso de estas tierras. Bajo su protección Dagda terminó de forjar su cruel imperio.

—Disculpa que te contradiga; nosotros acabamos de estar ahí, hablamos con Dagda y Merlean, la realidad que vimos es totalmente opuesta a lo que dices. Independiente del trágico incidente de Alouqua, hay gente feliz por todas partes.

—A eso me refería cuando dije que ustedes eran unos estúpidos. Se dejaron engañar como niños, todo lo que vieron fue una gran representación teatral.

»Allá sólo son felices los poderosos que tienen privilegios, el resto de la gente fue obligada a actuar para usted, so pena de muerte. En la ciudad sólo vive el 15% de la población, el resto vive en poblados y aldeas, dispersos por el cuarto reino.

»Si es que a sus condiciones de supervivencia se le puede llamar vida. Trabajan todo el día en condiciones deplorables y apenas reciben lo suficiente para mal comer.

—¿En cuáles de esos dos grupos se encuentran ustedes? —pregunto Alex.

—En ninguno de los dos, los habitantes del barrio olvidado somos la excepción, aquí los indeseables vivimos en autoexilio.

»No tendremos lujos pero por lo menos tenemos un poco de libertad. Subsistimos con lo poco que logramos producir; ocasionalmente comerciamos con traficantes y de vez en cuando salimos para tomar un poco de lo que esos desgraciados nos han quitado.

—Si Dagda es tan malo como dices… ¿Por qué no los ha invadido? —cuestione.

—Por cobarde sería la respuesta. Entre estas ruinas se encuentra oculto un poderoso artefacto, capaz de acabar con cualquier ejército. Según la leyenda, dicha arma sólo puede ser encontrada y usada por un gran ser de luz.

»Dagda podrá ser malvado, pero no estúpido. Sabe perfectamente que ni él, ni ninguno de sus secuaces puede usarla. Por eso levantó un muro para aislar este barrio y evitar que alguien encuentre la mítica arma.

»Con el tiempo algunos forajidos encontramos la manera de burlar la seguridad y nos adueñamos del barrio .Dagda no nos molesta porque mantenemos alejados a los curiosos de este lugar.

—¿Por qué entonces ustedes no buscan el arma para acabar con el ejército de Dagda?

—¿Crees que no lo hemos intentado? ¿Qué parte de que solamente puede ser encontrada y usada por un ser de luz, no entendiste?

—¡Ok!, me queda claro que fuimos engañados y Dagda es un truhan. Ahora háblanos acerca de Alouqua.

—Ella era tan valiente como hermosa, soportaba y fingía ser sirvienta de Dagda cuando realmente era nuestra espía y benefactora. Cada que podía, nos traía semillas para cultivar y dulces para los pequeños.

—Ahora comprendo por qué la querían tanto.

—Mi duda es… ¿por qué reaccionó de esa manera si sabía que podría acabar mal? —Alex preguntó.

—Simplemente reaccionó como cualquier madre lo haría.

—No entiendo. En teoría debe ser un honor que tu hija sea una de las elegidas para preparar las ofrendas para un dios. ¿No?

—Estás algo confundido por falta de información. Los elegidos no son quienes prepararán la ofrenda, ellos son la ofrenda.

— ¿Qué?

—Tal y como lo escuchas. Durante el festival de verano de cada seis años, setenta seres son sacrificados para alimentar con su sangre y carne al ser que vive en el interior de la pirámide.

— ¿Eso por qué?

—La respuesta no la conozco. Esa pirámide es casi tan antigua como nuestra raza. Su construcción se remonta hasta los tiempos de la primera gran guerra. ¿Quién la construyo?, ¿por qué?, y ¿a quién aprisiona?, es información que se ha perdido en los anales del tiempo.

»Actualmente quizás Anubis sea el único que conoce la respuesta. Hábilmente juega con las demás piezas sobre el tablero con fines personales.

La lección de historia terminó cuando Heracles y sus amigos entraron a la habitación.

—Estamos listo Ares. ¿Qué nos corresponderá hacer?

Ares expuso su plan para atacar la ciudad nahual. Según él, lo había perfeccionado durante los últimos siete años. Cuando la exposición terminó Atalanta pidió que trajeran botellas de buen vino para sellar con alcohol el pacto que nos conduciría a la libertad o a la tumba.

Con conocimiento de causa, algún sabio dijo: "Las experiencias es lo que da la sabiduría, no los años. Así que sin importar tu edad, elige con cuidado a tus aliados porque no es seguro cambiar de caballo a mitad del río".

Los Apalaches decían: "Despúes de la lluvia, el suelo se endurece". Recordar esta frase me ayudó a entender que las constantes lluvias de mentiras y medias verdades cayendo sobre mí, habían terminado por endurecer mi juicio.

Sin descartar ni menospreciar a nadie escuchaba a todo aquel que quisiera contarme su verdad. Tomaba información para armar mi propia verdad. Lo que realmente pensaba me lo guardaba para mí.

Si el azar te lleva a caminar por oscuros senderos y te obliga a desembocar en un desagradable lugar, lleno de oscuridad y hastío, no culpes al destino, él no fue el que tomó las decisiones.

Capítulo XXVI
Redención

Eso a lo que llamamos alma es el bien más preciado que tiene el ser humano; por encima de la propia vida. Es la única posesión capaz de trascender los límites de las leyes físicas del tiempo y el espacio.

Nos dota de la esperanzadora existencia de un después. Es de suponerse que perderla en la confusa oscuridad de la maldad debe de ser agobiante. Si al despertar no encuentras una razón para levantarte y por más que abres los ojos, no vislumbras la luz al final del túnel, tal vez sea porque la extraviaste.

Explotando este temor, hay religiones, sectas o mitologías que se fortalecen y ofrecen a sus adeptos la posibilidad de redención. Te venden la idea de que con el simple hecho de orar, una divinidad superior por simple benevolencia te concederá la salvación, sin importar lo que cargues a cuestas.

Todo mundo es libre de tener fe en lo que quiera, pero quien crea en la premisa anterior está en un error. Puedes orar todo lo que quieras en busca de perdón, pero indiscutiblemente sólo las acciones son las dadoras de redención.

Nunca es demasiado tarde para retomar el sendero. Mientras camines por este mundo tienes la oportunidad de saldar deudas con la vida. Siempre y cuando seas lo suficientemente inteligente para no dejar pasar la oportunidad de redimirte.

Cuervo Rojo y Akiry seleccionaron una vereda al azar; al caminarla se encontraron un frondoso árbol del cual colgaban abundantes frutos, semejantes a un melocotón con un raro y hermoso color azul. De inmediato Akiry cortó uno.

—*¡Qué delicia!... hace años que no comía mi fruto favorito, vamos prueba uno.*

—¿*Seguro que no es otra de tus bromas y realmente su sabor sea desagradable?*

—¡*Créeme!, podré ser todo lo que quieras pero lo único que me queda es mi honor. Si te di mi palabra de no más bromas, lo cumpliré.*

—*De acuerdo y disculpa por dudar de ti.*

Cortó uno de aquellos frutos y aún con escepticismo le dio un pequeño mordisco y se llevó una grata sorpresa, su sabor era realmente delicioso.

—¿*Qué opinas?*

—¡*Fantástico!, sabe a dulce mezcal tatemado.*

—*De seguro estabas pensando cuánto extrañas un trago.*

—¿*Por qué dices eso?*

—*Este es el árbol de los sentimientos. Tiene la rara cualidad de leer tu aura y el sabor de su fruto dependerá de tu estado de ánimo.*

—*No te creo. ¿Un árbol sensorial?*

—¿*No me crees? Prueba otro, pero antes piensa en otro momento de tu vida.*

Para comprobar la veracidad de lo que Akiry le decía trajo a su mente el día más feliz de su vida. Aquella tarde cuando por primera vez llevó a sus pequeñas hijas al carnaval de la feria del pueblo. Sorprendentemente el nuevo fruto, olía y sabía a felicidad, a algodón de azúcar.

—¡*Es genial!, el más delicioso manjar que he probado en mi vida.*

—*Te lo dije. Ahora piensa en algo malo.*

—*No gracias, prefiero quedarme con esa duda.*

—*Como quieras. ¡Vámonos que aún tenemos mucho tramo por andar!*

—¡*Adelante! Te sigo.*

Caminaron hasta llegar a un pequeño estanque.

—¿*Aquí si me puedo meter a nadar, o no?* —*Cuervo Rojo preguntó.*

—¡*Ja, ja, ja! Claro, aquí no hay cocodrilos.*

De inmediato salto al agua para refrescarse y nadar por un rato. Akiry aprovechó el tiempo para elaborar un arpón y capturar algunos peces.

—*¡Sal del agua o te volverás rana!, la cena ya está lista.*

Más tardó en terminar su frase cuando Cuervo Rojo ya estaba listo para cenar. La oscuridad invadió el lugar; una orquesta de grillos amenizó el ambiente y después de una agradable charla de sobremesa se fueron a dormir.

Por la mañana, gotas de tibia agua los despertaron; pensaron que se trataba de gotas de lluvia. Gran decepción se llevaron al abrir los ojos, con asco descubrieron que cuatro nahuales orinaban sobre de ellos.

—*¡Despiértense, bellos durmientes! ¡Ja, ja, ja ¡* —*dijo su líder.*

—*¡Qué desgraciado eres Gendel! Pero que más se puede esperar de un hijo de puta* —*reclamó Akiry.*

—*¡Hola!... Lo dice el más desgraciado bromista que ha pisado estas tierras. En cuanto supe que regresaste no se me ocurrió una mejor forma de darte la bienvenida.*

—*¡Ya supéralo!, yo sólo te bajé los pantalones delante de tu tropa; que tu pito sea pequeño no es culpa mía, tú fuiste el que llegó tarde a la repartición. ¡Ja, ja, ja!*

Aquel desafortunado comentario provocó la ira de Gendel. Descargó todo su coraje sobre el indefenso Akiry, quien recibió la golpiza de su vida. Cuervo Rojo trató de intervenir pero un par de espadas en su garganta le hicieron reconsiderarlo.

Finalmente fueron encadenados y llevados casi a rastras hasta un pequeño poblado.

—*¡Amárrenlos a ese madero! Ustedes dos se quedarán a vigilarlos mientras nosotros comemos algo* —*Gendel ordenó.*

Aquel breve descanso resultó una bocanada de aire fresco para Akiry. Cuando Cuervo Rojo tuvo la pésima idea de pedirle a uno de los guardias un poco de agua para su amigo; una patada en el estómago recibió como respuesta.

—¡Agh!… ¡Hijo de la chingada, que ganas de no estar encadenado!

—Estos estúpidos no entienden razones. Es mejor que dejes las cosas como están, tarde o temprano tendremos nuestra revancha —entre quejidos, Akiry mencionó.

—¡Cierren el hocico! ¿O prefieren que se los cierre a patadas?

Aquella advertencia los obligó a guardar silencio. Su suerte cambió cuando un par de flechas se incrustaron en el corazón de sus celadores. Un encapuchado descendió del techo, atrancó la puerta del local donde comían el resto de los captores y los liberó de sus ataduras.

Una vez liberados tomaron prestadas tres monturas para salir huyendo a todo galope. Mientras Gendel y su gente derribaban la puerta para salir en su persecución.

No detuvieron su carrera hasta que entraron a un lúgubre bosque. Los nahuales en cambio abruptamente detuvieron su marcha para evitar poner un pie dentro de aquel tenebroso lugar. Para sorpresa de Cuervo Rojo con dulce voz femenina la encapuchada habló.

—Estamos a salvo. Esos cobardes no entrarán al bosque maldito.

—Gracias por rescatarnos… Aunque me parece que nosotros tampoco deberíamos aquí —Akiry preocupado comentó.

—¿Tú también crees en las historias de terror que se cuentan sobre este lugar?

—¡Sí!, y tú también deberías creer en ellas.

—¡Tonterías!, no creas todo lo que la gente cuenta.

—No me lo digas a mí… ¡Díselo a ellos!

Voltearon al lugar que Akiry señalaba para descubrir la presencia un grupo de mal encachados centauros. Lucían agresivamente imponentes. Dueños de un fuerte torso y larga cabellera negra. Portaban un par de enormes espadas y un arco sobre su espalda.

Akiry y Cuervo Rojo eran los únicos que lucían asustados. La encapuchada sin inmutarse descubrió su cabeza y reveló su bello rostro azul.

—¿Qué tal estuvo su viaje Yunuen? —preguntó un centauro.

—Algo ajetreado. Gracias por recibirnos en su hogar Quirón.

—*No hay nada que agradecer. Me imagino que estarán hambrientos.*

—*Más de lo qué te imaginas.*

—*Vamos a nuestra aldea para que coman algo.*

Emprendieron el camino hacia la aldea. Akiry no daba crédito a lo que sucedía. Toda su vida había escuchado las terroríficas leyendas del bosque maldito, hogar de los salvajes centauros y los sátiros. Y pues ahora resultaba que todas eran mentiras.

A medida que se adentraban en el bosque, los árboles quemados y el pasto seco, quedaban atrás. Se reveló entonces frente a ellos, un hermoso bosque, verdadero hogar de los centauros. Manadas de cientos de caballos y cabras pastaban e impresionantes parvadas de aves de plumaje multicolor revoloteaban por todo el lugar.

La entrada del pueblo era custodiada por dos hermosas y realistas estatuas de un par de majestuosos centauros. Al llegar a la plaza central, sucedió algo asombroso. En un extraño dialecto los centauros pronunciaron un conjuro y ante sus ojos, los centauros se dividieron en dos, un hombre y un brioso corcel.

—*¡Lo veo y no lo creo! ¿Qué magia es esta?* —*Cuervo Rojo preguntó.*

—*Por la sorpresa en tu rostro puedo adivinar que eres de los que creían que los centauros somos mitad caballo mitad humano* —*Quirón comentó.*

—*De hecho ni siquiera creía en su existencia, para ser sincero.*

—*Vamos a comer algo. Durante el almuerzo les contaré nuestra historia.*

—*¡Gracias!, pero si no es mucha molestia, me gustaría tomar un baño primero. Sin querer, durante nuestro cautiverio tuve contacto con una maloliente sustancia.*

—*¡Claro sin problema! Folo llévalo a donde pueda bañarse… y tu Eurition lleva al duende a casa del sanador para que atienda sus heridas.*

Después de bañarse Cuervo Rojo fue llevado a un auditorio donde una mesa repleta de suculentos platillos lo esperaba. Sin perder tiempo se sentó y le recordó a Quirón su promesa de contarle su historia. Él amablemente accedió.

—Los centauros éramos una pequeña comunidad de campesinos, criadores de cabras y caballos, desde siempre hemos sido poco sociables. De ahí que la gente supiera poco sobre nosotros y nos considerara incivilizados.

»Cuando la segunda gran guerra llegó, las fuerzas de la oscuridad acudieron a nosotros en busca de nuestros caballos. Lamentablemente no estaban dispuestos a pagar por ellos, así que arrasaron nuestra aldea para robarse nuestro ganado.

»Masacraron a nuestro pueblo. Los niños logramos sobrevivir porque nos ocultaron en una cueva cercana. De la noche a la mañana pasamos de ser unos alegres niños a convertirnos en unos tímidos y huraños huérfanos.

»Llenos de temor nos refugiamos en lo más profundo de este bosque en donde aprendimos a sobrevivir. Nuestra vida cambió el día que conocimos a la gran hechicera verde Filira. Ella nos acogió y trató de protegernos, nos aisló del mundo por centurias.

»Cuando la tercera gran guerra llegó, nuestra madre adoptiva decidió que nos mantuviéramos al margen. En ese entonces, yo era un joven de setecientos años con la cabeza llena de utopías. Convencí a veinticuatro de mis amigos para unirnos a la causa del ejército de la luz.

»En primera instancia Filira se opuso a la idea, pero viendo que estábamos decididos a pelear por lo que considerábamos una causa correcta, accedió a dejarnos marchar al frente. No sin antes darnos un gran regalo, la capacidad de poder fusionarnos con nuestros caballos y los más jóvenes con las cabras.

»Nuestra recién adquirida cualidad nos convirtió en los mejores guerreros en el campo de batalla. Basta con mencionar que durante aquella sangrienta guerra, mientras nosotros tomamos la vida de miles, sólo tuvimos un par de bajas, los bravos Neso y Asbolo.

»Nuestras espadas y flechas, contribuyeron al triunfo de las legiones de la luz. Con el fin de la disputa, el momento de volver a casa había llegado. Esperábamos tener un gran recibimiento, en cambio lo que encontramos fue un bosque muerto, lleno de árboles secos y esqueletos calcinados.

»Imaginamos lo peor y apresuramos la marcha hasta nuestra aldea. Nos llenó de esperanza el ver que después del área quemada, la zona del bosque donde estaba nuestro hogar, seguía intacta. Con alivio contemplamos a lo lejos el hermoso caserío, lleno de vida.

»Todos nos recibieron con júbilo. La mala noticia llegó cuando preguntamos por el paradero de nuestra adorada Filira. Con pesar nos informaron que una horda de la oscuridad había llegado hasta los linderos del bosque buscando apoderarse de nuestras manadas. Con el temor de que nuestro pueblo nuevamente fuera arrasado, nuestra valiente madre los enfrentó.

»Filira consciente del riesgo que corría nuestra aldea, tomó la decisión que cualquier madre tomaría. Concentró toda la energía que le fue posible para después autodestruirse. La onda expansiva logró exterminar a los invasores.

»Desde entonces decidimos aislarnos del mundo. Nos adaptamos a solamente salir a vender nuestro ganado y comprar algunas cosas que necesitamos, pero nunca decimos de donde somos. Nos encargamos de esparcir rumores de lo mal que la pasaban aquellos que osaban entrar al bosque de los salvajes centauros.

»Así fue como la gente dejó de venir por estos lugares, los asusta esa parte del bosque donde no ha vuelto a crecer la vida. Lo que si te puedo decir con sobrado orgullo es que donde el resto del mundo ve un monumento a la destrucción, nosotros vemos un monumento de amor.

—Triste he inspiradora historia. ¿Pero qué hay de los relatos de que Heracles acabó con ustedes?

—También he escuchado sobre eso. A Heracles lo conocí en los campos de batalla y nos hicimos buenos amigos. Un día pasó a saludarnos y bebió con nosotros durante todo el día nuestro licor de leche de yegua; fue tan fuerte para él que se puso tan borracho que en varias ocasiones visitó el suelo, se golpeó el rostro más de una vez.

»Cuando regresó con los suyos, todos querían saber qué le había pasado. Para evitar ser avergonzado, se inventó una serie de cuentos: que los salvajes centauros lo habíamos atacado y él sólo nos había dado nuestro merecido. ¡Ja, ja, ja!

»Si ya no existes, nadie te buscará. Así que preferimos guardar silencio y dejar que la gente creyera esa historia.

—Eso lo explica todo. ¡Sabes!, lo que me llama la atención es darme cuenta con cuánta facilidad la gente cree lo que lee en un libro de historia sin importar que los registros sean imprecisos. La verdad histórica es un bien muy devaluado.

—*Triste realidad. La verdad sólo la conocen quienes vivieron el hecho. La mayoría de libros e historias orales solamente cuentan la verdad que su autor o patrocinador quieren que se sepa. Salvo honrosas excepciones.*

—*Gracias. Tu charla fue muy interesante. Ahora que terminamos de comer... ¿sería posible que me llevaran para ver cómo se encuentra mi amigo?*

—*Por supuesto, Eurition lleva por favor a nuestro invitado a la casa del sanador.*

Cuervo Rojo encontró a un Akiry en mejores condiciones. Ya con sus heridas limpias y atendidas.

—*¿Cómo te sientes?*

—*Como si una manada de caballos hubieran galopado sobre mí, pero los remedios de este hombre son fantásticos; los dolores intensos se han ido y según él, en una semana estaré como nuevo.*

—*Me alegra escuchar eso. ¡Échale ganas que aún tenemos una misión por cumplir!*

—*¡Claro! Ven acércate necesito decirte algo.*

Inclinó la cabeza para poder escuchar lo que Akiry le cuchicheaba.

—*No digas nada, sólo escucha. No confíes en esa bruja de piel azul. Es tan malvada como bella. Ella es la mujer de la que anoche te platiqué.*

—*¡Ok!, mensaje recibido.*

—*Señores, la hora de visitas terminó. El enfermo necesita descansar, así que por favor háganme el favor de retirarse —dijo el sanador.*

Obedecieron las indicaciones y salieron de la habitación para regresar con Quirón y Yunuen.

—*¡Ah!, mira ya está de regreso. Quizás él pueda responder tu pregunta —dijo Yunuen.*

—*¿Qué sucede? —preguntó Cuervo Rojo.*

—*Le comentaba a Quirón que tú y tus amigos vinieron aquí para cumplir una misión.*

—*Así es.*

—*¿Y cuál es su misión, si se puede saber? —preguntó Quirón.*

—Disculpa no quiero ser descortés pero no puedo decírtelo.

—¿Cómo? Solicitan nuestra ayuda y nos ocultan lo que se traen entre manos.

—No lo tomes a mal. Sí necesitamos la mayor ayuda posible, el problema es que si la vida me ha enseñado algo, es a ser prudente. La confianza prematura puede ser una filosa daga que alguien clavará en tu espalda.

—En ese punto coincido contigo. La confianza es un presente que se gana con hechos no con palabras.

—Hay tanta gente tan vil e hipócrita que no les desagrada arrastrarse como víboras. Pueden delatar a diestra y siniestra hasta a su propia familia. Son capaces de lamer el suelo como perros para comer las migajas que caen de la mesa del amo.

Las palabras de Cuervo Rojo provocaron que Yunuen reaccionara con molestia.

—Ahora resulta que para ustedes todo es blanco o negro. Se olvidan que hay una infinidad de tonalidades de grises. No juzguen a nadie sin antes conocer sus motivaciones. Ahora si me disculpan, necesito tomar un poco de aire fresco.

Visiblemente perturbada Yunuen salió de la habitación.

—Desconozco con qué intención lanzaste esos dardos envenenados, pero creo que distes en el blanco.

—Estoy muy confundido, no confió en ella.

—¿Por qué no confías en quien arriesgó su vida para salvarlos?

—Eso es lo que me tiene confundido. Ante mis ojos ella debería ser una heroína, pero anoche Akiry me platicó todo lo que sucedió con su fallido intento de insurrección. La principal causa del fracaso fue que ella los delató. ¿Dime tú confías en ella?

—Mi respuesta estaría de sobra. Lo que importa es lo que tú pienses. Lo que si te puedo decir es que si rehuyes a la situación y juegas a las adivinanzas, no solucionarás nada.

»Mi sugerencia es que tomes al toro por los cuernos. Ve con ella y pregúntale de frente, sin rodeos, sólo así averiguarás si ella es o no digna de confianza.

—*Gracias por la sugerencia, eso es lo que haré.*

Cuervo Rojo siguió el consejo y salió en busca de Yunuen para confrontarla. La encontró a la entrada de la aldea, sentada en una banca frente a las estatuas de los centauros.

—*Disculpa. ¿Puedo sentarme?*

—*Seguro. Esta parte del cuarto reino aún es un lugar libre.*

—*¿Por qué saliste tan intempestivamente?*

—*¿Bromeas?... ¿Acaso crees que es agradable escuchar indirectas?*

—*Entiendo cómo te sientes pero aún no tengo claro si debo pedirte disculpas por dudar de ti.*

»*Por un lado están tus acciones de heroína, por el otro están tus acciones de traición hacia Akiry y sus amigos y lo que es peor hacia tu propio hermano.*

—*Entiendo tu desconfianza. Quizás merezca eso y más, pero deja contarte mi parte de la historia:*

»*Cuando los nahuales invadieron nuestro hogar, fuimos hechos prisioneros, traídos para ser vendidos al mejor postor. Por lo poco que logro recordar, aquellos fueron tiempos difíciles. Mi madre fue vendida como esclava doméstica; mi pequeño hermano Gael y yo fuimos enviados a un orfanato o mejor dicho a un criadero de esclavos donde sufrimos toda clase de maltratos y vejaciones.*

»*Nuestro tío Amón quien en nuestra isla era el más respetado y admirado guerrero, acabó por doblegarse a la tentación del poder y terminó siendo un perro faldero de Anubis.*

»*Un día fue al orfanato para "rescatar a sus sobrinos", fingió interés por nosotros pero su único interés era en mi cuerpo. Se valió de su magia y en incontables ocasiones nubló mi mente para hacerme suya. Yo no hablaba sobre lo que sucedía por temor y vergüenza.*

»*Luego trató de complacerme y compró a mi madre, sólo para llevarla a su casa a encontrar la muerte. El corazón de mi madre no resistió recibir un trato despectivo e ingrato de parte de su propio hermano. Ella se había hecho cargo de él desde que era un bebe porque mi abuela murió al darlo a luz.*

»Lleno de ira Gael lo enfrentó y le echó en cara la muerte de su propia hermana. Amón enfurecido por lo que él consideró una afrenta, lo mandó arrestar y ordenó su ejecución. Desesperada por salvar la vida de mi hermano, le ofrecí un trato a aquel bastardo.

»Si le perdonaba la vida a Gael, yo me entregaría a él sin necesidad de que utilizara su magia. Él acepto el trato. En lugar de la horca, lo envió a las minas, no era lo ideal pero cuando menos estaba vivo.

»Ahí conoció a un grupo de soñadores, "La hermandad de los Esclavos", se hacían llamar. Por las noches realizaban reuniones secretas, desafortunadamente para ellos, en su movimiento se infiltro un traidor.

»Una madruga escuché ruidos en la sala. En silencio bajé para averiguar lo que sucedía y alcancé a escuchar como aquella sabandija le contaba a la otra sabandija sobre la conspiración. Amón agradeció la información y le dio un bolso de monedas.

»Lamentablemente no pude ver su rostro, sólo logré ver su pequeña y gorda mano a la cual le faltaba un dedo. Regresé a la cama y fingí que seguía dormida. Amón regresó al cuarto y me preguntó:

«— ¿Te resultó interesante, lo que escuchaste allá abajo?

—¿Qué? No sé de qué hablas.

—¡No desafíes a mi paciencia!, pude darme cuenta que escuchaste toda nuestra conversación.

—Piensa lo que quieras, tú y tu paciencia me tienen sin cuidado.

—No opinarás lo mismo mañana por la noche cuando la guardia real masacre a todos los estúpidos revoltosos. Por cierto, entre ellos se encuentra tu adorado Gael.

—¡No por favor! La vida de Gael no la puedes tomar, tenemos un trato.

—Abusas del amor que te tengo. Está bien, daré la orden de que a él, solamente lo tomen preso, pero los demás si se convertirán en alimento para las quimeras».

»Durante el resto de la noche no pude conciliar el sueño. Si bien había conseguido salvar nuevamente la vida de mi hermano, no podía apartar de mi mente que el resto sería masacrado.

»Por la mañana decidí jugar la carta que tenía bajo la manga:

«—Amón tengo algo que proponerte.

—¿Ahora qué?

—Quiero que perdones la vida de todos los compañeros de Gael.

—No me hagas reír. No tienes nada que yo desee como para hacer tal cosa.

—Si no lo haces, te privaré del placer de mi compañía de por vida —le dije, mientras ponía un cuchillo sobre mi arteria principal.

—¿Te has vuelto loca?

—Creo que sí. Si no logro salvarlos, no podría vivir con eso en mi conciencia así que ya lo sabes o los perdonas o no me vuelves a tener, la decisión es tuya.

—Haz lo qué se te venga en gana, no me importa —me retó».

»Sin dudarlo, me infringí una herida mortal. Sorprendido por mi decidida acción, Amón se apuró a sanarme con su magia y sin otra opción, accedió a mi petición. No sin antes tramar un engaño para salvar el pellejo de su espía y hacerme pasar a mí como la delatora.

»Me hizo acompañarlo aquella noche a la redada y se aseguró de que todos pensaran que la traidora había sido yo. En ese instante, me juré que no descansaría hasta verlo destruido.

»Durante este tiempo he fingido estar de su lado. Siguiendo el viejo adagio: "A tus amigos tenlos cerca y a tus enemigos más cerca".

»He tenido que hacer cosas de las cuales me avergüenzo, pero convencida de hacerlas por la causa correcta. Acumulando toda la información posible para acabarlo.

»Hace unos días descubrí la manera de eliminar el hechizo que controla a Merlean. Si logro hacer eso, equilibraré el trámite del juego, pero no puedo hacerlo sola. Cuando conocí a tu amigo Miguel me di cuenta que ustedes son esa ayuda que necesitaba.

—¡Qué historia! En verdad acabas de sacudir cada fibra de mi cuerpo. Creo que realmente te debo la más sincera y grande disculpa.

—No te preocupes. Sé lo fácil que resulta para la gente juzgar el actuar de una persona sin conocer de fondo la historia.

—*Ahora si es posible me gustaría saber, ¿dónde conociste a Miguel?*

—*Esa es una larga historia, te parece si la dejamos para después.*

—*Cuando menos dime, ¿está bien?*

—*Por lo menos está con vida, aunque supongo algo incómodo en el castillo negro.*

—*Entonces, ¡unamos fuerzas para liberarlos! Akiry tendrá a sus amigos, tú a tu hermano y yo a Miguel.*

—*Cuenta conmigo. Ya lo tengo todo planeado. El día del festival de verano será la ocasión perfecta para hacerlo. Dicho esto, regresemos con Quirón para beber su famoso licor y ver si podemos convencerlo de que se nos unan.*

Con una nueva perspectiva y alentado por tener una nueva aliada, regresaron para festejar por lo menos esa noche.

Cuando el reto parezca monumental, recuerda el viejo dicho: "A fuerza de constancia y fina intriga, un elefante desfloró una hormiga".

Nunca quites el dedo del renglón o corres el riesgo de perder el hilo de tu lectura. Recuerda que una puntada hecha a tiempo con calma y fino hilo evitará tener que remendar.

Los científicos se ríen de la existencia de la magia. ¿Qué tal si las palabras de Arthur C. Klarke tuvieran razón y la magia fuera una ciencia que no entendemos todavía?

Como yo veo las cosas, en la basta infinidad del universo, seguramente debe de existir un lugar donde coexista ciencia, fe y magia. ¿Y por qué no?, tal vez ese lugar sea aquí.

Capítulo XXVII
La bruja verde

Física: Ciencia que estudia las propiedades y el comportamiento de la materia, la energía, el tiempo y el espacio en busca de poder controlarlos y manipularlos a placer.

Milagro: Acto de fe, extraordinario, maravilloso e inexplicable. Atribuible a la intervención de un ser sobrenatural. Finalmente se trata de un hecho de manipulación de materia, energía, tiempo o espacio.

Brujería: Conjunto de conocimientos, prácticas y técnicas empleadas para dominar de forma mágica el curso de los acontecimientos o la voluntad de las personas. Se realiza a través de la manipulación de la materia, la energía, el tiempo o el espacio con ayuda de fuerzas sobrenaturales.

Es claro que las tres persiguen el mismo objetivo. Entonces no son muy diferentes entre sí. ¿Cierto?

Mi punto es que si el ser humano recordara que la magia corre por sus venas, nuestra realidad sería muy diferente. Por magia divina o natural fuimos creados. Nunca dudes de algo por el simple hecho de no poder verlo, el aire es invisible y no por eso dejas de respirar.

El 4 de Julio Andrea, Yatzil, Gerard y Troy arribaron a Yosemite e instalaron su campamento en los linderos de la cascada.

—*Creo que en este punto es en donde la incertidumbre empieza a cobrar factura* —*Troy comentó.*

—*La última vez que estuvimos en este lugar, salían alimañas hasta por debajo de las piedras, así que no podemos confiarnos* —*dijo Andrea.*

—*Tenemos poco tiempo, vamos a preparar el terreno porque hoy no tendremos refuerzos* —*mencionó Yatzil.*

Instalaron varias trampas. Gerard esparció frascos con pócimas mágicas por todo el lugar. Al atardecer regresaron al campamento para comer y descansar.

—*Oigan pude ver símbolos mágicos en las rocas. ¿Saben quién los hizo?* —*Troy preguntó.*

—*Cuervo Rojo los pintó para ayudarnos a paralizar a nuestros adversarios* —*respondió Andrea.*

—*¡No!, no me refiero a las trampas de demonios; me refiero a los de color verde.*

—*¡Ah, no!, esos quien sabe quién los pintaría, lo mismo nos preguntamos nosotros.*

—*¿Por qué el interés?* —*preguntó Yatzil.*

—*Porque esos símbolos son de una magia muy antigua. Quien los haya hecho debe de ser un hechicero poderoso y por eso me interesa saber si está de nuestra parte.*

—*Por el momento creo que nos quedaremos con la duda.*

—*¿Por qué dices que es una magia antigua?* —*preguntó Gerard.*

—*En alguno de los libros que leí, encontré ese tipo de símbolos. Había una leyenda sobre un poderoso hechicero verde de nombre Croatoan.*

»*Él enfrentó al ejército inglés cuando pretendieron invadir su aldea. Sesenta soldados ingleses al mando de John White desaparecieron sin dejar rastro. Cuando un regimiento de trescientos soldados fueron a buscarlos, lo único que encontraron fueron símbolos verdes pintados en las rocas y la palabra Croatoan tallada en un árbol.*

»*Los indígenas que acompañaban a los conquistadores como guías, les recomendaron marcharse de aquel lugar y olvidar el asunto o correrían el mismo destino. Cuando preguntaron el por qué, la respuesta de los guías fue:*

«—Croatoan es el hechicero protector de las tribus de este lugar, seguramente la presencia de un ejército invasor lo hizo enfadar

—Debes estar bromeando. ¿Cómo un solo hombre puede vencer a sesenta? —cuestionó el capitán.

—*No lo menosprecien o lo pagarán con sus vidas* —*el guía les advirtió*»

»*El relato cuenta que Croatoan enfrentó a los trescientos soldados. Con sus conocimientos mágicos logró hacer que los arboles cobraran vida y ellos pelearon por él, durante la batalla. Cuando los ingleses se dieron cuenta de su error, quisieron implorar clemencia, pero era demasiado tarde, la furia de la naturaleza ya había sido desatada contra ellos y no pararía hasta saciar su sed de sangre*

—*Ahora la pregunta. ¿Esa historia será real?* —*preguntó Andrea.*

—*Yo no lo dudaría y realmente espero que quien haya pintado esos símbolos esté de nuestra parte.* —*comentó Gerard.*

—*Cambiando de tema. ¿Alguien sabe dónde quedó el afilador?* —*dijo Yatzil.*

El resto de la tarde transcurrió tranquilo, demasiado diría yo. Entrada la noche encendieron una fogata y con lo que las chicas consiguieron recordar realizaron el rito de guerra nativo a su manera, después se fueron a dormir.

A las tres de la mañana la alarma sonó. Les avisaba que era hora de iniciar el camino a la cita con el destino. Al llegar a la cascada, tomaron posiciones para asegurar el perímetro. Gerard hizo un gran alboroto y soltó un gracioso grito de terror antes de salir corriendo.

—*¿Qué te sucede?* —*preguntó Troy.*

—*Creo que los monstruos acaban de llegar.*

—*¿En dónde están?*

—*Por allá vi una veintena de ojos rojos que me miraban fijamente.*

Desenfundaron sus armas, encendieron sus linternas y con cautela se dirigieron al lugar del extraño avistamiento. Descubrieron entonces que se trataba solamente de una manada de juguetones mapaches.

—*¡Ja, ja, ja! Ahí están tus monstruos Gerard* —*se burló Andrea.*

—*Je... ¿Qué quieren que les diga? La oscuridad y el miedo con facilidad le juegan trucos a la mente.*

—*No te preocupes a cualquiera nos puede pasar. De niño varias veces vi a un demonio de piel roja que me invitaba a caminar hacia él. Para mí era tan real que cada vez terminaba llorando. Así que no hay por qué avergonzarse* —*dijo Troy.*

—*Gracias por no burlarte.*

A medida que se acercaban a la cascada el nivel de tensión aumentaba. Al ser más reducida la distancia a su objetivo, se incrementaba la posibilidad de recibir el primer ataque. Para el asombro de mis amigos dicho ataque nunca sucedió. Llegaron hasta la cascada y escalaron a la cueva, los enemigos brillaron por su ausencia.

Una vez en la cueva encendieron un par de antorchas para adentrarse en el lugar. Después de un rato se encontraron unas flechas grabadas en las rocas y decidieron seguirlas. Tras una caminata sin ninguna novedad (salvo algunos graciosos encuentros con murciélagos, escorpiones, serpientes y arañas), llegaron a la antesala de la guarida de Wardjan.

La fácil travesía los había hecho bajar la guardia. Sin pensarlo se entraban en aquella sala. Al ver aquel lugar lleno de huesos y esqueletos, una sensación de terror recorrió todo su cuerpo y un ladrido infernal les sacó tremendo susto.

Su primera reacción fue intentar huir, pero un corpulento guerrero y un enorme perro negro les cerraron el paso. Desenfundaron sus armas para pelear, aunque para ser sincero estaban seguros que no serían rivales para aquel grandulón.

Gerard no se atontó y de su mochila sacó una bolsa de polvo; tomó un poco en su mano y lo sopló en dirección del can que después de estornudar, se quedó quieto, como si estuviera disecado.

—*¿Qué le han hecho a mi pobre Black Shuck?*

—*¡Quédate ahí si no quieres terminar igual!* — *le advirtió Gerard.*

—*Yo también conozco algunos trucos* —*respondió, mientras activaba una red que los atrapó*—, *ahora díganme, cómo elimino su hechizo o sus huesos terminarán como parte de mi colección.*

—*¡Tranquilo!, libéranos para poder ayudar a tu cachorrito* —*dijo Troy tratando de ganar tiempo.*

—*Les advierto que si intentan engañarme, los cortaré en dos. ¿Entendido?*

—*¡Si claro!*

En cuanto los liberó, Troy le pidió a Gerard complacerlo.

—*Es tu turno Gerard. Deshaz el hechizo.*

—Hay un pequeño problema.

—¿Cuál?

—Que no puedo hacer nada al respeto.

—¿Qué? Digan sus últimas palabras —dijo Wardjan, blandiendo su espada.

—¡Espera, espera!, yo no puedo hacer nada, pero el tiempo lo hará. En una hora máximo estará de regreso.

—Voy a creerte pero mientras eso sucede estarán encadenados. Si en una hora mi fiel amigo no se ha recuperado, les daré un pasaporte al más allá.

—Te parece si lo dejamos en hora y media por aquello de las malditas dudas.

—De acuerdo hora y media será.

—¿Crees que funcione? —Andrea preguntó en voz baja.

—Eso espero.

—Tu seguridad es impresionante.

Mientras esperaban a que el tiempo pactado transcurriera, su anfitrión se presentó.

—Creo que no nos han presentado. Soy el poderoso Wardjan, ex-miembro del escuadrón dragón y actual guardián del segundo portal.

—Aunque no sé lo que eso signifique, gusto en conocerte. Yo soy Troy y ellos son mis amigos Andrea, Yatzil y Gerard. Necesitamos llegar a la ciudad nahual. ¿Podrías ayudarnos con eso?

—Sí.

—¡Fantástico!

—No estoy tan seguro si deberías de alegarte por eso.

—¿Por qué?

—Su derecho de ingreso fue pagado por unos nahuales el día de ayer.

—¿Cómo es eso?

—Es lo mismo que me pregunto. Últimamente están sucediendo cosas extrañas. Si yo fuera ustedes tendría mucho cuidado, los nahuales son las criaturas menos generosas de este mundo. Algo deben traerse entre manos.

—No te preocupes, sabemos cuidarnos —respondió Yatzil.

—*Por su bien espero que eso sea verdad. En cuanto a lo de entrar a la ciudad nahual de seguro necesitarán ayuda. Vayan hasta una pequeña aldea de dvergars. Busquen a uno de nombre Egmont, díganle que van de mi parte, quizás los pueda ayudar.*

—*Cualquier ayuda es bienvenida.*

—*Llévense estas monedas, tal vez las necesiten para convencerlo.*

—*En verdad te lo agradecemos.*

La plática fue interrumpida por el poderoso ladrido de Black Shaw.

—*¡Estás de regreso, viejo amigo!*

—*¿Qué pasó?, sólo han pasado veinte minutos —preguntó Andrea.*

—*Sí, creo que no le puse suficiente tierra de panteón a la mezcla —respondió Gerard.*

—*Creo que eres un brujo vudú poco confiable —expresó Yatzil.*

—*¿Qué?... Al mejor cocinero de vez en cuando se le va un tomate entero.*

—*Desde que se inventaron los pretextos, se acabaron los pendejos decía mi abuelo. ¡Ja, ja, ja!*

En medio de risas se despidieron de Wardjan, quien ya sin ninguna objeción abrió el portal. Lleno de esperanza y temor, Troy dio el primer paso hacia lo desconocido y les mostró el camino a sus compañeros.

—*¡Guau, qué paisaje tan maravilloso! —dijo Andrea.*

—*¡Mira que hermosas flores!, adónde quiera que voltees la vista es agradable —exclamó Yatzil.*

—*No podríamos estar en mejor lugar —opinó Gerard.*

En cuanto terminó de hablar, de la nada salieron más de cincuenta nahuales que exigían su rendición. Instintivamente Troy desenfundó su katana.

—*¿Creo que hablé demasiado pronto, verdad? —expresó Gerard.*

—*Tiren sus armas, entréguense de manera pacífica y sus vidas serán respetadas —dijo Treck.*

—*¿Qué garantías tenemos de que no nos matarán en cuanto bajemos nuestras armas? —Troy preguntó*

—*Realmente ninguna. Yo no tengo problema si ustedes oponen resistencia. Mis instrucciones son llevar a uno con vida. Así que de la vida de tres puede ser prescindible. La decisión es suya. ¿Entregan sus armas o nos darán un poco de diversión?*

—*¿Qué dicen chicos, probamos nuestra suerte?*

—*Mi opinión es que sí —respondió Andrea.*

—*¿Están hablando en serio? —preguntó Gerard.*

—*¡No seas cobarde!*

—*No soy cobarde pero tampoco hay que ser tan necios. No tenemos oportunidad.*

—*¿Tú qué opinas Yatzil?... ¿Yatzil?*

Yatzil se había apartado del grupo. De su mochila sacó una lata de pintura y dibujo un par de símbolos en la roca, los tocó y empezó a hablar en un antiguo dialecto.

—*Lo ven, su amiga ha tomado la decisión correcta. Es mejor que oren por sus almas porque de aquí sólo uno de ustedes saldrá con vida. ¡A la carga! —Treck ordenó.*

Andrea elevó su ballesta para empezar a derribar oponentes. Gerard sacó un frasco, bebió su contenido y pronunció un conjuro. Luego empuñó su machete y sin la más mínima gota de temor, se encaminó para encontrarse con sus rivales. Troy por su parte con su katana defendió su posición.

El viento empezó a soplar con demasiada intensidad. Los grandes árboles empezaron a mecerse con fuerza; sus ramas se convirtieron en filosas lanzas que atravesaban los cuerpos de los nahuales a diestra y siniestra. Las enredaderas colgantes de igual manera cobraron vida y levantaban a los soldados del cuello hasta asfixiarlos.

Los gritos de dolor inundaron el bosque. La trampa de los cazadores se les revirtió y se convirtieron en las presas. La desafortunada horda nahual con sangre pagó su atrevimiento. En cuanto el último soldado pereció, el aire paró de soplar y los árboles volvieron a estar estáticos como si nada hubiera sucedido.

—*¿Qué demonios acaba de suceder? —incrédulo Troy preguntó.*

—No lo sé pero creo que les pateamos el trasero —respondió Gerard.

El breve momento de alegría fue interrumpido por Andrea.

—Algo le sucede a Yatzil.

De prisa se acercaron para revisar su estado de salud.

—Estoy bien no se preocupen. Necesito solamente un poco de agua y quince minutos para reponerme.

Gerard le dio una botella de agua y una barra energética.

—Esto te ayudará a sentirte mejor.

—Gracias.

—En lo que Yatzil se repone, ¿Gerard nos podrías explicar que fue lo que sucedió contigo? —dijo Troy.

—¡Ah! Un pequeño truco vudú. Un poco de sangre de demonio es muy útil durante una batalla.

—¿Sangre de demonio? ¡Qué locura! —expresó Andrea.

—¿Y tienes más de eso? Nos sería de mucha utilidad — Troy preguntó.

—Sí, pero no para compartir. Controlar su efecto requiere de mucha preparación. Si lo tomas a la ligera terminarás siendo un genocida igual que Hitler o como asesino serial en el mejor de los casos.

—¡Ok!, entonces mejor no.

Después de un rato, el semblante de Yatzil mejoró.

—¿Cómo te sientes? —Troy le preguntó.

—Ya mejor, gracias.

—¿Ahora nos puedes explicar que fue todo eso? —molesta Andrea preguntó.

—¿Te refieres a la parte en donde salvé sus traseros?

—¡No!, me refiero a la parte en donde nos ocultaste tus habilidades de bruja.

—¿Y qué de malo hay en eso?

—Que tienes un poder y decidiste no utilizarlo antes. Tal vez si lo hubieras hecho, Antonio, Pandi y Linca todavía estarían con nosotros. ¡Sabía que ocultabas algo!

—Antes de que me sigas juzgando y atacando déjame decirte algo: durante la primera incursión estuve a punto de invocar mi poder pero me contuve. ¿Quieres saber por qué?

—¡Venga, escuchemos tu excusa!

—Tienes razón, soy una bruja verde del linaje de Croatoan. Desde tiempos inmemoriales, los hechiceros verdes hemos sido rivales a muerte de los hechiceros rojos. En la ciudad nahual habita un poderoso hechicero rojo. Pude percibir su presencia apenas nos acercamos a Yosemite.

»Evité usar mis poderes para no llamar su atención. Porque en cuanto él detecte mi presencia, vendrá tras de mi para eliminarme junto con quien me acompañe.

»Yo aún no he logrado desarrollar mis habilidades mágicas al 100%. En estos momentos él es más poderoso que yo, si nos encuentra seguramente me vencerá y después con un chasquido de sus dedos acabará con los demás.

»Hoy me vi forzada a usar mi magia por tratarse de una cuestión de vida o muerte y no me refiero a la mía, me refiero a la de Troy, no podía permitir que él aquí muriera. Si crees que lo estoy haciendo mal, entonces discúlpame.

Yatzil visiblemente contrariada se dio la vuelta y se alejó. Andrea quiso ir tras ella pero Troy se lo impidió.

—¡Déjala! Necesita estar un tiempo a solas; una vez que se calme podrás decirle todo lo que quieras.

—¡Mierda!, todo este tiempo estuve juzgándola de manera equivocada.

—No te castigues, ese es un error muy común que todos cometemos; juzgamos a los demás sin tener el rompecabezas completo.

—¿Se supone que eso lo hace correcto?

—¡Claro que no! Juzgar a la ligera jamás será correcto pero palo dado, ni dios lo quita. Lo único que nos queda es ofrecer disculpas y esperar el perdón del ofendido.

»Lo positivo que podemos sacar de este tipo de situaciones es el aprendizaje para no volver a cometer el mismo error. Asegúrate de no ser del tipo de gente que nunca aprende la lección y vuelve a tropezar con la misma piedra. ¿Entiendes lo que digo?

—Perfectamente. De hoy en adelante, en cuanto tenga dudas sobre el actuar de alguien, se lo diré, eso de acumular dudas y recelos no deja nada bueno; tarde o temprano termina por explotar con el riesgo de dañar a todos a tu alrededor.

—Ni yo lo hubiera podido expresarlo de mejor manera. Creo que estás lista para charlar con Yatzil.

Andrea se encaminó al sitio donde se encontraba Yatzil. Gerard por su parte preparaba unas latas de atún y Troy recorría el campo de batalla en busca de algo interesante.

—Disculpa por la forma en que te juzgué —dijo Andrea.

—No te preocupes. Yo también aporté mi granito de arena. Quizás debí de haber confiado más en ustedes y comentárselos desde antes; además la forma en que reaccioné, no fue la mejor.

—Creo que no debemos perder el tiempo con palabras cursis de disculpas. ¿Te parece si simplemente le damos vuelta a la página y de hoy en adelante dejamos de guardarnos secretos?

—¡Genial!, siempre amigas, siempre sinceras.

Después de aquella breve conversación, con un caluroso abrazo sellaron su nuevo pacto de amistad. Estaban listas para iniciar el proceso de sanación de las heridas del alma, las más difíciles de curar.

—Chicas la deliciosa ensalada del chef Gerard esta lista. Vengan y disfrútenla porque es la última comida que nos quedaba.

—Entonces no hay que desperdiciarla —respondió Yatzil.

Por un rato lograron sentirse tranquilos y felices; con chistes y bromas acompañaron sus alimentos y se olvidaron por un breve instante de la incertidumbre.

En cuanto terminaron de comer, Troy les mostró un mapa que encontró en el bolso de uno de los caídos. Ahora tenían en sus manos la información de cómo llegar a la aldea de los enanos.

—Debemos mantenernos en movimiento para que al hechicero rojo le cueste más trabajo ubicarnos —expresó Yatzil.

—No se diga más, ¡andando! —dijo Troy.

—¡Esperen!, creo que tengo la solución para evitar que ese maldito detecte la presencia de Yatzil. —Gerard comentó.

—¿De qué se trata?

—Un tatuaje protector.

—¿Y eso qué es exactamente? —preguntó Yatzil.

—Una marca antigua con la capacidad de impedir que cualquier ente en el mundo pueda percibirte extrasensorialmente. El único detalle es que mientras lo portes, no podrás usar tu magia.

—Eso no importa. Es un costo muy bajo a cambio de nuestra seguridad. La única duda que me queda es saber si… ¿estás seguro que funcionará?

—¡Claro!

—No vaya a suceder lo mismo que con tus polvos mágicos.

—Por supuesto que no. ¿Un día matas a un perro y ya eres el mataperros?...

»Anda descubre tu brazo para poder tatuarte.

—¡Qué tal!, bien preparando el muchacho. Hasta agujas para tatuar trajo —comentó Andrea.

—Más vale tenerlo y no necesitarlo, que necesitarlo y no tenerlo.

Una vez que Gerard terminó el tatuaje, reanudaron el viaje. Tras dos días de caminata llegaron a una colina desde donde podían ver la ciudad nahual. Sus imponentes murallas la hacían lucir infranqueable. Se reafirmaba la teoría de que necesitarían ayuda para poder entrar. Así que continuaron caminando por tres horas más hasta encontrar la aladea de los Dvergars.

Aquellas pequeñas y pintorescas casas construidas al más puro estilo escandinavo, contrastaban con un enorme molino de viento construido en el centro de la aldea. A la entrada del pueblo los recibieron una veintena de enanos barbados, armados con hoz, azadones y bieldos.

—Hasta ahí está bien extraños. ¿Que los trae por aquí?

—¡Tranquilos, venimos en paz! — respondió Troy.

—*En la ciudad no opinan lo mismo. Allá todo el mundo habla de cuatro peligrosos humanos que masacraron a diez indefensos nahuales.*

—*Veo que están bien informados, aunque las cosas no sucedieron precisamente así. Les aseguramos que no buscamos problemas, sólo nos interesa encontrar a alguien de nombre Egmont. ¿Lo conocen?*

—*Nunca hemos escuchado ese nombre. Quizás se equivocaron de aldea.*

—*No lo creo, Wardjan fue muy claro con las instrucciones.*

—*¿Wardjan los envió?*

—*Así es, dijo que él nos ayudaría.*

—*Bajen sus armas muchachos. ¿Qué clase de ayuda es la que necesitan?*

—*Lo siento, eso solamente se lo podemos decir a Egmont en persona y en primado.*

—*¡Sígueme!, te llevaré con él.*

El enano lo guió hasta el interior del molino.

—*Muy bien, aquí puedes decirle que es lo que necesitas.*

—*¿A quién? Yo no veo a nadie.*

—*Aquí estoy. Enfrente de tus narices*

—*¿Tú eres Egmont?*

—*El mismo que viste y calza, ¿para qué soy bueno?*

—*¿Por qué hasta hora lo dices?*

—*Ser desconfiando es muy útil por estos territorios. Así es como logras mantenerte con vida por largo tiempo.*

—*Buena táctica. Procuraré no olvidarlo.*

—*¿Para qué necesitan mi ayuda?*

—*Necesitamos ingresar a la ciudad nahual; creemos que ahí están unos amigos nuestros.*

—*¡Olvídenlo!, la cabeza de tus amigos y la de ustedes tienen precio. Si los ayudo también a la mía le pondrán valor.*

—*Quizás tengas razón, ayudarnos seguramente te pone en peligro. El asunto es que si no entramos a esa ciudad muchos morirán.*

—¿Y eso a mí qué? Está bien que le debo algunos favores a Wardjan, pero no para arriesgarme tanto.

—¿No crees que de vez en cuando, vale la pena hacer algo por los demás?

—Definitivamente no. Si yo no gano nada, entonces no muevo ni un solo dedo.

—Y si estuviéramos dispuestos a pagar por tus servicios.

—Así la cosa cambia. ¿De cuánto estamos hablando?

—De quince denarios de oro.

—Ahora si nos estamos entendiendo. Así sí baila mi hija con el señor.

—Ayúdanos a entrar y sé nuestro guía dentro de la ciudad.

—Es arriesgado, pero por esa cantidad de oro, soy capaz de cualquier cosa.

—Tú dirás a hora qué sigue.

—Hoy ya es tarde, tendrán que pasar la noche en nuestra aldea; mañana iré a la ciudad para zorrear cómo están las cosas y así poder planear como ingresarlos.

—¡Ok!, me parece bien.

—¡Vamos con los demás!, esta noche serán nuestros huéspedes, así conocerán la famosa hospitalidad Dvergar.

Al regresar Troy les informó a sus compañeros del trato que tenían. Un enano de nombre Bruní fue comisionado para llevarlos a un arroyo cercano para asearse.

Bruní además de ser amante de los animales (pues no se separaba de una pequeña ardilla que era su mascota); resulto ser demasiado curioso y durante todo el tiempo estuvo cuestionándolos; interesado en saber por qué peleábamos contra los nahuales. Cada uno le expuso sus razones y convicciones al respecto.

Cuando regresaron a la aldea ya empezaba a oscurecer. La hermosa y melancólica postal que encontraron los dejó boquiabiertos. Antorchas iluminaban las calles desde la entrada hasta la plaza principal. Cerca de doscientos enanos los esperaban con mesas repletas de suculentos platillos y tarros de un embriagador licor de durazno. Una banda de música alegraba el ambiente con sus rítmicas tonadas de acordeón.

—¡Guau, qué genial luce! —expresó Andrea.

—En verdad que se lucieron —opinó Gerard.

—Esta es la hospitalidad Dvergar. No se queden ahí parados, por favor siéntense. Esta fiesta es para ustedes —dijo Egmont.

Sin perder tiempo se sentaron a la mesa y degustaron aquellos deliciosos alimentos. Al terminar la cena dio inicio el baile, resultó muy alegre. Alama, Yatzil y Gerard de inmediato se integraron al ambiente. Troy en cambio, declinó las primeras invitaciones; al final sucumbió ante la insistencia y terminó danzando durante el resto de la noche.

Por la madrugada la fiesta terminó. Fueron llevados al molido donde ya les habían preparado cuatro confortables camas. Exhaustos por el baile y embriagados por el licor de inmediato cayeron rendidos. Por la mañana Bruní los despertó.

—¡Arriba!... el desayuno se enfría.

—¡Uha, uha! ¿Qué hora es? —Troy preguntó.

—Ya es medio día. Veo que tenían algún tiempo sin descansar.

—Efectivamente, hace buen rato que no dormía tan a gusto —comentó Andrea.

—Me alegro que hayan dormido bien. Ahora vámonos que los están esperando.

Bajo la sombra de un frondoso árbol los esperaban dos amables señoras con cestas repletas de deliciosos emparedados y suculentas tartas.

—¿Dónde está Egmont? —preguntó Troy.

—Fue a la ciudad a entregar un cargamento de harina y frutas —respondió Bruní.

—¡Mmm!, ¡Todo está delicioso! —expresó Yatzil, con lo que todos estuvieron de acuerdo.

Una vez que terminaron el almuerzo, Bruní los llevó a conocer sus hermosos huertos y campos de cultivo en donde al parecer todos trabajaban con gusto.

—Veo que son gente muy trabajadora y alegre —Troy comentó.

—¡Sí!, los Dvergars siempre tratamos de encontrarle el lado positivo a las cosas.

—Buena filosofía de vida la suya; eso de disfrutar de su trabajo es una cualidad poco común en nuestra raza.

—Aunque te diré que ser tan positivo muchas veces no es lo mejor. Pienso que esos malditos nahuales se aprovechan de nosotros.

—¿Por qué lo dices?

—Nos exigen toneladas de harina y frutos como pago para dejarnos vivir en sus dominios. Nuestra maldita forma de pensar nos hace consentir el maltrato en lugar de tratar cambiar las cosas.

»La última vez que no cumplimos con las cuotas establecidas, nos azotaron a todos, sin distinguir sexo o edad y no fuimos capaces de reclamar.

—Tienes razón. A la oveja mansa, cualquiera la monta. Un día deberían de armarse de valor y tratar de cambiar las cosas.

—¿Y por qué siguen aquí? —preguntó Andrea.

—No tenemos a donde ir. El reino de los reptilianos no es mejor; las tierras de los desterrados es una anarquía total, impera la ley del más fuerte. Al reino de oscuro, hogar de los gigantes de piedra y los grandes animales, los dragones prohíben el paso.

»Además este ha sido nuestro hogar por milenios. Aquí esta nuestra historia, nuestra identidad y las tumbas de nuestros ancestros.

—¿Y dónde quedan esos otros reinos? —preguntó Yatzil.

—Están...

La respuesta de Bruní fue interrumpida por el sonoro repicar de una campana.

—Creo que debemos regresar. Por favor no le comenten a Egmont nada de todo lo que platicamos, es muy desconfiado y no le agrada que platiquemos sobre este tipo de cosas.

—No te preocupes, cuenta con nuestro silencio —Troy respondió.

Al volver Egmont los esperaba.

—Tengo buenas noticias. Encontré la manera de ingresarlos, hoy hice la prueba y funcionó.

—¡Excelente!

—Adapté cuatro cajas vacías en el fondo de una de las carretas; encima colocamos costales de harina y cajas de frutas. Los guardias no se molestaron siquiera en revisar y nos dejaron pasar.

»Nuestras costureras ya les confeccionaron estas túnicas con capuchas, como las que usan los elfos. Ese será su disfraz para poder pasar desapercibidos en la ciudad. Pasado mañana cuando llevemos el cargamento de granos, frutas y licor para el festival de verano, será la oportunidad perfecta para pasarlos.

—Esperemos que todo salga bien —comentó Yatzil.

—Despreocúpense no habrá ningún problema. Todo lo tengo bien calculado. Ahora pueden seguir conociendo nuestras tierras o descansar, como gusten.

—Gracias —respondieron.

El resto de la tarde se dedicaron a preparar las armas. Por la noche nuevamente les ofrecieron una deliciosa cena antes de irse a dormir.

El día siguiente trascurrió sin nada digno de platicar hasta que por fin llegó la mañana del lunes. Egmont los despertó por la madrugada para llevarlos al lugar donde estaban siendo cargadas las carretas y les pidió entrar en las cajas falsas.

Bruní llegó para decirle a Egmont que los ancianos querían hablar con él. Antes de salir dio indicaciones para que terminaran de cargar. Al amanecer la caravana estaba en marcha.

Al llegar a las puertas de la ciudad, Egmont se adelantó y sacó un pañuelo rojo para hacerles señales a los guardias. El puente bajó para permitir el acceso a la caravana sin mayor problema. Llegaron hasta una enorme bodega donde esperaba la guardia real comandada por Gendel, bajo la supervisión de Merlean.

—¿En cuál carreta están los intrusos? —preguntó Gendel.

—En esa —Egmont señaló.

Los guardias rodearon la carreta señalada. En cuanto las cajas falsas quedaron al descubierto, Gendel grito:

—¡Lo siento chicos!, sus planes no resultaron como lo esperaban. Salgan lentamente y si intentan cualquier cosa, el precio será la muerte.

Al ver que nada sucedía, se acercó y de una patada destapó una de las cajas pero estaba vacía.

—¿Qué clase de broma es esta, estúpido enano?

Visiblemente asustado Egmont trepó a la carreta para destapar tres cajas vacías más.

—No sé qué paso. Yo con mis propios ojos los vi cuando entraron a las cajas.

—¿Entonces dónde están? —preguntó Merlean.

—No lo sé. Alguien debió ayudarlos.

—Estúpido enano, te engañaron. ¿Sabes cuál es el precio por hacernos perder el tiempo, verdad? —molesto Gendel preguntó.

—¡No por favor!, ¡no me maten!, saben que siempre les he servido bien. Denme oportunidad de enmendar mi error.

—¿Qué hacemos con él, Merlean?

—Deberíamos colgarlo de las verijas hasta que muera por pendejo. Aunque creo que eso puede esperar. Amón aún le tiene una pequeña misión en el castillo negro. ¡Tráiganlo conmigo!, en el camino le explicaré lo que tiene que hacer.

» ¡Oh!, y envía algunos de tus hombres a la aldea de los Dvergars para que encuentren y castiguen a los que ayudaron a los humanos. Si se niegan a hablar tienen mi autorización de agarrar corte parejo para darles un buen escarmiento. Que sirvan de ejemplo para los que quieran ayudar a los enemigos del gran Dagda.

Los enanos obedecieron las órdenes y terminaron de descargar las carretas. Luego fueron obligados a regresar a su aldea en compañía de trece miembros de la guardia.

Al llegar a la aldea, los soldados les exigieron que los llevaran al lugar donde se habían estado quedando los humanos para empezar a indagar.

Fueron llevados hasta el molino y al entrar, los trece guardias fueron masacrados por unos feroces guerreros Dvergars armados con filosas hachas. Seguramente se preguntarán: ¿Qué fue lo que sucedió?

Los argumentos que Troy le dio a Bruní lo convencieron de que éramos los buenos y hacíamos lo correcto. Así que cuando le pidió que vigilara de cerca a Egmont porque le daba mala espina, no se negó. Mientras lo espiaba descubrió que planeaba traicionarlos.

Hablo con los ancianos de la aldea para buscar consejo. Ellos decidieron que era tiempo de dejar la paz. Era tiempo de pelear por recobrar la libertad y dignidad. Le dieron instrucciones para que los alertara y preparara un plan B: en lugar de entrar a la ciudad en las cajas, entrarían en los barriles de licor.

En cuanto la caravana partió por la mañana, los enanos se apresuraron a desenterrar las armas que habían permanecido enterradas por más de mil años. Los niños fueron llevados a un refugio secreto para evitar que fueran dañados, pues sabían que su acto de rebeldía traería consecuencias. Después de acabar con los guardias, ya no había marcha atrás.

En la ciudad nahual, mis amigos esperaron pacientemente hasta que anocheció. Cobijado por el manto de la oscuridad, el astuto Bruní que hábilmente se había ocultado en la bodega, destapó los barriles y les indicó que era hora de salir.

Presta atención a las expresiones orales y corporales de los demás. Miles de señales anteceden a la traición. Si eres mal observador las dejaras pasar.

Ante la ausencia de opciones, juégate el todo por el todo. Toma la primera mano decente que se te presente, nadie te asegura que tendrás otra.

Cuando llegue por fin el momento de pelear, marcha con gallardía, sin el mínimo rastro de duda en tu corazón o el fracaso será tu destino.

Traición con traición se paga. El engaño se disfruta sobre manera cuando es en respuesta a otro engaño; no creo que haya mayor placer en esta vida que aguarle la fiesta a un enemigo.

Capítulo XXVIII
Cruce de caminos

"Todos los caminos conducen a Roma" reza el adagio. Agregaría depende en qué sentido sigas el sendero. Nunca olvides que cualquier camino se puede andar en ambos sentidos, luego entonces un camino puede acercarte o alejarte.

Al hecho de que los caminos en teoría ajenos entre sí, converjan en un punto, momento y suceso exacto, ¿se le puede llamar coincidencia?, ¿o el destino es el que mueve los hilos?

Cuando empieces a dudar de la existencia del libre albedrío, recuerda que la suerte también existe. Ganar en el póker depende del conocimiento del juego, el análisis de probabilidades y una pizca de suerte.

Cuando Cuervo Rojo y Yunuen regresaron con Quirón y le dejaron saber que ya habían superado el asunto de la desconfianza, complacido con la noticia, los invitó a beber licor para festejar. Después de un rato hábilmente Yunuen trajo a la mesa el tema sobre la incursión al reino nahual.

—*¿Quirón, qué piensas acerca de un asalto al castillo negro?*

—*Que has perdido un tornillo. No hay forma de entrar a ese lugar.*

—*Yo creo que no hay peor lucha que la que no se hace.*

—*Y yo digo que no hay peor estupidez que ir a una batalla que se sabe perdida.*

—*¿Si te dijera que tenemos el plan perfecto para lograrlo?*

—*Te diría que estas mintiendo; dudo que si quiera logren entrar.*

—*Nuestro as bajo la manga es Akiry.*

—*¿Ese duende que se recupera de la paliza que le dieron?*

—Así es. Él es el único que ha logrado escapar de ahí, así que no veo por qué no pueda guiarnos para entrar y salir.

—¡Hum!… Por lo que he escuchado, escapó por pura suerte y eso es lo único que puedo desearles, buena suerte.

—Si vinieran con nosotros, nos serían de gran ayuda.

—Si tu intención es convencerme, olvídalo. Nosotros hemos aprendido nuestra lección, no metemos nuestras narices en asuntos ajenos.

—Esto no se trata de los amigos de Akiry, del amigo de Cuervo Rojo o de mi hermano, se trata de la libertad de cientos de prisioneros, cautivos injustamente.

—No importa lo que digas. Ese pleito sigue sin ser asunto de los centauros.

—¿Por qué tan reacio a ayudarnos?

—No me mal intérpretes, el problema no son ustedes. El asunto es que el día que decidimos intervenir en un conflicto ajeno, demostramos ser excelentes guerreros. Fuimos héroes en incontables ocasiones; sin nuestra presencia en el campo de batalla, quizás el ejército de la luz hubiera sido vencido.

» ¿Quieres saber que obtuvimos a cambio?… Nada, eso obtuvimos, absolutamente nada. Nadie acudió en ayuda de los nuestros durante nuestra ausencia. La vida de nuestra madre fue el costo. Y ¿Dime, todo para qué?

»El mundo sigue siendo un lugar injusto e inequitativo. Podrán decir que si la oscuridad hubiera triunfado, las cosas estarían peor. A nuestra vista sólo es alguien diferente quien ejerce el poder e igual que los anteriores tratar de perpetuarse en su posición de privilegio.

—En parte tienes razón, el mundo para nada es justo pero no puedes regirte por lo que los demás hacen o dejan de hacer. Lo importante es lo que tú hagas y por qué lo hagas. Cuando llegue el día de saldar cuentas, lo único que importará es lo que lleves en tu morral.

»Aislarse no soluciona los problemas; solamente retrasa su aparición. Los asuntos del mundo no se arreglaran solos. Cerrar los ojos para no ver las cosas, no significa que dejarán de suceder. El enemigo en las sombras se fortalecerá y tarde o temprano serán atacados cuando sus terrenos sean los siguientes en la lista —dijo Cuervo Rojo.

—Si fuera el caso, hasta entonces los enfrentaremos.

—Entiendo que tu resentimiento te impide darte cuenta que rascarse cada quien con sus propias uñas, no es la mejor filosofía. Durante muchos años viví en mi reservación y odiaba al hombre blanco por todo lo que les habían hecho a mis ancestros.

»Criticaba a los de mi pueblo que se mudaban a las grandes ciudades y a los que se unían al ejército. En lo que a mi respectaba, nosotros ya habíamos aportado suficiente sangre, sufrimiento y dolor. Estaba convencido de que ya era tiempo de que la cuota de desdicha la aportar alguien más.

»Esa filosofía para mí era perfecta hasta el día cuando el siguiente nombre en la lista de las desgracias era el de mi familia. A mi abuela y a mi esposa les arrebataron la vida cruelmente y a mis dos indefensas pequeñas se las llevaron.

»De la noche a la mañana, mi realidad cambió. Mi apatía a lo que sucedía en el exterior se marchó y en su lugar apareció un ser lleno de coraje y rencor aferrado a conjugar el verbo hubiera. Ahora el deseo de venganza es lo único que me mantiene vivo y me ayuda a levantarme de la cama. Anhelo encontrarme en el campo de batalla con el que me arrebató la dicha.

»Todos rechazamos la violencia hasta que esta toca a nuestra puerta. Aún así, la mayoría le rehúyen. Claman por justicia y ni siquiera son capaces de pelear por ella. Los que antes criticaban tu actuar, ahora reniegan por tu pasividad. ¿Gran ironía verdad?

»Con el paso del tiempo he aceptado que al pelear por un mundo mejor, no puedo ser selectivo, debo hacerlo tanto por la gente buena como por los estúpidos y cobardes, todos vienen en el mismo paquete.

»Han dejado de importarme las malagradecidas críticas hechas desde el privilegio de un sofá. Idiotas buenos para encontrar soluciones a la distancia; cobardes incapaces de acudir al lugar del conflicto para convencer al enemigo con su pluma o su oratoria.

»Todo se resume en que la ingratitud humana es infinita. Créeme yo con gusto habría marchado a cien guerras si con eso hubiera salvado a mis seres queridos pero él hubiera no existe. Espero y no tengan que aprender esa lección a la mala, como yo lo hice.

—Conmovedor discurso pero nuestra respuesta sigue siendo no. Aquella tarde ante la tumba de Filira juramos no volver a abandonar a los nuestros por un ideal y esa es una promesa que no pensamos romper.

—Aunque no la comparto, respeto su forma de pensar, me quedo conforme con haberlo intentado.

—Ya que están decididos a no participar, ¿podrían por lo menos darnos alojamiento hasta el día del festival de verano y proporcionarnos algunas cosas que necesitaremos para nuestro plan? —pidió Yunuen.

—Cuenta con lo que necesites. Sólo les pido no volver a tocar el tema durante el resto de su estancia.

—De acuerdo.

Resignados a no contar con los centauros, se dedicaron a afinar sus planes. Cada tarde Cuervo Rojo visitaba a Akiry para estar al pendiente de su recuperación. En una de esas visitas lo puso al tanto de los motivos que tuvo Yunuen para fingir estar del lado de Amón.

En pocos días Akiry ya repuesto, abandonó la casa del curandero. Lo primero que hizo fue buscar a Yunuen para agradecerle y pedirle disculpas por haberla juzgado erróneamente.

—Yunuen, Cuervo Rojo me puso al tanto de la manera en que Amón nos engañó. Espero puedas disculparme.

—No te preocupes, jamás les he tenido resentimiento por eso. No hay manera por la cual hubieran tenido que reaccionar de manera diferente.

—¡Gracias! También me comentó acerca de los planes para entrar al castillo negro. La verdad no creo que funcionen.

—¿Por qué no?

—El material de esos muros es demasiado resbaladizo, imposible de escalar.

—¿Entonces cómo sugieres que entremos?

—Con astucia, esa nunca falla. ¡Vengan!, déjenme decirles la manera tan sencilla en que entraremos.

Akiry les expuso su plan, el cual parecía perfecto. Con el paso de los días, llegó el momento de partir. Después de agradecer a los centauros por su hospitalidad, montaron sus caballos y emprendieron el camino hacia el burdel de una aldea cercana. Durante el viaje, Cuervo Rojo preguntó:

—¿De qué se trata el famoso festival verano?

—Es el día que los nahuales y sus aliados se reúnen para beber cerveza y darle rienda suelta a sus más bajas pasiones —Akiry respondió.

—No es así de simple. Eso es lo que hábilmente Anubis ha querido sembrar en el imaginario colectivo; en realidad lo que sucede cada seis años en ese festival es algo perverso —dijo Yunuen.

—¿A qué te refieres?

—Ante los ojos de la concurrencia el punto más importante de la celebración es cuando los setenta elegidos consagran las ofrendas al dios de la gran pirámide. Ignoran que ese es sólo el inicio del verdadero rito.

»Los elegidos son llevados a una cámara en el interior de la pirámide donde Amón y las treinta y seis sacerdotisas de Astaroth los sacrifican arrancándoles el corazón. La sangre corre a través de canales desde las mesas de sacrificio hasta el interior de la pirámide y los corazones son colocados en una bandeja para que al final de la masacre sean ofrendados.

—¡Qué crueldad! ¿Por qué hacen eso?

—Para alimentar al demonio atrapado en la pirámide.

—¿La pirámide es una prisión de demonio? —Akiry preguntó.

—Así como lo oyes. Las pirámides no solamente son centros de energía; originalmente fueron creados como jaulas para demonios.

—¡No lo puedo creer! ¿Cómo es posible eso? —Cuervo Rojo cuestionó.

—Durante la primer gran guerra, Lucifer se alió con un ser oscuro de nombre Satanás. Este a su vez reclutó a sesenta y seis demonios.

»Los miembros del ejército de la luz se dieron cuenta de que aquellos seres eran practicante indestructibles. No importaba cuánto daño les infringieran, al cabo de algunos días estaban de regreso en los campos de batalla.

»La única manera que encontraron para acabar con ellos fue por medio de la inanición. Los grandes hechiceros de aquellos tiempos encontraron la manera de aprisionarlos y anular su magia con el campo energético de las pirámides.

»No todos los demonios que cayeron prisioneros murieron. *Algunos han logrado sobrevivir por milenios en cautiverio gracias a los seguidores de la oscuridad; cada seis años los alimentan cuando despiertan de su hibernación con la esperanza de algún día encontrar la manera de traerlos de regreso a los campos batalla.*

—*¡Qué crueles e hijos de la chingada son esos nahuales!, sacrificar a mujeres y niños por mantener con vida a un demonio, es algo que no me cabe en la cabeza* —comentó Cuervo Rojo.

—*Según ellos la pureza de las cuarenta doncellas garantiza la conservación de su lucidez. La inocencia de los veinte niños le aportan la vitalidad necesaria para sobrevivir por otros seis años y la valentía de los diez guerreros mantiene encendida sus ansias y gusto por la guerra y la sangre.*

—*Son peores de lo que creía. Ahora con mayor razón deseo partirles la madre* —dijo Akiry.

—*En verdad que no puedo creerlo.*

—*¡Créelo!, todo lo que les acabo de decir es cierto. En más de una ocasión he escuchado a Amón hablar sobre el tema; trata de complacer a su mentor Anubis y no cesa en su afán por encontrar la manera de romper el hechizo de las jaulas piramidales.*

»Por eso le interesa tanto capturar a tu amigo Nick y obtener el anillo de la luz. Cree que con ello podrá tener acceso al conocimiento que le permita abrir la jaula de Astaroth, para después ir a liberar a los demás y darles su oportunidad de revancha contra los arcángeles.

—*Eso no se escucha agradable, si liberan a los demonios sería catastrófico.*

—*Efectivamente, el mundo que conocemos cambiaría radicalmente. Esa es la razón por la cual soporté vivir con Amón todo este tiempo. Con el anhelo de encontrar la manera de arruinarle sus planes.*

»Una vez que rescatemos a nuestros amigos iremos a la ciudad en busca de Merlean para liberarlo del maleficio que lo controla y lo traeremos de regreso a pelear de nuestro lado.

—*No creo que eso vaya a ser algo sencillo* —mencionó Akiry.

—Contrario a lo que crees, el asunto no es tan complicado, lo único que tenemos que hacer es cortar el tatuaje de su espalda con esta daga que tiene sangre de Arcángel, eso bastará para romper el hechizo.

—¡Órale! ¿Dónde lograste conseguirla?

—Digamos que la tomé prestada del cuarto de reliquias de Amón.

La última parte de la plática inquietó a Cuervo Rojo.

—Si mi opinión cuenta, creo que si es tan crucial la participación de Merlean, no debemos dejarlo en segundo término. Propongo que tú y Akiry vayan al castillo negro, mientras yo voy a la ciudad en busca de Merlean y trato de salvar a los que pretenden sacrificar.

—Es arriesgado jugar dos manos a la vez —respondió Yunuen.

—Desde hace tiempo el hacer cosas arriesgadas es mi pan de cada día. Además, no podemos dejar que esos inocentes sean asesinados para perpetuar la existencia del mal.

—Yo estoy de acuerdo con abrir dos frentes —comentó Akiry.

—En vista de que son dos contra uno, accederé al nuevo plan. Aquí tienes la daga y no lo arruines por favor. En tus manos tienes una de nuestras pocas posibilidades de triunfo.

—Por el recuerdo de mis hijas te prometo que sólo muerto fallaré.

Se despidieron deseándose suerte mutuamente. Yunuen y Akiry tomaron el camino hacia la prisión y Cuervo Rojo se encaminó a la ciudad.

Por un momento dejaremos a un lado las aventuras de Cuervo Rojo para ponerlos al tanto de lo que Alex y yo vivimos en compañía de Heracles, Ares y Atalanta.

Después de festejar toda la noche en la taberna de Atalanta, nos fuimos a dormir ya de madrugada. Al día siguiente, muy temprano, Heracles llegó a levantarnos.

—¡Arriba flojos que aún no es tiempo de descansar! Faltan pocos días para el festival de verano, así que debemos de aprovechar cada momento que tengamos para prepararnos.

—¿En serio? —adormilado preguntó Alex.

—¡Claro! Deben de conocer nuestras tácticas de guerra y tejer lazos de amistad con el resto de nosotros; de lo contrario los muchachos no se preocuparán por cuidar sus espaldas durante la batalla.

—¡Ok!, entonces danos cinco minutos y estamos con ustedes. ¿Va? —comenté.

Enseguida de lavarnos la cara, Heracles nos condujo hasta un parque cercano. Era un improvisado campo de entrenamiento en donde ya nos esperaban Ares, Atalanta y una veintena de soldados.

Heracles nos dio instrucciones para estirar y calentar los músculos. Enseguida nos mostró la manera de completar una complicada travesía de obstáculos entre alambres de púas, filosas hachas oscilantes, altos muros difíciles de escalar, charcos lodosos y zigzagueantes barras de equilibrio. Sobre un pequeño lago artificial infestado de anguilas y pirañas

El recorrido terminaba en un círculo de combate en donde el enemigo a vencer era el mismísimo Ares. Él a pesar de aparentar una avanzada edad, era realmente bueno para pelear, basta decir que a todos los que lo enfrentamos aquella mañana, nos pateó el trasero.

Al final de la agitada sesión de entrenamiento fuimos a desayunar. Inmediatamente después regresamos a practicar disparo con arco o ballesta y lanzamiento de lanza, bajo la supervisión de Atalanta que en cada una de las pruebas, fácilmente nos superó.

Un breve descanso fue la antesala de una extenuante práctica de artes marciales impartida por un hábil guerrero de nombre Miyamoto Musashi, quien para variar un poco, nuevamente trapeó el piso con nosotros.

Afortunadamente con el oscurecer llegó el anhelado descanso, cita obligada al bar de Atalanta a beber cerveza.

Durante los próximos trece días, nuestra rutina diaria fue la misma: combate con espada, daga o hacha; práctica de tiro con arco y lanzamiento de jabalina; para finalizar con sesión de artes marciales y la obligada visita a la taberna. Durante una de esas noches de charla, Alex le preguntó a Heracles.

—Oye, ¿por qué si existen tantas armas modernas, digamos pistolas, rifles de asalto, bazucas y lanzagranadas, ustedes siguen usando armas de la edad media?

—Porque en cuanto un arma de esas que hablas entra en el mudo subterráneo deja de funcionar, al igual que cualquier artefacto tecnológico.

—¿Cómo puede ser eso?

—La versión corta sería magia. La culpable es la magia.

—Eso tendría que verlo para creerlo.

—Déjame demostrártelo. Atalanta podrías ser tan amable de prestarnos un arma de tu colección para convencer a este incrédulo.

—Seguro.

Atalanta le pidió al cantinero trajera un R-15 con su respectivo cargador para entregárselo a Alex.

—¿Sabes cómo usarlo? —Heracles preguntó.

—Déjame ver si me acuerdo.

Alex dejó a todos sorprendidos con su habilidad para desarmar y rearmar el rifle en cuestión de minutos. Revisó que estuviera lleno el cargador, lo colocó y puso el seguro.

—¡Sí!, creo que no he olvidado cómo se usa uno de estos.

—Ahora quita el seguro y dispárame —dijo Heracles.

—Debes estar bromeando.

—¡Claro que no! ¡Adelante, hazlo!

—¿Es en serio?

—¿No entiendes español, o qué?

—No puedo hacerlo. En el ejército me entrenaron para no hacer cosas estúpidas con las armas.

—Ustedes los hombres y su eterna inseguridad. Entonces dispara al techo.

—Coste que ustedes me dieron autorización. Yo no seré culpable por las goteras.

Alex quitó el seguro y accionó el gatillo en repetidas ocasiones, pero nada sucedió.

—Estas balas no sirven —Alex comentó.

—No hay ningún problema con esas balas —dijo Atalanta.

—Entonces el arma es la que debe estar averiada.

—El arma tampoco tiene nada mal.

—En ese caso me doy. No entiendo que es lo que sucede.

—¡Te lo dije! Aquí no funcionan las armas modernas —comentó Heracles.

—¿Eso cómo puede ser posible? —pregunté.

—Yo responderé su duda —dijo Atalanta—. Durante la cuarta gran guerra un discípulo de Enkil llamado Morrigan descubrió la pólvora y por ende los explosivos.

»El ejército de la oscuridad fabricó infinidad de armas. Su efecto era devastador tanto para el ejército enemigo como para la naturaleza. Ante la gran amenaza que representaba la tecnología bélica para el planeta, los hechiceros más poderosos de la séptima tierra encontraron el hechizo adecuado para inhabilitar el funcionamiento de toda arma o tecnología.

»Un demonio de segunda clase que servía al creador de la polvera logró escapar de la ciudad maldita antes de que el lugar fuera destruido por una fuerte explosión. Llego a las seis tierras y a cambio de protección y riqueza entregó a los hombres los documentos que hurto. Sobre el conocimiento básico para la elaboración de la pólvora.

»En un principio la usaron para fuegos pirotécnicos, pero como era de esperarse el hombre lleno de estupidez se concentró en desarrollar armas cada vez más destructivas. Desgraciadamente los daños han sido irreversibles al medio ambiente.

»Entonces los siete seres originales decidieron intervenir. Lamentablemente ya era demasiado tarde para detener la escalada armamentista en la superficie sin tener que arrasar a la raza humana, así que decidieron proteger a los habitantes de los mundos subterráneos.

»Por medio del antiguo conjuro, inhabilitaron el funcionamiento de cualquier tipo de arma o tecnología moderna en las entrañas de la tierra. En cuanto a la humanidad, decidieron dejarla jugar con fuego y esperar que se autodestruyera.

»*Como ya se habrán dado cuenta, en varias ocasiones han estado cerca de lograrlo.*

—*¡Quién lo diría! Los hombres nos sentimos superiores por crear armas cada vez más letales y resulta que ese es un regalo que nos dieron con la intención de que un día nos explote en la cara. ¡Patético en verdad! —comenté.*

—*La ventaja de su raza, es que se reproducen con mayor facilidad, de manera descontrolada diría yo. Pero su desventaja es que son las criaturas más torpes y fáciles de manipular que hay sobre la tierra, sin ofender —comentó Ares.*

—*Aunque concuerdo contigo, no creo que sea necesario que nos lo restriegues en la cara.*

—*Disculpa mi comentario. Entiendo que la verdad no peca pero incomoda.*

—*Bueno jóvenes, ahí está su pregunta contestada. Creo que ahora comprenden porque deben seguir entrenando con vehemencia si quieren tener una oportunidad de triunfar en la guerra que se aproxima. —comentó Heracles.*

Aquella breve pero reveladora plática, me hizo comprender que las reglas del juego bélico por estos lugares eran muy diferentes a lo que estaba acostumbrado. Entonces puse mi máximo empeño en los entrenamientos de los días siguientes.

Después de cada entrenamiento, la marca cobraba más fuerza. El decimotercer día, mi desempeño en la carrera con obstáculos fue fenomenal y al final en el punto de combate por fin logré vencer a Ares. Por la noche, en el bar, él me felicitó.

—*¡Vaya que eres bueno en esto muchacho! Hace centurias que no tenía un alumno tan prometedor. —comentó Ares.*

—*¡Gracias!, ustedes me han ayudado a mejorar bastante.*

—*Nosotros sólo te hemos enseñado técnicas y alguno que otro consejo. La marca es la que te hace ser diferente.*

—*Qué bueno que tocas el tema, alguien de nombre Sobek me dijo que un día la marca me orillaría a realizar cosas terribles, ¿sabes algo al respecto?*

—Esa embustera lagartija sólo trata de envenenar tu alma. La marca no es buena ni mala; de ti depende cultivar tu mente y tu corazón lo suficiente para aprender a controlarla.

—¿Entonces crees que sea posible dominarla?

—¡Claro! ¿Has oído hablar de Aquiles?

—¡Sí! ¿Qué tiene que ver él en todo esto?

—A él también lo entrené y al igual que tú era portador de la marca. Un día dur...

Heracles nos interrumpió para realizar un brindis.

—Pido su atención compañeros. El día de mañana marcará un antes y un después para bien o para mal de las futuras generaciones. Muchos de nosotros en el imaginario popular, somos considerados dioses, semidioses o héroes míticos.

»Tienen esa visión nuestra porque un día un embaucador juglar, intencionalmente exageró y distorsionó hechos históricos en mayor o menor proporción. Ahora tenemos ante nosotros la oportunidad de ser realmente héroes y cambiar el curso de la historia.

» ¡No la desperdiciemos!, asegurémonos de que un día hablen de aquel puñado de valientes que arriesgaron todo por hacer lo que era correcto. Garanticemos que cuando hablen de los forajidos del barrio olvidado, cuenten una historia de éxito.

» ¡No dejemos de pelear hasta alcanzar el podio o la sepultura! Po-opá.

—Po-opá —respondimos todos.

A la intervención de Heracles, le siguieron varios brindis más que nos azuzaban para afrontar la difícil misión de iniciar una revuelta para liberar a los oprimidos.

Con la sangre hirviendo y los ideales claros nos dirigimos al centro del barrio olvidado. Punto de reunión de nuestro ejército, conformado por cerca de ochocientos forajidos.

Alex y Miyamoto liderarían un grupo de diez. Su misión era escalar y tomar la torre del lado norte, lugar seleccionado por Ares para el ingreso de las huestes. Atalanta por su parte comandaría a cuarenta amazonas, quienes disfrazadas de cortesanas se infiltrarían en el zócalo; entre las embriagadas tropas nahuales en espera de la señal de iniciar a masacrarlos.

En cuanto a Heracles y su gavilla de rufianes, ellos tendrían la tarea de liberar a los elegidos. Ares y yo nos encargaríamos de mantener ocupado a Merlean para evitar que su magia pudiera arruinar nuestros planes. El resto aguardaría en la plaza en espera de la señal para iniciar la batalla por el control de la ciudad.

Suponíamos que Amón y Anubis estarían ocupados en el interior de la pirámide con los preparativos para el sacrificio de los elegidos. Eso retrasaría su entrada en acción.

De este hecho dependía nuestra oportunidad de triunfo. Si no lográbamos acabar con la mayoría de rivales antes de que este par entrara en la batalla, estaríamos condenados al fracaso.

Con una mezcla de confianza e incertidumbre encaminamos nuestros pasos hacia el combate; protegidos por el manto de la oscura madrugada. Miguel mientras tanto, se las arreglaba en las entrañas del castillo negro.

Después de la breve plática con Buster, Miguel se quedó convencido de que durante los próximos días tenía que encontrar la manera de mejorar el plan de escape. Debía incrementar las posibilidades de conseguir el anhelado objetivo de libertad.

La tarde del trece de Julio, los guardias llegaron a la celda para arrojar a un maltrecho enano; él se resistía y no paraba de gritar ofensas a sus captores. Fue tal el alboroto que en cuanto los guardias se marcharon, todos acudieron para ver quién era el nuevo inquilino. Gael de inmediato lo reconoció.

—¿*Egmont?... ¿Qué haces aquí? Te creíamos muerto.*

—*Nada de eso mi estimado Gael. Yo no tuve la misma suerte de mis desdichados compañeros respondió el embustero enano y les narró una fantasiosa historia de cómo había logrado escapar.*

—¡*Vaya que corriste con suerte!*

—*No la suficiente. ¡Mírame!, aquí estoy de regreso.*

—¿*Por qué te dejaste atrapar nuevamente?*

—Me había esforzado en vivir con un bajo perfil para pasar desapercibido. Hace unos días, mientras recolectaba bayas, me topé con un grupo de humanos que huían de una patrulla nahual; los ayudé a esconderse por un par de días hasta que nuestro engaño fue descubierto por un estúpido sabueso.

»Entonces los nahuales vinieron a mi casa por ellos. Convencido de la importancia de su misión decidí sacrificarme. Enfrenté con todo lo que tenía a los soldados para que ellos pudieran huir.

—¿Un grupo de humanos dijiste? —preguntó Miguel.

—Así es.

—¿De casualidad recuerdas sus nombres?

—¡Claro!, dos hermosas chicas, Andrea y Yatzil, también un par de jóvenes, Troy y Gerard, si mal no recuerdo.

—¿Ellos están bien?

—¡Sí! Gracias a mi heroísmo consiguieron escapar y por el bien de todos espero logren su objetivo. Así, el tener que acabar mis días en prisión, valdrá la pena.

—¡Gracias por haberlos ayudado!... Creo que hoy es tu día de suerte; no tendrás que morir entre estas paredes, durante la madrugada escaparemos de este lugar.

—¡Shh!... Guarden silencio, los guardias ya vienen con la cena —Buster los interrumpió.

De inmediato se separaron para no levantar sospechas. Miguel se quedó feliz de saber que una parte del grupo se encontraba dando batalla. Aunque estaba ansioso de respuestas y se preguntaba por qué Troy y Gerard acompañaban a su hermana y a Yatzil.

En cuanto terminaron de cenar, pusieron en marcha su plan. Buster se encargó de cosechar la planta de la serpiente verde, los hongos platillo volador y el peyote para entregárselos a un duende llamado Zudri, quien era el cocinero principal.

Con estos alucinantes ingredientes, en la cocina prepararon el tradicional estofado de elefante y el delicioso puré como acompañamiento. Para asegurar un mayor efecto, los hábiles cocineros elaboraron un refrescante coctel: mezclaron vino, cerveza, vodka, tequila, aguardiente, whiskey, brandi, mezcal, zake y toda bebida alcohólica que encontraron en la bodega. La mezcla fue diluida con jugos de frutas para darle un sabor agradable.

Pasada la media noche, las bandejas de estofado y las jarras del coctel fueron servidas en el comedor. Seis prisioneros salieron de la celda para ocultarse en la oscuridad del fondo del pasillo.

El tiempo trascurría de manera lenta y los tentaba a caer en la desesperación. Después de un rato, como los guardias no aparecían, se inquietaron. Comenzaron a pensar que tal vez habían sido descubiertos.

—*Esto no me está gustando nada. Ya se tardaron demasiado los guardias. Deberíamos ir al comedor para averiguar qué es lo que está pasando* —*mencionó Buster.*

—*No creo que sea una buena idea. Podríamos arruinarlo todo.* —*opinó Miguel.*

—*Miguel tiene razón. Debemos confiar en nuestros compañeros* —*comentó Gael.*

—*¡Ok!, ustedes son mayoría. Sólo espero que no se equivoquen.*

Inmediatamente su paciencia rindió frutos. Escucharon a un escandaloso grupo de guardias que se acercaba. Escucharon que platicaban sin sentido y algunos entonaban algún tipo de canción.

—*Y le dije al capitán: tu hermana me gusta. ¿Cómo ves?*

—*¡Ah!, eres un hablador, no te creo.*

—*En serio, así como lo oyes. Se lo dije en su cara.*

—*¿Entonces por qué no vives con ella?*

—*Porque ella estaba enamorada de un estúpido enano. Cuando le confesé mi amor, un par de cachetadas fue lo que recibí.*

—*¡Ja, ja, ja!... Lo ves, al final terminaste siendo el pendejo de todas maneras.*

Los miembros de la hermandad aprovecharon el estado inconveniente de los guardias para sorprenderlos. Cuando se dieron cuenta de la emboscada, era porque ya estaban sometidos en el suelo.

Amarrados y amordazados los metieron a la celda sin imaginar la reacción de los presos más desquiciados y resentidos. Violentamente ajustaron cuentas con sus captores y brutalmente a golpes los mataron.

Esa escena fue realmente grotesca y Miguel tuvo que ignorarla; no porque justificara la violencia como tal, sino porque en el fondo comprendía el porqué de su actuar.

Después de que has sido sometido a vejaciones y maltratos por años, creo que no hay mucho espacio en los corazones para la compasión. Simplemente le dio vuelta a la página y dictó instrucciones para continuar con el plan que había trazado.

—*¡Gael!, lleva diecinueve hombres contigo. No olvides las cuerdas que los duendes tejieron con juncos y harapos. Asegúrate de tomar las cinco torres de manera simultánea con el menor escándalo posible.*

» *¡Buster!, tú y tu grupo serán los encargados de liberar a los compañeros de las otras celdas. Vayan hasta la puerta del patio y ahí esperen a que lleguemos con las armas.*

»*Zudri ya debe haber encerrado al resto de los guardias en el comedor con bastantes jarras de licor y ese grupo de prostitutas que cada año los visitan. Así que no creo que debamos preocuparnos por ellos en este momento.*

»*El duende Trundy y el nahual Gronel vendrán conmigo a la armería. ¿Alguna duda?*

—*¡Ninguna! Suerte para todos, creo que la necesitaremos. La hora de hacer pagar a estos desgraciados ha llegado. Espero que el espíritu creador, el día de hoy, juegue de nuestro lado —respondió Gael.*

—*Particularmente soy ateo, pero en caso de que existiera un ser superior, no creo que se meta en estas cosas. Un viejo sabio de mi alea (que los demás llamaban loco) continuamente repetía esta frase: "Dios no se mete en pendejadas", su reflexión era la siguiente:*

» *¿Qué sucedería, si en la antesala de una batalla, los miembros de los dos ejércitos oran para encomendarse al mismo dios? Si ambos solicitan su ayuda para salir victoriosos de la misma justa ¿A cuál de los dos ejércitos apoyaría?*

»Dirán que al que persiga una causa justa. ¿Pero qué culpa tendrían aquellos que fueron engañados para pelear por algo injusto? Su único delito sería ser estúpidos.

»A fin de cuentas el engañado cree pelear por algo justo. Dentro de su ignorancia, ellos no están haciendo algo malo. ¿Entonces por qué dios no habría de ayudarlos?

»Esa como muchas otras preguntas, nadie jamás las podrá responder. Sin tener que apelar a una fe ciega, ese viejo sabía de lo que hablaba. Ahora, si nosotros tomamos en cuenta que mataremos a algunos que no merecen morir, no creo que a un ser creador le agrade eso —opinó Buster.

—Si ese anciano tenía razón, entonces estamos solos en esto. Tanto como nuestros rivales lo están. Así que ahora, todo dependerá de nuestra habilidad en la batalla y del filo de nuestras armas. Y si en verdad quieren volver a ver a sus seres queridos, éste es el momento de demostrarlo. Vamos a derrotar a esos hijos de puta —comentó Miguel para encender los ánimos.

—¡Vamos! —respondieron todos.

Mientras todos se disponían a cumplir sus encomiendas, Egmont se acercó a Miguel.

—Escuché que iras a la armería.

—Así es.

—No creo que puedan engañar a ese malhumorado viejo ogro.

—Cuando menos debemos intentarlo, no tenemos otra opción.

—Creo que puedo ayudar. Durante mi última estancia en este lugar, yo era el responsable de asear la asquerosa armería; en un par de ocasiones logré escuchar la frase de contraseña, quizás todavía funcione.

—Eso sería fantástico. Ven con nosotros y en el camino nos cuentas cuál es tu plan. Si resulta mejor que el nuestro, no tengo ningún problema con cambiar de opción.

Con la esperanza en el pensamiento, el valor hirviendo en la sangre y el coraje latiendo en su corazón, los miembros de la hermandad se aprestaban a cumplir con sus asignaciones. Mientras tanto, en la ciudad nahual Troy y compañía continuaban con su aventura.

Bruní destapó los barriles y les avisó que era seguro salir.

—*El primer objetivo ya lo hemos logrado. Bienvenidos a la ciudad nahual* —*dijo Bruní.*

—*¿Ahora qué sigue?* —*preguntó Yatzil.*

—*Esperar la llegada de la madrugada para instalarnos en las calles aledañas al gran zócalo. Fingiremos ser vendedores de fruta hasta que averigüemos dónde están sus amigos. El momento de actuar será pasado al medio día; cuando toda la multitud se concentre frente a la pirámide para presenciar el acto de las ofrendas.*

»Gerard y Andrea tomarán la torre de la entrada. En cuanto tengan el control, bajen el puente para que nuestros refuerzos que esperan en la colina puedan entrar. El resto nos enfocaremos en crear un caos como distractor para retardar la entrada en acción de los soldados y principalmente del mago Merlean — *dijo Troy.*

—*De la parte de la confusión, yo me encargo* —*comentó Yatzil.*

—*Entonces de Merlean, Troy y yo nos ocupamos* —*dijo Bruní.*

—*¡Todo está dicho! Es momento de tirar los dados y esperar que salga un siete o un once* —*comentó Andrea.*

Tomaron prestada una vieja carreta para cargarla con costales de fruta, maderas y lonas. Esperaron que la madrugada llegara para dirigirse a instalar su improvisado puesto en la explanada.

Pájaro que madruga, atrapa lombriz. Así que siempre procura estar un paso adelante de tu rival. Que tu adversario sea el que reaccione a tu jugada. Esa pizca de ventaja no sólo podría hacer la diferencia, ¡hará la diferencia!

Jamás olvides las enseñanzas que aprendiste a lo largo del camino que te trajo hasta aquí. Si eres incapaz de retener el conocimiento que la vida te enseña durante el andar, lo más probable es que estés destinado a fracasar.

Capítulo XXIX
La caída del castillo negro

Grata sensación resulta encontrar lo extraviado o recibir ayuda de quien no esperabas. Lo genial de las verdaderas sorpresas es que nunca llegan solas. Generalmente vienen en racimo y te gritán que eres un ser afortunado.

El riesgo de liberar prisioneros radica en que el perjuicio para el mundo, podría ser mayor que el beneficio.

Mientras la hermandad de los esclavos ponía en marcha su audaz plan, a las inmediaciones de la prisión llegó una caravana de voluptuosas y coquetas doncellas.

—*De eso hablaba... ¡Muchachos bajen ese puente que las damiselas acaban de llegar!* —gritó uno de los alebrestados vigías.

El puente descendió para dar el acceso. En una esquina del patio estacionaron sus carruajes y una a una las damas empezaron a descender bajo la libidinosa mirada de los guardias.

Arawn dio instrucciones para que las guiaran al salón de banquetes. Ahí las esperaban ansiosos unos embriagados y drogados nahuales. Durante el trayecto, un par de ladinas mujeres se separaron del resto y se ocultaron entre las sombras de un corredor. Luego regresaron hasta el pie de la torre central y les silbaron a los guardias para llamar su atención.

—*¡Hola guapos! ¿Necesitan compañía allá arriba?* —dijo una de las damas.

—*¡Claro que sí mamacitas!, esperen ahora bajo para abrirles la puerta.*

Los vigías movidos por la lujuria fueron presa fácil del engaño. Sin pensarlo demasiado, uno bajó para abrir la puerta y encontrarse con un par de mujeres que usaban entallados vestidos y cubrían su rostros con velos cual princesas orientales. Una alta y acuerpada, otra chaparrita y delgada que también tenía lo suyo.

Durante el trayecto de las escaleras, el guardia se dedicó a acosar a la chaparrita, le daba tremendos pellizcos en el trasero y le profesaba un supuesto amor incondicional.

—*Así me gustan, chaparritas y flaquitas.*

La pobre acosada trataba de quitárselo de encima con tremendas cachetadas, pero eso en lugar de desalentar al acosador, más lo motivaba, al parecer aquel nahual era masoquista.

—*Así me gustan, bravas y rejegas para domarlas.*

Finalmente llegaron a la cima en donde otros cuatro guardias ya las esperaban con ansias. Inmediatamente trataron de manosearlas pero la mujer alta los calmo.

—*¡Tranquilos chicos!, no sean desesperados. Tomen su mejor asiento que les tenemos preparado un agradable show.*

Los incautos y calenturientos guardias tomaron asiento en espera de ver la sorpresa que les habían preparado. La chaparrita empezó a bailar seximente, alebrestándolos cada vez que se les acercaba; al concluir el baile la pequeña damisela recibió aplausos y declaraciones de amor. La verdadera sorpresa se dio cuando las mujeres se desprendieron de su disfraz y revelaron que se trataba de Yunuen y Akiry.

—*¡Guacala! No puedo creer que todo este tiempo estuve manoseando a un estúpido duende. ¡Pagarán por su atrevimiento!* —*el molesto guardia buscó su daga para atacarlos.*

—*¿Acaso buscaban esto, estúpidos calenturientos?* —*Akiry preguntó.*

Sin mediar palabra Yunuen y Akiry daga en mano cortaron la garganta de los desafortunados. De prisa tomaron las llaves y bajaron a las celdas del sótano de la torre donde Yunuen sabía que se encontraba un misterioso prisionero al cual Arawn le tenía total devoción y respeto.

Al abrir la primer celda encontraron al viejo Henry que lucía bastante demacrado y apenas si podía moverse con algo de dificultad. En la segunda estaba un robusto indígena que daba signos de clara debilidad, de la tercera salió un misterioso hombre vestido de negro a la usanza medieval, él lucía un impecable estado de salud. Finalmente en la cuarta celda estaba a quien estaban buscando.

—*Esto no puede ser verdad. ¿A caso estoy viendo visiones?* —*dijo Akiry.*

—*Lo que ves es verdad* —*respondió Yunuen.*

—*¿Cómo es posible que el malvado Dagda esté prisionero?*

—*Te presento al verdadero Dagda, el mejor rey que ha tenido el imperio nahual. Al que tú conoces es un usurpador, un demonio metamorfo de nombre Jezbet.*

—*Gracias por liberarnos. ¿Podrían explicarnos que está sucediendo?* —*preguntó el indígena.*

—*No tenemos mucho tiempo, así que la versión corta es: "somos un sector rebelde contra las fuerzas de Anubis. Apoyamos a un grupo de humanos que vinieron a buscar a dos de los suyos y si no me equivoco, tú debes ser Dasan, el ser de luz y usted Henry, el mensajero del anillo que lamentablemente se perdió, según tengo entendido.*

—*Te equivocas el anillo siempre ha estado conmigo* —*respondió Henry.*

—*¿Cómo podría tenerlo? Cuando lo hicieron prisionero el propio Amón lo registraron por completo y hasta hurgo en su mente para saber el paradero del anillo y no consiguió encontrarlo.*

—*Durante la batalla, cuando me di cuenta que seríamos vencidos, comprendí que no podía permitir que el anillo callera en manos equivocadas, así que tomé la decisión de ocultarlo.*

»*Como resultada imposible sacarlo de mi dedo, tuve que tomar la drástica y dolorosa decisión de amputármelo. Luego abrí mi muslo para ocultarlo y sellé mis heridas con una brasa ardiente.*

»*Cuando me capturaron les dije que el anillo lo había ocultado antes de ir a Yosemite. Como no me creyeron, me trajeron aquí para tratar de arrancarme el recuerdo de dónde lo había ocultado. Afortunadamente el anillo me dio la fortaleza para resistir el cruel interrogatorio.*

—*¡Vaya que resultó listo el viejo!* —*comentó Akiry.*

—*Ahora harían el favor de prestarme un cuchillo, necesito completar la misión por la cual vine hasta aquí.*

—*¡Seguro!* —*respondió Yunuen mientras le daba su daga.*

Ante la sorpresa de todos, el viejo Henry bajó sus pantalones y sin dudarlo se abrió el muslo para sacar el anillo (el cual aún estaba encarnado en el dedo).

—¡Auch!... Creo que esto te pertenece.

Dasan tomó el anillo. Con facilidad logró separarlo de la carne, los símbolos grabados en el aniño empezaron a iluminarse. Entonces lleno de seguridad se lo puso.

Inmediatamente desde la superficie miles de haces de luz entraron al mundo subterráneo a través de cuevas y se unieron todos en una luminosa esfera sobre la torre, después la esfera descendió para fusionarse con el anillo.

Una energía indescriptible recorrió todo el cuerpo de Dasan; dotándolo de una renovada vitalidad. Acto seguido posó sus manos sobre el viejo Henry; un halo multicolor recorrió su cuerpo para sanarlo por completo y devolverle el vigor. Lo mismo hizo con Dagda.

Cuando llego el turno para el extraño caballero negro de ser sanado, éste se negó.

—Yo así estoy bien. Agradezco la intención pero no necesito de tu magia.

Yunuen sorprendida por la fortaleza de aquel hombre, lo cuestionó.

—¿Cómo es posible que te encuentres en perfecto estado de salud siendo prisionero? Y si no es mucha molestia podrías decirnos quién eres, eres el único al que no conocemos.

—Soy enemigo a muerte de Anubis y Astaroth, con eso les debe bastar por ahora —se limitó a responder.

Mientras esto sucedía en los calabozos, en el patio la gente comandada por Gael se dividió en cinco grupos.

De manera sincronizada empezaron a escalar las torres de vigilancia; en cuatro de las atalayas se desataron feroces batallas. En las cuales, los miembros de la hermandad resultaron triunfadores, no sin antes pagar por la victoria con un par de vidas.

Cuando Gael escaló la torre central se sorprendió por la postal que encontró: cinco cadáveres tendidos en el piso. Su sorpresa fue mayor cuando observó cómo cientos de rayos de luz llegaban de todas direcciones y se arremolinaban sobre el cielo. Formando una luminosa esfera que segundos después le pasó por un lado, descendió para luego perderse en el interior de la torre.

Buster y otro puñado de prisioneros de camino a las mazmorras se cruzaron con guardias que hacían rondas de vigilancia; lo que provoco que se desatara una encarnizada pelea. Bueno, a decir verdad, la cosa fue dispareja. El estado inconveniente en que se encontraban los nahuales los hizo ser presas fáciles.

Los prisioneros se dieron gusto agrediéndolos. Se burlaron porque no podían ni mantener en alto sus toletes y mucho menos sujetar sus dagas; a fuerza de zapes y patadas en el trasero, en cuestión de minutos los sometieron.

Consciente de que no había honor en matar a alguien en estado inconveniente, Buster dio órdenes de llevarlos prisioneros. Pero al llegar a la primera celda, los cautivos no tuvieron la misma opinión que él; era tanto el resentimiento acumulado que la turba cobró con sangre las afrentas.

Cuando terminaron de liberar a todos los miembros de la hermandad se dirigieron a la puerta del patio. En lo que esperaban la llegada del armamento fueron segados momentáneamente por una luz intensa en el exterior. Intrigados abrieron la puerta para averiguar de qué se trataba, pero sólo encontraron oscuridad.

Miguel y otros seis prisioneros se dirigieron a la armería. Durante el camino Egmont le dio a Gronel instrucciones de lo que debería de hacer. Al llegar tocaron la puerta.

—*¿Quién es el impertinente que viene a molestar a estas horas?* —*molesto, el ermitaño preguntó.*

—*Soy el guardia Gronel. En este momento hay una revuelta en la prisión, así que necesitamos armas con urgencia.*

—*Tu nombre no me resulta conocido. Siempre quien viene es el jefe de la guardia o el mismo Arawn* — *respondió el desconfiado ogro, mientras abría la mirilla superior de la puerta.*

—*Ellos ahora están ocupados sofocando la revuelta. Me enviaron para que prepare las armas que necesitamos. En pocos minutos vendrán más guardias para ayudarme a llevarlas.*

—*No te la compro, así que no te abriré.*

—*"Las rocas de la montaña arden con la nieve".*

—*¿Cómo es que conoces esa frase?*

—*Te digo que ellos me enviaron.*

—*La frase que pronunciaste no les pertenece a ellos, esa es la clave de Amón.*

Gronel no sabía que contestar. Al verlo confundido Miguel lo alentó a continuar.

—*¡Ah!… No lo sé. Te digo que a mí me dieron esa clave, tú sabrás si me abres o te atienes a las consecuencias de la furia de Amón. Cuando se entere que por tu culpa el castillo negro cayó* —hábilmente Gronel respondió.

No muy convencido pero temeroso por las posibles represalias, decidió abrir la puerta, momento que Miguel y compañía aprovecharon para entrar a la armería. Suponían que sería fácil dominarlo ya que lo superaban en número, más equivocados no podían estar.

El Ogro resultó ser un excelente combatiente y un hueso difícil de roer. En cuanto se dio cuenta del engaño, desenfundó su espada y embistió contra los intrusos. Ellos tomaron las armas y escudos que tenían más cerca para defenderse y contratacar.

A pesar de ser siete contra uno, no lograban someterlo; era tan fiero que a pesar de estar herido, no dejaba de lanzar golpes con su espada, uno de los cuales hizo blanco en el pecho de Trundy, quien cayó fulminado al instante.

Miguel lleno de coraje atacó con ferocidad y logró perforar el corazón del maldito ogro. Gronel se arrodilló para ver si aún podía hacer algo por su compañero de rebelión.

—*¡Ponte de pie Gronel! Ahora lo único que podemos hacer por él es conseguir el objetivo final* —dijo Miguel.

—*Creo que tienes razón.*

—Sé que sueno deshumanizado, pero en medio de una guerra, no hay tiempo para lamer heridas porque eso puede ser la causa de perder la partida.

—¿Entonces qué sigue?

—Llenen esos tres baúles con la mayor cantidad de armas posibles… ¿Rifles de asalto y municiones?… Con un par de éstos, acabaré con esos desgraciados.

—¡Olvídalo! Las armas modernas de los humanos aquí no funcionan, sólo perderías el tiempo.

—¿De qué hablas?

—No hay tiempo para explicaciones. ¡Hazme caso y deja esas piezas de metal inservibles!

—¡Ok!, te creo pero me llevaré una de éstas por si acaso.

Mientras tomaban las armas, Miguel alcanzó a ver de reojo cómo Egmont tomaba de una caja de cristal, una grisácea daga de pedernal y la guardaba entre sus ropas.

Cuando se disponían a salir de la armería, asombrados contemplaron el fugaz paso de destellantes rayos luminoso a través de una pequeña ventana que daba al exterior de la edificación.

—¿Qué diablos fue eso? —preguntó Miguel.

—No tengo la menor idea. Nunca antes había visto algo así —respondió Gronel.

Por la premura del tiempo decidieron ignorar el hecho y continuar su encomienda. Al llegar a las puertas del patio empezaron a distribuir las armas. El incrédulo de Miguel tomó el AK-45, lo cargó y trató de hacer un tiro de prueba y sólo así, comprobó que Gronel tenía razón.

—¿Qué se supone que haces? —Buster le preguntó.

—¿Eh?… ¡Nada!, sólo trataba de ver si esta chingadera funcionaba.

—¡No seas estúpido! ¿Qué no sabes que esos juguetitos de ustedes, aquí no sirven de nada? Aquí peleamos los hombres, no las armas.

Su plática fue interrumpida por el sonido de una trompeta que les indicó que las torres habían sido tomadas y era hora de salir.

Al entrar al patio se encontraron de frente con Arawn y sus hombres, quienes alertados por el evento luminoso, ya habían tomado formación de combate y para desgracia de nuestros amigos, ellos no habían comido estofado ni bebido licor.

Un imponente y retador Arawn blandía sus espadas y les anunciaba que no se iría de este mundo sin llevarse unos cuantos por delante.

—*Debo reconocer que han llegado más lejos que cualquiera de los que lo han intentado. Lamento informarles que al igual que todos, fracasarán. El aire de la libertad es algo que jamás volverán a respirar* —*Les dijo mientras arrancaba la llave de su pecho.*

Entonces Arawn intento arrojarla por encima del muro hacia el foso de lava. Un excepcional arquero akuary, en cuanto vio salir volando la llave reaccionó hábilmente y la interceptó con una flecha antes de que librara el muro.

—*Creo que tu jugada no resultó grandulón. Ahora les patearemos el trasero, tomaremos la llave y la libertad será nuestra* —*dijo Buster.*

—*No canten victoria. Aún tengo una carta por jugar. ¡Ahora!*

En respuesta al grito, un estruendoso sonido retumbo por todo el lugar, era el aviso de que en el castillo negro se necesitaba la presencia del ejército nahual. El cuerno negro había sonado. En el patio todos quedaron momentáneamente aturdidos.

El estridente eco alertó y despabilo a los guardias en el comedor. De inmediato se abalanzaron sobre las puertas tratando de salir pero estas no cedían; usaban las mesas como arietes sin ningún resultado.

Los sublevados no contaban con la traición del escurridizo Egmont, quien se escabulló hasta las puertas del salón para quitar las trancas y permitir que los guardias salieran a sofocar la revuelta.

En el patio, ambos bandos terminaban de recuperarse del aturdimiento. Con la llegada de los guardias las cosas se habían equilibrado. Todo aquello pintaba para convertirse en un baño de sangre del que la mayoría no saldrían bien librados.

—*Su suerte ha terminado. ¡Ahora verán de lo que es capaz el gran guerrero verde!* —*gritó Arawn.*

—Conozco de sobra lo que se cuenta de ti, pero no te temo y no tengo problema alguno con morir buscando la libertad —respondió Gael.

Ambos guerreros tomaron el rol de líder de sus respectivos bandos y se encaminaron con paso acelerado para encontrarse de frente en el centro del patio.

Un destellante sonido de metal resonó, fue el aviso de que la batalla acababa de comenzar. Para sorpresa de todos, la contienda terminó apenas comenzó porque una voz firme y ronca que salía de los sótanos de la torren así lo pidió.

—*Arawn, hijo mío, ¡deja de pelear!, estos prisioneros no son nuestros enemigos. Ellos viajan en nuestra misma embarcación* —*Dagda gritó.*

Arawn reconoció la voz que le pedía parar; obedeció y dio la orden de bajar las armas. Todos se miraban incrédulos y se preguntaban qué sucedía. Muy sorprendidos vieron salir a un fornido y barbón nahual, seguido por Henry, Dasan, Yunuen, Akiry y el extraño caballero negro.

—*¿Akiry?... ¿Qué diablos está sucediendo y por qué estás con Yunuen?* —*confundido, Gael preguntó*

—*Por lo pronto bajen sus armas y déjenme explicarles. Acérquense para que todos puedan escuchar* —*dijo Akiry, mientras subía a un barril para usarlo como pedestal.*

»*Las historias de cómo logré escapar, así como los hechos de que Yunuen nunca fue una traidora y le debemos disculpas, las dejaremos para después.*

»*Por ahora lo que tienen que saber es que el malvado emperador que ha trasformado el reino nahual en un reino de pesadilla no es el verdadero Dagda, en realidad es Jezbet, un demonio metamorfo puesto ahí por Anubis.*

»*Yunuen al espiar a Amón se dio cuenta de donde estaba prisionero Dagda, concluimos que traerlo de regreso nos ayudaría para que Arawn se cambiara a nuestro bando. Pero primero necesitábamos entrar a la prisión.*

»*Yo sabía acerca de la tradición de traer damas de compañía durante el festejo de verano. Situación que aprovechamos para entrar mezclados entre las chicas de mi buena amiga Zamunin.*

Gael no puedo contenerse y corrió para abrazar a Yunuen y pedirle perdón.

—*¡Olvídalo hermano!, no tienes por qué pedir disculpas. No había manera de que lo supieras —comentó Yunuen mientras lo abrazaba con fuerza.*

Arawn se acercó para fundirse en un fraterno abrazo con Dagda.

—*¡Lo sabía! Dentro de mí estaba seguro que no era posible que el buen hombre que me crió se hubiera convertido en un desgraciado. ¡Ya verá ese maldito impostor!... ¡Cuando le ponga las manos encima conocerá la furia del guerrero verde!*

—*Gracias por siempre haber creído en mí —respondió Dagda.*

Miguel se acercó a Henry para abrazarlo y preguntarle cómo se encontraba. El viejo lleno de gusto lo reconoció de inmediato.

—*¿Mejor que nunca Miguel? ¿Pero qué haces aquí?*

—*Venimos a rescatarlos, pero esa es una larga historia.*

—*¿Quiénes vinieron?*

—*Nick y unos cuantos amigos más.*

—*¿Y dónde están ellos?*

—*Nos esperan en la ciudad nahual.*

Respondió Miguel con pericia para salir al paso, pues en ese momento, él desconocía nuestro paradero.

—*No quiero ser aguafiestas, sin embargo, creo que los abrazos y cursilerías de reencuentro deben dejarlos para otro momento. No olviden que el cuerno negro sonó, seguramente ya se prepara el ejército para venir a averiguar que sucede —comentó Buster.*

—*El enano tiene razón. Enviaré una paloma mensajera para decirles que todo se trató de una falsa alarma. No sé si funcione, así que por si las dudas, salgamos de aquí.*

»Tomaremos el camino de las montañas para evitar cruzarnos con el ejército de Anubis, en caso de que no se traguen el cuento.

»Debemos informar a los generales de lo que esta sucediendo y convencerlos de que peleen a nuestro lado, aunque de seguro varios decidirán seguir del lado de Anubis. —dijo Arawn.

El ruin de Egmont aprovechó el desorden que imperaba en el patio para pasar desapercibido entre la gente y acercarse maliciosamente a Dasan. Cuando llegó a su lado, sacó de entre sus ropas la daga de pedernal para intentar apuñalarlo, al tiempo que le decía:

—*Esto es de parte Ast....*

Sus planes fueron frustrados por una daga clavada en su espalda que lo hizo caer de rodillas agonizante.

—*¿Qué diablos te sucede Akiry? ¿Por qué mataste a uno de los nuestros?* —*cuestionó Gael.*

—*Él no era de los nuestros. Todo el tiempo nos estuvo engañando, él era el traidor dentro de la hermandad.*

»Cuando Yunuen me platicó como Amón se había enterado de nuestros planes, mencionó que no le había visto la cara al traidor pero sí se había percatado de que era alguien de baja estatura y le faltaban un par de dedos en su mano, de inmediato supe de quien se trataba.

»Cuando lo vi entre la multitud no le quité la vista de encima. Algo me decía que intentaría alguna infamia, aunque no sabía qué era lo que pretendía, estaba seguro que no era nada bueno.

—*Yo puedo decirles que era lo que intentaba hacer* —*dijo el misterioso caballero negro—. Lo que tenía en sus manos era la daga de pedernal de Satanás, capaz de dar muerte a casi cualquier cosa.*

»En este caso, el objetivo era el ser de luz, si no hubieras intervenido de manera tan oportuna, Dasan ya sería historia.

—*¿Cómo es que tú sabes eso?* —*preguntó Miguel.*

—*Digamos que he andado estos caminos por mucho tiempo (se agachó para tomar la daga y dársela a Dasan), ésta es una de las pocas armas en este mundo que puede causarte la muerte, así que te aconsejo la guardes en un lugar seguro.*

—*Gracias por compartir esa información y muchas gracias a ti Akiry, estaré eternamente en deuda contigo* —*respondió Dasan.*

—*Bueno, el traidor tuvo su merecido. En este momento y como legítimo soberano de estas tierras, nombro a Arawn como general del naciente ejército rebelde, así como a Yunuen y Gael como sus comandantes* —*dictó Dagda.*

Arawn de inmediato dio órdenes para que bajaran la llave de la pared. Comisionó a Gronel para que fuera con un grupo de soldados por el resto del armamento. Yunuen y Gael organizaron la formación del ejército y los víveres que deberán de llevar.

En cuanto el puente bajó, el caballero negro montó de prisa uno de los caballos.

—*Les deseo la mejor de las suertes. Lamento no poder acompañarles en este momento pero necesito ir por mi armamento. Quizás los alcance más tarde* —dijo antes de salir galopando.

—*¿Arawn quieres que detenga la huida del desertor?* —*un arquero preguntó.*

—*¡No! ¡Déjenlo que se vaya!, no me gustaría tener en mi lista de enemigos el nombre de Ashor.*

—*¡Sabia decisión hijo! Los caballeros negros no olvidan una afrenta con facilidad y ese es el peor de todos ellos* —*Dagda comentó.*

Las tropas de la hermandad caminaron a través de las montañas. Un hermoso paisaje enmarcaba el espectacular andar de la tropa encabezada por Dagda, Arawn, Dasan, Yunuen, Miguel, Gael, Akiry y Buster.

La incertidumbre de alguien que regresa después de una larga ausencia es justificada, pues ignora si los lugares que encontrará serán los mismos que dejó cuando se marchó y si sus viejos conocidos lo reconocerán.

Mi cuñado un día me dijo: "Los vientos del tiempo no perdonan, por eso me da tristeza y melancolía, miedo y estupor, regresar a mi pueblo sólo para encontrar ecos de un lugar que ya se fue".

La voluntad de un héroe debe de ser inmune a la frustración. En el camino que debe andar indudablemente encontrará duros desengaños.

En el horizonte nubarrones más oscuros presagian la llegada de una contienda de mayor envergadura. Convirtiendo en falsa la creencia de que después de ganar una batalla, el objetivo sea alcanzado.

Capítulo XXX
El festival de verano

Para domar un potro salvaje se necesita del mejor jinete. Sólo quien es el mejor en lo que hace, podrás hacer la diferencia. Recuerda que para montar caballo ajeno, debes utilizar espuelas propias.

No ignores las señales que advierten peligro si no quieres ser sorprendido. Jamás olvides que gato encogido, brinco seguro.

Ajenos a lo que sucedía en el castillo negro, Troy, Andrea, Yatzil, Gerard y Bruní llegaron a las inmediaciones del zócalo para instalar un improvisado puesto.

De inmediato un guardia se acercó para extorsionarlos (¿Les suena familiar? Los malditos corruptos nacen en todos lados).

—Podrían mostrarme su permiso señores.

—No sabíamos que este año se necesitaba tramitar algún tipo de permiso —respondió Bruní.

—¿Eso quiere decir que no lo tienen verdad? Lo siento por ustedes.

—Comprenda por favor que necesitamos instalarnos para no perder nuestra inversión. Indíquenos donde tramitar el permiso y con gusto pagaremos por él.

—Lástima, hoy es día festivo y las oficinas no abrirán, así que si no hay permiso tendré que decomisarles su mercancía y mucho cuidado con reclamar.

—¿No habrá otra forma de solucionar el problema?

—Eso depende de la disposición de tus amigas, de querer... ¡Ayyy! —exclamó el guardia al sentir como Gerard le arrancaba un mechón de cabello —. ¿Qué diablos sucede contigo?

—¡Disculpa!, tenías un insecto en tu cabeza.

—¡No trates de engañarme!, no espantaste ningún insecto, literalmente me arrancaste un mechón.

—¡Creo que me atrapaste chico listo!, tu cabello es tan lindo que quise quedarme con una parte de él —Gerard respondió mientras enredaba el cabello en un pequeño muñeco de trapo.

—¿Acaso eres gay o es algún tipo de fetiche?

—Para tu información, soy un excelente practicante del vudú —roció el muñeco con un polvo blanco —. ¡Listo!

Inmediatamente el guardia puso los ojos en blanco y se quedó inmóvil.

—¡Guau! ¿Qué le hiciste? —preguntó Andrea.

—Me apropié de su voluntad. Ahora hará lo que nosotros queramos.

—¡Ordénale que entre al puesto para evitar que alguien nos descubra! —dijo Yatzil.

Gerard le habló al muñeco al oído y el zombi obedeció al instante ocultándose tras los costales.

—¿Eso funciona sólo contigo o yo también lo puedo hacer? —preguntó Troy.

—¡Toma, inténtalo! —respondió Gerard mientras le daba el muñeco.

Troy se sentó al lado del guardia para sacarle información. Cuando el interrogatorio terminó, compartió con los demás los resultados de la indagación.

—¡Sí!, el hechizo realmente funciona. Nick y Alex tuvieron un altercado con la guardia real y huyeron al barrio olvidado. A Cuervo Rojo le perdieron la pista cuando se refugió en la tierra de los centauros en compañía de un duende y un misterioso encapuchado y Miguel está cautivo en el castillo negro. De la expedición del abuelo y de Dasan nada sabe.

—Esas son malas noticias. Todos tus amigos están en lugares demasiado peligrosos, dudo que todos consigan salir bien librados —comentó Bruní.

—¡Carajo Bruní, no necesitamos el pesimismo de tus comentarios!, aunque sabíamos que era peligroso venir aquí, debemos mantener la confianza en que lograremos nuestro objetivo con el menor daño colateral posible —reclamó Andrea.

—¡Tranquila, con alterarnos no solucionamos nada!, sé que te preocupa el bienestar de Miguel tanto como me preocupa Nick; si realmente queremos ayudarlos necesitamos actuar con inteligencia.

—¡Ok, estoy calmada! ¿Continuaremos con el mismo plan?

—¡No, porque ahí no terminan las malas noticias! Estos hijos de puta sospechan de nuestra presencia, así que contrario a lo que creímos, no los tomaremos desprevenidos. Las guardias en las torres fueron reforzadas y un ejército de bestias aguarda a espaldas de la ciudad.

—Opino que regresemos a la aldea para repensar nuestro plan —comentó Gerard.

—No llegamos hasta aquí para acobardarnos ante el primer nubarrón de adversidad. Hagamos nuestra parte y esperemos que los demás engranes cumplan su función en tiempo y forma, esa es la única manera en que nuestros amigos encontrarán el camino de regreso —dijo Yatzil.

—Tienes razón, el bienestar de los seres que nos importan depende de la decisión que tomemos. Por eso, entre huir para vivir una vida atormentado pensando en el hubiera o pelear aunque en ello me vaya la vida, elijo la segunda opción —comentó Bruní.

—¡Ok!, ya entendí las indirectas. Por naturaleza soy un cobarde. ¿Qué quieren que haga? Si no hay otra opción, estoy con ustedes. ¿Cuál es el nuevo plan?

—¿Bruní tienes alguna manera de comunicarte con la aldea?

—¡Sí!, tengo mi agente de correo personal —les dijo mientras mostraba a su pequeña mascota.

—¡Excelente! ¿Tienes en donde anotar?

—Dame un segundo… Sí, aquí tengo un papel.

—Esto es lo que les mandarás a decir…

Un brillante Troy demostró sus dotes de estratega. En cuestión de minutos ideó un nuevo plan, el cual les comunicó con lujos de detalles. Al final de la explicación, el guardia se marchó aún bajo el influjo del hechizo vudú para cumplir una encomienda.

—¿*Alguna duda al respecto?*

—*Ninguna, no saben esos hijos de la chingada lo que les espera* —*expresó Gerard.*

—*Entonces vamos a darle, no olviden que no podemos fiarnos de nadie; no sabemos con exactitud cuántos espías encubiertos nos siguen los pasos.*

Andrea y Gerard se entretuvieron caminando y viendo las hermosas piezas de arte que los artesanos nahuales vendían en el tianguis: vasijas de fina porcelana, bordados espectaculares que representaban desde una flor hasta un impresionante dragón, pinturas y esculturas de diferentes materiales. Todo aquello hablaba de que los nahuales no solamente eran una civilización guerrera, también tenían su lado artístico y cultural.

Yatzil realizó un recorrido para localizar visualmente todas las fuentes de agua, árboles y arbustos cercanos. Bruní se quedó a atender el puesto y Troy salió en busca de una potencial víctima.

El guardia le había dicho que para poder acercarse a Merlean, debía de conseguir un pase para la zona de palcos (una pequeña placa de oro con el sello imperial grabado), el área más cercana al escenario principal.

No tardó demasiado en encontrar a un viejo nahual afeminado que portaba uno de estos pases. El gusto por los jovencitos humanos que aquel degenerado tenía, le facilitaron las cosas, la presa fue la que vino hacia el cazador.

—¡*Hola precioso! ¿Por qué tan solo?*

—¡*Ah!... No me agrada mucho la gente inculta, así que prefiero estar sólo que mal acompañado.*

—¡*Aush! Casualmente pienso igual que tú, creo que mi compañía puede agradarte.*

—¿*Por qué no? Creo que podemos intentar.*

—*Vamos te invito a almorzar y una copa de vino en el mejor restaurant de la ciudad.*

Caminaron un par de cuadras hasta un lujoso restaurant, del cual el viejo resultó ser el dueño. Todos los camareros y personas en el lugar murmuraban al verlos pasar. Todos conocían los gustos y predilecciones que tenía aquel inmundo sujeto.

Troy estaba consciente de la situación y lo que los demás opinaran no le importaba. Lo que realmente le causaba coraje y conflicto era la indiferencia de los presentes. Ellos sabían que aquel viejo estaba actuando mal y preferían callar; seguramente por conveniencia o simplemente por cobardía.

Durante todo el almuerzo tuvo que soportar el incesante acoso verbal de aquel libidinoso. Cuando salieron del local parecía que aquel joven inexperto había caído en sus engaños. Lo llevó a un hotel cercano con el pretexto de mostrarle algunas obras de arte que tenía en su *penthouse*.

En cuanto entraron al cuarto el anciano trató de besarlo. Un puñetazo en la nariz que lo proyectó al suelo fue lo que recibió como respuesta. Justicia poética de la vida, los roles cambiaron entre víctima y victimario.

El cerdo intentó pedir ayuda. Un par de patadas en su estómago sofocaron y acallaron sus gritos. Después de amordazarlo Troy tomó unas cuerdas que sujetaban las cortinas y lo amarró de pies y manos. Después lo metió en la tina de baño bocabajo y abrió la llave para que empezara a salir un delgado hilo de agua.

—*Dejaremos que la suerte sea la que decida si vives o mueres. Si nadie te encuentra antes de que el agua te ahogue, me saludas a tu chingada madre, maldito y asqueroso pedófilo* —le murmuró al oído.

Troy buscó en un enorme closet un traje elegante que le quedara a la medida y una capa larga bajo la cual poder ocultar su catana. Hurtó el pase para los palcos y se llevó unos cuantos *suvenires*. Salió con calma de la habitación para no levantar sospechas.

Confiando en su disfraz se encamino hacia el puesto para recoger sus armas y dejar un presente para Yatzil y Andrea. Antes de llegar bajó el ala de su sombrero para cubrir su rostro y jugarle una broma a Bruní.

—*Disculpa niño, podrías venderme un par de manzanas.*

—*Niño tu pinche madre, méndigo catrín* —enojado murmuró.

—¿Qué dices chamaco impertinente?

—¿Eh?, nada. Le preguntaba que… ¿De cuál tipo de manzana prefiere?

—¿Seguro que no me recordaste a mi progenitora?

—¡No, cómo cree!, yo sería incapaz de ofender a alguien de la realeza.

—¡Más te vale méndigo vecino del piso, si no quieres terminar en prisión!

—¿Prefiere manzanas rojas, anaranjadas o moradas? —preguntó con un tono de voz más suave, consciente de que no era momento para ser orgulloso.

—Moradas está bien.

Para fortuna de Bruní, Yatzil llegó al puesto y de inmediato lo reconoció.

—¡Órale, chido tu disfraz!

—¡Ja, ja, ja! ¿Te agrada mi nuevo look? — descubierto Troy se echó a reír.

—No se te ve mal, aunque no creo que sea tu estilo.

—¡Qué infame eres!, en verdad lograste engañarme, ya me veía preso —Bruní repeló.

—¡Ya, no seas amargado!, una simple broma cae bien de vez en cuando.

—¡Sí! cuando no te la hacen a ti.

—Tienes razón, no debí de hacerlo. ¿Puedes disculparme?

—¡Olvídalo!

—¿Qué pasó? ¿Por qué se enojan? —preguntó Yatzil.

—Nada, sólo que como un burro, olvidé seguir una gran enseñanza que un día mi padre me dio, pero creo que ya todo quedó solucionado.

—Si tú lo dices.

—¡Ten!, guarda estos presentes que traje para ti y Andrea —le dijo y le entregó un pequeño cofre repleto de valiosas joyas.

—¿Y este tesoro de dónde salió?

—Te parece si me reservo esa información. Digamos que un admirador me las obsequió.

—Lo que usted diga señor Marques, por uno de estos collares, yo no digo nada.

—Ahora los dejo. Ya casi es tiempo de que inicie este show. ¡Bruní, pásame por favor mi daga y mi catana!

—¡Claro!, y si puedes ahora que te vayas, por favor, quítame de encima al tipo de la casaca roja que me vigila.

Troy tomó un par de manzanas y se encaminó hacia el guardia encubierto. Fingió chocar con él y ofreció una manzana en muestra de disculpa. El incauto guardia se dispuso a tomar la ofrenda de paz sin imaginar que una daga en el corazón y una manzana en la boca que silenció sus gritos de dolor, era lo que recibiría.

Troy corrió con suerte de que nadie se percatara de lo que acababa de hacer. Con cuidado lo recostó en un poste para que la gente pensara que estaba durmiendo de embriaguez.

Como lo habían acordado, todos eludieron la vigilancia y uno a uno pasaron a recoger sus armas. Andrea se ató a la cintura un fajo con varias dagas y se colgó al hombro el estuche de su ballesta.. Entre tanto, Gerard bebió una porción de sangre de demonio para darse valor, recogió su maletín de amuletos y brebajes, además de un par de filosas sais.

Yatzil sacó su daga para cortar el tatuaje que restringía su magia. Bruní se llenó la cara con barro y ocultó en un viejo estuche de guitarra, un par de hachas; luego se mezcló entre la gente fingiendo ser un pordiosero. Antes de dejar el puesto encendió la mecha de una caja de fuegos pirotécnicos con un mecanismo retardante que los haría encenderse pasado el mediodía.

Andrea y Gerard antes de encaminarse a la torre, pasaron a esconder parte de sus armas bajo la banca de una plazoleta. Con astucia llegaron hasta la torre sin ser detectados. Andrea sacó unos guanteletes que los enanos le habían regalado (fabricados de un extraño metal flexible, provistos de cientos de pequeños picos, capaces de ofrecer excepcional agarre a cualquier tipo de superficie) y empezaron a trepar por un estrecho espacio entre la torre y el muro.

Al aproximarse a la cima Gerard arrojó un par de frascos al pináculo de la torre, al romperse liberaron unos extraños vapores de color púrpura; que provocaron que los vigías se desvanecieran antes de poder alertar a alguien de que estaban bajo ataque.

—*Esperemos un par de minutos a que el aire de la torre se limpie* —dijo Gerard.

—*¿Seguro que eso funcionara?* —*preguntó Andrea.*

—*¡Sí!, no te preocupes, soy el mejor hechicero vudú en la faz de la tierra.*

—*Aunque no estoy muy segura de eso, por esta vez confiaré en tus habilidades.*

—*¡Continuemos!, creo que ya es seguro subir.*

Escalaron el último tramo. Encontraron a todos desmayados, excepto a uno que se había tapado la boca y nariz con un trapo; el vigía trató de oponer resistencia pero no tardó en darse cuenta que eso no había sido una buena idea, ya que recibió una daga en el corazón cortesía de Andrea, después de una muy breve pelea.

Al resto los amarraron y amordazaron. Andrea sacó de su bolsillo un estandarte de color naranja con un águila imperial grabada en color negro; lo amarró en la punta de una lanza para agitarlo por todo lo alto para dar la señal que esperaban los enanos ocultos en la vegetación de la colina.

Comprobaron a través del catalejo que su mensaje había sido recibido y se apresuraron a bajar el puente. Todo parecía marchar a la perfección, pero ahí fue donde todo se fue al carajo.

Los vigilantes de la torre oeste se percataron de lo que estaba sucediendo y por medio de silenciosas señales con espejos (para no interrumpir los festejos), alertaron a una brigada de guardias para que retomaran el control de la torre frontal. Luego le avisaron al comandante del ejército de las bestias que era hora de atacar.

Desde la parte trasera de la ciudad, un macabro ejército (hombres polilla, deerwomen, ogros, troles, chupacabras y muchas bestias más), empezó a avanzar hacia la entrada principal para interceptar a los enanos.

Al mismo tiempo que esto sucedía, una veintena de guardias buscaban por todos lados a Troy, a quien desde que entró al hotel le habían perdido la pista.

Más tarde regresaremos a conocer lo que sucedió con mis compañeros. Por ahora les narraré lo que sucedía con nosotros en el barrio olvidado.

Por la madrugada los primeros en salir fueron Alex y Miyamoto con diez soldados como respaldo (vestidos con trajes ninjutsus). Antes de que amaneciera escalaron el atalaya interior del lado sur, bueno sólo Miyamoto y un par de sus mejores discípulos fueron los que pudieron escalar, el resto incluido Alex, más tardaban en empezar a trepar que en caer al suelo.

Miyamoto y sus discípulos fueron sigilosos como el viento. Escalaron protegidos por el manto de la oscuridad. Tomaron desprevenidos a los adormilados vigilantes quienes pagaron con sus vidas su falta de pericia; fueron blancos fáciles de una lluvia de dardos envenenados.

Tomada la torre, uno de los discípulos bajó a abrirles la puerta a Alex y el resto que seguían intentando escalar sin mucho éxito.

Seis tomaron la vestimenta de los caídos para dar la impresión de que en el mirador no había ningún problema. Los otros seis se ocultaron en las escaleras.

Miyamoto lanzó una flecha hasta el centro del barrio olvidado para avisar que el primer paso estaba dado.

Atalanta y las amazonas fueron las siguientes en entrar en acción. Confiadas en sus encantos se vistieron con ropa realmente provocativa y con los primeros rayos de luz encaminaron sus pasos hacia la explanada central. Se mezclaron con las cortesanas en una de las esquinas del zócalo y aparentaron ser doncellas dispuestas a venderse al mejor postor en espera de la llegada del medio día.

Heracles y once forajidos se vistieron con trajes de la guardia real que un día habían hurtado y los tenían guardados en sus armarios. Ya uniformados, se dedicaron a deambular entre los puestos y plazoletas simulando ser una patrulla al pendiente de la seguridad.

Ares y yo nos vestimos con túnicas de elfos para evitar ser reconocidos. Nos acercamos lo más posible al templete principal en espera de que Merlean apareciera.

En el interior de la pirámide también había actividad. Un mensajero llegó para informar al falso Dagda, Anubis y Amón cual era el estado actual de la situación.

—*Pido permiso de hablar señor —dijo el mensajero.*

—*Permiso concedido —respondió Dagda.*

—*En el barrio olvidado no se reporta novedad. A pesar de que se relajó la guardia en el mirador norte para invitarlos a caer en nuestra trampa, hasta ahora no han intentado nada. Los vigías reportan que todo parece normal.*

»Usted dirá su excelencia si mantenemos las dos brigadas de la guardia real a la espera de que los forajidos intenten entrar a la ciudad.

—*¿Anubis qué opinas?*

—*Que sigan en su puesto. Ares es demasiado astuto y seguramente tratará de sorprendernos.*

—*Ahí tienes la respuesta. Dinos ahora qué noticias hay sobre el castillo negro.*

—*Se recibió una paloma mensajera poco después de que el cuerno negro sonara. El mensaje decía que todo se había tratado de una confusión, a pesar de ello, Merlean y Alastor decidieron enviar tropas para verificar lo que pasó.*

—*Dile a Merlean que por precaución mande a los mercenarios al camino de las montañas para evitar cualquier tipo de sorpresa —le ordenó Amón.*

—*¡Bien pensado muchacho!, es impresionante tu perspicacia —comentó Anubis.*

—*Por ultimo. ¿Qué hay de los humanos y los enanos? —preguntó Dagda.*

—*Como lo anticipó Amón, el ejército de los enanos esperaba oculto en la colina. Los muy estúpidos ya salieron a campo abierto, el ejército de bestias ya se dirige a masacrarlos.*

»En cuanto a los intrusos, ya se enviaron dos grupos de soldados para hacerlos prisioneros y traerlos para ser sacrificados. Lamento informarles que seguimos buscando a uno de ellos, quien lo seguía, le perdió el rastro cuando entró al hotel de Sir Florder.

—*La calentura de ese estúpido depravado puede echar a perder todo nuestro plan. Dile a Alastor que tiene nuestra autorización para irrumpir en el hotel de ese viejo usurero, en busca del quinto invasor — ordenó Anubis.*

—*¿Puedo retirarme para cumplir con sus órdenes?*

—*¡Claro! Una cosa más… dile a Alastor que si no encuentran al intruso, ahí mismo mate al que lo perdió de vista para que sirva de escarmiento.*

—*Enseguida señor.*

—*El guardia salió de prisa para llevar las nuevas instrucciones.*

—*Señores creo que esto se está complicando demasiado —comentó Anubis.*

—*No creo que tengamos de que preocuparnos. En cuanto los enanos se acerquen a la ciudad, el ejército de las bestias los harán pedazos tan rápido que no sabrán ni que los atacó.*

»*Ya fueron separados de sus cargos todos los generales que algún día le sirvieron al antiguo Dagda, así que no hay manera en que el ejército apoye una revuelta.*

»*En cuanto a los humanos son una raza tan estúpida que no hay manera en que logren salir con vida de esto —dijo Dagda.*

—*Espero que tengas razón y no estemos subestimando esta nueva amenaza por simple egolatría.*

—*Anubis tu preocupación es infundada. De ser necesario, saldría a enfrentarlos de manera directa ni todos los rebeldes combinados serían rivales para mi magia —aseguró Amón.*

—*La seguridad con la que te escucho hablar, me trasmite algo de tranquilidad, aunque mi estómago me sigue diciendo que algo no está bien.*

—*Gran señor, no es momento de acobardarse. Debemos buscar fuerza en nuestra encomienda sagrada para devolver el orden natural de las cosas. No olvidemos que nuestro objetivo es noble aunque por ahora, muchos seres no lo entiendan así —dijo Dagda.*

—*Tienes razón, las fuerzas del cosmos esta vez deben confabular en nuestro beneficio. Continuemos con los preparativos para los sacrificios. Hoy lo importante es mantener con vida a Astaroth.*

»*Ya se acerca el día de traer de regreso a los grandes combatientes. Una vez en igualdad de circunstancias, volveremos a retar en el campo de* batalla a esos engreídos arcángeles, en una nueva guerra por la supremacía de la séptima tierra.

—Así será, ya verás que cuando la noche caiga, todos esos revoltosos serán historia —presumió Amón.

—Dagda ve a ayudar a Merlean y Alastor. Que nada impida la conclusión del festival de verano —dijo Anubis.

—¡Seguro!, la ceremonia de los sacrificios que se realizará, sí o sí.

—Una cosa más, busca al viejo Mike y dile que es hora de que se marche —indicó Amón.

Jezbet regresó a la plancha del zócalo. Su primera instrucción fue desplegar un centenar de guardias alrededor de la pirámide como valla de seguridad.

Cerca de cuarenta nahuales rodearon la torre principal y les exigieron a Andrea y a Gerard deponer las armas si querían que sus vidas fueran respetadas. Sabiéndose en desventaja, Andrea y Gerard optaron por entregarse.

Los hicieron prisioneros y fueron llevados a la pirámide para completar la cuota de guerreros en los sacrificios. Tomarían el lugar que en un inicio había sido destinado para mí y Alex.

Seis guardias llegaron hasta el puesto en busca de Yatzil y Bruní, pero se llevaron un palmo de narices al encontrar el lugar vacío.

Alastor envalentonado por la autorización de Anubis, irrumpió en el *penthouse* en busca de Troy, en la bañera encontró al viejo cerdo; Sir Florder se sintió aliviado al darse cuenta de su presencia. Pensó que la llama de su vida todavía no se extinguiría.

—Hasta que encontraste a alguien que te diera una lección gordo inmundo. Cuando menos en esto estoy de acuerdo con ese humano, basuras como tú, no merecen vivir.

Sin decir otra palabra y ante el asombro del infortunado, abrió por completo la llave para terminar el proceso de ejecución que Troy había iniciado. Luego se dio la vuelta, sacó su daga y la clavó en el abdomen del guardia que había perdido de vista a Troy.

—Esto es lo que le pasa a todo aquel que le falla a Anubis. ¡Qué todo el mundo sepa cuál es el precio de la incompetencia!, ¡salgan a buscarlo! El que lo encuentre recibirá cien dracmas de oro.

Ante tan atractiva recompensa, todos salieron corriendo al zócalo con la esperanza de poder capturar a Troy, quien para ese momento se había convertido en el más buscado en la ciudad.

En el escenario principal un grupo de danza y un gracioso par de bufones entretenían a la multitud que se arremolinaba a la espera del gran acto. Cerca del mediodía, un grupo de seis músicos vestidos elegantemente subieron al escenario para hacer sonar sus emperifolladas cornetas. Era el anuncio del inicio de la ceremonia principal.

Desde un edificio al final de la calzada partieron los elegidos. Montados en carretas alegóricas tiradas por hermosos percherones; traían cestas repletas de exquisitos frutos y panes ceremoniales. Una banda musical y un grupo de bailarines completaron el contingente.

Docenas de soldados liderados por Merlean, eran los encargados de custodiar férreamente el desfile de los desafortunados. Hasta el lugar del futuro suplicio.

Cuando el desfile pasó frente a nosotros, mis ojos no daban crédito de lo que veían. Entre el contingente de los guerreros, divisé el rostros de Andrea y Gerard. Mi primera reacción fue tratar de acudir en su ayuda, pero la mano de Ares me lo impidió.

—¡Tranquilo tigre! No es tiempo de mostrar las garras.

—¿Qué te sucede? ¡Déjame, necesito ayudar a mis amigos!

—¡Qué te calmes te digo!, —respondió con firmeza — esa no es nuestra misión.

—¡Eso ahora no me importa!

—Podrás ser un excelente guerrero, pero sin disciplina, jamás serás un buen soldado.

Aquellas duras palabras me hicieron reaccionar. Recordé lo que en muchos libros de tácticas de guerra había leído. La única manera de salir victoriosos es que cada engrane haga su función.

—¡Ok! Puedes soltarme, ya lo entendí.

—*Si cada quien cumplimos con nuestra parte, no tendrás que preocuparte por ellos. Heracles y sus muchachos los rescatarán.*

—*Eso espero.*

Una vez que Ares me hizo entrar en razón, continuamos con nuestra misión. Tomamos la posición más cercana a Merlean que pudimos encontrar. Los elegidos continuaron subiendo las escalinatas del templete principal.

Al mismo tiempo desde un cuartel cercano, un ejército de cientos de mercenarios inició su galope hacia el acantilado de los horcados. Con la encomienda de emboscar a cualquiera que intentara llegar a la urbe a través del camino de las montañas.

En cuanto el ejército de unos cien enanos intentó acercarse a las puertas de la ciudad, aparecieron cerca de seiscientas bestias. De inmediato los enanos comprendieron que no tenía caso pelear una batalla perdida, así que retrocedieron para poner tierra de por medio.

Su intento de huida fue frustrado por los troles que montaban una especie de armadillos gigantes y a galope abierto les cerraron el paso. En cuestión de minutos, el pequeño ejército estaba rodeado; incrédulos y asustados no sabían cómo reaccionar porque eso era algo que no se esperaban… ¿O sí?

El secreto del arte del ajedrez radica en la capacidad de hacer creer al adversario que su estrategia está funcionando. Así se prepara un contrataque efectivo y letal. Lo que se vuelve complicado es tomar la decisión de que ficha sacrificar durante el momento crucial de la partida.

¿Realmente se le puede llamar victoria al resultado de una justa donde la sangre de seres queridos fue derramada?

Capítulo XXXI
La gran rebelión

¿Sera verdad que el canto del ave es igual en todas partes?... No tendría por qué ser diferente. "El que es perico donde quiera es verde", dice el refrán.

Mantente erguido y demuestra tu valía. Marcha al frente de la columna, cual punta de lanza. Que las dudas no te acobarden, aquel que se protege al marchar atrás, en el basurero de la historia terminará.

No existe acto más digno y sublime que hombres y mujeres hartos de agachar la cabeza, al unísono, entonen la vieja canción de sublevación: ¡Ya no más!, ahora nuestros temores callarán y nuestras espadas gritarán."

Fieles a la tradición al mediodía las trompetas sonaron. Los presentes guardaron solemne silencio, porque el momento cumbre del festival estaba por iniciar.

Bajo miradas expectantes Merlean y Dagda a paso lento subieron las escalinatas, seguidos por los elegidos y un puñado de sirvientes que cargaban las pesadas canastas con ofrendas.

Una vez en el escenario principal los elegidos fueron despojados de sus vestimentas hasta quedar en ropa interior. Niños, doncellas y guerreros se formaron para ser tatuados con tinta púrpura de Tyrian.

Merlean mágicamente dibujó en sus espaldas, el símbolo de Astaroth (*una estrella de cinco picos al centro de dos circunferencias y en el espacio entre los dos círculos impresas en sánscrito las palabras: "Ven Astaroth – Ven Astaroth"*).

Sin saberlo con aquel acto, los elegidos contraían un pacto con el demonio antiguo; firmaban su sentencia de muerte y condenaban a su espíritu por la eternidad.

—*Ya pueden regocijarse, han dejado de ser simples mortales para convertirse en comparsas eternas del dios de la pirámide* —gritó Merlean para el beneplácito público—. *Ahora ya son dignos portadores de las ofrendas.*

Cada niño cogió un par de frutas; las doncellas tomaron una pieza de pan ceremonial y un ramo de flores; a los guerreros les correspondió llevar una jarra rebosante de licor. Subieron hasta la mitad de la pirámide en donde había cuatro pequeñas aberturas y en cada una depositaron ofrendas para el júbilo popular.

Según sus creencias, con aquella ceremonia se garantizaban seis años más de dicha y prosperidad para el pueblo nahual.

Concluido el acto de las ofrendas, los elegidos fueron llevados a una habitación bajo el escenario principal. La guardia personal de Merlean les colocó unos delgados grilletes de plata (*cadenas al fin y al cabo, sin importar que estuvieran hechas de fino metal*); sus rostros fueron cubiertos con máscaras de oro para que la multitud no se percatara que habían sido amordazados y cegados con un antifaz.

Cuando todo estuvo listo, Dagda tomó la palabra.

—*¡Hijos del cuarto reino, hoy es un día de gozo! Pese a la adversidad, hemos logrado perpetuar seis años más la vida del ser más poderoso que habita estas tierras.*

»*Estaremos a la espera del día en que nuevamente pueda caminar entre nosotros para guiar a nuestro pueblo al lugar de privilegio que le corresponde.*

»*Despidamos con aplausos a este grupo de afortunados que se reunirán con él en el paraíso del interior de la pirámide. De esta manera, se acrecentará el ejército de aprendices que un día junto con él saldrán de entre las sombras para reinar en las siete tierras como siempre debió ser. Dichosos aque...*

El discurso fue interrumpido por el sonoro estruendo de petardos y cohetones. Salían en todas direcciones desde el puesto de frutas; cientos de buscapiés se habrían paso entre la gente, para beneplácito de algunos, el coraje de otros y la confusión del resto.

—*¿Qué diablos está sucediendo?* —*Dagda preguntó.*

—*Desenfunden sus espadas, creo que los invitados indeseables al fin decidieron aparecer* —*Merlean respondió.*

—*¿Dónde chingados está Alastor?*

—Con él no podemos contar, Amón le encomendó una tarea especial. En este momento marcha con la caballería hacia las montañas.

— ¿Entonces qué sugieres que hagamos?

—Con tu guardia personal, asegúrate que los elegidos lleguen al interior de la pirámide. Mis guerreros y yo nos encargaremos de los revoltosos.

Cuando los fuegos artificiales se terminaron, la tranquilidad retornó al zócalo de manera breve. Pero inmediatamente después, para sorpresa de los presentes, las aguas de todas las fuentes cercanas cobraron vida propia; potentes chorros se proyectaban contra la multitud, derribando de manera selectiva a los miembros del ejército nahual.

El caos se apoderó de la plaza. La caótica situación fue aprovechada por vivales que sin ningún remordimiento saqueaban puestos a diestra y siniestra. Los gritos desesperados de propietarios que pedían ayuda, confundían a los guardias. Que no sabían cómo restaurar el orden.

Heracles y sus compañeros no dejaron que aquella locura los distrajera. Se enfocaron en avanzar hacia la pirámide; al acercarse Dagda se percató de que eran impostores y dio la orden de acabarlos. Se abrió de este modo, el primer frente de batalla, forajidos contra guardia real.

Andrea y Gerard aprovecharon la distracción para activar su propio plan de escape. Sacaron de su cabello unas ganzúas que llevaban como prendedor; en cuanto se quitaron los grilletes, liberaron a los otros ocho guerreros.

Los combatientes ya libres y llenos de furia reprimida demostraron su gran preparación porque con relativa facilidad dieron muerte a los guardias cercanos. Se apropiaron de sus armas para unirse a la batalla en apoyo a los forajidos quienes para esos momentos ya se habían despojado de su disfraz.

Dagda ordenó a un par de soldados ir al interior de la pirámide en busca de ayuda. Desenfundó su arma y dio órdenes de llevar a las doncellas y niños a las entrañas de la pirámide para que encontraran su destino final.

Heracles se interpuso en su trayecto y Dagda no tuvo otra opción que enfrentarlo en una encarnizada batalla, defendió su vida con la fuerza de su espada.

Andrea y Gerard corrieron hasta la plazoleta donde habían ocultado su armamento y regresaron para unirse a la contienda.

Por su parte, Merlean al presenciar que estaban siendo superados hizo sonar un pequeño cuerno; llamó a todo soldado leal del imperio nahual a reunirse en el centro del zócalo. Pretendía lanzar una ofensiva masiva y mortal contra los invasores.

El llamado reunió a miles; prestos a sofocar al puñado de rebeldes. Una lluvia de saetas empapó de sangre las vestimentas de varios nahuales para hacerles saber que las alas de la rebelión eran de mayor envergadura. Atalanta y sus amazonas acababan de entrar en acción.

Miyamoto, Alex y compañía lanzaron flechas con cuerdas desde la torre hasta la pirámide para establecer una especie de tirolesa. De esa forma se deslizaron para unirse a la contienda y se convirtieron en factor decisivo gracias a sus cualidades bélicas.

En el zócalo el ejército nahual había resistido estoicamente la andanada de flechas. Si bien reportaban bajas, aún superaban en número a los invasores. Merlean dio la orden de atacar a las atrevidas intrusas.

Atalanta tomó la última flecha que le quedaba (atándole una bengala), para lanzarla hasta el barrio olvidado, señal de que era el momento para que el resto de forajidos tomaran participación.

—*Hipólita y Freya traigan las armas de la carreta* —*les ordenó Atalanta.*

—*Enseguida gran señora* —*respondieron.*

Las valientes amazonas cambiaron sus arcos por espadas y escudos; llenas de valentía se encarrilaron para enfrentar al enemigo. Minutos después, apareció el resto de forajidos para emparejar en algo la contienda.

La plaza que una hora antes lucía espectacular y vestía sus mejores galas se había trasformado en un grotesco escenario. Gritos de dolor, estruendosos destellos de metal y ríos de sangre inundaron el lugar.

Los nahuales eran superiores en número, pero los rebeldes los superaban en voluntad porque a diferencia de ellos, tenían una causa clara por que pelear. El valor y pericia de amazonas y forajidos empezaron a inclinar el trámite de la pelea a su favor.

Merlean estalló en cólera por lo que consideraba un atrevimiento. Subió al estrado principal, elevó al cielo su bastón (fuente de su poder) y cientos de rocas llegaron a levitar a su alrededor, la intención era usarlas como proyectiles.

—*¡Nick, llego nuestro momento!* —*dijo Ares.*

—*Ya era hora. Me estaba empezando a impacientar.*

Desenfundamos nuestras espadas y nos lanzamos sobre Merlean. Lamento decir que subestimamos a nuestro rival, en cuanto advirtió nuestra presencia, con un simple movimiento de su mano y la complicidad de un par de rocas, nos hizo caer.

—*Ares, nunca creí que tuvieras las agallas para desafiarme, ahora pagarás por tu estupidez.*

—*No cantes victoria viejo amigo, esto aún no ha terminado* —*Ares respondió.*

—*¡Qué estúpidos son en verdad! Esto había terminado desde antes de haber empezado.*

Con simples movimientos de sus manos colocó sobre nuestras cabezas una parvada de amenazantes rocas; antes de que nos diera la estocada final, de la nada apareció un poderoso remolino invertido y engulló las rocas para llevárselas fuera de la ciudad.

Merlean estaba tan sorprendido como nosotros. Esta situación fue aprovechada por un hombre elegantemente vestido que se le acercó por la retaguardia (Merlean pensó que se trataba de un asustado miembro de la realeza que buscaba su protección y no lo consideró una amenaza), el sujeto lo golpeó con fuerza para obligarlo a caer del templete; así consiguió arrancar de sus manos su bastón y obviamente, limitó su capacidad mágica.

—*Ahora sí estamos parejos viejo amigo* —*Ares se burló.*

—*No necesito de mi magia para acabar con ustedes. Con mi espada basta y sobra* —*fue su contestación.*

Cuando Merlean cayó al suelo, los doce miembros de su guardia personal acudieron en su ayuda.

—*Merlean es mío muchacho, tú encárgate del resto —Ares me dijo.*

—*¡Claro! ¿Por qué no?... Tú enfrentas a uno y yo a doce. ¿Qué puede salir mal? —respondí.*

—*¡Cállate y demuestra todo lo que te enseñamos! ¡Haznos sentir orgullosos!*

Ares se abalanzó sobre Merlean, quien para mi sorpresa resultó ser un diestro espadachín, hábilmente plantó digna resistencia.

Los ventajosos nahuales me rodearon, creían que yo sería presa fácil. En pocos minutos el filo de mi espada les demostró que estaban equivocados.

El catrín que nos había ayudado, al ver lo inequitativo de la contienda, se despojó de su capa y sombrero, desenfundó su catana y saltó a mi lado para apoyarme en la pelea. Me llené de asombro y alegría al darme cuenta de quien se trataba.

—*¿Y tú qué carajos haces aquí?*

—*¡No podía dejar que le patearan el trasero a mi hermano!*

—*¡Cuidado detrás de ti!*

Troy respondió a mi advertencia, dio un paso al costado y sin mirar, clavó su catana en el estómago de nuestro rival. Demostró ser un gran guerrero.

Simple y breve fue nuestra conversación de reencuentro. Sabíamos que en ese momento teníamos que concentrarnos en acabar con el enemigo. En pocos minutos, los doce guardias habían sucumbido, entonces invertimos los papeles y nos unimos a Ares para terminar con Merlean.

No resultó fácil enfrentar al viejo hechicero, aún tenía un par de trucos en la chistera; agobiado sacó de entre sus ropas un par de pequeñas canicas de acero. Después de frotarlas las proyectó contra nosotros.

Logramos esquivar los primeros ataques pero la velocidad de los proyectiles se incrementó hasta que logró golpearnos.

Su nuevo truco sólo retraso las cosas. Ser un buen espadachín con dotes mágicos, no le fue suficiente para esquivar nuestras armas. Yo fui el primero en herirlo, su brazo atestiguó el filo de mi espada. La catana de Troy encontró su pantorrilla y lo obligó a caer. Ares se acercó al maltrecho Merlean para terminar nuestra obra sin imaginar que un grito y la espada de un extraño encapuchado, se lo impedirían.

Prácticamente de la nada, aquel hombre salió para detener el viaje mortal de la espada.

—*¡Deténganse, no lo hagan!*

—*¡Estúpido entrometido!, ¡espera y en cuanto termine con él, será tu turno! —Ares respondió.*

—*Lo necesitamos de nuestro lado —advirtió.*

Los tres nos plantamos ante el encapuchado con la intención de asesinarlo; él sonrió y se despojó de la capucha para dejárnos ver de quien se trataba.

—*¿Nick así es como reciben a los viejos amigos?*

—*¿Conoces a este cabrón? —Ares preguntó.*

—*¡Creo que sí! Troy, Ares, les presento a mi gran amigo Cuervo Rojo.*

—*¿Nos puedes explicar qué diablos estás haciendo? —Troy preguntó.*

—*Merlean es el único que puede vencer a Amón. Si no queremos morir aquí, necesitaremos que esté de nuestro lado.*

—*¡Olvídalo!, eso no sucederá. Deja que tus amigos terminen conmigo. Yo nunca levantaré una mano contra el gran Amón —un maltrecho y cansado Merlean señaló.*

—*Ya lo oíste mi estimado, perdiste tu tiempo, él no quiere ser salvado —Ares confirmó.*

—*¡Sólo sujétenlo bocabajo! Yo me encargaré del resto.*

—*¿Cómo por qué te haríamos caso? —Troy desconfiado cuestionó.*

—*No es momento para estar receloso. Yo confió en Cuervo Rojo, hagamos lo que pide. Ya después que nos explique —les pedí.*

Cuervo Rojo rasgó la vestimenta de Merlean en busca del tatuaje, lo encontró en su espalda y con un leve corte, lo cruzó de lado a lado con la daga que Yunuen le había dado.

—*¡Gracias por liberarme de este suplicio!; me tenía harto, lo he padecido durante los últimos mil años —visiblemente debilitado Merlean reveló.*

—*¿Lo ven? Ahora ya tenemos un hechicero en nuestras filas.*

—*No quiero ser pesimista, en esas condiciones no creo que nos sea de gran ayuda —Troy observó.*

—*El joven tiene razón, mi estado de salud "gracias a ustedes" no es el ideal. Traigan mi bastón, denme una hora y estaré en condiciones de enfrentar a quien sea.*

—*¿En dónde quedó tu bastón? —Cuervo Rojo preguntó.*

—*¡Pregúntales a tus amigos!, ellos fueron los que me lo quitaron.*

—*Creo que cuando lo empuje, rodó por el entarimado hasta caer de aquel lado.*

Troy apuntó hacia el sitio donde Heracles y compañía se batían en un encuentro a muerte con la guardia real.

—*Ni hablar muchachos, si es lo que necesitamos para poder darle muerte al hijo de puta de Amón, iría hasta el mismo infierno por ese bastón —dijo Ares.*

Los cuatro empuñamos nuestras armas y empezamos a abrirnos camino entre las filas del enemigo en busca del dichoso báculo.

En tanto, la ciudad se convulsionaba. El corrupto guardia Treck aún bajo los influjos del vudú, al escuchar los fuegos artificiales se dirigió hacia la torre de vigilancia principal.

—*¡Chicos, ábranme la puerta! —les gritó a los vigías.*

—*¿Qué quieres? —respondieron desde lo alto.*

—*Les traigo un par de botellas de licor de parte Alastor.*

—*¿Cómo puede ser eso? Él mismo nos dijo ayer que este año no sería como antes.*

—*No lo sé, me imagino que cambió de opinión. Como ya atrapamos a los intrusos, creo que se relajó.*

—No estoy muy seguro de que eso sea cierto. Afuera aún está la horda de enanos.

—Como gusten, si no las quieren me las llevo.

—¡No!, espera, ahora bajan a abrirte.

Un incauto guardia abrió la puerta para inmediatamente ser apuñalado y para continuar con su encomienda, Treck le hizo señas al pequeño pordiosero que deambulaba por el lugar, Bruní sacó sus hachas y juntos subieron y sorprendieron al resto de los vigías.

Tras una fugaz resistencia se apoderaron de la torre junto con su ballesta mecánica múltiple, capaz de disparar rondas de cincuenta flechas a la vez; el enano tomó el catalejo para ubicar el sitio al cual dirigir su ataque.

Pudo ver cómo sus compatriotas habían terminado atrapados entre las bestias y los troles. Decidió entonces, disparar primero contra las bestias aladas que asechaban a sus amigos desde el aire.

La primera ráfaga de flechas hizo blanco en las uksas y hombres polillas. Enseguida rápido recargó para repetir la acción en dos ocasiones más y así terminar prácticamente con la fuerza aérea nahual.

La cuarta ronda fue dirigida contra las deerwomen y por su parte la quinta hizo morder el polvo a los chupacabras para dar un leve respiro a los asediados enanos que valientemente empuñaron sus armas para abalanzarse contra las bestias que quedaban de pie.

—¿Qué les sucede a estos estúpidos enanos?... ¿En verdad creen que pueden hacernos frente?... ¡A la carga y no dejen títere con cabeza! —confiado el líder de los troles gritó.

Uno de los enanos de entre sus ropas sacó un pequeño cuerno que hizo sonar para dar la señal de ataque. Desde las copas de los árboles de la colina, un contingente de elfos perfectamente camuflados empezó a disparar sus arcos; jugando al tiro al blanco con los desafortunados jinetes que empezaron a caer como moscas.

De entre la espesura del bosque salieron más enanos muy bien armados y acompañados de varios pies grandes con enormes mazos como armas; el grupo se enfocó en acabar con los Gungwes y Matloses.

Aquel campo se convirtió en el escenario de una batalla épica. Por un lado bestias y troles; por el otro, la vieja unión renovada Bigfoods, Elfos y Enanos que nuevamente combatían del mismo lado.

Los troles ya no sentían lo duro sino lo tupido. Desesperados y confundidos trataron de huir hacia el interior de la ciudad; en su infructuoso intento por ponerse a salvo arrollaban entre las patas de sus monturas a sus aliados quienes también trataban de huir del campo de batalla.

Los elfos bajaron de los árboles para unirse a los enanos y pies grandes. Juntos acabaron prácticamente con todos sus rivales. Los pocos que lograron sobrevivir fueron los que se refugiaron en el bosque.

Al grito de victoria y con la confianza por todo lo alto, nuestros nuevos amigos se encaminaron hacia la ciudad para ayudarnos a terminar lo que habíamos empezado.

En cuanto el ejército de apoyo entró a la ciudad, los nahuales cambiaron de parecer, los sensatos depusieron las armas y levantaron las manos en señal de rendición. Algunos estúpidos trataron de seguir peleando sólo para que en minutos encontraran la muerte. Los más cobardes huyeron a ocultarse por toda la ciudad; se deshicieron de sus armas y uniformes para pasar por civiles.

El impostor de Dagda demostró ser un cobarde y al presentir que serían vencidos, emprendió la huida al abrigo de veinte miembros de la guardia real.

Antes de que todo esto aconteciera en la ciudad, un ejército de ambiciosos mercenarios comandados por Gendel, salieron de la ciudad con dirección al acantilado de los horcados.

Al llegar ahí, estratégicamente se ocultaron para emboscar a la hermandad de los esclavos, no contaban con que Dagda conocía aquellas montañas como la palma de su mano.

—*Arawn, por precaución creo que debemos detenernos un momento.*

—*¿Qué sucede señor?*

—*El acantilado es el lugar más peligroso de estos caminos; si en la ciudad no se tragaron el cuento de la falsa alarma, de seguro enviaron un* batallón a investigar y en ese lugar es en donde yo los emboscaría, si estuviera del otro lado.

—De acuerdo. ¡Alto señores, tomaremos un descanso!

Oculto entre las rocas, el vigía de los mercenarios vio que la caravana se detenía y corrió a informárselo a Gendel, quien se desconcertó y molestó; pues ya se relamía los bigotes al pensar en la recompensa que recibiría por acabar con aquella amenaza.

El experimentado y desconfiado Arawn le quitó la capucha a su halcón y levantó el brazo para invitarlo a surcar el cielo. La entrenada ave sobrevoló los parajes donde los cobardes se ocultaban.

Cuando Gendel se dio cuenta que fueron descubiertos estalló en furia, tomó un arco para hacer pagar al halcón el haberlos encontrado. Arawn al ver caer a su querida ave entró en cólera y gritó:

—¡Cobardes hijos de puta, den la cara, si quieren nuestros corazones vengan por ellos!

Sabiendo que eran superiores en número los mercenarios salieron al descubierto. Además tenían información de que el astuto Amón había enviado a la imbatible marea negra de la caballería real para atacar la retaguardia.

Al darse cuenta que serían atacados, Dagda habló:

—Arawn, no podemos dejar que atrapen o maten a Dasan. Lleva cinco hombres contigo y protéjanlo para que salga de aquí con vida, nosotros cubriremos su huida.

—¡No señor!, no puedo abandonarlos a su suerte. Que Gael sea quien lo lleve. Yo me quedaré para morir aquí a su lado.

—¡No!, tú eres nuestro mejor guerrero y no hay otro que conozca mejor estas veredas. ¡El punto no está a discusión!

—¡Arawn! Dagda tiene razón. Tú eres el único calificado para esa misión —Gael concordó.

—Si quieres yo te acompaño, también conozco bien los caminos —dijo Akiry.

—¡Cállate duende miedoso!, no seas zacatón y átarele a los chingadazos —Miguel le exigió.

—Tú por eso decías que mejor no, ¿verdad Akiry? —Yunuen bromeó.

—*¡Ya que!... qué les vaya bien entonces. Con estos amigos para que quiero enemigos.*

—*Gracias compañeros, nos vemos pronto. Algo me dice que éste no es un adiós sino un hasta luego.*

Con esas palabras Arawn se despidió junto con sus cinco mejores hombres y Dasan. Se retiraron para tomar una vereda y alejarse del peligro.

—*¡Señores!, creo que hasta aquí hemos llegado, será un placer pelear y caer a su lado. Con nuestras vidas garanticemos la supervivencia de Dasan. Esa es la única manera de mantener encendida una débil llama de esperanza, los sueños de un mundo mejor no morirán aquí con nosotros* —convencido de sus palabras, el viejo Henry declaró.

—*Tienes razón, es momento de que la valentía de los hijos de la hermandad hable. Hagamos que esos cabrones paguen con lágrimas de sangre su osadía: de pensar que el número supera a la calidad.*

» *¡Empuñen con fuerza sus armas y escudos!, que la luz del creador los guíe en la batalla. Vamos a masacrar a esos estúpidos vende patrias... ¡A la carga!* —grito Dagda.

Una feroz lucha se desató, el rojo tiñó la montaña, el trámite de la batalla le daba la razón a Dagda. Por cada baja de la hermandad, tomaban diez vidas de mercenarios.

Desde el otro lado de la montaña, un impaciente Alastor se dio cuenta que era su momento de intervenir ante el fracaso de sus interesados aliados. Dio la orden de emprender la marcha hacia el campo de batalla.

Dio la instrucción de disparar los arcos durante el trayecto, sin importar en quien hicieran blanco. Para él, la vida de los mercenarios no importaba.

Ante las oleadas de flechas, la batalla entró en receso. Ambos bandos se olvidaron del enemigo y se concentraron en protegerse bajo sus escudos.

Cuando la lluvia de saetas terminó, en respuesta a la bajeza de haber sido atacados por aquellos que suponían sus aliados, unos enfurecidos mercenarios decidieron cambiarse de bando. Gendel fue la excepción, montó a caballo para tratar de huir en busca del cobijo de Alastor.

Una valiente Yunuen se lo impidió, saltó desde una roca para derribarlo de su cuaco y enfrentarlo. Sin problema lo humilló y aniquiló en un breve combate mano a mano.

—*De esta logramos salir bien librados, aunque no creo que contra la caballería tengamos alguna oportunidad* —Dagda anotó.

—*Disculpa que te contradiga, yo no estaría muy seguro de eso* —Akiry opinó.

—*¿Por qué tan confiado?* —preguntó Miguel.

—*Porque nuestra caballería acaba de llegar. ¡Miren!*

Luego de responder señaló a lo alto de la ladera para que vieran que descendía a todo galope una manada de bravos centauros, seguidos por un regimiento de sátiros.

Ante la llegada de inesperados adversarios, Alastor no supo cómo reaccionar. Una serie de malas decisiones condenó a la invencible caballería a caer, después de milenios de no conocer la derrota.

A pesar de que eran buenos combatientes, su habilidad no se comparaba con la de los centauros. Ellos con una espada en cada mano se daban gusto al derribar adversarios y terminar de rematarlos en el suelo con sus poderosas patas.

Por su parte los sátiros saltaban por todas partes derribando oponentes. Lo hacían ya fuera con sus manguales o con sus patas; los jinetes caídos eran presas fáciles para la turba de la hermandad que a paso firme marchaban hombro a hombro con los mercenarios. En su camino acallaban los gritos de dolor de lo que quedaba de la caballería nahual.

Ante tan abrumadora derrota, Alastor enseñó el cobre. En lugar de quedarse a pelear y morir con sus hombres o rendirse para implorar clemencia por los suyos, ordenó a su guardia personal abrirle camino para huir y abandonar al resto a su suerte, el acto más vil y cobarde que puede haber.

Frente a la huida de su líder, los pocos nahuales que aún quedaban en pie, tiraron sus armas y emprendieron la retirada. Con la cola entre las patas salieron corriendo del lugar.

—¡*Victoria!* —*Quirón gritó.*

—¡¡*Victoria!!* — *todos respondieron con un sonoro grito que se escuchó por todo el valle.*

—¡*Quirón, gracias a ti y a tu pueblo por venir!* —*Yunuen comentó.*

—*No tienes por qué agradecernos nada. Tus amigos son los que deben estar agradecidos contigo y Cuervo Rojo. Sus palabras fueron las que nos guiaron hasta el campo de batalla y nos hicieron romper nuestra antigua promesa.*

— ¿*Les parece si les agradecemos a todos y cada uno de los fieros guerreros que en este sitio demostraron que los buenos seguimos siendo más?* —*Miguel sugirió.*

—¡*Tienes razón! Si logro recuperar mi reino, tengan por seguro que todos los presentes serán recompensados* —*para el beneplácito y jubilo de todos, Dagda prometió.*

—*Siendo así la cosa, no perdamos tiempo. ¡Vamos a tomar la ciudad!* —*Akiry propuso.*

—¡*Andando, terminemos de escribir la historia!* —*Quirón gritó y emprendió la marcha para marcar el camino.*

Los centauros subieron a su lomo a dos o tres rebeldes y junto con los que ya montaban, emprendieron una desesperada marcha para alcanzar a Alastor y hacerle pagar su cobardía.

Dicen que en la vida como en el campo, cada quien cosecha lo que siembra. Para mí, una verdad a medias, porque hay quienes siembran maíz y cosechan puro chile. ¿Cómo es esto posible?, te preguntarás. Fácil, las inclemencias del tiempo, los animales del campo o simplemente el azar pueden cambiar el resultado esperado.

Cuando los factores externos arruinen tu cosecha, los actos de valentía o de sacrificio son los que demostrarán la calidad de tu barro al separar el fruto bueno del malo.

La persona que se aferra a cargar sola la pesada loza de un secreto: es la más estúpida del mundo o la más compasiva, lo difícil es saber cuál de las dos eres.

Capítulo XXXII
Hechicera Vs Hechicero

Cuando dos trenes recorren la misma vía en sentidos opuestos, en algún punto terminarán por impactarse de frente. No importa cuál vaya a mayor velocidad o cuál sea el más pesado, ambos se descarrilarán.

Placentera sensación resulta, liberar los hombros del peso que cargaban y al pecho del agobiante secreto que guardaba.

No sé cuál sea la receta perfecta para hornear una amistad. De lo que estoy seguro es que se adereza con lealtad y sacrificio. Porque no existe acto más loable que acudir en auxilio del amigo en el momento justo. La amistad incondicional por ley eterna más allá de la muerte, trascenderá.

En el centro de la ciudad, el momentáneo triunfo la mayoría festejaba; ignorantes de que en las entrañas de la pirámide, una mortífera respuesta se fraguaba.

—¿Ustedes que hacen aquí? —al ver a los mensajeros, Anubis preguntó.

—Merlean nos envió señor. Lamentamos ser portadores de malas noticias.

—Ya lo presentía. ¿Cuál es la situación allá arriba?

En respuesta, los mensajeros relataron lo que estaba aconteciendo.

—¿Qué haremos Amón?

—Hacerlos pagar por su atrevimiento. Que su sangre tiña de rojo la plaza principal. Como indeleble advertencia para todo aquel que tenga la mala idea de enfrentarnos.

—¿Qué pasará con Astaroth?

—Con estos dos guardias y las treinta y seis sacerdotisas será suficiente para mantenerlo con vida. En el próximo verano completaremos el ritual como es debido.

Los guardias intentaron salir corriendo. Un rápido movimiento de la mano de Amón se los impidió. Les quebró el cuello al instante. Luego los hizo levitar a las camas de sacrificio.

Las sacerdotisas en cambio tomaron la propuesta con alegría, se sentían privilegiadas por ser ofrendadas al dios al cual habían consagrado su existencia. Ellas mismas se recostaron y cortaron sus venas para morir desangradas.

Las canaletas en el suelo guiaron la sangre hasta la jaula de Astaroth y saciaron la sed del recién despertado. Anubis y Amón se dieron prisa en decapitar los cuerpos y sacarles el corazón para enviar la cesta de macabras ofrendas al fondo de la pirámide (por medio de un elevador mecánico).

Al tiempo que el macabro acto de ofrendas se consumaba, Troy encontró el bastón de Merlean y se apresuró a llevárselo.

—¡Muchacho!, diles a tus amigos que aún no es tiempo de festejar. Falta lidiar con la envestida de los poderosos —dijo Merlean.

—¿A qué te refieres?

—Amón y Anubis no han sido vencidos, enfrentarlos no será para nada sencillo.

—Si no aparecieron cuando tenían miles de tropas, no creo que tengan los cojones para aparecer ahora, de seguro deben de estar huyendo como ratas en quemazón.

—¡No!, ese par jamás rehuirían a una buena pelea, tienen una rara atracción por la sangre.

—Si estás en lo correcto… ¿En dónde están, que no los veo?

—No tardarán en aparecer, antes de que me liberaran del embrujo mandé un par de guardias al interior de la pirámide.

»Tomando en cuenta lo complicado del camino y sus trampas, en cuestión de minutos los tendremos que enfrentar.

—Entonces creo que esta nueva información amerita una junta rápida.

—Ahora si nos estamos entendiendo. Ve y trae a los líderes.

Troy se dio a la tarea de buscar entre la multitud a quienes consideró que deberían estar presentes en esa reunión.

En cuanto la batalla cesó, Heracles envuelto en lágrimas corrió hasta donde estaba su hija para abrazarla.

—¡Hija mía, me alegra que estés bien!

—Disculpe señor, creo que me está confundiendo.

—¡Claro que no!, eres el vivo retrato de tu madre.

—Ya le dije que debe de estar confundido. Yo no tengo padre, sólo una madre extraordinaria.

—Lo sé, no tengo derecho en pedirte que me aceptes. En mi defensa tan solo te diré que Alouqua nunca me lo dijo.

—Sigo sin entender, creo que debo de buscar a mi madre para que me explique lo que usted está tratando de decirme.

—Lo siento, lamento ser yo quien tenga que darte esta noticia. No la encontrarás entre los vivos, ella se sacrificó y peleó por rescatarte.

—¡No puede ser! —la joven se echó a llorar.

—¡Llora hija mía!... Tus lágrimas se llevarán todo pensamiento doloroso.

»Espero que un día me des la oportunidad de ser parte de tu vida, por ahora sólo te pido que confíes en mí. Tú y tus amigas deben seguirme por favor, las llevaré a un lugar seguro y no olviden traer a los pequeños.

Durante el tiempo que Heracles hablaba con su hija, Yatzil se acercó a Cuervo Rojo.

—¡Qué gusto volver a verte! —le dijo mientras lo abrazaba.

—Lo mismo digo pequeña, tuve tanto miedo de que a alguno de ustedes le hubiera pasado algo.

—No tenemos mucho tiempo.

—¿Para qué?

—Para esto.

Le dijo al tiempo que ponía sus manos en la frente y en el corazón de él, para hacerlo recordar su plática con el Anay.

—¿Por qué me haces recordar esto?

—Necesitas recordar quién te robó la felicidad. Hoy es el día de ajustar cuentas.

—¿En dónde está ese desgraciado?

—No comas ansias, dentro de poco tendrás tu vendetta.

—Ese desgraciado pagará, lo juro por mi esposa y mis hijas.

—Ahora si es tiempo de la buena noticia. Sólo tienes que vengar la muerte de tu esposa pero no la de tus hijas.

—¿A qué te refieres?

—¿Ves aquellas gemelas que están entre las doncellas?

—¡Sí!

—¡Corre a abrázalas, son tus hijas!

—¡No puede ser!

—Velo por ti mismo.

Cuervo Rojo salió corriendo para abrazar a las dos jóvenes doncellas quienes ante la sorpresa, no sabían cómo reaccionar.

—¿Señor qué hace? —una de ellas preguntó.

—¡Hijas!, ¡déjenme abrazarlas por favor!... Después habrá tiempo para explicarles.

—Disculpe, nosotras somos huérfanas.

—¡Sí!, ¿hace diecisiete años verdad?... ¿Cómo lo sé?... Porque hace diecisiete años un desalmado las arrancó de mi lado, pero gracias a Masaw, hoy las he encontrado.

—¿Está seguro de eso?

—¡Claro!, ¿si no cómo sabría de sus lunares en forma de media luna que ambas tienen en su espalda?, y esas pulseras que llevan puestas, yo fui quien las tejió.

Convencidas por el dato, sin hacer más preguntas se fundieron en un conmovedor abrazo hasta que la voz de Heracles los interrumpió. Les pidió que tomaran a los niños y lo siguieran hasta un lugar seguro.

Después de haberle dado la buena noticia, Yatzil se dedicó a buscarme y me encontró con Andrea. Ella me platicaba sobre el trágico final de Antonio y yo le informaba que desconocía el paradero de Miguel.

En cuanto Yatzil me vio, corrió para abrazarme y besarme en la boca.

—¡Guau!... A mí también me da gusto verte —le expresé.

—¡Tampoco es para que te vueles! ¿Eh?

—¿Y eso por qué fue? —preguntó Andrea.

—Porque no quería perder la oportunidad.

—Tienes que restregarme en la cara que Antonio y yo dejamos pasar nuestra oportunidad.

—¡No!.... Yo...

—¿Sabes qué?, ¡cállate mejor, no empeores las cosas!

—¡Discúlpame, no era mi intención!

—Algo me dice que tú sabes más de lo que nos dices.

—¡No!

—Una vez en tu vida se sincera. ¡Mírame a los ojos y dime que no sabías que Antonio moriría!

Yatzil llena de dudas y vergüenza reaccionó bajando la cabeza.

—¿La verdad?... Sí lo sabía.

Andrea la cacheteó y se alejó de nosotros.

—¿Qué pasó aquí? —le pregunté.

—Larga historia, te la contaría pero ahora es cuando la función se reanuda.

En ese momento no entendí las palabras de Yatzil. No tuve oportunidad de preguntarle nada más porque Troy llegó apresurado para decirme que lo acompañara.

Ares (líder de los forajidos), Bashful (general de los enanos), Noldor (líder de los elfos), Cuervo Rojo y yo fuimos los convocados por Troy.

—¡Gracias por acudir a mi llamado señores! —nos expresó Merlean.

—¿Exactamente para qué es esta reunión? —Noldor cuestionó.

—No creo que falte mucho tiempo para que Anubis y Amón aparezcan.

—¿Y eso qué? Ellos son dos y nosotros cientos —Bashful comentó.

—Con la magia de Amón nunca se sabe lo que pueda pasar; es muy posible que tenga todavía muchas cartas por jugar.

—Se supone que tú lo puedes vencer... o al menos creí que por eso te salvamos —aclaró Cuervo Rojo.

—Si yo estuviera en condiciones óptimas, quizás tendría oportunidad de vencerlo. Lamentablemente para cuando aparezca no estaré listo. Ustedes y el hechizo me dejaron bastante maltrecho.

— ¿Cuánto tiempo más necesitas? —Troy le pidió calcular.

—Por lo menos una hora más.

—¡Enfócate en recuperarte!, nosotros nos las arreglaremos para darte el tiempo que necesites —le ofrecí.

—¡De Amón ustedes encárguense! Anubis es mío... ¡tengo cuentas pendientes por saldar con ese hijo de puta! —dijo Ares.

—¡Los enanos estamos listos para enfrentar a quien sea! Y como por el momento no hay nada mejor que hacer, opino que mientras esperamos que ese par aparezca, nos rehidratemos con refrescante cerveza.

»Si habremos de morir hoy, que sea llenos de felicidad —Bashful sugirió.

—Secundo la moción —Cuervo Rojo respondió en apoyo.

Siguiendo la recomendación del enano, todo mundo empezó a vaciar los barriles de cerveza que los nahuales no pudieron disfrutar debido a nuestra presencia.

Yo me dediqué a buscar a Yatzil para tratar de averiguar a qué se refería Andrea al decir que ella nos ocultaba información. La encontré al final de la plaza; al pie de un enorme árbol que sin problemas superaba el tamaño de Hiperión; el cual lucía seco y parecía estar muriendo.

—Sé a lo que vienes, lo siento pero no tengo las respuestas que buscas.

— ¿Por qué?

—Porque tiempo es algo que no tengo. ¡Vámonos a la pirámide, lo que tenía que hacer con este árbol ya lo terminé!

En cuanto Yatzil quito las manos del tronco, sus hojas y ramas se llenaron de vida y empezó a reverdecer, sus ramas se llenaron de hermosas flores moradas.

—¿*Qué le hiciste?*

—*Tenemos poco tiempo así que no lo desperdiciemos. Escucha con atención.*

Durante breves instantes Yatzil me dio instrucciones sobre qué hacer después de la batalla.

—*Espera… ¿Por qué me dices todo esto?*

—*Te lo repito, no hay tiempo para explicaciones. Debes asegúrate de no olvidar lo que te dije. Ahora prepárate porque ya vienen.*

Apenas Yatzil terminó su frase, Anubis y Amón salieron de la pirámide.

—¿*Dónde están todas nuestras tropas?* —*Anubis molesto gritó.*

—*Los han abandonado. Busca por debajo de las camas en toda la ciudad y encontrarás a tu sarta de cobardes* —*respondió Ares.*

—¿*Se entregarán voluntariamente o quieren que vayamos por ustedes?* —*Bashful preguntó.*

—¡*Insensatos, no saben en lo que se metieron, alardean creyendo que han ganado! Aprovechen los últimos minutos que tienen de vida. ¡Despídanse de sus seres queridos y encomienden su alma al creador!*

»*Yo les prometo que hoy, en esta plaza, habrán de encontrar su muerte.*

—*Tú eres quien alardeas Amón. No hay forma de que ustedes dos puedan contra todos nosotros* —*Heracles gritó y desenvainó su espada.*

—¿*Y quién dijo que sólo somos dos? ¡Ja, ja, ja!… ¡Hijos del cuarto reino levántense y retomen sus armas! ¡Yo, el gran Amón les ofrezco la oportunidad de revancha!*

Amón elevó sus brazos mientras pronunciaba un antiguo conjuro. De la nada, en el cielo una tormenta eléctrica apareció y cientos de rayos energizaron su báculo.

—¡*Prepárense, la batalla está por reanudarse! Este hijo de puta realmente domina la magia antigua* —*Merlean aseveró.*

—¿*A qué te refieres?* —*Troy cuestionó.*

—*Observa y entenderás.*

Amón golpeó su báculo contra el suelo seis veces. Se liberaron miles de haces luminosos y entraron en cada uno de los cadáveres que yacían por doquier.

Nahuales, bestias, ogros, elfos, en fin, todos los caídos se pusieron de pie; sus ojos se trasformaron en brasas ardientes. Entonces recogieron sus armas y sin temor se lanzaron contra los rebeldes.

—*¿Qué es todo esto Merlean?* —*pregunté.*

—*Magia roja pura y original.*

—*¡Es momento de que hagas lo tuyo!* —*dijo Troy.*

—*Aún estoy débil. Necesito más tiempo si es que quiero tener una oportunidad aunque sea.*

—*¡Ni hablar! ¡Enfrentemos al ejército de los caídos!* —*grité.*

Nuevamente el zócalo se convirtió en campo de batalla. Seguros de su futura victoria, Amón y Anubis se sentaron tranquilamente en el estrado principal; se sirvieron dos copas de licor y un plato de frutos secos para disfrutar el show. Se sentían cobijados por la protección de los cadáveres vivientes de la extinta guardia real.

Nuestros nuevos oponentes eran duros adversarios. No importaba cuantas veces nuestras espadas les claváramos, después de unos minutos se incorporaban para continuar peleando. Aquella era una verdadera locura, una casa del terror donde al parecer no había puerta de salida.

Alastor y seis de sus jinetes entraron a todo galope a la ciudad. Sorprendidos por lo que encontraron, se quedaron paralizados en la puerta de entrada. Anubis les hizo señales para que se reunieran con ellos.

—*¡Lo siento sus eminencias!, fracasé en mi misión, no soy digno de estar en su presencia.*

El ruin de Alastor les contó una verdad alterna de lo sucedió realmente en las montañas para cubrirse con el manto de héroe y tapar su cobardía.

—*Así que los estúpidos centauros decidieron retomar las armas en nuestra contra* —*Anubis comentó.*

—No te preocupes, los asesinaré como lo hice con su otrora protectora —fue la respuesta de Amón.

En esos momentos, la hermandad de los esclavos y la legión centaura entraron a la ciudad comandados por Dagda y Quirón.

— ¿Qué demonios sucede aquí? —Dagda preguntó.

—¡No lo sé! Ayudemos a los que pelean contra el ejército de Anubis y después pedimos explicación —respondió Quirón lanzándose contra los zombis.

La batalla se recrudeció. Que nosotros los rebeldes fuéramos mejores combatientes de nada serbia. El ejército rival se incrementaba con cada baja nuestra, el cansancio empezaba a cobrarnos factura.

—Merlean tienes que intervenir, no lograremos resistir más tiempo —grité.

—¡De acuerdo! ¡Ábranme paso hasta Amón y yo me encargo del resto!

Sin perder tiempo, convoqué a Heracles, Atalanta, Ares, Alex, Miyamoto, Cuervo Rojo y Troy para que marcharan a mi lado. Avanzamos contra el cinturón de seguridad que resguardaba el acceso al escenario principal.

Nuestras armas hablaron por nosotros; a nuestro paso los adversarios caían con facilidad, lo que hizo enfurecer a Anubis. La situación lo obligó a despojarse de su capa y desenvainar su espada.

—¡Ya estuvo bien de consentirlos! Es hora de que conozcan lo que es un guerrero de verdad. ¡Acaben de una vez por todas con estos engreídos! —les ordenó a Alastor y sus soldados.

Antes de entrar en combate, Amón los tocó con su mano para dotarlos de mayor agilidad y fuerza. Los siete guerreros se encaminaron a enfrentarnos en las escaleras. Por su parte, Anubis y Amón invitaron a Merlean y Ares a subir.

—¡Al engreído de Alastor déjenmelo mí! —pedí.

—¡No! Él caerá bajo mi hacha. La vida de ese desgraciado me pertenece —dijo Cuervo Rojo.

—De acuerdo, es todo tuyo. Los demás, elijan al que quieran —les ordené.

Nueve, manos a manos se empezaron a librar. Fui el primero en acabar con mi rival, pero no tarde en percatarme de que aquello sería el cuento de nunca acabar. Yo lo mataba y él simplemente se levantaba para seguir chingando.

Alex fue el primero en ser herido; su adversario perforó su muslo y lo hizo caer de rodillas. Para su fortuna Miyamoto, nuevamente salvó su trasero y lanzó tres estrellas al rostro del nahual. Alex se incorporó y levantó su espada para decapitar a su adversario.

En cuanto la cabeza rodó, el cuerpo se desintegró. Troy alcanzó a ver lo ocurrido. Se empleó a fondo para comprobar su hipótesis y su catada cercenó la cabeza de su oponente.

—¡*Decapítenlos y los hijos de puta no se volverán a levantar!* —gritó.

Siguiendo su consejo, acabé con mi adversario y ayudé a Atalanta con el suyo. Heracles dio cuenta de uno más.

Todo marchaba a la perfección, Merlean parecía resistir los embates luminosos del báculo de Amón y a nosotros solamente nos faltaba terminar con Anubis y Alastor.

Intenté ayudar a Cuervo Rojo pero me pidió que no interviniera, era la pelea de ellos dos. Entonces di un paso atrás para respetar su voluntad, no sin antes hacerle una seña a Miyamoto para que le diera un poco de ayuda.

Miyamoto me entendió a la perfección, lanzó una estrella a la espalda de Alastor y lo hizo perder el balance; instante que Cuervo Rojo aprovechó para liberar toda su furia reprimida: con un golpe certero y un corte limpio a su oponente decapitó, cerró así el ciclo de su némesis.

Una vez que dimos cuenta de nuestros adversarios, empezamos a subir las escaleras para ayudar a nuestros amigos. Desafortunadamente Anubis era un despiadado y diestro guerrero; ante nuestros ojos, el corazón de Ares atravesó.

Lleno de furia me abalancé sobre Anubis y lo hice caer un par de veces. Heracles y Miyamoto se me unieron.

—¡*Amón, deja de hacerte pendejo con Merlean y ayúdame quieres!* — *Anubis imploró.*

En respuesta al llamado de auxilio, Amón giró su báculo y lanzó una fuerte descarga contra Merlean, quien con el impacto rodó escaleras abajo, junto con Atalanta, Troy y Cuervo Rojo.

Miyamoto intentó atacarlo con un kunai pero Amón sin ningún esfuerzo tomó la cadena, descargó a través de ella una fuerte corriente eléctrica y le provocó un desmayo. Heracles trató de embestirlo pero salió volando, impulsado por un toque mágico de la mano de Amón.

Ahora los papeles se habían invertido. Yo era quien tenía que pelear contra dos adversarios, cuestión que no me importó. El coraje por la muerte de mi mentor hacia arder mi sangre y sin la menor pizca de temor me abalancé sobre Amón. Él trató de derribarme con su magia pero no lo logró y apenas tuvo tiempo de reaccionar desviando la trayectoria de mi espada con su báculo.

—*Casi lo olvidaba, tú debes de ser el portador de la marca del guerrero.*

—*Eso que importa.*

—*Que la magia oscura no tiene efecto sobre ti, la marca te protege.*

—*Es bueno saberlo, ¡ahora prepárate para morir!*

—*¡No tan de prisa chamaco!, a ti no te puedo causar daño, pero a lo que más te importa sí.*

El desgraciado conocía mis puntos débiles. Con rayos de luz localizó a Yatzil y Troy entre la multitud para hacerlos levitar hasta su lado.

—*¡Tú das un paso más y ellos se mueren!*

La idea de perderlos me paralizó por completo. Traté de entrar en calma para encontrar una posible solución.

—*¡Anubis, entra a la pirámide y asegúrate de que Astaroth esté bien!* Yo me encargo de terminar con esta sarta de atrevidos —Anubis le indicó.

Anubis corrió hacia la entrada de la pirámide. Al mismo tiempo, Amón nuevamente utilizaba su magia para levantar todas las armas que no tenían dueño.

—*Lograron vencer al ejército de vivos y al ejército de los caídos. ¿Ahora díganme cómo vencerán al viento?... ¡Ja, ja, ja!*

Amón pronuncio aquellas palabras, mientras hacía que todas las armas cobraran vida para atacarnos a diestra y siniestra. Ahí fue donde dio inicio un acto lleno de heroísmo y valor.

Yatzil sacó de su regazo una pequeña rama de cedro, la elevó al cielo y pronunció versos antiguos. Un poderoso destello impactó el báculo de Amón y rodó por el suelo. Para nuestro beneplácito, las armas volvieron a su estado inerte.

—¡*Excelente jugada Yatzil!* —*dije para felicitarla.*

—*No es el momento de festejar todavía.* ¡*Aléjense lo más que puedan de la pirámide!, si es posible salgan de la ciudad y dile a Andrea que me perdone, ella tenía razón: todo esto estaba en mis visiones.*

—*¿Qué?... ¿Por qué?*

—*No pierdas el tiempo con preguntas. Si me quieres, haz lo que te digo.*

Ante tal argumento no tuve respuesta. Ayude a Troy a ponerse de pie, nos dimos vuelta para correr escaleras abajo gritando que salieran de la ciudad.

—¡*Vaya, la bruja verde se digna aparecer! Fuiste muy buen al ocultarte de mí. Ahora conocerás el daño que la magia roja puede causar* —*con una risita irónica Amón expreso.*

Le dijo Amón de manera retadora y de nuevo levantó su báculo. La batalla de los hechiceros inició. Las fuerzas parecían estar equilibradas. Utilizaban lo mejor de su repertorio sin lograr dañar a su oponente.

Más tarde nos daríamos cuenta que lo único que Yatzil estaba haciendo, era darnos tiempo de salir de la ciudad. Troy cargó sobre sus hombros a Merlean; los demás siguieron su ejemplo y cargaron a los heridos.

Los centauros y sátiros recorrían a galope las calles. Advertían a todos que debían abandonar la ciudad y trepaban en sus lomos a niños y ancianos para ayudarlos a escapar.

Cuando Yatzil se dio cuenta que habíamos salido de la ciudad, se dirigió a Amón.

—*Creo que es hora de dejar de jugar al mago.* ¡*Llegó el momento del acto principal, ahora es cuando tienes que pagar!*

—*¿Qué quieres decir con eso?*

—*¿Recuerdas a Filira?*

—*Por supuesto, esa estúpida bruja protectora de los centauros.*

—¡Muere con el recuerdo fijo de mi antepasada! ¡Esto es por Filira Quirón! —el último grito de Yatzil hasta nuestros oídos llegó.

Esas fueron las últimas palabras que Yatzil pronunció. Ante la incredulidad de Amón, su valiente oponente conjuro un acto suicida. Empezó a adsorber toda la energía de los árboles y arbustos de la ciudad, secando todo a su paso. Se convirtió prácticamente en una bomba de energía; rodeo con sus brazos a Amón para darle un apretón mortal y él para sorpresa de Yatzil, se despidió con estas palabras.

—¡Estúpida!, ¿Crees que tu sacrificio hará alguna diferencia? Al igual que tú, yo también toqué la piedra del destino y la única manera de liberar a Astaroth, es dejar que tu explosión lo libere. ¡Ja, ja, ja!... ¡ja, ja, ja!

Aquella confesión llegó tarde a los oídos de Yatzil. Ya era imposible revertir el hechizo. Un estruendoso sonido se escuchó y estremeció a la ciudad entera. La pirámide se partió en dos desde la base hasta la punta, las inscripciones en la cámara interior se fracturaron y se anuló el mágico candado de la jaula que aprisionaba a Astaroth.

Anubis llegó para cargar al todavía débil demonio y sacarlo de la ciudad a través de un pasadizo secreto.

En la ciudad reinaba el caos. Si bien las murallas de granito nos protegieron del impacto directo de la onda expansiva; no lograron evitar que quedáramos aturdidos por un buen rato.

La ecuanimidad en la victoria separa a los grandes de la escoria mundana. Todo ser con el mínimo de conciencia debe ser capaz de entender que no todos los que pelearon por el enemigo merecen caer. Demasiados son los que pelean una guerra por no tener opción.

Puedes entrenar tu cuerpo y educar tu mente por días, meses o años. Eso sin duda te ayudará a conseguir tus objetivos. Pero al correr en las grandes ligas lo que decidirá en qué lugar cruzarás la meta, será la capacidad de tu espíritu para resistir la presión y mantener la objetividad.

Capítulo XXXIII
El Recinto del conocimiento arcano

Como los títulos no quitan lo pendejo, lo importante es tener y aplicar los conocimientos sin importar donde los obtuviste, decía el abuelo; concepto lleno de verdad que siempre en tu plan de vida debes aplicar.

Aprende cosas de utilidad. Si te distraes en buscar, obtener y conservar conocimientos vanos, peligrosos y oscuros, corres el riesgo de terminar siendo servil al poderoso.

En cuanto terminó la confusión, corrí hasta el pie de la pirámide con la esperanza de encontrar el cuerpo de Yatzil para darle digna despedida. Tristemente en medio de aquella destrucción, no encontré rastro de ella.

De las edificaciones que aún se mantenían en pie y de las ruinas de los edificios colapsados, salían arrastrándose nahuales y mercenarios heridos. Eran los que prefirieron ignorar el llamado para salir de la ciudad por temor a que todo fuera una artimaña para hacerlos dar la cara.

Dagda demostró su templanza; tomó el rol de líder y convocó a una reunión en el centro del zócalo.

—*Heracles y Quirón, encárguense de tomar prisionero a todo aquel que peleó en nuestra contra. Concéntrenlos en la plancha del zócalo, más tarde les explicó para qué.*

—*¿Quirón te parece si los forajidos nos encargamos de los que estén en la ciudad y ustedes traen a los que estén en los alrededores?* —*propuso Heracles.*

—*De acuerdo, vamos por ellos* —*respondió Quirón.*

—Noldor, establece un hospital en el edificio del Partenón dorado. Ustedes los elfos son los mejores sanadores que hay en estas tierras —dijo Dagda.

—¡Claro! —fue su respuesta.

—Yunuen y Gael, coordinen a la hermandad para que lleven a todos los heridos de ambos bandos a este lugar para ser atendidos.

—Enseguida, señor —respondieron.

—Bashful, a los Dvergars les toca recolectar todas las provisiones que encuentren en la ciudad. Tráiganlas al auditorio principal y ahí Atalanta y sus amanzanas las custodiarán. Necesitaremos racionar los víveres en lo que conseguimos regularizar las cosas.

»El resto únase a cualquiera de los grupos en donde consideren que puedan ayudar.

Mientras todos se enfocaron en cumplir con las instrucciones de Dagda, debo admitir que el abuelo, Troy y yo nos portamos algo egoístas. En lugar de integrarnos a un grupo de trabajo, nos reunimos para tener una breve charla de reencuentro.

—¡Qué grandes y fuertes se pusieron mis muchachos! ¡Vengan!, ahora sí, déjenme darles un gran abrazo. Quiero pedirles disculpas por haberlos metido en este embrollo —fueron las palabras de Henry.

—No digas eso abuelo, no tenemos nada que disculparte —le manifesté.

—¡Claro que sí les debo una disculpa! Si yo y mi obstinación hubiéramos aceptado la ley natural de la vida, nada de esta locura habría pasado.

»Ustedes serían unos chicos normales. Estarían disfrutando del spring break en alguna playa mexicana rodeados de lindas chicas, en lugar de estarse jugando la vida, rodeados de heridos y muertos.

—¡Por supuesto que no! Nosotros hicimos lo mismo que tú habrías hecho, si cualquiera de nosotros hubiera sido el que no regresara. Además, el hubiera no existe —reconfirmó Troy.

—Eso sin contar que si no logramos nuestro objetivo, la humanidad entera tendrá que pagar los platos rotos a un costo demasiado elevado. Y entre ellos están todos los seres que nos importan, en especial mamá y papá —hice hincapié.

—¡Como sea, de todas formas gracias!

»Aprovecho que tocas el tema para preguntarles… ¿Cómo está Mery y mi pequeño Nick?

—Seguramente preocupados por nosotros. Aparte de eso, bien supongo —contesté.

—¿Y tú cómo te encuentras? —preguntó Troy.

—¡Ah!… podría estar mejor, pero no me quejo. Dios me dio licencia de volver a abrazarlos con eso tengo bastante.

Nuestra plática fue interrumpida por Dagda, quien al ver que los prisioneros ya habían sido concentrados en el zócalo, se dirigió a ellos.

—¡Escuchen con atención! Sé que en estos últimos años varios de ustedes han hecho cosas malas. Unos obligados por el deber, otros por idiotas y algunos simplemente por placer.

»Les garantizo que serán juzgados de manera justa. Aquellos que fueron engañados por el impostor y solo siguieron órdenes, tendrán oportunidad de redención, pero aquellos que se aprovecharon para dar rienda suelta a sus más oscuras pasiones, no serán merecedores de la mínima clemencia.

»La mecánica será la siguiente: quien esté convencido de que no hizo nada malo, muévanse al lado derecho. Sus casos serán revisados por el consejo de ancianos. Ellos determinarán la manera en que expiarán sus culpas.

»Los que reconozcan que hicieron cosas incorrectas, con la atenuante de haberlo hecho por deber y siguiendo órdenes, vayan al lado izquierdo. Ustedes serán llevados temporalmente al castillo negro, no se preocupen recibirán un trato digno. También recibirán tratamientos psicológicos para procurarles una reinserción exitosa a nuestra nueva sociedad, en un tiempo relativamente corto.

»Los que cometieron atrocidades sin remordimiento de ello y siguen siendo fieles a los ideales del traidor Anubis quédense al centro. Para ustedes no hay lugar en el cuarto reino; serán desterrados al segundo reino en donde podrán vivir o mejor dicho sobrevivir si su habilidad guerrera se los permite.

»Mientras deciden en que grupo se ubicarán, les hará la siguiente advertencia: si alguien pretende engañarnos y se coloca en un grupo al que no pertenece, la pena será la muerte. Espero que les haya queda claro, adelante tomen su decisión.

Los prisioneros que se contaban por miles empezaron a ubicarse en el grupo al que creían pertenecer.

—Solo ustedes saben si se colocaron en el lugar correcto. Esta es su última oportunidad para reconsiderarlo, recuerden que el castigo por mentir, será la muerte —dijo Dagda.

La incertidumbre y el temor hicieron que varios reconsideraran su decisión.

—De manera libre tomaron su decisión. Centauros escolten hasta los límites del reino a los que permanecieron en medio —Dagda proclamó.

—Sin ningún problema —respondió Quirón.

—Por favor no sean gentiles con ellos. A todo aquel que no obedezca, muéstrenle el camino al umbral eterno.

—Ya lo oyeron estúpidos abusivos, empiecen a caminar y les imploro me den el mínimo pretexto para librar a este mundo de un hijo de puta más.

Después que el grupo de futuros desterrados abandonó la ciudad, llegó el turno para validar si los que se quedaron eran dignos de redención.

—Por su bien, espero hayan tomado su decisión a conciencia. Merlean es tu turno con tu magia dinos por favor. Si alguien de estos infelices aparte de cobarde, es malvado y estúpido.

—Veamos...

Merlean respondió mientras elevaba su bastón. Pequeñas bolas de lodo empezaron a flotar sobre las cabezas de los asustados prisioneros. Las oscuras esferas parecían tener conciencia propia. Al detectar en alguno la esencia del mal, se proyectaban contra él y lo marcaban con una indeleble X en la frente.

Los mentirosos se contaban por cientos. Inútilmente con uñas y piedras trataban de borrarse la marca. Cuando intentaban cubrirla con algo, la marca les producía un insoportable dolor de cabeza.

—*Gael es hora de que la hermandad cobre viejas facturas. Llévense a lo profundo del bosque a todos los tramposos. Ya saben lo que tienen que hacer.*

»Después regresen para que escolten a los de la izquierda al castillo negro en donde esperarán el día de su juicio.

—*Heracles, ustedes acompañen a los de la derecha a la prisión de la ciudad. Ellos mañana mismo empezarán a ser juzgados por los ancianos.*

—*Atalanta y Yunuen ustedes coordinarán la reconstrucción de la ciudad. A partir de hoy, la ciudad nahual dejará de existir.*

»Sobre sus ruinas se edificará una nueva ciudad. En ella, las razas podremos coexistir en paz. En honor a la hechicera que se sacrificó para darnos la victoria, su nombre será la Ciudad Verde.

»En cuanto a los diestros guerreros huma…

El discurso de Dagda fue interrumpido por la voz de Akiry.

—*Su excelencia, solicito permiso para hablar.*

—*¡No seas zalamero! Conmigo no van esas cosas. Yo soy simplemente Dagda.*

—*¡Ok!, Dagda; Arawn y Dasan acaban de llegar.*

En la puerta de la ciudad se cruzaron con los centauros que arriaban al ganado de desterrados. Al entrar a la ciudad Arawn no daba crédito a lo que sus ojos presenciaban.

—*¿Qué carajos pasó aquí?* —*Arawn preguntó.*

—*Que te perdiste la diversión* —*Akiry respondió.*

—*¡Sí, ya veo!*

—*¿A ustedes cómo les fue?* —*Dagda preguntó.*

—*Logramos llegar con vida, así que creo que bien.*

—*Nos retrasamos un poco porque encontramos un puñado de cobardes que huían de la ciudad* —*comentó Dasan.*

—*Los muy estúpidos creyeron que salvarían su pellejo, pero lo que encontraron fue su destino final bajo nuestras espadas* —*Arawn explicó.*

—Todo aquello fue confuso. Ese impostor casi logra engañarnos. Por fortuna Arawn fue más astuto que él y con un par de preguntas lo desenmascaró.

»El demonio al saberse descubierto, atacó con todo lo que tenía. Debo decir que la batalla estuvo reñida pero al final nuestro gran guerrero verde logró imponerse —detalló Dasan.

—Ese es mi muchacho —orgulloso Dagda comentó.

—No puedo tomar todo el crédito. Yo, únicamente enfrenté a Jezbet, en lo que Dasan y mis muchachos daban cuenta de veinte miembros de la guardia real, tarea nada sencilla.

»También debo mencionar que fue Dasan quien deshizo el hechizo del impostor. Yo no hubiera podido enfrentarlo mientras tuviera tu apariencia, en cuanto apareció su demoniaco rostro, todo fue más fácil para mí.

—Y yo creyendo que nada más nosotros nos habíamos divertido — Akiry ironizó.

—Nada de eso pequeño amigo... ¡Oh!, casi lo olvidaba. ¡Gran Dagda!, te traje como presente la cabeza del que osó suplantarte.

Dijo Arawn cuando sacaba de un bolso la horripilante cabeza de Jezbet.

—Realmente era feo el tipo. Vaya que tu hechizo era bueno Merlean —Dagda le reconoció.

—¿Qué quieres que te diga? ¡Soy el mejor!, lástima que durante buen tiempo estuve jugando para el equipo equivocado y ahora que el tema salió a relucir, quiero decirte que pensé en tus palabras y decidí recluirme en el castillo negro con el resto, en espera de ser juzgado.

—Sabia y valiente decisión, debo reconocerlo, aunque no creo que eso sea necesario. Todos aquí sabemos que hiciste cosas realmente malas, pero siempre bajo el influjo de la magia de Amón.

»Así que aparta de tu mente esos pensamientos de culpabilidad. Te necesitamos aquí para que nos ayudes a reconstruir un reino mejor, junto con este puñado de valientes humanos.

—Ahí si nos van a perdonar, lamento ser aguafiestas. Nosotros no podemos quedarnos, aún tenemos camino por andar. Necesitamos concluir nuestra misión —aclaré.

—¿A qué te refieres con eso muchacho? —Dagda cuestionó.

—En la última plática que tuve con Yatzil, me dio indicaciones que faltan cumplir. Necesitamos llegar a la cámara del conocimiento. Es de vital importancia recuperar el libro arcano, para evitar la llegada de la quinta gran guerra.

—¿De qué guerra estás hablando?

—Créeme, ni yo mismo estoy seguro. Lo que si te puedo decir es que ciegamente confió en lo que Yatzil me dijo. Así que si no es mucha molestia, agradecería que alguien pudiera guiarnos hasta esa dichosa bóveda.

—¿Estás loco? No sé lo que Yatzil te dijo, pero intentar entrar a ese lugar es un acto suicida, por no decir estúpido —aseguró Akiry.

—Méndigo duende, eres el ser con menos calidad moral para opinar. ¿Por qué deberíamos de creerte?... Por lo que puedo recordar eres un mentiroso compulsivo —Alex dejo en claro.

—¡Ya supéralo! Lo que pasó fue por negocios. Además pregúntale a Cuervo Rojo; ya me reformé, ahora sólo hablo con la verdad.

—Es verdad, este Akiry ya es un embustero reformado —Cuervo Rojo confirmó.

—¡Ok!, suponiendo que sea cierto… ¿Según tú, por qué es un suicidio tratar de entrar a la bóveda del conocimiento? —le cuestioné.

—No es según yo. Pregúntenle a cualquiera de los presentes, ese lugar está custodiado por las quimeras. Cientos han encontrado la muerte al tratar de burlarlas, hasta Anubis fracasó en su intento de domesticarlas.

—Akiry tiene razón. No hay un solo registro de que ser alguno haya conseguido entrar en el recinto. No veo por qué debería ser diferente con ustedes —expuso Merlean.

—Estoy consciente de que son más las dudas y preguntas, que las respuestas. Respeto y agradezco su opinión. Por lo que a mí respecta estoy decidido a ir allá.

»Es lo menos que puedo hacer para honrar la memoria de Yatzil. Si pierdo la vida, qué más da; si aún sigo respirando es gracias a su sacrificio.

»Ustedes compañeros están en plena libertad de ir conmigo o quedarse. Cualquiera que sea su decisión, la respetare.

—Estoy contigo hijo, terminemos esto —Henry fue el primero en responder.

—Agradezco tu disposición abuelo. Pero creo que esta vez, yo soy el que tengo que decirte que este no es tu momento de brillar, no me lo tomes a mal.

—Lo entiendo, ya soy demasiado viejo y más que ayuda sería un estorbo.

—No es eso.

—No trates de matizar tus palabras. A las cosas siempre hay que llamarlas por su nombre; quizás los viejos seamos de utilidad para muchas cosas, lamentablemente una batalla no es una de ellas.

»Créeme, lo entiendo. Váyanse tranquilos, les pido por favor que a diferencia de mí, ustedes sí cumplan su promesa de volver, aquí los estaré esperando para regresar a casa.

—¡Claro abuelo! Promesa hecha, jamás desecha y gracias por comprender... ¿Ustedes qué dicen?

—Yo no llegué hasta aquí para acobardarme al final, estoy contigo —convencido afirmó Miguel.

—A donde caminen los seguiré. Terminar con todo esto, es la única manera de reivindicar el sacrificio de los que ya no están —aseveró Andrea.

—¡Qué diablos!, si ya vencimos monstruos, guerreros míticos y hechiceros, por qué no habremos de poder lidiar con un par de animalitos —fue la respuesta de Alex.

—¡Claro que voy contigo! Solo dame oportunidad de despedirme de mis hijas —solicitó Cuervo Rojo.

—Disculpa que te contradiga. De todos nosotros, tú eres el que más tiempo lleva metido en esto. Creo que te has ganado el derecho a tomar un breve receso.

» ¡Quédate a cuidar de tus hijas! Ellas necesitan conocer el amor de un padre, yo tomaré tu lugar junto a estos bravos guerreros —propuso Dasan.

—No cre...

—¡Shh! Dasan tiene razón. ¡Quédate a cuidar de tus hijas!, es una orden, no una sugerencia.

—Entiendo, entonces les deseo la mejor de las suertes.

—¿Tú Gerard vienes?

—Realmente me encantaría poder acompañarlos, pero creo que hasta aquí es donde yo llego. Durante la batalla consumí mi última porción de sangre de demonio y sin eso, no creo que mi cobardía les sea de mucha ayuda.

—Lo entiendo y gracias por ser sincero. Permíteme decirte que no eres un cobarde, reconocer el grado de incapacidad y las debilidades, es un acto lleno de valentía.

—¡Gracias!... Acabas de lograr que deje de tener vergüenza.

—¿Y tú qué dices Troy?

—Esa pregunta ni se pregunta. Sabes que conmigo siempre contarás, Pequeño Oso roba galletas.

—¡Ja, ja, ja! Lo sé bien Pequeño Cachorro asustado. Bueno, lo único que necesitamos es un guía.

—Ya tienen uno, yo los llevaré —Yunuen se ofreció.

—¡Momento que soy lento! Amiga Yunuen, aquí tú eres más útil que yo. Recuerda que tengo una deuda con algunos de ellos, así que si no te importa, déjame guiarlos a mí —Akiry le solicitó.

—Si ellos aceptan, por mí no hay ningún problema.

—¿Qué dicen muchachos, aceptamos al duende como guía?

—Si mi opinión cuenta… que Akiry nos lleve. Tendremos con quien divertirnos durante el camino y con suerte, en una de esas, tenga oportunidad de desquitarme del méndigo —convino Alex.

—¿Cuándo piensan partir? —Dagda preguntó.

—En cuanto carguemos algunas provisiones. Entre más pronto terminemos con esto, mejor —les planteé.

—Ahora comprendo por qué han llegado tan lejos, ¡vaya que son decididos! Disculpen que no los acompañe, ni envié más gente a ayudarlos, pero en estos días tendremos mucho trabajo por aquí.

»Lo más que puedo ofrecerles son nuestros mejores caballos y todo el armamento que crean necesitar.

—Con eso será suficiente, ¡gracias! También te deseo la mejor de las suertes, el trabajo para reconstruir un nuevo reino que sea mucho mejor, será titánico.

—No tengo más que palabras de agradecimiento para ustedes por haber traído los aires de rebeldía. Espero que encuentren lo que sea que estén buscando.

»Esta noche después de la ceremonia de cremación de los caídos, los despediremos con la fiesta de la victoria, al estilo Dvergars —fue el anuncio de Dagda.

—Música para mis oídos. Ojalá y los demás entiendan que para los Dvergars, el día de una victoria, no puede haber tristezas, eso sería falta de respeto para los caídos en la batalla.

»Y si nadie tiene inconveniente, por el resto de la tarde, mientras recogemos a nuestros caídos para darles digna despedida, ¡refresquémonos con el elixir de los dioses! —propuso Bashful lleno de entusiasmo.

En respuesta a las palabras de su líder, los enanos ni tardos ni perezosos, empezaron a vaciar los barriles de cerveza y licor. Mientras levantaban y amortajaban los cuerpos de los difuntos.

Al darse cuenta que algunos criticábamos su actuar. Al no entenderlo, Bashful explicó.

—Veo en muchos rostros un dejo de extrañeza porque cuestionan nuestro actuar. Déjenme decirles que nuestra intención no es herir los sentimientos de nadie, simplemente nos apegamos a nuestras costumbres.

»Nuestros antepasados nos enseñaron que por un guerrero muerto en batalla no se deben derramar lágrimas. Con licor su memoria se debe honrar. La muerte de los valientes no se llora, se celebra.

»No importa cuál sea la edad del guerrero caído: veinte, cien o mil años. Siempre se marchará antes de tiempo, dejará un hueco, testigo silencioso de su sacrificio. Que siempre nos recordara el por qué ellos decidieron pelear.

»Si enfrentaron la batalla fue por proteger nuestra felicidad. La tristeza en nuestros rostros es algo que ellos no querían ver. ¿Entonces, por qué recordar con tristeza, al que ofrendo su vida por perpetuar la felicidad de los suyos?... ¿Sería irónico verdad?

Aunque no todos estábamos completamente de acuerdo con sus costumbres, no pasó mucho tiempo para que siguiéramos su ejemplo. Resultaba más sencillo evadir la realidad con alcohol que enfrentarla.

Cientos de fogatas iluminaron la noche de la ciudad. El ambiente se llenó de un aroma a tristeza, melancolía, agradecimiento, sacrificio, esperanza y eternidad.

Mientras el fuego purificaba el cuerpo terrenal de los caídos, aprovechamos el momento para despedirnos de algunos de nuestros amigos con afectuosas y breves charlas. Miguel buscó a Yunuen para darle un fuerte abrazo y un gran beso.

—¡Guau, eso no me lo esperaba!... Creo que me agradó.

—¡Deséame suerte!, si salgo con vida de esto, regresaré para que me muestres tu mundo.

—Dalo por hecho y aparte de mostrarte lo hermoso de mi mundo, te enseñaré algunas otras cosas en las que soy muy buena. Será mi manera de pedirte perdón por haberte traicionado.

—No se diga más, ahora nada me impedirá regresar.

Con un montón de besos sellaron su compromiso y unidos en pensamiento, silenciosamente elevaron una plegaria para pedir que la luz divina iluminara su camino de regreso.

Troy buscó a Bruní para agradecerle el haberse arriesgado para ayudarlos.

—Bruní fue un placer conocerte. Sin ti, no lo habríamos logrado. En verdad que fuiste astuto y valiente.

—¡Gracias, no creo merecer esa lluvia de halagos!

—No seas modesto pequeño amigo. Realmente eres un gigante, tu grandeza se mide de tu cabeza al cielo. Sigue siendo buena persona y nunca dejes de preguntar, siempre en busca de la libertad.

—¡Seguro!, cuenta con eso.

—Te encargo a Gerard. Veo que ha hecho buena amistad con tu gente. ¡Míralo!, se ve feliz bebiendo cerveza con ellos.

—Despreocúpate, cuidaremos bien de él. Lo enseñaremos a ser valiente sin la necesidad de su droga de sangre de demonio.

En tanto se daban la mano como gesto de despedida, Akiry llegó hasta donde estaba Cuervo Rojo en compañía de sus hijas.

—*Akiry, déjame presentarte a mis hijas, Ave del Alba y Flor de Montaña.*

—*Es un placer conocerlo señor* —*respondieron las dos.*

—*Un gusto conocerlas también, pero no me digan señor, pueden llamarme tío Akiry.*

—*Muy bien, lo recordaremos la próxima vez* —*aseguró Alba.*

—*¿Ahora resulta que hasta parientes vamos a ser? ¡Ja, ja, ja! Aunque no suena tan mal la idea* —*aceptó Cuervo Rojo.*

—*Chicas les importaría si les robo unos instantes a su padre.*

—*Claro que no, adelante.*

—*¿Qué sucede Akiry?*

—*Nada, sólo vine a despedirme. Realmente no creo que corramos con tan buena suerte con esas quimeras, así que tal vez esta sea la última vez que nos veamos.*

—*No seas pesimista, lo mismo pensé cuando enfrentamos al Baykok y venos, aquí estamos. Esos muchachos están hechos de un barro diferente. Confía en ellos, como yo lo hice.*

—*Espero tengas razón, aún tengo muchos planes por cumplir. Tú, por favor preocúpate por recuperar todo el tiempo perdido con tus hijas.*

—*Te prometo que lo haré. Vine hasta aquí en busca de vengar su muerte y las encontré con vida. ¡Qué más le puedo pedir al gran espíritu!*

—*Me alegro por ustedes. Bueno, vine a darte la mano y agradecerte por haberme ayudado a vencer mi cobardía. Si regreso prepararé el mejor aguardiente que hayas probado, ¡para que sepas lo que es bueno!*

—*¿Esta vez sin truco verdad?*

—*¡Ja, ja, ja! Claro, no te preocupes. Bueno, hasta pronto.*

Cuervo Rojo se arrodilló para despedirlo con un abrazo. Andrea buscó a Gerard quien daba rienda suelta a los placeres mundanos en compañía de sus nuevos amigos.

—*¡Qué pronto te ambientaste!*

—*¡Sí, verdad!, es fácil acostumbrarse a la hospitalidad Dvergars.*

—¡Me alegra! Pues en realidad lo que quería es agradecerte por la ayuda que nos diste y decirte que no eres ningún cobarde. Subirse a un tren del cual no conoces el lugar de destino, requiere de mucha valentía y aquella tarde en el hotel, tú lo hiciste.

—¡Gracias!, pero aquí entre nos, un minuto después de que me dijeron que me aceptaban, me cayó el veinte y al darme cuenta en qué me metía, estuve a punto de hacerme en los pantalones.

—¡Ja, ja, ja! No digas eso, por más que quieras aparentar ser cobarde, a mí no me engañas, en tus venas corre el valor.

—En verdad agradezco tus palabras. ¡Ven, únete a nuestra celebración!

—¡Paso! Necesito un momento a solas para hacer las paces conmigo misma. No sé si estoy mal, para mi sigue siendo mayor la tristeza que las ganas de festejar la ausencia de los que ya no están.

—Es comprensible tu sentimiento. La muerte de alguien cercano, no es algo que se pueda asimilar con facilidad.

—Es algo confuso sabes… Yo no tengo problema con realizar una celebración de vida para aquellos que se nos adelantaron en el camino.

»Mi problema tiene que ver más conmigo misma. En retrospectiva un sentimiento de culpa me invade, creo que soy un ave de mal agüero.

—No seas tan dura contigo.

—¡Cómo no! A Pandi le atravesaron el corazón por defenderme. Antonio perdió la vida cuando acudió en mi ayuda y Yatzil a quien había prejuzgado mal, se sacrificó por salvarnos. Eso todavía me hace sentir peor. Parece como si una nube de mala suerte viajara sobre mi cabeza.

—Entiendo tu punto, pero sigo pensando que eres demasiado dura contigo. Tú no eres culpable de lo que le pasó a tus amigos.

»La vida es una tragicomedia que a diario se escribe. No hay un guion ya definido, el determinismo no existe como tal. Hasta los más fieles seguidores del pensamiento determinista, voltean a ambos lados de la calle antes de cruzarla. Así que levanta la cabeza y sigue de frente.

—Sé que tienes razón, pero tus palabras realmente no me hacen sentir mejor, su ausencia sigue doliendo igual.

—Mira, es cierto que cuando un ser querido muere, al campo del olvido nunca viajará. Cada flor del prado de la eternidad estará impregnada de su aroma. El sol con un dedo no es posible tapar, lo que a la vista es evidente es absurdo negar.

»Lo bueno del ayer, sólo un loco lo querría olvidar. Un tatuaje podrá ser cubierto mas no removido. Recordar y extrañar son conceptos parecidos, pero tan diferentes como llorar y reír; mientras uno habla sobre el dolor por lo que ya no está, el otro se refiere al dulce sabor de remembrar.

»Extrañar es vivir en eterna y agónica añoranza. Aferrarse de manera tonta a lo que ya es pasó, inútilmente implorar por un milagro que no llegará. El pasado es algo que no se puede cambiar. Estúpido es buscar respuestas donde no están.

»En cambio recordar es traer al presente vivencias de ayer y respetar su calidad de cosa vivida. Dejarlas en el pasado que es a donde pertenecen, es darle su justa medida. No cometer el error de aferrarse a lo que no fue.

—Ahora sí diste en el clavo. A partir de hoy dejaré de extrañar y empezaré a recordar.

—Esa es la actitud.

Andrea abrazó a Gerard y le susurró al oído.

—Gracias, ahora puedo concentrarme en hacer que sus sacrificios tengan sentido.

Alex por su parte se despidió brevemente de Heracles.

—Gracias grandulón por todo lo que nos enseñaron. Lamento en verdad la pérdida de tu padre, para nosotros fue un excelente mentor.

—Agradezco tus condolencias pero si en verdad quieren honrar su memoria, terminen lo que empezaron. Ares creía en ustedes, no lo defrauden —Heracles solicitó.

—Cuenta con ello campeón… Te dejo porque tengo varias cosas por arreglar.

—¡Adelante!, les deseo la mejor de las suertes.

Finalmente Dasan y Merlean llegaron hasta donde yo platicaba con el abuelo.

—¡Qué bien que los encontramos juntos! Con todo esto que ha sucedido no he tenido tiempo de agradecerles por haber venido a ayudarme —dijo Dasan.

—¡Olvídalo!, cuando menos para mí, fue un placer —respondió Henry.

—Yo también quiero agradecerles por lo que hicieron por mí. No encuentro mejor forma de hacerlo que hablarles con la verdad. Deben de saber que esto apenas comienza —dijo Merlean.

—¿A qué te refieres con apenas comienza? —pregunté.

—Vencimos a simples peones, quien mueve los hilos no es Anubis, mucho menos lo era Amón.

—Sé claro por favor.

—Estoy seguro de que ese par seguían órdenes. Recién bajamos al sótano de la pirámide y encontramos la jaula de Astaroth vacía.

»Alguien está tratando de reunir el ejército de los primeros desterrados. Si eso llega a ocurrir, mareas de sangre inundarán la tierra.

—¿Hay algo que podamos hacer al respecto?

—Creo que Dasan es quien tiene esa respuesta.

—Según mis vision…

El grito de Akiry interrumpió nuestra plática.

—¡Chicos al amanecer partiremos!, así que si ya prepararon su armamento y eligieron su montura, vayan a descansar que mañana la jornada será larga.

—Creo que dejaremos la plática para mañana. En el camino nos aclararás las cosas —le dije a Dasan.

—¡Está bien!

»Henry, espero verte nuevamente, pero por si las dudas, quiero que sepas que en caso de que la humanidad eluda la quinta gran guerra, en gran parte será gracias a ti. No sólo yo, toda la humanidad ahora estará en deuda contigo.

—No creo que sea para tanto. El trabajo duro lo han hecho otros. Y si quieres agradecérmelo, con que cuides y guíes a mis muchachos, me daré por bien retribuido.

—*Cuenta con eso, aunque por lo que vi en batalla, más bien ellos serán los que me cuidarán. ¡Ja, ja, ja!*

—Nick vete a dormir antes de que el méndigo duende se enoje y te regañe.

» *¡Cuídate!, espero verte pronto —me dijo el abuelo.*

—*Tienes razón, mejor me voy antes de que se quite el fajo. ¡Ja, ja, ja!*

»*Nos vemos abuelo y te prometo que haré hasta lo imposible por que todos regresemos con bien. En unos días pasaremos por ustedes para volver a casa.*

»*Donde todavía te espera ese 24 de 805 en la vieja hielera. Mi padre nunca lo quiso sacar, dijo que te pertenecía y sólo tú te lo podrías tomar —le conté.*

Con un par de abrazos me despedí del abuelo. Él con sus ojos vidriosos y la mano al viento, me deseó buena suerte.

Debo reconocer que en mi cabeza rondaban algunas preguntas.

— *¿Quién había enviado a Anubis y Amón a hacer el trabajo sucio?* (pero lo que más me inquietaba eran otro par de preguntas)

» *¿Quién nos envió a nosotros? y ¿Con qué intenciones?*

No temas preguntar. Cuestiona hasta aquello que consideres vano o simple. Dudar es lo único que puede acercarte a la verdad. Aquel que todo lo da por hecho y otorga la etiqueta de verdad a todo lo que le dice alguien más, corre el riesgo de extraviarse en el laberinto de la mentira.

La leyenda de la piedra del capitán en Yosemite cuenta la historia de cómo un pequeño oso y su madre quedaron atrapados en lo alto de la roca. Los animales más fieros, hábiles y fuertes, intentaron rescatarlos, absolutamente todos fracasaron.

El último en intentar trepar fue el gusano, todos le dijeron que no fuera estúpido, si los demás no pudieron hacerlo, él tampoco lo lograría. El gusano ignoro a sus detractores y empezó a trepar, al cabo de muchos días, completó con éxito la travesía.

Solamente quien anduvo el camino hasta la cima, puede dar testimonio de lo hermoso de la vista. El resto únicamente hablarán de lo que alguien más les conto.

Capítulo XXXIV
El Hombre del sombrero

Cuando el escudo y la espada no sirven de nada, la inteligencia es la única capaz de ganar la batalla. Guerrero inteligente es aquel que se concentra en hacerse invencible; sabedor de que la debilidad de su adversario no depende de él, concepto básico del arte de la guerra.

Cuando juegas un mano a mano, resulta riesgoso dejar que un tercero entre a la partida. Aquel que siempre desconfía y busca puntos débiles en cada argumento que le dan, tendrá menos posibilidades de ser timado.

Por la madrugada nos levantamos, montamos nuestros caballos e iniciamos la cabalgata hacia lo que creímos era la última parada de nuestro viaje: "La bóveda del conocimiento ancestral".

Resultó grato que todos madrugaron para despedirnos y desearnos suerte. Antes de salir de la ciudad, levantamos la mano para agradecer su gesto de buena voluntad.

A medida que avanzábamos, la vegetación se hacía más espesa y el sendero más estrecho. La incertidumbre cabalgaba a enancas y provocaba que la ansiedad hiciera acto de presencia en nuestros corazones.

Para relajar el ambiente, Alex decidió hacer algo estúpido. Tuvo la mala idea de propinarle un fuerte varazo al caballo que montaba Akiry, quien se aferró al animal para evitar caer.

—¡Ja, ja, ja! ¡Agárrate fuerte, no te vayas a caer! —Alex se burló.

El asustado caballo se perdió entre la espesa vegetación.

—¡Qué pendejo eres Alex! ¡Tú y tus niñerías! —exclamó Andrea.

—¿Qué?... fue una simple broma.

—Los seres humanos somos tan estúpidos que repetimos las actitudes que nos propusimos evitar. En fin, parece que ese comportamiento ya viene en nuestros genes —comentó Miguel.

—Somos el único animal que nos tropezamos con la misma piedra, no una, ni dos veces. Somos tan tontos que lo hacemos en repetidas ocasiones, como si fuera deporte —aseguró Dasan.

—Les parece si nos enfocamos en traer de regreso a Akiry. No lo veo, ni lo escucho por ninguna parte —advirtió Troy.

—Tienes razón, desmontemos para descansar un rato y comer algo. Alex busca a Akiry. Tú provocaste el problema, Tú resuélvelo —reclamé.

—Si ya terminaron de regañarme, déjenme ir a buscar al méndigo duende. ¡Carajo, no tienen sentido del humor!

Refunfuñando Alex se adentró en el selvático bosque. Nosotros desmontamos y empezamos a comer carne seca y frutos para reponer energías. Me acerqué a Dasan en busca de información.

—¿A qué se refería Merlean con eso del ejército de los primeros desterrados?

—No conozco por completo la historia. Te diré lo poco que se:

»Por lo que he escuchado, Lucifer es el desterrado más celebre, pero no fue el primero. En los inicios de los tiempos, el destierro de la séptima tierra era una práctica recurrente, cientos fueron desterrados antes que él.

»Cuando Lucifer fue desterrado encontró seres muertos moralmente, desperdigados por todos lados. Pequeños clanes nómadas que peleaban entre sí. Siendo un visionario y excelente orador, encontró las palabras adecuadas para unir a los desterrados bajo una causa común. Forjó así la primera gran civilización fuera de los límites de la séptima tierra.

»En ese punto las historias se vuelven confusas. De algún lugar llegó Satán acompañado por varios seres tan fieros y valientes, como embusteros y malignos. La lengua de Satanás era tan hábil como su espada. En poco tiempo consiguió nublar el juicio de Lucifer y lo convenció de que su destino era reinar sobre las siete tierras y hacer pagar a los que lo desterraron.

»Los primeros dioses, antes de desterrar a alguien, borraban de su cabeza todo conocimiento mágico. Por descuidos o por caprichos del destino, algunos cuantos lograron conservar parte de sus conocimientos en sus recuerdos.

»Lucifer convencido de que hacia lo correcto, buscó entre todos los desterrados a todo aquel que poseyera una migaja de conocimiento sobre magia antigua. Con paciencia fue uniendo un enorme y retador rompecabezas, hasta conseguir elaborar un peligroso manuscrito: "El libro de los desterrados".

»Este compendio de conjuros de magia antigua permitió que Lucifer, Satanás, Samodeo, Mamon, Belcebu, Belfegor, Lenathan, Astartea, Belial, Sine, Behemont, Cetus, Luzbel y Astaroth, se convirtieran en los primeros hechiceros negros de la historia.

»En el corazón de todos estos seres había un gran rencor. Nunca cruzó por sus mentes utilizar su nuevo poder para hacer el bien; en lo único que se concentraron fue en la destrucción. Valiéndose de la magia lograron prosperar en el exilio y cegados por la soberbia creyeron ser capaces de poder conquistar la séptima tierra.

»Así fue como el carismático Lucifer terminó de equivocar el camino. Bajo su liderazgo nació el ejército de los desterrados, una horda sedienta de sangre y venganza. Sus integrantes, los hijos de puta más desalmados que hayan caminado sobre la faz de la tierra.

»Esos desgraciados estuvieron bastante cerca de conseguir su objetivo. Afortunadamente sus planes fueron frustrados por los valientes integrantes del ejército de la luz, liderados por Miguel, Gabriel, Rafael, Uriel, Sariel, Ramiel, Raguel y Metatron.

»Tras la derrota, Lucifer y un puñado de sus seguidores lograron escapar. Satán y algunos generales no corrieron con la misma suerte, fueron capturados y encarcelados en las prisiones piramidales.

»Nadie sabe a ciencia cierta, por qué Lucifer decidió abandonar a los cautivos a su suerte. El caso es que a partir de ese día, el príncipe oscuro y sus secuaces le apostaron a mantener una guerra desde las sombras con la manipulación como principal arma.

»Por milenios se han dedicado a influenciar a otras razas para qué peleen sus batallas. Asechando a la espera de algún día unificar bajo su dominio a las siete tierras. El ejército de la luz en repetidas ocasiones, se ha encargado de arruinarles sus planes.

»Desde hace algunos años, empezaron a aparecer evidencias de que alguien más está tratando de participar en el juego. ¿Quién? ¿Cómo? ¿Para qué? Son respuestas que no tengo.

»Pero sea quien sea, todo indica que su objetivo es liberar y reunir a los generales sobrevivientes de aquel macabro ejército.

—No quiero ni imaginarme los destrozos que esos desgraciados causarían. Imagínate todo el rencor e ira que han acumulado en tanto tiempo de cautiverio —comenté.

—Exactamente ese es mi temor. Si logran reunirlos, el mundo se teñirá de sangre como nunca antes y para alimentar mi temor, Astaroth acaba de ser liberado.

—No adelantemos vísperas ni lloremos antes de que nos peguen. Ya habrá tiempo para preocuparemos cuando las cosas sucedan. ¿No lo crees?

—¡Cierto!

—¿Hay algo más que creas que yo debería saber?

—¿Dime, para ti el fin justifica los medios? —Dasan me preguntó.

—No estoy muy seguro, podría decirte que sí pensando en que saldremos victoriosos. Pero si el enemigo fuera el que se valiera de artimañas, bajezas y trampas para vencernos, entonces mi respuesta sería diferente, seguramente diría que no.

»Creo que para no verme tan comodino, mi respuesta es: "Para tu pregunta no hay respuesta acertada o errada, nadie es tan sabio para conocerla."

»Bajezas y atrocidades, siempre serán bajezas y atrocidades, sin importar el motivo por el cual se cometan. Al pelear por una causa, por más justa que esta sea, corres el riesgo de cometer acciones erradas.

—¡Me acabas de sorprender! Nunca espere que...

Nuestra conversación fue interrumpida por Miguel.

—Alex y Akiry ya se tardaron demasiado, deberíamos ir a buscarlos.

—¿Qué opinas Nick si nos dividimos para abarcar mayor terreno? Tú y Troy van al norte y Andrea, Miguel y yo nos encargamos del sur —propuso Dasan.

—¡No, eso de separarse casi nunca termina bien, vamos todos juntos! —respondí.

—Como tú digas, yo creo que los encontraríamos más rápido si fuéramos separados, pero tú eres el jefe.

Ya decididos, nos adentramos en la espesa vegetación. Para nuestra sorpresa, inmediatamente encontramos una angosta vereda que nos condujo hasta a una misteriosa edificación que estaba en perfecto estado de conservación.

Estábamos en presencia de una imponente pirámide de seis caras, cinco de ellas, adornadas con relieves y pinturas; escenas de batalla era lo que más abundaba en la decoración. Seres alados combatiendo contra serpientes emplumadas con ojos de esmeraldas, hechiceros preparando pócimas en calderos y hombres barbados empuñando rayos, todo parecía como si los muros quisieran contar una historia olvidada.

Lo que resultaba escalofriante era la decoración del sexto muro. Estaba completamente lleno de cráneos incrustados. La parte superior de la pirámide era plana y estaba repleta de terroríficas gárgolas de piedra que parecían vigilar el horizonte.

Al lado derecho de la pirámide había un enorme huerto con cientos de árboles frutales y surcos llenos de todo tipo de cultivos. El momento mágico terminó cuando vimos los caballos de Alex y Akiry deambulando solos por el lugar.

—*Al igual que ustedes estoy maravillado, pero no tenemos tiempo para esto. ¡Busquemos a Alex y Akiry!* —les insistí.

—*Quizás estén dentro de la pirámide* —opinó Troy.

Después de dar tres vueltas alrededor de la pirámide no conseguimos encontrar la entrada. Estábamos al borde de la desesperación, cuando escuchamos un aturdidor zumbido y en la parte baja del muro de cráneos una puerta se abrió. Un imponente hombre de sobria vestimenta gris y un extraño sombrero de ala, se presentó ante nosotros.

—*Bienvenidos sean a los dominios de Angra Mainyu.*

—*Disculpa la pregunta. ¿Eres amigo o enemigo?* —cuestioné.

—*Soy y seré lo que ustedes quieran que sea.*

—*Digamos que preferimos que seas nuestro amigo* —Troy comentó.

—*Entonces así será. No tienen por qué temer, pueden guardar sus armas.*

No muy convencido di la orden de enfundar las armas. Algo en el ambiente me avisaba de la existencia de peligro.

—Hicimos nuestra parte, ¿ahora serias tan amable de decirnos en dónde están nuestros amigos? —solicité.

—Están en el interior de mi casa. Decidieron tomar una pequeña siesta.

—¿Podrías despertarlos y decirles que vengan? Necesitamos continuar nuestro camino.

—Lo siento, por ahora ellos están bien aquí. Ustedes solos pueden terminar su viaje. Cuando entren a la bóveda, encuentren un ejemplar de pasta negra, protegido con varios sellos y un listón de cuero dorado. Al verlo, sabrán de lo que les estoy hablando; tráiganmelo y podrán regresar a su hogar todos juntos.

—Lo siento, no nos vamos a ir de aquí, sin dos de los nuestros.

—Creo que no me explique bien, cuando dije: "Ustedes pueden terminar el viaje". No me refería a los cinco. Yo hablaba únicamente de ustedes dos, Nick y Troy; el resto se quedará a disfrutar de mi hospitalidad, mientras ustedes van por mi encargo.

—¡Olvídalo, eso no va a pasar! —se opuso Troy.

—No seas ingenuo, podrán ser buenos guerreros, pero nunca serían rivales para Ahrimán, así que no malgasten sus fichas.

—¿Si eres tan poderoso, por qué tú mismo no vas por el libro? —pregunté.

—Por precaución sería la respuesta. Con las quimeras quizás podría, pero con el bibliotecario seguro perdería.

—¿Entonces, qué te hace pensar que nosotros si podremos?

—¡No!... Yo no creo que ustedes sean capaces de entrar y salir con vida de ese lugar. Yo no soy de los que creen en profecías, pero si lo logran quiero asegurarme de obtener lo que yo quiero.

»Así que si no les importa podrían ir por mi libro, aquí los espero.

—Suponiendo que te hagamos caso. ¿Por qué deberíamos confiar en ti?

—Porque a pesar de que se hablen cosas malas de mí, soy un desterrado de la vieja escuela, de los que creen en la palabra empeñada.

—Nosotros también somos de palabra. Entréganos a nuestros amigos y nos vamos, te prometo que te traeremos ese libro.

—No he sobrevivido tantos milenios por ser alguien confiado. Esto no es una negociación, solamente a cambio del libro se los entregaré.

—Intentamos razonar contigo, si no fue a la buena, entonces será a la mala. ¡Desenfunden muchachos! —di la orden.

Apenas desenvainamos, Ahrimán elevó sus manos al cielo. Un rayo de luz salió de cada cráneo para elevarse y entrar en las gárgolas para darles vida. En cuestión de segundos, las criaturas de piedra agitaban sus alas para descender.

Andrea se apresuró a disparar su ballesta. Como era de esperarse las flechas fueron inútiles. Al tenerlas de frente las atacamos con nuestras espadas, acto igualmente inútil. Con sobrada facilidad nos despojaron de nuestras armas y entre sus brazos nos aprisionaron.

—Dasan, tú eres el único de nosotros capaz de hacer magia ¿Tienes en tu repertorio algo que nos pueda ayudar? —Miguel le solicitó.

—Quizás sí, pero por el momento creo que es mejor hacer lo que nos pide.

—¿De qué hablas, acaso te estás acobardando? —Andrea reclamó.

—Nada de eso, pero hay que ser inteligentes. De valientes y estúpidos están llenos los panteones.

Desmotivados por la actitud de Dasan, dejamos de resistirnos. Las gárgolas nos soltaron y regresaron a la cima de la pirámide. Los rayos de luz regresaron a los cráneos de donde habían salido.

—Dasan, fuiste sabio. Evitaste un sacrificio que aunque valiente, hubiera resultado estúpido y vano. Ahora, Miguel, Andrea y Dasan quieren hacerme el honor de venir a mi humilde casa.

Nuestros amigos nos desearon suerte y entraron a la pirámide.

—Ustedes recojan sus armas y tomen los caballos de sus amigos. Sigan aquel sendero y encontrarán una pequeña choza. En ella vive Jano el ermitaño y si logran convencerlo, él les mostrará el puente que lleva a la bóveda del conocimiento antiguo.

Impotentes y llenos de coraje por haber tenido que doblegarnos ante el hombre del sombrero, montamos y emprendimos el camino. Con el objetivo claro de salvar la vida de nuestros amigos.

"Para los toros del jaral, los caballos de allá mesmo", dice el refrán. Jamás sientas vergüenza de engañar a un timador, no seas tan estúpido de entregar flores a quien te arrojó espinas.

Resulta frustrante llegar hasta el lugar que tenías marcado como destino en tu plan de viaje, para darte cuenta que el final, solamente es el principio. Tu momento de cantar victoria aún se encuentra demasiado lejos.

Capítulo XXXV
La casa
del ermitaño

Disfruta cada momento de paz y armonía que la vida te ofrezca porque puedes apostar sin temor a perder, que tarde o temprano, los tiempos de guerrera habrán de llegar.

Si acaso eres de los que piensan que es bueno que el destino no esté escrito, entonces te aconsejo que le preguntes al que tiene que reescribirlo con sangre y sudor, a ver qué opina.

—*¿Qué pasaría si por azares del destino a tus manos llegara un libro que todo lo puede cambiar? ¡Ah!, pero ignoraras si el cambio sería para bien o para mal.*

» *¿Tendrías el atrevimiento de abrirlo? ¿La valentía para hojearlo siquiera?, o ¿la suficiente desfachatez para leerlo?... Piensa no una, ni dos, piénsalo mil veces antes de responder.*

Como Ahrimán nos lo había anticipado, al final del sendero, al pie de una pared rocosa, encontramos lo que parecía ser una humilde choza. Desmontamos y tocamos varias veces a la puerta sin que nadie respondiera.

—*Creo que el ermitaño no está en casa* —expresé al deducirlo.

—*Eso parece* —Troy respondió.

—*¡Entremos, a ver qué encontramos!*

—*No creo que eso sea una buena idea. A nadie le agradan las visitas entrometidas.*

—*Lo sé, pero me urge terminar con esto. Pensar que alguien de nosotros termine muerto por no llevar ese libro, me está volviendo loco.*

—*¡Entonces entremos!*

Creímos que al traspasar la puerta nos encontraríamos un cuarto humilde; en cambio nos encontramos con una enorme mansión que cualquier millonario envidiaría.

—¡Qué locura! ¿Cómo es esto posible? —Troy sorprendido cuestionó.

—No lo sé... pero estoy segu...

Fui interrumpido por un zumbido que antecedió a la aparición de barras de metal que salían del piso y las paredes para hacernos prisioneros en una enorme jaula.

—¿Qué diablos sucede? —pregunté.

—Creo que no debimos de haber entrado sin autorización.

—Lo hecho, hecho está. ¡Concentrémonos en cómo salir ahora de esto!

Nos dimos cuenta de la solidez de las barras que nos aprisionaron. Así que gritamos y gritamos en busca de una explicación o ayuda. Lo cual resultó inútil.

—¡Puta madre! ¿Estúpido Jano, no piensas dar la cara? —lleno de frustración grité.

—No tengo porque ocultarme. Ustedes no habían mencionado a quién buscaban.

Respondió una voz desde el fondo del corredor. Un hombre de galante porte, vestido con túnica azul turquesa, se acercó a paso lento hasta un lado de la jaula.

—¡Bienvenidos al valle antiguo! ¿Me pueden decir quiénes son y por qué me buscan?

—Yo soy Nick y él, mi hermano Troy. Nosotr...

—Nick no caigas en su juego. Presiento que él sabe perfectamente quiénes somos y qué hacemos aquí.

—¿Por qué crees eso muchacho?

—Porque la ilusión de la choza para ocultar tu mansión, requiere de un gran conocimiento mágico. Ahrimán comentó que eres un ermitaño, lo que me hace suponer que eres viejo y sabio. De no saber nuestras intenciones, no te acercarías tanto a la jaula. Nuestras espadas fácilmente podrían alcanzarte, aunque eso de nada serviría.

»*Tú al igual que la choza son solamente una especie de holograma. Desde que caminabas por el corredor, me di cuenta que tu cuerpo no proyectaba ninguna sombra. Así que si no es mucho pedir, ¿podrías presentarte realmente ante nosotros, para explicarte nuestras razones?*

—*¡Vaya que eres perspicaz!, y sólo por eso, se han ganado el derecho de hablar en persona con Culsans.*

Apenas terminó de decir eso, la imagen del hombre se desvaneció. Los barrotes de la jaula se esfumaron y la mansión se transformó en una réplica exacta del comedor de nuestra casa.

Sobre la mesa había una bandeja de galletas de chispas de chocolate, tres tazones de sopa de albóndigas, una cubeta de cervezas 805 y un anciano de túnica blanca sentado a la mesa.

—*No se queden ahí como bobos, ¡vengan siéntense, permítanme saciar su hambre y sed!*

—*Gracias por liberarnos y gracias por recrear este maravilloso lugar para nosotros —comenté.*

—*Mi intención es ponerlos en un lugar donde se sientan cómodos. Pueden comer lo que gusten, hay sopa de albóndigas hecha con la misma receta de Mery; galletas tan ricas como las de la abuela y por supuestos, la cerveza preferida del viejo Henry.*

—*Agradecemos la intención, pero no creo que tengamos tiempo para esto.*

—*Entiendo tu desconfianza Nick, relájate un poco. Aquí en mi casa, el tiempo no es algo de lo que debas preocuparte.*

—*¿A qué te refieres con eso?*

—*Más tarde lo entenderás. Por ahora siéntense a la mesa y díganme que tiene que ver el hombre del sombrero en todo esto.*

Al tiempo que saciábamos el hambre, le contamos nuestro encuentro con Ahrimán y el motivo de por el cuál queríamos que nos mostrara el puente.

—*Ese estúpido obstinado de Angra Mainyu sigue empecinado en encontrar la ubicación de la prisión de Apolíon.*

—*¿Y ese quién es? —Troy preguntó.*

—*El primer nephelim, el ser no original más poderoso en el mundo y seguramente inestable emocionalmente después de milenios de cautiverio. Quizás el único ser al cual los dioses antiguos le temen.*

—*No me agrada lo que acabas de decir. Ahora resulta que para salvar a nuestros amigos, tenemos que ayudar a un hijo de puta a liberar a otro hijo de puta —reclamé.*

—*Ni yo podría haberlo dicho mejor. Entiendo tu frustración, no resulta agradable ser obligado a hacer el trabajo sucio de alguien más. Ustedes deciden si quieren continuar o aquí renuncian.*

—*Renunciar es una palabra que no existe en nuestro diccionario. Por ninguna razón abandonaremos a su suerte a nuestros amigos.*

—*No llegamos hasta aquí dudando —dijo Troy.*

—*Si ya tomaron su decisión, ¡vengan!*

Salimos de la casa y Jano nos guió por un pequeño sendero que bordeaba la enorme pared rocosa. En cuestión de minutos contemplamos una hermosa y escalofriante postal.

A la distancia se podía ver una majestuosa y enorme pirámide circular de ocho niveles. Hermosos murales decoraban sus paredes; llenos de símbolos, personajes, pasajes y hechos de culturas antiguas, conocidas y desconocidas en la actualidad.

Lo maravilloso de la edificación contrastaba con lo escalofriante de lo que la rodeaba. Primero una franja de arena movediza; luego un cinturón de piedras incandescentes que por su color se podía adivinar que estaban ardiendo literalmente y finalmente un enorme acantilado del cual no se alcanzaba a preciar el fondo.

La única vía de acceso era a través de un enorme puente colgante que era custodiado por al menos una docena de imponentes quimeras.

—*¿No se suponía que eran un par de quimeras las que teníamos que enfrentar? —preguntó Troy.*

—*¡No!, esos estúpidos nahuales los mal informaron; en su defensa diré que no de manera consiente.*

»*El par de quimeras de las que ellos les hablaron, sólo era otro de mis espejismos que le presentaba para que me trajeran alimento —Jano explicó.*

—No hay manera de que podamos cruzar... ¿Ahora qué se supone que debemos hacer? —pregunte.

—No me preguntes a mí, yo nada más soy el portero. En varias ocasiones mi curiosidad me ha llevado a intentar cruzar, pero ni mi magia ni mi astucia, me han permitido avanzar más allá de medio puente.

— ¿Si tú no has podido cruzar, cómo esperas que nosotros lo logremos? —Troy cuestionó.

—Yo nunca dije que creía que ustedes podrían cruzar. Los traje solamente por curiosidad para ver hasta dónde son capaces de avanzar, antes de que las quimeras los hagan trizas.

—Poner un pie en ese puente sería un suicidio y si nosotros caemos, sería sentenciar a muerte a nuestros amigos.

— ¿Jano, estás seguro que no hay otra forma de cruzar? —pregunté.

—Si acaso la hay, yo no la conozco.

—¡Troy!, creo que a este par de pavos les llegó su navidad.

— ¿De qué hablas?

—Si analizamos nuestras opciones: entre enfrentar a las quimeras o regresar para enfrentar al hombre del sombrero y sus gárgolas, no encuentro gran diferencia. Creo que en ambos casos, no hay manera de salir bien librados.

—Quisiera poderte decir que estás equivocado, pero tienes razón. Parece que nuestro camino hasta aquí ha llegado.

—Ni hablar, dejemos que la suerte decida quién será nuestro adversario en nuestra batalla final. ¿Tienes una moneda?

—No creo que haga falta. Ya estamos aquí, así que veamos hasta donde logramos avanzar.

—¡No se diga más! Si consigues cruzar, asegúrate de tomar las decisiones correctas. De caer ese libro en manos de Ahrimán, la cosa para el mundo puede ponerse fea.

—Te prometo que me aseguraré de que ese estúpido, jamás le ponga las manos encima.

Consciente del peligro que nos disponíamos a enfrentar, abracé a Troy y le expresé todo el amor y orgullo que sentía por él. Por su parte, me correspondió con un gesto similar.

—¡Suerte chicos! Déjenme decirles que aunque sólo los conocí brevemente, les ofrezco mis respetos. Quizás ustedes sean los seres más valientes que jamás he conocido.

—¡Gracias Jano por tus palabras!, aunque para serte sincero, esto no lo hacemos por valentía, nuestras piernas tiemblan y nuestras manos sudan.

»El día de hoy, el valor no es lo que nos motiva. El amor es lo que realmente nos mueve a continuar. Si no intentamos evitar la aniquilación, jamás podríamos vernos de nuevo al espejo.

A paso lento, nos encaminamos hacia el puente. Las quimeras sospecharon lo que pretendíamos hacer y empezaron a sobrevolar la entrada.

—Pequeño Cachorro asustado fue un privilegio y orgullo haber sido tu hermano.

—Oso Roba Galletas, aunque nunca te lo dije, sabes que siempre te admiré. Será un gran honor, triunfar o caer a tu lado.

—Como dirían los ancestros de los nativos americanos: "Luchemos hasta conseguir la victoria o una muerte gloriosa."

Desenfundamos las espadas e imploramos al espíritu creador por fortaleza y una poco de suerte. De inmediato, nos encaminábamos hacia las quimeras que ya empezaban a mostrar señales de su fiereza.

Los caminos de la vida son una verdadera maraña. Nunca se puede estar seguro en dónde inician ni dónde terminan. El final del sendero frecuentemente se trata de un cruce de caminos, ahí en donde recién empieza una nueva andanza.

Algunos caminos son placenteros, mientras otros son peligrosos y escabrosos. Al andarlos corres el peligro de que te conduzcan al lugar de la aniquilación.

Si me preguntan si son buenas o malas las aniquilaciones colectivas, en aras de limpiar la podredumbre global. No tengo la respuesta.

Los afectados siempre las consideraran excesivas, injustas y malvadas. Mientras los beneficiados las perciben como buenas, necesarias y justas. La respuesta, una vez más, dependerá de qué lado de la ecuación te encuentres.

Capítulo XXXVI
Al otro lado del espejo

La ciencia ha avanzado a pasos agigantados durante la última centuria. El ser humano se ha embriagado de tanta soberbia científica; que ha llegado a creer que está cerca de develar los misterios que esconde el universo.

Parece no darse cuenta que las leyes que rigen el cosmos no siempre son constantes, en ellas hay ocasionalmente fluctuaciones que exclusivamente la magia puede explicar.

Todavía tenemos mucho camino por recorrer antes de poder medianamente entender el comportamiento universal. Quien creo el universo, olvidó dejar el manual.

Decididos a llegar hasta al final sin importar el precio que hubiera que pagar, desenfundamos nuestras espadas y llenos de temor, nos encaminamos al puente.

—*Tomaron la decisión correcta al no salir huyendo. Anteponer el bien común a su propio bienestar demostró que tal vez sean dignos de acceder al conocimiento antiguo.*

»*De haber dado la espalda a su compromiso, me habrían orillado a tener que asesinarlos* —*dijo una potente voz desde el interior de la pirámide.*

—*¿Quién dijo eso?* —*Troy asombrado preguntó.*

—*¡Guarden sus armas! Si sus palabras fueron sinceras, no tienen por qué temer. Mis fieles guardianas no los dañaran.*

»*Nada más, les advierto que si mintieron, aquí encontraran su final. La decisión es suya. ¿Entran o no?*

—*¿Qué piensas Nick?* —*Troy preguntó.*

—*¡Hagámoslo y probémonos a nosotros mismos que somos seres dignos!*

Confiado en nuestra entereza, empecé a caminar por el puente; Troy se armó de valor y siguió mi ejemplo. Las quimeras solamente acercaban sus cabezas; nos olfateaban en busca del mínimo rastro de maldad en nuestros corazones, si lo encontraban, nos harían pagar.

Ante la mirada incrédula de Jano, cruzamos el puente sin mayor problema. En cuanto pusimos un pie en aquel recinto, una apacible sensación de calma invadió nuestros cuerpos. Llenos de júbilo y esperanza nos dirigimos hacia la imponente puerta de acero forjado.

—*¿Ahora qué?* —*Troy me preguntó.*

—*Toquemos y veamos qué pasa.*

No alcancé a tomar la aldaba de búho, cuando la puerta se abrió y nos permitió el acceso a una iluminada y amplia sala. Que seguramente sería la envidia de cualquier biblioteca o museo.

Estaba repleta de artículos y artefactos de diversas culturas y había muchos estantes con miles de libros. Todas las cosas lucían inmaculadas como el día que fueron creadas.

—*¡Hola!... ¿Hay alguien en casa?*

A la pregunta de Troy, nadie contestó.

—*¡Por favor, preséntate ante nosotros que tenemos varias preguntas que hacerte!*

A mi petición nadie respondió. No dejábamos de maravillarnos con los objetos en la sala: una espada clavada en una roca, siete bolsos dorados semejantes a los apkallus de los dioses sumerios, un precioso bastón egipcio que bien podría ser el de Osiris, un viejo cayado, posiblemente el báculo de Moisés y decenas de cofres. Seguramente ahí se encontraba también el arca de la alianza y la caja de Pandora.

—*¡Esto es una locura!... ¡Mira!, esa debe de ser la hoja de la justicia escarchada* —*entusiasmado Troy comentó.*

—*No creí que todas estas cosas existieran. En la sección de espadas logró reconocer las de Muramasa, la de Democles, la de Juana de Arco y el harpé* —*comenté.*

—*¡No lo puedo creer!... ¡Mira!, también está el Mjolnir.*

—*¡Deja ahí!, no toques nada, no se vaya a molestar nuestro anfitrión.*

—*Tienes razón, pero la tentación es mucha.*

Al fondo de la sala había una vitrina con tres libros: uno de pastas plateadas sellado con un listón morado; el segundo de pastas negras sellado por un listón dorado y el tercero dentro de un bolso de terciopelo rojo.

—*Seguramente esto es lo que venimos a buscar —especulé.*

—*¿Qué dices, los tomamos y nos vamos?*

—*No creo que eso sea una buena idea. Ya olvidaste el resultado por no respetar la casa ajena.*

—*¡Tienes razón!*

—*Sentémonos y esperemos a que nuestro anfitrión aparezca.*

Después de un rato, nuestro anfitrión se dignó aparecer.

—*Disculpen la descortesía de haberlos hecho esperar y los felicitó. Han logrado superar la prueba de la tentación.*

—*Disculpa. ¿Y tú eres?... pregunté.*

—*A lo largo de los tiempos me han nombrado de diversas formas, pero Ahura Mazda es mi nombre original.*

—*¿Eres parte de los primeros dioses?*

—*¡Claro que no! Estoy consciente de lo que algunas culturas han contado y escrito sobre mí, pero yo no soy un dios, es más, se podría decir que yo soy el primer ateo de la historia.*

—*Ahora estoy más intrigado y confundido.*

—*Yo funde la logia de los Amesha Spenta, el primer grupo con las agallas para revelarse al dogma de los falsos dioses.*

»*Por decirlo de alguna manera fuimos la primera comunidad científica. Consagramos nuestras vidas al estudio de las leyes físicas que rigen el universo. Queríamos responder todas las preguntas y terminamos embriagados de ciencia.*

»*Al negar la existencia de la magia nos extraviamos en el laberinto del conocimiento racional.*

»*Un día, mi discípulo Asha Vahishta por casualidad encontró la manera de abrir un portal al lugar donde viven los ecos del ayer, lo llamo el universo al otro lado del espejo.*

—¿Acaso estás hablando de una realidad alterna? —Troy quiso saber.

—¡Claro que no! Hasta donde sabemos tal cosa no existe.

—Según algunos de nuestros más reconocidos científicos dicen que puede ser posible

—Ustedes los humanos, aún están a años luz de poder entender y comprender las leyes físicas y mágicas que rigen el universo.

»Todas sus teorías se basan en "lo racional". Sus creencias científicas están sesgadas pues parten de una suposición en la que son dueños de la verdad, cosa que no es cierto.

»Hablan de multiuniversos o realidades alternas. Insinúan que es posible que un mismo ser viva en diferentes realidades, cosa que resulta imposible.

»La materia o la energía vital de un ser no puede existir en lugares alternos de manera simultánea. Las leyes cuánticas no son perpetuas ni inquebrantables…

—¡Detente ahí por favor!, no quiero ser impertinente. No venimos aquí por una lección de ciencias —aclaré.

—Aprende a escuchar o tu lengua te dejara sordo. Ya casi término, no seas impaciente.

»El día que encontramos la manera de llegar a ese lugar, nuestra forma de ver las cosas se trasformó, nos dimos cuenta que la magia realmente existe, al igual que un espíritu creador primigenio.

»Al leer los renglones de la historia de primera mano, descubrimos que los caminos de la ciencia y la magia tarde o temprano terminan por cruzarse.

»También nos dimos cuenta que el poder mágico en manos equivocadas invariablemente termina causando grandes daños.

»Así que modificamos nuestra razón de ser. Construimos esta fortaleza para resguardar el conocimiento generado a lo largo de la historia; recolectamos y guardamos los artefactos creados por todas las culturas que han florecido en las siete tierras a través de los tiempos.

»Por convicción propia tratamos de mantenernos alejados de los conflictos. Solamente intervenimos cuando las cosas se salen de control y existe la posibilidad real de una limpia.

—Si estoy entendiendo bien. ¿Eso quiere decir que ahora estamos en riesgo de que una nueva limpia suceda? —pregunté.

—Efectivamente, como ya se habrán dado cuenta, hay un tercer jugador en la mesa. Hábilmente ha sabido conservar su anonimato. Con la liberación de Astaroth, quizás dio inicio el fin de la quinta era.

»Ahora bien, el punto al que quiero llegar es que como ya lo saben, la historia la cuentan los triunfadores. No toman en cuenta la versión de los perdedores. Por eso, la historia que ustedes conocen, si bien no es del todo falsa, si tiene muchos registros imprecisos, alterados, sesgados u omitidos a contentillo de algún escriba o relator.

—¿Quieres por favor dejar de dar tantos rodeos y hablarnos de manera clara? —solicitó Troy.

—Ustedes son piezas fundamentales en el engranaje de todo esto que está aconteciendo. En la guerra que se avecina deberán tomar decisiones drásticas. Por esa razón y con la intención de ayudarlos, les permitiré que salgan de este recinto con tres piezas de nuestra colección.

—¿Quieres decir que podemos llevarnos tres de estas formidables armas?

—Si eso es lo que quieren, pueden tomar las tres que gusten.

—¿Cuáles elegimos Nick?

—Ninguna.

—¿De qué estás hablando? Ya nos dieron permiso.

—Él dijo objetos de nuestra colección, no se refirió a las armas exclusivamente. Así que lo que nos llevaremos serán los tres libros de la vitrina.

—¿Estás seguro de eso? —Troy, dudoso preguntó.

—¡Por supuesto! ¿Acaso ya olvidaste que necesitamos uno de ellos para liberar a nuestros amigos?

—No lo he olvidado, pero con tres de estas armas podríamos vencer a Ahrimán.

—¡Quizás tengas razón!.. Aunque, eso no cambia en nada mi decisión. Los tres libros serán lo que nos llevaremos y es mi última palabra.

—Espero que no tengamos que arrepentirnos.

—¿Entonces su elección definitiva son los libros? —Ahura Mazda preguntó.

—¡Sí!, esa es nuestra elección final —firme respondí.

—Su decisión fue sabia. Eligieron el conocimiento por encima de la fuerza. Por ello se han ganado el derecho a un viaje al mundo al otro lado del espejo.

—Te parece si lo dejamos para otra ocasión, ahora necesitamos regresar por nuestros compañeros.

—Descuida, el viaje será breve.

—No se trata de eso, el problema es que mientras nosotros estamos aquí platicando, mis amigos probablemente la están pasando mal.

—No te preocupes por ellos. Angra Mainyu podrá ser un desgraciado, pero no un mal anfitrión, así que trata de relajarte y déjame terminar.

»Como ya les mencioné, gran parte de la historia que conocen no es real, así que su juicio no es imparcial. Esa es la razón por la cual todavía no puedo dejarlos salir de aquí con esos libros, antes deben conocer la "Historia Arcana."

—¿Y eso en que nos ayudará? La historia son sucesos pasados que no se pueden cambiar, es lo mismo que la conozcamos hoy o mañana. Ahora lo que nos importa es rescatar a nuestros amigos.

—Ese es el problema, quizás algunos de los que llamas enemigos no lo sean y otros que se dicen tus amigos, afilan la daga para clavarla en tu espalda. De ahí la importancia de conocer la historia sin ningún intermediario.

—Eso no es posible, como ya lo dijiste los registros históricos no son de fiar.

—Exactamente, por eso deben de viajar al mundo donde viven los recuerdos. Imagínense que pudiera entrar a una película donde en primera persona vivieran cada pasaje de la historia de nuestro mundo.

»Conocerán a los primeros seres que habitaron la tierra. Estarán en los campos de batalla desde de la primer gran guerra. Serán testigos de cada una de las limpias. Tendrán la posibilidad de conocer los más oscuros secretos, bondades, cualidades y defectos de todos y cada uno de los personajes más importantes de la historia.

—Suena interesante, pero eso nos tomaría demasiado tiempo, y no lo tenemos.

—En ese lugar, el tiempo no es algo de lo que tengan que preocuparse. Se los explicaría pero no creo que tenga caso, no lo entenderían.

»Hasta aquí llegó la lección del día de hoy. No me pregunten más. Aunque conozca la respuesta no se las daré, les he dicho lo que tenían que saber.

»En cuanto al viaje, no es algo opcional. Es un requisito para que puedan salir de aquí con vida.

—Puesto de esa manera, no creo que tengamos opción —Troy aceptó.

—Por ahí hubieras empezado. Si tenemos que hacer lo que te de tu pinche gana para qué haberle dado tantas vueltas —molesto reclamé.

—Sé que están molestos porque no entienden lo que está pasando. No se esfuercen en tratar de entender algo que nosotros en millones de años, no hemos logrado comprender.

»El creador se encargó de ocultar bastante bien los secretos del verdadero conocimiento y desde algún lugar se divierte y nos deja meras migajas de información.

—Cada vez entiendo menos. ¿Acaso viajaremos en el tiempo? —preguntó Troy.

—No exactamente, viajar al pasado sería una gran paradoja.

»Desde que el viajero pusiera un pie en el pasado, el presente se alteraría. Con el simple hecho de pisar, mataría organismos vivientes y llevaría al pasado virus y microorganismos de reciente creación, las variables de modificación serían infinitas.

»En cambio el mundo de los recuerdos es una biblioteca virtual de la historia del universo. Solamente que en lugar de leer un libro o ver un video, tú eres parte del libro.

—¡Eso suena genial!

—Serán testigos de los acontecimientos que para bien o mal cambiaron el rumbo de la historia. Aunque no podrán morir, si podrán sentir dolor y enfermarse.

—Esa parte ya no me agrada tanto, pero aún tengo la duda. ¿Cómo podremos hacer todo eso que dices, sin alterar la línea del tiempo? —cuestioné.

—Por supuesto que su interactuar en algunos casos modificará lo sucedido. Por eso, en la medida de lo posible conserven un perfil bajo. Absténganse de querer jugar un rol protagónico.

»En caso de que ignoren mi consejo y seguramente lo harán. Las afectaciones que causen serán temporales. Cada veinticuatro horas, esa versión histórica en 4D se autocorregirá y les presentará lo que originalmente sucedió.

»No se preocupen, lo que ahí sucede no afecta a nuestra realidad.

—¡Ok!, mi última pregunta. ¿Eso para que nos servirá?

—Para que se formen un criterio y puedan tomar la decisión de a quien ayudar cuando regresen al mundo real. ¿Les queda claro?

—La verdad no —comentó Troy.

—Pues lo siento, llegó la hora de entrar al portal —dijo mientras sacaba una esfera de entre sus ropas, entonces la estrelló contra el piso para abrir un umbral en forma de espejo hacia lo desconocido.

—¿Qué hacemos Nick?

—¡Entremos! No llegamos hasta aquí por pensar las cosas.

Troy entró al portal, yo lo seguí después. Fueron miles de años los que vagamos en ese lugar. A pesar de que aprendimos demasiadas cosas, todo el tiempo nos acompañó un sentimiento de tristeza por no habernos despedido de nuestros seres amados y vergüenza por no haber salvado a nuestros amigos.

Cuando al fin encontramos la manera de volver a nuestro mundo, no sabíamos que encontraríamos.

Al regresar encontramos el sitio completamente vacío; solamente los tres libros que habíamos elegido estaban sobre la única mesa en el lugar. Por más que gritamos solicitando alguna explicación, Ahura Mazda nunca apareció.

—Fuimos unos estúpidos, le creímos a ese embustero que el viaje seria breve —comenté.

—¿Qué fecha crees que sea?

—No lo sé, pero debimos de haber pasado un buen rato de viaje. Eran muchas cosas las que aquí había, no creo que haya sido fácil y rápida la mudanza.

—Con algo de suerte quizás aún encontremos con bien a nuestros amigos.

—Yo no soy tan optimista. Me pregunto si el precio que pagamos por todo lo que aprendimos valió la pena.

—La única manera de averiguarlo es yendo al lugar donde los dejamos.

—Tienes razón, tomemos los libros y vayamos a ver con qué escenario nos encontramos.

Salimos del recinto para encontrar que las quimeras ya se habían marchado. El puente se había esfumado y los terrenos que rodean la pirámide ahora eran verdes pastizales. Corrimos hasta la casa de Jano sólo para descubrir que también había desaparecido.

—¡Diablos! Creo que en verdad ha pasado mucho tiempo —comenté.

—No estoy muy seguro de eso, ¡mira!

Troy señalaba hacia el sitio en donde nuestros caballos tranquilamente pastaban. Ese panorama nos causó gran sorpresa y nos dio algo de esperanza. Corrimos hacia ellos y nos apresuramos a montarlos para recorrer a todo galope el camino hasta la pirámide de Ahrimán.

—¿Por qué regresaron tan pronto, acaso se arrepintieron? —comentó Ahrimán.

—¿De qué estás hablando? —le pregunte.

—A lo mucho hace un par de horas que se fueron. Ahora sus amigos pagaran las consecuencias de su cobardía.

—Deja de bravuconear, si no quieres que esto acabe mal —Troy le advirtió.

—¿El miedo los ha hecho perder la razón? Ahora conocerán mi furia, estúpidos engreídos.

—Escucha bien lo que te voy a decir… ¡Entréganos a nuestros amigos y nos iremos de aquí sin hacerte daño!

—¡Ah, cabrón!, ahora resulta que los patos le tiran a las escopetas. Déjense de payasadas o tendré que llamar a mis gárgolas para que los hagan entrar en razón.

—Has lo que se te de tu chingada gana, ahora estamos preparados. Sabemos cómo matar al rey de los hombres sombra.

— ¿Cómo demonios saben ustedes de los hombres sombra?

—Digamos que recibimos una extensa lección de historia universal. De hecho, sabemos sobre la maldición que te mantiene atado a este lugar y cómo es que logras entrar en los sueños de la gente para hurtar un poco de su energía vital —le confesé.

—No sé quién les habló sobre mí, pero debió de decirles que no dejo vivo a aquellos que conocen mi secreto.

—También nos contó esa parte, de hecho tú fuiste quien nos lo dijo.

— ¿De qué diablos están hablando?

— ¿Sabes?, quisiera seguir hablando, pero la verdad tenemos algo de prisa, así que si no es mucha molestia trae a nuestros amigos para poder irnos y te prometemos dejarte vivir en paz por el momento.

—¡Estúpidos!, ahora pasarán a engrosar mi ejército de gárgolas.

—Ahí si te equivocas, has lo que te pedimos o tú serás el que se convierta en gárgola —le dije mientras le mostraba un tatuaje en mi pecho.

— ¿Cómo es que ustedes saben de magia antigua? —con voz temerosa cuestionó.

— ¿Vas a liberar a nuestros amigos o prefieres que nosotros lo hagamos? —Troy advirtió.

—No se molesten, ahora voy por ellos.

Un confundido y asustado Ahrimán entró a su pirámide para pocos minutos después salir con nuestros amigos, sanos y salvos.

—Nick, Troy, no comentan una tontería. Déjennos morir aquí, pero no le entreguen el libro a este hijo de la chingada —Dasan comentó.

—No te preocupes, el buen Angra Mainyu accedió de buena gana a concederles su libertad. ¿Verdad? —le dije.

—¡Claro, son libres de irse a cambio de nada! —un resignado Ahrimán respondió.

— ¿Qué fue lo que sucedió, por qué ese cambio tan radical de actitud? —preguntó Andrea.

—Es una larga historia que dejaremos para otros tiempos. Por ahora regresemos a la ciudad nahual para recoger al abuelo, a Cuervo Rojo y a Gerard. Debemos regresar a nuestras casas para disfrutar algún tiempo de paz y tranquilidad, antes de que el destino nos alcance.

—¿A qué te refieres con eso? — preguntó Akiry.

—Por favor dejen de cuestionarnos. Tenemos nuestras sólidas razones para que por el momento no hablemos de algunos temas.

»Sé que algunos de ustedes quisieran quedarse por más tiempo en estas tierras, pero confíen en nosotros, necesitamos regresar a Santa María. Hay cosas por hacer, antes de regresar al mundo subterráneo —aseguró Troy.

El mensaje fue recibido y nuestra decisión respetada. Después de unos cuantos abrazos, montamos nuestros caballos.

—Akiry, por favor llévanos de regreso a la ciudad.

—¡Si todos están listos, vámonos!

Nuestra estancia en la ciudad fue breve, después de saludar a todos, recoger a nuestros amigos y cargar provisiones, emprendimos el viaje de regreso.

Akiry, Bruní y Yunuen nos acompañaron en el trayecto hasta la entrada de una caverna.

—Bueno, hasta aquí llegamos nosotros, les deseo buen viaje —nos expresó Akiry.

—¡Gracias por todo!, esto no es un adiós, algo me dice que nos veremos muy pronto —les dio a entender Troy.

Con aquellas palabras, llegó el momento de decir hasta luego. Miguel y Yunuen aportaron instantes memorables de aquella tarde al despidieres con un prolongado beso. Bruní fue el que se sacó un diez, nos llevó un par de cantimploras llenas de licor para refrescarnos durante el camino.

Después de tres días, llegamos a Yosemite. Antes de separarnos acordamos tomarnos un par de meses libres antes de regresar al juego. Ahí Cuervo Rojo, sus hijas y Dasan tomaron el camino hacia su hogar y el resto emprendimos el viaje hacia Santa María.

Antes de llegar a nuestras casas decidimos pasar primero a la casa de la tía de Antonio para informarle de lo sucedido y entregarle las cenizas. Andrea insistió en darle también la caja de joyas que Troy le había regalado para asegurar el futuro financiero de la familia del que fuera su gran amor.

Una vez cumplido este amargo y triste punto, cada quien nos dirigimos a nuestros hogares para volver a abrazar a nuestros seres amados.

Mi padre no daba crédito a lo que sucedía cuando salió a ver quién tocaba la puerta.

—*¡Mery, ven pronto! ¡Mira quienes acaban de llegar!*

—*¡Ya voy!…*

Aquel rencuentro fue memorable, con abrazos y besos al por mayor. Después de llorar un poco, entramos a la casa. Mi padre de inmediato fue al garaje por la vieja hielera que había guardado por años en espera del abuelo.

Todos visiblemente emocionados destapamos una cerveza; excepto Troy quien fue a la cocina por una lata de Dr. Pepper y nos sentamos en la sala para platicarles nuestra aventura.

Como lo habíamos acordado, dos meses después en nuestro patio preparamos barbacoa. Para recibir la visita de todas las familias de los involucrados.

Una vez que todos estábamos presentes, nos dedicamos a disfrutar algunas horas de aquella pequeña migaja de felicidad. A las seis de la tarde llegó el momento que ya no pudimos retrasar.

Les pedí a todos que se sentaran en rededor de la fogata para que Troy y yo pudiéramos relatarles lo que vivimos durante nuestro viaje al otro lado del espejo.

Si tú también quieres saber qué fue lo que vivimos en aquel lugar, se paciente. En poco tiempo tendremos una nueva cita tú y yo, continuaremos aprendiendo sobre **La Historia Arcana**.

Pronto entenderás que hemos estado viviendo bajo un inmenso manto de mentiras, bastante bien tejido por las manos de los que se ocultan entre las sombras.

Continuará....